Danksagung

Meinem Engelchen

In Gedenken

an

Cornelia

the spirit never dies
(Falco)

Widmung

für

Maximilian,

Friedrich

und die menschliche Vernunft.

Einführung

Der Pentateuch verkörpert eine sagenumwobene Macht! Viele Bewohner der Welt denken, der Pentateuch ist die größte vorstellbare Macht des Universums. Darunter auch die Menschen. Der Pentateuch sei der Anfang und das Ende von allem. Aber es gab keine stichhaltigen Beweise für den Pentateuch. Er lieferte immer nur Vorbedingungen, damit die Menschen Vermutungen darüber anstellen konnten, ob er existiert. Ein Mensch dem viele andere Menschen geglaubt haben, ist ein schrullig wirkender Herr gewesen, der den Namen Albert Einstein getragen hat: ›*Ich möchte nur einmal seine Gedanken kennen, der Rest sind nur Details!*‹, soll er gesagt haben. Doch niemand kannte die Gedanken und Pläne des Pentateuchs. Immer wieder sind spukhafte Phänomene aufgetreten, die unter der Menschheit zu dem Glauben geführt haben, dass der Pentateuch seine Hand im Spiel haben und daher existieren muss. Einst sind es Dinge im Großen gewesen: kosmische Schauspiele am Himmel, Sintfluten, Dürren oder Feuersbrünste. Dann sind es die Dinge im Kleinen gewesen: Röntgenstrahlen, Laserfunktionen, Penicillin, Kettenreaktionen, Kernfusionen oder Interferenzmuster. Überall fütterte der Ozean des Pentateuchs die Inselbewohner der Wissenschaft mit Strandgut, das er über die Jahrtausende an das Ufer der Vermutung gespült hat, damit die Menschheit ein Wissen daraus machen konnte. Dank der Großzügigkeit des Pentateuchs hat die Menschheit mehr und mehr neue Erkenntnisse gewinnen können und die Insel des Wissens hat dadurch immer weiter wachsen können. Doch mit dem Wachsen der Insel des Wissens ist gleichzeitig das Ufer des Nichtwissens gewachsen. Und mit dieser Inflation des Unwissens ist auch ein großer Teil der anfänglichen Orientierung verloren gegangen. Vieles hat zu Beginn des 21. Jahrhunderts nicht mehr Beachtung gefunden. Die Legende der großen Sintflut hat sich nach langem Streit durch radiowellentechnologische Auswertungen als Wahrheit herausgestellt und hat zu großer Verwunderung geführt. Ist es also doch wahr gewesen? Es gab vieles, das lange Zeit in die Ecke von Mythen gestellt worden ist und sich plötzlich auf erstaunliche Weise als Tatsache gezeigt hat. Mündliche Überlieferungen über Stätten, Personen und Ereignisse wurden bis heute mit mystischen Elementen verbunden. Deshalb streute der Pentateuch der

Menschheit immer wieder neue kleine Beweise, um ihm auf die Spur zu kommen. Gravitationsgesetze, Schwarze Löcher, Infrarotverschiebungen, Urknall, Galaxienhaufen, Atomstrukturen, Quanten, Viren, Bakterien, Parallaxen, Radioaktivität und viele andere Geheimnisse, von denen der Großteil entschlüsselt werden konnte. Führende Denker sprachen im 21. Jahrhundert sogar von mehrdimensionalen Räumen und Parallelwelten, die für den Menschen noch nicht fassbar sein würden. Über Teilchenbeschleuniger versuchte man dem Pentateuch immer näher auf die Schliche zu kommen, um vermutete Spiegelwelten zu entdecken. Die Wissenschaft arbeitete auf Volldampf.

Ein großes Problem der Menschheit bestand jedoch darin, dass sie sich auf keinen gemeinsamen Namen für den Pentateuch einigen konnte. Man müsste die Gedanken des Pentateuchs kennen, um sich auf einen gemeinsamen Namen zu einigen, der für alle Gültigkeit hat. So hat man sich zumindest auf einen allgemein anerkannten Ersatzbegriff verständigen können: Gott! Dieses Wort hat im ursprünglichen Sinn *das Unerklärliche* bedeutet und es ist auch dabei geblieben. Was aber viel entscheidender gewesen ist: Gab es Völker, die von einem Gott begünstigt und bevorzugt worden sind und solche die benachteiligt sein sollten? Lange Zeit haben die Weißen unter den Menschen die Meinung vertreten, dass sie die Auserwählten gewesen sind. Gott war nicht schwarz, gelb, rot oder braun. Er hätte auch nicht die Gestalt und das Wesen einer Frau. Gott hat eine allmächtige Vaterfigur verkörpern müssen. Und weil sich jeder Teil der Menschheit seine eigene Wahrheit gebildet hat, haben sich die Völker zu keiner Entscheidung durchringen können. Der Pentateuch behielt seine vielen Namen und Gesichter. Sich aber nur annähernd eine Vorstellung von der Macht des Pentateuchs zu machen, hieße zu verstehen, warum alles *so ist wie es ist.* Warum alles *so war wie es war* und warum alles *so wird wie es wird.* Das wusste nur der Pentateuch!

Eine der großen und mächtigen Untertanen des Pentateuchs ist die *Zeit* gewesen. Die *Zeit* schlichtete die vorbestimmten Ereignisse in der richtigen Chronologie und schuf Ordnung im Universum. Ohne die richtige Reihenfolge der Geschichte würde Chaos vorherrschen. Alles musste seinen richtigen Platz erhalten. Barack Obama hätte als Römischer Kaiser niemals kandidieren können. Seine Geburt wäre zeitlich am falschen Platz in der Menschheitsgeschichte gewesen. Vermutlich wäre er eher als Sklave gehandelt worden. Auch so haben die Menschen sein können. Ebenso hätte Jesus Christus im ersten Drittel des 20. Jahrhunderts zeitlich keine richtige Position eingenommen. Oder ob Terrorakte durch islamische Netzwerke vorgenommen worden wären, wenn Mohammed zur gleichen Zeit am Leben gewesen wäre, ist ebenso ungewiss. Er hätte zumindest einiges richtig stellen können. Trotzdem wäre er zur falschen Zeit gekommen. Auch Isaac Newton hat die Gravitationsgesetze nicht schon im 7. Jahrhundert entschlüsseln dürfen, sondern erst 1.000 Jahre später. Hätte Charles Darwin seine Evolutionstheorie im 15. und nicht im 19. Jahrhundert geschrieben, wäre er durch die Verfolgungsbehörde der Kirche zuerst in der Folterkammer und dann auf dem Scheiterhaufen gelandet. Seine Aufzeichnungen über die Abstammung des Menschen wären verbrannt worden und verloren gewesen. Die *Zeit* sorgte also für eine ausgewählte und durchdachte Reihenfolge. Der Pentateuch bestimmte, was die Zeit zu tun hatte. Auch in dieser Frage hat sich Albert Einstein mit einer Wortmeldung verewigt und zutreffend gesagt: ›*Der Himmel würfelt nicht!*‹ Niemand wusste, wann die *Zeit* wen als nächste große herausragende Symbolfigur hervorbringen würde. Der Pentateuch hatte die Macht über alles. Er konnte die Zeit verschieben, beschleunigen oder abbremsen, wann immer er es wollte. Er konnte die Zeit wiederkehren lassen oder in die Zukunft vorausschicken. Der Pentateuch hätte auch die Zeit der großen Irrtümer zurückdrehen und der Menschheit mit neuen Weltkriegen immer wieder dieselbe Aufgabe stellen können. Im Jahre 2014 traf er eine Entscheidung, die er noch nie getroffen hat. Es war, als ob mehrere Riesengalaxien mit tausenden Milliarden Sonnen in einer gigantischen Kollision aufeinander geprallt wären und sich vereinen sollten. Doch diese Entscheidung hat eine Vorgeschichte gehabt, die mit dem Phänomen der menschlichen Seele zusammengehangen und in der Zeit weit zurückgelegen ist.

Die Freude des Pentateuchs über die anfänglichen Wunder des Lebens hat ihn vor tausend Millionen Jahren veranlasst, eine Gruppe zu schaffen, die er von da an die *Wächter* genannt hat. Eine blühende Blume als Symbol des Lebens sollte zum Erkennungszeichen der Wächter werden. Die Rose des Pentateuchs! Sie bestand aus einem 5blättrigen Blütenkelch. In der Mitte des Kelchs bildeten die drei Elemente des Filaments den Pollenstiel, der sich aus der *Natur*, dem *Menschen* und dem *Himmel* zusammengesetzt hat. Die

Symbole für Materie, Geist und Einheit. Der *Mensch* als Einheit war das längste Element in der Mitte.

Von Anbeginn der Zeit standen die *Natur,* der *Mensch* und der *Himmel* unter dem Schutz der Wächter. Untereinander hat es keinerlei Konkurrenz dieser Elemente gegeben. Das hat der Mensch vor 20.000 Jahren zu ändern begonnen und über 15.000 Jahre lang nach einem Werkzeug gesucht, das seine herbeigeführte Änderung bewahren sollte. Im Zeitalter der Antike haben einsichtsvolle Köpfe unter den Menschen geglaubt, in der Grundform des 5-Ecks plötzlich eine wundersame Abwehrkraft entdeckt zu haben, die der Pentateuch hinterlassen haben könnte. Daraus haben die Griechen die geometrische Form des Pentagramms abgeleitet. Penta bedeutet: Fünf! Die 5eckige Form des Pentagramms hat seit dieser Zeit als wirksames *Apotropäon* gegolten. Das *Apotropäon* ist bis heute das Symbol der Unbesiegbarkeit geblieben. Doch mit der Ableitung des Pentagramms aus dem Pentateuch hat die Menschheit einen ihrer vielen großen Irrwege in der Geschichte begangen. Man sollte nicht den Bruchteil aus einem Ganzen entnehmen und als unvollständigen Teil in eine künstliche Form ohne Seele abändern. Argwöhnisch hat der Pentateuch anfangs beobachtet, was die Menschheit mit diesem Eingriff in die Natur vorgehabt hat. In Ansehung der zukünftigen Entwicklung, die nur er kennen konnte, beließ er es schließlich bei diesem Experiment des Menschen und spendete im Pentagramm zumindest eine kleine Mitgift seiner Macht. Diese Kraft wurde von Volk zu Volk und von Generation zu Generation weitergegeben. So hat ein Teilabschnitt der Macht des Pentateuchs über die Jahrtausende auf die Psyche der Menschen massiven Einfluss genommen und jene Veränderung am Leben erhalten können, die 15.000 Jahre zuvor herbeigeführt worden ist. Das amerikanische Volk war die letzte Supermacht, die sich im 20. Jahrhundert dieses Symbols bedient hat. Deshalb ist die Kommandozentrale des US-Verteidigungsministeriums als 5eckiger Bürokomplex nach der Vorlage des Pentagramms geplant worden. Es ist das *Pentagon!* Die Amerikaner wussten um die geheime Macht dieser geometrischen Form und haben auch die Sterne in ihrer Nationalfahne 5zackig formen lassen. Wegen der Macht des Pentagramms haben sie das Pentagon zur Verteidigung von dunklen Geheimnissen eingesetzt, die den amerikanischen Lebensentwurf bedrohen konnten. Die Aufdeckung von Heimlichkeiten hätte die Weltordnung zum Einsturz bringen können. Mit der Wirkung des Apotropäons konnte das verhindert werden. Der Argwohn des Pentateuchs über diesen Missbrauch hat aber zu wachsen begonnen. Denn das Pentagramm war nicht deshalb mit der Unbesiegbarkeit ausgestattet worden, um es für Geheimhaltung zu missbrauchen. Schon ganz zu Beginn des 3. Jahrtausends nach Christus begann daher der Pentateuch dem Pentagramm wieder die Kräfte zu entziehen. Es war ein besonderer Tag, an dem dieser Machtverlust seinen Anfang genommen hat. Die Menschen haben diesen Tag 9/11 genannt. Amerika spürte ab diesem Tag das langsame Verschwinden seiner Unbesiegbarkeit und versuchte anderen die Verantwortung zu geben. Daher wendete das Land der Freiheit immer mehr Geldmittel auf, um seinen Machtverlust auszugleichen. Ganze Heeresdivisionen von Spezialeinheiten und Geheimdiensten sind ausgeschwärmt, um jene aufzustöbern, die die Herrschaft Amerikas bedrohen könnten. Fragen mussten aus dem Weg geräumt werden: Haben sich die USA mit dem Attentat 9/11 selbst angegriffen? Hat es auf amerikanischen Boden tatsächlich eine Geheimorganisation von Adolf Hitler gegeben, die Millionen Dollar Nazi-Gelder aufbewahrt hat? Warum hat John F. Kennedy wirklich sterben müssen? Ist die Lobby der Bankiers dahinter gestanden? Wer waren die Eigentümer der Amerikanischen Notenbank? Sind in *Area 51* tatsächlich Überreste von Außerirdischen und UFO´s aufbewahrt worden?

40 Prozent ihres gesamten Staatsbudgets gaben die Amerikaner pro Jahr indirekt für die Geheimhaltung und den Kampf aus. Mehr als alle übrigen NATO-Partner zusammengerechnet. Für viele Amerikaner herrschte der Krieg im Kopf. Die Angst vor dem Versagen setzte die letzte Supermacht unter so unvorstellbaren Druck, dass sie die spärlich verbliebenen Machtreserven des Pentagramms nur mehr für ihre Streitkräfte verwendet hat, um möglichst

lange unbesiegbar zu bleiben. Sie reagierten auf jede Kleinigkeit. Wenn unliebsame Widersacher geheime Diplomatendepeschen über das Internet verbreitet haben, dann hat man ein Auslieferungsabkommen aushandeln und mit gnadenloser Härte reagieren müssen. Im Mittelpunkt der großen Geheimnisse standen aber vor allem einzelne Attentate, deren Hintergründe durch den Gebrauch des Pentagramms unbedingt geheim gehalten werden mussten. Hat der Mord an John F. Kennedy schon unzählige Verschwörungen hervorgerufen, so ist der Massenmord von 9/11 von diesen Nebenwirkungen noch weit übertroffen worden. Gurus kündigten die Rückkehr des Messias und Sektenführer kündigten Weltuntergänge an. Immer mehr Kritiker haben Anschuldigungen verbreitet, weil Grundsatzfragen über 9/11 unbeantwortet stehen geblieben sind. Das *Pentagon* hätte die Angriffe auf das World Trade Center selbst geplant, war nur eines der großen Geheimnisse, die in der Geschichte gelauert haben. Ein anderes Rätsel ist das Papiergeldsystem gewesen: Würde die US-Zentralbank in der Lage sein, alle ihre jemals ausgegebenen Geldscheine wieder zurückzukaufen oder nicht? Hat im Papiergeld eine Massenvernichtungswaffe gelauert? Den Anführern Amerikas ist eines klar geworden: Wenn sich solche Verdachte als Wahrheit erweisen würden, dann würde die Weltordnung in eine Katastrophe stürzen. Internationale Partner würden sich abwenden und aus Bündnissen austreten. Reparationszahlungen und gegenseitige Schuldvorwürfe würden folgen und das diplomatische Klima vergiften. US-Bundesstaaten würden sich als Folge der Enttäuschung über ihre Regierung ebenso wie eine betrogene Braut abspalten und ihren eigenen Präsidenten wählen wollen. Alle Imperien der Geschichte sind schließlich durch die Ursache des Zerwürfnisses zerfallen. Am Höhepunkt der englischen Weltherrschaft bis zu Beginn des 20. Jahrhunderts hat jeder 5. Weltbürger im britischen Empire gelebt. Kein Reich ist jemals größer gewesen. Was davon übrig geblieben ist, ist eine kleine Insel an der nordwestlichen Küste Europas gewesen. Die vorletzte große Supermacht ist die kommunistische Sowjetunion gewesen. Auch sie ist wie das britische Weltreich zerfallen und viele ehemalige sowjetische Republiken haben sich in ihrer großen Enttäuschung von ihrer Zentralregierung abgewendet, um sich für unabhängig zu erklären. Zahlreiche Bürgerkriege sind die Folge gewesen. Europa stand infolge der Finanzkrise ab dem Jahr 2010 ebenso vor dem beginnenden Zerfall und begann auseinander zu brechen, als 2012 bekannt wurde, dass Deutschland schon ein Jahr zuvor geheim begonnen hat, hunderte Milliarden neuer Deutschmark zu drucken, um seinen Austritt aus dem Euro vorzubereiten. Genauso würde Amerika vor einer ähnlichen Auflösung stehen, wenn wichtige Geheimnisse aufgedeckt werden würden. Der 16. US-Präsident - Abraham Lincoln - hat schon vor 150 Jahren auf seltsame Weise einen solchen Bruch Amerikas vorausgesagt, nachdem er sich mit den Bankern angelegt hat: »*Die Geldmacht des Landes wird versuchen, ihre Herrschaft zu verlängern, indem sie die Leute ausbeutet, bis Amerika zerstört ist.*« Überall lauerten solche Geheimnisse, die es zu schützen gegolten hat. Der Machtverlust des Pentagramms löste daher seit 9/11 eine Heidenangst unter den Menschen aus. Der Bundesstaat New York würde seinen unverzüglichen Austritt aus den USA bekannt geben, wenn ein begründeter Verdacht aufkommen würde, dass die mächtige Militärlobby aus kriegstaktischen Gründen 9/11 selbst in Auftrag gegeben haben könnte. Amerika sah die Machtquelle des Pentagramms jedoch endgültig im Sand versiegen, als sieben Jahre nach 9/11 auch noch ein riesiger Finanzskandal ans Tageslicht durchgesickert ist, der einen weltweiten Flächenbrand ausgelöst hat. Ausnahmslos alle wichtigen Verbündeten Amerikas sind binnen kürzester Zeit überschuldet gewesen, aber niemand hat noch überblicken können, wer es bei wem gewesen ist? Hat es im Hintergrund eine ganz große Geldquelle gegeben, bei der alle verschuldet gewesen sind? Wer ist das gewesen? Das Misstrauen der Menschheit erreichte kritische Werte und die Geduld des Pentateuchs zeigte ihr jähes Ende. Niemals hat sich der Pentateuch zu lange in die Interessen von Machtstreben einfügen lassen. Er hat jegliche Art von Missbrauch oder Irreführung missbilligt. Er hat daher auch eines seiner fünf Rosenblätter mit der *Unantastbarkeit* verkörpern lassen. Der Pentateuch vertrat die Weisheit, dass ein Volk niemals dann die Unantastbarkeit erlangen könnte, wenn es Irreführung oder Geheimhaltung betreibt. Zu große Geheimnisse haben stets ein Ungleichgewicht hervorgerufen. Und sie haben jede Weltordnung einstürzen lassen. Ebenso vertrat der Pentateuch die Weisheit: Wenn sogar er selbst den Menschen unermüdlich Beweise zugespielt hat, um die Natur zu entdecken und ihm auf die Spur zu kommen, warum soll dann der Mensch ein Sonderrecht haben und Geheimnisse verbergen? Der Pentateuch wollte wieder Ordnung und die Amerikaner verzettelten sich durch Geheimtaktiken in eine Unordnung.

Daher wurde die Epoche seit 9/11 für das amerikanische Volk zum Wettlauf gegen die Zeit. Die letzte Supermacht stand an der Kippe: Konnte sie die Gunst des Pentagramms mit Gewalt wieder zurückgewinnen oder musste sie sich ändern? Das war die große Frage zu Beginn des 21. Jahrhunderts. Die Aufregung über diese Ungewissheit wuchs dramatisch an und beschäftigte die Menschheit. In den Tageszeitungen wurden Untergangsszenarien auf Flughäfen, Kioskständen und anderen öffentlichen Plätzen verkauft. Die Menschen wussten, dass auch andere Völker aus der Geschichte die Macht des Pentagramms missbraucht haben, um ihre Herrschaftskultur verbreiten zu können; letztlich aber gescheitert sind. So wie die Amerikaner in den letzten 200 Jahren ihre Herrschaft messianisch verbreitet haben und scheitern könnten. Bis ins 21. Jahrhundert hat es kein Volk gegeben, das die Macht des Pentagramms ewig halten konnte. Alle Weltreiche sind letztlich immer wieder in der Finsternis der Geschichte verschwunden. Nur jenem Volk, dem es als erstes gelingen sollte, den Lebensentwurf des Pentateuchs nach seinen Vorgaben in die Tat umzusetzen, soll die ewige Gunst des Pentateuchs versprochen worden sein. Das war das ungeschriebene Gesetz. Die Macht des Pentagramms sollte nur einer Idee übertragen werden, die andere Ziele verfolgen würde. Aber welche Ziele? Wenige Tage vor dem 12. Jänner 2014 hat der Pentateuch den Vollzug einer einzigartigen Entscheidung angeordnet, die die Zukunft des Planeten *Gaia* verändern sollte. Dort beginnt die Vorgeschichte.

Was ist der Pentateuch? Durch wen hat er seine Macht auf die Bewohner des Universums ausgeübt, um in die Geschichte einzugreifen? Und warum hat sich die Macht des Pentagramms seit dem Tag des 9/11 verringert?

Als sagenumwobene Macht war der Pentateuch für die Menschheit der Ursprung allen Seins. Deshalb hat sie Überlieferungen der fernen Vergangenheit immer wieder aufgesammelt und damit den einen oder anderen Glauben an Wesen geschaffen, für die sie die Bezeichnung Gott erfunden hat. Jahrtausende hat der Mensch ohne Einsicht und Wissen mit Phänomenen gerungen, die Angst verbreitet haben und denen er plötzlich Namen geben musste. Winde, Stürme, Flutwellen, Erdbeben, Seuchen, Gezeiten, Sonnenfinsternisse und andere Erscheinungen. Der Mensch glaubte an Gestirne, Planeten, Monde oder andere Wunder und hinter jedem musste ein eigener Gott verborgen gewesen sein. Die Griechen, Römer, Perser oder

Ägypter prägten den heidnischen Glauben. Wenig später entstanden auch Eingott-Religionen. Aber alle gemeinsam haben eine einzige Urquelle: Den Pentateuch!

Lange Zeit bevor der Mensch den Herrschaftsanspruch unter allen Lebewesen auf dem Planeten gestellt hat, ist von den Wächtern des Pentateuchs ein ewiger Schwur geleistet worden: Das Versprechen für den Fortbestand des Universums und seiner Bewohner. Die Wächter waren die Task Force des Pentateuchs und mussten für Gerechtigkeit und Gleichgewicht unter den Kulturen im Universum sorgen. Als sie lange Zeit vor der Entstehung von Göttern für einige zehntausend Jahre verschwunden sind, hat die Menschheit währenddessen begonnen, sich plötzlich aufzuteilen. Die 1. große Aufspaltung! Dieses Verhalten hat vor allem das 1. Element im Pollenstiel der Rose des Pentateuchs in starke Mitleidenschaft gezogen: Die *Natur* als Symbol für die *Materie!* In der 1. großen Aufspaltung stand das Land im Mittelpunkt. Fast fünf Millionen Jahre lang hat die Menschheit das Land und seine Bodenschätze als endliches Geschenk der Natur verstanden, das nur im Besitz, aber nicht im Eigentum von irgendjemanden gestanden ist. Vor 20.000 Jahren hat sich das gewandelt. Was die einen unverändert als vorübergehende Leihgabe betrachtet haben, haben die anderen begonnen, als ihr persönliches Eigentum anzusehen. Sie sind plötzlich sesshaft geworden und haben sich Siedler genannt. Die anderen haben sich entschlossen weiterzuwandern und sind Nomaden geblieben. Keiner war in den ersten 5 Millionen Jahren durch diese Lebensweise benachteiligt oder ist für den Rest seines Daseins in einem Gebiet eingesperrt gewesen. Es hat keine Landstriche gegeben, an deren Grenzen unüberwindbare Mauern und Wachsoldaten gestanden sind. Niemand hat dort bleiben müssen, wo nichts wachsen und gedeihen konnte und sich freiwillig niedergelassen hätte, weil er sonst dem Untergang geweiht gewesen wäre. Doch die Siedler änderten das. Wer als Erster ein fruchtbares Land mit Bodenschätzen gefunden und sich dort angesiedelt hat, durfte es behalten und einzäunen. Es wurde zu seinem Eigentum. Dieser permanente Tausch von Eigentum und Besitz hat sich unendlich oft wiederholt. Im 21. Jahrhundert wurden auf der ganzen Welt Milliarden und Abermilliarden Tauschgeschäfte an einem einzigen Tag durchgeführt. Die Siedler freuten sich über diese vorteilhafte Rangfolge und haben das damit verbundene Glück der Landzuteilung ihrem Gott zugeschrieben, dem sie am Esstisch mit einem Gebet für die reichen Gaben danken wollten. Als die Nomaden jedes Jahr regelmäßig wiedergekommen sind, sind sie beeindruckt davon gewesen, mit welchem Tempo die Siedler das Landschaftsbild jedes Jahr verändert haben. Auch eine Hierarchie entstand unter den Siedlern, man organisierte sich und stellte Regeln auf. Wer unter den Siedlern die klügsten Gesetze formuliert hat und Recht gesprochen hat, ist mit außergewöhnlichen Begabungen und Führungseigenschaften gesegnet worden, war der Glaube. Und weil das Gebiet der Siedler anfangs noch zu groß gewesen ist, um es vollständig kontrollieren zu können und es auch immer mehr Nomaden wie seit Jahrtausenden durchqueren wollten, haben die Siedler begonnen, ihre eingezäunten Gebiete zu bewachen und zu verteidigen. Wer sich ansiedeln oder das Land durchqueren wollte, musste entweder Verträge schließen und seine Identität preisgeben oder einen Wegzoll bezahlen. So sind die Siedler immer reicher geworden, haben Waffen bauen können und sind zum neuen Menschen der Zivilisation aufgestiegen. Zumindest war es deren Überzeugung bis heute. Sie übertrugen an immer mehr Nomaden den Besitz von Land und verlangten dafür die Hälfte deren jährlichen Ernteertrages. Steuern haben die Siedler diesen Zoll genannt. Als Gegenleistung haben die Nachfahren der Nomaden Plastikkärtchen erhalten, auf denen ihre Fotos und Personendaten abgebildet worden sind. Mit diesen Steuern aus der Arbeit der neuen Bürger sind über die Jahrhunderte prunkvolle Konferenzzentren und Sitzungshallen gebaut worden, in denen der neue Mensch bis ins 21. Jahrhundert wichtige Debatten über die Köpfe der anderen hinweggeführt hat. Die Anführer begannen diese Bauwerke mit Statuen von Göttern und Schutzpatronen zu schmücken, um deren angeblichen Segen zur Schau zu stellen. Auch die Grundrissformen dieser riesigen Säle wurden nicht selten nach dem Vorbild des Pentagramms in fünf Seiten geplant. Am Ende dieser Phase saßen jeden Tag weltweit Millionen so genannter Volksvertreter, Lobbyisten oder Sekretäre in diesen Bauwerken und diskutierten auf ihren gepolsterten Lehnstühlen stundenlang über alle möglichen Themen. Diese Debatten waren von solcher Wichtigkeit, dass sich die Menschen mit fliegenden und fahrenden Maschinen aus allen Gebieten zu diesen Treffen hin befördern ließen, um daran teilnehmen zu können und ihre Anträge zu stellen. Immer dramatischer und staatstragender wurden diese Gipfelkonferenzen. Der Glanz und die Prachtentfaltung verliehen den

Redesälen und darin agierenden Personen den Mythos von Weisheit und Macht. Immer mehr Menschen mit persönlichen Interessen drängten in diese Zentren, wo Gesetze beschlossen wurden, die einen eingezäunten Staat und eine Nation aus den Siedlern gemacht haben, der bis zu den Zähnen bewaffnet sein musste. Die Aufgabe dieser Redner bestand darin, zu streiten. Kriege, Gesetze, Todesurteile, Privilegien, faule Kompromisse, neue Steuern oder Zölle, Verteilungen und andere Dinge wurden beschlossen, um ihre eigene Zukunft vergolden zu lassen. Man hat sich gegenseitig mit Orden, Immunitäten, Medaillen, Nebeneinkommen, Führungspositionen, Geheimdienstschutz und anderen Verdienstzeichen gehuldigt. Die Menschheit glaubte möglicherweise sogar zurecht an diese Regierungsform, die sie Demokratie genannt hat. Aber was vor 20.000 Jahren durch die Aufspaltung in Siedler und Nomaden begonnen hat, hat unentwegt zu Feindseligkeiten unter der menschlichen Rasse geführt. So wuchsen bis ins 21. Jahrhundert Grenzen, Mauern, Zäune, Schutzwalle, Fahnen, Symbole, Überwachungsmethoden und eben verbaute Orte der Zusammenkunft, an denen täglich gestritten wurde. Für eine gute Sache, dachten die Menschen. In dieser ganzen Zeit ist das feindselige Verhalten mit gewachsen, nachdem einige Siedler zuvor erkannt haben, dass andere Gebiete durch wertvollere Bodenschätze begünstigt gewesen sind. Die Lust zur Gewalt hat sich von der passiven Verteidigungsdoktrin zur aktiven Angriffsdoktrin gewandelt, weil Nachbarvölker nicht freiwillig bereit gewesen sind, ihre besiedelten Gebiete abzugeben. Man musste Waffen bauen und Krieg führen, nicht nur um eigenes Land zu verteidigen, sondern auch, um das Neue zu erobern und schließlich zu besetzen. Alles unter Einsatz seines Lebens. Früher haben sich die Anführer der Siedler noch selbst auf großen Wiesen oder Feldern getroffen, um sich gegenseitig die Schädel einzuschlagen. Bis ins 21. Jahrhundert schickte man gutgläubige Bürger in den Tod und versprach ihnen vorher Spezialausbildung, Privilegien oder eine Absicherung im Ruhestand. Es ist nur eine kurze Unachtsamkeit der Wächter gewesen, durch die diese genetische Katastrophe vor 20.000 Jahren ihren Anfang genommen hat. Eine Art hat angefangen die Leihgabe der Natur als Besitz aufzufassen, in der Folge Grenzen zu ziehen, dann ihren Nachbarn, anschließend sich selbst und am Ende auch noch ihren Lebensraum umzubringen. Selbst das Gleichnis von den Brüdern Kain und Abel, das der Pentateuch nach der ersten großen

Aufspaltung unter den Menschen verbreiten ließ, konnte daran nichts ändern. Die Kriege wurden größer, teurer und kosteten immer mehr Opfer. Bis diese verhängnisvolle Teilung der Landgebiete und Lebensentwürfe in der Hölle des zweiten Weltkriegs seinen vorläufigen Höhepunkt gefunden hat. Mehr als 100 Millionen Menschen zollten in den kriegerischen Streitigkeiten des 20. Jahrhunderts ihr kostbares Leben für jene Konzepte, die die Anführer ihnen eingeredet haben. Wie ein Vorhang warf die Aufspaltung des Menschen immer mehr Falten und raffte sich zu einem unüberwindbaren Gebirge des Geistes. Unter den Wächtern des Pentateuchs hat Uneinigkeit darüber geherrscht, warum die Evolution den Menschen zu so einer Feindseligkeit bewogen haben kann. Schließlich war auch die *Evolution* genauso wie die *Zeit* ein Untertan des Pentateuchs. Nur die Wächter haben in letzter Minute verhindern können, dass die Nationalsozialisten mit der Erfindung der Atombombe den finalen Schlag setzen konnten. Aber das sollte sich erst im Jahr 2014 herausstellen. Was gewesen wäre, wenn Hitler als erster die Atombombe gehabt und sie gegen Amerika eingesetzt hätte, ist eine Frage gewesen, die im Hintergrund gehalten worden ist. Hätte Amerika auch nach vier oder fünf erlittenen Atombombenabwürfen auf eigenem Boden trotzdem zu einer Supermacht werden können? Hätte Hitler mit dieser Waffe sogar die Sowjetunion oder China unter seine Kontrolle bringen können? Die erste große Aufspaltung hat also verheerende Folgen in der Menschheit hervorgerufen, die immer komplizierter geworden sind. Mit der Verhinderung des 3. Reiches konnten die Wächter des Pentateuchs noch das Schlimmste abwenden. Doch die Wächter kämpften mit der Erkenntnis, dass die Feinseligkeit im Menschen auch mit ihrer Abwehr der nuklearen Katastrophe noch nicht aus der Welt geschaffen werden konnte. Das Erbe der Aufspaltung wirkte und werkte unbeirrt weiter. Weil die Wächter ihre kurze Unachtsamkeit vor 20.000 Jahren wieder gut machen wollten, haben sie einen Plan entworfen. 15.000 Jahre später haben sie damit begonnen, Eingriffe in die Geschichte vorzunehmen. Die Wächter wollten die Aufspaltung der Menschheit langfristig wieder rückgängig machen. Mittels einer paradoxen Intension glaubten sie, in der Menschheit die Sehnsucht nach einer Umkehr hervorrufen zu können. *Verlange das Gegenteil, wenn Du etwas Bestimmtes von jemandem willst.* Also sollten sich die Menschen so oft aufspalten, bis sie an ihrer Übertreibung den kostspieligen Sinn ihrer gegenseitigen Abgrenzung selbst einsehen würden. Zu diesem Zweck traten die Wächter mit den Menschen geheim in Kontakt und sendeten Boten oder Zeichen.

Einer der ersten Empfänger unter den Menschen ist Moses gewesen. Moses ist zu der Symbolfigur der 2. großen Aufspaltung geworden. Er war zur Einsicht gelangt, dass sich mit dem Glauben *einer* herrschenden Gruppe, die *andere* Gruppe immer ungerecht behandelt fühlen musste. Warum mussten nur die *anderen* Ungerechtigkeit ertragen, wenn der wahre Gott niemals ungerecht sein konnte? Dieser Gedanke entsprang aus dem Schicksal seines unterdrückten Volkes, das sich auf der Flucht befunden hat. Moses ist zu der Überzeugung gekommen, dass über all den ungerechten Göttern aller anderen Völker, nur ein einziger gerechter Gott stehen konnte, der die Wache über alle Götter gehabt hat. Es konnte *nur einen* geben, ist seine felsenfeste Überzeugung gewesen. Durch seine Begegnung mit einem Wächter hat Moses einen völlig neuen Glauben vertreten. Daraus entstand das allererste jemals geschriebene Gebot dieses Glaubens: ›*Ich bin der Herr Dein Gott und Du sollst keine anderen Götter neben mir haben.*‹ Wie ein Atompilz hat diese 2. große Aufspaltung eingeschlagen und der Plan der Wächter schien in der ersten Phase aufzugehen. Sie haben Moses auf dem Berg Sinai noch weitere Gesetze übergeben. Der berühmte Prophet aus dem jüdischen Volk ist mit zwei Steintafeln von seinem einsamen Bergbesuch zurückgekommen, in die insgesamt 10 Gebote eingemeißelt gewesen sind. Diese Gesetze sollten für alle Ewigkeit Gültigkeit haben und sind in einer mit Gold überzogenen Akazienholztruhe aufbewahrt worden. Damit wollten die Wächter eine große Breitenwirkung erzielen. Auch dieser Plan ging auf. Denn die 10 Gebote wirkten bis heute in allen großen Schriften nach. Nationen, Bündnisse, Religionen und Kulturen versuchten über 5.000 Jahre lang danach zu leben. Sie waren ein Teilabschnitt der ewigen Wahrheiten aus dem Pentateuch, dachten die Menschen. Nach der Offenbarung des Moses verschwanden die Wächter für einige tausend Jahre wieder und überließen die Weltbewohner ihrem weiteren Schicksal. Man beobachtete, ob die Lernfähigkeit der Menschen schon ausreichen würde, um den Lebensentwurf der Einheit entweder wieder in seinen Urzustand zu versetzen oder sich abermals aufzuspalten. Während der Mensch aber einsehen musste, dass er die Zeit nicht mehr zurückdrehen konnte, spaltete er sich erneut auf. Und wieder trat dasselbe Phänomen wie beim Siedler auf. Der Eigentumsanspruch! Weil

Moses durch seine Begegnung mit einem Wächter den Glauben vertreten hat, dass Götter in der Gruppe aufgrund einer auftretenden Konkurrenz niemals gerecht sein könnten, hat ein wahrer Gott nur einzeln in Erscheinung treten können. Dieser Eingottglaube hat sich in den nächsten 2.000 Jahren nicht nur durchsetzen können, sondern auch zur großen Frage geführt: Ist der wahre und gerechte Gott überhaupt teilbar und wie könnte man ihn gerecht aufteilen? Wer hat mehr Anspruch auf ihn oder auf Gerechtigkeit? In wessen Eigentum stand der wahre und gerechte Gott? Sind alle Völker gleich auserwählt oder nur ein bestimmtes Volk? *Der gerechteste Gott ist unser Gott. Der ungerechte Gott ist Euer Gott.* Mit dieser Haltung beschritt man nach Moses die nächsten drei Jahrtausende. Ein zweites Mal haben die Wächter mit Staunen das Besitzdenken des Menschen bewundert. Zuerst der bedingungslose Anspruch auf die *Natur* in der Form der *Materie* und dann auch noch der Besitzanspruch auf den *Himmel* in der Form des *Geistes.* Zwei der drei Elemente des Pentateuchs kamen ins Ungleichgewicht, weil der Mensch die Einheit zerbrochen hat. So ist es abermals der menschliche Irrtum gewesen, der die 2. große Aufspaltung zu einer wahren Explosion werden ließ. Denn himmlischer Besitz ist zu Geheimwissen erklärt geworden, das wie ein belagertes Gebiet bewacht werden musste. Wie die Siedler für das Land, haben daher auch die Priester begonnen, für den Besitz des Himmels *neue Steuern* einzuheben, als würde es sich um Frequenzwellen handeln, die Mobilfunknetzbetreibern zum Verkauf angeboten wurden. Viel später haben diejenigen, die sich selbst als Gesandte Gottes bezeichnet haben, mit diesen Geldern sogar noch prunkvollere Bauwerke errichten lassen als es die Siedler gemacht haben. Sie haben diese Gebäude nach dem Grundriss eines Kreuzes errichtet und sie mit hohen Türmen versehen. Darin ließen sie Glocken aufhängen, um beide Volksgruppen durch Läuten zur Zusammenkunft rufen zu können: die Siedler und die Nomaden! Man hat entdeckt, dass der Besitz des Himmels einen noch weit größeren Radius der Fangnetze ermöglicht hat als der Besitz von Land. Die Wächter dachten sich, dass die Menschheit es so haben sollte, wenn sie es so haben wollte. 15.000 Jahre nach der Aufspaltung in Siedler und Nomaden schied sich der Weg der Menschheit ein zweites Mal und die Intervalle dieser Aufteilungen haben in der Folge ein dramatisches Tempo aufgenommen. Die Menschheit hat von der 2. bis zur 3. Aufspaltung nicht einmal 1/5 jener Zeit benötigt wie von der 1. zur 2. Aufspaltung. Nur

3.000 Jahre nach Moses trennte sich auch die allmächtige Vaterfigur des angeblich einen wahren und gerechten Gottes in zwei Teile auf: die christliche und die jüdische Religion. Aber nur 600 Jahre später spaltete sich ebenso die muslimische Religion ab und von da an waren es drei. Während die Juden bis heute weltweit auf nur 18 Millionen Mitglieder anwachsen konnten, verschlangen die beiden neuen Religionen Unsummen von Seelen, um sie für ihre Sache zu gewinnen. Drei Milliarden standen sich insgesamt einander gegenüber. Eine in Gang gesetzte Glaubenswalze rollte über die Geschichte hinweg. Die Christen spalteten sich in Protestanten, Evangelisten, Orthodoxe, Katholiken oder andere kleine Splittergruppen wie Opus Dei, Jesuiten, Dominikaner, Exorzisten bis zu den Zeugen Jehovas. Die Moslems wiederum spalteten sich ebenso auf und verstreuten sich in alle Kontinente. Und so weiter und so weiter. Doch etwas verband alle Religionen. Der Pentateuch!

Die Menschheit spürte, dass in dieser langen Zeit vieles von dem umgedeutet und verfälscht worden sein muss, was der Pentateuch vor tausenden Millionen Jahren verbreiten wollte. Erst aus späten Vergleichen mit asiatischen und anderen Religionen erkannte man Parallelen. Jahrtausende lang mussten die Menschen ihr Wissen am Lagerfeuer durch Erzählungen weitergeben. Die wichtigsten Geschichten zeichneten oder kratzten sie auf Höhlenwände und Steintafeln. Später hat man aus getrockneten Tierhäuten Schreibunterlagen hergestellt, die wesentlich leichter aufbewahrt oder weitergegeben werden konnten. Weil die Insel des Wissens immer weiter gewachsen ist, ist auch der Platz immer kleiner geworden, auf dem das ganze Wissen aufgeschrieben werden konnte. Eine neue Erfindung hat hermüssen! Doch zwischen dem Schritt von der dunklen Höhlenwand zur hell erleuchteten Bildschirmoberfläche, die durch Glasfaserkabel und Frequenzwellen in einem weltweiten Netzwerk alles und jeden informieren konnte, hat noch ein Zwischenschritt bestanden. Das Buch! Mit einem Buch, das den Willen des Pentateuchs aufgeschrieben und verbreitet hat, hat man plötzlich alles jederzeit nachlesen und hinterfragen, aber auch umdeuten und darüber debattieren können, wie dieser Wille wohl gemeint sein könnte. Die Verwalter eines ganz besonderen Buches haben die darin aufgeschriebenen Geheimnisse mit einem Code versehen. Über 1.500 Jahre lang haben sie diese Schrift in einer toten Sprache verfasst, damit es die Mehrheit nicht verstehen konnte. Latein! Erst ein gewisser Martin Luther hat den Text im 16.

Jahrhundert in eine lebende Sprache übersetzt, damit alle Zugang zu dieser Geheimwissenschaft haben konnten, die als das Wort Gottes gewürdigt wurde. Bei diesem Buch handelte es sich um die Bibel. Die Bibel war das erste und am häufigsten gelesene Buch der Menschheit. Sie entpuppte sich als wahrer Thriller und enthielt durch ihre Breitenwirkung einen Teil des Sanierungsprogramms der Wächter, um den menschlichen Geist zum Widerruf seiner ersten großen Aufspaltung zu führen. Immer wieder versuchte der Mensch das Rätsel des Besitzes, des Streites und der Separation zu entschlüsseln. Rituale wurden eingeführt. Die einen beteten täglich fünfmal in eine bestimmte Himmelsrichtung, während sich die anderen jeden Sonntag zum Gebet in Gotteshäusern trafen. Kein Buch ist während dieser Messen und Gottesdienste öfter zitiert worden. Der Pentateuch zeigte sich schon im 1. Abschnitt der Bibel mit seiner magischen Zahl *Fünf* und verewigte sich durch die fünf Bücher des Moses im *neuen* Pentateuch. Penta und Teuchos: Das fünfgliedrige Gefäß! Diesen 1. Abschnitt in der Bibel nannte man fortan das Alte Testament, in dem die Genesis erwähnt wurde. Die Genesis ist die Schöpfungsgeschichte und gilt bis heute als eines der berühmtesten der fünf Bücher des Moses. Weil es die drei Elemente des Pentateuchs umfasst hat: *Himmel, Natur* und *Mensch*! Doch Moses wurde über die Jahrtausende zu einem Mythos. Denn historisch ist seine Gestalt nicht fassbar geworden und auch von der Forschung ist er bestritten worden. Daher hat die Menschheit begonnen, die Lehren des Pentateuchs nicht nur nachzulesen, umzudeuten und neu auszulegen, sondern diese Lehren auch auf ihre Stichhaltigkeit zu überprüfen. Hiob, Arche Noah, das Paradies, die Erbsünde, Babylon oder Abraham, der seinen Sohn opfern sollte. Das Buch führte zu unzähligen Streitereien. Unbestritten ist jedoch bis heute geblieben: Mit der Schöpfungsgeschichte ist durch die Wächter des Pentateuchs ein Testament hinterlassen worden, das bis heute allen Debatten in der Wissenschaft widerstehen konnte. Die größten Physiker sind bis ins 21. Jahrhundert immer an der Frage der Schöpfung gescheitert und haben vor jenen Geheimnissen kapitulieren müssen, die dahinter verborgen gelegen sind. Was ist ganz am Anfang gewesen?

Egal wie berufen, belesen oder gebildet jemand war. Der menschliche Geist hat trotz aller Weisheit stets eine Gestalt gebraucht, die für eine leibhaftige Überlegenheit gestanden ist und mit unsichtbarer Hand alles gelenkt hat. Ein oberstes Gericht, das über die Naturgesetze entschieden und die Wunder ermöglicht hat, die die Wissenschaft staunend studierte. Es war die Macht des Pentateuchs. Seine magischen Wirkungen waren aus den Köpfen der Menschen nicht mehr zu verbannen. Die Völker waren zwar weniger zerrissen zwischen ihren Vorstellungen von einem Ideal sondern vielmehr darin zerstritten, wie diese Ideale erreicht werden könnten. Auf der einen Seite das bedingungslose Streben nach Aufspaltung und auf der anderen Seite die unsterbliche Hoffnung auf ein Ende des Streits. Als Spätfolge der ersten großen Teilung versickerte die Grundlehre des Pentateuchs in mehreren Religionen und spaltete sich tausendfach auf. Wie die feinen Kapellarien einer Lunge verästelten sich die Religionen bis heute. Ausgehend von einer Hauptschlagader. Dem Pentateuch! Er floss in das Neue Testament der Christen, in den Talmud der Juden und in den Koran der Muslime ein. Aber jede weitere Abspaltung verhinderte den wahren Willen des Pentateuchs. Seine Wahrheiten wurden immer weiter verfälscht und verdunkelt. Große Teile gingen verloren und die neuen Eingott-Religionen ließen sich auf Spekulationen ein, um die Antworten auf die großen Fragen zu finden. Alle diese Erfahrungen stellten unter Beweis, wie unvollendet die aufgespalteten Religionen gewesen sind. Auch das Buch hat daran nichts ändern können. Im Unterbewusstsein spürten die Menschen aber, dass es den einen wahren Pentateuch noch immer gab, der alle zu einer großen Familie vereinen konnte. Jene verlorene Wahrheit, die über allen Wahrheiten gestanden ist. Der Pentateuch verbarg ein Wissen, das nur den Wächtern vorbehalten geblieben ist. Und ihr Schwur auf den Fortbestand des Universums und seiner Bewohner bedeutete die bedingungslose Einhaltung der fünf Gebote: *Reinheit, Helligkeit, Erleuchtung, Unantastbarkeit und Stärke.* Über die Wächter wirkte der Pentateuch in die Geschichte wie das regelmäßige Starten eines Motors, wenn man vom Kurs abgekommen war. Um ihren Plan erfolgreich umsetzen zu können, verschwanden die Wächter immer wieder über lange Zeit. So geschah es auch. Nach der ersten Kontaktaufnahme mit Moses ist es fast 3.000 Jahre lang still um sie geworden. Diese Beobachtungszeit erstreckte sich bis zum Beginn einer neuen Zeitrechnung. Mit der Geburt des Jesus Christus ist der erste Mensch in Erscheinung getreten, der viele Lehren des Pentateuchs verbreiten konnte, ohne jedoch eine Begegnung mit einem Wächter gehabt zu haben. Jesus Christus kritisierte die Angewohnheit der Siedler und

Gottesverwalter, mit dem Glauben der Menschen Geldhandel zu betreiben und Steuern und Zinsen zu verlangen. Deshalb wurden seine Worte, sein Leben und sein Sterben als das Neue Testament bezeichnet und in die Bibel eingearbeitet. Seine Offenbarungen haben für die meisten jemals lebenden Menschen bis heute Gültigkeit gehabt. Viele vermuteten in ihm einen Wächter des Pentateuchs. Doch diese Vermutungen sind leider viel zu spät angestellt worden. Zu einem Zeitpunkt als er längst ermordet worden und nicht mehr am Leben gewesen ist. Die Menschen trauerten um diese einzigartige Chance, Kontakt mit einem potenziellen Wächter gehabt zu haben. Deshalb verbreiteten sie die Hoffnung, dass er noch immer unter ihnen sein könnte. Und sie nahmen jede Information dankbar auf, die über ihn kundgegeben worden ist. Man hat sogar von Wundern gesprochen, die er vollbracht haben soll. Daher hat das Phänomen der Christi-Himmelfahrt im 6. Jahrhundert zu einem so genannten Konzil im damaligen Konstantinopel geführt. Weil sich in dieser Zeit bereits die nächste große Aufspaltung abgezeichnet hat, haben die Anführer des Christentums tunlichst reagieren müssen und eine Entscheidung getroffen: Jesus Christus ist nicht nur menschlich, sondern zugleich göttlich gewesen! Sonst hätte er die sagenumwobenen Lehren nicht kennen können. Der überwiegenden Mehrheit der Menschen ist diese Entscheidung von da an sehr recht gewesen. Denn das fehlende Teil des Pentateuchs konnte durch diesen neuen Glauben sehr gut ersetzt werden. Sie sind zu der Überzeugung gelangt, dass Christus der leibhaftige Sohn des einen Gottes gewesen sein muss, der sich für die Menschheit geopfert hat. Sein Einfluss ist so groß geworden, dass die Menschen ihre Zeitrechnung nach ihm gerichtet haben. Um diese 3. große Aufspaltung zu vertuschen, einigten sich die Menschen darauf, wieder bei NULL zu beginnen. Die Zeit wurde aufgeteilt in jene *vor* und in jene *nach* Christus. Dieses Christentum hat sich in seinen Anfängen nur langsam verbreiten können, weil es zuvor illegal gewesen und brutal verfolgt worden ist. Aber über die Jahrhunderte hat es die Menschen immer schneller infiltriert. Und während dieser Jahrhunderte ist es wiederum lange still um die Wächter geworden. Bis abermals ein Teil der Erinnerung des Pentateuchs verloren gegangen ist. Kurz nach dem Konzil im 6. Jahrhundert hat sich eine neue Begegnung mit einem Wächter ereignet. Mohammed ist plötzlich in Erscheinung getreten und hat auf derselben Grundlage wie Moses und Christus eine neue Lehre verbreitet. Auch er hat sich auf sagenumwobene

Offenbarungen berufen, die ihm durch einen Geist vom Himmel zugekommen sind. Fast eine ganze Milliarde Menschen beruft sich heute auf Mohammeds Lehren. Auch nach seinem Tod sind die Wächter ein weiteres Mal über lange Zeit im Verborgenen geblieben und haben auf dem Planeten vereinzelte Stichproben durchgeführt. Thomas von Aquin, Jan Hus oder Ignatius von Loyola waren einige der ersten Empfänger dieser Zeichen, die die Wächter gestreut haben. Und so mussten nach den großen Aufspaltungen weitere 1.000 Jahre vergehen, bis sich im Jahre 1604 etwas ereignet hat, das in der Geschichte der Wächter noch nie geschehen ist. Es war gerade die Zeit, in der das Christentum wie ein riesiger Eisberg in zwei Teile zerbrochen ist. Man nannte diesen Vorgang: die Reformation. Weil die Wächter ihre Einhaltung auf die fünf Gebote des Pentateuchs geschworen haben, ist es auch ihnen verboten gewesen, die Unwahrheit zu sagen. Als im Jahre 1604 Galileo Galilei einem Wächter persönlich begegnet ist und ihn durch eine seltsame Eingebung mit Fragen über das Wesen der Dinge konfrontiert hat, hat der Wächter seine Identität zugegeben und über die Naturgesetze Rede und Antwort gestanden. Dieses Ereignis hat zur 4. großen Aufspaltung der Menschheit geführt. Die Christen und alle anderen Religionen durften von da an nur mehr den *Glauben*, aber nicht mehr das *Wissen* verbreiten. Eine neue Religion entstand, die ihren Glauben nur mehr mit Beobachtungen durch Experimente zu beweisen versucht hat. Die Begegnung zwischen Galileo Galilei und einem Wächter hat in die *Glaubenden* und die *Wissenden* gemündet. Die Wissenschaft begann sich durchzusetzen und hat von da an nach Beweisen und Gegenbeweisen zu suchen begonnen, die den Pentateuch betroffen haben. Man heftete sich auf die Spuren der Geheimnisse, die um seine Macht gekreist sind. Man einigte sich auf eine klare Abgrenzung zwischen Glauben und Wissen. Doch je intensiver die Wissenden daran geglaubt haben, dass es für jedes Phänomen eine Erklärung gibt, desto mehr Fragen sind aus den neuen Erklärungen hervorgetreten. Verdoppelungen führten zu Vervierfachungen und diese wieder zu Verachtfachungen und so weiter. Weil die Wissenschaft die Methode des Fragens gewählt hat, sind aus der Antwort auf eine Frage wieder mindestens zwei neue Fragen entsprossen. Wissen ist von da an inflationär geworden. Erst viele Jahrhunderte später hat man aber das Wissen über jenen Zusammenhang erkennen können, der zwischen dem Ereignis aus dem Jahre 1604 und der Zukunft gelegen ist. Das

Testament von Galileo Galilei war eine Geheimschrift, die als *dialogo sopra i due massimi sistemi* in den Archiven des Vatikan aufbewahrt wurde. Der *Dialog zwischen den zwei hauptsächlichen Weltsystemen* war das erste unwiderlegbare Beweisstück für die Existenz der Wächter des Pentateuchs. Galileis Aufzeichnung war jener Beleg, auf den die Menschheit seit jeher gewartet hat. Galilei ist der Einzige geblieben, dem der Wächter *Christian* die Existenz der Weltsysteme erklärt hat. Endlich hätte man mit den Wächtern in Kontakt treten können. Ein Ende der Spekulationen und undeutlichen Überlieferungen hätte sich ankündigen können. Ein Grundtenor dieser Geheimschrift ist vor allem die Erkenntnis gewesen, dass nichts unmöglich ist. Die Wächter existierten! Doch niemand hätte erkennen können, dass die Wächter mit dieser Begegnung ein weiteres Mal für eine Aufspaltung gesorgt haben. Das Besitzdenken ist wie immer die treibende Kraft gewesen. Denn der Vatikan hat sich in diesem einzigen Fall entschieden, die Offenbarungen des Galilei für sich zu behalten. Bis heute blieben sie geheim und wirkten wie ein Bremsklotz. Die 4. große Aufspaltung hat die Wächter des Pentateuchs zu einer Ratssitzung bewogen. Sie entschlossen sich, einen ständigen Beobachter unter die Menschen zu entsenden, der die Endphase ihres Planes überwachen sollte. Für diese Aufgabe sollte derjenige auserwählt werden, der schon mit Galileo Galilei in Kontakt getreten ist. Christian! Durch ihn konnten die Wächter ab dem 17. Jahrhundert ohne Verzögerung in die Geschichte eingreifen und den Rückgang der Aufspaltung endgültig in die Wege leiten. Doch die Menschheit musste bis zur Vollendung dieses Ziels noch unzählige Trennungen und Streitigkeiten vornehmen. Sie beschleunigte unterdessen ihre Verästelungen und teilte sich in immer mehr unterschiedliche Zweige auf. Über 195 Staaten und 9.900 Religionen waren bei den Vereinten Nationen registriert. Tausende von Bundesstaaten und Teilrepubliken. Weil die Siedler ihre gezogenen Grenzen nicht mehr überblicken konnten, haben sie ein Völkerrecht geschaffen. Und als sie erkannt haben, dass sie das Völkerrecht nicht wirklich durchsetzen konnten und sich gegenseitig eingesperrt haben, haben sie den Handel und die Märkte erfunden. Mit dieser Erschaffung haben die Menschen zwar die Zäune und Mauern überwinden können, haben aber jenen Krieg nicht absehen können, der angefangen hat, auch dort herumzuwüten. Diese 5. große Aufspaltung hat brutale Geldschlachten hervorgebracht, die auf den Märkten mit militärischer Planung über die Landesgrenzen hinaus geführt worden sind. Nicht mehr militärische sondern wirtschaftliche Bündnisse sprossen im 20. Jahrhundert wie Pilze aus dem Boden. Über 60.000 so genannte Investmentfonds bekriegten sich zu Beginn des 21. Jahrhunderts täglich 24 Stunden lang. Geldinstitute, Konzerne und andere Wirtschaftskonglomerate kämpften um Marktanteile. Überall wütete die Aufspaltung. Hunderte von Wissenschaften wurden in genausoviel Universitäten gelehrt und Abermillionen Siedler besetzten den Planeten auf verheißungsvollen Plätzen, stritten darüber und beuteten ihn aus, um ihren Streit finanzieren zu können. Rundherum steuerte man auf einen Kollaps der Kulturen hin. Deren großen Bastionen waren im Begriff sich aufzulösen. Die Kulturen des Geldes, des Glaubens, der Anführerschaft und der Wissenschaft. Es gab zuviel von allem, keines stellte zufrieden und deshalb erfand man immer mehr. Die Lehren des Pentateuchs verloren sich in haltlose Hoffnungen und der eine wahre Glaube rückte in immer weitere Ferne. Nur mehr Chaos, Zweifel und Angst über die Zukunft haben vorgeherrscht. Während die Menschheit mit der Tragik gerungen hat, dass keine Beweise für die Wächter gefunden worden sind, bewahrte aber der Vatikan die Aufzeichnungen von Galilei stillschweigend in seinen Geheimarchiven auf und nutzte sie auch. Zwischenzeitlich wurden die Menschen mit Versprechen und Prophezeiungen am Faden ihrer Hoffnung geführt. Christus würde wiederkehren und alle endgültig befreien, hat eine der Schriften verkündet. Aber außer mündlicher Überlieferungen hat die Mehrheit der Menschheit nichts über den Pentateuch gewusst. Schon gar nichts über den Wächter, der den Planeten seit 1604 ständig bewohnt hat. Die Ungeduld der aufgeklärten Menschen erreichte gerade zu jenem Zeitpunkt einen neuen Höhepunkt, als der Pentateuch begonnen hat, dem Pentagramm und damit auch dem Pentagon der Amerikaner die Herrschaft zu entziehen. Zu Beginn des 3. Jahrtausends. Zu diesem Zeitpunkt stieß die menschliche Rasse auf den großen Scheideweg, den sie fortan 9/11 genannt hat. Und auch der Vatikan verlor zusehends seine Glaubwürdigkeit, weil sich keines seiner Versprechungen erfüllt hat. Vielmehr verwickelte er sich in Skandale und Misswirtschaften. Der Verdruss der Gläubigen über Papst Benedikt XVI. war so groß, dass man ihn als *Panzerkardinal* oder *Rottweiler Gottes* bezeichnet hat. Ungefähr ein Jahrzehnt vor dem 12. Jänner 2014 hat der Glaube an die Existenz der Wächter wieder stark anzuwachsen begonnen. Und wieder ist es dasselbe Gefühl gewesen, das durch Moses vor 5.000 Jahren zum Eingottglauben geführt hat. Das Gefühl der Ungerechtigkeit. Das war das letzte, was die gesamte Menschheit noch verbunden hat. Der Mangel am wahren gerechten Gott. Diese innere Leere haben alle gespürt. Die 6. große Aufspaltung stand bevor. Doch es musste eine Einheitsformel geben, die Gerechtigkeit und Lebenssinn stiften konnte und alle drei Elemente *Mensch, Himmel* und *Natur* wieder zusammenführen könnte. Die Wächter wollten diese Gelegenheit nutzen. Zwar haben sie seit Galilei begonnen, immer massiver in die Geschichte einzugreifen und wie Großmeister des Schachs die Figuren auf dem Schachbrett der Epochen hin und her zu bewegen. Aber im zeitlichen Zusammentreffen des zurückkehrenden Glaubens an den Pentateuch und des Machtverlustes des Pentagramms entstand eine prekäre Phase zu Beginn des 21. Jahrhunderts. Wie jede Gleichgewichtsbewegung, die Umwälzung und Tote gefordert hat, leuchteten schon ab 2010 die ersten Vorboten des Zorns durch die Völker hervor. Die Menschen gingen weltweit auf die Straße und demonstrierten ihren Glaubensverlust an die falschen und irreführenden Konzepte. Nicht mehr die Macht des Pentagramms der Amerikaner, sondern der neue Glaube an die Gerechtigkeit des Pentateuchs sollte den Triumph hervorbringen. Vor einem Gebäude in der Wall Street in New York versammelten sich immer öfter immer mehr Menschen und wollten die Macht des Geldes zum Einsturz bringen. Die Wächter trafen sich neuerlich zu einer Ratssitzung und berieten darüber, wie sie den explosiven Zündstoff eindämmen könnten, der wie ein gewaltiger Sturm der Wut über die Verbündeten Amerikas hinwegfegen könnte. Die Wächter haben sich an den Pentateuch gewandt und den Rat erhalten, dass ihr Gesandter nicht mehr länger verdeckt agieren sollte. Erstmals in der Geschichte des Pentateuchs sollte sich ein Wächter allen Menschen gleichzeitig zu erkennen geben. Sie nannten diese Operation: *Die Auferstehung!* Die *Auferstehung* sollte die Menschen in einen neuen gemeinsamen Glauben versetzen. Keine heimlichen Offenbarungen und Steintafeln mit Geboten mehr, die Auserwählte auf einsamen Bergen bekommen haben sollen. Keine Geheimnisse mehr! Das Buch ist als Instrument der Breitenwirkung längst vom Internet abgelöst worden und diese Erfindung sollte den großen Schlag ermöglichen. Die *Auferstehung* sollte der letzte große Wendepunkt in der unliebsamen Geschichte der menschlichen Aufspaltung werden und eine finale Antwort auf

Grundsatzfragen ausrichten. Christian ist jener Auserwählter gewesen, der diese Botschaft überbringen sollte. Ihm trauten die Wächter die erfolgreiche Bewältigung dieser großen Aufgabe zu, den er ist schon einmal als Mensch in Erscheinung getreten. Nun sollte er die Lehren des Pentateuchs mit den Möglichkeiten des 21. Jahrhunderts verbreiten. Dieser letzte Eingriff in der Geschichte sollte so gewaltig sein, dass die Versäumnisschuld der Wächter für immer getilgt werden konnte. Das Versprechen sollte eingelöst werden und jede Aufspaltung, die in den letzten 20.000 Jahren eingetreten ist, sollte wieder zum Urzustand zurückgeführt werden. Die Verschmelzung aus *Natur, Himmel* und *Mensch.* Aus den unverrückbaren Symbolen des Universums für *Materie, Geist* und *Einheit.* Wie das im Detail erreicht werden sollte, dafür ließen die Wächter ihrem Gesandten freie Hand. Eine nochmalige große Aufspaltung würde eine lange und finstere Zeit der Zivilisation bedeuten. Die Wächter wussten durch den Pentateuch, welche Epoche die Menschheit erwarten würde, wenn sie es dieses Mal nicht schaffen würde. Christian sollte sein Werk vollenden, das er vor 2.000 Jahren begonnen hat, als er die Tische der Geldhändler zornig aus dem Tempel von Jerusalem geworfen hat.

Ich sehe eine Krise auf uns zukommen,
die mich um mein Leben zittern lässt.
Die Geldmacht des Landes wird versuchen,
ihre Herrschaft zu verlängern,
indem sie die Leute ausbeutet,
bis Amerika zerstört ist.

Abraham Lincoln, Präsident der Vereinigten Staaten von Amerika 1861-1865

Wir können nicht länger sagen,
dass es nichts Neues unter der Sonne geben würde,
denn dieses ganze Kapitel
in der Geschichte des Menschen ist neu.

Thomas Jefferson, Präsident der Vereinigten Staaten von Amerika 1801-1809;
Mitgründer der Vereinigten Staaten von Amerika und Verfasser der Unabhängigkeitserklärung 1776

Figuren

Harvey Friedman

Harvey ist 38 Jahre alt und mit Jackie verheiratet. Beide erwarten in zwei Monaten einen Sohn. Neben seiner Haupttätigkeit als Vizechef einer Investmentbank, übt er auch eine ehrenamtliche Aufgabe in der US-Zentralbank aus. Harvey leidet seit seiner Jugend unter einer schweren Krankheit; das posttraumatische Stresssyndrom. Am Donnerstag den 7. Oktober 2013 will er mit Jackie die Premiere von *La Traviata* in der Metropolitan Opera besuchen. Auf dem Weg nach Hause im Taxi entsteht mit dem Fahrer ein abwechslungsreiches Gespräch über den Sinn des westlichen Lebensentwurfes. Bis schließlich Harveys Erkrankung plötzlich ausbricht. Nach einer Ohnmacht erwacht er auf dem Planeten *Gaia* und trifft dort auf eine Welt, in der die westliche Zivilisation in sich zusammenstürzt. Seine Frau, Freunde oder Bekannte sind für ihn dort nicht mehr erreichbar. Sehr bald lernt er einen Mann kennen. Er heißt Christian und benötigt Hilfe für die größte Rettungsoperation der Menschheit. Harvey Friedman befindet sich in einer ausweglosen Situation, da er nicht weiß wie er zu seiner Frau auf die *Erde* zurückkehren kann. Daher hilft er Christian und entdeckt auf seinem Abenteuer seltsame Verbindungen zwischen Christian und einer biblischen Figur. Aber auch John F. Kennedy und Abraham Lincoln kreuzen Harveys Erlebnisse auf seiner Lebenssuche nach den Verrätern, die seinen Großvater auf dem Gewissen haben.

James Martin Kerry

In Erinnerung an die Wesenzüge von John F. Kennedy nennen die amerikanischen Bürger ihren 45. US-Präsidenten im Jahr 2014 liebevoll JMK. Er ist Mitte 50 Jahre alt, verheiratet und hat einen 10-jährigen Sohn namens Peter. James Kerry hat das Studium der Naturwissenschaft absolviert und seine Diplomarbeit über die Entstehung des Lebens geschrieben. Kerry ist trotz der Wirtschaftskrise ein beliebter Präsident geblieben. Sein bester Freund und Chefberater im Präsidentenstab ist Eduard Heller. James Martin Kerry ringt mit der Gegenwart der Weltgeschichte, die den Lebensentwurf des Westens zunehmend pulverisiert. Er möchte seiner Nachwelt eine neue Idee hinterlassen und ist nach einem Staatstreffen in Europa auf dem Heimweg. Auf dem Flug gerät er plötzlich in eine lebensbedrohliche Situation.

Christoph Rosenborn

Die Weltbürger auf dem Planeten *Gaia* kennen ihn unter dem Namen Benedikt XVII. Dort ist er im Jahre 2014 der Papst und leitet den Heiligen Stuhl in eine neue Zukunft. Christoph Rosenborn ist 52 Jahre alt und damit der jüngste Papst, der seit dem 1. Vatikanischen Konzil gewählt worden ist. Er ist im Besitz des Papstbuches, dessen Inhalt seit dem 17. Jahrhundert nur dem Stellvertreter Christi bekannt sein darf. Kurz nach seinem Amtsantritt hatte Benedikt XVII. eine erste Begegnung mit einem Mann, der sich als Messias ausgegeben hat. Seit diesem Tag glaubte der Papst fest an eine göttliche Offenbarung. Sein engster Freund und Glaubensbruder ist der kroatische Kardinal Franjo Sepero. Christoph Rosenborn erhält am 12. Jänner 2014 um 11 Uhr vormittags ein E-Mail, aus der seine Auserwählung bekannt wird. Er ist der letzte Papst des Vatikans und muss der Menschheit die Wahrheit über die Auferstehung des Messias offenbaren. Gleichzeitig muss er seine Kardinäle davon überzeugen, innerhalb von nur 12 Stunden ein letztes vatikanisches Konzil abzuhalten und die gesamte Kirche zu mobilisieren. Dazu muss er das Galilei-Testament öffnen. Wahrscheinlich das größte Geheimnis der Geschichte.

Robert McDerman

Robert ist Bibelwissenschafter und war über 1 ½ Jahrzehnte beim FBI tätig. Er lebt in einer Beziehung mit Maria, die ihn auch bei seinem jüngsten Projekt unterstützend begleitet. Für einen lukrativen Sonderauftrag vom Vatikan hat er vor einigen Monaten seinen Dienst bei den Behörden quittiert und observiert seither einen Mann, über dessen Hintergründe der Vatikan dringend Informationen benötigt. Robert glaubt nicht an die Prophezeiungen der Bibel und hat beim FBI alle Kriminalfälle logisch aufklären können, die mit überirdischen Phänomenen zusammengehangen sind. Der Vatikan stellte ihm für seine Untersuchungen einen jungen italienischen Wissenschafter namens Filippo Grimassi als Assistenten zur Seite. Robert und Filippo werden während ihrer Arbeit Zeugen von Funden, die die Basis der Christenheit völlig umwälzen könnten. Robert beginnt von da an zu erahnen, dass eine tatsächliche Auferstehung des Messias folgenschwere Auswirkungen haben könnte. Der Auferstandene könnte sein Werk im Jahre 2014 vollenden, das er vor 2.000 Jahren mit dem Vertreiben der Geldhändler aus dem Tempel von Jerusalem begonnen hat, bevor er gekreuzigt worden ist.

Jimmy Gordon

Jim Gordon hat Informatik studiert und ist Sicherheitschef der globalen IT-Abteilung in der Bank of America. Jimmy ist Mitte 40 Jahre alt, geschieden, hat zwei Kinder und lebt in einer losen Beziehung. Sein Vater ist durch Krankheit infolge des Vietnamkriegs früh verstorben. Jimmy hat außerdem eine Rechnung mit seinem Dienstgeber offen. Nach seiner Arbeit will er nach Washington zu seinem Patenonkel, Prof. William Leroy, der im Jahr 2013 den Physiknobelpreis erhalten hat. Doch während der Nachtschicht wird in das System der Bank of America in einer Art eingebrochen, wie es Jim noch nie erlebt hat. Eine unbekannte Technologie bringt die Finanzmärkte zum Einsturz und für Jimmy beginnt ein Wettlauf gegen eine Übermacht.

Kapitel auf Planet *Gaia*	Kapitel auf Planet *Erde*
Präsident Kerry Papst Benedikt XVII Robert McDerman Jimmy Gordon	Harvey
1. Einschlag	
2. Caput mundi	
	3. Vorahnung
4. Kathrina	
5. Itego arcana die	
6. AIG	
	7. 1989er Generation
8. Phishing	
9. Erste Order	
10. Ophiuchus ante portas	
11. Menetekel	
12. Chianucca Code	
13. Colateralized Debt Obligations	
	14. Lukas
15. Sixtinische Kapelle	
	16. Großvater
17. Air Force One	
	18. Aktenzahl 80-5905
19. Erste Analyse	
20. Atlantis Systems	
	21. 1992
22. Bufimimat	
	23. Beste aller Welten
24. Harakiri	
25. E.L.N	
26. Konzil	
	27. Lindberghs Baby
28. Totus tuus	
	29. Jacob
30. Echelon	
31. Amerika	
	32. Marx
33. Damian	
	34. Mission Gottes
35. Bilanzroulette	
36. Santo subito	
37. Dow Jones	
38. Operation Peso-Shield	
39. Fall der Giganten	
	40. Befreiung der Welt
41. Todesstrafe	
	42. Unsichtbare Hand
43. Defcon Zwei	
	44. PTSP 99
45. Kriegsrecht	
46. Botnetzwerke	
	47. Patriot storm

Ab Kapitel 47 befindet sich Harvey Friedman nicht mehr auf dem Planeten Erde.
Die Handlung spielt von da an nur auf dem Planeten Gaia.

»Guten Tag! Ich bin Harvey Friedman.«

»Die Planeten *Gaia* und *Erde* sind Schwestern. Auf *Gaia* bewahrheitete sich 2014 eine größe Verheißung, auf die viele Menschen gewartet haben. Wie auf der *Erde* gab es auch auf *Gaia* eine große Religion, die die Rückkehr ihres Gründers mit inbrünstiger Leidenschaft verbreitet und ihre Herde in ungeduldige Spannung versetzt hat. Auf *Gaia* wüteten ebenso Umweltkatastrophen, Glaubenskriege, politische Umbrüche, Staatspleiten, Wirtschaftskrisen, Hungersnöte und Währungskriege. Wie in den arabischen Ländern waren auch in demokratischen Staaten immer mehr Wutbürger auf die Straßen gegangen. Sie streikten, randalierten, protestierten oder demonstrierten. Der Planet und die Weltbewohner schwitzten und keuchten unter dem Geldhunger und man hat verzweifelt um einen *neuen Lebensentwurf* für die Menschheit gerungen. Die Menschen auf *Gaia* haben schon lange die eigenartige Ahnung gehabt, dass in dieser Epoche irgendetwas Großes passieren würde. Niemand wusste was genau das sein sollte, aber man ahnte etwas Kolossales. Es sollte eine Gewissheit gewonnen werden, dass es etwas Gemeinsames gegeben hat, das schon da gewesen ist, bevor es die Mehrheit sehen konnte. Doch letztlich hatte keiner auch nur annähernd eine Vorstellung davon, was mit dem gleichzeitigen Eintritt der Prophezeiung noch zutage gefördert werden und auch passieren sollte.«

»Die Figuren und Namen sowie die Handlung in meiner Erzählung sind Doppelgänger der *Erde,* die in einem Abstand von 1 Googol-Plex Meter leben. Wissenschafter sprechen bei einer solchen Entfernung von einer Strecke, die 1 mal 10^{118} Meter lange ist. Dort haben die Physiker zu Beginn des 21. Jahrhunderts den nächstliegenden Doppelgängerplaneten der Erde vermutet gehabt. Ein Zusammenhang zwischen den Originalfiguren auf der Erde ist nicht beweisbar und besteht daher nicht. In dieser Entfernung befand sich der Planet *Gaia* und das Erschreckende an meiner Erzählung ist die Übereinstimmung zwischen *Gaia* und der *Erde.* Fast alles stimmte überein. Ob die *Erde* allerdings dasselbe Schicksal wie der Planet *Gaia* erleben könnte, kann man nicht so einfach damit beantworten, dass beide Planeten fünf Milliarden Jahre lang so ziemlich dasselbe hervorgebracht haben. Die Zukunft muss nicht deshalb gleich verlaufen, nur weil die Vergangenheit ähnlich gewesen ist. Doch den 1. Teil meiner Geschichte soll Ihnen von nun an mein Erzähler schildern, den ich über alles instruiert habe. Ich hoffe, wir sehen uns in der Fortsetzung wieder.«

Während sich Harvey Friedman höflich verneigte, blieb seine aufrichtig scheinende Augenszenerie an den Blicken seines Publikums kleben. Er lächelte sanft und verließ die Bühne. Herzlich Willkommen! Ich bin ihr Erzähler. Die folgende Geschichte handelt von der ›*Auferstehung*‹. Der erste Teil dieser Erzählung ereignete sich an einem einzigen Tag. Am Donnerstag den 12. Jänner 2014. Von diesem Tag an, ist ein seltsamer Countdown unverrückbar zu seinem Nullpunkt gelaufen. Nur 48 Stunden nachdem diese Uhr herabzuzählen begonnen hatte, hat sich folgendes ereignet:

1

Der Einschlag

Aus einer Höhe von 100 Kilometern erschien einem die Detonation wie ein Weltuntergang. Ein greller Lichtblitz eröffnete den Horror des Jüngsten Gerichts. Nach dem Stefan-Boltzmann-Gesetz war die Helligkeit einer nuklearen Explosion um den Faktor 10^{16} größer als die Strahlungsintensität der Sonne. Photonen in dieser Menge reichten aus, um innerhalb 1/1000 Sekunde völlig zu erblinden. Die emittierten Lichtteilchen brannten die Schatten hunderttausender Menschensilhouetten wie ein Thermokopierer in den brodelnden Asphalt. Kurz darauf hob sich ein Staubvorhang bis zu einer Höhe von mehreren hundert Metern empor und zeichnete einen sich ausbreitenden, gespenstischen Ring um das Epizentrum des Raketeneinschlags. Das kurzzeitige Vakuum der entfesselten Energie hielt den Schall und die gigantische Druckwelle noch zurück, die sich ihrer Entladung genähert hat. Als ob die Naturgesetze ihren Brustkorb mächtig aufpumpten und den finalen Atemzug inhalierten. Die Sogwirkung des Vakuums zwang jedem Trommelfell auf 10 Quadratkilometern die buchstäbliche Zerfetzung auf. Für den Bruchteil einer Sekunde herrschte eine dämonische Stille, so als ob jedes Molekül unter Schock den folgenden Momenten entgegengeblickt hat. Die Gammastrahlung, die daraufhin den Bombenmantel verließ, traf mit Lichtgeschwindigkeit auf die umgebende Atmosphäre. Neutronen wurden mit Geschwindigkeiten von fünf Millionen Stundenkilometern freigesetzt. Bei diesem Teilchentempo ballte sich die Luft zu einer gewaltigen Druckwalze, die alles dem Erdboden gleichmachen wollte, was sich ihr im Umkreis von 50 Kilometern in den Weg gestellt hat. Sie donnerte wie ein Kampfjet mit 5facher Schallgeschwindigkeit ungebremst in alles hinein, was sich bewegt hat. Eine rasende Wand aus Milliarden von Ziegelsteinen, Tausenden von Autos, Stahlträgern, Bäumen, Straßenbetonteilen und Einrichtungsgegenständen baute sich auf. Dutzende Kubikkilometer Masse wurden durch die Schockwelle in einer Blasenform in alle Richtungen gepresst. Die

Druckamplitude der Sprengwirkung hatte eine völlige Vernichtung der Umgebung zur Folge. Es blieb nicht einmal mehr genügend Zeit, um zu zerplatzen. Die Luft blähte sich zu einem brennenden Feuerball auf. In weniger als einer Sekunde ließ eine Fieberglut die Stahlgerüste der Wolkenkratzer zu einem glühenden Klumpen flüssigen Eisens schmelzen, bevor sie schließlich verdampften. Temperaturen von 60 bis 100 Millionen Grad herrschten vor, was dem 10.000- bis 20.000fachen der Oberflächentemperatur unserer Sonne entsprochen hat. Nach dem Ausklingen der Druckwelle kühlte sich die glühende Hitzeblase ab und riss Asche in eine Höhe, die weit in die Stratosphäre eindrang. Trotz der Erdkrümmung konnte man die Gipfelkronen der Detonation aus einer Entfernung von 250 Kilometern noch immer sehen. Im Zentrum des Einschlags saugte sich entlang der Mittelachse eine gleißende Säule empor. In den Himmel strebend, um in Kürze ihre pilzförmige Schirmkrone über dem Ort der Verdammnis aufzuspannen und Früchte abzuwerfen, die tausende Jahre alles verstrahlen werden. Elektromagnetische Impulse zerstörten im Umkreis von 200 Kilometern jedes Gerät, das mit Elektrizität betrieben worden ist. Die zivile und militärische Infrastruktur von mehreren Bundesstaaten sind außer Kraft gesetzt worden. Der atmosphärische Staub kündigte den heranbrechenden nuklearen Winter an. Die radioaktiven Nuklide zwangen die kontinentalen Populationen zum Zusammenbruch. Rundherum befahlen die Schädigungen der Ökosysteme eine unumkehrbare Einleitung des langfristigen Massensterbens von allem, was bis zu diesem Zeitpunkt gelebt hatte.

Der Atompilz ist wohl eines der abschreckendsten Bilder, die ein Lebewesen zu sehen bekommen kann. Er ist das Ergebnis einer Gewalthandlung, die alles zerstört und letztlich verseucht, das größer als ein Nanometer ist.[1] Für einen kurzen Augenblick empfindet jeder einen endgültigen Frieden. Nicht einmal dem Angreifer bleibt bei diesem Anblick der schreckliche Unwert seiner Tat verborgen. Den Opfern blitzen Milliarden von Synapsen tausende Bilder des abgelaufenen Lebens ins Hirn. Und es scheint, als könne die Erinnerung alle Lebensmomente gleichzeitig wieder erfassen. Der Schutz gebietende Mutterblick. Der erste Schritt. Das erste Wort. Das erste Zeugnis. Der erste Sieg als Kind beim Sportwettkampf. Eine romantische Nacht beim Campen am See. Der Heiratsantrag. Der Stolz beim Durchtrennen der Nabelschnur deines Kindes. Das Lächeln eines geliebten Menschen. Der Freund in der Not. Der Trost nach der Niederlage. Als ob die Evolution eine Schlussnachricht bereitgestellt hätte, die Gewissheit darüber geben soll, dass das Leben doch einen Sinn ergeben hat. Die Erfindung dieser Waffe hatte jede gesunde Vorstellungskraft zu einem hilflosen Invaliden

---

[1] *nano*, griech. *der Zwerg*, Größeneinheit: 10^{-9} Meter; Ein Milliardstel von einem Meter

verkrüppelt. Die Ehe des Menschen mit einem effektiven Tötungsinstrument hat den Planeten im Würgegriff der Angst gehalten und die Mächte Krieg führen lassen. Ein scheinbar vorherbestimmtes Bündnis und angeborenes Verhalten. Den Punkt an dem Träume enden sollten, hatte man im 20.Jahrhundert überschritten. Die Ideen einer Weltgemeinschaft sind an der Realität einer Spezies zerschellt, die sich als intelligent betrachtet hat. Der Mensch erwies sich offenbar als eine hoch entwickelte, gewalttätige und brutale Tierart. Ein Geschöpf dessen Vorstellung es zustande gebracht hat, sein nacktes Überleben von einer anderen Idee bedroht zu glauben. Tausende Kilometer von seinem eigenen Lebensraum entfernt. Dafür sind seit 1913 über 40 Billionen US-Dollar in den Schlund der Kriegsmaschinerie gepumpt worden. Geld, das man heute gut brauchen könnte. Aber das Prinzip der abschreckenden Wirkung ist zur einheitlichen Formel der privilegierten Staaten geworden. Das weltweite Militärbudget von 154 Nationen hatte 2009 erstmals 1.500 Milliarden US-Dollar überstiegen. Die amerikanischen Ausgaben waren 2011 mit rund 700 Milliarden US-Dollar 10mal größer als jene von Russland. Doch auch über Botswana, Eritrea, Malawi, Burundi bis zu Lesotho oder Bolivien finanzierte so gut wie jeder Eingeborene das Militärgerät seiner Anführer. Kein Volk durfte ohne Streitkräfte sein. Niemand hatte einen Krieg erklärt, aber die Demokratie brauchte das modernste Kriegsgerät. Kein Stück Erdboden ist von der Angst verschont geblieben, die der Westen seit dem 2. Weltkrieg um den Planeten gespannt hatte und das Maschenwerk seit 9/11 noch enger werden ließ. Die Angst, dass die Demokratie bedroht worden ist.

Was der Westen nach diesem Einschlag endgültig verloren hat, ist seine charakteristische Vergangenheit gewesen. Doch jede Menschheit wünschte sich den Sieg über das Böse und dass jemand schlichtend in die Geschichte eingreifen würde. Der Höllenfürst stand kurz vor seinem Triumph. ›*Und es stieg auf ein Rauch aus dem Brunnen wie der Rauch eines großen Ofens*‹, hatte bereits Johannes in der Apokalypse mit der nuklearen Vorhersage gewarnt.[2]

Der Himmel hat sich aufgetan, als am 14. Jänner 2014 eine Weltmetropole durch den Einschlag vom Erdboden verschwand. Doch Johannes hatte auch ein Wunder angekündigt. Erst wenn der ›*leibhaftige auf die Erde niederkommt und zur letzten Konfrontation auffordert, dann wird der ewige Frieden folgen*‹, prophezeite seine Offenbarung. Am 14. Jänner 2014 ist der Tag gekommen, an dem die gesamte Menschheit zum Himmel blicken sollte. Keiner hätte im Traum jemals gedacht, dass sich erfüllen könnte, was geschrieben stand und täglich vergessen wurde. ›*Was wir sehen werden*‹, verkündete das Evangelium,

[2] Johannes Offenbarung, Kap 9 Vers 2

›ist ein neuer Himmel und eine neue Erde. Denn die erste Menschheit ist vergangen.‹[3] Der Einschlag hatte das Zeichen einer biblischen Ankunft, deren Wucht die Herzen aller Planetenbewohner endgültig wachrüttelte. Die Schuld gab man dem Papiergeldsystem, das die menschliche Seele und die Rohstoffe des Planeten wie eine Zitrone ausgequetscht hatte. Doch was ist bis zu diesem Schicksalstag geschehen?

2

Caput mundi

2. Mai 1998

16 Jahre vorher

»Eure Heiligkeit! Sie müssen der Menschheit endlich die Wahrheit sagen!« Voller Hoffnung faltete Andreas Ostermann die Hände und blickte dem Papst verzweifelt in die Augen.

»Für mich ist es zu spät. *caput mundi* muss das bleiben, was es ist!«[4] Andächtig musterte der Pontifex seinen Kommandanten der Schweizer Garde und dachte an die Position des Vatikans in der Geschichte. Dieser Ort und die darin lebenden Menschen empfanden sich als das Haupt der Welt - der Vatikan war *caput mundi* und beherbergte in seinen Gemäuern die gläubigen Geister von über zwei Milliarden Menschen.

»Wie kann ich die Glaubwürdigkeit unserer Mission bewahren, wenn ich der Welt ihren letzten Glauben entreiße?«, fuhr der Papst fort. Man spürte, dass das Attentat auf den Oberhirten seine Überzeugung in den vergangenen 17 Jahren verändert hatte. Der Stellvertreter Christi hatte die tödlichen Schüsse vom 13. Mai 1981 auf dem Petersplatz wie durch ein Wunder überlebt.

»Heiliger Vater! Eines Tages wird das Geheimnis mit aller Wucht am Fels der Wahrheit zerschellen, sodass absolut nichts mehr so sein wird wie es einmal war!«, flehte Ostermann den Glaubenshüter an.

»Ist das nicht immer schon so gewesen? Wir müssen alle unsere Opfer bringen. Jede Gemeinschaft tritt letztlich nur eine Reise an und trifft einmal auf den Tag, an dem es an ihrer Übertreibung scheitert.«

---

[3] Johannes Offenbarung, Kap 19 Vers 11, 19-20
[4] *caput mundi;* lat.; Das Haupt der Welt

Andreas Ostermann kniete zu Boden und faltete die Hände zu einem Gebet. Mit gebeugtem Haupt brach er in Tränen aus. Hinter ihm standen der Leiter der ehemaligen Inquisition und zwei Soldaten der Schweizergarde.

»Die Fügung wird den Heiligen Stuhl in die richtige Epoche führen, in der es gelüftet werden soll. Der Mensch soll nicht hinterfragen, was Gott so gewollt hat!«, schloss Johannes Paul II. die Unterredung und verließ den Raum.

Zwei Tage später - am 4. Mai 1998 - war der Kommandant der vatikanischen Schweizergarde mit seiner Frau in seiner Wohnung tot aufgefunden worden. Moza und Andreas Ostermann hatten sich in ihrer Wohnung nahe der Porta die Sant´Anna aufgehalten. Wenige Stunden nach dem Bekanntwerden des Mordes hatte der Vatikansprecher eine Erklärung über die Hintergründe bekannt gegeben. Die Version, dass sich der Killer von Ostermann ungerecht behandelt gefühlt und sich nach seiner Bluttat auch selbst erschossen hatte, hat jedoch bis heute niemand geglaubt. Am 5. Februar 1999 hatte der Vatikan den Fall für abgeschlossen erklärt. Die Vereinigung *Discepoli di Verità* hatte daraufhin zwei Bücher über das Attentat veröffentlicht.[5] *›Ihr habt getötet‹* und *›Mord im Vatikan‹* hatten besonderes Aufsehen in der Öffentlichkeit erregt. Eine ganze Reihe von Ungereimtheiten war zur Sprache gekommen. Der vatikanische Staatssekretär, Erzbischof Giovanni Battista Re, war auch von der gängigen Praxis abgekehrt und hatte die Spezialisten der italienischen Ermittlungsbehörden ausgeschlossen. Schon bei weniger dramatischen Anlässen war sonst immer die italienische Polizei sofort hinzugezogen worden. Bei Ostermann hatte es jedoch niemanden gegeben, der den Tatort gesperrt und mögliche Spuren gesichert hatte. Am Tatort war sogar einiges verändert worden und vier am Tisch stehende Gläser waren entfernt worden. Die Publizistin Valeska von Roques hatte geschrieben, dass *›sämtliche Regeln für die Untersuchung eines schweren Verbrechens ignoriert‹* worden sind. Ausgerechnet Raoul Bonarelli, der Intimfeind Ostermanns, hatte sich freiwillig um die Spurensicherung bemüht. Rasch waren Gerüchte aufgekommen, dass brisante Dokumente verschwunden sind. Ein anonymer Zeuge hatte angegeben, dass Beweismittel und Einschusslöcher am Tatort manipuliert worden seien. Warum die Ergebnisse der vatikanischen Obduktion nicht mit jener Autopsie übereingestimmt haben, die in Lausanne durchgeführt worden war, ist ungeklärt geblieben. Aus dem Gutachten unabhängiger Schweizer Experten war hervorgegangen, dass der Mörder durch einen Handkantenschlag an der Schläfe außer Gefecht gesetzt worden sein muss, bevor er sich selbst erschossen haben soll. Ausgeschlagene Zähne hatten darauf hingedeutet, dass man ihm die Waffe gewaltsam in den Mund

---

[5] *discepoli di verita;* ital.; Jünger der Wahrheit

gesteckt hatte, um es als Selbstmord hinzustellen. Warum sollte sich ein Selbstmörder vorher die Zähne ausschlagen, bevor er sich erschießt? Ein weiterer Fall im Vatikan ist zu dem geworden, wozu vieles im Vatikan geworden ist. Eines von vielen Geheimnissen! Aber warum hatte der Vatikan so viele Geheimnisse und was verschwieg die mächtigste Glaubensbruderschaft gegenüber ihrer großen Herde?

3

Die Vorahnung

7. Oktober 2013

Mit einem raffinierten Handgriff steckten die grazilen Finger von Jackie Friedman ein Bluetooth-Headset in ihr rechtes Ohr.

»Hallo?«, fragte sie mit anmutiger Stimme. Jackie legte den Malpinsel unter ihre halbfertige Staffage und rollte ihren Hocker mit einer vornehm schwungvollen Drehung Richtung Fenster.

»Gaaaaack, Gack, Gack, Gaaaack!«, schallte es in den blau blinkenden Ohrstöpsel.

»Ach, Du bist es Harvey!«

»Engelchen! Warum ist das Huhn eines der klügsten Geschöpfe?«, neckte Harvey mit seinen typischen Andeutungen.

»Es gackert erst dann, wenn es das Ei gelegt hat!«, antwortete seine Frau und strahlte mit einem Lächeln.

»Richtig! Und ich hab heute endlich mein Ei gelegt. Deshalb darf ich auch so richtig losgackern. In etwa einer Stunde bin ich bei Dir. Ist das OK?«, fragte Harvey anstandsgemäß, um auf die selbstverständliche Zustimmung seiner Angebeteten zu warten. Jackie schwang ihr langes dunkelbraunes Haar, das ihr in die linke Gesichtshälfte herein hing, mit einer Drehung hinter den Nacken und lugte aus dem Augenwinkel auf die Zeitanzeige ihres Displays am iPhone.

»Bis wir in der MET sein müssen, hast Du noch vier Stunden. Das müsste genügen, es sei denn Du hast wieder irgendeinen Geistesblitz, der die Welt verändern soll. Ich freue mich schon Du kluges Huhn«, witzelte sie zurück.

Harvey schmolz dahin, wenn seine Frau ihren Großmut aufblühen ließ. Niemals hat sie ihm das Gefühl des über ihn Verfügen Wollens gegeben und hatte damit begonnen, so in Wahrheit über ihn zu gebieten. Durch Hingabe hat sie sich auf direktem Wege selbst reicher gemacht. Jackie hatte von Anfang an instinktiv gewusst, dass alle Bemühungen im Grunde genommen nur Kräfte raubend sein würden und sie beide ärmer werden lassen würde, wenn sie darauf ausgerichtet gewesen sind, Harvey einzuschränken. Keine Zelle von ihm durfte eingesperrt werden. Einer Fremdbestimmung stand immer sein freier Wille entgegen. Fremdbestimmung tolerierte Harvey ohne Ausnahme nur in seiner Ehe, von der er stets stolz gesagt hat: ›*Sie ist mein bislang bester Versuch, gemeinsam Probleme zu lösen, die ich alleine niemals hätte*‹. In Gesellschaft hat die Wortmeldungen der Familie Friedman aber doch meist Jackie geschlossen: ›*Man müsse Harvey einfach nur behandeln wie einen Earl Gray Tee*‹, hatte sie einmal auf einer Party auf das Kokettieren ihres Ehemanns verlautbart. ›*Einfach nur Ziehen lassen*‹. Dieses Selbstlossein und das sich Weggeben ist zum Credo ihrer gemeinsamen Ehe geworden. Eine Ehe, die nicht fordern oder bitten musste, sondern Vertrauen hatte in sich selbst zur Gewissheit zu gelangen. Die nicht mehr gezogen werden musste, sondern beide aus eigener Kraft gezogen hat. Deshalb liebte Harvey seine Frau wie keinen anderen Menschen auf dieser Welt.

»Jackie! Wenn Du mir sagen kannst wie viele Wellen das Meer hat, weißt Du wie sehr ich Euch liebe.« Er machte eine kurze Pause. »Dich und den, der gerade dort wächst, wo ich jetzt am liebsten wäre!«

»Du Schnubbelkönig, man hat das Gefühl Du möchtest heute noch einmal gackern. Aber Deine romantischen Schmeicheleien müsste man wohl erfinden, wenn es sie nicht geben würde!« Jackies Stimmlage änderte sich schlagartig in Besorgnis.

»Und, Harvey?«

»Ja, mein Engel«, erkundigte er sich und spitzte die Ohren.

»Ich hab bemerkt, dass Du Dein Medikament heute nicht eingenommen hast. Du weißt, was uns die Ärzte geraten haben.« Jackie machte eine Wartepause. Harvey reagierte gelassen.

»Aber ich musste doch heute mein Ei legen. Und Eier, die unter Drogen gelegt werden, sind ungenießbar«, erwiderte er. »Weißt Du was, mein Engelchen! Mach Dir keine Sorgen und warte einfach auf mich.« Jackies Mundwinkel zeichneten ein warmes Lächeln in ihr wohlgeformtes Gesicht.

»Ich möchte, dass Du Dich unterwegs nicht zu sehr in etwas hineinsteigerst. Dann werde ich die Wellen zählen, bis Du zuhause bist!«, sagte die hochschwangere Misses Friedman und beendete das Gespräch mit einem Versprechen: »Ich werde immer auf Dich warten. Egal was passiert oder Du auch anstellst.«

Harvey schickte seiner Frau noch einen Kuss und beendete das Telefonat. Er war vor dem Fahrstuhl angekommen.

›*Lebe Deine Pflicht und mache sie zum Traum!*‹, hat er sich nach Erfolgen immer schon gedacht. Harvey hatte einen Traum: ›*Gerechtigkeit!*‹ In Gedanken versunken, betrat er den Liftkorb und hantierte an seinem iPhone, von dem man sagte: Erstklassiges Marketing, zweitklassige Software. Mit einem kaum wahrnehmbaren Zischen schoben sich die chrompolierten Schiebetürblätter des Fahrstuhls hinter ihm zu. Konzentriert kontrollierte er die Nachrichten auf seinem Handy, während ihn die Fallgeschwindigkeit des Aufzugs in Schwerelosigkeit versetzt hat. Am Erdboden wartete das Verkehrsgewirr von Manhattan im Zentrum New Yorks. New York City war mit einer Fläche von Liechtenstein eine Minivolkswirtschaft und stand trotzdem an 16. Stelle der weltweiten Wirtschaftsleistung. Wachstum ist zum Gott dieses Zeitalters geworden, dessen Propheten namens Produktion und Vermehrung ihre verlockenden Weissagungen unermüdlich in die Hirne der Menschen gedroschen haben. Der Welthandel ist in den letzten 60 Jahren um das 20fache angewachsen. Harvey hob nicht einmal seinen Kopf, um die Gesichter der Ladies zu scannen, deren beiden langen schlanken Beinpaare in seinen Augenwinkel eingedrungen waren. Vier hypnotisch wirkende Beinfesseln in dunkelbraunen Prada-Pumbs. Er genoss für einen Moment die geistige Flaute. Keine Termine, Diktate, Meetings, Vorträge, Telefonate, EMails oder rastloses Verwalten und Ordnen von Informationen, die fast täglich über ihn hergefallen sind. In einer Zeit, in der ein Manager nicht mehr ein Unternehmen führen musste, sondern Informationen und Situationen verwaltete. Das Informationszeitalter forderte Allwissenheit und sofortiges Reagieren. Eine Zeit, in der eine Kundendatenbank mehr wert geworden ist als eine Villa in Santa Monica. Er ließ seine Gedanken treiben wie eine Yacht in der stummen See mit unendlicher Flaute. Der Deal war über die Bühne, die Verträge unterschrieben und alle Vertragspartner zufrieden. Der Lift sauste los in Richtung Erdmittelpunkt.

»Guten Tag, Mister Friedman«, vernahm er eine Stimme freundlich flöten.

»Heute schon so früh nach Hause?«, fragte eine der beiden Mitarbeiterinnen aus der Abteilung für volkswirtschaftliche Gesamtrechnung der US-Zentralbank. Harvey erwiderte den Gruß mit einem jovialen Lächeln.

»Ich habe einen Termin in der Oper.« Er blickte in zwei laszive Augenpaare. ›*Friedman sieht heut wieder strahlend aus, dass man eine Sonnenbrille braucht!*‹, flüsterte die eine und kicherte in ihre vorgehaltene Hand. Über Harvey sagte die Damenwelt, dass Gott angeben wollte, als er ihn erschaffen hat. Dass Gott auch einen entfesselten Kampf in seinem Hirn hinterlassen hatte, haben die wenigsten gewusst. Harvey Friedman ertrug das Schicksal einer Krankheit. Sie ist nicht unmittelbar tödlich aber dafür unheilbar gewesen. Unter bestimmten Umständen oder Ausnahmesituationen konnte sie jedoch lebensbedrohliche Folgen haben. Harvey musterte die beiden

Ladies.

»Wenn die neueste US-Studie stimmt, dass Frauen unter 30 morgens mit dem Wunsch aufstehen, heute ausnahmsweise einmal *nicht* im Sturm erobert zu werden, dann dürfen Sie sich nicht wundern, wenn Ihre Wünsche unerfüllt bleiben werden!«, komplimentierte er mit seiner sonoren Stimme das reizende Aussehen der beiden.

»Aber ich würde mir an Ihrer Stelle keine Sorgen machen.« Harvey wirkte auch dann überlegen, wenn er nur freundlich geschmunzelt hat. Es blitzte eine Unberechenbarkeit aus seinen Augen, die nicht nur seinen Widersachern die Konzentration nehmen konnte. »Vermutlich ist das wieder einmal so eine Statistik, die Wahrheiten herauslügt und mit Schätzungen plötzlich eine Genauigkeit mit Hundertstelprozent hervorzaubert.«

Bevor die beiden Aspirantinnen eines Instituts für schwer erziehbare Misswahl-Gewinnerinnen überhaupt kapieren konnten was Harvey angedeutet hat, hielt der Fahrstuhl plötzlich an und weitere Fahrgäste drangen hinein. Die Mimiken der beiden wären ein Foto wert gewesen, um festzuhalten wie zwei Statistik-Nymphen geistige Purzelbäume schlagen konnten. Harvey freute sich auf die Premiere von *La Traviata* in der MET. Wiewohl sich eine seltsame Intuition in seine Gefühlswelt geschlichen hat. Eine merkwürdige Ahnung, die ihn an den Lebensschmerz des Verlustes erinnerte. Irgendetwas schien sich ohne einen erfindlichen Grund aus dem Nichts anzukündigen. Harvey hatte ein unterschwelliges Gefühl der Angst. Aber daran hatte er sich schon gewöhnt, wenn er seine Medikamente nicht eingenommen hat.

Flüchtig entsann er sich an das Telefonat mit Jackie. *›Wie viele Wellen hat das Meer wirklich?‹* grübelte er verliebt, während der Fahrstuhl fauchend die Etagen weiter hinabsauste. Das Leben selbst war nie etwas, es war nur die Gelegenheit zu etwas. Und diese Gelegenheiten musste man nutzen, bevor es zu spät sein würde. Selbst wenn die eine oder andere Enttäuschung darunter sein könnte.

›Was immer Sie im Leben tun, tun sie es mit der Erwartung, als wäre es ihre letzte Schlacht auf Erden‹, hat er in seinen Vorträgen verbreitet. *›Sie werden sehen, welche Potenziale sie damit wecken.‹* Leben hat nicht aus den Momenten bestanden, in denen das Herz geschlagen hat, sondern aus den Momenten, die das Herz zum Stillstand bringen konnten. Nicht aus den Augenblicken in denen man geatmet hat, sondern die einem den Atem geraubt haben. Das ist nur eine seiner Überzeugungen gewesen. Tennysons Poem war eine zweite: *›Pflücke Rosenknospen solange es geht; die Zeit Dir sehr schnell enteilt. Dieselbe Blume, die heute noch steht; ist morgen dem Tode geweiht.‹*

Harvey stieg im Erdgeschoß aus und schritt über die hochglanzpolierten, schiefergrauen Marmorplatten der Empfangshalle zum Hauptportal. Der

Portier und das Sicherheitspersonal grüßten mit freundlichen Handzeichen. Er ging durch den Torbogen zwischen den tragenden Gebäudepfeilern die letzten Stufen zum Bürgersteig hinab, als sich ihm ein Demonstrant überraschend in den Weg stellte. Harvey sah auf Augenhöhe in eine Seele, die vor Enttäuschung überzuquellen schien. Nicht einmal ein Blatt Papier hätte zwischen den beiden Platz gehabt. Der muffig riechende Streuner musterte Harveys makelloses Erscheinungsbild. Sein Gesichtsausdruck wechselte in Angriffslust.

»Sie besitzen etwas, das nicht Ihnen gehört«, sagte er.

Harvey krauste die Stirn.

»Der einzige Besitz über den ich wirklich verfüge, ist meine Ansammlung an Erkenntnissen und das was ich aus ihnen zu wissen glaube«, erwiderte er mit runter gezogenen Augenbrauen.

»Sie wissen genau wen und was ich meine«, konterte der Fremde borstig. Mit stechendem Blick hob er seinen rechten Arm und zeigte über die linke Schulter von Harvey auf die Büroaufschrift: ›*Federal Reserve Bank of New York*‹.

»Und ich weiß, dass Sie dazugehören«, schnaubte der Fremde.

Harvey fuhr zusammen und fixierte das rot-schwarz geschriebene Transparent des Demonstranten. ›*Gebt Acht, dass man Euch nicht irreführt. Denn viele werden unter meinem Namen auftreten und sagen: Ich bin es!*‹[6]

Er stieß einen tiefen Seufzer der Abgeklärtheit aus und klopfte dem Mann auf die Schulter. »Sind wir nicht alle das, wofür wir stehen und was wir bewahren wollen?«, erwiderte er mit mitfühlendem Gesichtsausdruck.

»Ohne einen Glauben würde auch unsere Bereitschaft entfallen, etwas für die Zukunft zu tun, mein lieber Freund.« Er deutete mit dem Finger auf das Transparent mit dem Bibelvers.

»Ich weiß nicht für welche Sache Sie mit Ihrer Parole da eintreten wollen. Ich hoffe nur, es ist eine nützliche und vor allem friedliche Botschaft, für die Sie Anhänger gewinnen können.« Harvey schüttelte leicht den Kopf. »Ich bin jedenfalls sicher nicht Ihr Mann.«

Dann ging er wortlos an dem Demonstranten vorbei und versuchte langsamen Schrittes seine Verwunderung abzustreifen.

»Ich liebe meine Steine!«, registrierte er plötzlich aus voller Kehle nachgerufen. Eine Metapher, die Harvey aus seinen beruflichen Anfängen erkannte. Genauso wie er das immer stärker aufkeimende Gefühl der Unruhe in und auswendig gekannt hat. Er kehrte plötzlich um und schritt eilig zu dem Typen zurück. Sein mulmiges Gefühl sagte ihm, dass es besser wäre auf Nummer Sicher zu gehen. Als er beim Obdachlosen angekommen ist, hat Harvey seine typische freundschaftliche Geste gesetzt. Er legte die Hand

---

[6] Lukas Evangelium, Kapitel 21, Vers 5-9

verbrüdernd auf ihn, wechselte mit ihm ein paar Sätze und erkundigte sich nach dessen Namen. Während er mit ihm sprach, verfing sich sein Augenspiel auf der gemeißelten Inschrift in den Marmorplatten am Fuße der 30 Meter hohen Steinsäulen. ›*Ich bin vom Glauben an die Größe der amerikanischen Mission in der Welt überzeugt!*‹ Harvey kannte das Zitat von Thomas Jefferson schon seit seiner Jugend. Die Gründerväter der USA waren seine großen Vorbilder.

Die beiden reichten einander die Hände und Harvey steckte dem Mann in einer unauffälligen Packung Taschentücher einen 100-Dollarschein zu. Dann machte er sich auf den Heimweg. Mit dem Taxi würde er im Stoßverkehr nicht mehr als 40 Minuten unterwegs sein. Genügend Zeit, um den heutigen Erfolg seiner Transaktion zuerst im Stillen alleine und später mit Jackie auszukosten. Mit ihr ist er gerade dabei gewesen, eine Familie zu gründen. Auf den 2. Dezember 2013 ist der Geburtstermin angesetzt worden. Das war in zwei Monaten. Auf Harvey wartete ein erfülltes, glückliches Leben, in dem er mit Jackie alt werden wollte. In nichts hatte er mehr Vertrauen als in diesen Plan, an dem sie beide gemeinsam voller Zuversicht gearbeitet haben.

4

Kathrina

12.Jänner 2014

Der helle Dreiviertelmond am Horizont schien in der Dämmerung nur mehr in gedämpftem Weiß. Die Wellenkämme des Ozeans schimmerten in den Weltraum und die Eisschollen funkelten wie Brillanten auf einem schwarzblauen Paillettenkleid. Die kristallklaren Luftmassen glitten mit 5facher Schallgeschwindigkeit über die elegant geneigte Nasespitze des Predators *Kathrina* entlang. Ein Klimamonster hatte Kathrina den Namen für ihre Einsatzflüge in der Wetterforschung gegeben. Immer wieder brauchte die Menschheit neue Grenzerfahrungen, um zu reagieren. Bei Kathrina ist es ein gewaltiger Hurrikan im Jahre 2005 gewesen, der die Millionenmetropole New Orleans unter Wasser gesetzt hatte. Kathrina ist vor zwei Sekunden durch einen Satellitenbefehl zu einer tödlichen Waffe mutiert. Nicht mehr die Aufklärung; Mord ist zu ihrem neuen Zweck geworden. Mit geräuschloser Schwerelosigkeit saugte sich das metallische Insekt über den Nordatlantik an die Ostküste Nordamerikas heran. Die superleichten Karbonfasern der Drohne machten sie für das Radar unsichtbar.

Ihr Ziel: ›*Die Air Force One*‹. Der fliegende Arbeitsplatz des nach wie vor mächtigsten Mannes des Planeten.

Obwohl fast 20.000 Schutzbeamte die Grenze zwischen Mexiko und den USA überwacht haben, sind die Behörden gegen Drogen-, Waffen- und Menschenschmuggler chancenlos geworden. Über eine halbe Million Menschen kamen pro Jahr illegal ins Land. Alle wollten in die Demokratie, denn sie hat den Garten Eden versprochen. Doch unerwünschte Freunde der Demokratie mussten dingfest gemacht werden. Die Grenzen dieses westlichen Garten Edens sind zu Grenzen ohne Gnade geworden. Die westliche Justiz argumentierte im 21. Jahrhundert noch immer genauso wie es der Oberste Gerichtshof der USA im 19. Jahrhundert gegenüber Sklaven getan hatte: *Andere Menschen haben nicht dieselben Rechte wie westliche Bürger.* Die Flugelektronik eines Predators konnte mit einem Laserstrahl aus acht Kilometer Höhe verdächtige Fahrzeuge oder Personen aufspüren, in denen nichtwestliche Bürger illegal ins Paradies eindringen wollten. Der Predator hatte eine Länge von knapp sieben Metern und ein Gewicht von einem Kleinstwagen. Er überwachte die Landstriche über Wasser und Land. Der Predator ist ein ›*UAV*‹ gewesen, ein unbemanntes Luftfahrzeug.[7]

Drohnen sind zu den neuen Wächtern der Lüfte geworden und haben die Top Gun Ära der Helden zur Geschichte gemacht. Man verteidigte die Freiheit nicht mehr mit Kampfpiloten, sondern mit gefühllosen Kontrolleuren aus Metall. Sitze, Fensterscheiben, Rettungsinstrumente und Cockpit sind überflüssig geworden. Die Überlegenheit von unbemannten Fluggeräten kennzeichnete sich in der Luft durch bessere Verkraftbarkeit der Beschleunigungsenergien. Instrumente und Schaltkreise sind in dieser Hinsicht belastbarer gewesen als der menschliche Kreislauf. Ohne Druckkabinen und sonstiger Einrichtungen für den menschlichen Organismus ist Kathrinas Aero-Design sofort ins Blickfeld gefallen. Ihr bislang wichtigster Einsatz sind die hoch auflösenden Kamerabilder gewesen, die sie aus der Luft vom Inneren der havarierten Kernreaktoren in Fukushima geliefert hatte. Das US-Militär hatte sie vor drei Jahren den Japanern infolge der Erdbebenkatastrophe zur Verfügung gestellt. In Pakistan hatte sie Osama Bin Laden gesucht und in Libyen den Arabischen Frühling unterstützt. Für die Idee der Freiheit hatte Kathrina der Menschheit schon wertvolle Dienste geleistet.

Mit der Silhouette einer Hornisse jagte sie im optischen Schwebezustand gerade ihrem Ziel hinterher und verringerte ihre Flughöhe. Wenn ein Predator

---

7 *Unmanned Aerial Vehicle*

die Verfolgung aufgenommen hatte, hat ihm kein Opfer entgehen können. Kathrina konnte ohne Zwischenlandung und Betankung über zwei Wochen in der Luft bleiben. Ihr Antriebsstrom ist von den Photovoltaikzellen auf den Tragflächen erzeugt worden. Die Nachfolgemodelle von Kathrina sind jedoch immer kleiner geworden. Hewlett Packard hatte sogar den *›smart dust‹* in Planung. Die Techniker nannten ihn liebevoll den *›intelligenten Staub‹*. Winzigste Fluggeräte, die sich miteinander verständigen und ihre Flugmanöver aufeinander abstimmen konnten. Drohnen mit einem Durchmesser von 1/10.000 Millimeter, die wie Mücken in Schwärmen ausziehen würden, um ihre Ziele anzusteuern. Das Pentagon brauchte solche Spielzeuge. Kathrina zählte aber noch zu den großen Modellen.

Der *›patriot act‹* hat die reichen Nationen immer häufiger zu solchen unbemannten Patrouillenflügen gezwungen. Dadurch ist aber auch die Kollisionsgefahr mit Passagierflugzeugen immer größer geworden. In fast 50 Staaten waren bereits mehr als 7.000 Drohnen im Einsatz. In den USA haben vier Dutzend Hersteller 150 unterschiedliche Modelle gebaut und es sind immer mehr geworden. Man ist schon auf die Personalrekrutierung von Leuten angewiesen gewesen, die *selbst noch nie* ein einziges Flugmanöver absolviert hatten. Die Inflation hat scheinbar bei allem zugeschlagen, was der Westen erfunden hatte und hat die Anzahl der unbemannten Luftfahrzeuge immer höher werden lassen. Das Risiko von Drohnen ist daher simpel aber überschaubar gewesen. Mit wem sollten Fluglotsen oder Bodentechniker kommunizieren, wenn niemand an Bord gewesen ist und die Steuerung begonnen hatte, verrückt zu spielen? Die wichtigste Funktion einer Drohne ist demzufolge das einprogrammierte *›Harakiri‹* gewesen. Mit dieser Art von Dienstpflicht hat sich eine Drohne gezielt aus dem Verkehr ziehen können und müssen. Ähnlich einer Biene zur Verteidigung ihres Stocks. Ihr Opfer musste ihr eigenes Leben sein. Bei der Biene durch den mutigen Einsatz ihres Stachels, der ihr den Leib zerrissen hatte und das Leben gekostet hat. Bei der Drohne durch den gezielten Absturz. Dass jedoch in Extremsituationen gut vernetzte Hirnzellen und ein kühler Kopf unerlässlich sein würden, hatte Chesley Sullenberger 2009 bewiesen, indem er 150 Passagiere sicher auf dem Hudson River gebracht hatte, nachdem ein Vogelschwarm in die Triebwerke geraten war. Das würden wohl Drohnen niemals können. Sonst sind ihre Einsatzgebiete vielseitig gewesen. George ist zum Beispiel eine Drohne gewesen, die die Ausschaltung eines Top-Terroristen ermöglicht hatte. Mustafa Abu al-Yazid, der ehemalige Finanzchef von al-Quaida, hatte beim Schlecken einer Eistüte auf seinem Rasen Ende Mai 2010 plötzlich einen roten Laserpunkt auf seinem Brustkasten verzeichnet und hatte mit klaffendem Mund in den blauen Himmel geglotzt. Was er anschließend gesehen hatte, war nur ein gleißender Blitz gewesen. Wenige Sekunden später hat er sich in den ewigen Jagdgründen befunden. Auf der Wiese hatte man nur mehr die geschmolzene Eistüte gefunden.

Dem ungeachtet, einen Befehl zur Zerstörung eines *amerikanischen* Ziels hatte es noch nie gegeben. Diese Anordnung hat Kathrina zum ersten Mal erhalten. Dass es noch dazu die Air Force One gewesen ist, hat zusätzliche Brisanz verborgen. Wer wollte den mächtigsten Mann des Westens töten? Und vor allem warum?

5

I tego arcana die

Tausend Meilen südlich von New York saß Robert McDerman zwischen Bäumen und Sträuchern am Ufer des naturbelassenen Lake Waccamaw im Columbus County des Bundesstaats North Carolina. Neben ihm döste sein Assistent Filippo Grimassi den Schlaf der Gerechten. Robert baute auf dem schwebenden Dunstschleier der malerischen Morgendämmerung ein Luftschloss auf den Wasserspiegel. Seit Minuten fixierte er wie gelähmt jene Stelle, an der sein Zielobjekt unter Wasser verschwunden ist. Fliegen, Mücken und Millionen anderer Insekten versammelten sich in ständig neu formierten Schwärmen über dem seichten Nebel. Am gegenüberliegenden Ufer lag eine abgeschiedene Lichtung, die von drei Rehen überquert wurde. Die nächtliche Observierung im Dickicht zerrte an Roberts Kräften und hat einmal mehr bewiesen, dass Langeweile den Geist am schnellsten ausbrennen konnte. Robert genoss daher die sauerstoffgetränkte und wachhaltende Luft, die mit einem satten erdigen Geruch von Laub und Moos versetzt war. Behutsam hantierte der Bibelwissenschafter an seinem Laptop, der durch Bluetooth mit einer Videokamera mit hochempfindlicher Nachtsichtfunktion verbunden war, als gerade das Handy lautlos vibrierte. Robert klemmte sein Headset ins linke Ohr, nachdem er *Marias* blinkendes Foto am Display erspäht hat. Es hat auch noch Anrufe gegeben, über die man sich freuen konnte und gerne abgehoben hat.

»Gut, dass Du noch wach bist«, sagte seine Assistentin, die ihn seit drei Jahren auch emotional sehr in Anspruch genommen hat. Er warf einen Blick auf die antike Armbanduhr seines verstorbenen Vaters. Die zugespitzten Uhrzeiger deuteten auf eine lange Nacht hin. Es war bereits kurz nach fünf Uhr morgens.

»*Buffi* ist nicht faul geworden, mich munter zu halten«, erklärte der ehemalige FBI-Mitarbeiter und spielte auf den Mann an, den er observiert hat.

»Zuerst ist er bis zur Mitte des Sees hinausgeschwommen und dann im Wasser untergetaucht.« Resignierend stieß Robert einen tiefen Seufzer aus.

»Das ist vor mehr als einer Stunde gewesen und er ist noch immer nicht......!«

»Dann werden Dich die Neuigkeiten aber noch mehr interessieren«, fiel ihm Maria aufgeregt ins Wort.

»Bin gespannt!«, gähnte Robert.

»Ich habe heute die Ergebnisse von ›*Buffis*‹ Bildnis ausgewertet zurückerhalten«, sagte sie und wartete auf eine Reaktion. Robert blieb stumm. Das faltige Gesicht von einem alten französischen Grafen fuhr ihm ins Gedächtnis, nachdem Maria das Gemälde erwähnt hat. Jean Pierre von Piguet ist sein Name gewesen.

»Der Graf hat sich mit der Terminoleszenz und C-14 Analyse ohne Zögern einverstanden erklärt«, berichtete Maria weiter.

»Er ist sehr froh darüber gewesen, um selbst ganz sicher zu gehen, aus welcher Epoche es stammen könnte.« Sie zündete sich eine Zigarette an und blies mit zugekniffenen Augen den Qualm aus ihrem Gesicht.

»Dein Verdacht hat sich als Volltreffer herausgestellt. Es stammt aus dem Jahre 1502«, sagte sie.

»Noch bevor Da Vinci die Mona Lisa gemalt hat?«, fragte Robert, spitzte die Lippen und weitete verwundert seine Augenszenerie.

»Mister Piguet ist darüber selbst sehr verblüfft gewesen«, konstatierte Maria und beendete ihren Kurzbericht.

Robert rührten die Neuigkeiten nicht sonderlich, aber sie haben seine Müdigkeit verdrängt.

»Immer Schritt für Schritt, Maria. Bist Du wirklich sicher, dass es von Leonardo ist?«

Maria nahm einen tiefen Zug und hielt ihr Handgelenk wie die Klaue einer Gottesanbeterin. »Diese unübertreffliche Meisterschaft in der Maltechnik des *Sfumato* ist unverwechselbar. Die hat kein anderer so beherrscht wie Leonardo. Es sind diese feinschichtigen, unendlich sanften Übergänge zwischen den Farbregionen, mit denen er diese rauchartige Wirkung entstehen lassen konnte.« Da Vincis kontrastierende Gegenüberstellung von Licht und Schatten hat eine unvergleichliche Plastizität erzeugt, die eine Kunsthistorikerin mit dem Format von Maria sofort identifizieren konnte.

»Ist dieses Gemälde die ganzen Jahrhunderte im Familienbesitz von Graf Piguet gewesen? Oder ist es irgendwo registriert worden?«, erkundigte sich Robert.

»Nein, es ist bisher von der Öffentlichkeit unentdeckt geblieben. Wir haben die Farbanalyse mit den Daten verglichen, die uns das Louvres zur Verfügung gestellt hat. Diese Ähnlichkeit ist richtig unheimlich.« Marias Bronchien schleuderten den Zigarettenrauch hustend aus ihren Lungen.

»Man könnte wirklich zunehmend glauben, der Typ lebt schon seit 500 Jahren. Und in diesen fürstlichen Klamotten sieht er noch besser aus als ohnehin schon.« Maria dämpfte die Zigarette nach wenigen Zügen wieder aus und ließ die letzten Rauchreste aus ihren Nüstern qualmen.

»Natürlich sieht er nicht so gut wie Du aus, mein Teurer«, neckte sie.

»Lass mich kurz nachdenken«, sagte Robert. Er atmete flüchtig durch und musste seine opulente Körpermasse kurzerhand auf die trockene Seite seiner Hose verlagern, die er sich während der nächtlichen Untersuchungsarbeit in dem feuchten Walddickicht nass gesessen hat. Durch den seltsam zustande gekommenen Fund eines 50 cm^2 großen Papyrusstückes hat sich eine Verbindung mit seinem männlichen Zielsubjekt ergeben, der manche Wochenenden in dieser abgeschiedenen Bootshütte am Waccamaw See verbracht hat. Robert hatte Fotoaufnahmen desselben Mannes in den FBI-Archiven aufgespürt. Wegen des kompliziert auszusprechenden Namens, nannte er den Mann vereinfacht ›*Buffi*‹. Bildaufnahmen von mehr als fünf US-Präsidenten, auf denen ›*Buffi*‹ teils sehr deutlich zu erkennen war. Eine Aufnahme hat ihn gemeinsam mit Abraham Lincoln vor dessen unvergesslicher Ansprache in Gettysburg gezeigt. Eine weitere sogar gemeinsam mit George Washington. Zu einer Zeit als die ersten photographischen Aufzeichnungen mit Silbernitrat und Silberchlorid erfolgreich gelungen sind. Auf anderen Aufnahmen ist dieser *Buffi* neben Theodore Roosevelt, J. F. Kennedy oder Ronald Reagan gewesen. Dazwischen sind aber mehr als zwei Jahrhunderte gelegen. Die Wahrscheinlichkeit, immer ein und dieselbe Person auf unterschiedlichen Fotographien mehrerer Epochen zu entdecken, ist ungefähr so groß gewesen wie das erfolgreiche Begrünen eines Gartens auf der Rückseite des Mondes. Aber als Robert auf ein Gemälde des Jahres 1312 gestoßen war, das Jaques de Molay abgebildet hat, haben seine geschulten Alarmglocken geläutet. Jaques de Molay ist der letzte Großmeister einer Geheimgesellschaft gewesen, die Klemens V. im selben Jahr aufgelöst und alle Mitglieder ermorden lassen hatte. Auf diesem Gemälde ist die letzte Sitzung der höchstrangigen Mitglieder des Ordens porträtiert worden. Dieser Mann - ›*Buffi*‹ - ist ebenfalls darunter gewesen. Dass es aber auch ein Einzelbildnis von ihm gegeben hat, das Leonardo da Vinci 200 Jahre später gemalt hatte, ist wieder zu einem beispiellosen Phänomen dieses Untersuchungsfalls geworden. Robert hat mit keinen vernünftigen Erklärungen ein Argument dafür finden können, warum es sich nur wegen einer verblüffenden Ähnlichkeit immer um ein und denselben Mann handeln sollte? Die Suche nach Beweisen, dass es immer unterschiedliche Personen gewesen sind, ist bislang erfolglos geblieben. Jedes Mal ist anstatt der erhofften Widerlegung eine neue Bestätigung aufgetaucht. Robert beschwichtigte diese Seltsamkeit. Obwohl er noch keinen Gegenbeweis sammeln konnte, hat ihm sein Vorurteil geraten, an Unvorstellbares einfach nicht zu glauben. Ein menschlicher Geist brauchte die Freiheit zu sagen: ich glaube an etwas nicht, weil es für mich unvorstellbar ist! Für einen Wissenschafter mit dem Format von Robert McDerman hat ein Mensch schon a priori nicht 500 Jahre alt werden können. Er ist davon überzeugt gewesen, dass er aut eine logische Erklärung für das Phänomen stoßen würde. Bis dahin hat er sich die Freiheit genommen, an etwas Unvorstellbares nicht zu glauben.

»Maria, Menschen werden geboren, altern und sterben. Ich habe bloß einen Verdacht.«

»Ja, ich weiß. Das ist Deine alte Berufskrankheit.«

»Selbst häufige Übereinstimmungen beweisen noch gar nichts.« Er nestelte am Bluetooth-Stecker, der die Videokamera mit seinem Laptop verbunden hat.

»Schick mir die Bilddatei herüber. Ich möchte ihn sehen.«

Maria atmete tief durch und genoss die warmen Strahlen der Mittagssonne in Jerusalem. Wenn für Recherchen Auslandsreisen angefallen sind, hat sie sich immer darum gerissen. Sie ist für ihr Leben gerne gereist. Nur diese Kontrollen auf den Flughäfen sind zum Horror geworden. Es hat fast keinen zivilisierten Ort der Welt mehr gegeben, an dem die Behörden nichts unversucht gelassen haben, einem die Angst vor dem Terror zu suggerieren. Diese ewig währende Doktrin des *patriot acts. Scheiß-Sicherheitswahn!*, hatte sie jedes Mal über die Freiheitseinschränkungen gelästert.

»Übrigens, wann bist Du wieder im Lande? Ich brauch Dich dringend hier, Maria. Du solltest die nächste Maschine nehmen«, forderte Robert energisch und erkundigte sich. »Und was ist eigentlich mit dem Papyrus?«

Ihr gespielt langes Aufstöhnen war unüberhörbar.

»Wegen dem bleibe ich noch einige Tage. Tut mir leid, mein Lieber.« Marias olivenbraune Haut schlemmte genüsslich an den lauwarm kitzelnden Sonnenstrahlen.

»Was?«, erschrak Robert.

»Beruhig Dich«, neckte sie ihn. »Die Infos aus dem Museum in Jerusalem waren noch unbefriedigend. Ich muss noch etwas recherchieren. Diese ältesten originalen Aufzeichnungen und Zeugnisse über die Predigten von Jesus Christus……«

»…Die Briefe des Paulus?«, fiel ihr Robert neugierig ins Wort.

»Genau die! Die stammen doch aus dem Jahr 50 nach Christus?«

Robert nickte mit einem »Hm«.

»Alle anderen Aufzeichnungen die im Neuen Testament niedergeschrieben worden sind, stammen doch nur von Überlieferungen. Ich glaube insgesamt gibt es rund 5.000 vollständige Textfragmente des Neuen Testaments?«, rätselte sie mit gekünsteltem Spiel, um Roberts Anspannung zu reizen.

»Ja, und?«, horchte er auf.

»Das Älteste ist ein um 125 nach Christus verfasster Papyrus mit einem Teil des Johannes-Evangeliums.«

»Was wird das jetzt, Maria?«, zischte Robert.

»Das jüngste ist doch das Thomas Evangelium gewesen, das franziskanerische Archäologen erst im Jahr 1945 gefunden haben, oder?«, fragte sie nochmals nach.

»Ja, in einer alten christlichen Bibliothek im oberägyptischen Nag Hammadi! Maria?« bohrte Robert genervt. »Du erzählst mir nichts Neues.«

»Tue ich wohl«, erwiderte sie und zündete sich eine weitere Zigarette an.

»Bitte lass diese Spielchen um diese Tageszeit. Ich bin müde.«

»Die Struktur von diesem Blatt Papyrus das Du gefunden hast, stimmt nämlich mit *keinem* einzigen der bisher entdeckten 5.000 Textfragmente überein.«

Robert zuckte zusammen. Abwartendes Schweigen schlug wie ein Pendel zwischen den beiden durch die Leitung über den Atlantik.

»Heißt das, wir haben etwas noch Unbekanntes gefunden?«, forschte Robert.

Maria tupfte sich die Schweißperlenkette von der Stirn und spitzte die Lippen für ihren ersten Zug der nächsten Zigarette.

»Richtig, außerdem ist die lokale Bestimmung anhand der Keim- und Samenrückstände dieser Sauergräser eindeutig dieselbe. Die Struktur des Papyrus hat Bestandteilreste dieser Staudenart, die aber bereits 50 nach Christus ausgerottet gewesen ist. Wir haben es auch mit dem Farbstoff verglichen. Die Dattelpalmenpflanzen«, setzte sie fort und inhalierte einen tiefen Zug durch ihr rauchendes Philip Morris Fitness-Stangerl, »..aus deren Russ die Tusche angerührt wurde…«

»….gediehen zur gleichen Zeit?«, bebte Robert unterbrechend in Marias Erklärungen. Er kombinierte ihre Aussage in Gedanken. ›*Eine völlig neue Papyrusreliquie mit Texten aus der ersten Hälfte des ersten Jahrhunderts?*‹

»Yes!«, antwortete sie triumphierend und äscherte in die umfunktionierte Jakobsmuschel am Tisch. »Unser kleiner Zeitzeuge aus Papyrus stammt aus der Gegend zwischen Jerusalem und Babylon. Und ist zwischen 15 und 35 nach Christus geschrieben worden. In einer Zeit, in der sein Wirken den Höhepunkt erreicht hat.«

»Ist das definitiv?«, zappelte der ehemalige FBI-Agent für klerikale Kriminalfälle.

»Alles schwarz auf weiß«, bekräftigte sie. »Aber das Beste kommt noch. Die Struktur unseres Fundes stimmt zumindest mit denen nicht überein, die bisher als entdeckt gemeldet worden sind.«

»Du wiederholst Dich!«, wirkte Robert ungeduldig.

»Ich habe gesagt, die Struktur stimmt mit den *bisher Bekannten* nicht überein. Also spitz die Ohren, mein Mäuserich«, sagte sie und blies die nächsten Rauchschwaden über die Dächer von Jerusalem. »Ich weiß aber wo es dazugehört, und Du nicht«, flüsterte sie gewurmt. Robert wechselte das Headset ins andere Ohr.

»Eine im Jahr 917 der Jungfrau Maria geweihte Dorfkirche ist seit einigen Monaten ganz in der Nähe von mir eine Ausgrabungsstätte. Dieses kleine, alte Gotteshaus steht auf dem Fundament eines babylonischen Bauwerks aus dem 1. Jahrhundert.« Maria ließ sich Zeit.

»Rein zufällig hat *erst vor vier Wochen* ein britisches Forscherteam dieses Bauwerk unterhalb der Dorfkirche entdeckt.« Robert fuhr sich durch die Haare, während Maria weiterschwatzte.

»Man hat in einem schreinförmigen hohlen Steintisch eine Papyrusrolle mit einer Länge von über 10 Metern gefunden. Ein Vergleich der Struktur von Deinem Stück mit dieser Rolle hat völlige Übereinstimmung ergeben. Allerdings fehlen mehrere Teile davon.«

›*Eines haben wir*‹, rätselte Robert. »Wie hat *er* dieses Teilstück der Rolle schon vor drei Monaten besitzen können? Du sagtest doch gerade, dass die Briten die ganze Rolle erst vor vier Wochen entdeckt haben?«

»Hast Du nichts selbst zu tun? *Buffi* ist doch Deine Baustelle«, knurrte sie, legte die qualmende Zigarette in die Jakobsmuschel und nestelte in Fotos herum.

»Die Texte und Zeichnungen sind jedenfalls zum Teil schon übersetzt. Ich hab sie fotografiert und Professor Raps gegeben.«

»Wem? Hält sich Elyahn Raps derzeit etwa in Jerusalem auf?«, fragte er verwundert.

»Ja! Er ist der einzige gewesen, der diese althebräischen Schriften übersetzen konnte«, erläuterte sie. »Er ist auch Mathematiker.« Maria machte eine kurze Pause. »Das erste was er gesagt hat, ist irgend so ein unverständliches Zeug gewesen, wie: ›*Nehmt die Reihen des Fibonacci*‹ oder so ähnlich.«

»Fibonacci?«, fragte Robert neugierig nach.

»Sagte ich doch! Aber der Professor war immer in Eile und hat kaum Zeit gehabt, mir alle Fragen zu beantworten. Was ist die Reihe des Fibonacci noch schnell? Du hast es mir einmal zu erklären versucht«, bohrte sie und stieß ein Hüsteln aus.

»Mithilfe des Fibonacci-Zyklus hat der Professor in der Bibel den

Chianucca-Code entdeckt.« Dieser Code war Maria ein Begriff. Die Geheimschrift, die nach einem Fest aus dem jüdischen Glauben benannt worden ist.

»Die jüdische Tora vereinigt das Buch Exodus und das Buch Genesis aus dem Alten Testament und hat schon vor Christus Dinge vorausgesagt«, erklärte Robert weiter und presste seinen Zeigefinger grübelnd auf die Lippen.

»Die dann auch tatsächlich eingetreten sind«, konstatierte Maria. »Daran kann ich mich noch erinnern.«

»Mit diesem Chianucca Code sind Weissagungen aus der Bibel errechnet worden. Den Aufstand der gläubigen Juden im Jahre 140 vor Christus hat die jüdische Tora schon 1.000 Jahre vorher niedergeschrieben. Aufgrund einer Prophezeiung konnte man sogar den israelischen Ministerpräsidenten Jitzak Rabin ein Jahr vor seiner Ermordung warnen. Die Mondlandung, der Holocaust, Hiroshima und andere Ereignisse. Der Fibonacci-Zyklus hat diese Vorausberechnungen erst möglich gemacht. Professor Raps nannte ihn den Bibel-Code.«

Maria gönnte sich eine Sitzpause und überblickte die Aussicht vom Balkon ihres Hotelzimmers. »Das weiß ich auch noch, aber was hat der Professor jetzt mit der Fibonacci-Reihe gemeint?«

»Leonardo Fibonacci ist ein italienischer Kaufmann und Mathematiker aus Pisa gewesen, der 1240 gestorben ist und durch seine Beiträge die Zahlentheorie ergänzt hat. Er hatte Berechnungsmethoden verbessert und das Werk der griechischen Mathematiker weitergeführt. Am Bekanntesten ist sein goldener Schnitt.«

»Hör zu! Ich mache diese Arbeit noch immer freiwillig«, zankte sie. »Kannst Du endlich deutlicher werden?« Nun kam die übliche Retourkutsche, an die sich Maria noch immer nicht gewöhnt hat.

»Du glaubst es sowieso nicht. Außerdem fehlt uns jetzt die Zeit.«

Maria wurde sichtlich zornig und polterte.

»Gut Rob…mach Deinen Scheiß selbst….«

»OK, OK! Die Fibonacci-Zahlen, die ich Dir schon einmal erklärt hatte, Du aber nicht aufgepasst hast, weil Du immer an so viele andere Dinge denken musst, sind 0,382 sowie 0,618, 1,618 und 2,618.«

Maria klatschte sich mit der flachen Hand auf Stirn. »Genau, diese komischen Verhältniszahlen. Kein Wunder, dass ich mir die nicht gemerkt habe.«

»Diese Zahlen haben etwas Besonderes. Sie bilden nämlich eine geometrische Proportion«, erklärte Robert. »Beim Goldenen Schnitt wird eine Strecke so in Abschnitte unterteilt, dass das Verhältnis der längeren Teilstrecke zur Gesamtstrecke gleich dem Verhältnis der kürzeren Teilstrecke zur längeren Teilstrecke ist. Unsere Knochen- und Gliedmaße sind nach diesem Verhältnis geplant worden. Deshalb werden die Fibonaccizahlen auch als göttliche Proportion bezeichnet. Verstehst Du das jetzt?«

»Nein!«

Robert stöhnte.

»Eigentlich sind sie simpel. Du fängst mit der *Eins* an und addierst dazu wieder die *Eins* dann erhältst Du die *Zwei.*«

»Großartige Leistung«, spöttelte sie und schoss giftige Blicke durch die Telefonleitung.

»Na ja, die Zahlenreihe ergibt aber die göttliche Proportion. Darin sind sich seit dem Altertum viele Mathematiker, Philosophen und auch Schriftsteller der Renaissance einig geworden.«

»*Eins* und *Zwei* zusammenrechnen ergibt also eine göttliche Proportion?« Sie zog wieder an ihrer Zigarette, tippte mit dem Schuhabsatz genervt und wartete.

»1, 1, 2, 3, 5, 8, 13, 21, 34, 55, 89, 144 und so weiter. Um zur nächsten Zahl zu gelangen, musst Du prinzipiell immer die vorangehende Zahl mit der letzten Zahl addieren. 2 und 1 ergibt die 3. Das wäre die nächste Zahl in der Fibonacci-Reihe. Oder 55 und 89 wäre in Summe 144.«

»Was soll daran eine göttliche Proportion sein?«, polterte sie.

»Zum goldenen Schnitt kommst Du, wenn Du 144 durch 89 dividierst und mit 89/55 vergleichst. Dasselbe, wenn Du 13/8, 34/21 oder 3/2 teilst. Du kommst immer auf denselben Teiler: 1,618.« Robert ist selbst regelmäßig aufs Neue überrascht gewesen, wo diese Zahl überall herumspukte. »Es gibt keine Zahl, die öfter in der Natur auftritt. Sie hat einen unverrückbaren Bestimmungscharakter. Man nennt sie deshalb auch die göttliche Proportion, weil es eine Zahl ist, die zum Unendlichen tendiert.«

»Ja und weiter?«

»Wie viele Jahre liegen zwischen dem Attentat an Kennedy und an Lincoln?«

Maria war nicht die Stärkste im Kopfrechnen, aber das ist gerade noch gegangen.

»Das kann nur die 98 sein! Aber warum gerade JFK und Lincoln?« Sie setzte sich in eine bequemere Sitzposition.

»Wenn Du die Fibonacci-Zahl 1,618 mit der Jahresdifferenz der beiden Präsidentenattentate multiplizierst, ergibt sich das Attentat auf das World Trade Center 2001.«

Maria stockte der Atem. »Du bist tatsächlich verrückt. Du willst doch nicht behaupten, dass 9/11 in der Bibel prophezeit wird und irgendein Zusammenhang zwischen den Attentaten auf JFK und Lincoln besteht?«

»Leider nicht nur das«, konstatierte Robert. »Egal, welche Jahreszahl man aus beiden Datumsangaben dieser Präsidenten ermittelt und mit den Fibonacci-Zahlen über eine Zeitachse legt, führt ohne Umweg zu einer Reihe von historischen Ereignissen. Der erste Weltkrieg 1914, der zweite Weltkrieg 1939, Vietnam 1965, Hawaii 1898, Mexiko 1846, Texas Kalifornien 1847, der Golfkrieg 1991. Sogar die Finanzkrise von 2008. Andererseits....« Robert machte eine Denkpause. »..komme ich auch auf Jahreszahlen mit denen ich bisher noch nichts anfangen konnte. Man könnte den Eindruck bekommen, dass irgendeine unsichtbare Hand eine Art codierte Vorbestimmung in die Schrift eingearbeitet hat.« Er verstellte den Zoom auf seiner Videokamera.

»Aber es gibt noch eine andere Formel«, sagte er und lehnte sich mit der Hand im Hosensack an die Eiche hinter ihm.

»Wenn das stimmt was Du sagst, spüre ich jetzt aber dicke Luft«, raspelte Maria mit gedämpfter Stimme.

»Jedenfalls haben mehrere unabhängige Teams von internationalen Mathematikern wenige Monate vor der Jahrtausendwende den Code auf seine Vorhersagbarkeit überprüft.«

»Und?«, wartete sie gespannt.

»Die Ergebnisse sind nie veröffentlicht worden. Angeblich leben nur mehr zwei dieser Wissenschafter. Einer hat durch einen Schlaganfall sein Gedächtnis verloren. Der Aufenthaltsort des anderen ist nicht bekannt.«

»Wie sollte es anders sein«, empörte sie sich.

»Deshalb habe ich selbst versucht, den Code zu überprüfen«, entgegnete Robert.

Maria fächerte die Fotos in ihren Händen auf und wirkte nachdenklich. »Irgendwie passt das alles mit diesen eigenartigen Texten zusammen, die der Professor übersetzt hat. Der erste Text gleicht identisch jenem aus dem Lukas Evangelium, Psalm 1-13«, versuchte sie Roberts Erklärungen mit ihren Rechercheergebnissen in Einklang zu bringen.

»Überleg doch mal«, forderte Robert. »Wenn der Professor den Text von einem Papyrus übersetzt hat, das schon in den Jahren zwischen 15 und 35 geschrieben worden ist, dann kann es Lukas *noch gar nicht* geschrieben, sondern höchstens *abgeschrieben* haben!«

»Du hast recht«, sagte sie. »Also dieser Psalm lautet....«

»Maria, ich weiß wie er lautet: ›*Messt Gott nicht daran, ob er so funktioniert wie wir es gerne möchten*‹.«

»Langsam, Robert. Unter dieser Steinplatte ist noch ein zweites Zitat eingemeißelt gewesen. Es lautet anders.« Maria drehte die Fotos nach allen Richtungen auf denen das Papyrus abgebildet war und zog plötzlich einen Block hervor.

»I TEGO ARCANA DIE. Das heißt soviel wie: ›*Scher dich hinweg. Wir halten die Geheimnisse Gottes verborgen!*‹ Ich schick Dir meinen Bericht noch heute zu.

Die wichtigsten Dateien sind bereits alle in Deinem E-Mail-Postfach.«

Robert atmete tief auf. »Du hast gute Arbeit geleistet, mein Täubchen.« Ein unzüchtiges ›*Oh!*‹ huschte über ihre kussfreudigen Lippen. Robert verstieß gegen einen seiner Grundsätze. Ist man *nicht* zufrieden, soll man toben. Ist man *schon* zufrieden, soll man schweigen. Ein grundsätzlicher Reflex, den jeder Mensch von Kindheit an ertragen muss.

»Schick mir den Rest, wenn Du am Flughafen bist.«

»Halt!« stieß Maria hervor.

»Da ist noch eine einzige und letzte Sache. Dem Professor ist auf meinen Fotos von Deiner Papyrusrolle ein wichtiger Text aufgefallen. Er konnte eine Prophezeiung aus einer Textstelle entschlüsseln.«

»Welche?«, fragte Robert.

»OPHIUCHUS ANTE PORTAS«

Als Robert diese Worte hörte, verbreitete sich plötzlich ein langes Schweigen.

6

AIG

Die Air Force One stach durch dünne hoch liegende Wolkenschleier und drehte in einer engen Schleife Richtung Süden. Sie musste eine Anweisung befolgen und ging in den Sinkflug. Soeben erhielt die Cockpitcrew vom Lotsen aus dem Pentagon die Direktive, eine tiefere Flughöhe ins Visier zu nehmen. Die Symbolik schwang wie ein riesiges Pendel in der Betrachtung von Amerikas Stellung in der Welt. Ein Sinkflug mit unbestimmter Flughöhe. Unbestimmt bedeutete auch: ›*Es kann bis zum Erdboden gehen*‹.

Postmappen, Pultordner und Akten haben sich teilweise am weichen Teppichboden im Arbeitsraum des Präsidenten aufgetürmt, den er soeben mit seinem Chefberater verlassen wollte. An der tapezierten Wand hinter dem Schreibtisch hing ein Gemälde der Santa Maria. Jener Zweimaster, mit dem Christoph Kolumbus nach einer mörderischen Flaute in schwere See geraten war, bevor er seine Suche nach einer ›*neuen Welt*‹ erfolgreich beendet hatte. Unverkennbar spiegelte das Bild die bisherige Amtszeit des mächtigsten Politikers des Westens. Auch er war auf der *Suche nach einer neuen Welt.* Sie schlossen die Türe hinter sich und strebten mit Aktenmappen unter dem Arm in den Aufenthaltsraum, der sich im Mittelteil des Flugschiffes befand. Die sorgenvolle Miene Präsident Kerrys wich der Wut, als ihn sein Chefberater über ein Aviso aus dem Finanzministerium unterrichtet hatte.

»Dort dreht sich die wahre Achse des Bösen«, stieß er mit Zornesfalten hervor. Sein Chefberater hielt die E-Mail mit dem Antrag auf ›*Stundung der Zinszahlung*‹ durch AIG fassungslos in der Hand und wedelte damit herum.

»180 Milliarden US-Dollar Staatshilfe hat die Bevölkerung in den größten Versicherungskonzern hineinbuttern müssen, weil ihn ein Wahnsinniger an die Wand gefahren hat«, stieß der Präsident hervor und schielte auf das Blatt Papier. Kerry zuckte bei der Erinnerung an den ausgeschiedenen Boss von AIG zusammen. Der Gedanke an Martin Hankberg bescherte ihm stets ein Ziehen in den Eingeweiden, als ob jemand seinen Magen wie einen nassen Fetzen ausdrehen würde. Hankberg ist über 2½ Jahrzehnte der oberste Feldwebel eines Unternehmens gewesen, das Versicherungspolizzen schneller gedruckt hat als die Zentralbank Papiergeld. Beide druckten also 24 Stunden am Tag, um ihre Versprechen auf Papier in Umlauf zu bringen.

»Dieser Hankberg fühlte sich wie ein Pharaonengott, der das ganz große Rad drehen wollte. Der geglaubt hat, dass seine unfehlbare Interpretation von Profit gut für die Menschheit wäre.« Die Faust geballt nahm er das Schriftstück in Augenschein, das ihm sein Chefberater Eduard Heller übergab. Der Brustkorb des Präsidenten hob sich mächtig an, bevor er seinem Ärger so richtig Luft machte. Mit dem eisigen Blick einer geöffneten Tiefkühltruhe wedelte er die Nachricht.

»Hat sich als einer der mächtigsten Bosse Amerikas aufgespielt und wie ein Feldherr über seine Manager 24 Stunden am Tag verfügt. Immer ist er auf Eroberung aus gewesen. 4.000 Tochterunternehmen und ein Vermögen von über einer Billion US-Dollar hat AIG angesammelt gehabt. Das jährliche Bruttoinlandsprodukt von Spanien. Mit Aktien die sicherer als Staatsanleihen gegolten haben, hat dieser Herr Oberschlau alles gekauft, das sich ihm in den Weg gestellt hat.« James Kerry knüllte das Stundungsansuchen wie ein wertloses Wertpapier.

»Dieses Arschloch hat sogar Prämien dafür kassiert, dass er Grundstücke auf dem Mond gegen Meteoriteneinschläge versichern konnte. Das Leben von 74 Millionen Menschen in 130 Ländern, die Ernten ganzer Bundesstaaten, Flugzeugflotten, komplette Städte und das gesamte Immobiliennetz des US-Geheimdienstes nicht zu vergessen. So gut wie alles hat dieser kranke Geist versichern lassen.« Kerry konnte seine Aufgebrachtheit schwer kontrollieren. AIG ist der Titan unter den Titanen gewesen. Der Konzern hatte die Stellung von Zeus unter den Finanzinstituten. 95 Prozent der 500 größten US-Unternehmen haben Verträge mit AIG unterhalten. AIG ist zum Sinnbild der Risikogesellschaft geworden und man hatte geglaubt, dass es schon gut gehen würde.

»Dabei ist dieser Koloss nicht bloß irgendein Unternehmen gewesen«, donnerte der Präsident.

»AIG war Amerika! Die Kreditwürdigkeit dieser Versicherung hat das Gütesiegel der größten Industriestaaten getragen.« James Kerry hatte Martin Hankberg einmal persönlich getroffen und den Charme einer Kettensäge gespürt. Wenn sich Geschäftschancen aufgetan hatten, hatte Hankberg wie ein Beute suchender Drache nach seinen Opfern gespäht und über die wahnwitzige Expansion seines Versicherungskonzerns gewacht. Unternehmen, deren alleinige Größe das Welterklärungsmodell des Westens auf der Schulter getragen haben, hatten meist auch mehr Einfluss und Macht als das Weiße Haus selbst. Mit herunter gezogenen Augenbrauen linste der Präsident aus dem Fenster über den Atlantik. Der amerikanische Oberbefehlshaber ist auf dem Rückflug von einem Staatstreffen in Europa zur Air Force Base in Maryland gewesen.

»Wenn nur mehr die Größe, aber nicht mehr der Sinn das Hauptargument ist, dann können wir nicht mehr frei entscheiden«, stöhnte er unter der gewaltigen Last seiner Staatsverpflichtung. ›*Steht dieses System auf den richtigen Säulen?*‹, war eine quälende Frage, die wie ein Dolch tief in die Überzeugungen von James Kerry hineingebohrt hat.

»Solche Unternehmen sind die Säulen unseres Systems. Nun haben wir mit den gesamten Verstaatlichungen in Wahrheit ein trojanisches Pferd hoch gezüchtet, in dem der Kommunismus lauert. Letztlich gehört dann allen alles zu gleichen Teilen. Ich sage Dir eines, Eduard. Das wird sich furchtbar rächen.« Der westliche Anführer hätte in solchen Augenblicken gerne die Macht, Menschen mit einem Bannfluch zu belasten.

»Solange unser System von Leuten mit dem Format Hankbergs geprägt ist, hat dieses Land keine Zukunft. Diese ganze Welt hat keine Zukunft, Eduard! Verstehst Du das?« Der Präsident machte eine argumentative Pause.

»Schon als diese krankhaften Raubtierkapitalisten von fremden Staatslenkern empfangen und von Diktatoren mit Orden behängt worden sind, hätten wir es schnallen müssen, Eduard. Das sind schon frühe Signale gewesen, die wir ignoriert haben.« Der Chefberater nickte und brachte sich auch ein.

»Wie viele unserer Großbanker und Industriekapitäne haben mit Handelssanktionen gedroht, wenn etwas nicht nach ihrem Willen gelaufen ist?«, warf Heller ein und befeuerte den Zornofen von Kerry. Der Präsident sprang aus seinem Sitz.

»Und wir haben mitgespielt und mitgeheuchelt!« Wie eine Raubkatze ging Kerry auf dem Spannteppich im Mittelschiff der Air Force One auf und ab, auf dem die Präsidenteninsignien eingewebt waren.

»Alle haben an eine Profitmaschine der Superlative geglaubt. Einige Aktionäre haben Hankberg sogar angefleht, unsterblich zu werden. Nur weil er mit seinem Wahnsinn die Marktkapitalisierung von AIG an der Börse in 20 Jahren auf 40.000% katapultiert hat.« Der Präsident stemmte seinen kräftigen rechten Arm in die Hüfte und gestikulierte mit dem anderen in der Luft.

»Unter ihm ist es völlig normal gewesen als zigfacher Millionär in Rente zu gehen. Selbst die britischen Butler seiner Managerriege haben es auf mehrere Mietshäuser gebracht. Und dann wollen sie uns schreiben, dass sie ihre Kreditraten an das amerikanische Volk nicht zahlen können?« James Kerrys innerliche Wut über die Frivolitäten der Finanzinstitute ist gelegentlich unerträglich gewesen. Aber Martin Hankberg war nur eine von vielen Leitfiguren der Kultur von Super-Egos. Ihnen hatte der Präsident den Kampf angesagt. Eduard Heller spürte, dass er das Thema geschickt in eine andere Richtung lenken musste.

»Mich würde es nicht wundern, wenn die Europäer in einigen Jahren mit demselben Wunsch kommen, ihre Kreditzinsen zu stunden«, warf er seinem Chef mit fragendem Augenspiel vor die Füße.

Der Oberbefehlshaber Amerikas näherte sich seinem Stuhl. Mit dem Problem von Monsterkonzernen loderte eine Entscheidung in seinem Herzen. Systemträger des westlichen Kapitalismus sind zu Massenvernichtungswaffen geworden, wenn man nicht bereit gewesen wäre, sie zu retten. Das konnte auf Dauer keine solide Idee darstellen. Kerry setzte sich und schwang nervös die goldene Füllfeder zwischen Zeige- und Mittelfinger. Wieder einmal sollte er eine Garantie des amerikanischen Volkes unterschreiben. Der EU-Parlamentspräsident hatte ihn beim letzten Treffen auf die Seite geholt. Mit sorgenvoller Miene hatte er ihm glaubhaft die Angst zahlreicher Regierungsmitglieder vermittelt. Europäische Großstädte haben in den 1990er Jahren angefangen, ihre Infrastruktur an US-Investoren zu verkaufen und gleichzeitig wieder zurückzumieten. Verträge mit einer Laufzeit von bis zu 100 Jahren. Die Bürgermeister prosperierender Stadtgebiete hatten so gut wie alles an Investmentfonds verscherbelt. Schulen, Universitäten, Wasserwerke, Messehallen, Abwasserkanäle, Straßenbahnen oder Rathäuser. Die Fonds rafften alles gierig zusammen. Und die Verträge solcher Cross-Border-Leasing Deals haben oft mehr als 1.000 Seiten umfasst. Geschäfte die keiner mehr verstanden hat. Nicht einmal die Präsidentenberater aus dem Obersten Gerichtshof haben das komplizierte Labyrinth von Klauseln und Ausnahmebedingungen überblicken können. Dutzende Juristen häkelten Formulierungen so zusammen, dass die Querverbindungen von Vertragspunkten in einem Ozean an Text unkenntlich gemacht worden sind. Sie haben sich gegenseitig aufgehoben. So hat man für Rechtsstreitigkeiten vorgesorgt, indem eine vertragliche Versprechung durch einen versteckten

Passus woanders wieder nichtig gemacht worden ist. Schattenhafte, unscharfe Zusagen und Haftungen, die von Anfang an umgangen oder bestritten werden sollten. Nicht alle Juristen haben gelogen und nicht alle Lügen sind aus den Köpfen von Rechtswissenschaftern gekommen. Aber die größten Lügen stammten aus ihrem Lager obgleich der Großteil seinen Charakter über das Studium hinaus behalten konnte. Aber auch der Rechtsstaat hat unter der Überkulturisierung seiner Gesetzesflut längst zu leiden begonnen. Ob Steuerfragen, simple Rechtsbelange, sozialrechtliche oder finanztechnische Regelungen. Kein normaler Bürger hat die von der Realität abgekoppelte Welt der Rechtsausleger mehr verstehen können. Sie haben das Bürgertum von ihnen abhängig gemacht. Ohne teure Berater ist man immer auf der Verliererseite gewesen. Über den mächtigen Arm der Justiz ist das Volk zum Narren gehalten und in den Glauben versetzt worden, dass ohnehin alles rechtens wäre, während mit Cross-Border-Leasing hunderte Milliarden an Volksvermögen hin- und her geschoben wurden. Alle Risiken dieser weltweiten Deals sind bei AIG versichert gewesen. Das Unbegreifliche sind aber die Haftungen gewesen. Wenn AIG die Pleite angetreten hätte, hätten die ausländischen Städte in der Bürgschaft stehen müssen. Das öffentliche Eigentum wäre dann zum Spottpreis an die Bestbieter verkauft worden, wenn die Städte ihre Haftungen nicht mit ausreichend Geld decken hätten können. Jeder Konkursverwalter eines bankrotten Unternehmens wäre dann gezwungen gewesen, ursprüngliches Volkseigentum auch ans Ausland zu verscherbeln. Der Präsident blickte seinen Chefberater einsichtig an.

»Dieses Risiko mit den Cross-Border-Verträgen wollen unsere europäischen Freunde endgültig beseitigt sehen. Das verstehe ich gut«, unterwies Kerry die Skepsis von Heller. Der wiederum kritisierte die Flatterhaftigkeit europäischer Anführer.

»Vor Jahren haben sie die Idee noch frenetisch gefeiert und jetzt bekommen sie zunehmend kalte Füße?«, konstatierte der Chefberater fragend.

»Du hast Recht«, erwiderte Kerry, »aber das Anliegen der Europäer sollte uns wichtig sein, Eduard«, forderte er und fixierte sein Gegenüber.

»Wie würdest denn Du der Bevölkerung unserer Verbündeten erklären können, dass sie für die Schulden amerikanischer Unternehmen herhalten müssen?« Der EU-Parlamentspräsident - Jose Michel Burusi - hatte Kerry vorgehalten, dass diese Cross-Border-Verträge zu einer Höllenfahrt ungeheuren Ausmaßes werden könnten. Der US-Präsident hat sich gegenüber Burusi gerechtfertigt: *›Ich kann mit militärischen Massenvernichtungswaffen umgehen, aber Massenvernichtungswaffen des Marktes entziehen sich eindeutig meiner Kontrolle.‹*

»Burusi hat mich wieder einmal mit China ins Brüten gebracht«, erläuterte Kerry und wedelte mit dem Finger hin und her.

»Chinas Zentralbank besitzt die größten Devisenreserven und gewinnt durch die Shoppingtouren auf allen Kontinenten zunehmend Einfluss. Überall kaufen sie die Staatsanleihen von europäischen Pleitekandidaten. Wenn ich aber diesen Vorvertrag unterschreiben würde, dann stünden die Staatenlenker in Europa nicht mehr unter Verkaufsdruck ihres öffentlichen Eigentums. Noch viel schwieriger wäre es, einer europäischen Bevölkerung erklären zu müssen, dass die chinesische Regierung irgendwann darüber entscheiden könnte, welches Trinkwasser zu welchem Preis aus den Wasserhähnen fließt.«

Kerry nippte an seinem frisch gepressten Orangensaft und schweifte durch das Seitenfenster über den dämmernden Horizont. ›*Europa ist doch noch immer der beste Freund Amerikas?*‹, hatte Jose Michel Burusi ihn gefragt.

›*Natürlich! Europa wird immer der beste Freund Amerikas sein!*‹, hatte er zugestanden und für den Moment Ehrlichkeit in seinen Worten gespürt. Aber was hätte er sonst sagen sollen? Europa ist größer und einflussreicher als Israel oder Großbritannien gewesen. Das amerikanische Volk hätte für die Fehlentscheidungen europäischer Politiker genauso wenig bürgen wollen wie das europäische Volk für die Fehlentscheidungen amerikanischer Manager bürgen wollte. Die Kleider des Nervenkostüms westlicher Politiker waren durch die Ereignisse der letzten Jahre heruntergerissen worden. Alle sind splitternackt dagestanden und haben Riesenbrände löschen müssen. Nachdem Kerry sein Amt angetreten hatte, hat es nur Zerreißproben gegeben. Entweder mit Israel, mit Mexiko oder Saudi-Arabien. Dann wieder mit Russland und jetzt Europa. Welchem Partner hätte der Präsident auf diese Frage nicht erwidert, dass er sein bester Freund sein würde? Amerika durfte Europa niemals an Asien verlieren. Dort hat ein Marktungeheuer geschlummert, das den Westen in wenigen Generationen finanziell fressen könnte.

»Wer trägt die Verantwortung für das Überleben der Demokratie, wenn wir die wirtschaftlichen Verflechtungen unseres Volkes mit anderen Völkern nicht weiter vertiefen?« Amerika! Das ist der feste Glaube des Präsidenten gewesen.

»Aber die Wurzel des Problems sind diese supranationalen Superkonzerne«, krachte Kerry und zeigte mit dem Finger auf die Stelle am Boden, an der das zerknüllte E-Mail von AIG geruht hat.

»Die scheißen sich nämlich was auf Demokratie, weil sie sie aufs Spiel setzen.« Er rieb sich mit der Handfläche an seinem kantigen Kinn. »Vor allem aber setzen diese Superheuschrecken unsere ältesten Freundschaften aufs Spiel.«

›*Wenn letzten Endes der Bürger immer für die Superkonzerne herhalten muss, dann soll es solche Monster nicht mehr geben*‹, hat er beim letzten Untersuchungsausschuss gefordert. Früher wäre es für die Regierungen in Europa undenkbar gewesen, dass der größte Versicherungskonzern AIG

Probleme bekommen könnte. Als europäische Konkurrenten ihre eigenen Ertragsziele auf den Maßstab von AIG angehoben hatten, hatten tausende Aktionäre in Versammlungshallen begeistert applaudiert. Die Börsenanalysten mussten zufrieden gestellt werden. Wie ein Müllschlucker war AIG aufgetreten, der alle Unsicherheiten des globalen Finanzmarktes verschlingen konnte. Jeder hatte zugeschaut und alle hatten daran geglaubt. Die finanzmathematischen Programme hatte sogar ein Professor aus Yale entwickelt. Wäre AIG zusammengebrochen, wäre der Westen eingestürzt. Und dann kam doch das Undenkbare. Immer öfter prasselte die brennende Frage in Kerrys Hirn, woher das Geld eigentlich gekommen ist? Seit Jahren ratterten die Notenpressen der Zentralbank Tag und Nacht auf Hochtouren und man garantierte ihm, dass diese Vorgangsweise keine Besorgnis nötig machen würde. Der Präsident hatte schon vor einer Woche mit dem Chef der Zentralbank darüber debattiert. *›Sie können diese Garantien bedenkenlos unterschreiben, Mr. President‹*, hatte der gesagt.

Doch die Zeiten, in denen das Wort der Zentralbank wie der Fels von Gibraltar Bestand gehabt hat, sind verflogen. Es war die Zeit der abgedienten Finanzjongleure gewesen, in der Bill Clinton seinen Beraterstab gebildet hatte. Neben Alan Greenspan, dem ehemaligen Notenbankchef, war noch Robert Rubin als Finanzminister eingesetzt worden, der von Goldman Sachs gekommen war. Großbanker waren in vielen westlichen Nationen zu Finanzministern geworden. Rubin hatte sogar Obama beraten. Dass die Investmentbank Goldman Sachs in die gefälschten Budgetbilanzen von Griechenland und andere Malversationen verwickelt worden war, hat sich nachträglich nur schlüssig ins Bild gefügt. Lawrence Summers, ehemaliger oberster Wirtschaftsberater von Bill Clinton, hatte behauptet, dass *›Gesetze ein Risiko für Stabilität und Wettbewerbsfähigkeit sind!‹* Eduard Heller beäugte seinen Chef und bedauerte, dass sein Ablenkungsmanöver nicht lange gewirkt hat.

»Diese Finanzheinis haben uns eingekocht, wo sie gekonnt haben«, prustete der Präsident energisch.

»In der Krise haben wir dann den Salat gehabt. Alles ist plötzlich falsch gewesen.« Der legendäre Chef der US-Zentralbank - Alan Greenspan - war jahrelang als Orakel gefeiert worden und hatte sich nach seinem Abgang plötzlich als Hauptschuldiger der Krise herausgestellt. Bush senior, Clinton, Bush junior – so gut wie alle hatten der Papiergeldikone Greenspan leichtfertig geglaubt. Bei einem Mittagessen mit dem allmächtigen Alan Greenspan hatte die Leiterin einer US-Börsenaufsicht schon gegen Ende der 1990er Jahre *›strengere Regeln für die Banken‹* gefordert; *›weil dort Risiken schlummern, die man nicht mehr überblicken könne‹*.

Doch Greenspan hatte das Thema gönnerhaft heruntergespielt, erinnerte sich der Präsident. ›*Regeln? Der Markt regelt doch alles von selbst!*‹ Kerry wirbelte mit der Hand haschend in die Luft.

»Weißt Du was, Eduard! Irgendwie hat man den Eindruck gehabt, als hätten es einige so gewollt, dass niemand wirklich wissen sollte, was hinter den Vorhängen passiert ist«, konstatierte der Präsident und hörte in seiner Erinnerung die häufigen Wortmeldungen der Bürger aus zahlreichen TV-Reportagen. Wer verstand überhaupt noch, wie das alles funktionierte? Das hat natürlich zu großem Misstrauen geführt.

»Für welchen Menschen kann man sich in diesen Zeiten noch verbürgen?«, zog Kerry besorgte Falten auf und stierte in seinen Chefberater. Der Präsident tippte mit seinem Füllhalter auf der Unterkante des Pultordners. Schritt für Schritt spürte er eine sich lösende Handbremse, die die ganze Zeit über angezogen war.

»Eduard«, sagte James Kerry und senkte dramatisch seine Stimme.

»Wie immer unsere Amtsperiode endet. Merke Dir eines: Dieses Europa beheimatet fast doppelt so viele Bürger wie wir. Europa ist der größere und ältere Bruder der westlichen Familie. Europa ist in Wahrheit der Westen. Diese griechische Göttin hat sich auf unserem Kontinent nur weiter aufgerichtet. Deshalb wird das amerikanische Volk keinen Weg ohne Europa gehen.«

James Kerry lehnte sich zurück und zeigte mit dem Daumen nach hinten in jene Himmelsrichtung aus der seine Reise vor vier Stunden begonnen hatte.

»Wir konnten immer nur unsere Muskeln zeigen, aber unser Hirn liegt da hinter uns im Osten.« Er stieß einen tiefen Seufzer aus.

»Unsere führenden Denker haben versagt. Nichts beweist das mehr als AIG.« Erschöpft ließ er sich in den Stuhl sacken.

»An Europa hängt dieser Planet«, sagte Kerry, schüttelte den Kopf und winkte mit dem Finger ab, »nicht an uns!« Schon alleine wegen der Gefahr, die in der europäischen Währung gelegen ist, könnte der US-Präsident mit seiner Einschätzung richtig liegen.

7

1989er Generation

Harvey Friedman entfernte sich vom Gebäude der US-Zentralbank und näherte sich in herrischen Schritten dem Getrommel von knatternden Motoren und Abgasen. Regungslos starrte der Demonstrant dem charismatischen Investmentbanker hinterher. Harvey checkte im Gehen seinen SMS-Ordner zu Ende und verlor sich im Straßengewirr. Er achtete weder auf seine Umgebung, noch auf Fußgänger, Radfahrer oder die qualmenden Blechkolonnen. Sein Gang war nach der Begegnung mit dem Demonstranten irgendwie beschwerlicher geworden. Immer wieder ist er Menschen begegnet, die von der Krise schwer getroffen worden waren. Doch die Kapitalgewinne der Konzerne hatten wieder Rekordhöhen erreicht. Es herrschte wieder Goldgräberstimmung und die großen Unternehmen saßen auf prall gefüllten Bargeldkonten. Man glaubte deshalb, dass auch die Krise damit gebändigt worden ist, obwohl der Schein trog. Denn die Wohlfahrt wollte und wollte trotz aller staatlicher Interventionen nicht mehr in die Gesellschaftsschichten durchsickern. Viele fragten sich immer öfter, an welche Strände das Geld überhaupt hingespült worden ist. Irgendwo musste es schließlich hängen bleiben und die Mehrheit hat das Gefühl bekommen, dass tausende Milliarden ohne eine spürbare Besserung aufgewendet worden waren. Nach der Wahl von Obama war ein ersehntes Vertrauen der Menschen wieder zurückgekehrt gewesen. Eine Art von Lust auf die Zukunft. Der damalige Präsident schien jener Ruck durch die Welt gewesen zu sein, den die Menschheit für das kommende Jahrhundert benötigt hatte. Doch die Lust war so schnell verflogen, wie das Geld ausgegeben worden war.

Obwohl Harvey keinerlei Handzeichen getätigt hatte, blieb plötzlich ein Taxi mit offenem Seitenfenster in der ersten Spur des nervtötenden Verkehrsgetöses stehen. Der Lenker rief nach rechts gebeugt hinaus.

»Wollen Sie es mit mir versuchen, Sir?« Er lächelte gewinnend.

»Steigen Sie ein!«, sagte er und deutete mit dem Arm. »Kommen Sie!«

Perplex starrte Harvey den Fahrer an, zögerte jedoch mit dem Einsteigen keine Sekunde, um die anstauende Autoschlange nicht aufzuhalten, aus dessen Durcheinander das Geknatter des rastlosen New Yorker Geistes zu hören war. Schneller, Höher, Weiter! Diese Stadt kam einfach nie zum Schlafen.

»Mit Ihrer Begabung könnte man auf den Märkten viel Geld verdienen«, sagte Harvey nachdem er die Autotüre vornehm einrasten ließ. Durch die Seitenscheibe blickte er noch einmal zurück an die Stelle, an der der

Demonstrant ihn angesprochen hatte. Harvey war verdutzt. Der krisengezeichnete Typ war wie vom Erdboden verschluckt.

»Warum könnte man mit meiner Begabung viel Geld verdienen, Sir?«, fragte der Taxilenker neugierig lächelnd.

»Ganz einfach! Das Verhalten der anderen richtig vorwegzunehmen, ist das *A und O* in meiner Branche. Zu wissen was der andere glaubt, dass der andere tut. Als hätten sie gespürt, dass ich ein Taxi suche«, antwortete Harvey.

Der typische Geruch eines fabrikneuen Wageninnenraums wirkte auf ihn einladend. Keine abgenutzten rissigen Sitzüberzüge, auf denen der speckige Schaumgummi aus den Nähten herausquoll. Das Tachometer wies nicht einmal 1.000 Meilen auf. So brauchte Harvey die nächste ¾-Stunde nicht die Geschichte tausender Fahrgäste einatmen, die im Fond des Wagens einen Rest geistiger Klagelieder hinterlassen hatten. Diese Krankheiten der Selbstmitleidigen, die ihr Leben mit ziellosen Wünschen vergeudeten und während sie auf etwas gewartet haben, auf alle anderen mit dem Finger zeigten, die im Leben etwas weitergebracht hatten. Das Taxameter aktivierte sich automatisch durch den eingebauten Gewichtssensor in den Autositzen. Mit einer geschickten Lenkraddrehung ordnete der Lenker den Wagen in den fließenden Verkehr ein.

»Wo soll es hingehen, Sir?«

»Brooklyn, Richmond, Richtung Prospect Park. Wenn wir dort sind, sage ich Ihnen genau, wo!«

Im Radio des Taxis ertönte ein Superhit der 1990er Jahre. ›*This Generation*‹ von Roachford erinnerte Harvey an die Tatsache, Teil einer besonderen Generation zu sein. Die Generation der 1989er, die aus den Geburtenjahrgängen der 1968er entsprossen ist und so wie jede Altersgruppe ihre eigene Heimat in der Geschichte hat. Ihre eigene kollektive Erinnerung. Die ihre Existenz in der Jugend über die Labels in den Jacketts definiert hatte. Markenartikel, eigenes Auto ab 18, Wohnung mit 20 und die ersten Aktiengewinne mit 25. In seiner Altersgruppe hatte am Ende der 1980er Jahre nur ein Motto gezählt: ›*Gut aussehend, gebildet, eloquent, körperlich fit und beruflich ein aufgehender Stern. Wenn nicht, hast Du versagt.*‹ Und das alles mit dem Beat des Technoinformationszeitalters. Es ist nicht bloß ums Geld machen gegangen sondern darum, Tonnen von Geld zu scheffeln. Das prägte das New Golden Age Zeitalter. Diese Botschaft hatte Amerika mit einem unermüdlich rotierenden Schaufelrad in die ganze Welt verschüttet. Es war der Plan vom Glück durch Überfluss.

Aber die 1989er Generation musste wieder sehen lernen. Sie war in jungen Jahren geblendet worden. Ohne zu wissen, dass der Überlebenskampf heute die gleiche Brutalität wie damals gefordert hat. Die Tage des Sozialismus waren längst vorbei, unter anderem weil die Gesellschaft die Gescheiterten immer seltener und schwerer miterhalten konnte. Überall musste der Staat neue Einnahmequellen erschließen, um die Inflation der Politiker zu finanzieren. Sparen kannte diese Generation nicht. Ihr Sehen entpuppte sich als Phantasie ohne eigene Erfahrung in der Weltgeschichte. Es war die Generation, die die Massenhypnose suchte und das Suggestionsbedürfnis des Menschen am besten befriedigte. *22.000* Werbespots trommelten pro Jahr auf einen durchschnittlichen Westbürger ein und suggerierten der Masse, was sie angeblich alles brauchen würde, um glücklich werden zu können. Harveys Generation hatte dem Kapitalismus zu einem vermeintlich frühen Sieg verholfen. Was die Buchdruckerkunst als erste große internationale Massenhypnose mit der Bibel möglich gemacht hatte, war die erste Form globaler Vernetzung über den kollektiven Geist gewesen. Die Beeinflussung des Glaubens der Menschen hatte allerdings damals Jahrhunderte gedauert. Heute ging das mit wenigen Mausklicks in Minuten. Wirkliche Revolutionen waren in einem Bruchteil der Zeit möglich geworden. Nur kam sie nicht - diese große Revolution. Sie blieb aus, obwohl sie jeder spürte. Das verstärkte eine undefinierbare Angst.

Es war eine eigenartige Generation. Sie hatte lange geglaubt, dass alles machbar wäre was denkbar gewesen ist und ist an diesem Glauben gescheitert. Sie konnte zwar den Wohlstand erreichen, hatte aber dafür die Angst vor dem Versagen geerntet. Darin lag der emotionale Antrieb, der heute Harveys Alterklassen durchflutet hat. Die Angstgeneration! Die Angst davor, nicht erfolgreich genug zu sein, nicht gut genug, nicht gebildet genug und nicht schnell genug auf Veränderungen oder Chancen zu reagieren. Dem anderen nicht voraus zu sein. Den Anschluss zu verlieren. Zu versagen in einer Welt der unbegrenzten Möglichkeiten. In Wahrheit hatte diese Angst die Auswahlmöglichkeiten des persönlichen Lebensentwurfes dramatisch verringert, weil sie ein Zwangsverhalten hervorgerufen hat. Das Konzept verkehrte sich. Man hat nicht mehr gewusst, welche Entscheidung man fällen müsste, um ganz sicher gehen zu können, dass man das Angstgefühl loswerden konnte.

Es war eine Mittel- und Oberschicht, die sich heute als konsumästhetische Avantgarde verstanden hat und deren gemeinsame Erinnerung vom Lebensdesign gestiftet wurde. Eine Generation, die sich vielleicht sogar zur Oberflächlichsten aller anderen verteufelt hat. Getrieben von dem Bewusstsein, dass Erfolghaben in Wahrheit ein Leidensweg wäre, der darin bestanden hat, die permanente Angst vor dem Versagen zu überwinden. Etwas, das phasenweise unerträglich geworden ist. Am Ende ist es die Angst vor der Angst gewesen. Es war das Paradoxon der ›*Lust nach einer Angst*‹, für die man Hass empfunden hat. Darunter schlummerte ein verzweifelter Kampf gegen eine schreckliche Wiederholung der Geschichte. Vor einer Verkettung von Fehlentscheidungen, die wie ein Tsunami zu einer Gesamtkatastrophe kumulieren und eine Spur der Verwüstung hinterlassen könnte. Harveys Generation musste diese Aufgabe ohne eigenen Erlebnishintergrund bewältigen. Ohne erlebt zu haben, was Krieg, Depression, Leid, Faschismus und Wettrüsten wirklich bedeutet haben. Seiner Generation fehlte dadurch etwas, was viele davor erfahren hatten. Harveys Generation hatte keinen großen historischen Irrtum und kein gemeinsam erlebtes Unglück! Das ist ihr größter Mangel gewesen.

In der Schule hatten sie über die Fresken der Sixtinischen Kapelle alles auswendig aufsagen können müssen, ohne jemals dort gewesen zu sein und den Geruch der Wände einzuatmen. Wie ein Schwimmlehrer, der noch nie im Wasser gewesen ist, dafür am trockenen Beckenrand zwar mit seinem Wissen aber ohne Erfahrung geprahlt hatte. Harveys Altersgenossen wurden von der mahnenden Lehre aus dem abgelaufenen Jahrhundert geprägt, dass jede Generation der westlichen Zivilisation ihren historisch einzigartigen Fehlgriff zu verantworten hatte. Die unbesiegbare westliche Architektur für das Funktionieren des Weltfriedens und seiner Regeln ist eine notwendige und verheißungsvolle Wunderformel gewesen. Die Architektur der Kapitalmärkte. Es sollte die erfolgreichste Generation werden, um der sinnlosen Debatte mit allen Zweiflern und Nihilisten[8] einen Schlusspunkt hinzuknallen. Die Geschichte durfte sich nicht wiederholen, weil die Menschheit zur Weiterentwicklung fähig geworden ist, war die unausgesprochene Doktrin. Die 1989er Generation sollte die erste werden, die den Nimbus der Makellosigkeit wie einen verliehenen Orden tragen sollte. Dieses Mal sollte Papiergeld nicht wie sonst immer zu seinem Ursprungswert zurückkehren. Damit es eine ewig gültige Einrichtung in der Weltgemeinschaft werden konnte. Stabiler nachhaltiger Frieden und Freiheit für alle, Völkerverständigung und Abrüstung, Umweltschutz, Informationsverteilung, Demokratie und Wohlstand für alle. Alle diese Ziele hingen an der Stabilität des Papiergeldes. Und diese Ziele hatten auch enorme geopolitische Umwälzungen gebracht. Seit Harveys Geburt hat sich die Anzahl der Mitgliedsstaaten in der Europäischen Nationengemeinschaft verfünffacht. Der Warschauer Pakt und das kommunistische Regime hatten sich nur wenige Kilometer neben den westlichen Landesgrenzen zu einem bedeutungslosen Entwurf pulverisiert. Aber auch Harveys geliebte Heimat schien sich in ihrer Überheblichkeit zu verirren. Amerika hatte ein globales Netzwerk von Institutionen geschaffen, die auf den Ideen des Westens aufbauten und ihre Interessen durchsetzen sollten. Von der Weltbank angefangen, über den Internationalen Währungsfonds, dem Weltsicherheitsrat, der NATO und

[8] *Nihilismus*; Radikale Geisteswissenschaft, die alle positiven Werte verneint

anderen. Das System musste auf allen Ebenen gesichert werden. Doch die Angst vor dem Versagen und das Programm arroganten Lifestyles hat eine Generation der Egoisten und Kinderlosen geschaffen. Superschlaue Maulhelden, die erkannt haben wollen wie die Welt funktionierte, aber keine Zeit für den Aufstand gefunden haben. Das mussten heute ihre Nachfolger in Spanien, Griechenland oder anderen Demokratien erledigen. Und genau dieses Versäumnis von Harveys Generation hatte die gesellschaftlichen Grundlagen für eine zündstoffhaltige Mischung gebildet, aus der jene Zocker heranwachsen konnten, die bis ins Lebensalter von 50 Jahren an die Hebeln der Milliarden vordringen konnten und die Krise ausgelöst hatten. Wenn Geldmachen die größte Sünde war, dann Herzlich Willkommen in der Hölle des 20. Jahrhunderts. Das war der Schatten, den diese Epoche geworfen hatte. Nur mehr wenige waren Erfinder oder Unternehmer mit Verantwortung geblieben. Solche, die die Zukunft ihrer eigenen Familie in ihren Betrieb investiert haben und davon abhängig gemacht haben. Während nämlich Unternehmer infolge schwerer Fehlentscheidungen immer mit ihrer Existenz bezahlt haben, hatten die Manager einen *Goldenen* Fallschirm bekommen. Aber die Politik hatte nicht weniger versagt. Der Großteil waren vermeintlich überlegene Verwalter ihrer Eitelkeit und Selbstüberschätzung. Dessen war sich Harvey bewusst und das belastete ihn. Denn das Fleisch um das Gerippe ist krank geworden. Schwer krank geworden.

›*Trotzdem sollte das nicht den Blick auf das Gesamte verstellen*‹, beschwichtigte er. Er tafelte genüsslich an diesem momentanen Stillstand der Zeit, den man im Augenblick des Erfolgs zu verspüren bekam. Er hatte heute eine Fusion mit einem Transaktionswert von fast 200 Milliarden US-Dollar zur Unterschrift gebracht. Verständlicherweise machte ihn das stolz. Wenn solche Augenblicke da gewesen sind, sind sie einfach da gewesen. Harvey hatte Erfahrung darin. Er atmete mehrmals durch und dachte an seinen Vater, der die besten Jahre seines Sohnes nicht mehr erleben konnte. Jackies Ermahnung am Telefon loderte plötzlich wieder im Gedächtnis auf.

›*Meine Medikamente? Wann kann ich mich davon befreien?*‹, fragte er sich jeden Tag.

Seiner Angebeteten ist es wichtig gewesen, dass er sie regelmäßig genommen hat. Harvey litt an der selten auftretenden psychischen Krankheit, die den medizinischen Fachbegriff PTSP-99 trug. Das posttraumatische Stresssyndrom, das viele hatten, die zu unrecht in Gefangenschaft gekommen waren.

8

Phishing

›Heute ist der 12. Jänner 2014. Es ist bald sechs Uhr morgens bei strahlendem Himmel‹, ertönte es aus dem Ether eines Radios im Hintergrund der IT-Zentrale in der Bank of America. *›Wir wollen dieser aufregenden Woche mit nationalem Stolz entgegenstürmen. ›Yes, we can‹! Im Wettlauf um die Wahrheiten der nächsten 19 Stunden, die jeder von uns heute in seinem so schönen amerikanischen Leben entdecken wird. Gemeinsam mit den Pointer Sisters. Wir bringen die Nation und diesen Samstag so richtig auf Touren. Mit ›I´m So Excited‹!«*

»Im Wettlauf um die Wahrheiten der nächsten 19 Stunden?«, murmelte der IT-Chef Jimmy Gordon in den fettigen Stirndeckel seiner Baseballmütze hinein, der ihm bis zur Oberlippe hinunter hing und blickte auf die Uhr. »In drei Stunden ist Schichtwechsel, eine andere Wahrheit interessiert mich am heutigen Tag nicht mehr. Auch kein *yes we can!*«

Jimmy saß in einem etwa 80 Quadratmeter großen Raum, der rechts und links mit einer Allee aus Servern erdrückend überfüllt war. Das Lichtgeflimmer zeichnete gruselige Konturen in die müden Gesichter aller drei IT-Experten. Umgeben von aufgetürmten Monitoren und Kabelbündel in allen Farben, deren Länge sich über die Strecke von New York nach Washington erstreckte. Das Datenblitzgewitter der Kontrolllichter auf den Monitoren sprühte wie ein Feuerwerk im Schnellsuchlauf. Die Luft war stickig und von der Geruchsentwicklung der gekühlten Prozessoren durchtränkt. Das Surren der Leuchtstoffröhren an der Decke hatte sich nach Stunden der Konzentration erbarmungslos im Unterbewusstsein festgekrallt. Jimmy hatte kaum Sichtkontakt zu seinen Mitarbeitern. Fünf Dosen Red Bull tummelten sich auf seinem Schreibtisch, der im Chaos versank. Sie hatten ihm geholfen, die Müdigkeit unter Kontrolle zu halten. Aber selbst durch die modernen Wunderelixiere, die auf Raveparties literweise konsumiert wurden, um keinen Augenblick des Lebensfiebers zu versäumen, konnte man die rotgeränderten Augen am nächsten Morgen nicht verborgen halten. Vor und seitlich von ihm standen insgesamt 12 Plasmabildschirme, die flacher waren als ein Disney-Heft und in drei Lagen übereinander installiert worden waren. In der Mitte befand sich ein 40 Zoll Hauptmonitor. Darauf wurden die Geschehnisse des zentralen Sicherheitssystems der Bank aus allen Bundesstaaten dargestellt. An jedem 12er-Pult war eine kleine schwarze Box angebracht. Die Squawk Box. Ein Alarmmelder, der einen unüberhörbaren Ton von sich geben und jemanden um den Verstand bringen konnte.

Mehr als sieben Millionen Kunden hielten fast das Doppelte an Privat- und Sparkonten bei allen inländischen Filialen der Bank. Dazu kamen die gut gehüteten Nostrokonten, auf denen das Geldinstitut seine eigenen Wertschriften gehandelt hat, um die eigene Bilanz zu verschönern. Von den schlechten Entscheidungen, die die Manager unterlassen hatten, hatte eine Bank normalerweise überleben können. Doch die Bankmanager mussten immer mehr Risiko eingehen, um gegen den Konkurrenten bestehen zu können. Über der gesamten Kultur schwebte ein bedrohlicher Haftbefehl der Papiergeld-Evolution: ›*Tot oder Reich?*‹ Das war das Motto der Risikogesellschaft geworden. Mit schmerzlichen Folgen. Wäre das Volk nicht eingesprungen, wären ¾ der westlichen Banken seit fünf Jahren tot. Aber das Volk durchschaute nicht, dass man ihm als Dank die nächste Krise vorbereitete. Auf den Konten der Bank of America lag noch genug Geld der Bürger herum.

Schließlich sicherte Jim mit seinen Mitarbeitern aber auch die Depots, für die die Bank als Custodian-Stelle fungierte und in denen die Wertpapiere als auch Barmittel der Investmentfonds verwahrt worden sind.[9] Ferner die unzähligen Stiftungen, Pensionsfonds, Gewerkschaftsfonds, Treuhandfonds, Krankenkassen, Rücklagenfonds von Verbänden und Vereinen. Aber auch Bundesgelder und die Eigenmittel der Bank, um die Lombardgeschäfte abzuwickeln. Jene Wertpapiere, die bei der Notenbank als Sicherheit hinterlegt werden müssen, um Kredite zu erhalten. Aber auch das hat man immer weniger genau genommen. Man warf den altbewährten Grundsatz jedes Bankers über Bord. Es gab keine guten oder schlechten Banker, es gab nur disziplinierte und undisziplinierte. Mittlerweile hatte auch die breite Bevölkerung einsehen müssen, dass Banken ebenso Kredite benötigten und ein Unternehmensrisiko trugen, wie alle anderen Unternehmen auch. Es war eine neue Form der Aufklärung seit 2008. Jahrzehntelang hatten die Leute geglaubt, dass die, die das Geld verliehen haben, mehr Sicherheit bieten konnten als andere Unternehmen, die Puddingpulver oder Popcorn hergestellt haben. Aber Banken konnten nur in Ausnahmefällen mehr als 8 Prozent von dem Geld ihr eigenes nennen, das sie in Besitz gehalten hat; den Großteil daher von Sparern und kleinen Bürgern anvertraut bekommen hat. Diese 8 Prozent Eigenkapital waren in Wahrheit nicht sehr viel, wenn man bedachte, dass ein Sparer mit seiner Einlage der Bank in Wahrheit gutgläubig einen Kredit gewährte. Ohne zu wissen, welche Rückzahlungsfähigkeit das Institut im Zweifelsfall überhaupt hat. In Wahrheit schien das gesamte

---

[9] *Custodian-Bank;* Aus Sicherheitsgründen müssen Investmentfonds die Abwicklung ihrer Wertpapierkäufe und –verkäufe nach internationalen Richtlinien über eine Depotbank vornehmen.

Papiergeldsystem zu einem Super-Maddoff-Spiel geworden zu sein, dachten immer mehr Wutbürger. Neben all diesen Konten bei der Bank of America gab es noch die Firmenkonten und -depots. Von den größten Konzernen angefangen bis zur Oneman-show. Die nächtliche Verantwortung von Jimmy Gordon erstreckte sich über 800 Milliarden US-Dollar. Das war nahezu ein monatliches Bruttoinlandsprodukt der gesamten USA.

Mit hoch gelagerten Beinen auf der Tischkante saß er bequem in seinem Stuhl. Im wachen Zustand hielt er kurz die Augen geschlossen. Das ständige Starren in das Monitorgeflimmer hatte seine Sehschärfe in den langen Jahren dahin schwinden lassen. Jimmy hatte den rasanten Wandel des Bankgeschäftes vom Schalter ins Internet miterlebt. Die Sicherheitsanforderungen sind dadurch enorm geworden. Aufgrund seiner Fachkenntnisse und Erfahrungen hat er immer wieder Vorträge für die Geheimdienste gehalten und ist als Berater bei Ermittlungen des CIA oder NSA in Erscheinung getreten. Die Szene hat ihn als eine nationale Ikone im Bereich der Cyberkriminalität anerkannt. Auf seinen Knien war die Seite eines Fachmagazins über theoretische Physik aufgeschlagen. Auf der Doppelseite war ein großformatiges Bild seines Patenonkels - William Leroy - mit einem Interview abgedruckt. Jimmy musste sich ausruhen, denn nach seiner Schicht wartete der Flug nach Washington. In der Hauptstadt sollte am Vormittag der alljährliche Kongress der Astrophysiker enden. Jim durfte die Abschlusszeremonie nicht versäumen, in der sein Patenonkel im Mittelpunkt stehen sollte. Mehr als 7.000 Experten sind die letzten Tage aus der ganzen Welt nach Washington geströmt, um über neueste Erkenntnisse der Wissenschaft zu diskutieren. Die USA waren der internationale Brain-Pool für Physik. In den vergangenen 110 Jahren waren über 80 Nobelpreise an amerikanische Physiker vergeben worden. Jimmys Patenonkel war der Preisträger des Vorjahres. Jim ist von Professor Leroy zur Abschlussfeier des Kongresses eingeladen worden.

Einer der beiden Mitarbeiter nippte mit gespitzten Lippen an seiner achten Tasse sizilianischen Espressos. Sam arbeitete erst seit drei Monaten im Team. Frank war der Dritte im Bunde der IT-Wachhunde und kümmerte sich um die kleineren Eindringlinge, die sich durch ›*Phishing*‹ auf den Firmenkonten Geld ergaunern wollten. Sam überwachte die Privatkonten der Großkunden. Auch die waren von dieser Methode immer öfter betroffen.

Phishing oder auch ›*Password Fishing*‹ genannt, war das Vorgehen von Banden, die mit falschen Internetseiten entweder direkt über das System der Bank oder von den Kunden die Passwörter in Erfahrung bringen wollten. Laut einer Studie sind die Schäden bei derartigen Attacken innerhalb eines Jahres auf 2,5 Milliarden US-Dollar geschätzt worden, die jedes Jahr in dunklen Netzkanälen verschwunden waren. Tendenz steigend. Obwohl die AES-

Normen[10] der Bank of America weltweit nur für eine Handvoll Hacker zu knacken waren, ist Phishing zwar zu keinem unlösbaren, aber doch zu einem wachsenden Problem geworden. Die AES erfüllten als fortschrittlichste algorithmische Verschlüsselungsnorm die höchsten Sicherheitsstandards für Bankkonten. Die Zentralserver von Banken änderten zusätzlich noch ihre Zugangscodes mehrmals am Tag. Doch im Juni 2011 wurde laut eines Berichts der *New York Times* der Internationale Weltwährungsfonds erstmals Opfer einer Phishing-Attacke, die über Monate angedauert hatte, ohne dass es aufgefallen war. Es war eine Warnung gegen die Institution gewesen, deren Direktor Dominique Strauss-Kahn kurz zuvor wegen des Verdachts sexueller Übergriffe verhaftet worden war. Der damalige Sprecher des Internationalen Währungsfonds - David Hawley - hatte sich aber zum Ausmaß und der Gefährlichkeit des Angriffs nicht öffentlich äußern wollen. Der Währungsfonds hatte viele Wochen nicht einmal gewusst, welche der teilweise hochbrisanten Datenbestände angezapft worden waren. Zumal fast alle Nationen auch Mitglied des IWF waren, hatte man kein Land benennen wollen, aus dem die Angriffe lanciert worden waren. Aber als Reaktion hatte die nur einen Häuserblock weiter beheimatete Weltbank alle internen Netzverbindungen zur Währungsfonds-Zentrale in Washington D.C. monatelang gekappt. Phishing war also fürwahr zu einer großen Bedrohung geworden.

»Jimmy!«, brüllte Sam im Hintergrund plötzlich und zog tiefe Furchen durch seine Stirn, in denen Cohiba Zigarren mühelos Platz gefunden hätten. Der Schreck ließ sein Blut in den Adern aufsieden.

»Was ist da los, Jim? ... Das gibt es ja nicht!«, giftete Sam hektisch durch die Station. Frank zuckte herum und sprang blitzartig in eine aufrechte Sitzposition. Im Schrecken streifte er einen Papierstapel, der auf die leere Getränkedose kippte. Im Dominoeffekt wurden alle anderen Dosen mitgerissen und donnerten im Stakkato auf den Boden.

»Verdammt noch einmal, ich kann das nicht fassen«, plärrte Sam.

»Das ist eine Katastrophe, wenn es stimmt was unser System meldet.« Das Protokoll der Systemstatistik saugte sich förmlich in Sams aufgerissene Pupillen.

---

[10] *AES;* engl.; Advanced Encryption Standards

Unbefugter Zugriff	Uhrzeit	Attackierte Konten pro Sekunde	Durchschnittliche Bearbeitungszeit in Sekunden	Systemauslastung in %
1	05:01:21	249.868	0,992	99,99
2	05:01:22	251.351	0,998	100,00
3	05:01:22	250.774	0,995	99,99

9

Erste Order

zur gleichen Zeit am Waccamaw See

Der Raum wurde von einer düster melodramatischen Stimmung unterspült. Eine schleierhafte Atmosphäre, die an die unterirdischen Ausgrabungsstätten leer geräumter Katakomben erinnert hat. Es war totenstill. Nur eine Lampe aus dem Altbestand einer modernisierten Universitätsbibliothek leuchtete die Oberfläche eines antiken Schreibtisches aus. Auf dem Tisch stand ein handgeschnitztes Schachbrett aus speckigem Holz und abgenutzten Figuren. Die Figurenstellung stimmte mit der Eröffnungsphase der Partie zwischen Gary Kasparow und Deep Blue überein. Die berühmteste Konfrontation zwischen menschlicher und maschineller Fähigkeit, erfolgreiche Strategien zu entwickeln. Im Mai 1997 hatte in New York ein auf sechs Partien angelegter Wettkampf zwischen dem legendären PGA-Schachweltmeister und dem IBM-Computer Deep Blue stattgefunden. Deep Blue hatte mit 2:1 Punkten gewonnen, nachdem Kasparow wenige Monate zuvor noch die Oberhand gegen den Computer behalten hatte. Neben dem Schachbrett lag ein eingeschaltetes Mobiltelefon und die Tageszeitung der New York Times vom heutigen Tag. Die aufgeschlagene Titelseite vom 12. Jänner 2014 zeigte das Konterfei des neu vereidigten Vize-Chefs der US-Notenbank. Die Schlagzeile des Artikels ist mit einem Leuchtstift markiert gewesen. ›*Michael J. Mooney! Mit 39 Jahren jüngster Vizedirektor im Ausschuss des Federal Reserve Board....Ehemaliger Chefanalyst für Volkswirtschaft wechselte in die amerikanische Zentralbank.*‹ Im gespenstischen Schimmer des Monitors sind Umrisse eines Kruzifixes an der Wand sichtbar gewesen. Neben dem Bildschirm stand ein Familienfoto, auf dem ein Mann mit einer Frau und einem etwa 8-jährigen Sohn abgebildet waren. Das stark vergilbte Foto wies brüchige Rissstellen auf. Eine handgeschriebene Zeile am rechten oberen Rand fiel sofort ins Blickfeld: ›*Ich liebe Dich!*‹ Durch die tiefe Lampenstellung verlor sich das Gesicht des Mannes im Dunkeln.

Die Silhouette des Unbekannten zeichnete sich in den bläulichen Schimmer des Monitors vor dem er gesessen ist. Er fuhr mit einer kabellosen Mouse kreisend herum. Dann klickte er einige Male und betätigte die Enter-Taste. Auf der Bildschirmfläche erschien ein Linienchart des Devisenkurses vom US-Dollar. Die Graphik erstreckte sich über drei Jahrzehnte bis 1980 zurück. In seitlichen Spalten und Zeilen darüber und darunter tanzte ein Zahlenballett. Transaktionsdaten von Investitionsvolumen, von Tages-, Wochen- oder Monatskursen flirrten wie in einem Ameisenkrimi über den Bildschirm. Eine eigene Spalte war von Umwechselkursen der übrigen wichtigen Geldwährungen ausgefüllt. Alle orientierten sich an der US-Währung. Der Mann zog mit der Mouse einige Linien über die Gipfelpunkte und Talsohlen der Kursformation. Mit parallel verlaufenden Geraden zeichnete er zwischen den Höchst- und Tiefstständen des Dollar-Kurses einen Trendkanal, in dem sich der Kurs in unterschiedlich langen Zyklen auf und ab bewegt hat. An den oberen und unteren Spitzen des Kurses markierte er die Berührungspunkte mit den Linien. Sogenannte Indikatoren oder Signalgrenzen für mögliche Veränderungen auf den Börsen. Er notierte sich auf einem kleinen Block etwas. Danach klickte er wieder einige Male, bis am Monitor der Kurs vom Dow Jones Industrial Index erschienen ist. Dem wichtigsten Aktienkorb der Welt, der die 30 größten und umsatzstärksten amerikanischen Unternehmen zusammengefasst hat. Nach der Superdepression zwischen 1873 und 1894, hatten Charles Henry *Dow* und Edward Davis *Jones* diesen Aktienkorb 1896 ins Leben gerufen. Seit damals hat dieser Mix von Unternehmen der westlichen Zivilisation unbeirrt seine Erklärungsformel vorgeschrieben. Eine Kombination von Arbeitgebern, die den Gesundheitszustand des triumphalen Systems der freien Marktwirtschaft abgebildet hat. Auch wenn die Kerbe der Finanzkrise von 2008 unübersehbar gewesen ist, deutete der imposante Kursverlauf über 100 Jahre lang seit 1896 unverkennbar in eine einzige Richtung: Nach oben.

Der anonyme Mann wirkte bei seinen Beobachtungen sehr konzentriert und notierte sich wieder etwas auf dem kleinen Block. Dann markierte er den Aktienindex und überlagerte die Kursgraphik wie eine durchsichtige Folie so auf der Kursgraphik des US-Dollars, dass er beide Entwicklungen der letzten 30 Jahre aufeinander liegend betrachten konnte. Es verblüffte, wie deutlich man mit so einem Vergleich die zeitlichen Wechselwirkungen zusammenhängend sichtbar machen konnte. Wie eine Art von Spurenlesen, das die Indianer so eindrucksvoll beherrschten. Dort, wo sich die jahrelangen

Bahnen der Währung und der Aktien berührt haben, tätigte der Mann abermals Markierungen und zog in den Zwischenräumen eine Linie, die den Jahresabstand kennzeichnete. Es sah aus wie die Einteilung von Oktaven und Zyklen einer Musikkomposition. Anschließend rechnete er etwas mit einem ganz gewöhnlichen Taschenrechner aus und lehnte sich plötzlich zurück, so als würde er von irgendetwas angetan worden sein. Nach seiner Körpersprache zu schließen, hatten seine Rechenergebnisse irgendeine Neuigkeit hervorgebracht. Den Oberkörper nach links geneigt, stützte er sich mit dem linken Ellenbogen auf der Lehne eines nussfarbenen Thonet-Stuhls ab, die sonst nur in alten florentinischen Cappuccino-Bars zu finden waren. Dann fuhr er sich mit beiden Händen durch seine halblange Haarpracht, verschränkte die Arme kurz im Nacken, setzte sich wieder ruckartig auf, nahm zielstrebig die Mouse und entfernte die Kursdaten durch ein paar Klicks vom Monitor. Kurz danach erschien die Website der größten Schweizer Bank. Das Menü der Homepage dirigierte ihn durch mehrere Sicherheitsschleusen, die er mit Codes passierte. Es erschien eine Reihe von Zahlenkolonnen. Darin waren Stückanzahl, aktueller Wertpapierkurs und Devisenkurs von unzähligen Wertpapieren, Aktien, Währungen und Beteiligungen aufgelistet. Der Mann wirkte sehr entschlossen in dem was er tat. Eigenartig erschien, dass er von den Wertpapierpositionen, die sich über mehrere Seiten erstreckt haben, *nur jene* angeklickt hat, die *›amerikanische‹* Wertpapiere betroffen haben. Als er die Wertpapierpositionen auf eine eigene Liste ausgegliedert hatte, markierte er alle und klickte mit der Mouse auf den Button *›Verkaufen‹*.

Er wartete auf die Systembestätigung und quittierte seinen Auftrag noch einmal mit *›OK‹*. Anschließend ließ er durch einen Druckbefehl alle Vorgänge auf Papier zu einem laserbedruckten Dokument werden und legte die Akten säuberlich geschlichtet an den rechten Tischrand. Nachdem er aus der Website der UBS wieder ausgestiegen war, öffnete er eine E-Mail-Box mit dem Namen *›ibufimimnat@rpangäai.ag‹*. Letztlich sendete er eine Nachricht an einen Empfänger, dessen Adresse auf den lateinischen Namen *›servus@servorum.vat‹* gelautet hat.

10

Ophiuchus ante portas

3 Minuten später in Rom

Die herannahenden Schritte schallten in einem gleichmäßigen Exerzierrhythmus wie von einer Militärparade. Das Echo der Schrittgeräusche behauptete sich in den weitläufigen Marmorgängen zu einem dominus litis[11] und verbreitete Geistlichkeit und Macht. Eine Allianz prunkvoller Marmorsäulen hat sich spalierartig aneinandergereiht. Wie die Riesenpfeifen einer Orgel, die den Flur bewacht haben, in dessen chamoisfarbenen Marmorplatten schwarze Basaltsteine hineingearbeitet und mit goldfarbenen Leisten verziert waren. Der Blick auf die herannahenden Hosenbeine ähnelte der Szene von Shakespeares König Heinrich V., der mit dem Geburtstagsaufmarsch auf das Fest des heiligen Crispinus hingewiesen hatte. Crispinus ist der Stradivari der Schuhmacherkunst gewesen. Sein handgefertigter Absatz mutierte in so einer Umgebung zu einem wahren Instrument, das beim Vorbeigehen an jeder Säule einen unvergleichlichen Widerhall hervorrufen konnte. So als ob der Hohlraum der Absätze von Stradivari vermessen worden war. Acht schwarze hochglanzpolierte Schuhe bewegten sich eilig über den heiligen Steinboden und haben den Trägern durch das unüberhörbare Geräusch eines Crispinus-Absatzes zusätzliche Begnadung verliehen. Vier Männer in nachtblauen Anzügen, hellblauen Hemden und einfärbigen Krawatten, auf denen das Wappen der vatikanischen Akademie für Wirtschaftswissenschaften aufgestickt gewesen ist, schritten in 2er-Reihen durch den 50 Meter langen Gang. Er war von Gemälden gesäumt und wurde an der gewölbten Decke von einem goldfarbenen Gerippe umrahmt. Das Tempo der Männer ließ auf eine besondere Wichtigkeit schließen. Dann wendeten sie sich nach links in den nächsten Gang. Kurz danach wieder nach rechts in einen weiteren Gang. In der Mitte ging ein fünfter Mann in knöchellanger violetter Soutane, der große Mühe gehabt hat, den Gleichschritt mitzuhalten. Ein hauptamtlicher Würdenträger der römischen Kurie mit einem mittelgroßen Kuvert in der Hand, das mit einem rotsilbernen Wappen auf das Siegel einer Kardinalspost hingedeutet hat. Die Zielstrebigkeit der Männer ließ eine staatstragende Nachricht vermuten, dessen Adressat zweifelsfrei ein *cardinalis episcopus*

[11] *dominus litis;* lat.; Der Herr des Verfahrens

war.[12] Jene Geistlichen, die Rom am nächsten gestanden sind und die nach dem Papst die höchsten Würden der katholischen Kirche getragen haben. Kardinäle durften nur vom Papst ernannt werden und bis 1958 war ihre Anzahl auf 70 beschränkt gewesen. Erst Johannes XXIII. hatte das Beschränkungsgesetz aufgehoben, das Sixtus V. im Jahr 1586 geschaffen hatte. Unter Johannes Paul II. war die Anzahl des Kollegiums sogar auf über 200 Mitglieder gestiegen. Zur Papstwahl im Konklave sind allerdings nur 120 zur Wahl berechtigt und zugelassen. Wo man hingesehen hat: Die Inflation wütete an allen Ecken und Enden und hat nur mehr durch Regeln an die Kette gelegt werden können.

Die fünf Männer durchquerten eine fensterlose Halle, in der ein riesiger Kristallluster an drei schweren Ketten herabhing. Sie näherten sich einem sechs Meter hohen schweren Tor aus Kupfer und eingearbeiteten Akazienholz, dessen gusseiserne Türbeschläge allein ausgereicht hätten, um einen Kleinwagen zu überwiegen. Das Tor ist bewacht gewesen. Dahinter fand gerade das Gipfeltreffen im Konsistorium statt, in dem alle in Rom lebenden Kardinäle zusammentraten. Manchmal unter dem Vorsitz des Papstes; meist jedoch unter der Aufsicht von Kardinal Franjo Sepero. Er ist in der Rangordnung des Kardinalkollegiums durch seine Dekanstellung einer der höchsten Würdenträger des Kardinaltitels gewesen. 1988 war er zum Vorsitzenden der Kardinalkämmerer gewählt worden, der bis heute die weltlichen Güter des Vatikans verwaltet hat und die Kirche dann führte, wenn der Heilige Stuhl nicht besetzt war. Sozusagen der Schatzmeister oder Finanzminister des Vatikans. Manche Medien bezeichneten ihn als den erfolgreichsten Fondsmanager Gottes. Man hat permanent Vergleiche zu Alan Greenspan gezogen, dem legendären, aber gefallenen Chef-Engel der amerikanischen Zentralbank.

Franjo Sepero ist als liebenswerter aber eigenwilliger Würdenträger bekannt gewesen, der seine Aufgabe als wahre Berufung sehr ernst genommen hat. Er war einer der wichtigsten Nachfolger des heiligen Apostel Petrus. Sein charakteristisches rotes Gewand und das rote Birett auf dem Kopf hat er seit seiner Ernennung durch seinen Oberhirten nur mehr bei festlichen Anlässen getragen. Durch seine hagere Statur hob er sich von vielen seiner Kardinalskollegen ab. Er mochte es auch nicht besonders, wenn er mit der förmlichen Anrede ›*Eure Eminenz*‹ angesprochen wurde. Als die Männer an den Torwachen gleichzeitig mit einem trommelnden Schlussschritt anhielten, trat der Kurienbischof einen Schritt vor und reichte der Wache wortlos das verschlossene Kuvert. Der ranghöhere Gardist erblickte das rotsilberne Wappen auf dem Kuvert und signalisierte den Männern mit der Erwiderung

---

[12] *episkopos;* der Aufseher

eines Augenzwinkerns, dass er die Nachricht bei der nächsten sich bietenden Gelegenheit überbringen würde. Der Bischof wartete jedoch auf eine andere Reaktion.

»Es ist dringend! Sofort!«

Eingeschüchtert betätigte der andere einen Schalter, der den rechten Torflügel durch einen Hydraulikmechanismus elektrisch in Bewegung setzte und mit einem leisen Surren öffnete. Mehr als 100 empörte Kardinalsblicke flogen wie ein grollender Hurrikan zum Tor und brachten ihre gespannte Erwartung zum Ausdruck, um die Wichtigkeit des Grunds zu erfahren, der für ihre ungenehmigte Unterbrechung verantwortlich gemacht worden ist. Ein Privileg, das sonst nur seiner Heiligkeit, dem Papst vorbehalten gewesen ist. Der Vorsitzende, Franjo Sepero, erhob sich langsam aus einem prunkvollen Stuhl, setzte sich in Bewegung, steigerte sein Tempo und näherte sich in immer größer werdenden Schritten der Torwache.

Etwa fünf Marschtritte bevor der Kardinal am offenen Torbogen anlangte, ging der Torwächter aus der Schweizer Garde in die Grundstellung über und fixierte mit seinem Blick das gegenüberliegende Gemälde von Perugino aus dem Jahr 1482. Christus übergab darauf Petrus die Schlüssel zum Himmelreich. Die Darstellung der Schlüsselübergabe sollte die Vorstellung des Vatikans illustrieren, dass der erste Papst, Petrus, seine Befugnisse direkt von Jesus Christus erhalten hatte. Mit der rechten ausgestreckten Hand, die von einem blütenweißen feinen Handschuh überzogen war, hielt der Gardist das Kuvert entgegen. Der Kardinal erblickte sein persönliches Wappen auf dem Umschlag und zog ein Stirnrunzeln der Überraschung auf. Während er das Kuvert aufriss, eröffnete der Kurienbischof das Wort.

»Eure Eminenz...!« Blitzartig wurde er vom Kardinal mit einer Bewegung des rechten Zeigefingers am Weitersprechen gehindert. Schon allein deshalb, wo doch jeder gewusst hat, dass der Glaubenshüter diese Anrede nicht mochte.

Franjo Sepero entnahm die Nachricht, die sorgfältig dreimal gefaltet worden war. Er hielt kurz inne und warf eine erschrockene Miene zurück zu seinem Kollegium. Bevor er ohne Verabschiedung in Richtung Gänge verschwand, hat er den Apostelnachfolgern eine kurze Handbewegung gedeutet. Einer der Kardinäle riss sich von seinem Stuhl hoch und eilte zum Tor, wo Sepero auf ihn gewartet hat.

»Versammelt Euch alle in der Sixtinischen Kapelle. Ich muss dringend zu Benedikt.« Franjo Sepero schielte mit einem kaum sichtbaren Zittern leicht erregt auf seine Armbanduhr.

»Wir treffen uns alle in einer Stunde mit dem Papst. Stärkt Euch ein wenig; es wird anstrengend werden.«

Sepero vollzog eine Pirouette auf seinen Absätzen und ging mit den anderen fünf wieder zurück. Die Kardinäle vermittelten einen beleidigten Eindruck. Noch nie hatte der Vorsitzende während der Versammlung ohne einen Laut das Konsistorium verlassen. Nach einigen Wendungen und Treppen gelangte Sepero mit seiner Eskorte vor die persönliche Basilika des Papstes. Der Sekretär von Benedikt XVII. und Kardinal Sepero säuselten kurze unverständliche Sätze, worauf dieser umkehrte und in Richtung päpstliches Arbeitszimmer verschwand.

Dort angekommen öffnete er außer Atem behutsam die Türe. Benedikt XVII. ist verkehrt zum Eingang vor dem Fenster auf seinem schweren jakobeanischen Eichenholzstuhl mit reichen Verzierungen gesessen und bewunderte den Morgenhimmel eines milden Jännertages in Rom. Während die anderen gespannt vor der geschlossenen Türe seiner Heiligkeit warteten, näherte sich der Kardinal seinem langjährigen Freund mit großen mächtigen Sätzen an.

»›*Ophiuchus ante portas*‹«, sagte er außer Atem.

Wie vom Blitz getroffen renkte Benedikt XVII. seinen Hals nach hinten.

»Vor 10 Minuten haben wir diese Nachricht erhalten«, berichtete Franjo Sepero und streckte ihm das aufgerissene Kuvert entgegen. Der Pontifex Maximus hob seinen gedehnten Blick in Richtung seines Schatzmeisters und zog ohne Zögern den Kuvertinhalt an sich. Mit bedächtiger Konzentration musterte er die kurze Nachricht und winkte Kardinal Sepero zu sich, um ihm etwas ins Ohr zu flüstern. Der Apostelnachfolger lauschte dem Papst und zeichnete eine ernste Miene in seine Gesichtszüge.

»Gut, dann werde ich alles sofort veranlassen«, erwiderte er zum Stellvertreter Christi. Der Kardinal steckte die Nachricht wieder ins Kuvert und wartete auf eine Wortmeldung des Oberhirten.

»Ist es also tatsächlich soweit?«, fragte Benedikt und neigte kurz seinen Kopf mit besorgter Augenszenerie. Dann fuhr er wieder hoch und fixierte seinen Glaubensbruder mit geweiteten Augen.

»Fällt die Umkehr also doch in meine Amtszeit?« Der Papst hatte einige Vorbereitungen in den letzten Monaten treffen lassen. Aber insgeheim hatte er gehofft, dass einer seiner Nachfolger die *Zeit der Umkehr* aufschultern könnte.

»Angesichts der Umstände haben wir nichts anderes erwarten können«, erwiderte Franjo Sepero.

Mit durchdringendem Blick fixierte der Papst seinen Bruder. »Operation Pangäa! Wir machen es so wie wir es geplant haben.«

Der Kardinal richtete sein Haupt lugend zur Decke und fing plötzlich an, die vierte Vision von den sieben Posaunen aus der Apokalypse der Johannes Offenbarung zu flüstern. »Er, der aus dem Himmel auf die Erde gefallen war; dem der Schlüssel zum Schacht des Abgrundes gegeben wurde. ›*Wenn er öffnet, kann niemand schließen, wenn er schließt, kann niemand öffnen‹!*«[13]

Danach verließ er das päpstliche Arbeitszimmer, um noch einmal einen kontrollierenden Blick auf den E-Mail Ausdruck zu werfen. Vor der Türe des päpstlichen Arbeitszimmers warteten der Kurienbischof und die vier Männer und warfen ihm einen fragenden Blick zu.

»Liebe Brüder«, eröffnete Franjo Sepero.

»Die Lage ist sehr ernst. Ich möchte ohne Umweg direkt über jede Nachricht in Kenntnis gesetzt werden, die von dieser E-Mail Adresse ab jetzt einlangt. Mit einer maximalen Verzögerung von einer Minute. Zu jeder Tages- und Nachtzeit.« Todernst feuerte aus seinen Pupillen.

»Wir müssen unverzüglich sämtliches Vermögen liquidieren, das der Vatikan in den USA investiert hat. Wertpapiere, Staatsschuldverschreibungen, Immobilien, Beteiligungen und Aktien. Jede Position!« Er machte eine kurze Pause und hob den Finger.

»Allerdings mit einer einzigen Ausnahme!« Der Kardinal flüsterte dem Bischof etwas ins Ohr und setzte fort.

»Leiten Sie die erforderlichen Vorbereitungen unverzüglich ein!« Ratlosigkeit presste sich wie nach einem Dammbruch aus den Gesichtern seiner fünf Untergebenen. Der Kardinal spähte noch einmal auf die Nachricht und überlegte. In diesem Augenblick ist ihm bewusst geworden, dass die abgedruckten Worte die Zivilisation vor die größte vorstellbare Veränderung gestellt haben. Sepero holte tief Luft und sprach drei Sätze:

»OPHIUCHUS ANTE PORTAS[14]
EPPUR SI MUOVE[15]
CONTRAHERE SOL OCCIDENS«[16]

›*In wenigen Stunden würde die ganze Welt ohnehin alles wissen*‹, dachte er. Also erklärte er den ratlosen Vatikanbürgern die Situation in kurz umrissenen Sätzen.

»Man hat Galileo Galilei nachgesagt, dass er sich mit dieser Wortwahl einer Verurteilung der Inquisition entziehen konnte und im Gegenzug ein Zugeständnis als faulen Kompromiss getätigt hat«, erläuterte der Kardinal.

»Man hat ihn dafür nicht verbrannt, sondern ihn unter lebenslangen

---

[13] Kapitel 1-9, Johannes Evangelium

[14] *ophiuchus ante portas;* lat.; Der Schlangeträger steht vor den Toren;

[15] *eppur si muove;* lat.; Und sie bewegt sich doch. (Nachdem Galilei einen Streit darüber ausgelöst hatte, ob sich die Sonne um die Erde oder die Erde um die Sonne bewegt, hatte Galilei dieses Geständnis abgegeben, ohne sich auf einen bestimmten Himmelskörper festzulegen. Während die Inquisition geglaubt hatte, dass er die Sonne gemeint hatte, hatte er jedoch tatsächlich die Erde gemeint).

[16] *contrahere sol occidens;* lat.; Die Zusammenziehung des Landes der untergehenden Sonne

Hausarrest gestellt. Kurz vor seinem Tode ist ihm jedoch jenes berühmte Zitat entfleucht, das auf seinem Grabstein eingraviert worden ist: ›*Eppur si muove*‹« Der Kardinal fixierte die vier jungen Nachfolger in der Priesterhierarchie.

»Als erster, der die Wissenschaft von der Religion gespaltet hat, hat Galilei 1630 dem kanonischen Rat der Inquisition eine Reihe von sagenhaften Beweisen vorgelegt, die der Öffentlichkeit bis heute nie zugänglich gemacht worden sind. Beweise, die mit seinen Entdeckungen am nächtlichen Himmel zusammengehangen sind. Der Vatikan hat ihm die Aufzeichnungen abgezwungen, damit niemandem Einblick gewährt werden konnte.« Die Männer blickten sich fragend an.

»Er hat es in seiner ›*Sidereus Nuncius*‹[17] zusammengefasst, die nur zum Teil veröffentlicht worden ist, nachdem der Vatikan zuvor das wichtigste Kapitel zensuriert hatte. Der ›*Dialogo sopra i due massimi sistemi*‹.[18] Galilei hat das Gelübde ablegen müssen, keinem einzigen Menschen davon zu berichten.« Kardinal Sepero legte eine gedankliche Pause ein. Die Männer klebten mit ihren Ohren an seinen Lippen.

»Es war das erste und letzte wissenschaftliche Dokument für die Existenz einer Macht, die das gesamte Universum in Bewegung hält und Papst Urban VIII. hat die Gefahr erkannt.«

Ungeduldig presste der Bischof seine Wissbegier aus der Kehle.

»Welche Gefahr hat Urban VIII. erkannt, Eure Eminenz?«

»Die Gefahr, dass dieses Wissen nicht mehr auf alten Autoritäten beruhen oder der Hierarchie der Kirche vorbehalten sein könnte.« Kardinal Sepero holte tief Luft und setzte fort.

»Wäre dieses Wissen in die falschen Hände geraten, so war die Ansicht des Papstes Urban VIII., hätte die Welt für immer verloren sein können. ›*EPPUR SI MUOVE*‹ wurde so zum päpstlichen Erkennungszeichen für eine biblische Veränderung mit epochaler Dimension.« Mit besorgtem Augenspiel streifte der Kardinal die Antlitze der fünf Männer.

»Solange wir konnten, haben wir alles in unserem Einfluss stehende unternommen, um jene Forscher mundtot zu machen, deren Ideen und Arbeiten eine überirdische Autorität bedroht hätten. Die moderne Teilchenphysik hat sich allerdings mit ihren Quantentheorien schon sehr an Galileis Beweise annähern können. Einige haben Vermutungen darüber angestellt, was der Vatikan seit damals unter Verschluss hält. Das macht uns Sorge.« Noch immer leicht außer Atem stieß der Kardinal einen mächtigen Seufzer aus.

---

17 *sidereus nuncius;* die ›*Sternenbotschaft*‹ von 1610, GG entdeckte die vier Jupitermonde, die Phasen der Venus, die bergige Landschaft des Mondes und viele andere neue Gestirne

18 *dialogo sopra i due massimi sistemi;* lat.; Dialog über die zwei hauptsächlichsten Weltsysteme

»›*SOL OCCIDENS*‹«, erläuterte er, »ist das Abendland, das Land der untergehenden Sonne.« Die Männer rätselten nicht lange bis jedem eingeleuchtet hat, um welche Nation es sich dabei handeln musste: ›*Die USA*‹!

»Mit ›*CONTRAHERE*‹ wird angekündigt, dass es vor einer alles vernichtenden Kontraktion steht, die alle Völker mitreißen könnte. ›*OPHIUCHUS ANTE PORTAS*‹ sagt uns, dass dieses Ereignis vor den Toren angekommen ist. Der Schlangenträger kündigt eine große Bereinigung an. In seinem Sternzeichen ruht der Stern von Betlehem!« Mit offenen Mündern standen die fünf Vatikanbürger vor dem Kardinal und warteten auf weitere Anweisungen.

Dem Kurienbischof brannte eine weitere Frage auf den Lippen, die er nicht mehr unterdrücken konnte.

»Eure Eminenz, was ist an diesem Galilei-Testament so einzigartig?«

Kardinal Sepero hob seinen Brustkorb und atmete tief durch.

»Liebe Brüder! Das Galilei Testament hat Existenzbeweise von einer Schattenwelt geliefert, die der Mensch noch nicht verstehen kann. In den nächsten Stunden sollen diese Beweise offen gelegt werden.« Der Kardinal steckte das Kuvert unter die Innentasche seiner Soutane und begab sich auf den Rückweg. Im eiligen Vorwärtstempo drehte er sich noch kurz um.

»Informieren Sie mich umgehend wenn Komplikationen bei der Veräußerung unserer Wertpapiere auftreten.« Mit einem Nicken quittierten die Anwesenden die Anweisung und traten die Rückkehr zu ihren Arbeitsplätzen an.

Während der Papst nur durch das dicke Gemäuer von den anderen getrennt gewesen ist und allein im Arbeitszimmer verharrte, faltete er die Hände und leitete ein Vaterunser mit der erstaunlichen Fürbitte ein, die aus dem Aussagenschatz von Albert Einstein stammte.

»Herr, ich möchte nur einmal Deine Gedanken kennen. Der übrige Rest sind nur Details!«

11

Menetekel

Die IT-Zentrale der Bank of America funktionierte sich in einen Turnsaal für alternde Leichtathleten um. Jimmy Gordon rannte wie vom Blitz getroffen zu Sam, der noch immer fassungslos auf die Plasmabildschirme geglotzt hat. Auf Sams Zentralmonitor ist ein Tortendiagramm abgebildet gewesen, das alle Guthaben der inländischen Privatkonten dargestellt hat. Daneben das statistische Sicherheitsprotokoll, das im Sekundentakt über ¼ Million Zugriffe verzeichnete. Jeder der 12 Monitore von Sam bildete unterschiedliche Kontenkategorien ab. Angrenzend leuchteten zwei Datenangaben: ›*Permitted accesses, debited credit*‹ Die *gestatteten Zugriffe* und die *abgebuchten Beträge* aller Kontoguthabenstände.

Wie vom Donner gerührt riss Jimmy seinem Mitarbeiter Sam die Tastatur unter den Armen weg und fuhr mit seinen Spinnenhänden im Takt einer ratternden Kalaschnikow über das Tastenbrett, um sich ins System einzuloggen.

»Jim!«, stieß Sam aus klaffendem Schlund hervor.

»Der spult ja in einem Höllentempo den Countdown für die Beträge abwärts, die von den Konten abgebucht werden.« Wie ein Konzertpianist klimperte Jim in die Tastenklaviatur.

»Ich sehe es Sam.«

Frank starrte dahinter entgeistert auf das Zahlenspiel.

»Was läuft da zum Teufel ab? Ist das ein Systemfehler?« Das schrille Pulsieren von Franks Squawk-Box gellte plötzlich mit einem ohrenbetäubenden Lärm durch die Station. Er riss sich um und machte vier Riesensätze zurück zu seinem Platz.

»Allmächtiger!«, dröhnte es aus seinem Rachen.

»Bei mir scheint dasselbe Problem zu existieren. Von den 580.000 Firmenkonten sind schon 30, jetzt 40, nein 50....... ist das wirklich fassbar?« Mit einem unterdrückten Aufschrei gaffte er in das Zahlengewitter.

»...60, 70 Prozent völlig leer geplündert.« Er hämmerte verzweifelt in die Tastatur und versuchte den Not-Stop für sein gesamtes System zu aktivieren. Die Squawk-Box heulte noch immer tosend durch die Serverzentrale. Zur Verständigung brüllte sich Frank fast die Kehle aus dem Leib.

»Verdammt Jimmy, das System reagiert einfach nicht auf meine Befehle. Ich kann nichts tun. Und es hört nicht auf. 80, 85 Prozent...... Jim, das ist ein Albtraum.«

Der IT-Chef spürte die rasend herunterzählende Stoppuhr in seinem Hirn, die einen Kloß in seinen Schlund rammte. In seinen aufgeregten Augen spiegelte sich das immer kleiner werdende Tortendiagramm auf der Bildschirmfläche. Seine Nackenhaare stellten sich auf, als ihm klar geworden ist, dass das kein Systemfehler sein konnte. Er torpedierte Sams Tastatur mit Eingabecodes.

»Meine Kontenkategorie ist gleich am Ende«, keifte Frank herüber.

»Können wir die Energieversorgung unterbrechen?«, fragte Sam.

»Bullshit«, explodierte Jimmy. »Du schraubst auch nicht das Lämpchen Deiner Ölanzeige raus, wenn es aufleuchtet. Analysiere das Datenprotokoll«, bellte er hektisch.

Sam klickte mit der Mouse im Zeitraffer ein paar Schaltflächen auf dem Monitor an. »Das System rechnet. Aber es scheint völlig überfordert«, sagte Sam.

Jimmy inserierte indessen einen Befehl auf die *Command-Line* des Systems und startete die Suchfunktion. »Sam, spiegle zwischenzeitlich die Systemstatistik«, sagte er und sprintete gleichzeitig zu seinem Pult, wo die kreisförmig angebrachten Monitore einen Normalbetrieb angezeigt haben.

»Hier tut sich überhaupt nichts. Alles ruhig und alles da.« Dann eilte er zu Frank und schrie gleichzeitig Sam zornig an.

»Schalte endlich diese verdammte Squawk-Box aus, bevor ich...!« Sam vollzog wie ein Kreisel im Stile Michael Jacksons eine Halbdrehung und sprintete zur Deaktivierungsschalteinheit der Sirene.

»Frank, versuch das Analyseprogramm hochzufahren, damit wir seine Herkunftsquelle genauer erfassen können«, polterte Jimmy Gordon. »Ich ändere Deine Algorithmen des Verschlüsselungscodes. Vielleicht kann ich das Schwein einsperren.«

Franks Finger ratterten über das Tastenwerk, um die Anweisung seines Teamleiters auszuführen. »Ich krieg sie nicht aktiv.«

Jimmy erinnerte dieser Zugriff an nichts Vergleichbares und er versuchte verzweifelt irgendeinen Ansatz zu finden.

»Wir müssen von diesem Arschloch wenigstens über das Sicherheitsprotokoll eine Datenspiegelung aufsetzen«, wurde Jimmy immer aufgebrachter. »Nach denkgesetzlichen Erfahrungen ist das völlig unmöglich, was wir hier erleben.«

Frank überprüfte das Security-Mirror-System, in der alle Ereignisse in einem Log-File gespiegelt worden sind. Beim Anblick seines Hauptmonitors schimpfte er mit lähmender Angst unverständliches Zeug in sich hinein. Als das Tortendiagramm im Uhrzeigersinn endgültig auf Null gedreht hatte, knallte Frank mit der Faust auf die Mouse, die in tausend Splitter explodierte. Er vergrub sein Gesicht in den Händen.

»Sämtliche Betriebskunden verzeichnen leere Konten. Egal in welcher Branche«, sagte er mit dem Antlitz der Verzweiflung und ließ seine Pranken kapitulierend auf den Tisch klatschen. »Ob Autohändler, Elektrohandel, Friseure, Werkstätten, Rechtsanwälte, Importeure oder einfache Bestattungsunternehmen. Sogar die B2B und B2C Unternehmen. Keiner hat auch nur einen einzigen Cent auf seinem Konto.« Frank hielt kurz inne und starrte plötzlich mit strichdünnen Augenschlitzen auf die Bildoberfläche. »Aber das ist eigenartig.«

»Warum muss das gerade an diesem Wochenende passieren?«, murrte Jimmy vor sich hin und schmiss schließlich die Nerven weg.

»Was Frank, was ist eigenartig?, brüllte er abgehetzt hinüber.

»Diese IP-Adresse hier«, sagte Frank und fixierte eine Zahlenkombination.

»Wenn es nicht von Außen kommt, wie kommt dann diese neue Registratur auf jedes Konto. Das habe ich noch nie gesehen«, antwortete Frank fahrig.

»Was für eine IP-Adresse, verdammt noch mal?«, polterte Jim am Rande einer Kolik.

»Das!«, erwiderte Frank und zeigte Jim ratlos die Adressenkennung des Absenders. »186.519.131.963 A.D.«.

»Vier Dreierkombinationen mit zwei Buchstaben?«, fragte Frank und zuckte mit den Achseln.

»Vielleicht ist das gar keine IP-Adresse…?«, warf Sam ein.

Jimmy fiel ihm ins Wort. »Doch, aber das ist noch etwas anderes!«, und zog eine entsetzte Miene auf. Auch wenn es sich nicht um eine genormte Adresse handelte, aber sein geschultes Auge für Acronyme erkannte auf Anhieb die verschlüsselte Botschaft.

»Es sind drei Jahreszahlen daran gekoppelt. Eine stinknormale IPv4-Adresse hat keine 12 Erkennungszahlen« Konfus fixierte ihn Sam. Frank nickte mit vorgeschobener Unterlippe.

»1865, 1913 und 1963 ANNO DOMINI«, erklärte Jimmy und stemmte die Hände in die Hüften.

»In der Signatur von Botnetzwerken könnten solche Ziffernkombinationen in der IP-Adresse auftreten und mit Buchstaben verbunden werden.« Jimmy wusste, dass bereits sämtliche IPv4-Adressen des Internets weltweit vergeben und verbraucht worden waren. In nur 15 Jahren waren alle gierig besetzt worden, obwohl es über 40 Milliarden Adressen gegeben hatte. Von der neuen Generation der IPv6-Adressen gab es aufgrund der höheren Zahlenkombinationen über 600 Trillionen; damit das WorldWideWeb wie ein Gehirn immer komplexer seine Nervenbahnen verästeln konnte, um einen kollektiven Geist hervorbringen zu können. Grübelnd fuhr sich Jim Gordon mit der Handfläche über das Kinn.

»Hier bricht jemand in den Safe ein und hinterlässt uns eine Nachricht. Aber warum, wenn er nur Geld will?«, tüftelte er und erschrak. Das Aufheulen seiner eigenen Squawk-Box bohrte sich bis in seine Haarspitzen. Alle Kontenkategorien waren somit betroffen. Die Bank of America stand unter dem stärksten virtuellen Artilleriebeschuss, den je ein Weltkonzern auf dem Schlachtfeld des Netzes ausgesetzt sein konnte. Es war ein Inferno.

12

Chianucca Code

»Bist du noch dran?«, keifte Maria zum vierten Mal in ihr Bluetooth-Headset und zündete sich ihre dritte Zigarette an. Robert sortierte noch immer starr seine Gedanken über das Letztgesagte von Maria.

»Warte einen Moment«, antwortete er und verharrte auf seinem feuchten Allerwertesten.

»Ophiuchus ante portas, hast Du gesagt?«

Maria nickte mit einem »Hmmm«, während sie mit angespitzten Lippen am Filter ihres Glimmstängels saugte. Eine lange Stille trat ein. *Ophiuchus ante portas*, dachte Robert.

Er hatte anlässlich seines letzten Berichtsrapports im Vatikan ausgiebig mit Kardinal Franjo Sepero diskutiert. Der kroatische Apostelnachfolger hatte *Ophiuchus* auch in seinem Buch erwähnt und die darin dargelegten Forschungen auf die Enzyklika von Papst Leo XIII. gestützt.[19] Leo XIII. hatte Universitätsgründungen angeregt und die Vatikanarchive für die Wissenschaft geöffnet. Sogar Josef Ratzinger hatte sich in seiner ersten Enzyklika ›*Deus caritas est*‹ zur schrankenlosen Wirtschaftstheorie geäußert und auf den Heiligen Augustinus verwiesen:[20] ›*Ein Staat oder eine Gruppe, die sich nicht durch Gerechtigkeit definiert, ist eine Räuberbande!*‹, hatte Benedikt XVI. konstatiert. Experten hatten die Worte Ratzingers als Anspielung auf die zunehmende Ausgrenzung der Jugend vom Arbeitsprozess verstanden. 2010 waren weltweit bereits über 80 Millionen Jugendliche ohne Arbeit und Bildung gewesen. Benedikt XVI. hatte während seiner Amtszeit auch vor der Ausbeutung ärmerer Länder durch schrankenlose Gewinnsucht gewarnt. Bei seiner Australienreise 2008 hatte er dies noch unterstrichen, indem er den Materialismus als ›*geistige Wüste*‹ bezeichnet hatte. Wenige Wochen später hatte der österreichische Kardinal Christoph Schönborn die Behauptung veröffentlicht, dass die ›*Gier an der Krise schuld gewesen ist*‹. Robert versuchte sich etwas Sinnstiftendes zusammenzureimen. Kardinal Sepero hatte ihm gegenüber nicht nur *Ophiuchus* regelmäßig erwähnt, sondern ihn in diesem Zusammenhang ebenso auf ein weiteres unheimliches Phänomen hingewiesen: Die erstaunlichen Parallelen zwischen Präsident Abraham Lincoln und John F. Kennedy.

---

[19] *Enzyklika;* griech.; Päpstliches Rundschreiben an die Welt; sie sind bedeutsame Dokumente kirchlicher Verkündigung und behandeln meist schwerwiegende Fragen der Gegenwart.

[20] *Deus caritas est;* lat.; Gott ist die Liebe; 1. Enzyklika von Joseph Ratzinger als Papst Benedikt XVI

Maria ging indessen die Geduld aus. Sie drückte auf die Lautsprechertaste und legte das Mobiltelefon auf den Tisch. Mit der Zigarette im Mund und zugekniffenen Augen fing sie an, sich die Nägel zu feilen.

»Gib mir Bescheid, wenn Du soweit bist, mein Mäuserich.«

Robert ignorierte sie. Er durfte den Gedanken über *Ophiuchus* nicht verlieren. Die Ähnlichkeiten der historischen Ereignisse dieser beiden Präsidenten sind so sagenumwoben und verblüffend gewesen, dass er sich keinen Reim darauf machen konnte. Abraham Lincoln war 1846 in den Kongress gewählt worden. Kennedy war genau 100 Jahre danach - 1946 - in den Kongress gewählt worden. Lincoln war 1860, Kennedy war wieder genau 100 Jahre danach - 1960 - zum Präsidenten gewählt worden. Die Vereidigungen fanden 1861 und 1961 statt. Beide hatten dasselbe gewagte Experiment versucht. Durch die Ausgabe staatseigener Banknoten hatten sie das Monopol der amerikanischen Zentralbank beseitigen wollen, das seit jeher im Privatbesitz gestanden ist. Lincoln hatte diesen Kraftakt mit den Greenbacks versucht, einer noch heute häufigen Bezeichnung für den US-Dollar. Kennedy hatte dasselbe mit den US-Notes durch die Executive Order 11.110 von 1963 versucht. Beide waren kurz danach durch ein Attentat verstorben. Beide waren durch einen Kopfschuss getötet worden. Der Tod war ihnen also sicher gewesen. Auf beide war das Attentat an einem Freitag verübt worden. Beide waren auch noch am selben Wochentag für tot erklärt worden. Bei beiden Ermordungen waren die Ehefrauen daneben gesessen. Lincoln war in einem Theater namens Ford, Kennedy in einem Auto namens Ford ermordet worden. Das Modell des Wagens ist ein Ford Lincoln gewesen. Die Nachfolger beider Präsidenten hatten Johnson geheißen. Andrew Johnson war 1808, Lyndon B. Johnson genau 100 Jahre später geboren worden. Beide hatten als schwache Persönlichkeiten gegolten und beide waren exakt 10 Jahre nach ihren Vorgängern verstorben. Lincoln und Kennedy hatten mittels präsidialem Beschluss von Art. 1 § 8 der Verfassung Gebrauch gemacht und die Herstellung von US-Banknoten in die Gewalt des Staates zurückführen wollen. Lincoln hatte Geldscheine im Wert von 400 Millionen US-Dollar, Kennedy im genau 10-fachen Wert in Umlauf bringen lassen. Die frisch gedruckten neuen Banknoten dieser beiden Präsidenten waren aber von der US-Zentralbank wieder eingezogen worden. Diese erstaunlichen Verwebungen haben bis heute eine Reihe von Verschwörungstheorien hervorgerufen. Vor allem aber: *›Warum ist dieser John McCoy in der siebenköpfigen Warren-Kommission gewesen, die zur Aufklärung des Mordes an JFK eingerichtet worden ist?‹* McCoy war damals auch Chef der Weltbank gewesen. Welche Rolle hatte ein Banker mit derartig einflussreichen Beziehungen bei der Aufklärung des spektakulärsten Mordes in der US-Geschichte gespielt? Und existierte tatsächlich ein Zusammenhang zwischen den Handlungen von

Lincoln oder JFK und deren Heldenmythos, der sich aus ihrer Ermordung ergeben hat? Die ausgegebenen Banknoten von Lincoln und Kennedy waren kurz nach dem Tod der beiden schnell wieder eingezogen worden, weil sich die Banken damals geweigert hatten, die entsprechenden Goldreserven in der Zentralbank zu hinterlegen. Das hatte wiederum zu einer raschen Entwertung dieser Banknoten geführt. Alles erschien wie ein abgekartetes Vorgehen. Kardinal Sepero hatte diese Zusammenhänge mit *Ophiuchus* in Verbindung gebracht, erinnerte sich Robert.

»Robert!......Robert!« bellte Maria ins Telefon.

»Was ist los? Soll ich bei meiner nächsten Spesen- und Reiserechnung angeben, dass meine Telefonrechnung deshalb so hoch ist, weil sich die letzte Gehirnwindung im hohlen Schädelraum hinter der Hypophyse meines geliebten Wissenschafters während des Telefonierens verknotet hat?«

»Die ist nicht verknotet, sondern in einem Gravitationskollaps zu vollständiger Singularität verödet.«

»Wie kann etwas Masseloses durch Gravitation kollabieren?«, neckte Maria. Robert tippte mit zwei Fingern nachdenklich an seiner Unterlippe.

»Erinnerst Du Dich an *hannibal ante portas*?«, fragte er. »Die Römer haben ihre Kinder mit diesem Zitat immer in Angst versetzen wollen, wenn sie unfolgsam gewesen sind.«

Maria blickte ratlos. »Aber der Professor hat ›*Ophiuchus*‹ gesagt. Und er hat gesagt, das bedeutet…!«, Robert unterbrach sie.

»›*DER SCHLANGENTRÄGER STEHT VOR DEN TOREN*‹.«

»Du alter Besserwisser!«, schnaubte sie blauen Zigarettenqualm aus ihren Mundwinkeln.

»Du hättest sehen sollen, wie ängstlich der Professor gewirkt hat, nachdem er den Text als Weissagung ausgelegt hat.« Marias Aufregung quoll durch die Leitung. Robert ließ den Kopf plötzlich hängen und fuhr sich mit der Hand über die Stirn, schob seine Wollmütze über den Scheitel und raufte sein genässtes Haar. Er fixierte das locker gewordene Bluetooth-Headset wieder fester im Ohr.

»Dieses Rätsel entwickelt sich immer mehr zu meiner Lebensaufgabe«, konstatierte er nachdenklich. »Dieser Ophiuchus taucht nämlich in allen Glaubensrichtungen auf. Shintoismus, Buddhismus, Taoismus, Islam, Protestantismus, das Christentum, die Katholiken oder Orthodoxen. Ein Studienkollege von mir, der in der Theosophical Society unterrichtet, hat einmal alle bekannten Glaubensrichtungen ausgeforscht.«

»Und? Wie viele?«, horchte Maria mit genervter Miene und feilte an ihren Fingernägeln weiter.

»9.900 Religionen weltweit. Im Jahre 1900 sind es noch 1.800 gewesen. Es gibt keine einzige, in der Ophiuchus unerwähnt bleibt.«

»9.900? Religionen sind offenbar auch sehr inflationär. Nicht nur das Geld«, konstatierte sie und wollte endlich mehr erfahren.

»Aber wer ist dieser Ophiuchus jetzt wirklich?«

»Am Himmelsäquator liegt das Sternbild des Krebses«, erklärte Robert.

»Willst Du mir jetzt das Horoskop lesen?«, zischte sie.

»Es ist das *einzige* Sternbild, das von einem anderen Sternbild in zwei Hälften getrennt wird. Vom Schlangenträger. Der hellste Stern ist ›*Zeta Ophiuchi*‹, seine Helligkeit ist viel greller als die unserer Sonne. Und dieser Gasriese ist nur 62 Lichtjahre von der Erde entfernt.« Der Bibelwissenschafter machte eine Schaffenspause.

»Da *Zeta Ophiuchi* zu einer besonderen Spektralklasse gehört, übertrifft seine absolute Helligkeit die der Sonne um ein Vielfaches. Dieser Stern bildet den ›*Kopf des Schlangenträgers*‹«, erläuterte er.

»Und ich habe geglaubt, ›*ich bin es*‹, die Dein Leben immer mehr beschäftigt«, polterte sie spöttelnd und fuchtelte mit der Hand. »...und nicht irgendein Stern in x-Lichtjahren Entfernung, der sich Ophiuchus nennt.« Sie wartete schon seit zwei Jahren auf einen Heiratsantrag von Robert.

»Ich glaube Du brauchst eine Auszeit, mein Hübscher. Wir könnten doch...«

Robert unterbrach sie wieder. »Du kennst mich doch mein Täubchen«, erwiderte er. »Für mich zählen nun mal in erster Linie die Fakten.«

»Ja, aber die kannst Du nicht mehr überblicken, wenn Du überarbeitet bist«, giftete sie desinteressiert und schwelgte gedanklich an ihre letzte entspannte gemeinsame Nacht, in der Robert sie bis fünf Uhr früh dreimal in den siebten Himmel befördert hatte.

»Faktum ist. *Ophiuchus ante portas*. Das hat doch der Professor aus unserem Papyrusstück entschlüsseln können.« Robert rief den Explorer in seinem Kopf auf und überblickte die Ordner seines Wissens.

»Ich weiß mein Hübscher. Und jetzt kollabieren Deine grauen Zellen wieder in ein tiefes Loch.« Robert war ein penetranter Tüftler, der alles bis ins Detail zu rekonstruieren versuchte. Wegen dieser Eigenschaft mochte Maria die Liebesnächte mit ihm, weil er sich auch dabei Zeit genommen und experimentiert hat. Maria durchblickte aber noch nicht, was Robert plötzlich so nachdenklich gemacht hat.

»1916 wurde vom amerikanischen Astronomen Edward Barnard im Sternbild des Ophiuchus ein weiterer Himmelskörper entdeckt«, grummelte Robert fast unverständlich vor sich hin. »Bei diesem Stern wurde von Physikern die größte Bewegung innerhalb der Himmelsphase gemessen. Dieser Stern ist aber nur 5,9 Lichtjahre von uns entfernt.« Ein rücksichtsvoller Blick von Robert zu seinem Assistenten zeigte, dass seine Sprechlautstärke dessen Schlaf nicht störte.

»Man hat nachweisen können, dass sich dieser Himmelskörper und *Zeta Ophiuchi* mit mehreren Millionen Bogensekunden pro Sekunde bewegt haben.« Robert entsann sich an die ersten Vorlesungen während seines Studiums. Mit der Behauptung von Mathäus, dass ein *›neuer Stern‹* die Geburt des Erlösers verkündet hatte, ist die *›Einmaligkeit‹* von Christus herausgestrichen worden. Damals hatten viele Juden geglaubt, das Weltgericht Gottes würde unmittelbar bevorstehen. Unter den einfachen Menschen hatte Christus seine ersten Zuhörer gefunden und plötzlich neue Werte verkündet, die Staunen und Ärgernis erregt hatten. Er hatte von Frieden und Gewaltlosigkeit gesprochen. Das hatten die Menschen als wahr empfunden, weil die Zeit nicht friedlich gewesen war, sondern eine Zeit der Unterdrückung. Auch die Priesterkaste hatte einträglich von der hohen Opfersteuer gelebt, die jeder Jude entrichten hatte müssen. Die Priester hatten sich längst mit der Besatzungsmacht aus Rom arrangiert gehabt. Jesus hatte diese Geschäftemacherei mit dem Glauben kritisiert.

»Einmal möchte ich Dich verstehen«, sagte Maria. »Glaubst Du jetzt an stichhaltige Beweise oder an Sternkonstellationen?«

»Ich spreche nur von Messungen. Das sind stichhaltige Beweise. Ich spreche nicht von Legenden, die aus diesen Messungen abgeleitet werden«, konterte er und fühlte sich entlarvt.

»Wenn der Barnard Stern oder *Zeta Ophiuchi* diese ruckartige Bewegung machen, kann durch die Raumkrümmung eine Einstein-Rosenbrücke gebildet werden.«[21] Robert referierte gerne über die wissenschaftlichen Tatsachen des Sterns von Betlehem, konnte bislang aber dennoch nur einen Zufall im gemeinsamen Auftreten des Himmelskörpers mit dem damaligen Erscheinen von Christus erkennen.

»Das Hubble-Teleskop hat Lichtverschiebungen gemessen und daraus hat man den extremen geodätischen Effekt gefolgert.«

»Was soll ich mit Deinen Faseleien anfangen?« Maria wusste, ihre leidenschaftlichen Liebesnächte würde sie nur dann bekommen, wenn sie ihm auch regelmäßig zuhörte.

»Das ist simpel, Maria! Einstein hat gesagt, dass die Schwerkraft keine Kraft sondern eine Krümmung des Raums sei. Das bewirkt den *geodätischen* Effekt. Die Stanford Universität hat ihn erst 2007 mit den Messdaten der NASA-Raumsonde Gravity Probe B nachgewiesen. Diese Krümmung des Raumes wird nicht in Winkelgraden sondern in Bogensekunden gemessen. Unser Planet krümmt den Raum um gerade mal sechs Bogensekunden. Die

[21] *Einstein-Rosenbrücke;* oder Wurmloch; benannt nach A. Einstein und dem israelischen Physiker Nathan Rosen. Sie ist eine theoretische Lösung der einsteinschen Gleichungen und kann zu einer dünnen raumartigen Röhre in der gekrümmten Raumzeit führen, die zwei Universen oder zwei Regionen ein und desselben Universums miteinander verbindet.

Wissenschafter sagen aber, wenn ein massereicher Körper einen Raum um Millionen Bogensekunden krümmt, könnten sich theoretisch zumindest zwei Universen oder Dimensionen treffen. Verstanden?« Diese Aussagen von einem der größten Physiker akzeptierte Robert gerade noch.

»OK, und weiter?«, geiferte Maria unbefriedigt nach mehr Romantik in der Konversation.

»Angeblich konnte Galilei diese starke Krümmung durch *Zeta Ophiuchi* in vollem Leuchtgewand erspähen und die Randerscheinungen beobachten. Das soll dasselbe Ereignis gewesen sein, das als die Sternerscheinung von Betlehem bezeichnet worden ist. Der einzige Mensch, der diese Raumkrümmung durch ein Teleskop rein zufällig beobachtet haben soll, ist Galilei gewesen. Im Jahre 1604.« Maria öffnete ihr Zigarettenpäckchen und schielte genervt in eine gähnende Leere.

»Aber was genau Galilei gesehen hat...«, schwafelte Robert weiter, »...darüber hüllt man sich im Vatikan in völliges Schweigen. Allerdings vermutet man, dass Galilei seinem Brieffreund Johannes Kepler davon etwas mitgeteilt hat.«

Maria wirkte plötzlich verwirrt.

»Robert, der Professor hat gesagt, dass das ein Menetekel für die Apokalypse ist und er ist auch sehr absonderlich geworden, so als ob ihm der Himmel auf den Kopf gefallen wäre.«

»Hat Dir der Professor ein Datum genannt?« Stummes Warten.

»Einen Tag, irgendeinen Zeitpunkt oder einen Ort?«

»Warum ist das so wichtig?«

Roberts Brustkasten schleuderte einen tiefen Seufzer über das Ufer auf den spiegelglatten See.

»Die Astronomen versuchen seit Jahren einen Zyklus zu errechnen, eine Art Regelmäßigkeit für die Bewegung des Sterns. Sie sind zu dem Ergebnis gekommen, dass die Gravitationsgesetze von Newton für diese beiden Himmelskörper keine Gültigkeit haben. Konstellationsberechnungen legen allerdings nahe, dass beide Sterne im Jahre 1604 einen solchen Gravitationssturz gemacht haben. ›*Ophiuchus ante portas*‹ bedeutet, dass sich einige Lichtjahre von uns entfernt eine Einstein-Rosenbrücke gebildet und ein Tor zu einer anderen Dimension geöffnet hat. Deshalb ist das so wichtig! Wenn der Professor die Prophezeiung entschlüsseln konnte, dann hätte man erstmals die Chance alle Vermutungen durch Aufnahmen zu bestätigen.«

Maria zuckte zusammen. »Ja! Der Professor hat mir ein Datum genannt. Aber das ist doch reiner Aberglaube.«

Robert wölbte seine Augenbrauen in einer Wellenlinie nach oben und unten.

»Und damit kommst Du erst jetzt?«, brauste er mit dramatisch gesenktem

Ton.

»Es ist der vier......... brffssszzzzswww .... Rob....... brrfffzzwwzzwz,........... ....erbindung ist....terbroche.....ich.....ieg wahrscheinlich morg........ .brrfzzzwwzzfffzz. ....

»Maria? Hallo, Maria?«, lauschte Robert nach einem Lebenszeichen.

Tüt tüt tüt tüt tüüüüüüüüüüü........

13

Collateralized Debt Obligations

Die Air Force One hatte wieder präsidiale Reisegeschwindigkeit aufgenommen und den Sinkflug beendet, den das Pentagon vorgegeben hatte. Nachdenklich brütete Präsident Kerry über dem Haftungsübereinkommen für Europa, während sein Chefberater auf der Bordtoilette verweilte. ›*Wenn Banker in ihrem Kerngeschäft der Risikobeurteilung versagen - wovon verstehen diese Leute dann überhaupt etwas?*‹, horchte er seine grauen Zellen aus. In Kerrys Augen funkelte aufpolierter Zorn über die selbsternannten Götter im Nadelstreif. Sie hinterließen einen nicht enden wollenden Fluch der menschlichen Arterhaltung. Die Jungen mussten die Fehler der Alten aufschultern, um das System noch tragen zu können. Der letzte Weltkrieg war aus diesem Grund ausgebrochen. Weil westliche Bürger die Erbsünde der Schuldenlast schon getragen haben, bevor sie auf die Welt gekommen waren. Die Geschichte kam eben immer wieder in einem neuen Kleid.

›*Die damals heranwachsende Generation hat von vornherein gar keine Chance gehabt, sich aus dieser Zinsknechtschaft zu befreien*‹, sah Kerry in den treuherzigen Blick seines 10-jährigen Sohnes Peter, der vor seinem geistigen Auge aufgetaucht ist. Der Präsident erinnerte sich an die neulich ausgestrahlte naturwissenschaftliche Sendung. Die Bilder hatten ihn und seinen Sohn Peter magnetisch angezogen.

Weltweit sind die Völker den Ausverkauf der Zukunft ihrer Kinder immer leidiger geworden, nur damit schrottreife Banken weiterhin Steuergeld zum Fenster hinauswerfen durften. ›*Der junge Mensch wächst in eine Gesellschaft hinein, die ihn zwingt, Schulden zu machen um Schulden zu bezahlen*‹, tobte er innerlich über die Fesseln der Geld-Evolution. Sie züchtete Tötungsmaschinen heran, die immer gieriger werden mussten, um neben der Schuldenlast, ihr Recht auf Wohlstand und Frieden realisieren zu können. Aber die Evolution ließ ihre Schranken in manchen Situationen herunterfahren und versperrte einer Moral den Zutritt. Moral wurde grundsätzlich dann nicht hineingelassen, wenn es um die Regeln von Überlebensstrategien gegangen ist. Die Aufrechterhaltung des Lebens ist stets wichtiger gewesen als die Aufrechterhaltung von Sitten. Das Verhalten der westlichen Regierungen hat das in den letzten Jahren deutlich sichtbar gemacht. Rettungsschirme hätte es vor 20 Jahren niemals gegeben, weil man aus der Geschichte gewusst hat, wozu sie führen würden. Die Blockade des deutschen Verfassungsgerichtshofes spiegelte unverkennbar, dass sich das reichste europäische Volk aus guten Gründen noch 2011 verzweifelt dagegen gewehrt hat. Überall tobte der Überlebenskampf und brach Sitten auf, die vorher geheiligt worden waren. Aber so war die Erbinformation des Lebens nun einmal. Kerry rief die Bilder der Fernsehsendung in seinem Gedächtnis ab, die er mit Peter gemeinsam bestaunt hatte. Von durchschnittlich 41 Tigerhai-Babys hat pro Wurf kaum 1/3 die erste Lebensstunde überlebt - sie sind von Brüderchen und Schwesterchen *›bei lebendigem Leib zerrissen worden‹*. Das hat schon im Bauch der schwangeren Hai-Mama angefangen und ist der passende Einstieg zu ihrer weiteren Karriere gewesen. Ihre Gene haben sie von Anfang an zu einer Handlung gezwungen: Fressen!

Ähnliche Handlungsmuster haben sich bei vielen widergespiegelt, die in einer der berühmtesten Kaderschmieden gelandet waren und dessen Zukunft dadurch vergoldet worden ist. Warburg, Drexel Burnham Lambert, Goldman Sachs, Morgan Stanley oder J.P.Morgan und andere Institute des Geldes. Man wollte in den Handel mit Termingeschäften einsteigen und groß werden. Mit Wetten auf Nahrungsmittel, Währungskurse, Zinsen, Rohstoffe, Aktien und Obligationen. Wie Hollywood brauchte auch die Wall Street ihre Helden. Tötungsmaschinen, die ohne Skrupel sieben Tage die Woche und 24 Stunden pro Tag zu Werke gehen sollten. Leute wie Hankberg von der AIG hatten mit Finanzinnovationen das notwendige Uran angereichert, um Atombomben aus Forderungen und Verbindlichkeiten zu konstruieren. Verträge und Wertpapiere sind so zu Massenvernichtungswaffen geworden. Mit den Credit Default Swaps - auch CDS genannt - hatten Banken ihre Geschäfte gegen mögliche Kreditrisiken bei AIG versichert gehabt. Man hatte das Ausfallsrisiko der Kreditnehmer gegen eine Versicherungsprämie getauscht und geglaubt eine Zauberformel gefunden zu haben. An jedem CDS war immer ein Kreditnehmer gehangen, dessen Immobilie als Hypothek hinterlegt worden war. Als man tausende dieser CDS gebündelt und zu einem Wertpapier verschnürt hatte, hatte man eine Streubombe in Megatonnenformart erhalten. Ihr Name: CDO - Collateralized Debt Obligations. Nur vier Banken beherrschten heute noch den Großteil dieses Marktes. Goldman Sachs, Morgan Stanley, J. P. Morgan und die Deutsche

Bank. In nur acht Jahren war die Summe der gehandelten CDOs auf das 70-fache angewachsen. Mitte 2008 waren es unvorstellbare 57 ›*Billionen*‹ US-Dollar gewesen. Nur drei Jahre später war es das 10fache. In den Schleppnetzen dieser vier Institute befand sich 10mal mehr abstraktes Geld, als das Bruttosozialprodukt der ganzen Welt beziffert hat. Für Kerry war diese Tatsache ein irrationaler Wahnsinn. Doch man hat das Spiel unverändert fortgesetzt; in dem Wissen dass die nächste Blase in die Trillionen gehen wird und einen endgültigen Schlusspunkt für alle setzen würde. Egal wann sie kommen würde, wenn die Ökonomie nach den gleichen Regeln wie ein Glaube funktionieren würde, dann würde die Trillionenblase so sicher kommen, wie das Amen im Gebet.

›*Wir sind nicht mehr Herr der Lage!*‹, warnte eine innere Stimme den Präsidenten. Finanzsprengsätze sind mit Kreditwürdigkeiten versehen worden, wie ein Sportverein Medaillen vergeben hat. Nun aber sollte die amerikanische Bevölkerung ein weiteres Mal verpflichtet werden, für die Inkompetenz europäischer Politiker gerade zu stehen. Was könnte sich der amerikanische Oberbefehlshaber ausbedingen, wenn er seine Unterschrift unter das Dokument setzen würde? Es musste eine reziproke Haftungsvereinbarung sein, die von Europa dasselbe Maß an Weitsicht und Verbundenheit abverlangen würde. Es gab für die Zukunft keinen Ausweg, wenn der Westen nicht bereit wäre, noch enger in einer Schicksalsgemeinschaft zusammenzurücken. In zwei Stunden würden sie in Washington landen. Dort wartete die nächste schwere Entscheidung auf den Präsidenten.

»Mr. President, der Wetterbericht verspricht sonnige klare Verhältnisse mit tiefen Temperaturen und starkem Wind«, klang es durch die Bordlautsprecher aus dem Cockpit.

Der Präsident zog die Hülse seines Füllhalters herunter. ›*Nachgeben statt Nachladen!*‹ Das ist es, wonach sich die Menschen dieser Welt endlich sehnen. Dass das Regieren des Volkes durch das Volk und für das Volk von dieser Erde nie wieder verschwinden möge. Kein Mensch hatte die Demokratie klarer und deutlicher formuliert als Abraham Lincoln in Gettysburg. Der Präsident unterschrieb den Vorvertrag zur Vorlage an den Senat.

»Danke Frank«; quittierte Kerry die Durchsage eines seiner Piloten und atmete tief durch. Er lehnte sich zurück und schloss die Augen.

»Gern geschehen«, hofierte der Co-Pilot.

»Übrigens einen schönen guten Morgen, Mr. President«, klang dessen Gruß hochtönig aus den metallischen Sprecherboxen hinter der Deckenverkleidung. Kerry erwiderte schmunzelnd mit geschlossenen Augen und hob stumm die Hand in Richtung Klangquelle, als hätte sie zu ihm gesprochen. Ein anhaltendes Rauschen verbreitete abwartendes Schweigen. Die Leitung war noch offen und Kerry lauschte mit gespitzten Ohren.

»Mr. President?«

»Hier bei der Arbeit!«

»Schnallen Sie sich bitte an. Wir haben eine Alarmmeldung für unsere Maschine hereinbekommen.«

»Warum?«, fragte der Präsident, riss dabei seine Gucklinsen auf und spürte sein Adrenalin gegen die Schädeldecke branden.

»Wir haben aus dem Pentagon die Eilmeldung hereinbekommen, dass sich uns ein noch unidentifiziertes Flugobjekt in sehr hoher Geschwindigkeit annähert. Es könnte holprig werden.«

Während gerade Eduard Heller zu seinem Platz zurückgekehrt war, nahm die Maschine plötzlich dramatisch an Seitenlage zu und schwenkte in einer engen Schleife nach links.

14

Lukas

Der smarte Ökonom Harvey Friedman war keine fünf Minuten im Taxi unterwegs auf dem Heimweg gewesen, da musste er sich schon die Stirn massieren und wurde unsanft an die Medikamente erinnert, die er früh morgens nicht eingenommen hatte.

»Fühlen Sie sich nicht wohl?«, fragte ihn der besorgt äugelnde Taxilenker.

»Könnte nicht besser gehen«, erwiderte Harvey selbstbewusst.

»Ich dachte nur gerade an meinen Vater.« Der Gedanke an seinen Dad trotzte seinem Adamsapfel einen kräftigen Schluckreflex ab.

»Wenn ich mich mit etwas zufrieden geben wollte, dann ist Dad plötzlich da gewesen und hat immer gesagt: ›*Nein Harvey, nur der Durchschnitt gibt sich mit weniger zufrieden als er sollte*‹.« Harvey nickte mit nachdenklicher Einsicht.

»Ihm habe ich viel zu verdanken.« Der Fahrer beobachtete das Geschehen im Rückspiegel. Oberhalb des Rahmens seiner Sonnenbrille waren nur dunkle buschige Augenbrauen im Spiegelbild zu erkennen.

»Es ist dieses besondere Nein gewesen, das mein Vater immer gefordert hat.« Harvey wedelte mit der Hand und runzelte die Stirn. »Nicht dieses querulierende, lästernde, dieses verneinende Nein. Das *gegen* etwas sein würde, sondern das andere Nein, das *für* etwas sein würde.« Der Taxifahrer spähte wachsam nach hinten.

»Mein Vater ist davon beseelt gewesen, meine Zukunftschancen zu verbessern. Er hat mir Verhaltenseigenschaften angelernt, die in bedeutenden Situationen über Sieg oder Niederlage entscheiden sollten. Seine Verneinung hat mich aus meiner Bequemlichkeit herausreißen sollen, um den Zwängen des Machbaren entgegenzuhandeln.« Aus unerfindlichem Grund plauderte Harvey sehr persönliche Dinge aus seiner Lebenskiste. Solange aber alles anonym blieb, war ihm das egal. Der Taxifahrer hob plötzlich ein Taschenbuch von seinem Beifahrersitz und hielt es zwischen die Rückenlehnen der Vordersitze.

»Sehen Sie mal, Sir«, sagte er.

»Das *who is who* amerikanischer Unternehmergeschichte.« Stumm fixierte Harvey am oberen Buchrand den Autor, konnte ihn aber nirgendwo zuordnen.

»Bevor Sie eingestiegen sind, war ich gerade beim Kapitel über Henry Ford angelangt.« Stolzbrüstig tippte er auf den Buchumschlag.

»Ford hat einmal behauptet: *›Man muss über die unendliche Fähigkeit verfügen, nicht zu wissen, was nicht funktioniert‹*«, sagte der Taxifahrer und legte sein Gesicht in gespieltes Erstaunen.

»Interessant, nicht wahr?«

Harvey grinste zustimmend. »Summ, Summ!«, sagte er lächelnd.

» Summ, Summ? Wie meinen Sie das? «, fragte der Chauffeur erheitert.

»Man hat einmal Professoren gefragt, die an den Universitäten über Luftströmungslehre und die Gesetze der Aerodynamik unterrichtet haben, ob sie wüssten warum eine Hummel fliegen könne. Denn sowohl die Körperproportionen und das Gewicht im Verhältnis zur Flügelspannweite machen es völlig unmöglich, dass eine Hummel nach den Gesetzen der Aerodynamik fliegen kann. Die Wissenschafter haben diese Tatsache untersucht und sie mit den erforderlichen Parametern verglichen. Sie sind zu dem Ergebnis gekommen, dass die Hummel eigentlich gar *nicht* fliegen dürfte, wenn man alle Gesetze der Luftströmung und Aerodynamik zugrunde legen würde. Wissen Sie warum die Hummel trotzdem fliegt?«

»Ach so, das meinten Sie. Natürlich weiß ich das, Sir.« Selbstsicher schob der Fahrer seine Sonnenbrille zur Nasenspitze. Seine schwarzen Augen prallten wie zwei Meteoriten aus einem blendenden Weiß.

»Weil die Hummel keine Ahnung hat von aerodynamischen Gesetzen und Luftströmungslehren. Deshalb fliegt sie.« Sichtlich überrascht faltete Harvey seine Stirnhaut.

»Sehen Sie! Den Zusammenhang zwischen dem Verhalten der Hummel und der Forderung von Henry Ford habe ich vorhin angedeutet. Henry Ford hat mit seinen Produktionsmethoden die Grenzen des Vorstellbaren gesprengt«, erwiderte er. »Sein Geist wirkt heute noch nach. Weil er niemals zu wissen behauptet hat, was mit Sicherheit nicht funktionieren kann. So wie die Hummel nicht zu wissen behauptet, welche Gesetze sie am Fliegen hindern könnten.« Harvey klagte innerlich ein wenig über die geraubte Pointe.

»Ich bin trotzdem gar nicht so unglücklich darüber, dass sich die meisten einbilden, schon im Vorhinein zu wissen, was alles nicht funktioniert. So versuchen sie es erst gar nicht«, vermeldete er berufen. »Aber woher kennen Sie das Beispiel mit der Hummel, mein Lieber?«

Der Taxifahrer setzte sich in aufrechte Position.

»Im Grunde genommen ist doch alles so, Sir.«

»Warum? Was ist alles so?«, bohrte Harvey nach.

»Das Wissen und Nichtwissen! Wer ist sich denn in Wahrheit darüber bewusst, welche Ursachen für Gelingen oder Misslingen zweckgerichteter Handlungen wirklich verantwortlich sind? Warum sollten wir wissen, warum wir etwas trotzdem können, obwohl uns unsere Erklärungen sagen, dass es nicht möglich wäre? Das Denken bildet sich doch auch nur ein zu verstehen, was es tut und warum es das tut. Aber das ist nur Einbildung.« Während Harvey sein Jackett abstreifte und über seine Aktentasche auf der Rücksitzbank legte, riss der Chauffeur das Lenkrad kurz um und wich einer Bodenwelle aus.

»Wissen Sie, Sir! Verstehen beginnt immer erst dort, wo ein Mangel auftritt«, sagte der Fahrer und wendete sich kurz nach hinten. Eine lange Pause entstand. »Trotzdem versinken alle in grenzenloser Arroganz einer illusorischen Elitelüge, die uns vorgaukelt, man könne Ursache und Wirkung über Probleme klar zuordnen.«

›*Uups!*‹ dachte Harvey, musste aber angesichts des beherzten Auftretens seines Steuermanns grinsen. »Sie stehen wohl nicht besonders auf die Wissenschaft?«

»Im Gegenteil«, erwiderte er. »Ich könnte für alle ein guter Verteidiger sein, die sich ernsthaft wissenschaftlich mit etwas auseinandersetzen. Kennen Sie Edwin Hubble?«

»Natürlich, den Begründer der Urknalltheorie«, erwiderte Harvey desinteressiert. »Das Hubble-Teleskop ist doch nach ihm benannt worden«, sagte er und öffnete einen Ordner auf der Bedienoberfläche seines iPads. Der Taxilenker setzte fort.

»Richtig, Sir! Hubble hat einmal gemeint, dass wir für ein besonderes Abenteuer einen Begriff erfunden haben.«

»Welches Abenteuer?«, fragte Harvey.

»Das, in dem wir mit unseren fünf Sinnen unsere Umwelt entdecken«, plauderte der Fahrer. Erwartung leuchtete aus Harveys Augen.

»Welchen Begriff haben wir für dieses Abenteuer erfunden?«, erkundigte er sich.

»Wissenschaft!«, sagte der Taxifahrer. »Mit unseren fünf Sinnen entdecken wir seit Millionen von Jahren unsere Umwelt und nennen dieses Abenteuer Wissenschaft. Aber was wissen wir wirklich?«

Harvey behorchte seinen Kutscher plötzlich aufmerksam.

»Die Erde hat doch anfangs nur aus flüssigem Gestein und Asche bestanden.« Harvey weitete seine Augen, während sein Gesprächspartner in vorgespielter Ekelerregung die Nase rümpfte.

»Man könnte ohne Umschweife sagen: Der ganze Planet bestand aus Dreck!« Dann schmunzelte er.

»Was hat dieser Dreck bis heute gemacht? Er hat intelligentes Leben hervorgebracht, das ein Kollektivbewusstsein über sich selbst erlangt hat, um komplexe Denksysteme oder Lösungskonzepte zu entwickeln. Das ist doch faszinierend. Man müsste doch erwarten, dass die Natur einem ganz banalen Dreck seine Entfaltungsgrenzen unwiderruflich gesetzt haben müsste. Aber der Dreck dachte sich eben: Nein, ich entwickle mich zu einer höheren Intelligenz! Leben ist das zeitlich begrenzte Lebendigwerden von Materie. Es ist also immer nur dieser Code der Teilchen gewesen, der uns nach vorne streben lässt. Über unseren eigenen Horizont. Ohne dieses *Nein* Ihres Vaters oder ohne eine gewisse Lebensneugierde würden wir diese Sinne nie einsetzen, von denen Hubble gesprochen hat.«

Auf der Nebenspur beobachtete Harvey einen Autolenker, der einen vollen McDrive Becher über sein Hemd goss und von einem Tobsuchtsanfall erstürmt wurde. Wahrscheinlich konnte der auch keine Ursache für sein Missgeschick dingfest machen, wie es Lukas ganz allgemein angedeutet hatte.

»Alles ist nur eine Art von Selbstbefreiung. Durch Erfahrung und Wissen befreien wir uns von festgefahrenen Überzeugungen«, setzte der Taxifahrer fort und hob den Zeigefinger. »Aber das Verhängnisvolle an der Wissenschaft ist die Suche nach einem Gott namens Fortschritt, der den Glauben an eine einzige Wahrheit rechtfertigen soll.« Eine kurze Pause entstand.

»Zweifelsfrei hat das dieser Demonstrant mit seinem Transparent vor dem Bürogebäude der Zentralbank auf einen Punkt gebracht. Finden Sie nicht, Sir?« Harvey verspürte untergründig eine verbale Behelligung. *›Wie konnte der Fahrer den Demonstranten und das Transparent mit dem eigenartigen Text noch sehen, wenn er schon verschwunden gewesen ist, als ich mich umgedreht habe?‹*

»Ich verstehe die Botschaft auf dem Transparent dieses Mannes nicht so richtig«, griente Harvey und fuchtelte mit der Hand in der Luft herum. »*›Gebt Acht, dass man Euch nicht irreführt. Denn viele werden unter meinem Namen auftreten und sagen - Ich bin es!‹* Es klingt nach einem Psalm!«, rätselte er und sinnierte über die Worte seines Chauffeurs.

»Gut erinnert«, erwiderte der Taxilenker. »Das Evangelium von Lukas, Kapitel 21, Vers 5-9. Wer wird von wem auf dieser Welt in die Irre geführt und wer tritt unter seinem Namen auf? An wen glauben Sie?«, fragte er plötzlich überraschend

Harvey zuckte irritiert auf.

»Wer wirklich im Leben gelitten hat, glaubt auch an irgendjemanden«, antwortete er. Die Frage schmerzte ihn. ›*Ich musste genug leiden, auch wenn ich nicht danach aussehe*‹, dachte er an die Flachwurzler unter den menschlichen Geistern, die ihn nur nach seiner Erscheinung beurteilt haben. Harvey wurde von einem kurzen Gefühl der Sentimentalität umhüllt.

»Ich denke, ein Leben ohne Glauben wäre grundsätzlich zu einseitig. Deshalb ist es besser zu erkennen, dass da jemand in uns wohnt«, sagte Harvey. »Selbst dann noch besser, wenn wir diesen jemand nie wirklich verstehen.« Harvey wollte nicht am heutigen Tage über Religion diskutieren. Schon gar nicht mit einem Taxifahrer. Zu realistisch sind seine heutigen Erlebnisse bis jetzt gewesen. Auch wenn er seine eigene berufliche Tätigkeit in den Dienst einer sehr mächtigen Religion gestellt hat.

»Wechseln wir wieder das Thema«, wurde er bestimmt und blickte auf die Uhr.

»Sie haben vorhin gesagt: ›*Erfahrung und Wissen ist eine Selbstbefreiung*‹. Das ist sonderbar. Zuerst starten Sie einen Angriff auf die führenden sozialen Schichten, dann auf die menschliche Vernunft und Erkenntnisfähigkeit. Und nun behaupten Sie, dass denkende Lebewesen ursprünglich aus Dreck bestanden haben, der wiederum gar keinen freien Willen gehabt hat.« Harvey machte eine kurze Pause und erinnerte sich an die kambrische Explosion vor 500 Millionen Jahren. Der Beginn der menschlichen Evolution, in der sich aus dem Schleim von Einzellern drei Kreaturen heraus getrennt hatten. Die Schneckentiere, die Wirbeltiere und die Panzertiere. Würmer waren die Vorfahren des Menschen. Das akzeptierte er noch. Doch die Aussage seines Fahrers ging ihm etwas zu weit. Den Intelligenzquotienten eines prähistorischen Schleims mit der heutigen Zivilisation zu vergleichen. Immer wieder hat sich das Leben aus Zwängen befreien müssen, um sich in Richtung Freiheit weiterentwickeln zu können. Freiheit durch Intelligenz und Aufklärung. Selbstbefreiung durch Wissen. Wissen ist immer das Ergebnis von zwei Handlungen gewesen: Versuchen und Irren! Für beides war Mut eine Voraussetzung.

»Was Sie da alles von sich geben, klingt zwar plausibel und aufregend«, sagte Harvey. »Bedenken Sie allerdings dabei auch die Ideen der Aufklärung, die den amerikanischen Lebenssinn prägen? Spuren aus einer Epoche, in der Amerika entdeckt worden ist, als sich nur die Kirche für allwissend gehalten hat. Damals sind neue Wahrheiten mit der Bücherverbrennung unterdrückt worden. In dem dummen Glauben, dass man auch Worte in Ketten legen können würde, wenn man den Autor in Ketten gelegt hat. Es ist wie wenn Sie einen Sänger in der Hoffnung einsperren, damit auch sein Lied gefangen halten zu können.«

»Das tue ich doch gar nicht«, wehrte sich der Taxichauffeur.

»Doch, Sie reduzieren die Menschheit auf einen physikalischen Prozess herunter und legen das Ergebnis der Evolution an die Kette der Ahnungslosigkeit. Wenn Sie sagen, dass die heutige Intelligenz ursprünglich aus einem Dreck bestanden hat, dann tun Sie das. Alle Menschen, die irgendwann im Leben vor der Entscheidung gestanden sind, sich befreien zu müssen, mussten zuerst das Verlangen verspüren und dann das Verstehen lernen, wie sie es erreichen können.« Harvey machte eine kurze Pause. »Als Ökonom ist mir egal welche Ziele Wesen haben, es interessiert mich nur, welche Maßnahmen sie ergreifen, um ihre Ziele zu erreichen. Und wenn irgendein Dreck eine höhere Intelligenz zu seinem Ziel erklärt hat, dann interessiert mich nur wie er sein Ziel erreicht hat.«

»Das habe ich ja gesagt, Sir.«

»Dann haben sie sich nicht verständlich ausgedrückt«, zischte Harvey. Der Taxifahrer stieß einen Seufzer aus.

»Sir! Ich habe doch vorhin gesagt: Verstehen beginnt dort, wo ein Mangel auftritt.«

»Das stimmt. Daran kann ich mich noch erinnern«, antwortete Harvey.

»Das meinte ich auch so. Der Dreck hat doch erst einsehen müssen, dass er nicht überleben kann, wenn er seinen Mangel an Intelligenz nicht ausgleicht. Erst dieser Mangel führte zu seiner Einsicht. Das bedeutet: Er verstand seine Situation und damit seine Überlebenschance.«

Harvey war verblüfft. Die Aussage wies eine strenge Logik auf und hat gleichzeitig unterschwellig angedeutet, dass in allen Atomen eine Denkfähigkeit vorliegen müsste, die die Materie des Planeten ausgemacht hat.

»Erst das Gefühl eines Mangels hat den Dreck zur Reaktion veranlasst. Daraus folgt: Nur ein Mangel führt auch zum Verstehen. Als Ökonom analysieren Sie nur ein Verhalten, das durch dieses Gefühl hervorgerufen worden ist. Ohne Mangelgefühl setzt sich niemand Ziele. Jemand, dem nie unschuldig das angeborene Menschenrecht auf Freiheit entzogen wurde, versteht Freiheit nur als bloßen Begriff, aber nie als Ziel oder Endzweck.« Harvey grübelte. Dieser Argumentation konnte er etwas abgewinnen.

»Zum Ziel wird Freiheit erst dann, wenn ein Mangel von ihr auftritt. Wenn man das Gefühl bekommt, dass man zuwenig Freiheit oder überhaupt keine hat. Es ist immer der Mangel, der das Bedürfnis hervorruft. Ein Mangel an Regen hat im Ackerbau zur Erkenntnis geführt, warum das Getreide nicht wächst. Auch wird man saubere Umwelt erst dann verstehen, wenn es uns an ihr mangelt. Darin liegt die Tragik des menschlichen Geistes. Wohlstand versteht man auch erst dann, wenn es an ihm gemangelt hat oder wieder zu mangeln begonnen hat. Wir verstehen die Jugendjahre dann, wenn es uns an ihnen mangelt. Wir können den Alterungsprozess ebenso wenig verhindern wie wir erklären können, was vor dem Urknall gewesen ist. Wir wissen heute nicht einmal mit Sicherheit von welcher Gattung wir abstammen. Wir können die wahren Gründe für die Klimaerwärmung genauso wenig aufklären, wie die wahren Gründe für den Mord an John F. Kennedy oder Abraham Lincoln. Rundherum nur Mängel aber wenig Verstehen.« Die Schulter hebend streckte der Chauffeur beide Hände gebieterisch weg vom Steuer. Harvey hatte noch etwas Mühe die Zusammenhänge zu erhaschen. Aber er spürte eine Eigenartigkeit.

»Die Menschen können sich die Überlieferungen über Mohammed und seiner Offenbarungen genauso wenig vertraut machen wie die Geschichten über Jesus oder Buddha. Auf der Druckerschwärze eines i-Punktes finden 500 Milliarden Protonen Platz, aber auf unserem Planeten finden nicht einmal sieben Milliarden Menschen Platz zum Leben.« Er drehte sich und suchte Harveys Augenkontakt.

»So gut wie alle Nationen sind überschuldet«, konstatierte er.

»Aber wer hat dann bitte das ganze Geld? Es muss doch irgendeine Quelle geben, bei der sich die Ströme der Schuldenzahlungen wie in einem Ozean alle wieder zusammenfinden? Wenn so viele ein Minus haben, wer hat dann das Plus?« Wieder zuckte der Fahrer mit den Schultern.

»In einem durchschnittlichen Terminkalender finden pro Jahr mehr als 500 Geschäftstermine und 4.000 Telefonate Platz, aber kaum 10 wirklich glückliche Tage mit der Familie.« Mit einer streuenden Handbewegung fuhr der Typ seinen Arm über die Mittelkonsole.

»Der Blick in den Einkaufswagen bietet uns Reichhaltigkeit, im TV wählt man aus 300 Programmangeboten und die Flash-Rom am Handy reicht schon nach einer Woche nicht mehr aus, um alle 1.000 SMS abzuspeichern. Überfluss und Inflation wo man nur hinsieht, aber wenn man nach dem Lebenssinn sucht, blickt die Mehrheit in eine gähnende Leere. Es mangelt an Sinn und das steigert den Wunsch nach einer Lösungskategorie.« Kopfschüttelnd bog er nach rechts Richtung Osten ab.

»Währenddessen versuchen die meisten diese gähnende Leere mit Entertainment aufzufüllen, um sich dann als virtuelle Bürger in einem sozialen Netzwerk im Internet wieder zu finden. In dem Glauben, darin das Leben und die idealen Mitmenschen zu entdecken, in Wahrheit aber existenzielle Bildung versäumen.« Der Fahrer schickte ein schelmisches Blinzeln in den Spiegel.

»Wenn einem die Erlebnisse abhanden kommen, beginnt man vor zwischenmenschlichen Kontakten zu flüchten.« Er machte keine Atempause.

»Das alles passiert in der Erwartung auf die ganz *grooоße* Inspiration«, sagte er und bog wieder nach links, »die man in Bares verwandeln könnte, um den blinden Tanz ums goldene Kalb mittanzen zu dürfen. Also wovon hat die Menschheit eine Ahnung, Sir? Wie will sie den Mangel verstehen können, wenn sie nur den Überfluss anstrebt? Es ist eine Fehlbilanz. Uns geht es viel schlimmer als es der Hummel mit den Gesetzen der Aerodynamik und Luftströmung ergeht. Wir bilden uns nämlich viel zu viel auf unsere Vermutungen ein. Das tut die Hummel nicht.« Die rosa anlaufenden Wangen des Taxifahrers signalisierten schon den Sauerstoffmangel seiner Lungen. Er musste durchatmen.

»Wenn es um die Probleme der entwickelten Staaten geht, können die Regierungen innerhalb weniger Stunden mehr Geld für die Rettung eines Finanzsystems ausgeben als alle Kriege zwischen 1600 und 1945 gekostet haben. Aber wenn man Entwicklungshilfe von einer lumpigen Milliarde für Erdbebenopfer verspricht, dann dauert es Jahre bis das versprochene Geld ankommt. Falls es in Zeiten wie diesen überhaupt weggeschickt wird.«

Harvey anerkannte die kritische Analyse über die exzessive Konsumästhetik und eigenartige Moral des Abendlandes. Der Taxifahrer hatte in einigen Schemen durchaus Recht. Wenn wir einen Tropfen Wasser auf dem Mars finden wollten, hatten wir ungefähr denselben Betrag verblasen, mit dem wir 100 Millionen Menschen zwei Jahre lang vor dem Hungertod retten hätten können.

»Ich bin nicht unbeeindruckt, mein Lieber«, konstatierte Harvey.

»Wie heißen Sie eigentlich?«

»Ich bin Lukas!«

»So ein Zufall, auch der Psalm von dem Demonstranten wird sogar Ihrem Namensvetter zugeschrieben.«

»Wesentlich ist, ob man die deutlichen Zeichen unserer Zeit lesen kann und nicht irgendwelche Zitate richtig zuordnen kann. Diese Zeichen stehen nämlich in keiner Zeitung und keinem Buch«, sagte Lukas und senkte dabei dramatisch die Stimmlage.

»Woran denken Sie bei diesen Zeichen zum Beispiel?«, fragte Harvey neugierig.

»An drei unübersehbare Zeichen, Sir. Unser Präsident könnte der 3. US-Präsident in der Geschichte werden, der wie Kennedy oder Lincoln den Mut hat, die längst fällige *›executive order 11.110‹* zu unterzeichnen.«

Harveys Herz stürzte wie ein Felsbrocken auf seine Eingeweide. Seine Atembewegung geriet wie durch einen Rammbock aus dem Rhythmus. *›Der Demonstrant hat mich doch mit der Jahreszahl 1913 auf die executive order 11.110* *hingewiesen!‹* Abermals suchte der Taxifahrer den Augenkontakt seines verstummten Fahrgastes.

»Auf welche Weise die beiden Vorgänger unseres heutigen Präsidenten aus ihrem Amt gegangen worden sind, wissen wir: Mit Mord!« Mit dem Daumen deutete er sein erstes Aufzählungszeichen. »Das ist meine erste Sorge«, und streckte danach den zweiten Finger aus.

»Die nächste ist, dass die Weltöffentlichkeit durchschauen könnte, wer 2008 die teuerste Finanzkrise der Geschichte ausgelöst hat. Vor allem, warum sie ausgelöst worden ist.«

Der Brocken in Harveys Magengrube wollte endlich in den Verdauungstrakt befördert werden. ›*Warum weisen mich zwei Menschen unabhängig voneinander auf eine historische Tatsache mit solcher Wichtigkeit hin?*‹, fragte er sich. Schließlich gesellte Lukas auch seinen Mittelfinger zu Daumen und Zeigefinger und vervollständigte die drei unübersehbaren Zeichen.

»*Last but not least,* dass zwei Milliarden Menschen das Vertrauen in die Demokratie verlieren könnten, wenn sie von einem Betrug erfahren würden, der die Fundamente der Zivilisation aus den Angeln hebt. An diese Zeichen denke ich zum Beispiel. Und die verheißen nichts Gutes.« Seine Stimme hob sich wieder und er wirbelte herum, um einen markerschütternden Blick aus seinem Gesicht auszuwickeln.

»Die Wahrheit ist ein kleines aber zähes Pflänzchen, das irgendwann durchbricht. Geheimnisse halten niemals ewig. Das ist aber kein Psalm aus dem Lukas Evangelium.«

15

Sixtinische Kapelle

Eiligen Schrittes hechelten der Papst und Kardinal Sepero zur Sixtinischen Kapelle, in der die in Rom lebenden Kardinäle schon fast eine Stunde lang erwartungsvoll gelauert haben. Zwischenzeitlich sind alle Verkaufsaufträge für die amerikanischen Wertpapierbestände durchgeführt worden. Nervös warf der Papst ein Augenspiel ans lange Ende des weiten Ganges.

»Es gibt einen Punkt in der Geschichte…«, keuchte Benedikt XVII., »…an dem alle Erkenntnisse wie Speichen eines Rades im Zentrum zusammenlaufen.« Die weiße Soutane wallte nach Vorn und sein Schal mit besticktem Goldbrokat flatterte in der heiligen Luft, als der Pontifex ruckartig stehen blieb und seinen Glaubensbruder durchdringend fixierte.

»Verstehst Du, Franjo?«, bohrte er zum Umsturz aufrufend und spitzte seine Zeigefinger.

»Es gibt einen Punkt von ungewöhnlicher Tiefe und Schönheit. In den nächsten drei Tagen werden wir zum Zentrum dieses Rades gehen.« Hochkonzentriert setzte er seinen Laufschritt fort. Er war der jüngste Papst seit dem ersten Vatikanischen Konzil. Mit seinen 52 Jahren hat er sogar Johannes Paul II. unterboten.

»Haben wir hohe Verluste erlitten?«, erkundigte er sich bei seinem Freund und Schatzmeister.

»Bei den größeren Paketen mussten wir nur zwei Abschläge nach unten wegstecken. Der Rest hat besser abgestoßen werden können als ich es erwartet habe.« Der kroatische Kardinal stocherte in seiner Mappe und zog ein Blatt heraus.

»Das ist der bisherige Gesamterlös«, sagte er und hielt dem Papst eine Zahlenkolonne mit einer drehenden Armbewegung vor die Nase.

»Die Märkte haben aber doch etwas erschrocken reagiert«, ergänzte Sepero. Benedikt musterte im Gehen die Summenwerte und schob erstaunt die Unterlippe weit nach vorne.

»Das ist weit mehr, als ich gedacht hatte.«

»In der Bilanz sind unsere Forderungen aus den Cross Border Leasing Verträgen immer nach dem Niederstwertprinzip ausgewiesen gewesen. Das hat die Auflösung stiller Reserven zur Folge gehabt.« Franjo Sepero richtete seine knöchrige Nase unbeirrt nach vorne und schob das Blatt zurück zwischen die Aktendeckel. »Übrigens, die Techniker sind mit dem Aufbau bald fertig.«

»Gut«, erwiderte Benedikt und fächerte Erinnerungen wie ein Kartenblatt vor seinem geistigen Auge auf.

»›*Ich bin die Wurzel und der Spross Davids*‹, sagte er mir bei unserer ersten Begegnung.« Benedikt hatte noch nie eine ähnliche Überzeugung verspürt wie nach dieser Begebenheit. »Ich bin der hell leuchtende Morgenstern.«[22] Franjo Sepero verzog keine Miene.

»Ich habe sofort gespürt, dass er es sein musste«, erzählte der Papst und führte die Hand zum Herzen. »Hier drinnen.«

Beide näherten sich der päpstlichen Hauskapelle im Vatikan, die unter Sixtus IV. erbaut worden war. Die größten Meister der Renaissance hatten an den Wänden ihre Einfälle und Pinselstriche hinterlassen. Fresken über das Alte und Neue Testament von Perugino, Pinturicchio, Botticelli, Ghirlandaio oder Rosselli. Nur Michelangelo hatte einen besonderen Stellenwert

---

[22] Johannes Offenbarung; Kap 22, Vers 16; Jesus zu Johannes

eingenommen. ›*Durch seine Hände malte Gott persönlich*‹, hatte Johannes Paul II. am 12. Dezember 1999 gesagt, als er die vollständig restaurierte Kapelle wieder ihrer Bestimmung übergeben hatte. Die Schöpfungsgeschichte, Propheten oder andere Bibelsituationen an der gewölbten Decke. Das Jüngste Gericht an der Altarwand, für die der Meister sechs Jahre benötigt hatte. Das Bildnis hinter dem Altar wurde auch als das *Letzte Gericht* bezeichnet. Michelangelo hatte darin das göttliche Urteil am Tag des Weltuntergangs gesehen. Doch die Menschheit hat keine Angst vor dem Tod gehabt; das hatte er im oberen Teil malerisch dargestellt. Denn sie hat fest an ihre Wiederauferstehung an diesem Schicksalstag geglaubt; verbunden mit der Rückkehr ihres Erlösers. Benedikt und Sepero waren mittlerweile am Eingang des Kapellenkorpus angelangt und vernahmen dumpfes Stimmgewirr hinter den geweihten Mauern.

»Bist Du bereit, Franjo?«, fragte der Papst und klammerte sich an die antiquarische Türklinke der rechten Flügeltüre. Der Kardinal nickte wortlos und Benedikt trat mit einem mächtigen Satz in das Innere des Gotteshauses. Das Gemurmel unter den Apostelnachfolgern ist einer erwartungsvollen Schweigsamkeit gewichen, nachdem der Oberhirte eingetreten ist. Demütig lächelnd begrüßte er alle durch persönlichen Händedruck und schuftete sich voranschreitend durch die Menschentraube bis zur Spitze des Kirchenschiffes nach vorne in Richtung Altar. In Kopfhöhe des Papstes erschien die Unterwelt auf dem weltberühmten Fresko und veranschaulichte die Hölle durch den Fingerstrich Michelangelo Buonarrotis. Benedikt bekreuzigte sich und neigte das Haupt. Am Fuße der biblischen Wandmalerei bauten Techniker im linken unteren Bereich eine 3x2 Meter große Leinwand auf und verkabelten ein faustgroßes Projektionsgerät mit einem Laptop. Die Kabelschlangen am Boden wurden fein säuberlich mit Klebebändern befestigt. Die Konzentriertheit der Techniker erinnerte an Vorbereitungstests für ein weltweit ausgestrahltes Popkonzert. Auf dem oberen Notebookrahmen ist eine Minikamera angebracht worden, über die man via Internet in allen Übertragungsvarianten kommunizieren konnte. Skype, Netmeeting, Instant Messanger oder XMPP. Durch den Computer würden die aufgenommenen Live-Bilder auch jederzeit auf die Projektionswand übertragbar sein. Die Techniker fuhren das Betriebssystem des superflachen Mininotebooks hoch und öffneten eine Power Point Datei für das Oberhaupt der katholischen Kirche. Parallel zur Altaroberfläche deponierte einer eine Fernbedienung für das Bildübertragungsgerät. Der andere adjustierte die Bildschärfe. Benedikt hatte auch angewiesen, in jeder Ecke Ständer mit Lautsprechern aufzustellen. Er nahm an seinem jakobeanischen Stuhl neben dem Altar Platz und blickte in eine Allee aus symmetrisch angereihten Gesichtern.

›*Das sind die Nachfolger des Apostel Petrus*‹, sinnierte er und lugte in konformistische Antlitze. ›*Und da Petrus der Nachfolger und Stellvertreter Christi gewesen ist, sind sie in einem weiteren Sinne auch die Nachfolger Christi*‹. Benedikt ist stolz auf die Arbeit mit seinen Brüdern gewesen. Doch was haben sie aus dieser übertragenen Verantwortung der Nachfolge gemacht? Was Benedikt diesmal vorgesehen hat, werde alles Bisherige sprengen, dessen war er sich bewusst. Er faltete die Hände und sprach im Geiste ein schnelles Vaterunser.

»Hatte das zweite Vatikanische Konzil nicht das Recht auf freie Forschung und Gewissensbildung festgeschrieben?«, fragte der Papst gleich direkt ohne jegliches Zeremoniell einer Anrede und setzte dabei eine ernste Miene auf.

»Freie Forschung und Gewissensbildung«, wiederholte er mahnend.

»Ich möchte mein Gewissen reinigen und mit Euch gemeinsam einen Wandel herbeiführen.« Benedikt blickte auf die Uhr. Unerwartet öffnete sich noch einmal die Türe rechter Hand des Altars und 12 Männer in marineblauen Overalls trugen sechs prall gefüllte Wasserspender über den gesegneten Steinboden auf ihre päpstlich vorgesehenen Plätze.

»Was hat Benedikt vor?«, flüsterte Emanuel Gerrera, der spanische Kardinal, seinem Nebenbruder ins Ohr.

»Was für einen Wandel will er mit uns unternehmen?«

Verdutzte Augenszenerien prasselten über Benedikt herein.

»Die Wissenschaft hätte sich niemals ohne Zwang zu einer Macht entwickeln können, wenn wir den menschlichen Geist mit unseren Wahrheitsbehauptungen nicht herausgefordert hätten.« Wie ein Animator klatschte Benedikt motivierend mit seiner Faust in seine Handfläche und eröffnete impulsiv den Wortreigen.

»Umgekehrt hat aber auch die Wissenschaft uns herausgefordert. Sie wollte von uns einen Beweis, dass Gott existiert. Sonst würde sie uns nicht mehr ernst nehmen wollen.« Langsam schreitend drang Benedikt in das Hauptschiff der Kirche vor und lugte immer wieder durch die Augenreihen.

»Bevor ich unseren arroganten Gegnern diesen wissenschaftlichen Beweis liefern werde, möchte ich allerdings Euer Urteil hören.« Prüfenden Blickes spähte er durch die Angesichter und presste seine Hand an die Brust.

»Schließlich kann ich selbst nur aus meinem Herz entscheiden, ob sich eine göttliche Existenz als erkennbar erweist. Aber Ihr seid meine Brüder und wir glauben alle gemeinsam an ein und dasselbe!« Die Blicke der Kardinäle saugten sich an die Leinwand, nachdem der Stellvertreter Christi mit der Fernbedienung ein Bild durch die Kabelverbindung auf die Projektionsfläche gejagt hatte.

›*In der Menschheit ist alles möglich, was der Fall sein kann.*‹

»Können wir *nur an das* glauben, das sich vor tausenden Jahren in unserer

Abwesenheit ereignet hat?«, fragte Benedikt mit einem Ton der Unzufriedenheit.

»Oder könnten wir auch *etwas Neues* akzeptieren, das wir noch nicht kennen?« Der Pontifex orakelte mit vollem Bewusstsein darüber, dass die Entscheidungen der kommenden Stunden von der Glaubwürdigkeit seiner Darbietung abhängig waren. Er wusste, dass der moderne Menschenverstand nicht mehr so gläubig sein würde wie jener Glaube vor 2.000 Jahren. Dazwischen hatte die Epoche der Aufklärung das Denken des Menschen mächtig aufgewühlt und den Kurzsichtigen die Lupe der Erkenntnis übergeben. Und im Grunde stützte sich die Kirche auch heute noch mit allem was sie hatte und allem was sie wusste auf die Erzählungen von damals. In der heutigen Zeit wäre das aber zu wenig. Es mussten Fakten auf den Tisch.

»Unser Kirchengründer hat den Standpunkt vertreten, dass man Kathedralen nicht wieder aufbauen sollte, wenn sie einmal zerstört worden sind. Nicht die Steine, sondern der neue Geist soll die Menschen gewinnen.« Benedikt näherte sich zwischenzeitlich wieder seinem Platz und stützte sich vorgeneigt auf den Altar. Frontalen Blickes auf sein Kollegium referierte er weiter.

»Wir müssen das Gotteshaus auf neuen Fundamenten aufbauen«, grollte er mit lauter werdender Stimme.

»Weil ich glaube, dass wir die Existenz Gottes endgültig klären können.« Eine kurze Pause entstand. »Und dazu benötige ich Eure Hilfe.«

Der junge Kardinal Damian saß am äußersten Rand der hintersten Sitzreihe und hatte sich zwischenzeitlich erhoben. Wie eine Raubkatze marschierte er nervös hin und her.

»Was meint Ihr mit neuen Fundamenten?«, erkundigte er sich.

»Das Fundament dieser Gemeinschaft wurde auf den Worten von Erzählern gebaut, die keiner von uns persönlich gekannt hat. Von unserem Herrn Christus gibt es keine persönlichen Worte. Wir haben die von Moses, Matthäus, Lukas, Paulus, Johannes oder anderen. Alles, was wir heute besitzen und alles was uns einigt, sind bloße Erzählungen.« Benedikt musste die eigene Fantasie seiner Brüder wecken. Er musterte ihre Reaktionen und spürte das Knistern ihrer Schlussfolgerungen.

›*Wenn es neue Wahrnehmungen geben würde, müsste man das Wort Gottes vervollständigen.*‹ Gegen Tatsachenfeststellungen wären Erzählungen machtlos. Aber wenn sie der Bibel widersprechen würden, dann müsste man das Gotteswort in der Tat neu niederschreiben. ›*Wenn neue Erkenntnisse göttlichen Willens darunter wären, müsste man das Fundament erneuern.*‹ Das erschien den Glaubensbrüdern als denkrichtig.

›*Auch die Kirche muss strebsam sein, den wahren Willen ihres Gottes zu erkennen. Egal zu welcher Zeit.*‹ Doch wie zeigte sich dieser Wille? ›*An neue*

Entdeckungen müssen auch alle glauben.‹ Was immer Benedikt seinen Brüdern darbieten wollte, musste den Rang einer allgemein akzeptierten Tatsache haben.

»Wir reden von Glauben«, donnerte Benedikt plötzlich los und zeigte zur Deckenwölbung.

»Wir reden nicht nur vom Weinwunder in Kanaan, vom Engel Gabriel, von der Sintflut, von Christi Himmelfahrt, von der Jungfrau Maria oder der Auferstehung.« Einige Brüder in den Reihen begriffen langsam, worauf der Pontifex hinaus wollte. *›Wir glauben an Wunder, die man uns überliefert hat. Aber könnten wir auch an Wunder glauben, die vor unserer Nase geschehen würden? Vor allem aber: würden wir diese Wunder auch erkennen können?‹* Der Papst war weiter am Wort.

»Weil wir seinen Willen in erster Linie durch unsere Herzen erfahren haben, vertrauen wir den Wundern einer lange zurückliegenden Vergangenheit.« Benedikt XVII. faltete die Hände und legte sie in den Schoß.

»Angenommen, ich wäre als *Einziger* Zeuge eines Wunders geworden«, streute er hypothetisch in die Bankränge. »Durch welche Begegnung, Offenbarung oder Erscheinung auch immer.« Benedikt stand zwischenzeitlich wieder in der Mitte des Schiffs und drehte sich wie ein anfachender Trainer auf seinen Absätzen von links nach rechts.

»Damals mussten die Evangelien von Hand geschrieben werden. Speicherplatz hat lediglich in den Erinnerungen geschlummert. Kein Foto, kein Video, kein Tonmitschnitt, kein Fingerabdruck, kein DNA-Code, einfach nichts.« Der Papst klimperte mit seinen Fingern in der leeren Luft herum und drehte sie danach begehrlich mit der leeren Innenfläche nach oben.

»Streng genommen, stehen wir mit leeren Händen da.« Er wartete auf eine Reaktion seiner Brüder, denen es die Sprache verschlagen hat.

»Würden wir heute Zeuge von einem oder mehrerer Wunder werden, könnten wir alles dokumentieren und beweisen«, dozierte er weiter und deutete mit dem Finger zum Boden.

»An dieser tragischen Grenze sind wir angelangt. Heute akzeptieren wir nur mehr das als Beweis, was wir sehen, obwohl wir alles glauben, das uns durch die Schrift lediglich berichtet worden ist. Keiner von uns hat doch persönlich etwas von dem gesehen und gehört, was wir verbreiten und zu leben versuchen. Dies ist doch ein seltsamer Widerspruch in der Verbreitung unserer Lehre.« Benedikt begann so energisch und frontal, wie er es sich vorgenommen hatte. Er rüttelte am Baum der Vernunft seiner Brüder und schüttelte alle Früchte ab, die nichts mit Wissen zu tun hatten, das aus gelebter Erfahrung gewonnen werden konnte.

»Wenn ich nun glaube zu wissen, was der Herr von uns verlangt, dann muss ich als Oberhirte jene Anweisungen durchführen, die mir durch ihn und seinen Geist zugegangen sind.« Er verstand es, seine Situation plausibel darzulegen. Unter Berufung auf einen göttlichen Willen konnte er mit einem nolens volens das Steuer der Kirche in jede Richtung lenken, die er durch seinen Glauben für die Segensreichste hielt. Sein Vorgänger Benedikt XVI. war berühmt dafür gewesen, alle seine Ansichten auf eine dritte Person zurückzuführen, der er nur in Demut gedient hatte. Dafür hatte jeder Papst den Schlüssel zum Himmelreich übergeben bekommen.

»Meine in Empfang genommene Anweisung hat gelautet: ›*Reiße die alten Kathedralen nieder und mache Platz für die Ankunft des neuen Geistes*‹.« Der Papst verschränkte die Arme am Rücken und wandelte gemächlich zurück zum Altar. Mit dem Kopf zu Boden geneigt, riss er seinen rechten Arm in die Höhe und streckte den Zeigefinger zum Himmel hoch. »Unter Aufbietung meines kritischen Gehorsams und der Prüfung aller relevanten Bedingungen habe ich daher schwerwiegende Entscheidungen getroffen.«

Kardinal Damian spähte mit herunter gezogenen Augenbrauen zu Benedikt. »Welche Entscheidungen habt ihr gefällt, heiliger Vater?« Benedikt wirbelte herum und fixierte sein Kollegium.

»Ich habe heute morgen sämtliche Beteiligungen, Forderungswertpapiere und remonetisierbare Vermögenswerte, die der Vatikan in seinem Besitz hält, zum Verkauf angeboten.« Die Wucht dieser ersten Information wälzte sich wie ein Donner über die Häupter des Kollegiums.

»Zudem habe ich einen Operationsplan ausarbeiten lassen, ein drittes vatikanisches Konzil in aller Dringlichkeit einzuberufen. Innerhalb der nächsten 12 Stunden soll das Konzil mit allen Teilnahmeberechtigten eröffnet werden.« Eine Woge ausladenden Entsetzens der Kardinäle prallte wie tosende Röntgenwellen durch Benedikt hindurch auf das Jüngste Gericht hinter ihm.

»Außerdem möchte ich in diesem Konzil die Zusammenführung aller Weltreligionen erörtern.« Das Kardinalskollegium hatte den Eindruck, als werfe ihr Anführer mit Streubomben der Überraschung um sich.

»In diesem Zusammenhang will ich auch das Galilei-Testament der Weltgemeinde offen legen. Und…«, rang Benedikt nach Luft, »…unseren endgültigen Rückzug aus dem Geldgeschäft bekannt geben.«

Mit zittriger Stimme meldete sich Kardinal Gerrera zu Wort und schleuderte dem Papst eine sorgenerfüllte Miene nach vorne.

»Warum wollt Ihr das alles tun?«

»Unser Herr ist zurückgekehrt«, antwortete Benedikt.

16

Großvater

Eine lange Stille durchflutete das Taxi. Harvey hat über die Andeutungen von Lukas noch immer nachgebrütet. ›*Diese angeblichen unübersehbaren Zeichen über die Unterzeichnung der executive order 11.110? Wer die Finanzkrise 2008 ausgelöst hatte und dass die Weltöffentlichkeit vom größten Betrug der Zivilisation erfahren würde? Nichts als voreilige Verschwörungsgerüchte, die einfache Leute brauchten, um Dramatik in ihr Leben zu bringen. Denen da oben die Schuld für ihr Versagen zu geben!*‹, grübelte Harvey und schwadronierte mit seinem Blick über sein iPad.

Ein grüner Suchbalken signalisierte die Jagd nach möglichen Treffern über das Jahr 1913, in dem das Notenbankgesetz beschlossen worden war. Der Demonstrant hatte darauf hingewiesen. ›*Worauf wollte Jacob mit der Anschuldigung hinaus, dass die US-Notenbank etwas besitzt was ihr nicht gehört?*‹, studierte Harvey.

›*Jacob hat das Jahr 1913 genannt, dann diese executive order 11.110 und einen Artikel unter der Aktenzahl 80-5905 eines US-Gerichtes über einen Christian B.*‹. Harvey wusste selbst, dass das Federal Reserve Gesetz in den Anfängen des 20. Jahrhunderts verabschiedet worden war, aber für Details hatte es noch an seinem Beachtungswillen gemangelt. Er konnte keinen Zusammenhang zu den Attentätern von Kennedy erkennen. ›*Aber warum stellte es Lukas ebenso in den Raum?*‹

»Sir, bevor wir über das Hummel-Gleichnis gesprochen haben, haben Sie doch von Ihrem Dad erzählt«, durchbrach Lukas das lange Schweigen.

»Ihr Dad hat sich aufgeopfert, um Ihre Zukunftschancen zu verbessern, sagten Sie. Um zu lernen, wie Sie den Zwängen des Machbaren trotzen können. Was ist denn so erstrebenswert an dieser Lebenseinstellung?« Während sich Harvey durch die 569 Treffer bei Google quälte, rollte er seine Krawatte ein und wieder aus.

»Alles ist erstrebenswert an dieser Haltung. Man muss das Unmögliche versuchen, um das Mögliche zu erreichen. Mit dem Geist der Möwe Jonathan«, belehrte er. »Auf der Suche nach einem höheren Sinn als den der Normalität der Masse.«

»Schon, Sir«, entgegnete Lukas und kratzte sich an der Nase.

»Aber hat Jonathan nicht ein Leben der Unzufriedenheit geführt und sich deshalb nicht in der Sicherheit der Masse wiegen können?«

Harvey angelte in einem Gewirr von Argumenten nach einer Antwort. Er dachte permanent an diese ›*executive order 11.110*‹.

»Mag sein«, sagte er bedachtnehmend, »doch den Fortschritt verdankt die Masse immer den Unzufriedenen. Die einen Zustand nicht akzeptiert haben und über das vorhandene Wissen hinausgewachsen sind. Man sollte Risiko nicht in dem irrtümlichen Glauben scheuen, dass man sich damit die Unsicherheiten des Lebens ersparen kann.« Harvey blickte Lukas wirsch an.

»Was ist schon Sicherheit? Keiner dreht in dem Glauben die Uhr ab, damit Zeit sparen zu können.« Gedanklich behexte er die Google-Treffer, um sich auf die richtigen Links zu führen.

»Bevor der Mensch gewusst hat, dass die Erde keine Scheibe ist, ist seine Vorstellungskraft dort zu Ende gewesen, wo er den Horizont sehen konnte. Und damit hat er sich zufrieden gegeben. Bis auf die, die mit faustischem Wissensdurst an die Sache ran gegangen sind«, sagte er und ließ seine subjektive Seligsprechung für den Mut zum Fortschritt durchsickern. Meist waren es Auserwählte, die mit der bloßen Ahnung in eine Finsternis vorangehen mussten. Die Mutlosen sind dann hinterher getrabt und haben großmäulig dahergeredet.

»Jedes mal, wenn eine neue Grenze des Wissens überschritten worden ist und die Neugierde gewonnen hat, hat sich jenseits des Horizonts ein unvergessliches Schauspiel geboten«, sagte er.

»Ach so«, reagierte Lukas. »Das meinten Sie damit als Sie gesagt haben, dass man den Zwängen des Machbaren trotzen sollte. Horizonte und Fortschritt«, konstatierte er belächelnd. »Das nächste Kalb, um das man tanzen muss? Seien wir doch Christoph Kolumbus dankbar, nicht?«, giftete er höhnisch. »Der hat doch auch dem Machbaren getrotzt. Wie mag es ihm wohl dabei ergangen sein?«, fragte Lukas mit gespielter Verwunderung und streute Polemik in Harveys Gedankenfluss.

»Wollen Sie über die Entdeckung Amerikas etwas Negatives anmerken?«, zischte Harvey erstaunt zurück.

»Keineswegs«, antwortete Lukas.

»Kolumbus hat doch entgegen aller Zweifler Recht behalten«, ermahnte Harvey. »Er hat zwar an Indien geglaubt, aber sein Mut hat noch viele andere Nebenbeweise ans Tageslicht befördert.« Harvey dachte dabei an die Kugelform des Planeten, die Kolumbus für seine Route zugrunde legen musste. In Mister Friedman kribbelte ein Streitgespräch unter die Zunge. Er ist immer ungeduldig geworden, wenn seine Fragen nicht umgehend zu einer Antwort geführt haben. Die Vielzahl der Treffer im Internet nervte ihn allmählich. Andererseits war er aber neugierig darauf, was Jacob und Lukas unabhängig voneinander gleichzeitig angedeutet hatten. Harvey konnte sich gleichzeitig unterhalten, während er auf die Treffer im Google spähte.

»Kolumbus hat einen unbeirrbaren Glauben vor Augen gehabt«, dozierte er stolz über den Entdecker der neuen Welt und winkte abschätzig. »Zweifler sind dagegen doch nur Menschen ohne Beine.«

»Ohne Beine?«, fragte Lukas nach.

»Ja! Die von sich selbst glauben, dass sie die anderen über das Laufen belehren könnten.«

Lukas nickte und rieb Harvey sein Sachbuch wieder unter die Nase.

»Dieses Buch hier…«, fing er an und drehte sich kurz um, »...hat auf der ersten Seite einen Einleitesatz, der lautet: Es gibt die Unterlasser und es gibt die Unternehmer.« Lukas traf seinen Fahrgast frontal in dessen Überzeugung.

»Genau das ist auch eines der vielen großen Versprechen Amerikas«, sagte Harvey. »Aber warum kaufen Sie sich so ein Buch?«

Lukas hob seine Brauen neugierig an. »Um erfahren zu können, was die Erfolgsformel der großen Unternehmer ist. Über die Unterlasser wird ja für gewöhnlich nichts Großes verbreitet. Aber es scheint, als ob es kein Rezept gibt, das jeder nachahmen könnte.« Dann rümpfte er ungläubig die Nase.

»Kann das sein?«, erkundigte er sich, während er den Fensterheber bediente.

»Es kann nicht nur sein, es ist auch so«, erwiderte Harvey.

»Alle Sammelwerke ökonomischer Konzepte über wirtschaftliche Steuerung und Erfolg sind letztlich doch nur Gleichungen, die an einem Punkt außer Kraft gesetzt werden. An einer bestimmten Grenze verlieren Vernunft und logische Argumente ihre Gültigkeit. Dort sind Methoden von Wahrscheinlichkeit oder Vorhersagbarkeit wertlos. Es ist irrational wenn man glaubt, mit einer rationalen Erklärung eine irrationale Welt verbessern zu können.« Harvey tafelte am Sammelsurium seiner Überzeugungen so genüsslich wie an einem reichlich gedeckten Tisch.

»In der Wiege der Ideen und Visionen, die die Welt verändert haben, gibt es nur das Gesetz des Glaubens.« Er hob die Hand und zählte auf. »Automobil, Radio, Elektrizität oder Flugzeuge. Der Erfinder des SMS wäre als Trottel hingestellt worden, hätte er vorher behauptet, dass seine Idee pro Tag mehrere Milliarden Mal genutzt werden wird.« Lukas drehte sich wieder zu Harvey und nickte gefällig. Der konstatierte kulant.

»An diesen Punkten regieren nur Eingebung, Glaube, Instinkt und schöpferischer Gestaltungswille. Es gibt also wirklich kein Rezept für die Erfolgsformel.« Harvey vergewisserte sich über den Innenrückspiegel, ob ihm Lukas überhaupt noch folgen konnte.

»Eine kreative Zerstörung vorhandener Systeme geht nur durch Erneuerungen. Zerstörung ist notwendig, um sich zu erneuern. Es ist wie ein Aidsvirus, an dem wir die Evolution erst so richtig beobachten können. Ein Virus handelt auch nicht vernünftig, sondern streng nach der Vorgabe seiner

Erbinformation. Und die lautet: Anpassung durch Veränderung.« Harvey ließ seine Worte mit einem Echo zwischen seinen Gehirnwindungen nachklingen. Erfolgsglaube war sein Lieblingsthema. Wegen der Angst vor dem Versagen seiner Generation. Für Harvey war der Glaube an die Selbstbestimmungskräfte jenes Treppengeländer, das einen auch in völliger Finsternis nach oben führen konnte.

»Ich hab in meinem Unternehmen ganz unten angefangen. Mit einem Aushilfsjob ohne Gehalt. Meine erste Provision habe ich mit 18 Jahren verdient. Es waren nicht einmal fünf Dollar. Jedes mal habe ich versucht, eine neue Sprosse zu erklimmen. Immer weiter über den Tellerrand zu blicken. Und heute, knapp 20 Jahre später, habe ich mit einem Deal 190 Milliarden US-Dollar über den Tisch befördert.« Der Tisch würde unter der physischen Last dieser Geldsumme einbrechen. Wenn man 1000-Dollar Geldscheine aufeinander stapeln würde, ergäbe Harveys abgewickelte Transaktionssumme eine Höhe von über 19 Kilometern. Ein Betrag der fast 4.000 Tonnen reinem Gold entsprochen hat. Kein Tisch hätte 4.000.000 Kilo tragen können. Aber im Zeitalter der Moderne sind solche Werte nur mit ein paar Argumenten und Ideen durch ein paar Glasfaserkabeln vom Absender zum Empfänger geflossen.

Lukas schob seine Unterlippe nach vorn und huldigte mit ehrlicher Mimik.

»Das ist beeindruckend Sir!« Er unterbrach. »Dann machen Sie es genau so wie es Ihnen Ihr Dad beigebracht hat?«, fragte er.

Harvey wurde unvermittelt von einem Schmerz abgelenkt und ging nicht auf die Frage ein. Er verzog das Gesicht, massierte seine Stirn mit dem Handballen und überflog einen weiteren aussichtsreichen Link über das Jahr 1913. Er spürte dieses ewige Ziehen im Kopf, wenn er seine Medikamente nicht genommen hatte. Am FDR Drive in Richtung Norden, einen Steinwurf vom Hauptsitz der UNO entfernt, bildete sich ein gigantischer Stau. Lukas, ein kaukasischer Mannstyp aus der alten Welt, hatte in der Zwischenzeit seine Sonnenbrille abgenommen und schenkte Harvey ein freundliches Zwinkern durch den Rückspiegel. Im Radio ertönte das Erkennungssignal der Nachrichten. Lukas betätigte den Lautstärkeregler an seinem Multifunktionslenkrad und eine Frauenstimme wurde lauter. Elizabeth Bacon vom CBS-Sender berichtete in den Evening-News über die Wirtschaftsnachrichten: »Aus New York haben wir aus aktuellem Anlass eine Sonderberichterstattung. Unser Korrespondent berichtet live von der Wall Street. George was war denn heute los?«

›Danke Elisabeth, hier ist George Sheppert. Unter der Leitung von Harvey Friedman ist heute die größte Fusion zustande gekommen, die es in der Wirtschaftsgeschichte gegeben hat. Friedman hat bereits 1992 die ganze Welt erstmals auf sich aufmerksam gemacht, als er das Europäische Währungssystem aus den

Angeln hob indem er vorher eine Reihe europäischer Notenbanken in die Knie gezwungen hat. Friedman hat im Alter von 18 Jahren seine Lehre in der Steuerberaterkanzlei von Richard Stanley begonnen. Durch sein wirtschaftliches Geschick ist aus diesem Kleinunternehmen in 20 Jahren Amerikas 3.größte Investmentbank herangewachsen. Friedman ist Vice President der Global Salomon & Stanley Brothers Corporation. 1999 hat er seinen Bestseller über das unbegrenzte Wachstum der Märkte veröffentlicht, ist dafür mit dem amerikanischen Wirtschaftswissenschaftspreis ausgezeichnet worden und hält heute im Ausschuss der Federal Reserve Zentralbank den Vorsitz für Geldmengensteuerung.‹

»Die positive Stimmung auf den Börsen scheint sich fortzusetzen«, konstatierte die Moderatorin. »Hatte Friedman in der weiteren Vergangenheit nicht auch schon auf sich aufmerksam gemacht?«, fragte sie. ›*Ja, in der Tat*‹, erwiderte George Sheppert. ›*Friedman hat in seinem Leben eine Reihe von Schicksalsschlägen verkraften müssen. Sein Großvater Lee Harvey Oswald hat 1963 den amerikanischen Präsidenten John F. Kennedy ermordet und ist vom FBI als kommunistischer Spion entlarvt worden, der dann vor laufenden TV-Kameras erschossen worden ist. Friedmans Mutter ist an Herzversagen gestorben, als er vier Jahre alt gewesen ist. Er selbst leidet an der seltenen psychischen Krankheit PTSP 99 und hat bereits mit 16 Jahren vier Selbstmordversuche hinter sich gehabt. Nach einem anfänglichen Verdacht, seinen Vater ermordet zu haben, ist er im selben Alter in eine Anstalt für geistig abnorme Jugendrechtsbrecher eingeliefert worden.....!*‹

Harvey fuhr ein Adrenalinstoß durch die Adern.

»Das war ein Unfall. Das weiß die ganze Welt!«, stieß er plötzlich aus. Er verabscheute Halbwahrheiten.

»Vier Jahre später bin ich wegen neuer Beweise freigesprochen und rehabilitiert worden.« Lukas blickte mitfühlend in den Spiegel. Harvey senkte sein Haupt und lauschte dem Radio weiter.

›*...Aus vertraulichen Quellen verbreiten sich Gerüchte, dass Friedman in den kommenden Jahren seinen größten Coup landen will. Als Reaktion auf die Fehlschläge seiner Branchenkollegen plant er das sagenhafte Geldvolumen von 25.000 Fonds in einem einzigen Vehikel zu sammeln. Das ist mehr als die Hälfte aller weltweiten Investmentprodukte. Einen Titanen unter den Investmentfonds, einen so genannten Superfund. Kritiker befürchten dahinter aber eher eine kapitalistische Superheuschrecke. Über die wahren Hintergründe für dieses Vorhaben wird noch gerätselt. Seine heutige Fusion ist offenbar nur ein weiterer Meilenstein. Amerika ist stolz auf die Leistungen seines vom Schicksal gezeichneten Sohnes. George Sheppert von den CBS Evening-News, New York, Heute ist der siebente Oktober 2013!*‹

Harvey ignorierte die Nachrichten und öffnete den 414. Treffer über das Jahr 1913, der ihm vielversprechend erschien. Er beugte sich hinüber zu seiner Aktentasche und kramte verlegen darin herum. Irgendwie fühlte er sich plötzlich gar nicht mehr so stolz.

›Alle glauben ich sei so besonders, dabei versuche ich nur mein Lied zu singen wie jeder andere auch.‹ Er hatte stets Mühe seine Leistungen herabzuspielen. Ein Erschaudern riss ihn aus den Gedanken, als er auf dem Display seines iPads die Aktenzahl *›80-5905‹* eines Gerichtsurteils über die US-Zentralbank zu lesen begonnen hatte.

17

Air Force One

Der US-Präsident spürte wie der Schrecken seinem Blutdruck kritische Werte aufzwang. *›Ein nicht identifiziertes Flugobjekt näherte sich der Air Force One in großer Geschwindigkeit?‹*, hatte der Co-Pilot vor wenigen Augenblicken durchgegeben. Chefberater Eduard Heller linste seinen Boss schockgeweitet an, während er durch die extreme Schieflage enorme Kraft aufwenden musste, seinen Gurt endlich festzuschnallen. James Kerry stemmte sich mit den Armen gegen die abschüssig liegenden Seitenlehnen seines Stuhls. *›So ein Manöver haben wir aber nie trainiert‹*, fluchte er innerlich über die Beschwerlichkeiten seines Amtes.

»Mr. President!«, rief der Kapitän durch die Bordlautsprecher.

»Trevor! Was ist hier los?«, keifte Kerry im überschlagenen Ton des Entsetzens.

»Der Peilscanner eines Predators hatte die Koordinaten unserer Position erfasst. Unser Sicherheitssystem hat das ungenehmigte Signal von außen erkannt«, antwortete Trevor Kindle. »Er wird in etwas mehr als einer Minute erwartet.«

Per Radar hatte sich Kathrina nicht nur ein Abbild ihres Zielobjektes geholt, sondern auch die Identifikationskennung über Flughöhe und die Geschwindigkeit der Air Force One erfasst. Ein Transponder hatte durch einen Abfrageimpuls des Radarsenders ein Signal ausgelöst, in dem die Informationen codiert gewesen sind. In ratloser Furcht erkundigte sich der Präsident sofort nach den übrigen Passagieren.

»Mister Kerry«, erwiderte der Chefpilot und senkte die Stimme.

»Unser täglicher Flugauftrag lautet: Fliegen Sie den amerikanischen Präsidenten sicher und lebend ins Weiße Haus.« Eine Pause entstand. »Wir mussten zu ihrer Sicherheit unverzüglich den Kurs ändern.«

»Sind wir in Lebensgefahr?«, erkundigte sich Kerry.

»Jetzt nicht mehr«, schallte es aus dem Cockpit.

»Ein Predator hat fixe Zielkoordinaten. Die haben sich offenbar überraschend mit unserer Route gekreuzt.«

»Ein Predator! Eine Aufklärungsdrohne?«, schwebte dem Chefberater das Fragezeichen wie ein Schein über dem Haupt, während er seinen Boss verdutzt anstarrte.

»Ja, Mister Heller.« Die Maschine ging wieder gemächlich in wagrechte Flugposition über.

»Eine Drohne kann nicht selbständig ausweichen. Sie verfolgt zuverlässig ihr Ziel. Aber es scheint schon wieder vorbei«, antwortete der Chefpilot.

»Warum kreuzt eine Drohne unsere Route?«, fragte der Präsident noch sichtlich unter Schock.

»Unser Lotse im Pentagon hat das mit der NSA noch nicht klären können. K1 ist aus den Schwärmen über Grönland ausgeschert und hat einen neuen Kurs eingenommen. Warum weiß man noch nicht.«

»Und warum zeigen unsere Instrumente die Annäherung nicht schon früher an?«, erkundigte sich Kerry angekratzt.

»Eine Drohne ist auch mit den sensibelsten Radargeräten nicht auf den Schirm zu kriegen, Mister President.« Wieder entstand ein kurzes Schweigen.

»Dieses Ding ist fast sechsmal so schnell wie wir. Und bei dem starken Flugverkehr, den die Drohnen in den letzten Jahren hervorgerufen haben, kann so etwas leider immer wieder passieren. Wir mussten unverzüglich reagieren. Es wird aber deshalb bei der Ankunftszeit in Maryland keine Verzögerung geben.«

›*Aus den Schwärmen über Grönland?*‹, rätselte der Präsident und erinnerte sich an die interne Diskussion über die ergebnislosen Klimaschutzkonferenzen. Die US-Regierung hatte vor der Ausverhandlung gravierender Klimavereinbarungen der guten Ordnung halber mehrere Dutzend Drohnen in die nördliche Hemisphäre des Planeten entsenden müssen. Im grönländischen Eis schlummerten die gefährlichsten Wasserreserven. Wasser war einer der kleinsten aber wichtigsten Energiereserven. Seit 1980 schrumpfte die Eisschicht des Nordpols um 30 Prozent. Man hatte das Prinzip des Ökosystems ohne Landesgrenzen erkannt. Grönland ist zum deutlichsten Mahnzeichen für die Klimaentwicklung geworden. Zu viele zerberstende Eisschollen waren in den letzten Jahren über die Bildschirme geflimmert. Obwohl die größte Insel des Planeten keine Industrie gehabt hat, hat es seine Landschaft in einem monströsen Tempo verändert. Alles nur durch die Auswirkungen einer ausländischen Industrie, die sich tausende Kilometer entfernt befunden hat. Die Fernwirkung war enorm und hat den Eindruck verstärkt, dass die Natur auf dem Planeten auf seltsame Weise zusammengehangen ist. Experten haben errechnet, dass eine

Erholung über ein bis zwei Jahrhunderte benötigen würde. So lange hätte man aber niemals Zeit gehabt, denn Grönland hat 20 % des Süßwassers des Planeten in Eis gebunden. Wenn dieses 1/5 der weltweiten Süßwassermenge schmelzen würde, würden die Meerespegel um sieben Meter steigen, hatte man errechnet. Kathrina 1 überwachte mit dutzenden anderen Drohnen die Entwicklung der Landmassen. Sie war das UAV-Modell mit der neuesten Technologie für solche Messflüge und überall einsetzbar. Grenzschutz, Küstenwache, Vermisstensuche, Katastrophen oder Brandschutz, Verkehrsflüsse, Klima und Wetter, Umwelteinflüsse oder Wechselwirkung zwischen Mensch und Natur.

»Es ist schon besorgniserregend, wie uns unsere eigene Technik dazu zwingt, uns unterzuordnen müssen.« Der Präsident schnaufte erleichtert, zog seinen Krawattenknoten langsam auf und öffnete den obersten Hemdknopf. Er dachte, dass das Schlimmste schon vorüber sei.

»Ist das Ding schon an uns vorbei?«, fragte er seinen Chefpiloten neugierig und spähte den Himmel durch die Fensterluke ab.

»Einen Moment, Mister Kerry..«, erwiderte Trevor Kindle.

»Hat sich erübrigt, Trevor«, stieß Kerry unvermittelt raus. Der Präsident fixierte die Umrisse einer metallischen Libelle. Wie ein lüsternes Urinsekt zog Kathrina 1 mit militärischer Unbeirrbarkeit dicht über den Kondensstreifen der vier brüllenden Lockheed-Turbinen ihre Verfolgerspur. Der Anblick vermittelte das Gefühl, als würde der gierige Predator den lang erhofften Tribut wittern können. Nur ein Selbstmord würde der Nachwelt ein Zeichen setzen. Mit geneigter Schnauze drosselte Kathrina ihre überlegene Betriebsgeschwindigkeit auf Energiesparmodus und wartete auf den *Harakiri*-Befehl. Halb unter ihr schuftete sich ein Riesenvogel aus Leichtmetall und Kunststoff mit den Insignien des US-Präsidenten durch die arktischen Luftmassen. Die Wendigkeit der Boeing 747 war gegenüber einem Predator wie die eines Supertankers gegenüber einem Black Hawk Jagdhelikopter. Kathrina war jedoch blind und unbewaffnet. Nur wenn sie einen elektronischen Impuls aus einem Satelliten in der Erdatmosphäre erhalten würde, würde sie ihn gnadenlos ausführen. Die Grabstätte, wohin sie sich durch ›*Harakiri*‹ zur letzten Ruhe begeben sollte, würde mit dem roten erleuchteten Punkt eines Laserstrahls millimetergenau markiert. Das bedeutete, dass tonnenschwere Präzisionstechnologie mit 5.000 km/h exakt in einen winzigen Oberflächenpunkt hineindonnern sollte. Als James Kerry die Konturen von Kathrina gesichtet hatte, hatte er den Eindruck, die Drohne winkte ihm durch ein seitliches Schaukeln mit den Tragflächen zu. Vordergründig schien es, dass die Drohne nur den Befehl erhalten hatte, die Air Force One zu observieren. Wie ein treues Hündchen flog sie der sichersten

Maschine der Welt hinterher. James Kerry hatte die Bilder eines Geleitschutzes vor sich.

»Sie gleitet halbrechts hinten über uns«, informierte er seinen Chefpiloten und schmunzelte amüsiert über die geschwenkten Flügeln, die ihm nochmals zuwinkten.

»Sir?«, tönte es in androgynem Klang aus den Lautsprechern.

»Ja, Trevor?«, lauschte der Präsident und musterte die Bewegungen des unbemannten Fluggeräts.

»Wir haben gerade erfahren, dass alle Drohnen aus dem Luftraum über Grönland ihren Kurs geändert haben.«

›*Wie ist das denn möglich?*‹, erschauderte Kerry.

»Weiß man wie viele es sind und wo sie hinsteuern?«, forschte er verunsichert nach und ließ Kathrina nicht aus den Augen, die plötzlich aufgehört hat zu winken.

»Es sind fast 100, die angeblich direkt auf Ground Zero zusteuern.«

Eduard Heller saß gegenüber von Kerry und bezeugte noch immer wie gefesselt die Geschehnisse. Wie vom Blitz getroffen sprang er mit einem Satz zum Fenster, an dem der Präsident konzentriert den Himmel ins Visier genommen hat, in dem das unbemannte Flugobjekt zielorientiert hinterher schwebte.

»James, Du musst den Luftstreitkräften sofort einen Abschussbefehl für die Dinger geben.«

Kaum hatte der Chefberater den Satz ausgesprochen, da wallte aus Kathrinas Allerwertestem ein bläulichgelber Feuerblitz wie ein bedrohlicher Hornissenstachel hervor.

Plötzlich beschleunigte sie auf die Maschine zu.

18

Aktenzahl 80–5905

Der Demonstrant vor dem Bürogebäude wollte Harvey nicht mehr aus dem Sinn entweichen. ›*Jacob*‹, hieß der Mann. Er hatte Harvey gebeten, in Google unter einigen Suchbegriffen den Treffer mit dem Gerichtsfall ›*80-5905*‹ zu öffnen. Außerhalb des Wagens offenbarte sich durch die Glastempel der Banken die Wirklichkeit gewordene Prophezeiung der Marktwirtschaft und in seiner Hand offenbarte sich die Textpassage aus einem interessanten Gerichtsverfahren: ›*Im Fall Christian B. ergeht vor diesem örtlichen Gericht des 9.*

Bezirkes am heutigen Tage folgende öffentliche Erkenntnis: Im Namen der Vereinigten Staaten von Amerika kommt dieses Gericht aufgrund des Antrags des US-Bürgers Christian B. zur Erkenntnis, dass die US-Notenbank nicht im Eigentum des amerikanischen Volkes steht und nicht unter Bundesverwaltung durch Vertreter des amerikanischen Volkes steht!‹[23]

Harvey schloss die Google-Seite und klickte geistig die Videodateien an, die in seinem Hirn abgespeichert gewesen sind. In einem internen Memo des Notenbankausschusses hatte er von diesem Gerichtsurteil gelesen. In den Pausen der einstigen Sitzung hatte man höchst intim über diesen Christian B. diskutiert, der 1982 eine gerichtliche Aufklärung über die ursprünglichen FED-Eigentümer beantragt hatte. Harvey hatte bis zu diesem Tage keine Ahnung von den Gründern der US-Notenbank. Er führte ein quälendes Selbstverhör und starrte geistesabwesend auf das Bankenzentrum von Manhattan. Antony Hopkins kam ihm in den Sinn, der in Schweigen der Lämmer als Dr. Hannibal Leckter seiner FBI-Gegenspielerin Jodie Foster bei der Lösung von Fragen immer wieder ein Denkgesetz unter die Nase gerieben hatte. ›*Simplifikation!*‹ Harvey servierte seinen Denkgesetzen drei Tatsachen.

Erstens: Das archetypische Bankgeschäft hatte nie etwas mit riskanten Spekulationen zu tun gehabt. Es ist um Diskretion und Verschwiegenheit über Vermögen, Kapital und Einfluss gegangen. Bankiers sind diskrete Treuhänder gewesen und haben Hintergründe höchster Priorität gekannt; ähnlich einer Geheimgesellschaft. Diesen Leuten hatte früher nie der Volksglaube von Zockern angehaftet.

Zweitens: Die Brüder Lehman waren zum einen zwar die Gründer der pleite gegangenen Lehman Bank. Zum anderen aber auch zwei der neun Gründerväter der US-Notenbank.

Und drittens: Lukas hatte zum Teil Recht. John F. Kennedy war gegen das Federal Reserve Gesetz gewesen und hatte es außer Kraft setzen wollen. Wer die US-Notenbank unter Kontrolle gehabt hat, der hat auch das goldene Kalb im Stall gehabt. Harvey wetzte hin und her. Aber da war noch etwas Wichtiges, das eine Angestellte der Kennedys nach der Ermordung JFKs bei einer Anhörung vor dem Kongress unter Eid ausgesagt hatte.

›*Verdammt, was war das noch mal?*‹ Es wollte ihm nicht und nicht einfallen. ›*Wenn der Bankrott von Lehman der wahre Auslöser für die weltweite Finanzkrise 2008 gewesen ist, dann müsste die ganze Krise als Folgewirkung wegfallen, wenn Lehman nicht bankrott gegangen wäre?*‹

Er grübelte. ›*Warum ist allen anderen geholfen worden? Ist es denkbar, dass eine Absicht dahinter gestanden ist?*‹ Lukas hatte eindeutig einen Betrug angedeutet,

[23] *Aktenzahl 80-5905*; zum Artikel der United States, June 24, 1982 ›*Examining the organization and function of the Federal Reserve Banks*‹

der aufgedeckt werden könnte. Der Taxifahrer beobachtete Harveys Nachdenklichkeit und drehte das Radio demonstrativ leiser, um einen empathischen Blick über den Innenspiegel nach hinten zu rollen.

»Mr. Friedman«, sagte Lukas und drehte sich zu seinem Fahrgast um. Der Taxifahrer wirkte trotz der Radionachrichten über das Leben von Harvey überhaupt nicht überrascht.

»Ja?«, fragte der Ökonom und linste in ein tröstendes Gesicht.

»Jeder hat so seine Krisen im Leben, durch die er hindurch muss«, sagte Lukas und machte eine einfühlsame Anspielung auf die Schicksalsplagen von Harvey, die im Radio verbreitet worden waren.

19

Erste Analyse

Zwei Stockwerke über dem Serverzentrum der Bank of America hatten Jimmy Gordon und seine beiden Mitarbeiter im Sitzungszimmer der Geschäftsleitung Platz genommen. Es waren nicht einmal 40 Minuten seit den Zugriffen auf die Bankkonten vergangen. Zwischenzeitlich war der Vice President Bob Glimmer und der übrige Rest der IT-Analysten eingetroffen. Jimmy, Frank und Sam saßen in ihren verschwitzten T-Shirts und mit erschöpften Gesichtsausdrücken da. Die anderen scheuerten gespannt in den weichen Büffellederstühlen des Vorstandsbüros hin und her. Ein kleines Projektionsgerät übertrug ein Bild von Sams iPad auf eine freie Stelle an der weißen Wand. Jimmy wandte sich an den Vizeboss.

»Bob, im Durchschnitt haben wir 1.500 unautorisierte Zugriffsversuche pro Monat.« Er schnaufte tief durch.

»Sam erklärt Dir einige Details, damit Du das nachvollziehen kannst.«

Sam rutschte seinen Stuhl zurecht und betätigte sein iPad, das mit dem Projektor über Bluetooth verbunden war.

»Ausnahmslos jeder Angreifer muss bei so einer Attacke fünf Phasen durchlaufen.« Durch eine computergenerierte Graphik zeigte Sam ein 5-gliedriges Organigramm.

»Für 12 US-Dollar kann ich mit jeder gestohlenen Kreditkarte bei einem Provider eine falsche Domainadresse frei schalten. Auch den Rechner des Providers könnte ich kapern. Damit wäre die erste Hürde genommen.« Sam wartete auf eine Reaktion von Bob Glimmer. Dieser nickte aufmerksam.

»Vor der zweiten Hürde wird jeder Kontoinhaber aufgefordert, seinen PIN bekannt zu geben.« Das zweite Feld auf dem Organigramm an der Wand hob sich durch ein Blinken hervor.

»Diese Hürde schaffen nicht einmal 5/1000, weil wir sie vorher entdecken und kaltmachen. Von den 1.500 Attacken im Monat bringen es gerade mal sieben zustande, ein Konto zu plündern. Die konnten wir in der Vergangenheit aber immer alle innerhalb weniger Stunden ausforschen. Der von heute Nacht hat Phase eins und zwei einfach übersprungen. So als ob es keine Verschlüsselungscodes gibt. Das hat die Datenspiegelung ergeben.« Die Anwesenden fixierten Frank mit perplexem Ausdruck. Sam fuhr fort.

»Es erinnert mich an diesen T 1000 in Terminator II, der in den Verfolgungsszenen durch Wände marschiert ist, als ob sie aus Papier gewesen wären. Aber der hier..«, mahnte Sam mit gedehnten Augenlidern. »...ist zusätzlich noch unsichtbar.«

Bob Glimmer erkundigte sich geschäftsmäßig und emotionslos.

»Was heißt unsichtbar?«

»Außer diesen seltsamen Signaturen auf jedem leer geräumten Konto, die sich wie eine IP-Adresse vorwiegend aus Zahlen zusammensetzen, haben wir bis jetzt noch nichts identifizieren können.«

Bob drehte sich mit ernster Miene zu Jim. »Wie viele Angriffe haben wir bis jetzt gehabt?«

Der IT-Chef zögerte ein bisschen und senkte sein Haupt. In defensiver Körperhaltung schüttelte er den Kopf und antwortete: »Über 14 Millionen in unter einer Minute, Bob. Dagegen ist nichts zu machen gewesen.«

»Wie hoch ist der Schaden?«, fragte Bob.

Jimmy Gordon weitete die Augen. »Hast Du schon einmal die Sprengung von einer Staumauer gesehen, bei der hunderte Millionen Kubikmeter Wasser in einer Minute das Tal niedermetzeln?«

»Ich hab Dich nach dem Schaden gefragt?«, stöberte Bob nach.

»Totalschaden«, stieß Jim hervor. »Bei einer ¼ Million Zugriffen pro Sekunde. Ist Dir eigentlich klar, was das bedeutet? Wir wissen nicht, womit wir es hier zu tun haben. So eine Anzahl ist nach heutigem Kenntnisstand nur über Botnetzwerke denkbar. Aber....«

»Dann ist es offenbar nicht unmöglich«, unterbrach der abgeklärt wirkende Vice President. Eine kurze Pause entstand.

»Was bitte ist ein Botnetzwerk?«, fragte er interessiert.

»Diese Frage können wir jetzt hier in der Kürze nicht ganz klären, Bob. Sorry!« Seit 17 Jahren arbeiteten die beiden schon zusammen in der Bank und hatten eine Reihe von brenzligen Situationen durchstehen müssen. Bob hatte Vertrauen zu Jimmy, dass er den Zeitpunkt selbst bestimmen konnte, wann er ihn einweihen wollte. Trotzdem blickte er ihn skeptisch an. Jim wirkte merklich genervt.

»Glaub mir, wir besprechen das noch. Aber soviel ist sicher: unser System ist auch gegen Botnetzwerke gesichert«, versuchte er Bob zu beruhigen.

»Wir arbeiten auch schon an der Nachricht, die an diese Signatur angehängt worden ist und die wir mittlerweile entschlüsselt haben«, knurrte Frank zähneknirschend zwischen das Gespräch der beiden.

»Die zweite Datei dieses verschränkten Attachements konnte ich schon dechiffrieren. Es ist ein Video. Ich habe nur noch kein Programm gefunden, das es abspielen könnte«, sagte Frank und kritzelte über das Dateiformat auf seinem Systemprotokoll einen Galgen. Man spürte die Anspannung in den Reihen.

»Meine Herren, wir dürfen nicht die Kontrolle verlieren«, warf Bob ein.

»Jim! Haben wir die Nostrokonten, Pensionsfonds, Stiftungs- und Bundesgelder und alle anderen institutionellen Kunden sichern können?«

Jim kratzte sich an der Stirn. »Wir haben zwischenzeitlich einen Notserver aktiviert und versuchen die Daten von gestern zu spiegeln. Damit haben wir ¾ der gestrigen Buchungen in Sicherheit, weil dieser Kasten nicht im Netz herumnuckelt. Und durch die Steckdosenverbindung kann niemand dorthin gelangen.«

»Konnten wir jetzt die Gelder sichern oder nicht?«, bohrte Bob nach.

Jimmy Gordon schüttelte den Kopf. »Keine Chance!«

»Wissen wir schon, wohin die Gelder überwiesen worden sind?«, erkundigte sich der kühl äugelnde Vice-President.

»Nein, aber wir haben angefangen, das mit dem Sicherheitsprotokoll zu checken.«

»OK Jimmy, bevor ich mit Dir alleine sprechen möchte, erklär doch bitte die weitere Vorgangsweise.« Bob Glimmer verschränkte breitbeinig die Arme.

»Im Grunde kann er uns nicht entwischen, weil derartige Beträge irgendwo geparkt werden müssen.« Jim fuhr mit den Händen ziellos durch die Luft.

»Einige hundert Milliarden fallen doch überall auf. Um diese Spur zu verfolgen, haben wir das Wochenende Zeit. Heute und morgen könnten wir ein Backup durchführen. Dann müssen wir dieses zweite merkwürdige Attachement dechiffrieren.« Der IT-Sicherheitschef pustete einen langen Seufzer der Erschöpfung heraus.

»Drittens müssen wir überlegen ob es vertretbar ist, das Backup von gestern aus dem Archiv zu holen und alle Konten mit den alten Ständen wiederherzustellen.«

»Jim, damit würden wir ja die Kunden täuschen«, fiel ihm Sam verwirrt ins Wort. »Das Geld ist doch tatsächlich nicht auf den Konten.«

Bob Glimmer griff den Vorschlag allerdings als rettenden Geistesblitz auf.

»Wie es aussieht, geht es hier zweifelsfrei um Notlösungen.« Vorausdenkend wie es Manager seines Formats getan haben, hat er seine Entscheidung auch gleich rechtlich durch den Ratschlag des Systemleiters abgesichert. Der zweithöchste Mann im Unternehmen drehte sich zu allen Anwesenden und warnte eindrücklich.

»In so einer Situation steht nicht nur der Ruf und das Ansehen unserer Bank auf dem Spiel, sondern auch unsere Existenz. Wenn nur ein Kunde oder die Öffentlichkeit erfährt, was wir wissen, betritt nicht einmal mehr ein obdachloser Neukunde unsere Schalterhallen. Ist das allen klar?« Bob stemmte seine Hände in die Hüften.

»Bedeutet das, dass wir sämtliche alten Kontostände wieder ins Netz stellen müssen?« Sam war nicht neu in der Systemsicherheit einer Bank aber er hat längst erkannt, dass auf der Bedienoberfläche eines Monitors im Grunde nur Informationen abgebildet sein mussten, an die der Benutzer *›geglaubt‹* hat. Wer würde schon wissen können, wie viel Geld eine Bank wirklich noch in ihrer Kassa gehabt hätte, wenn Zahltag gewesen wäre? Für die Auszahlung einiger Kunden hatte das nie ein Problem dargestellt. Aber für die Befriedigung aller Kunden hat das Gesetz einen Riegel vorgeschoben. Sollte eine Bank nur 10 Prozent der entgegengenommenen Ersparnisse an einem Tag auszahlen müssen, weil so viele Sparer ihre Einlagen abheben wollten, dann hätte die Bankenaufsicht vorübergehend alles gesperrt. Eine solche Situation ist solange nicht eingetreten, solange die Statistik des kollektiven Kundenverhaltens aufrechterhalten werden konnte. Kundenverhalten hat sich dann nicht verändert, wenn sich deren Wissensstand nicht verändert hatte. Das wusste man nicht erst seit Ausbruch der Finanzkrise, sondern schon seit dem 17. Jahrhundert. Die Aufsichtsbehörden hatten also ein großes Interesse daran, dass man Unsicherheit in der Bevölkerung unter allen Umständen vermeiden sollte. Wenn sich voreilig herumsprechen würde, dass eine Bank of America unter die Käseglocke müsste, dann würden ausnahmslos alle kippen.

»Sam, ich sagte lediglich, dass wir die Konten zuerst wiederherstellen müssen. Danach entscheiden wir, ob wir wieder ans Netz gehen. Wer sagt uns denn, dass das nicht noch einmal passiert?«, relativierte jedoch Jimmy seinen Vorschlag, dass er keine Täuschungsabsicht verfolgt hat.

»Wir machen einmal einen Snapshot und sehen dann weiter.«

Sam war entsetzt von der Vorstellung, das halbe Wochenende zwischen surrenden Leuchtstoffröhren und Computerrechnern zu verbringen.

»Dann heißt es keine Zeit verlieren«, hielt der Vice President energisch entgegen. »Also an die Arbeit.«

Frank, Sam und die anderen verließen das Besprechungszimmer. Jimmy blieb und wartete. Bob Glimmer stand auf und ging hinter seinen Schreibtisch. Er warf einen interessierten Blick auf seinen Monitor. Dort wurde der Eingang mehrerer E-Mails angezeigt. Schon nach Öffnung der ersten Nachricht fuhr ihm ein Schrecken in die Glieder. Regungslos schielte der zweitmächtigste Banker im Haus auf die schwere Fracht des Textinhaltes.

20

Atlantis Systems

Bis auf ein paar vereinzelte und hoch liegende Wolkenschlieren zeigte sich der Himmel in einem klaren Stahlblau. Kens Blick schweifte durch das Labyrinth der Einbahnstraßen, umsäumt von halb verlassenen Hochhäusern. ›*In 200 Meter rechts abbiegen, und dann gleich links abbiegen ... kurz danach haben sie ihr Ziel erreicht. Es liegt auf der rechten Seite!*‹, sagte die androgyne, weibliche Stimme des Navigationssystems. Ken raunzte seine Verärgerung wortlos in sein Hirn. ›*In so einer Situation müsste man Moslem sein*‹, dachte er. Sprachfunktionen in arabisch programmierten Navigationsinstrumenten haben nämlich nur Männerstimmen angeboten. ›*Die könnte man ohne schlechtem Gewissen beschimpfen*‹, dachte er und war damit im Vergleich zu anderen ohnehin noch galant. Arabische Autofahrer wollten sich von Frauenstimmen nicht ansagen lassen, wie sie den richtigen Weg zu finden hätten. Frauen durften in vielen arabischen Staaten nicht einmal Auto fahren. Woher sollten die dann den Weg kennen können? Ken kutschierte seinen schwarzen Maybach am Bürgersteig entlang und hatte völlig die Orientierung verloren. Die Allee von Bürohäusern zeichnete eine gespenstische Atmosphäre. Er hat sich ins ehemalige Gewerbezentrum verirrt; ein Niemandsland wo nur mehr ein paar Nahversorger ihren Warenhandel betrieben haben. Von denen die nicht Pleite gegangen sind, waren die meisten durch die Krise in andere Bezirke vertrieben worden. Wo keine Unternehmen gewesen sind, ist auch kein Steuergeld in die Bezirkskasse gekommen. Also kümmerte sich niemand um die damit verbundenen Aufgaben des öffentlichen Interesses. Reifen und verrostete Autos standen zwischen Blechtonnen und Litfasssäulen am Straßenrand. Ken hatte überhaupt keinen Cent Bargeld eingesteckt und hat das Navigationsgerät nach dem Weg zum nächsten Bargeldautomaten programmiert. Er verlangsamte das Tempo, nachdem er eine aufgebracht gestikulierende Menschenmenge am Straßenrand vor einem Bankomaten in sein Zielvisier genommen hatte.

»Scheiße, wo führt mich dieses dumme GPS eigentlich hin?«, fluchte Ken und schlug mit der Handfläche auf das Edelholzlenkrad. Es dauerte nicht lange, bis sich alle in seine Richtung umgedreht hatten. Die Personentraube spreizte sich plötzlich wie ein Mückenschwarm in der Mitte auseinander, der in beide Richtungen um einen Baumstamm flog. Aus ihrem Zentrum trat ein lebender Bulldozer in einer Marinejacke.

»Diese Scheißbanken!«, brüllte der und schlug mit seinen astgroßen Armen aufgebracht um sich.

»Ich habe über 10.000 Dollar auf meinem Konto und dieser Scheißautomat zahlt mir nicht einmal 300 aus«, fauchte der tätowierte Glatzkopf und bewegte sich mit der Dynamik eines trampelnden Bisons. Seine in Militärstiefeln steckenden Büffelkeulen schwangen große Sätze in Richtung Straßenmitte. Die Wut ließ aus seinen Nüstern kochenden Dampf schnauben. Ken musste das Fahrzeug zum Stillstand bringen. Der schwarze Zyklop stand mit haarrissdünnen Augenschlitzen direkt vor der Luxuskarosse und die Menschenmenge wenige Meter hinter ihm. Der Blick in den Rückspiegel verriet Ken, dass ein Wendevorgang zu lange dauern würde. Er fand kaum Zeit zu überlegen, ob er den Rückwärtsgang einlegen sollte. *›Fahren sie weiter!‹*, quäkte die irritierende Stimme aus dem Navigationsinstrument. *›Nur noch 30 Meter, und dann…!‹* Ken wetzte in seinem Autositz aus handgenähtem Nappaleder hin und her und hantierte am Joystick des Maybach-Media-Systems. In den Augenwinkeln achtete er instinktiv darauf, ob sich der Schatten vor seinem Wagen bedrohlich regen könnte. Der nun folgende Anblick traf ihn wie ein Stromschlag.

»Das ist sicher einer von diesen Schweinen!«, knurrte der angewachsene finstere Schatten vor Kens Windschutzscheibe und streckte einen zigarrengroßen Zeigefinger auf den Mercedes. Blitzartig umfing Ken eine schwüle Hitze wie ein heißnasses Handtuch aus dem Dampfbad. Unmengen von Adrenalinhormonen brachten seine Birne zum glühen. *›Welchen Ausweg hast Du noch in dieser Situation?‹* Mit dieser Überlebensfrage zwangen die Gehirnwindungen dem Körper jedes Sauerstoffmolekül ab, das für eine Lösung verfügbar und brauchbar gewesen wäre und mit einem Puls von 250 durch die Venen ins Hirn jagen sollte. Der kahl rasierte Riese zog eine Magnum unter seiner Jacke hervor und zielte den 35 Zentimeter langen Kugellauf auf die Brust von Ken. Fünf knappe Meter vom Auto entfernt. Wütend riss er den Abzug durch und schoss auf die Panoramawindschutzscheibe des 500.000 Euro Schlittens. 20 Zentimeter unterhalb des Innenspiegels prallte das Projektil ab und hinterließ eine Einschussdelle mit einigen Haarrissen. Der Bulle schäumte vor Wut und stieß den Kampfschrei eines Brachiosaurus aus seinem Zwerchfell. Er drückte noch einmal den Abzug durch, näherte sich dabei langsam dem Fahrzeug und ballerte während dem Gehen das gesamte Magazin leer, bis die letzte Patronenhülse auf die Motorhaube schepperte. Der Abzugshahn klickte mehrmals ohne Schuss durch. Atemlos ließ der glatzköpfige Extremwutbürger seinen Arm mit der Waffe sinken und betrachtete die zerschundene Windschutzscheibe. Ken starrte mit einem geisterhaften Entsetzen durch einen unbeschädigten Bereich der Panzerglasscheibe. Der mittlere Bereich war mit Einschlagskratern der Kugeln übersät, doch die Geschosse hatten das Glas großteils nur angekratzt. Lediglich eine Fläche mit einem Durchmesser von fünf Zentimetern hatte den Trommeleinschlägen der stärksten Handfeuerwaffe nicht mehr standhalten können.

Ken hatte nicht einmal Zeit sich zu ducken. Eine Welle der Panik überrollte ihn. Blitzartig begannen seine Augen zu schwimmen. Sein Gehirn war nur auf Angriffe von Computerviren aber nicht auf solche Situationen trainiert gewesen. Der zornige Goliath vor ihm zückte unvermittelt einen schwarzen eiförmigen Gegenstand aus seiner Jacke. Er vollzog eine ruckartige Bewegung mit dem anderen Arm, während er sich umdrehte und grölte: »Verschwindet!«

Ken beobachtete die Menge, die wie verschreckte Demonstranten vor einem Molotowcocktail in alle Richtungen davonliefen. Vor seiner Windschutzscheibe wurde es dunkel, als sich der kahl rasierte Henker über den Motorraumdeckel beugte und das schwarze Ding in seiner geballten Faust auf das Loch im Panzerglas donnerte. Der Schlag brachte den Wagen zum Schlenkern. Knirschend und knacksend presste sich das Stahlei unter dem Druck des pythonförmigen Armes durch die durchsichtige Außenwand seines Luxuswagens und fiel kerzengerade in die offene Getränkedosenöffnung der Mittelkonsole. Ken erkannte die Handgranate mit ausgezogenem Splint und wollte schon die Türe aufreißen. Die abgrundtiefe und denkbar größte Gefährlichkeit seines Aufenthaltsortes schoss in sein Bewusstsein. Ein geisterhaftes Leuchten ließ das Wageninnere im Umkreis weißlich aufleuchten, während sämtliche Panzergläser standhielten und das Auto durch den Druck der Detonation einen halben Meter in die Höhe schnellte. Der Gründer und Chef von Atlantis Systems wurde von der Explosion in seinem Wagen zerrissen. Nebst seinem aufstrebenden Unternehmen, das sich auf Antivirenprogramme spezialisiert hat, hinterließ Ken eine junge Frau und zwei minderjährige Kinder. Wegen eines Navigationsinstrumentes, das falsche Routendaten bekannt gegeben und ihn zu einem Geldautomaten gelotst hatte, der kein Geld mehr auszahlen wollte. Die ersten Vorfälle zeigten schon schemenhaft auf, wie hemmungslos manche Bürger auf die prekäre Lage reagiert haben, nachdem die gefühllosen Automaten der Banken kein Bargeld mehr herausrücken wollten.

21

1992

Harvey spürte noch im Nachklang die Andeutung seines Taxifahrers. ›*Jeder hat so seine Krisen im Leben. Das mag schon sein…*‹, dachte er sich, ›*…aber nicht in diesem Ausmaß*‹. Harvey hatte keine Lust, über die Wehen seiner Vergangenheit nachzudenken, an die die Radionachrichten erinnert haben. Seine Schicksalsjahre sind längst zu einer bloßen Geschichte geworden. Das Radio hatte schließlich nicht nur über seine Vergangenheit, sondern auch über seine Zukunft berichtet; über seine Idee des ›*Superfunds*‹. Der Schlüssel zur Gerechtigkeit, die er sich so herbeigewünscht hat. Harvey wollte mit dem Superfund den Prototypen eines Unternehmens der New Economy erschaffen und er war der einzige, der gewusst hätte, wie das funktionieren könnte. ›*Wissen ist so wertvoll wie Nahrungs- und Wasservorräte in einer belagerten Stadt*‹, dachte er und erinnerte sich an die Entstehungsgeschichte seiner Idee des Superfunds.

Nach dem 2. Weltkrieg hatten die Siegermächte beschlossen, jede neue Währung an die internationale Goldreserve zu binden. Fixe Wechselkurse hatten den Wiederaufbau in Westeuropa erleichtern sollen. Darin hat sich eine kluge Einsicht gespiegelt gehabt, die von Experten der Kriegsgeneration vereinbart worden war. Man hatte damals schon gewusst, dass Währungen immer zueinander konkurrieren würden und auf lange Sicht auseinander brechen. Die letzten Beispiele zeigten aber das neue Gesicht, und dass es gar nicht nur darauf angekommen ist. Griechenland, Island, Irland, Portugal, Italien und Spanien hatten dies zwischen 2009 und 2012 eindrücklich unter Beweis gestellt. Die Spekulation brauchte keine Währung mehr. Sie konzentrierte sich auf die Schulden und Zinsen einzelner. Währungskollapse sind weder vom Frieden abhängig gewesen, noch hatte es irgendeine einzige historische Ausnahme gegeben, dass große Währungen nicht mehr kollabieren würden wie in der Vergangenheit. Selbst der US-Dollar hat noch lange kein Alter erreicht gehabt, der das Gegenteil annehmen ließ. Die Ereignisse seit der Zeit des Wiederaufbaus deuteten sogar ganz deutlich auf das Gegenteil hin. In der kleinen amerikanischen Stadt Bretton Woods in New Hampshire hatten sich im Juli 1944 mehr als 40 führende Regierungschefs getroffen und den ersten großen und ehrlichen Versuch einer gemeinschaftlichen Weltwährung beschlossen. Doch US-Präsident Nixon hatte den Vertrag 30 Jahre später über Nacht aufgekündet. Seit den 1970er Jahren ist das Papiergeld daher wieder anfällig für Preisdifferenzen geworden. Wie eine freigelassene Meute von englischen Hunden auf der Fuchsjagd waren alle Kurse des gehandelten Geldes blitzartig in viele Richtungen gerannt. Die Kapriolen des amerikanischen Dollars ließen sich ganz deutlich am Kurs ablesen. Die letzten 40 Jahre zwischen 1958 und 1998 spiegelten die Kurstreppe nach unten, die ohne Umweg in den Keller der Verdammnis führte. Fast 70% hat der Dollar in der Zeit gegenüber der deutschen D-Mark verloren gehabt.[24] Und seit 1998 fast noch einmal die Hälfte verloren. Präsident Nixons Harakiri-Aktion hatte damals postwendend zu einer entscheidenden Veränderung geführt. Alle Notenbanken hatten begonnen, ihre Reservepolitik von massivem Gold auf *›loses Papier‹* umzustellen. Das ist natürlich ein gravierender Unterschied gewesen. Der Bewertungsspielraum für Papier als Sicherheitsreserve konnte nämlich bis nach NULL hinuntergehen. Staatsanleihen, Devisen und andere Wertpapiere haben das Zentralbankensystem zu einem Bad-Bank-Moloch aufgeblasen, der im selben Zeitraum seine Goldreserven zu einem Schleuderpreis verkauft hatte. Hätte man die Goldbestände der westlichen Zentralbanken nicht verkauft und würde den heutigen Preis erzielen, dann wäre das Goldvermögen des weltweiten Zentralbankenverbundes 5-fach höher. Die teuersten und angeblich klügsten Banker von Welt waren am Werk gewesen und auf einmal ist alles hochspekulativ geworden. Weil ab Mitte der 1970er Jahre Kursschwankungen aufgetreten sind, wo seit 1948 keine mehr gewesen waren. *›Wenn man den Begriff Preis aus dem Verständnis streichen könnte, würde die Spekulation für immer verschwinden‹*, grübelte Harvey. So wie bei der Hummel das Flughindernis verschwunden ist, weil der Begriff Aerodynamik für sie nicht existiert hat. Aber man hat anscheinend nicht mehr zurück können. Der Weg war vorgezeichnet. Alles musste mit Preisen und Kurswerten gemessen werden. Große Anleger sind ab Mitte der 1970er Jahre plötzlich in der Lage gewesen, ganze Währungen in den Abgrund zu stürzen. Harvey hatte 1992 das Europäische Währungssystem gekippt, war durch das Radio berichtet worden. Das stimmte und hatte auch seine Vorgeschichte. Weil nämlich die Bundesrepublik Deutschland im Zuge der gefeierten Wiedervereinigung über Nacht ein bankrottes Ostdeutschland auf Kredit gekauft hat, war die Geldmenge in ganz Deutschland plötzlich in die Höhe geschossen, ohne dass ein Gegenwert in Waren und Anlagen vorgelegen war. Die Finanzkrise hatte demselben Vorgehensmuster entsprochen. Von 2008 bis 2013 hatte man tausende Milliarden in bankrotte Unternehmen gebuttert, ohne dass ein Gegenwert vorgelegen war. 20 Jahre zuvor war es nicht viel anders gewesen. 1992 hatte die Deutsche Notenbank die Zinsen anheben müssen, weil der Kaufpreis für Ostdeutschland plötzlich in einer Geldschwemme aufgetreten war. Die übrigen Zentralbanken der damaligen

---

[24] (siehe Kursgraphik am Ende des Kapitels)

EU-Nationen waren der deutschen Bundesbank wie Lemminge nachgetrottet. In der Folge hatten aber die Konzerne zu reagieren begonnen, und ihre Guthaben in ausländischen Währungen aufgelöst. Darunter waren der italienische Lira, der britische Pfund, die schwedische Krone und der spanische Peseta. Weil Europas schwache Währungen postwendend um einen Schrottpreis erhältlich geworden waren, hatten die Notenbanken dieser Länder ihr eigenes Papiergeld massenhaft zurückkaufen müssen, das sie in Umlauf gebracht hatten. In Windeseile waren deren Devisenreserven völlig verbraucht gewesen. Dann war nur mehr ein einziger Satz eines Mannes notwendig gewesen, um den Erdrutsch loszutreten, den Harvey vorausgesehen und für sich genutzt hatte. Der deutsche Bundesbankpräsident Schlesinger hatte über die Medien mitteilen lassen: *›Das Europäische Währungssystem bedürfe einiger Anpassungen!‹* Damals hat es noch Personen gegeben, die den Mut zu solchen Aussagen aufgebracht hatten. Heute schämte sich jeder und kehrte alles unter den Tisch, damit nur keine Unruhe entstehen könnte. Aber der Mut des deutschen Bundesbankpräsidenten hat sich wenige Wochen später gerächt, als der zum Todesopfer eines Attentats geworden war.

Plötzlich waren Massenverkäufe der schwachen EU-Währungen wie ein Flächenbrand ausgebrochen. Sogar die Zentralbanken hatten selbst woanders Kredite aufnehmen müssen, weil ihre Reserven nicht mehr ausgereicht hatten, jenes Papiergeld zurückzukaufen, das sie zuvor gedruckt und ausgeteilt hatten. Harvey hatte dieses versteckte Wissen der Kriegsführung schon vorzeitig an den Marktdaten erkannt gehabt und 1992 zugeschlagen. Wie ein simpler Häuslbauer hatte er vorher einen Fremdwährungskredit aufgenommen. Allerdings in mehrfacher Milliardenhöhe. Er hatte sich britischen Pfund geliehen und damit sofort bei britischen Banken die Deutsche Mark gekauft. Soviel Deutschmark hatten die Geldinstitute aber nicht besessen, also hatten sie sie bei der Bank of England anfordern müssen. Der waren aber angesichts der Monstersummen bald die Reserven ausgegangen, bis sie nur mehr eigenes Geld besessen hatte. Der Pfund war eingestürzt. Harvey hatte dann seine Deutsche Mark genommen, die um 30 Prozent gestiegen war und hatte seinen Pfundkredit zurückgezahlt. Danach hatte er sich auf die italienische, schwedische, spanische und französische Zentralbank gestürzt. Harvey hatte die europäischen Gelddruckerinstitute zu täglichen Ausgaben gezwungen, die weit über 50 Milliarden US-Dollar gelegen waren. Mit geringeren Einsätzen hätten die Notenbanken ihre eigenen Währungen nicht mehr stützen können. Harvey ließ die Geschehnisse von damals vor seinem geistigen Auge vorbeiziehen. Der spanische Pesete hatte 40 Prozent und die italienische Lira in Spitzenzeiten sogar fast 80 Prozent verloren. Es war ein Riesengeschäft gewesen.

Genauso war 1997 die thailändische Währung nach unten gedrückt worden, was zur Asienkrise geführt hatte. Ein Jahr später passierte dasselbe mit dem Russischen Rubel. Indien, Argentinien und andere folgten. Harvey hat seither gewusst, dass ein solches Marktsystem irgendwann immer kollabieren würde. Für ihn war der Markt ein Spielplatz der Unterdrückung und Repression, soweit das Auge gereicht hat. Wer das größte Vermögen gehabt hat, ist der Mächtigste gewesen. Als er sich Jahre später vor der Jahrhundertwende mit der Währungsentwicklung ab den 1960er Jahren beschäftigt hatte, hatte sich der langsame Untergang von Imperien offenbart. Die USA waren davon genauso betroffen, wie Großbritannien. Anfang der 1970er Jahre hatte ein US-Dollar noch umgerechnet zwei Euro gekostet. Seither hat das amerikanische Papiergeld mehr als 80% an Wert verloren.

Der Finanzmarkt ist vom Krämerladen zu einer Netzwerk-Ökonomie gewachsen. Das global vernetzte Finanzsystem führte täglich hundertmal mehr Transaktionen durch, als die produzierende reale Ökonomie. Im SWIFT[25] wurden täglich rund vier Billionen USD umgesetzt. Aber die astronomischen Beträge haben die Bürger nicht mehr in Schrecken versetzen können. Man hatte sich durch die Berichterstattung schon längst daran gewöhnt. Geldströme gelangten in Sekundenschnelle von einem zum anderen Börsenplatz. Und in diesem Akkord tobte ein Krieg. So hatte Mister Friedman im Jahre 1992 mit einem Dutzend gewonnener Schlachten den Stabilitätspakt Europas führender Währungen nach 14 Jahren gesprengt. Seinem Fonds hatte es nicht nur pro Tag mehr als eine Milliarde US-Dollar Gewinn eingebracht, sondern auch die Erkenntnis, dass der bloße Handel mit Papiergeld immer zu Preisdifferenzen führte, die zu den Mächtigen verschoben werden, weil sie den Markt mit ihrer Größe diktieren konnten. Sein Ziel lautete also: Ein Superfund. Um einen Plan umsetzen zu können, der seit seiner Jugend in seinem Herzen gelodert hat. Mit einem Schlag war Harvey als 23-jähriger Bursche zu einem gefürchteten Mitspieler des Marktes geworden und hatte damals behauptet, dass dies *›nur ein Test‹* gewesen war.

---

[25] Society for Worlwide Interbank Financial Telecommunication

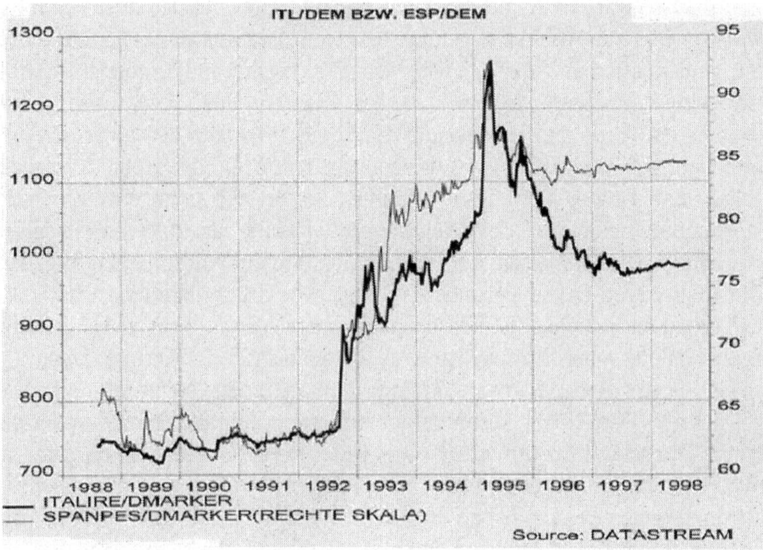
ITL/DEM BZW. ESP/DEM
1300
1200
1100
1000
900
800
700
95
90
85
80
75
70
65
60
1988 1989 1990 1991 1992 1993 1994 1995 1996 1997 1998
ITALIRE/DMARKER
SPANPES/DMARKER(RECHTE SKALA)
Source: DATASTREAM

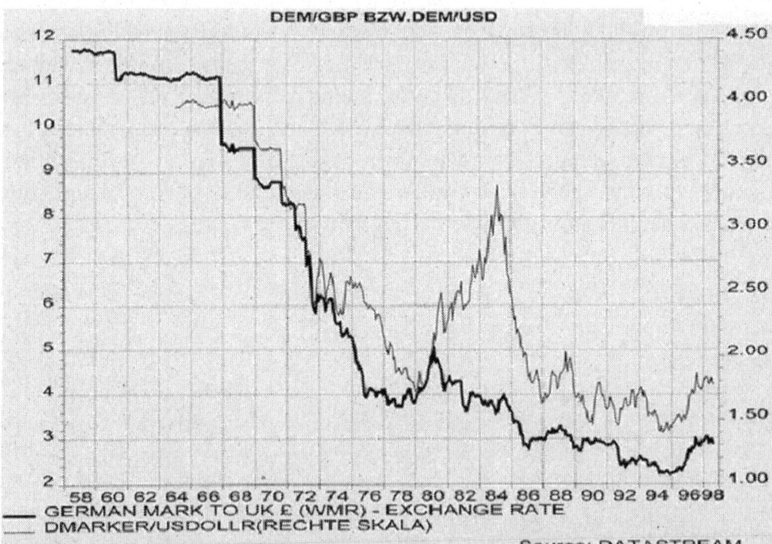
DEM/GBP BZW.DEM/USD
12
11
10
9
8
7
6
5
4
3
2
4.50
4.00
3.50
3.00
2.50
2.00
1.50
1.00
58 60 62 64 66 68 70 72 74 76 78 80 82 84 86 88 90 92 94 9698
GERMAN MARK TO UK £ (WMR) - EXCHANGE RATE
DMARKER/USDOLLR(RECHTE SKALA)
Source: DATASTREAM

22

Bufimimat

Nachdem die Verbindung zwischen Robert und Maria unterbrochen worden war, hatte sich der Bibelwissenschafter die Übersetzungen notiert, die ihm seine Lebensgefährtin aus Jerusalem telefonisch mitgeteilt hatte: ›*Nehmt die Reihen des Fibonacci! Messt Gott nicht daran, ob er funktioniert, wie wir es gerne möchten! Scher dich hinweg, wir halten die Geheimnisse Gottes verborgen!*‹

Robert versuchte noch einmal die Details über die Papyrustexte und die neuesten Ausgrabungen zu rekonstruieren. Besonderes Grübeln trotzte ihm die Prophezeiung des ›*Ophiuchus ante portas!*‹ ab. Hektisch tippte er Marias Nummer in sein Handy und landete viermal auf der Mailbox, bis er aufgab und sich entgegen seiner sonstigen Reaktionen doch überwand, ihr eine Nachricht auf die Box zu sprechen.

»Maria! Versuch bitte abzuklären, *wer* diese *wir* sein könnten, die die Geheimnisse Gottes verbergen wollen, also von welcher Bruderschaft oder Vereinigung diese Inschrift stammen könnte und wie sie zeitlich einzuordnen ist? Und außerdem, wann soll die Prophezeiung wahr werden; welches Datum hat Dir Professor Raps genannt? Das wolltest Du mir noch sagen, bevor wir getrennt worden sind.« Während er telefonierte fingerte er über die Tastatur seines Laptops das Stichwort ›*Kardinal Sepero!!!*‹ mit drei Rufzeichen in seine *To do* Liste und legte auf.

In einer Mischung aus geistiger Aufgewühltheit und körperlicher Erschöpfung hob er seinen Kopf und ließ einen müden Blick über den See schweben. Neben ihm schlief sein Assistent Filippo und versäumte den Anblick vom Schauspiel des beginnenden Morgenanbruchs. Die Dämmerung schattierte die dünnen Wolkenfäden am Horizont in einer einzigartigen übergangslosen Farbmischung, die sich von samtschwarz im Westen über ein dunkelblau bis zu zartem rosa im Osten verteilt hat. Die ersten Amseln verkündeten aus dem Geäst im Hintergrund den Tagesanbruch. Zwischen Robert und Filippo ist das leise Surren der Digitalkamera zu hören gewesen, die er auf einem Stativ fixiert und direkt auf den See gerichtet hatte. Sie hat seit mehr als 1 ½ Stunden nur die spiegelglatte Seeoberfläche aufgezeichnet, über der sich der Morgendunst gerade verzog. Wegen des idealen Aufnahmewinkels konnte das Weitwinkelzoom am rechten Bildrand noch den Lerchenholzsteg des Bootshauses und das Nebengebäude mit einem Wasserflugzeug erfassen. Robert hat die ganze Nacht am Ufer verharrt und die Geschehnisse um dieses Bootshaus beobachtet.

Als ehemaliger FBI-Mitarbeiter, der über 15 Jahre auf Spezialakten angesetzt worden war, ist er derartige Nachtschichten gewöhnt gewesen. Nach seinem abgeschlossenen Studium in Archäologie und Bibelwissenschaften hatten ihn die Behörden für die Lösung von Kriminalfällen angeheuert, die mit klerikalen Hintergründen in Verbindung gestanden waren. Vor einem Jahr hatte er seinen Dienst beim FBI quittiert und von einer Sonderkommission des Vatikans einen Sonderauftrag angenommen. Rom hat unerwartete Geldsummen für dieses Projekt springen lassen und Robert konnte seine Pension damit endgültig absichern, was ihm als Staatsdiener nicht in der kurzen Zeit möglich gewesen wäre. Er sollte einen Christian ›*Ibufimimnat*‹ observieren, lautete die Aufgabenstellung. Im Zuge der Aktenübergabe hatte er Kardinal Franjo Sepero kennen gelernt. ›*Oft ist es nicht so wie es scheint*‹, zermarterte sich Robert unermüdlich den Kopf über jenen Mann, den er zwischenzeitlich *Buffi* nannte. *Buffi* erweckte den Anschein, über Jahrhunderte gelebt zu haben. In letzter Zeit waren auch im Internet viele Fotos von anderen Präsidenten aufgetaucht, auf denen immer wieder unbekannte Personen im Hintergrund zu erkennen gewesen sind, die jedoch niemand gekannt hat. In einigen Fällen stellte sich alles als Fälschung heraus. Doch die Fotos von *Buffi* in den FBI-Archiven waren echt. ›*Es kann keine Menschen geben, die 500 Jahre alt werden oder aus einer anderen Zeit kommen.*‹ Robert musste dem Vatikan eine exakte und lückenlose Aufklärung über jedes Detail der Lebensweise und -geschichte dieses Mannes vorlegen. Das war der Auftrag und dem Heiligen Stuhl war es von so großer Wichtigkeit, dass sie auch bereit gewesen sind, Projektkosten jenseits aller Normalität zu akzeptieren. Die Bedingung war allerdings: Jeder gesammelte Beweis sollte wissenschaftliche Erklärungskraft aufweisen. Es durfte kein einziges Phänomen darunter sein. Das hatte Kardinal Sepero deutlich zu verstehen gegeben.

Schon Papst Johannes XXIII. hatte im Zuge des zweiten vatikanischen Konzils eine Historikerkommission eingerichtet gehabt, die auf Basis wissenschaftlicher Methoden eine Reihe unbeantworteter Fragen über das Wirken Jesus Christus ergründen sollte. Nach dem Tod des liebenswerten Oberhirten im Juni 1963 hatte man in seinen persönlichen Tagebüchern eine Fülle von Gedanken entdeckt. Der Pontifex war von den Konflikten zwischen der Kirche und der Wissenschaft so erschüttert gewesen, dass er in der Präambel der Historikerkommission einen versöhnlichen Grundsatz niederschreiben lassen hatte. Anstoß für seine Präambel war die Eskalation des wissenschaftlichen Streits im 17. Jahrhundert mit Galileo Galilei gewesen. Robert ließ das Urteilsdokument der Inquisition vor seinem geistigen Auge vorbeiziehen, das er in den Vatikanarchiven zu sehen bekommen hatte. Es war eine Spottschrift gegen jeglichen Verstand gewesen.

›Die Monde des Jupiters sind für das bloße Auge unsichtbar. Folglich sind sie sinnlos und deshalb gibt es sie nicht. Galileis Entdeckungen eines achten und neunten Planeten sind daher falsch und hinfällig. Juden und andere Völker, selbst die modernen Europäer haben die Teilung der Woche in sieben Tagen übernommen und sie nach den Planeten benannt. Wenn wir nun Galileis behauptete Anzahl der Planeten vermehren würden, dann würde das ganze schöne System zusammenbrechen!‹

Solche Haltungen hatten die Kirche zu einem Verein unglaubwürdiger Wortverdreher gemacht. Hochmut und Ignoranz hatten auf Sicht jeder Anführerschaft stets Vertrauensverlust eingebracht. Nicht umsonst war die *Inquisition* zwei Jahre nach dem Tod von Johannes XXIII. in die *Glaubenskongregation* umbenannt und neu organisiert worden. Robert ist die metaphysische Verbindung zwischen dem Inquisitionsurteil gegen Galilei und den Gemälden und Fotos von *Buffi* klar geworden. Schließlich ließen die Bilder im ersten Eindruck einen 500 Jahre alten Menschen vermuten. Jedoch, nur weil das menschliche Auge etwas noch nicht sehen konnte, hat es nicht heißen können, dass es nicht existieren konnte. Dass Robert nicht verstehen konnte, wie Fotos jemanden 500 Jahre alt erscheinen lassen konnten, erinnerte ihn an dieses Urteil der Inquisition über Galileis Entdeckungen der beiden neuen Planeten. Auch Robert musste etwas finden, das er noch nicht erkennen konnte. Etwas, das nur den Anschein eines übernatürlichen Phänomens hatte. Und er wünschte sich, dass es nur ein neuer Planet wäre, den er finden müsste.

Bei seiner Auftragsannahme in Rom hatte ihm Kardinal Franjo Sepero ein Buch über die Ethik und Zukunft des Kapitalismus überreicht. Einiges darin hatte durchaus Übernatürliches gespiegelt, das sein Begriffsvermögen bis heute überragt hat. Insbesondere diese eigenartigen Verbindungen zwischen Kennedy und Lincoln oder die Ereignisse wie z.B. 9/11, die sich mithilfe der Fibonacci-Zahlen und den Ermordungen dieser Präsidenten nachrechnen ließen. Der Bestimmungscharakter der göttlichen Proportionen von Fibonacci erwies sich als eigenartige Formel zur zeitlichen Vorhersehung von historischen Wendepunkten. Vor allem war Robert über das Interesse des Vatikans am globalen Milliardenroulette überrascht gewesen. Er hatte bis dahin nicht die geringste Ahnung davon gehabt, über welche Vermögenswerte der Vatikan neben seinen Bauwerken, Immobilien, Stiftungen, Residenzen, Ländereien oder unbezahlbaren Kulturgütern und Antiquitäten noch verfügt hat. Eine Reihe von Beteiligungen und riesige Investmentfonds, die über die Vatikanbank IOR in einem Netzwerk von Steueroasen platziert worden sind, gehörten ebenso zum Vermögen der

Glaubensfamilie. Der Vatikan ist außerdem als einziger Nicht-EU-Staat berechtigt gewesen, selbst Papiergeld zu drucken. Am 2. August 1930 hatte die Stabsstelle des Himmels mit der italienischen Regierung eine Münzkonvention abgeschlossen. Seit damals durfte der Heilige Stuhl selbst Geld für seinen Eigenbedarf herausgeben. Mit den inflationären Entwicklungen hat die Grenze der jährlich zugestandenen Geldmenge Schritt für Schritt Milliardenhöhe erreicht. Die Einnahmen aus der Kirchensteuer waren darin noch gar nicht eingerechnet. Der Vatikan hatte durch diesen Vertrag ein Quasi-Monopol für die Herstellung von Geld erhalten und war gleichzeitig der einzige Staat, der das Recht hatte, von den Bürgern aus über 150 Nationen gleichzeitig Kirchensteuern einzuheben. Seit 2002 durften die Glaubenshüter auch Euromünzen und Euro-Banknoten drucken. Das wahre Vermögen des Vatikans war daher noch immer eines der best behüteten Geheimnisse geblieben.

Robert fühlte sich wie ein Blinder, in dessen Zimmer täglich die Möbel verstellt wurden. Vor etwa drei Monaten war Mister *›Ibufimimnat‹* mit dem Wagen aus der Tiefgarage der UBS in der Park Avenue von New York gefahren und hatte in einem Anflug von seltsamer Vergesslichkeit auf seinem Autodach eine Aktentasche liegen gelassen. Beim Einlenken aus der Garage in den Verkehr war die Tasche auf die Straße gefallen. Robert und sein Assistent waren nur wenige Meter mit ihrem Wagen entfernt gestanden und hatten die Geschehnisse staunend wahrgenommen. Robert hatte die Gelegenheit zur Sicherstellung eines Beweisstücks ergriffen und prompt reagiert. Todesmutig war er aus dem Wagen gehechtet, zwischen dem fahrenden Verkehr über die Fahrbahn geeilt und hatte gerade noch rechtzeitig die Tasche ergriffen, bevor sie von einem herannahenden Truck in den Asphalt gerammt worden wäre. Mister *›Ibufimimnat‹* war inzwischen ahnungslos weitergefahren. Robert hatte den Wagen seines Zielsubjekts damals zum ersten Mal gesehen und sich das Kennzeichen notiert. Die Anschrift des Zulassungsinhabers hat ihn zu einer Briefkastenfirma in Delaware geführt. Als Eigentümer dieser Briefkastenfirma ist ein Beratungsunternehmen aus Italien eingetragen gewesen. Diese Firma hatte jedoch nichts, außer dieser Anschrift in Venedig. Keinen Telefonanschluss, keine E-Mail, keine Homepage - einfach nichts. Und der Manager dieser Firma war ein Franzose, der seinen Wohnsitz in der Burg von Rennes le chateau angemeldet hatte. Dieser Franzose wiederum ist ein Vetter von Graf Jean Pierre Piquet gewesen, bei dem Maria das Gemälde von Leonardo Da Vinci fotografiert hatte. Robert hatte zu Beginn seiner Untersuchungen auch eine Fotoaufnahme von *›Buffi‹* in die neueste Profilerkennung des FBI eingescannt. Infolge von 9/11 war eine biometrische Software entwickelt worden, mit der man Gesichter und Namen weltweit zuordnen konnte. Auch von Leuten, die noch nie den nordamerikanischen

Kontinent betreten hatten. Über das geheime Satellitenüberwachungsnetz der NSA - Echelon - ist die totale Kontrolle möglich geworden. Der *›patriot act‹* hat auch zu einem Gesetz geführt, das das FBI ermächtigt hat, sämtliche Autobahnen videotechnisch aufzuzeichnen. Wegen der Krise hat man den Ausbau des Netzes aber aus Kostengründen einschränken müssen. Trotzdem sind seit 2002 Milliarden von Bytes jeden Monat wie eine Flut in die Datentanker des FBI geflossen, wo sie verwertet worden sind. Auf 9/11 hat der Fluch der Beweisnot gelastet. Auf Sicht würde kein Mensch mehr den Behörden entkommen können, wenn alles realisiert werden würde, was in den Agenden bis 2030 geplant war. Ein Gesicht, dessen fotografische Abbildung in 1,5 Milliarden Pixel zerlegt wurde, war wie ein Fingerabdruck und konnte binnen weniger Sekunden der Identität zugeordnet werden, die gesucht worden ist. Selbst nach einer Gesichtsoperation. Robert war jedoch über die Tatsache verwirrt gewesen, als er in den Archiven draufgekommen war, dass dieser Christian *›Ibufimimnat‹* schon seit Jahren die *›höchste‹* Geheimstufe im Behördenregister genossen hat. Nur drei Leute auf der Welt konnten diese Geheimstufe durchbrechen und Akteneinsicht gestatten. Robert hatte sich nach seiner Entdeckung entschlossen, dass es besser wäre, vorher ausreichende Informationen zu sammeln. Daher hatte er Rom über den Fund des Papyrus noch nicht unterrichtet. Um der Kommission ein wissenschaftlich verwertbares Resultat vorzulegen, wollte er zuerst alle Fakten zusammentragen. Erst am Schluss hätte Rom mit Washington alle verbliebenen Restfragen auf Regierungsebene klären und eine Öffnung der Geheimakten ausbedingen können. Schließlich stand eine historisch bedeutsame Antwort in Aussicht. Für den Vatikan hatten Informationen über seinen Glaubensgründer oberste Staatspriorität. Wenn sich nämlich die zeitliche Datierung bestätigen sollte, die Maria über dieses Papyrus herausgefunden hatte, dann könnte es sogar von Christus persönlich stammen. Der es dann einem seiner Apostel mit dem Auftrag überlassen hatte, es als die Geheimnisse Gottes zu behüten. *›I tego arcana die‹*. Die Inschrift auf dieser Steinplatte, die erst vor wenigen Wochen entdeckt worden war. Aber woher hatte *Buffi* diese Textfragmente aus dem 1. Jahrhundert? Diese Neuigkeiten von Maria hatten Robert in Aufregung versetzt. Seine grauen Zellen arbeiteten in jeder verfügbaren Gehirnwindung und haben seine Ermüdungserscheinungen weggeblasen. Zuviel ist ihm zu eigenartig vorgekommen.

›Sind dem Kiemen gewachsen?‹, fragte er perplex und spähte im Aufstehen über die Wasseroberfläche.

›Der kann doch nicht ohne Sauerstoffausrüstung über 90 Minuten unter Wasser bleiben?‹ Robert blickte auf sein Notebook, das die Aufnahme der

Digitalkamera ins Bildschirmformat vergrößert und seit 1 ½ Stunden gespeichert hat.

›*Ich hab irgendetwas übersehen*‹, grübelte er. Er nahm seine Zigarettenschachtel und faltete die Innenseite des Deckels auf. Er wusste nicht ob es das Gefühl der Langeweile oder ein Instinkt gewesen ist, der ihm plötzlich eingeflüstert hatte, etwas aufzuschreiben. Mit einem Hilton-Werbekugelschreiber kritzelte er den Namen des Mannes in Blockbuchstaben auf, den er seit Monaten observiert hat. Er studierte den seltsamen Buchstabensalat. Wie vom Donner gestreift, erschrak er. ›*Verdammt, warum ist mir das nicht früher aufgefallen?*‹ Er schrieb den Namen nochmals ohne den Anfangsbuchstaben ›*I*‹ und entfernte auch den neunten Buchstaben ›*N*‹.

~~I~~BUFIMIM~~N~~AT

BUFIMIMAT

Robert gaffte wie paralysiert auf sein Gekritzel. Die Bedeutung dieses Wortes war nur in Fachkreisen bekannt. ›*BUFIMIMAT*‹ Für die spanischen Gläubigen, die sich mit den neuen Lehren verbunden gefühlt hatten, war nur der Erlöser ein ›*Bufimimat*‹. Als sich das Christentum nach dessen Anerkennung durch Kaiser Konstantin langsam über Europa auszubreiten begonnen hatte, war es in Spanien bereits eine gefestigte Gemeinschaft mit Einfluss in die höchsten Stellen gewesen. Mit dieser Bezeichnung hatten sie den Messias auf ihre kultische Weise als einen ›*Vater des Verstehens, der Weisheit und der Quelle*‹ gehuldigt. Robert stand totenstill vor dem flimmernden Bildschirm, auf dem sich die rissige Oberflächenstruktur der Eichenrinde hinter ihm spiegelte und starrte wieder auf den Namen Bufimimat: ›*Vater des Verstehens, der Weisheit und der Quelle?*‹

›*Warum hat dieser Mann die höchste Geheimstufe des FBI?*‹ Die Frage ließ ihn nicht los und wiederholte sich wie eine Endlosschleife. Ein Mann, der in mehreren Epochen auf unterschiedlichen Fotografien deutlich zu erkennen war, der ein Relikt in seinem Besitz hatte, das aus einer Zeit stammte, in der der Heiland noch am Leben gewesen war und von denen die Archäologie noch nichts wusste. Jemand, der in seinem Namen eine seit 1½tausend Jahren ausgestorbene Bezeichnung für Christus versteckt hatte. Robert minimierte das Videoprogramm und öffnete panikartig seine E-Mail Adresse. Vielleicht sind die Bilddateien schon eingelangt, die Maria von dem Da Vinci Gemälde übermitteln wollte. Da fiel ihm noch etwas ein.

›*Maria hat doch noch ein anderes Bild vom Keller des Grafen erwähnt, über das sie nichts Konkretes sagen wollte!*‹ Während sich die Windows-Eieruhr auf dem Monitor im Kreis drehte, betrachtete er die überflüssigen Buchstaben ›*I*‹ und

›N‹, die er aus dem Namen streichen musste, um zu Bufimimat zu gelangen.

›Warum dieses ›I‹ und ›N‹?‹

Er war noch nicht vom Videoaufnahmeprogramm in seine E-Mail-Box gewechselt, da bemerkte er im Augenwinkel, dass sich auf der spiegelglatten Wasseroberfläche kleine Wellen auszubreiten begonnen haben und Mister *›Ibufimimnat‹* wieder aufgetaucht ist. Robert zuckte auf. Mit wenigen mächtigen Schwimmbewegungen näherte sich *Buffi* dem Steg und sprang mit einem Satz auf die Holzplanken. Nur mit seinen triefend nassen Jeans bekleidet, offenbarte sich beim Anblick ein drahtiger und durchtrainierter Oberkörper. Robert wurde hektisch und rüttelte Filippo, der noch immer neben ihm schlief.

»Filippo, es wird Zeit. Vier Augen sehen mehr als zwei. *Buffi* ist wieder da!«

23

Beste aller Welten

›Jeder hat so seine Krisen im Leben, durch die er hindurch muss!‹, hatte Lukas seinem Fahrgast gutmütig zu verstehen gegeben, um sein Bedauern über Harvey Friedmans Schicksalsschläge zu zeigen, die über das Radio verbreitet worden waren. Ein langes Schweigen war entstanden. Der werdende Vater wusste, dass er die Chance längst genutzt und seine Lebenskrise überwunden hatte. Entlang der Auffahrt zum Highway warf Harvey einen ehrfürchtigen Blick auf die majestätischen Glastempel von Manhattan. Die frühherbstlich untergehende Sonne spiegelte sich millionenfach auf den blank polierten Fassadenoberflächen der Bankentürme und verwandelte das Nervenzentrum des Westens in ein gleißendes, oranges Inferno. Die Bastionen der Finanzmetropole von New York streckten wie mächtige Zyklopen ihre Häupter in den Himmel und hielten mit ihrem allsehenden Auge Ausschau nach neuen Gelegenheiten der Kapitalvermehrung. Jeden Abend standen sie im Rampenlicht des Sterns, der am Horizont in der finsteren Tiefe verschwand. Die wahren Herrscher dieser alten und neuen Welt von Wohlstand, Freiheit, Unabhängigkeit und Konsum. Heute ersetzten sie längst die Kathedralen von einst, zu denen die Gläubigen in Scharen hingeschwärmt waren. Das Geld wurde zu dem Gott, der alle hypnotisiert hat. Und die Krieger dieses Gottes agierten wie Generäle einer weltumspannenden verkabelten Armee, die in sämtliche Adern dieser Welt eingedrungen war und nahezu jede Seele erreicht haben. Ohne die Kreuzritter des freien Marktes

wären Unternehmen wie Microsoft, Google, Amazon, Youtube oder Facebook nicht möglich gewesen. Ohne sie wäre auch eine permanent vernetzte Weltgemeinschaft nicht möglich geworden. Die Bilder von den Mobiltelefonen aus dem Iran, Bahrain oder der Bewegung des Arabischen Frühlings vor 2 ½ Jahren wären nicht nach außen gedrungen, wenn es niemanden gegeben hätte, der die Entwicklung dieser Technologien in den letzten 20 Jahren finanziert hätte. Das ganze heutige Weltmodell wäre ohne sie als nutzlose Idee von jungen Freaks in den Annalen der Zivilisation versickert und keiner hätte ihre Produkte vermisst. Keiner hätte ein Gefühl des Mangels ohne sie gehabt. Ein Markt, der sein Auge überall und zu jeder Zeit hatte. Er musste der Menschheit ihre Mängel einreden und ständige Unvollkommenheit suggerieren. Die Investmentbanken bewachten diesen heiligen Gral der unbegrenzten Ausdehnung. Sie schaukelten die Wiege einer menschlichen Befreiung, die vor mehr als 100 Jahren ihren Siegeszug angetreten hatte. Die Konfrontation der Systeme zwischen Kommunismus und Kapitalismus ist durch ein klassisches K.O. beendet worden. Für die Befreiung des Westens gab es keinen Kompromiss. Und dieser Befreiungsbewegung ging es trotz aller großen und kleinen Krisen besser denn je. Sie erwies sich als widerstandsfähigste Idee aller bisherigen und hatte die schwärzesten Tage der Menschheit überlebt. Sie hatte alles überstanden, was menschliche Grausamkeit, Kriegslust, Tyrannei, Habgier oder Zerstörungswahn zu Fall gebracht hätten. Der Kapitalismus triumphierte über alle Ideologien, egal wie sie heißen mögen oder noch kommen werden. Vor nicht einmal einer halben Stunde hatte Harvey das Büro in der FED verlassen, in der er seit kurzem den wissenschaftlichen Mastermind für Geldmengensteuerung bekleidet hat. Alle Vergünstigungen hatten sie ihm geboten, aber er hatte den Board of Directors an den Rand einer Beleidigung gebracht, als er die Bedingung gestellt hatte, diese Funktion nur ehrenamtlich auszuüben oder sonst gar nicht. *›Für eine gerechte und gute Sache, die mit der Unabhängigkeitserklärung Amerikas ihren Anfang genommen hat‹*, so hatte er argumentiert. Harvey war davon überzeugt, in der kapitalistischen Idee auch eine Religion erkannt zu haben. Er behandelte dieses Thema in seinem Buch, das mit dem *›economic spirit‹*, ausgezeichnet worden war. Darin hatte er die *›New Economy Singularity Theory‹* formuliert.[26] Eine Hypothese, die auf die Entwicklung des Welthandels und der Finanzmärkte für die nächsten 500 Jahre eingegangen ist.

Nur ein dumpfes Verkehrsgetöse brandete wie in einer Badewanne im Wagen zwischen ihm und Lukas hin und her. Harvey durchbrach das lange Schweigen.

---

[26] *NEST;* Nestismus

»Ich finde es äußerst einfühlsam, wenn Sie mich aufmuntern wollen. Aber es wird immer Krisen geben«, eröffnete er den Wortreigen und spähte nach Lukas. Harvey griff das letzte Thema auf.

»Es muss sogar immer Krisen geben. Deshalb ist es wichtig, die Hoffnung zu verkaufen.« Im Rückspiegel hielt er den Blickkontakt zu seinem Fahrer aufrecht und verlagerte das Stichwort der *Krise* nun aber doch auf ein anderes Gebiet.

»Meist sind Krisen ohnehin nur Regelwidrigkeiten mit kurzen Beinen, die nicht lange dauern. Aber die Produktion führt auf Sicht zu unendlicher Vermehrung. Andernfalls würden wir uns ja in die Steinzeit zurückentwickeln. Das ist auch meine Kampfansage an den Rest der Ökonomen in meinem Aufsatz gewesen.«

»Das habe ich vorhin im Radio mitbekommen«, bestätigte Lukas seine Aufmerksamkeit über Harveys Lebenslauf.

»Meine Kampfansage haben Sie nicht mitbekommen. Darüber ist gar nichts gesagt worden. Ich habe diese Untersuchung nicht freiwillig durchgeführt!«, untertrieb der Ökonom. »Aber die Umstände haben mich dazu gezwungen. Da das Nachdenken über das System der Kapitalmärkte eher doch wie eine vernünftige Tätigkeit aussehen sollte, habe ich einige weit verbreitete Ansichten relativieren müssen. Ich habe das Funktionsgesetz des Kapitalismus auf einen religiösen Glauben herunterreduziert, der heiße Debatten ausgelöst hat.« Harvey schlemmte an den Erinnerungen über seine in Empfang genommene Auszeichnung.

»Der Kapitalismus ist ein religiöser Glaube?«, fragte Lukas. »Dieses Funktionsgesetz auf einen religiösen Glauben kommt mir bekannt vor«, sagte er, fing an mit dem Kopf hin und her zu wippen und zitierte: »Wenn es einen Glauben gibt, dem alle Völker verfallen sind, so ist es der Glaube an die Produktion. Egal welcher Religion und politischer Ideologie ein Volk auch erliegen mag.« Lukas drehte sich nach hinten zu Harvey.

»Selbst ein primitiver Stamm erkennt in der Produktion und Herstellung nicht nur einen Nutzen, sondern auch einen allgemeingültigen Sinn. Unterschiede hat es nur in der Verteilungsfrage gegeben. Aber Gottes Plan nimmt auf dieses banale Wunschdenken von Interessensgruppen wohl keine Rücksicht.« Lukas schien Harveys Eitelkeit empfindlich zu schüren. »Genau so habe ich das noch in Erinnerung«, sagte er und drehte sich wieder nach vorne.

Harvey starrte ihm verdutzt in den Rücken. »Völlig richtig!«, sagte er und hob den Finger. »Produktionswachstum verlangt aber auch mehr Menschen. Mehr Konsumenten, Verbraucher und Arbeitskräfte.«

Lukas klimperte mit seinen Fingern ungeduldig am Lenkrad. »Kann man Wirtschaftswachstum tatsächlich aus einem angeborenen Vermehrungsdrang des Lebens herleiten?«, begehrte er nach einer Antwort.

»Kann man wirklich sagen, dass sich der Handel genauso wie das Leben den Reproduktionserfolg zwanghaft sucht. So wie unsere Gene, die ja gar nicht darüber nachdenken können, was sie eigentlich tun. Sie tun es einfach solange es geht. Wachsen, Wachsen, Wachsen?«

»Bemerkenswert erkannt«, fieberte Harvey los, als Lukas seine Erregung entfachte.

»Das sollte die Amerikaner aber besorgt stimmen«, platzte Lukas zurück.

»Warum das?«, fragte Harvey interessiert.

»Dann müssten wir unsere wirtschaftliche Vormachtstellung an China mit fünfmal soviel Einwohnern verlieren, oder? Ich meine, wenn Sie sagen, dass es immer mehr Verbraucher und Arbeitskräfte dazu brauchen würde?«

Harvey nickte mit vorgeschobener Lippe, hob aber kurz darauf den Finger. »Die Chinesen haben den richtigen Ansatz. Aber trotzdem wird es nicht passieren, dass sie uns überragen werden«, konstatierte er. In Lukas Augen ergoss sich ein strömender Regen von Fragezeichen.

»Welche Volkswirtschaft auch immer unser Modell übernimmt, wird sich verschulden müssen«, erklärte Harvey. »Anders funktioniert es nicht.«

Der Investmentbanker dozierte aus seiner Wissenskiste. Er war sich im Klaren, dass das gesamte Finanzsystem zwar ein Konzept gewesen ist, das auf Ertrag und Wachstum ausgerichtet war, aber letzten Endes zu einem der Verschuldung geworden ist. Das darauf aufgebaut hat, sich heute schon jene Dinge anzuschaffen, die man sich aber erst in der Zukunft leisten konnte. Das war ausnahmslos bei allen so. Es war nämlich ein zinsbasiertes Geldsystem, um das es sich dabei handelte.

»In einem weiteren Sinne leitet die Produktion über das Vermehrungsprinzip des Lebens sozusagen ihre Berechtigung zum Vermehrungsprinzip der Ware ab«, erklärte Harvey die Beschreibung von Lukas noch detaillierter. »So wie sich unsere Gene den Weg zur Vermehrung suchen, so sucht sich eine Religion den Weg zur glaubenden Seele. Genauso sucht sich auch das Produkt den Weg zum glaubenden Käufer. Das ist immer so gewesen und wird immer so bleiben. Religion, Evolution und Handel unterliegen demselben Wachstumsstreben.« Harvey hob die Augenbrauen. »Nehmen Sie nur beispielhaft das Internet. Schon 10 Jahre nach der Freischaltung sind 2005 weltweit um 124 Milliarden Kilowattstunden mehr Strom verbraucht worden als wenn es das *World Wide Web* nicht gegeben hätte. Vergangenes Jahr 2012 waren es schon über 900 Milliarden Kilowattstunden. Jedes sinnvolle Produkt sucht sich den Weg zum glaubenden Käufer. Und es will wachsen, wachsen, wachsen.«

»Genau das ist in diesem Artikel gestanden, den ich vorhin zitiert habe«, erwiderte Lukas. »Aber dadurch wächst auch der Verbrauch. Und außerdem bedeutet das für mich nichts anderes, dass letzten Endes die einzige Quelle für Mehrwert die lebendige Arbeit ist, aber nicht die Spekulation.«

»Ah so?«, fragte Harvey verdutzt.

»Selbstverständlich!«, sagte Lukas. »Wenn niemand arbeiten gehen würde und alle spekulieren würden, würde doch gar nichts hergestellt oder produziert werden. Spekulation stellt doch kein Produkt her, oder? Ohne lebendiger Arbeit würde sich gar kein Geld in die Gemeinschaftskasse spülen, weil die Spekulationsgewinne zusätzlich auch noch steuerlich bevorzugt worden sind. Spekulation stellt also nichts her und zahlt auch keine Steuern.« Lukas schmunzelte.

»Wenn Sie zur Arbeit gehen, spekulieren Sie doch auch nur damit, dass eine bestimmte Zielgruppe von Arbeitgebern Ihre Arbeitsleistung kaufen wird«, rechtfertigte Harvey spekulatives Verhalten.

»Ihre Arbeitskraft ist auch nichts anderes als ein Produkt, das sie verkaufen. Sie vermieten kostbare Lebenszeit. Woher wissen Sie vorher, dass irgendeiner an Ihrer Leistung ein Interesse haben sollte?«, deutete Harvey allgegenwärtiges Spekulieren an.

»Also lassen Sie die marxistische Gefühlsduselei«, zürnte er. »Alles ist Spekulation, und dadurch ist schon wieder nichts Spekulation. Spekulation ist keineswegs irgendeine Grundstücksvermessung bei Nebel. Aber was mir wichtig erscheint. Unterbrochen wurde dieser Weg des friedlichen Handelns immer nur vom Krieg, aber nicht von Krisen«, führte Harvey fort.

»Krisen sind Phasen der Erneuerung und des Lernens. Die machen nur kurzfristig Angst vor dem Handel, weil in Krisenzeiten das Vertrauen ganz schnell schwindet. Aber sie unterbinden deshalb noch nicht das friedliche Streben nach dem Handel mit dem Nachbarn.« In seinem Hirn brüllten die Verbaltriebwerke los wie von einem Düsenjet. »Wenn wir die Erneuerung der Ökonomie verteufeln, verteufeln wir das Wunder der Evolution.«

»Aha, hätte ich mir eigentlich gleich denken können«, sagte Lukas sarkastisch und gähnte gespielt. »Die Evolution ist also schuld an der Gier.«

Harvey fauchte gereizt. »Gier? Was hat Gier mit Produktionswachstum zu tun? Ich habe nicht gesagt, dass die Evolution schuld an irgendeiner Gier ist. Aber definieren Sie doch einmal das Motiv einer Produktherstellung. Es ist wie eine Schöpfungshandlung.« Hell erleuchteter Mitteilungsdrang brannte auf Harveys Stimmbändern.

»Wenn die Schöpfung ein Zufall gewesen ist, dann wäre das egal. Aber wenn der Schöpfung eine Absicht vorausgegangen ist, dann wäre ein Schöpfer genauso ein Unternehmer gewesen, der etwas hergestellt und gehandelt hat. Sein Produkt war meinetwegen das Universum inklusive aller Weltbewohner.

Wäre dieser Schöpfer deshalb vielleicht gierig gewesen?« Mister Friedmans Scharfsinn spürte das Verlangen, aus allen Gliedern auszutreten. Er winkte mit dem Finger ab.

»Kein vernünftiges Wesen kann auf Dauer ans Nichtproduzieren denken. Selbst der Gedanke daran ist schon wieder eine Ideologie, die es zu vermehren und zu verbreiten trachtet. In der Folge wird diese Idee auch versuchen, alle anderen von der Nichtproduktion überzeugen zu wollen. Dann entpuppt sich die Predigt von der Faulheit genauso als Ideologie, die zu Wachstum und Verbreitung tendiert. Also alles ist Spekulation und Vermehrung. Auch die Idee des Nichtstuns würde expandieren wollen und andere überzeugen wollen, wenn es etwas nutzen würde.« Harvey winkte mit dem Finger ab.

»Nein, nein, mein Lieber. Vermehrung ist ein genetischer Fingerabdruck der Natur. Wir können dem nicht entrinnen. Daher sollten wir nicht versuchen, mit ein und demselben Radius unterschiedlich große Kreise zu ziehen«, vollendete Harvey seinen Kurzvortrag.

»Sir, mir kommt es vor, als hätten Sie diesen Artikel geschrieben, den ich vorhin erwähnt habe?«

»Habe ich nicht.« Nervös wippte Harvey mit den Absätzen und erinnerte sich an das Interview, das er damals der Washington Post gegeben hatte. »Aber dieser Artikel, von dem Sie erzählen, berichtete über den Nestismus. Das ist meine ökonomische Theorie.«

Lukas griente schelmisch.

»Könnte Ihre ökonomische Theorie wenigstens die Welt verbessern?«, stichelte er nach.

»Was wollen Sie denn verbessern?«, polterte Harvey grantig zurück.

»Dies ist doch schon die beste aller Zeiten und die beste aller Welten, in die man hineingeboren werden kann.« Der smarte Ökonom überlegte aufgewühlt, welche Ideologie, Popkultur, Religion oder internationale Organisation die Welt enger aneinander binden konnte als es der elektronisch vernetzten Kapitaldemokratie bisher gelungen ist.

»Gibt es etwas, dass die Völker stärker verbrüdert als der Austausch von Geld und Produkt?« Harveys Augen quollen missvergnügt aus ihren Unterkünften. »Nichts, nicht einmal irgendeine Religion. Islam und Christentum sind sich durch den Austausch von Waren näher gekommen, aber nicht durch den vernünftigen Austausch ihrer unterschiedlichen Ansichten über Propheten und Götter.«

Lukas schob seine Unterlippe kapitulierend vor. »Irgendwie scheint es, dass Sie in Ihrem Universum den Markt als Klebstoff aller Völker zu erkennen glauben. So gesehen haben Sie sicherlich Recht, wenn Sie sagen, dass der Kapitalismus das Funktionsgesetz einer Religion beinhaltet.«

»Sogar der beste Klebstoff, den wir je in der Geschichte gehabt haben. Wir leben in einem monetären Kosmos der zahlenmäßigen Ausdehnung mit dem Auftrag zu Wachstum. Nichts ist ›*gerechter*‹ und fairer als der freie Wettbewerb«, referierte Harvey in typisch energischer Art Richtung Fahrersitz und fragte Lukas bärbeißig.

»Was ist denn der Klebstoff der Völker?« Harvey ließ Lukas keine Zeit zum Nachdenken und nahm eine interessante Antwort vorweg.

»›*Gerechtigkeit!*‹ Das ist der Klebstoff aller Völker. Deshalb sind sie aneinander gewachsen. Regierungen könnten niemals dieselbe Gerechtigkeit bieten, wie sie der Handel und die Idee des globalisierten Marktes ermöglicht haben.«

»Sir, ich glaube, dass jeder Mensch letzten Endes den Zweck seines Tuns nicht an Zahlen orientiert, um damit für andere besser vergleich zu werden.«

»Wie soll das funktionieren?«, erkundigte sich Harvey abschätzig. ›*Jeder wird nach dem bewertet, was er geleistet hat.*‹

»Wie das funktionieren soll?«, drehte sich Lukas nach hinten und hob ahnungslos die Schultern. »Das weiß ich auch nicht! Aber viele lassen sich ein Leben nach Plan dogmatisieren, weil sie es müssen ohne wirklich zu wollen. Eine Lebensführung nach vorgegebenen Zahlen. Wenn man nicht bereit wäre, sich den Zahlen und Ergebnissen unterzuordnen, würde man schnell zum Außenseiter abgestempelt werden. Das ist nicht die beste Welt aller Zeiten. Das kann sie nicht sein«, konterte Lukas und nuckelte einen kräftigen Schluck aus seiner Wasserflasche.

»Das ist eine Welt, die aus falschen Hoffnungen besteht«, sagte er und ließ die Flüssigkeit durch seine Kehle hinab gleiten.

»Welchen Sinn produziert denn diese beste aller Welten?«

Harvey blickte verdutzt nach vorne. Wie von einer Staumauer abgeprallt, schwappte sein Vortragsfluss plötzlich zu ihm nach hinten zurück.

»Warum muss immer die Angst mitschwingen?«, spielte Lukas auf das Handlungsmotiv der 1989er Generation an.

»Haben wir nicht schon genug Angst gehabt? Muss auch unsere Jugend vor der langfristigen Zukunft Angst haben, weil sie einen Wandel erlebt, dem sie seelisch nicht mehr gewachsen ist?« Lukas drehte sich wieder zu Harvey.

»Wenn die Jugend *Ihre* beste aller Welten kopieren würde, dann würden wir garantiert vor dem nächsten Wahnsinn stehen, der vielleicht sogar noch viel größer sein könnte.« Der Taxifahrer schüttelte verächtlich sein Haupt.

»Bedroht man die Investmentbanker eigentlich mit dem Umbringen, wenn sie keine Spekulationen abwickeln und Geldvermehrung herbeiführen?«

Harvey spürte seinen Herzschlag plötzlich bis in die Haarspitzen aufschießen und ließ die Zahnräder in seiner Birne aus ihrer Hemmung springen. Unverhofft ging eine Tür auf und die Erinnerung tollte wie ein

Faschingsumzug hinter seiner Stirn herum. Lukas lieferte ihm das Stichwort. Im Rahmen der Untersuchungskommission des JFK Attentats hatte diese Mitarbeiterin des Weißen Hauses bei der Anhörung vor dem Kongress unter Eid ausgesagt. Sie hatte gehört, dass Joe Kennedy seinen Sohn im Oval Office lautstark mit den Worten angeschrieen hatte: ›*Wenn Du das tust, dann bringen sie Dich um!*‹[27] Das passte auch mit den Tonbändern zusammen, die man bei Jackie Kennedy gefunden und erst vor wenigen Jahren veröffentlicht hatte. John F. Kennedys Witwe hatte in einsamen Stunden auf Tonband wörtlich zu Protokoll gegeben, dass die ›*Ermordung ihres Mannes von einer Gruppe von Industriellen in Auftrag gegeben*‹ worden war.

JFK hatte am 4. Juni 1963 die executive order 11.110 unterzeichnet und damit ein anderes Gesetz außer Kraft gesetzt. ›*Was beinhaltete dieses andere Gesetz und warum ist es Kennedy so ein Dorn im Auge gewesen?*‹, tüftelte Harvey vor sich hin und begann wieder in der Suchmaschine des Webs nach Treffern zu angeln. Wenn Harvey ein weiteres Puzzleteil witterte, um seinen Großvater rehabilitieren zu können, so sammelte er es bedächtig auf. ›*Kennedys Vater hat in der Mehrzahl mit „Sie" gesprochen. Er kann damit nur eine Gruppe gemeint haben, die zur Ermordung des eigenen Präsidenten bereit gewesen wäre. Kennedys Frau hat ebenso von einer Gruppe Industrieller gesprochen. Das passt alles zusammen.*‹ Aber Harveys Großvater ist keine Gruppe gewesen, sondern ist als Einzelner verurteilt und nach bereits drei Tagen erschossen worden. Harvey nahm im Moment überhaupt nicht ernst, was ihm Lukas vorgehalten hatte. ›*Welchen Sinn produziert denn diese beste aller Welten? Warum muss immer die Angst mitschwingen? Wenn die Jugend Ihre beste aller Welten kopieren würde, würden wir garantiert vor dem nächsten Wahnsinn stehen, der sogar noch viel größer sein könnte..*‹ In Harvey wuchs allmählich eine Verwunderung über diesen sonderbaren Taxifahrer heran.

›*Und trotzdem ist es die Beste aller Welten!*‹, raunzte er in sich hinein.

›*Aber das erklär ich meinem Kutscher später*‹. Die gleißenden Häuserzeilen der Wolkenkratzer im Licht der untergehenden Sonne zeichneten einen gierigen Schlund in die Ferne, der Unmengen von Autoschlangen fraß. Harvey hatte wieder die Verfolgung nach den Lügnern aufgenommen, die seinen Großvater zum Mörder von Präsident Kennedy abgestempelt hatten. Eines der geheimnisumwittertsten Attentate der Menschheit. Man wusste, wer Jesus Christus, Napoleon oder Cäsar verraten hatte. Aber man wusste noch immer

---

[27] *Joseph Kennedy;* Vater von John F. Kennedy; unterstützte 1931 Franklin D. Roosevelt im Präsidentschaftswahlkampf. Roosevelt setzte Joe Kennedy, der berüchtigt dafür war, Börsenkurse zu manipulieren, 1934 zum Director der staatlichen Börsenkommission SEC (Security Exchange Commission) ein. Einer New-Deal-Einrichtung zur Reform und Regulierung der Finanzmärkte. Roosevelt begründete seine ungewöhnliche Wahl lachend mit der alten Weisheit: „Man braucht einen Dieb, wenn man Diebe fangen will!"

nicht, wer JFK tatsächlich ermordet hatte. Das nagte an Harvey. Lüstern stöberte er im Netz nach weiteren aufschlussreichen Artikeln über die executive order 11.110.

›*Wenn Du das tust, dann bringen sie Dich um?*‹, sinnierte er über die seltsame, aber eindeutige Zeugenaussage dieser Sekretärin. Er war seit Jahren auf der Fährte jener Heuchler und Betrüger, die seinen Großvater zu Unrecht vorverurteilt hatten.

24

Harakiri

Die Morgensonne schob sich langsam auf das Höhenniveau der Wolkenschleier und streute ein freundlich gelbes Licht auf die Nordostküste Amerikas. Fast schon mit mütterlicher Liebe saugte eine Ehrfurcht gebietende, kontinentale Landmasse die Air Force One mit ihren gewaltigen Gravitationskräften zum Erdboden. Die Tragflächen der Maschine mussten ungeheuren Belastungskräften trotzen, um den fliegenden Koloss in der Luft zu halten. Die Drohne Kathrina 1 hatte soeben eine wichtige Information erhalten. ›*Harakiri!*‹ auf die Air Force One.

Die Nasen der beiden wichtigsten Männer Amerikas starrten auf die Drohne und klebten an der Fensterluke wie an einem Schnorchel. Das unbemannte Flugobjekt entfesselte in ihrem Antriebsaggregat eine mächtige Schubkraft und steuerte geradlinig auf die Kerosintanks in den Tragflächen der Air Force One zu. Der Präsident schreckte mit der Todesangst im Nacken zurück und spürte seinen halbverdauten Orangensaft brennend hochkommen, als sich die auglose Metalllibelle in einem Höllentempo annäherte. Geblendet vom Triebwerksblitz des Predators duckte sich Kerry reflexartig und zuckte einen Schritt zur Seite. James Kerry sah sein Leben in zwei Sekunden dem Ende geweiht und spiegelte für einen Atemzug den Anblick eines geschlagenen Mannes. Wie bei seinen Vorgängern sollte es auch bei ihm nicht sein, seine Nation in eine aussichtsreiche Zukunft anzuführen. Kerry hatte immer mit dem Gleichnis zu Moses gewarnt. Der war mit seinem jüdischen Volk im Rücken auch wie angewurzelt an einer Klippe gestanden, unter der die tosende Brandung des Roten Meeres gegen die Landmassen geschmettert worden war und den Weg ins gelobte Land versperrt hatte. Kerry hatte seit seinem Amtsantritt dasselbe Schicksal von Moses in seine Glieder schleichen gespürt. ›*Yes we can!*‹, hatte er seiner Nation in Erinnerung an Obama zugerufen. ›*Wir können die Krise überwinden, wenn wir wollen und zusammenhalten. Zusammenhalten ist das Wichtigste in dieser Zeit*‹.

Die aufwallende Panik raubte ihm jede Kraft, als der Predator nicht einmal mehr 100 Meter von den randvoll gefüllten Treibstofftanks getrennt war. Sein Adrenalin explodierte bis in die Zehenspitzen, als Kathrina führerlos und mit gespenstischer Blindheit an seiner Luke wie ein heulender Querschläger vorbeizischte. Kerry fiel vor Schrecken in seinen Bordsitz zurück und vernahm einen Knall, der von einer gewaltigen Erschütterung begleitet wurde. Während die Maschine die horizontale Balance verlor und nach rechts kippte, klirrten Millionen kleine Metallsplitter auf die seitliche Außenhaut der in Seitenlage geratenen Air Force One. Es hörte sich so an, als ob 10.000 Messerwerfer gleichzeitig ihre blank geschliffenen Dolche nach Kerry geworfen hatten. Der Präsident konnte sein Gleichgewicht selbst im Sitzen nur durch eine feste Umklammerung am herausklappbaren Tisch gerade noch halten. Eduard Heller stieß mit dem Kopf torkelnd gegen die seitliche Bordwand und spritzte die helle Wandverkleidung mit dem Blut aus einer klaffenden Platzwunde voll. Der Splitterhagel hörte nicht auf. Während der Präsident in seinen Sitz gepresst wurde, riss Heller den Tisch stolpernd mit zu Boden. Dutzende zentimetergroße Bruchstücke aus der Oberseite der Tragfläche der Air Force One explodierten in einem Scherbenregen und schepperten mit wuchtigen Einschlägen prasselnd auf die Luke direkt neben den Kopf des Präsidenten. Das bombensichere Sicherheitsglas in der Lichtöffnung knackte unter Aufbietung aller Widerstandskräfte mit einem gellenden Berstgeräusch, nachdem ein abgerissener Tragflächenteil der Drohne dagegen geprallt war. Heller erschrak wie vom Donner gerührt. Das Glas in der Luke skizzierte plötzlich das Anwachsen eines bedrohlichen Risses.

Wie ein Secret Service Mitarbeiter schnellte der Chefberater zu James Kerry und riss seinen Boss verteidigend aus dem Gefahrenbereich zu Boden. Schützend warf er sich in den Gefahrenkegel des Splitterhagels, der nur noch vom Glas in der Luke aufgehalten wurde. Die Maschine rumpelte und zitterte durch den Aufprall der Druckwelle. Die Aktenblätter und Pultordner flogen nach allen Richtungen und spiegelten ihre geringe Bedeutung, wenn es ums Überleben gegangen ist.

Aber Kathrina hatte einen zu flachen Winkel. Sie touchierte die Tragfläche der Maschine nur, riss dafür aber eine mächtige Delle in die Aluminiumoberhaut. Der stählerne Albatross mit den Insignien des mächtigsten Mannes der Welt wurde schwer angeschlagen. Eduard Heller musterte unter Schock den immer größer werdenden Riss in der Luke. Dahinter eierte die Drohne ohne rechten Flügel strudelförmig in die Tiefe und verschwand in der finsteren Schwärze des Atlantiks. Hellers Pupillen hafteten noch immer auf der Bruchspur im Außenfenster, die immer länger wurde. ›*Das Glas könnte aus der Fassung gerissen werden, wenn der Bruch bis zum Rahmen durchfährt*‹, realisierte er die Bedrohung. ›*Ich könnte meinen Körper nur wie einen Korkpfropfen gegen die Luke pressen, um James zu retten, wenn die Scheibe vom Unterdruck herausgerissen wird*‹, erkannte er und begriff gleichzeitig, ›*Aber es würde mir die Wirbelsäule buchstäblich zerfetzen*‹.

»James, lauf weg!«, schrie Heller instinktiv mit einem Scharfblick auf den Glasbruch. Der hatte kaum noch zwei Zentimeter zum Rahmen zurückzulegen und hätte die Scheibe quer zerteilt. Dann stünde Kerry unter höchster Lebensgefahr. Der Präsident erfasste die Lage und rollte sich blitzschnell nach hinten ab. Dabei krallte er sich im letzten Moment mit angespannter Faust den Knöchel seines Chefberaters.

»Du lässt mich nicht allein in dieser Welt«, kreischte er, riss seinen Freund flach auf den Teppich und zerrte ihn mit einer einzigen kraftvollen Armbewegung zum Gang. Hellers blutüberströmte Stirn zog dabei eine rote Schleifspur in den Spannteppich. Die Tür am Ende des Schlurf sprengte sich fast aus der Verankerung, als die beiden Secret Service Männer herein hetzten und sich mit der Eleganz von Tarnkappenbombern schützend über den Präsidenten warfen.

»Raus, Raus!«, schrie Kerry aus überschlagener Kehle und robbte auf allen Vieren rückwärts. Der Riss im Fenster wurde in seiner Bruchbewegung plötzlich langsamer. Alle starrten wie versteinert auf die vibrierende Glasscheibe, an deren Außenseite das unsichtbare Monster der Luft mit Überschallgeschwindigkeit zerrte und rüttelte. Plötzlich blieb die Einrissstelle wenige Millimeter vor ihrem Ziel stehen. Die Leibwächter hoben James Kerry und Eduard Heller auf und trieben sie wie ein 2-hufiges Zuchtvieh aus dem Gefahrenkegel der Fensteröffnung. Mit pirschenden Schritten jagender Luchse schlichen sich die Spezialkräfte zur Luke heran. Vorsichtig berührte der eine die Fensterscheibe.

»Keine Angst Mister Kerry«, attestierte er und drehte sich um.

»Sie scheint zu halten.«

Der Präsident ließ seine Muskeln mit einem Riesenseufzer zusammenfallen und bemühte sich um Erleichterung.

»Mister President?«, rief der Kapitän aus den Bordlautsprechern.

»Ich bin OK, Trevor!«, keuchte James Kerry.

»Was ist mit der übrigen Belegschaft?«, presste sein Zwerchfell nach Luft ringend gerade noch verständlich raus. »Wir werden das umgehend klären, Mr. President«, antwortete der Chefpilot. Eduard Heller nahm seinen Freund und Boss am Ellbogen.

»Komm, James«, sagte er ermutigend. »Beschäftige Dich jetzt nicht damit.

Die Lage ist halbwegs unter Kontrolle.« Zusprechend blickte er den amerikanischen Oberbefehlshaber an und ertastete das warme Blut auf seiner Schläfe.

»Ich kümmere mich um alles. Du brauchst eine kurze Auszeit.« Heller deutete den Secret Service Mitarbeitern, den Präsidenten stützend zum Ruheraum zu begleiten. Kerry hob begütigend die Hände.

»Ich schaff das alleine, Jungs.« Bestürzt fixierte er seinen Chefberater.

»Entweder befinden wir uns im Krieg, Eduard..«, sagte er und löste sich die zerrissene Krawatte vom Körper, »..oder das ist ein Zufall mit einer Wahrscheinlichkeit von eins zu einer Milliarde gewesen?«

Kopfschüttelnd wendete er und schleppte sich mit dem Schock in den Gliedern nach hinten in seinen Ruheraum. Nachdem das Türschloss eingeknackt war, vergrub der Präsident mutterseelenallein sein Gesicht in den zittrigen Händen. Ein lautstarker Siegesschrei presste sich aus seinen Eingeweiden heraus wie von einem Quarterback der Chicago Bulls nach einem *homerun*. Kerry fing an zugleich zu lachen und zu weinen. Das ausgeschüttete Adrenalin verzog sich nur langsam zurück und das Herz versuchte seinen rasenden Puls zu normalisieren. James Kerry begriff, dass irgendeine unsichtbare Hand die Drohne gelenkt und den Einschlagwinkel verflacht hatte. Papst Johannes Paul II. hatte bekanntlich auf solche Ereignisse erklärt: ›*Totus tuus*‹[28]

25

E.L.N.

Während das Team von Jimmy Gordon in New York die Systeme durchzuforsten begonnen hat, um einen neuen Hinweis auf die rätselhafte Signatur aufzustöbern, war es durch die Zeitverschiebung in London wenige Minuten nach 10 Uhr vormittags. Im dortigen Finanzzentrum ist die europäische Hauptniederlassung der Bank of America domiziliert gewesen.

»H...He, w...wi....wir ha...haben Besuch erhalten!«, stotterte David Lenrose seinen Kollegen zu, die das europäische Sicherheitssystem des Bankenriesen überwacht haben. Die Kollegen versammelten sich flink um seinen Platz und wurden von den Monitoren magisch angezogen.

»Wow! Sieht nicht gerade aus, als ob der eine Einladung hat!«

---

[28] *totus tuus;* lat.; ›ganz Dein‹ (siehe Kapitel 36; Totus Tuus)

Blitzartig jaulten die übrigen Squawk-Boxen im Hintergrund gleichzeitig auf. In hektischen Reaktionen hechteten alle zu ihrem Monitor und begannen wie wild auf ihre Tastenklaviaturen einzuhauen. Auch in Tokyo, wo es zur gleichen Zeit kurz nach 19 Uhr abends war, saß Yuan Lee Gong in der EDV-Zentrale der Bank of America Niederlassung mit dem Telefonhörer in der Hand und meldete seinem Vorgesetzten atemlos: »Sil!, Sil!«, keuchte der gelbhäutige Glatzkopf.

»Ilgendetwas odel ilgendwel knackt sämtliche Codes unselel Filmenkonten und pländelt sie alle leel.« Yuan Lees Blicke klebten an den Bildschirmen und erinnerten an das geschockte Augenspiel des alten Fischers, dem Godzilla auf hoher See begegnet war.

»El verbleitet sich in unfassbalel Geschwindigkeit.«

»Was bedeutet unfassbare Geschwindigkeit?« Ein langes Schweigen ergoss sich in den Hörer. »Wie viele sind denn schon geknackt? Hallo Yuan Lee? Geben Sie mir eine Antwort!«

Auf einer eingeblendeten Tortengraphik des Monitors beobachtete Yuan Lee mit aufklaffendem Mund, wie der Anteil der geplünderten Konten in nur drei Sekunden von 23 Prozent auf 100 Prozent angewachsen ist. Daneben war ein Zähler, der die Anzahl der geplünderten Konten mit 822.000 beziffert hat. Yuan Lee stöhnte auf und informierte seinen Vorgesetzten.

»Alle. Lestlos Alle sind geknackt, Sil!«

In den Niederlassungen von Paris, Moskau und Hongkong blickten ebenso entsetzte Mienenspiele wehrlos auf ihre Monitore. In Frankfurt war es zu dieser Zeit gerade 11 Uhr am Morgen. Die ganze EDV-Abteilung der deutschen Zentrale konferierte in einem voll gequalmten Konferenzraum. Auf dem Tisch hatten die Kaffeebecher große Mühe, genügend Platz zu finden. Die Luft ist so dick gewesen, dass man sie mit einem Buttermesser in Würfelstücke schneiden hätte können. IT-Chef Maximilian Schulz raufte sich seine zerzausten grauen Haare, verschränkte die Arme im Nacken und blickte aus dem 51. Stockwerk entgeistert auf den Bürokomplex der Allianz Group hinüber. Eine Wasserlache des Entsetzens stand in seinen tiefen Gesichtsfurchen.

»Wir haben in den letzten fünf Jahren mehr als 50 Millionen US-Dollar in die Sicherheit unserer Systeme investiert.« Schulz wirbelte herum und fesselte mit seinem Blick jeden Einzelnen seines Teams im Raum.

»Was zum Teufel ist imstande fünf Millionen Konten unserer Bank in nur einer Minute restlos zu plündern?«

»41 Sekunden«, verbesserte ein stoppelbärtiger Anwesender.

»Ja solange wird es dauern bis wir rausfliegen, wenn wir das nicht ehestens klären können.« Zornigen Blickes musterte Maximilian Schulz sein Expertenteam.

»Wir können mit Sicherheit ausschließen, dass es ein Trojaner gewesen ist«, versicherte Viktor.

»Lissi, bring mir den Kaffee bitte in der Farbe meiner derzeitigen Stimmung«, sagte Max zu der burschikosen Brünetten im Team.

»Rabenschwarz?«, fragte sie und kehrte schneller wieder zurück als sie verschwunden war. Nachdenklich lehnte Schulz mit der Gesichtsfront in den Raum am Fenster und ließ seinen eiskalten Schauder am Rücken von der einfallenden Sonne wärmen.

»Erstens müssen wir unverzüglich die Vorstände informieren.« Konzentriert verstreute er seine Anweisungen an die Teammitglieder.

»Viktor, Du nimmst Kontakt mit New York auf und klärst, ob sie ein ähnliches Problem gehabt haben.« Nach weiteren Aufgaben suchend, glotzte er Viktor an. Dann schnippte er mit den Fingern.

»Klemm Dich auch hinter die Strippe und check bei allen Niederlassungen, ob dort dasselbe passiert ist. Ich will wissen, ob wir die einzigen Idioten gewesen sind, die sich in einer Minute die jährliche Wirtschaftsleistung des Bundeslands Hessen vor ihrer Nase wegschnappen haben lassen.« Schulz fluchte innerlich über das Internetzeitalter. Früher hatte man mit Lastwagen vorfahren und stundenlang Scheine schlichten müssen. Heute betätigte einer ein paar Mausklicks und ist dann mit dem Geld von fünf Millionen Sparern verschwunden. Schulz wirbelte herum zu einem anderen Mitarbeiter.

»Suli, Du rufst jeden Hacker an, der uns bekannt ist und aufrecht gehen kann. Programmierer, Informatiker oder Freaks; egal wen.«

»Was soll ich den Jungs erklären?«, erkundigte sich der auftrainierte arabische Mannstyp.

»Du sollst Ihnen gar nichts erklären«, keifte Schulz knorrig.

»Häng unter keinen Umständen an die Glocke, dass uns das passiert ist. Das wäre Wahnsinn.« Schulz machte eine kurze Denkpause. »Mach einfach eine Umfrage oder Studie daraus: Wer kennt Attacken solchen Ausmaßes und wie wäre das technisch überhaupt möglich? Wie könnte man darauf reagieren? Erklär, dass wir intern ein Analyseprogramm entwickeln wollen.« Suli nickte seinem Boss zu, der noch immer fassungslos den Kopf schüttelte.

»Lissi, Du rufst unsere übrigen Herrschaften von ihren Ausflügen retour. Die sollen ihre Hintern hierher bewegen, bevor alle während ihres Wochenendurlaubs die Kündigungsschreiben der nächsten Pleitebank im Postfach liegen haben. Vergiss nicht den Bundesnachrichtendienst und die Staatspolizei zu informieren.« Maximilian Schulz spürte, wie eine kalte Schweißlauge aus seinen Achselhöhlen seitlich hinunter sickerte und sich am Hosenbund ansammelte.

»Was machen wir mit den Kundenbetreuern unten am Schalter?«, dachte Schulz laut nach. »Denk Dir einen Wortlaut aus, den die Mitarbeiter den Kunden erzählen könnten.«

Max fixierte den letzten Anwesenden im Raum.

»Michael, Du checkst die Log-Files.« Der deutsche IT-Sicherheitschef hob dramatisch die Stimmlage.

»Noch einmal an alle! Keiner erzählt an irgendeinen Außenstehenden was hier passiert ist, solange wir nicht restlos geklärt haben, welcher Teufel uns mit der Geburtszange die Geldscheine aus dem Arsch gezogen hat. Wir haben ab jetzt pausenlos Schicht. Noch Fragen?«, ordnete Maximilian Schulz energisch an.

Michael erhob sich langsam.

»Übrigens, Max«, meldete sich der pickelige Typ mit Sommersprossen zu Wort und streckte Schulz einen Zettel mit verklausulierten Symbolen entgegen.

»Hinter dieser IP-Adresse ist eine Nachricht versteckt worden.«

»Bringt uns das weiter?«, fragte Max und fixierte das Papierschnitzel.

»Na ja«, erklärte Michael. »Mein MIME-Type hat es als überlagerte Datei identifiziert.«

»Heißt das..?«, beäugte Schulz verstört seinen Mitarbeiter, der ihn unterbrach.

»Ja, das heißt es. Diese IP-Adresse besteht aus zwei miteinander verschränkten Informationsdateien.« Michael fuhr mit dem Finger auf den Papierwisch.

»Eine Textdatei und eine Videodatei sind miteinander gekoppelt worden. Die Textdatei habe ich dechiffrieren. Ich habe Dir einen Ausdruck gemacht.«

Max nahm das zweite Blatt Papier und saugte seinen Blick mit geweiteten Augen auf eine kurze höchst ironische Nachricht:

»WENN ER ÖFFNET, KANN NIEMAND SCHLIESSEN,
WENN ER SCHLIESST, KANN NIEMAND ÖFFNEN. E.L.N.!«

»Was zum Henker ist das?«, stieß er zornig heraus.

26

Konzil

Weit über 100 Augenpaare schoben sich zwischen ihren horizontalen Hautvorhängen nach vorne zum Papst. Die Brauen wölbten sich bei einigen über die ganze Stirn bis zum Kopfhaar auf. Dann formten sich die Münder in ein raunendes *Oh!* Schneeweiße Gesichter fielen in ihre Stühle zurück und nahmen Benedikt XVII. ins Visier. Leises Getuschel in den hinteren Reihen setzte sich mit fragenden Antlitzen ein, als offenbar nicht restlos alle realisiert hatten, was der Papst angekündigt hatte. Manche Lippen pressten sich langsam zu einem schmalen Strich. Kardinal Franjo Sepero kratzte sich an der Nase und schaute verwundert in die Sitzbänke.

›Haben wirklich alle richtig gehört? Den Wertpapierverkauf? Beweise für die Existenz Gottes? Vereinigung aller Weltreligionen? Ausstieg aus dem Geldwesen? Und ein Konzil noch am heutigen Tage eröffnen?‹

Die Petrusnachfolger warteten auf eine Erklärung. Keiner brachte die Courage auf, den Pontifex in diesem Augenblick einer Einvernahme über Christi zu unterziehen. *›Der Herr ist zurückgekehrt!‹*, hatte Benedikt behauptet. Mit ungekannter Massivität hatten die letzten Aussagen des Pontifex seine Glaubensbrüder überrollt.

»Liebe Brüder«, sagte der Heilige Vater.

»Lasst es mich der Reihe nach angehen.«

Benedikt saß lange still da. Die Fingerspitzen seiner Hände berührten sich so zaghaft, als würde er um Vergebung beten. Er spürte, dass seine Aussagen heftige Gemütserregungen unter seinen Brüdern auslöst hatten. Aber die hatte er erwartet. Zu historisch würden die nächsten Stunden und Tage werden. Die einen glotzten aufgeregt, weil sie eine noch unbekannte Chance verspürten. Die anderen aufgeregt, weil sie zuwenig Glauben aufbringen konnten und in Zweifel badeten. Jene Ungläubigen, die für alles ihre Beweise gebraucht haben. Benedikt musste diese päpstliche Entscheidung durchsetzen, denn er hatte himmlische Anweisung erhalten. Es waren immer Offenbarungen gewesen, die die Weltgeschichte verändert hatten. Auf diesen Bonus der Erkenntnis stützte er sich mit seinem Befehl. Er hatte eine reale Begegnung, deren Stellenwert sogar weit über der einer bloßen Offenbarung gelegen ist. Schließlich schwang er einen langen Blick durch die Reihen.

»Ich bin zur Einberufung dieses Konzil gegenüber unserem Herrn dann verpflichtet, wenn ich zu der Überzeugung gelangt bin, dass es seinem Willen entspricht. Und das tut es!« Der Heilige Vater schluckte und presste lautlos seine Zeigefingerspitze auf die Armlehne. Er wusste, dass er die Wucht seiner Informationen nur mehr mit seinem Habitus auf Höhe halten konnte. Benedikt stemmte seinen Oberkörper dem Auditorium entgegen, um die ganze Energie seines Geistes durch den Raum zu jagen.

»Ich gebe zu: der Weg zu unserem Herrn ist nun einmal mit überraschenden und spirituellen Grenzerfahrungen gepflastert. Aber wir müssen diesen Weg beschreiten.« Ein despotischer Blick sprühte aus seinen

Pupillen und signalisierte seine Entschlossenheit für die bevorstehende Operation.

»Gewiss Benedikt!«, köpfelte Kardinal Da Silva aus Peru in den Redefluss des Papstes.

»Ihr besitzt jene Unfehlbarkeit, mit der der göttliche Erlöser seine Kirche ausgerüstet haben wollte.« Benedikt starrte noch immer bärbeißig in die Menge und erwartete hellhörig die ersten kritischen Stimmen. Er wollte wissen, wer als erstes an seiner Unfehlbarkeit zweifeln würde. Eine Reinlichkeit und Makellosigkeit der pontifikalen Erkenntnis, die im Kirchenrecht unverrückbar verankert worden war. Für viele Kardinäle ist die Papstkonstitution ›*pastor aeternus*‹[29] hart umstritten und nicht mehr zeitgemäß gewesen. Doch Benedikt XVII. war zum Hirten auserkoren worden und jeder Hirte hat über die Richtung zu entscheiden, in die seine Herde zu wandern hatte.

»Unsere Konzilsväter haben den Pontifex seit dem ersten Vatikanischen Konzil mit dem Grundsatz des *pastor aeternus* über alle Autoritäten der Kirche erhoben«, konstatierte Bruder Da Silva und hob begütigend die Arme.[30]

»Ihr seid in Fragen der Lehre unfehlbar. Eure Entscheidungen sind endgültig.« Der Papst frischte sein Gedächtnis auf und erinnerte sich an einige seiner Vorgänger. ›*Es sei denn, es ist gar nicht dazu gekommen und man ist völlig überraschend frühzeitig verstorben*‹, dachte er. Kardinal Da Silva wurde ungeduldig und wartete noch immer auf eine Antwort.

»Würdet Ihr Euer Streben als unfehlbar bezeichnen, wenn Ihr solche schwerwiegenden Entscheidungen fällt? Schließlich habt Ihr doch eine Reihe von Beratern. Wer hat Euch dabei beratend unterstützt?«, schallte der peruanische Glaubenshüter dem Papst provokant entgegen. »Sämtliches Vermögen voreilig zu veräußern oder ein Konzil einzuberufen? Ganz zu schweigen von den anderen Dingen, die ihr beabsichtigt?«

Benedikt krauste die Stirn. Er wusste, dass der Wandel nach kanonischem Recht unumkehrbar sein musste. Das wäre nur über ein Konzil möglich und machte sein Vorhaben so gefährlich. Auch er hatte wie jeder andere Papst vor ihm genauso strenge Kritiker unter seiner Gefolgschaft und musste jederzeit mit dem Schlimmsten rechnen. Aber den Antritt zum Ruhestand wollte er lieber seinem gnädigen Auftraggeber und nicht dem alten Grundsatz überlassen, der im Vatikan ungeschriebenes Gesetz geworden war. ›*Morto un papa, se ne fa un altro*‹[31]

---

[29] *pastor aeternus;* lat.; Ewiger Hirte
[30] 1870; 1. Vatikanisches Konzil
[31] ›*Morto un papa, se ne fa un altro*‹; lat.; Wenn ein Papst stirbt, kommt ein anderer.

Benedikt blieb stumm und ließ die Wirkung der letzten Frage durch Schweigsamkeit abflauen. Er musste nur Zeit gewinnen, bis das Konzil vollständig eingetroffen und versammelt sein würde. Wenn er in drei Tagen einen Beschluss herbeiführen könnte, würde jede Art von Einfluss nehmender Politik ausgeschaltet werden und keine Gefahr drohen. Dafür hatte er bereits jetzt die Zeit zu radikal abgeschnitten. Benedikt ging nicht auf die Frage von Kardinal Da Silva ein. Die Entscheidung eines Papstes ist ›*unfehlbar*‹. Das ist seit 1870 ein unumstößliches Gesetz der Kirchenhierarchie gewesen.

Kardinal Damian erkundigte sich sichtlich erregt über den Plan des Pontifex.

»Wie wollt Ihr in den nächsten 12 Stunden das kürzeste und gewaltigste *Concilium* der katholischen Kirche einberufen?« [32]

»Ich beabsichtige es auch innerhalb von drei Tagen zu beenden«, konkretisierte Benedikt sein Vorhaben und spähte in die klaffenden Münder seiner Brüder. »Außerdem muss es auf den ökumenischen Regeln erfolgen, um allgemeine Gültigkeit aufzuweisen.«

»Ein solches Unterfangen ist a priori aussichtslos«, konterte Damian mit herausquellenden Augen.

»Von den letzten ökumenischen Konzilien in Trient und dem Vatikan hat das kürzeste 3 Jahre und das längste 18 Jahre Zeit verschlungen.« Immer unruhiger tigerte die amerikanische Glaubensautorität Damian hinter den Reihen hin und her und breitete den Teppich seiner fein geknüpften Skepsis auf dem geheiligten Boden aus. Benedikt ließ sich davon nicht beirren.

»Wir sind nicht nur die größte Glaubensgemeinschaft, sondern auch die einflussreichste unter den ältesten, politischen und noch existierenden Institutionen der Welt«, warf er seinem Fragesteller entgegen. Benedikts weiße Knöchel leuchteten aus den Fingeransätzen hervor, nachdem er sich mit beiden Händen an der steinernen Platte des heiligen Altars festgeklammert hatte.

»Wenn es die Dringlichkeit und Wichtigkeit verlangt, dann wird die Versammlung meinem Zeitplan zustimmen.« Er wusste zu gut, dass er nur dann ungestört Weltpolitik machen können würde, wenn er seine Arbeit fern von Machtgelüsten und Intrigen erledigen konnte. Er dachte an Operation ›*Pangäa*‹. Sein aggressiver Tonfall wollte einer neuen Stimmlage weichen, quoll aber unbeirrt weiter aus seiner Pantomime.

»Wir haben lange genug geschwiegen!«, holte Benedikt aus.

»Zur Zeit ›*Vincenzos*‹ hat man noch nichts über die neu entstehende Geldökonomie des Finanzkapitalismus gewusst.[33] Heute wissen wir alles und

[32] *concilium;* lat.; Zusammenkunft, gemeinsamer Weg

damit muss Schluss sein!« Der Papst gedachte an seinen großen Vorgänger aus dem 19. Jahrhundert, der weise Voraussichten gehabt und sie auch im Papstbuch verewigt hatte. Er hatte die Widersprüche und Konfliktpotenziale der Kapitalkonzentration schon damals vorausgesagt. Polarisierung der Einkommens- und Vermögensverhältnisse, soziale und politische Unruhen oder Massenarbeitslosigkeit würden die Weltordnung prägen, wenn sich der Kapitalismus jeder Kritik entziehen kann. Als die Welt mit der USA und der UDSSR noch in zwei Lebensentwürfe geteilt gewesen war, hatte das Geldsystem noch eine aufrichtige Motivation, sich als fortschrittlich und gerecht zu präsentieren. Doch seit 1989 war es damit vorbei gewesen.

Kardinal Beckham schüttelte in gespielter Verwunderung den Kopf. Benedikt wandelte gebieterisch vor die erste Reihe und musterte Beckham.

»Leo XIII. hat mit Recht vermutlich dasselbe getan, was Christus getan hätte. Er hat zur Umkehr aufgerufen und das weltweite Geldsystem öffentlich kritisiert.« Der Papst ballte die Faust.

»Aber er ist nicht energisch genug gewesen. Die Ideen des Westens sind vor 150 Jahren noch jung gewesen und man hat sie zumindest versuchen wollen. Der ›*Syllabus*‹ ist nach meiner Überzeugung der Ausweg aus dieser globalen Orientierungslosigkeit.«[34] Ein Murren raste durch das Kardinalskollegium, als der Heilige Vater den ›*Katalog der Zeitirrtümer*‹ erwähnt hat. Alle wussten, dass die Zeichen von heute an Leo XIII. erinnerten.

»Eure Heiligkeit! Wir haben so viele Probleme rundherum zu lösen. Warum wollt ihr Euch gerade jetzt so überstürzt solch gewaltigen Projekten annehmen?«, wälzte ein besorgter Kardinal seine Bedenken vor dem Papst aus. Offenbar wusste keiner der Apostelnachfolger, wie er auf die Behauptung Benedikts reagieren sollte, dass der ›*Herr zurückgekehrt sein soll*‹. Einige fürchteten, dass der Papst verrückt geworden sein könnte. Die Auferstehung ist zwar in der Heiligen Schrift angekündigt worden, aber wer hat wirklich daran geglaubt? Benedikt XVII. wäre nicht der erste Oberhirte gewesen, dessen Psyche sich unter großem Erwartungsdruck in aller Nacktheit präsentieren hätte können, nachdem er seinen Verstand an den Garderobenhaken geschwungen hatte.

»Überstürzt? Gar nichts ist überstürzt. Eher besteht die Gefahr, dass wir zu spät sind. Eine Debatte über das *WARUM* erscheint mir überflüssig. Vielmehr

---

33 *Vincenzo Gioacchino Pecci;* Papst Leo XIII: wurde 1810 geboren und studierte an der Jesuitenschule und Römischen Akademie. Sein Pontifikat ist von 1878 bis 1903 eines der längsten gewesen.

34 *Syllabus;* Der Katalog der Zeitirrtümer; griech.; 1864 wurde von Pius IX. erstmal mit der Enzyklika »Quanta cura« an die Bischöfe eine Zusammenstellung von »Irrtümern« der modernen Zeit verschickt. Der Syllabus war als »Schutzdamm« gegen den neuzeitlichen Prozess gedacht und amtlicher Ausdruck der distanzierten Haltung der katholischen Kirche gegenüber der modernen Kultur der Kapitalanhäufung.

ist es von Bedeutung, *WIE* wir uns der Probleme annehmen wollen. Leo XIII. war der letzte, der das versucht hat, was 50 Jahre vor ihm durch Pius IX. angedeutet worden ist. Und was vor allem unser Gründer im Tempel von Jerusalem vollbracht hat. Leo hat mit seiner Enzyklika ›*rerum novarum*‹ einen historischen Kraftakt geschaffen. Ihr wisst das genau. Das ist alles über 100 Jahre her. Was ist also überstürzt?«, donnerte der Papst.

»Auch Leo XIII. hat ›*von den neuen Dingen*‹ gesprochen und die Unmenschlichkeit des Geldhandels erkannt. Seine Botschaft hat völlig neue unbedingte Regeln für den Kapitalismus gefordert. Er hat die Wirtschaftsordnung zwar anerkannt, hat aber ihre Auswüchse kritisiert.« Eingeschüchtertheit breitete sich unter den Petrusnachfolgern aus. Man konnte doch nicht in die Wall Street eindringen und die Stecker der Handelssysteme internationaler Großbanken rausziehen, um eine neue Oktoberrevolution auszurufen. Wie sollte der Vatikan gegenüber der US-Regierung erklären, dass er sich wirtschaftlich völlig aus dem Kontinent zurückziehen würde?

»Nicht, dass wir Leo deshalb zum Kommunisten machen müssen«, beschwichtigte der Papst.

»Im Gegenteil. Den Lebensentwurf einer Diktatur über ein Volk von Eigentumslosen hat er viel vehementer verurteilt. Das Recht auf privaten Besitz nicht anzuerkennen, ist und war immer schon ungerecht.« Mit wallender Soutane schritt der Papst vor die Reihen.

»Dennoch hat er davor gewarnt, dass beides zum Niedergang unseres Glaubens führen werde. Beides wird entweder verantwortlich für gierigen Wucher oder für eine Masse von Besitzlosen, der ein sklavisches Joch auferlegt wird. Das Joch des Zinses und der Schulden. Ist das Endergebnis des Kapitalismus etwas anderes als jenes des Kommunismus, wenn man die angehäuften Schulden gegenüberstellt? Was gehört denn dann dem Bürger noch? Was finden wir denn heute überall in der Welt vor? Wenn die Menschen also keine Reaktionen von uns sehen, wird unsere Rolle in der Welt immer unbedeutender!«

Die Kardinäle blickten sich ratlos um. Eine Dozierung über den möglichen Niedergang des christlichen Glaubens ließ zahlreiche Köpfe absinken. Die Austritte, die der Vatikan seit den Missbrauchsskandalen oder den Holocaust-Leugnern erlitten hatte, sind in der Tat ein Menetekel geworden. Die Herde ist während der Amtszeit von Benedikt XVI. um zehn Prozent kleiner geworden. Das sind immerhin fast 200 Millionen gläubige Stimmen gewesen. Die Mehrheit hat immer weniger Vertrauen bekommen. Sollte die Christenheit als verschrumpelte Gemeinde von Liebe predigenden Halbidealisten untergehen, wenn sich die Kirche nicht endlich zu den großen politischen Irrtümern äußerte?

»Aber wir dürfen uns doch *nie* mehr zur Politik äußern. Daran möchte ich tunlichst erinnern, lieber Bruder Benedikt. Das ist die zwingende Grundlage unserer Anerkennung als Staat gewesen«, entgegnete der Älteste unter den Kardinälen.

»Ihr habt Recht«, konstatierte Benedikt.

»Wir durften uns seit 1929 nur mehr zu *moralischen* Fragen äußern.« Der Papst drehte sich zum Westflügel der Sitzbänke.

»Aber seht sie Euch an«, rumpelte er und riss den linken Arm Richtung Jüngstes Gericht, um auf die Symbolik der heutigen Zeit hinzudeuten.

»Was ist aus der Politik geworden? Die Politik, in die man sich ab 1929 nicht einmischen wollte, gibt es nicht mehr. Die Entscheidungsgrundlage hat sich nach meiner Einschätzung verändert.« Benedikts Haltung lockerte sich. Er spürte noch nicht den Widerstand, den er befürchtet hatte. Sicherheitshalber setzte er nach.

»Leo XIII. hat doch den wichtigsten Grundwertekatalog für die freie Marktwirtschaft formuliert, der jedem Vergleich mit der Erklärung der Menschenrechte standhalten könnte. Jede Nation hat dies bis heute ignoriert.« Funken der Einsicht schienen die verdutzten Gesichter des Kardinalkollegiums zu erhellen.

»Wenn entfesselte Denkvorschriften der heimlichen Herrscher hinter den Anführern die Welt immer mehr destabilisieren, die Menschen auf der Straße unter Einsatz ihres Lebens Gerechtigkeit fordern und in eine Glaubenkrise stürzen, dann müssen wir als bedeutsamer Teil dieser Geschichte auch etwas dazu sagen. Ist jemand anderer Meinung?«

Wie ein Top-Verkäufer holte sich der Papst nach der Reihe die psychologischen Zustimmungen. Mehrheitliches Nicken festigte sein Vorhaben. Er zog unvermittelt Zornesfalten auf die Stirn und ballte energisch die Fäuste.

»Wir dürfen nicht aus den Augen verlieren, was wir zu tun haben. Was sollen wir aus der Tatsache schließen, dass zwei Milliarden Gläubige der christlichen Botschaft einen Sinn zusprechen? Können wir in Anspruch nehmen, dass kein Anführer genannt werden kann, der ein größerer Denker gewesen ist als unser Gründer?« Auf Einwände wartend blickte sich Benedikt um.

»Wer ist denn dieser Denker gewesen, der bis heute die meisten Weltbewohner von seiner Idee überzeugen konnte?«, sprühte er suggerierend heraus.

»Ein einfacherer Wanderer.« In den Mienen des Kollegiums tanzten Verwunderungsfalten.

»Ein einfacherer Wanderer hätte sich niemals wegen seiner Überzeugung davor gefürchtet, wenn die NATO mit Panzern vor seinen Toren aufgetaucht wäre.« Warum Christus niemals Furcht gehabt hätte, lag auf der Hand.

»Weil er nichts zu verlieren gehabt hat«, sagte der Papst.

»Warum hat er nichts zu verlieren gehabt? Weil er von Anfang an keinen Wert auf den Streit um Besitz gelegt hat. Hat sich Christus vor irgendeinem Imperium gefürchtet? Nein! Er hat uns den Schlüssel zum Himmelreich übergeben, damit wir uns ebenso vor nichts zu fürchten brauchen.« Der Papst zog einen Scharfblick durch die Augenreihen seiner Brüder.

»Als sein Nachfolger muss ich mich fragen, ob ich ein ebenbürtiger Visionär bin? Auch wenn die Visionen von Christus für viele von uns eine unerreichbare Größe aufweisen, so hätte dennoch jeder von uns diesen Maßstab zur Richtschnur seiner eigenen Visionen machen müssen.« Benedikt geriet bei dem einsichtvollen Gedanken über die Tatenlosigkeit der Vergangenheit immer mehr außer sich.

»Aber ich muss mich seit einigen Monaten nicht mehr fragen, was *ER* in diesen Zeiten gefordert hätte. Ich weiß es mittlerweile und deshalb habe ich so entschieden.« Benedikt stand von seinem schweren Eichenholzstuhl auf, schritt herum und stellte sich breitbeinig dahinter. Er atmete tief durch und stemmte sich auf die Rückenlehne.

»Brüder! Die Zeit ist gekommen, Gottes Wort neu zu definieren«, schallte er in die Kapelle und spitzte die Fingerkuppen seiner ausgestreckten rechten Hand.

»Ich habe heute Operation *›Pangäa‹* ausgerufen«, sagte er.

»Wir sind die spirituellen Führer der größten Glaubensgemeinschaft. Vertraut doch auf die Kraft der Menschen, Signale zu erkennen und sie im Kollektivbewusstsein aller zu wecken.« Benedikt gestikulierte wieder mit zugespitztem Zeigefinger und Daumen, um auf den Kern des Problems hinzuweisen.

»Glauben wir doch wieder mit lebender Leidenschaft an diese Idee, die alle Menschen in einem tief verborgenen Unterbewusstsein seit 2.000 Jahren so sensibel berührt hat.« Benedikt fuhr mit dem Arm in einem großen Halbbogen ruckartig über sein bemütztes Haupt. Er wusste, dass die Glaubwürdigkeit der Glaubenslehre immer geringer geworden ist, weil den veralteten Evangelien kein neuer Geist eingehaucht worden war.

»Leben wir doch diese Idee mit mehr Leidenschaft und Gefühl. In einer überraschenden Botschaft, die wir hier an diesem Ort so formulieren werden, so dass sich jeder in alle Ewigkeit daran erinnern kann.« Benedikt ging wieder um seinen Thron herum nach vorne und ließ sich mit einem Knarren der Polsterfederung hineinsacken. Die Kardinäle wurden sichtlich nervöser.

»Solange die Menschheit existiert, solange soll sie in den Geschichtsbüchern über diesen Ort und diesen Tag erzählen«, forderte der Nachfolger des Apostels Petrus. Einige hüstelten verlegen, kauten auf ihren Fingernägeln oder rutschten hin und her, während sie dem Pontifex hochkonzentriert ihre Aufmerksamkeit schenkten.

»Was ist Operation ›*Pangäa*‹?, fragte Kardinal Beckham.

»Das werdet Ihr in Kürze erfahren. Aber im Kern entspricht es der neuen Botschaft des Herrn. Wir müssen in den nächsten drei Tagen neue Worte erschaffen, an die man sich auch noch in 2.000 Jahren erinnert. Wir müssen endlich grundsätzliche Fragen des *heutigen* Lebenssinns beantworten und uns nicht hinter unverständlichen Psalmen und Versen verschanzen. Ich versichere Euch, dass alles verloren sein wird, wenn wir uns nicht endlich in einem Schulterschluss erheben. Das ist die Operation Pangäa.« Worauf der Heilige Vater in seiner Dimension hinaus wollte, konnten sich die wenigsten gerade noch schemenhaft vorstellen. Aber der Refrain seiner kurzen und prägnanten Fragen hallte in den Köpfen der Kardinäle nach. Sie spürten, dass er es ernst gemeint hat. In einer Mischung aus Sorgenfalten und grimmigem Blick stieß Benedikt heraus.

»Hat Christus Streitkräfte benötigt oder mit Krieg drohen müssen, um den Führeranspruch dieser Welt zu erreichen?« Stirnrunzeln war die Ernte für diese Frage. *›Will Benedikt den Führungsanspruch für die Welt stellen?‹*

Einige im Kollegium fühlten sich durch diese radikale Fragestellung über die Wahrheit hinweggeblendet. Den Kirchenstaat hatte man schließlich seit dem 8. Jahrhundert von der Landkarte zu tilgen versucht. Über 1 ½ tausend Jahre waren die Christen im Krieg gewesen. Über die gesamte Menschheitsepoche waren im Grunde alle Religionen in Kriege verwickelt gewesen. Fast alle Kriege waren auch Religionskriege. Religionen sind die Hauptursache für den Großteil der Kriege gewesen. Die Stabsstelle der himmlischen Allmacht hatte sich am Ende dieser langatmigen Auseinandersetzungen mit Ritualen der Abschottung helfen müssen. Man hatte im 20. Jahrhundert keine andere Lösung mehr gesehen, als die bilateralen Verträge mit allen Völkern einzugehen. Am 11. Februar 1929 war der Startschuss gewesen, als Mussolini und der damalige Kardinalstaatssekretär die Lateranverträge unterschrieben hatten. Die wechselseitige Anerkennung beider Staaten ist damit besiegelt worden. Der Heilige Stuhl war seither auch als Subjekt des Völkerrechts verankert und hat eine Stellung als Sonderbeobachter in der UNO gehabt. Der Vatikan ist zu einem Staat geworden, der heute mit allen in Frieden lebte.

»Eure Heiligkeit. Ich denke, ich bin nicht der einzige, aber mir brennt die Frage in der Kehle, ob Ihr Gedanken hegt, in der Weltpolitik einen Führungsanspruch zu stellen?«, fragte der amerikanische Kardinal Damian und spürte seinen aufkochenden nationalen Heimatstolz aufwallen. *›Amerika hatte die Führung.‹*

»Christus hätte niemals einen Führungsanspruch gestellt«, antwortete Benedikt. »Auch ich werde mich hüten, das zu tun. Aber gerade was er auf irdischer Ebene nicht gefordert hat, hat er auf überirdischer Ebene erreicht. Dabei spreche ich aber nicht von einer erreichten Führung über Land und Besitz, sondern von einer Führung über den Geist und die Ideale. Und wir sind drauf und dran, dieses Erbe zu verspielen.« Bis jetzt empfand Benedikt die Reaktionen durchaus gemäßigt und hatte keinerlei Problem der Parierung. Gebieterisch streckte er die Hand aus.

»Wir halten bei den Vereinten Nationen einen Sonderstatus als ständiger Beobachter. Wir sollten diesen Status nutzen. Beobachter sind doch nicht bloß Subjekte, die ohne die Wahrnehmung ihrer Pflicht zur Kritik irgendwelche Anwesenheitshonorare einheimsen. Beobachter sind Vertreter der Vernunft und Gerechtigkeit«, warf der Papst ein und zog die aufmerksamen Blicke der Anwesenden an sich.

»Wir können im politischen Krisenmanagement dieser Welt eine größere Rolle spielen als wir denken«, belehrte er mit mahnendem Finger und besann sich auf die noch immer gewaltige Größe seiner Herde. Während des Pontifikates der Rekorde von Papst Johannes Paul II. war die Zahl der katholisch Getauften um 45 Prozent angewachsen. Weltweit waren fast 5.000 Bischöfe, 420.000 Ordens- und Bistumspriester und rund 750.000 Nonnen aktiv. Dagegen ist die römische Zentralverwaltung mit ihren 3.600 Bediensteten ein kleiner Stoßtrupp gewesen. Der Vatikan steuerte das größte Unternehmen dieses Planeten, wenn man alle Erfüllungsgehilfen als Mitarbeiter betrachtet hatte. Die internationale Penetration der Völker verbarg durch die Human Power des christlichen Geistes explosive Leistungssteigerungen, wenn man sie in einer Mobilmachung richtig einsetzen würde. In der heutigen Zeit der Instabilität konnte man die Bürger für eine neue Idee gewinnen. Das hatte der Arabische Frühling eindringlich unter Beweis gestellt. Die Menschen brüllten heute geradezu nach neuer Stabilität und neuer Ordnung. Vor allem jene, die gläubig gewesen und besitzloser geworden sind oder vielleicht gerade deshalb auch immer gläubiger wurden. Die, die mit einer unausgeglichenen Lebensbilanz den Luxus ihrer selbstgefälligen Anführer bezahlen mussten. Im Grunde war es in der Geschichte nie anders gewesen. Ob Kaiser, Pharaonen, Könige, Fürsten oder Diktatoren. Die nadelgestreiften Volksvertreter von heute verbarrikadierten ihre Ansprüche nur hinter ausgeklügelten Gesetzen, die die Mehrheit gar nicht verstehen konnte; und auch nicht sollte. Eine Situation, in der der Vatikan als moralische Instanz längst handeln hätte müssen. Mit Benedikt XVI. war ein zu schwacher Papst im Amt gewesen. Aber das ist das problematische Phänomen des gesamten heranwachsenden Jahrhunderts gewesen. Rund herum Schwächen in der Führung aber Stärken in der Wichtigtuerei. Inhaltsleere und mutlose Konformisten, die sich auf Gipfeltreffen zugeprostet haben, um sich auf Steuerkosten anzufressen, aber nichts zu wagen getraut haben. Man wartete immer sehnsüchtiger auf einen mutigen Vorstoß. Auf einen aufsehenerregenden neuen Entwurf, um die Geschichte wieder zu gestalten. Um der Murmel des Geistes wieder eine neue Richtung und neuen Drall zu geben. Benedikt spürte das und durchbrach das dumpfe Geflüster seiner Brüder mit der Ergreifung des Wortes.

»Auch nur einen annähernden Einfluss auf den Verlauf der Welt zu nehmen wie ihn Christus genommen hat, erscheint uns heute wie eine Wundertat. Aber wen würde es wundern, wenn wir es versuchen würden? Wir fänden Millionen tapfere Menschen, die unsere Mission teilen würden«, redete Benedikt seiner Zuhörerschaft Mut zu.

Was dieser Papst nun vorhatte, sollte einem Erdbeben gleichkommen. Doch was hatte er zu verlieren? Er erklärte niemanden den Krieg. Niemand wusste, ob die Kirche heute noch bestehen würde, wenn sie im Mittelalter nicht eigene Streitkräfte unterhalten hätte oder fremde Streitkräfte für sich eingesetzt hätte. Niemand wusste, ob die Kirche überlebt hätte, wenn sie keine Allianzen oder politische und kaiserliche Bündnisse geschlossen hätte. Der Papst wusste eines: Die Frage, ob der wahre Glaube überlebt hätte, wenn die Kirche in den Wirren des Mittelalters als Institution zugrunde gegangen wäre, ist *nur über einen* Weg beantwortbar. Wenn die Menschen nur deshalb an die Umkehr geglaubt haben, weil die Kirche wie ein Konzernduplikat die Produkte ihres Gründers erfolgreich vermarktet oder im Stile eines Fußballvereins Fanartikel verkauft hat, dann hatte dieser Glaube keinen Wert mehr gehabt. Das wäre nicht jener Glaube gewesen, den Christus gewollt hätte. Mit Geschäftemacherei eine Hoffnung am Leben zu halten. Früher war das Überleben der Kirche durch Truppen gesichert worden und für die Verbreitung des Wortes Christi notwendig gewesen. Früher hätte die Botschaft Christi nicht überlebt, wenn der Vatikan im Mittelalter überrollt worden wäre. Heute wusste man um diese Irrtümer Bescheid. Glaube ist immer eine Sache des *Herzens* gewesen. Eine Sache des Herzens ist keine der Politik, der Schwerter, der Motivationsanreize, der Produkte oder Markenartikel. Der Papst spürte instinktiv, dass die einzige Rechtfertigung für die Irrwege der Kirche in den bevorstehenden Tagen liegen würde. Die elektrisierende Spannung in der Sixtinischen Kappelle verbreitete das Inferno einer herannahenden Götterdämmerung. Kardinal Damian schaltete sich noch einmal energisch in die Debatte ein.

»Benedikt! Wir haben über 2.000 Jahre gebraucht, um eine Herde dieser Dimension zu gewinnen. Aber diese Menschen sind doch in ihren

Gesellschaftsstrukturen und in ihrem Alltag fest verwurzelt. Die Herzen dieser Weltenbürger sind für revolutionäre Ideen solcher Tragweite nicht erreichbar. Dafür haben die Menschen materiell zuviel erreicht.« Der Oberhirte konterte prompt.

»Im Gegensatz zu unserem Gründer haben wir heute mediale Möglichkeiten, die es uns erlauben, gleichzeitig rund um den Globus von der gesamten Menschheit angehört zu werden, Bruder Damian.« Der Vatikan hatte den Vorteil medialer Verbreitung von Botschaften längst erkannt und auch eingesetzt. Johannes Paul II. hatte die Imagekorrektur von einer grauen Eminenz zu einem pontifikalen Popstar vorgezeigt. Sich nur dem sakralen Rummel einer Generalaudienz zu stellen und anschließend im Papamobil einen Ausflug ins Dickicht der Pilger zu unternehmen, um die Grußgesten und das gütige Streicheln über Kinderköpfe zu praktizieren, ist nicht mehr überzeugend genug gewesen. Nicht gütige und fromme, sondern große Taten waren in dieser Zeit gefordert. Die große Tat wäre die gütigste. Kardinal Sepero blickte zu Boden, während das übrige Kollegium von der ausgestrahlten Willenskraft des Papstes überrollt wurde.

»Liebe Brüder! Die nächsten drei Tage werden mit den Tagen der Kreuzigung und Auferstehung vergleichbar werden. Als oberster Hirte verfüge ich daher, dass sich jeder unserer Nuntien und Bischöfe innerhalb der nächsten 12 Stunden im Vatikan einzufinden hat.[35] Wir haben keine Zeit zu verlieren. Bruder Franjo leitet die Mobilmachung.« Die Verfügung des Papstes konnte sich den Status einer Kriegserklärung an die Brust heften. Seine Entschlussfreudigkeit setzte einen völlig neuen Maßstab. Kardinal Sepero hüstelte gekünstelt, setzte seine rahmenlose Lesebrille auf, erhob sich und klappte seine Kardinalsmappe auf.

»Ich schlage als Erstes vor: Wir ordnen unseren Sekretären an, innerhalb der nächsten Stunde über alle verfügbaren Call-Center unsere Gemeinde weltweit zu kontaktieren.« Empörtes Gelispel hallte durch das Gotteshaus, als sich die Kardinäle nun doch etwas zu sehr überrumpelt fühlten. *›Ein Call-Center? Sollen unsere Nuntien wie Rekruten eingemustert werden und an die Front?‹*

»Das geht doch ein bisschen zu schnell«, grunzte Kardinal Gerrera nach vorne.

Mit militärischer Unbeirrbarkeit erteilte Sepero als Koordinator der Mobilmachung seine weiteren Anweisungen.

»Der Heilige Vater wünscht jeden bis Null Uhr Mitteleuropäischer Zeit zu einer unverzüglichen persönlichen Beratung höchster Wichtigkeit hier im Petersdom anzutreffen«, musste Franjo Sepero lautstark durch die Kuppel dröhnen, um im Stimmgewühl nicht völlig unterzugehen. Kardinal Andreas

---

[35] *nuntius;* lat.; Bote; Gesandter der Kirche

aus Neuseeland wandte ein, dass dies für jene Kirchenbotschafter, die neue Gläubige in den Tangwiesen an der australischen Küste oder in den afrikanischen Steppen anheuerten, unmöglich sein würde.

»Dann müssen wir das Unmögliche möglich machen. Welche Hubschrauber, Sportflieger oder Überschallmaschinen auch verfügbar sein werden. Wir haben im Weltsicherheitsrat mit allen Nationen eine Vereinbarung über die Nutzung ihrer Luftkräfte getroffen, wenn wir eine friedliche Mobilmachung durchzuführen beabsichtigen.« Man spürte, wie die oberste Stabstelle des Himmels das gewaltigste Muskelspiel vorbereitete, das sich in der Menschheitsgeschichte auf spiritueller Ebene abgespielt hat. Ein allumfassender Entwurf leuchtete durch die dunkle Wolkendecke der Jahrhundertereignisse. Ein Lebensplan, der die gesamte Epoche der letzten 2.000 Jahre überragen würde.

»Wenn der Leonardo Da Vinci Flughafen täglich hunderttausende Passagiere abfertigt oder Paris Hilton mit ihrem Privatjet aus Los Angeles in kürzerer Zeit ein Szenelokal in Rom aufsuchen kann, dann wird diese Institution auch seine weltweit verstreuten Gesandten in einem halben Tag hierher befördern können«, monierte Franjo Sepero lärmend in die Reihen.

»Was geschieht mit Kranken, die nicht können?«, warf ein Kardinalsbruder ein.

«Die werden via Internet über Standleitungen direkt zu uns verbunden«, wandte sich Bruder Franjo zu seinem Anführer um, der mit einem Nicken bestätigte.

»Papst Benedikt hat niemanden ausgeschlossen.« Sepero zeigte auf die Bildschirmwand, von der unverändert der Aphorismus heruntergestrahlt hat: *›In der Menschheit kann immer jeder Fall eintreten, der möglich ist‹*

»Deshalb haben wir die Technik installieren lassen. Wir haben Vorkehrungen für Live-Schaltungen in alle Kontinente getroffen.« Kardinal Damian zog einen konsternierten Gesichtsausdruck auf.

»Ihr habt was? Vorkehrungen für Live-Schaltungen in alle Kontin….« Benedikt erhob sich kurz von seinem Stuhl und flankierte die Ausführungen seiner rechten Hand Kardinal Sepero. Benedikt deutete ebenso auf die Leinwand.

»Zeigen wir dieser Welt, was alles der Fall sein kann«, fiel er Damian ins Wort. Das letzte Mal ist lange zurück gelegen, als der Papst vor Aufregung so feurig gebrannt hatte.

Wenn der Heilige Stuhl seine diplomatischen Beziehungen einsetzen und die Wichtigkeit seines dringenden Gipfeltreffens betonen würde, dann müsste jede Regierung durch Sondergenehmigungen Hilfe leisten. Auch wenn es Geld kosten würde. Es ging um die letzte Mobilmachung im Phänomen der größten und reichsten Kirche. Das Kardinalskollegium war über die Tonart des Papstes und Kardinal Sepero doch etwas überrascht und kämpfte aufgrund des plötzlichen Zeitdrucks mit gehörigen Irritationen. Es ist in den letzten Monaten viel über die Reformen diskutiert worden, die in der Kirchenlehre umgesetzt werden müssten. Zu hoch waren der Glaubensverlust in die Stabsstelle des Himmels wegen der Skandale. Zu gering war der Nachwuchs an Priestern und potenziellen Apostelnachfolgern geworden. Zu uninteressant war die Arbeit in der Verbreitung christlicher Werte geworden. Allen ist klar gewesen, dass man auf einen Exodus hinsteuern würde, wenn dieser Trend nur wenige Jahrzehnte so weitergehen sollte. Dem Vatikan schwanden die Einnahmen und immer mehr Kirchen oder Klöster mussten verkauft oder geschlossen werden. Man schrumpfte zu schnell. Es musste also eine neue Erklärung des Glaubens her. Benedikt stemmte seine linke Hand in die Hüfte, während er mit der rechten beschwörend den Zeigefinger hob.

»Wir werden mit diesem Konzil eine ›*ultima ratio*‹ aufstoßen, meine lieben Brüder.[36] Vertraut unserem Herrn.« Der Vatikan mutierte soeben zu einem aktiven Global Player, der aus seinem Jahrhunderte andauernden Schlaf erwacht ist und alle seine verfügbaren Reserven einmusterte, um einen finalen Schlag zu setzen. Wie ein bedrohlicher Meteorit schwebte über all dem noch immer die ungeklärte Behauptung des Papstes, dass ›*der Herr zurückgekehrt ist*‹. Man zögerte noch mit dieser Frage und ging der möglicherweise kranken Psyche des Oberhirten aus dem Weg. Die strenge Prüfung seiner Aussage war zu sensibel, sodass sie sich unbedingt aus der Debatte heraus ergeben musste. Keinesfalls durfte sie ultimativ erzwungen werden. Wenn jemand den Eintritt der größten Prophezeiung der Menschheit mit solcher Überzeugung ankündigt, wie es der Papst getan hatte, dann musste man das mit großer Bedachtnahme behandeln. Die Kardinäle machten das. was Menschen gerne gemacht haben: Sie begannen sich in zwei Gruppen aufzuspalten. Sie wie es Benedikt erwartet hatte. Insbesondere ignorierten sie den Aufruf von Kardinal Sepero, die Mobilmachung einzuleiten. Die Anwesenden glotzten baff in Richtung Jüngstes Gericht, vor dem der Papst verweilte. Benedikt wartete auf Einwände.

»Wenn keine Einwände erfolgen, werden wir jetzt Operation ›*Pangäa*‹ einleiten.« Zwischenzeitlich war Kardinal Sepero hinter dem Papst vorbei gegangen und justierte in gestellter Manier am Stativ der Leinwand herum. In einem kurzen Augenblick der Unachtsamkeit aller verließ er leise das Gotteshaus.

Benedikt setzte fort und wollte die Fernbedienung für die nächste Folie betätigen, die von der Leinwand herunterstrahlen sollte. Ratlose Gesichter von

---

[36] *ultima ratio;* lat.; der letzte Ausweg, die letzte Wahl

Apostelnachfolgern versammelten sich vor ihm. Mit dem Antlitz des Unverständnisses schüttelte er den Kopf.

»Wenn Ihr mir die Bemerkung erlaubt. Ihr interessiert Euch mehr für das Konzil und die angestrebten Reformen als für unseren Glaubensgründer. Eure Furcht ist stärker als Eure Hoffnung.«

Man spürte, dass in Kardinal Damian eine Entrücktheit über die Ereignisse ausgelöst worden war. So einfach und ohne Erklärungen konnte die Kirche keine Mobilmachung veranlassen. Der Zeitpunkt war gekommen, wo er Benedikts Behauptung über die Rückkehr des Herrn sorgfältig hinterfragen sollte.

27

Lindberghs Baby

Harvey saß unverändert bei Lukas im Taxi auf dem Weg nach Hause. Seine Gedanken schwappten wie ein aufgewühltes Wasser zwischen dem herausfordernden Gespräch mit seinem Chauffeur und den Artikeln im Google hin und her, auf die ihn der Demonstrant vor der Zentralbank hingewiesen hatte. Harvey rieb sich an den Schläfen. Noch immer brütete er über der eindeutigen Zeugenaussage einer Sekretärin von John F. Kennedy, die diese bei einer Anhörung vor dem Kongress darüber zu Protokoll gegeben hatte, was sein Vater zu ihm im Oval Office gesagt haben soll: *›Wenn Du das tust, dann bringen sie Dich um!‹* Kennedys präsidiale Anordnung zur Aufhebung des Notenbankgesetzes war eine seiner bedeutendsten Schachzüge gewesen.

›Steht die Aufhebung des Notenbankgesetzes in einem Zusammenhang mit der Warnung seines eigenen Vaters?‹ Diese Frage schwirrte wie ein lästiger Moskito um Harveys Geweih herum. Kennedys Vater hatte das Attentat geradezu prophezeit, wenn die Aussage der Sekretärin gestimmt hat. Während Harvey in Gedanken versunken grübelte, wartete Lukas offenbar auch noch immer auf eine Erwiderung. Wie ein lauernder Fuchs spähte Harvey auf die weiteren Google-Treffer. Er versuchte in seinem Gedächtnis abzurufen, worüber er mit Lukas zuletzt so angeregt gesprochen hatte. Der Taxifahrer hatte ihm vorgehalten, dass die Weltbürger garantiert *›vor dem nächsten Wahnsinn stehen würden‹*, wenn die heranwachsende Jugend in Zukunft jene Welt kopieren würde, die man ihnen überlassen hat. Lukas hatte Harveys Behauptung bestritten, dass die gegenwärtige Welt *›die beste aller Welten‹* gewesen sein soll,

die es jemals gegeben hatte. Die Welt des angestrebten Überflusses an Möglichkeiten. Lukas hatte ihn mit dem Unterton des Sarkasmus gefragt, ob seine Wirtschaftstheorie des Nestismus die Welt wenigstens verbessern könnte oder *›ob man die Investmentbanker mit dem Umbringen bedrohen würde, wenn sie nicht nach Geldvermehrung spekuliert hätten?‹* Und das, nachdem Harvey die Behauptung aufgestellt hatte, dass *›alles‹* Spekulation gewesen ist, was man im Leben getan hat.

»Lukas, Sie sind aber schon eigenartig. Unsere Welt als schlechteste aller Welten hinzustellen, erinnert mich an die Parolen der Kommunisten.« Die glatte hohe Stirn des Taxilenkers legte sich in große Falten.

»Muss es denn gleich der Unterschied sein, den man zum Hindernis erklärt?«, winkte Lukas aufbegehrend ab. »Beispielhaft für das Versagen dieser Welt war wohl die Höllenfahrt der AIG. Es macht also keinen Unterschied ob ein Konzern im einen oder anderen System seine Geschäfte betreibt. Es ist alles nur eine Glaubensfrage mit Ablaufdatum«, konstatierte der Taxilenker. »So oder so gehen alle einmal zugrunde; egal in welchem Teich wer fischt. Und wenn ich *alle* sage, dann meine ich auch alle. Ob der eine Konzern im Eigentum aller oder nur weniger steht, ist völlig egal. Im einen Teich werden die Leute faul und desinteressiert, weil es nicht ihr eigener ist und im anderen Teich werden sie gierig.« Harvey wurde zunehmend erbost. Die Quasi-Pleite des größten Versicherungskonzerns der Welt ist ein Warnzeichen gewesen.

»Das Desaster mit AIG hat ganz andere Gründe gehabt als es die Öffentlichkeit glaubt«, spielte er mit spöttischem Unterton die Feststellung von Lukas herunter und musterte die Bedienoberfläche seines iPads. Lukas hielt seinen Widerstand jedoch aufrecht und setzte nach.

»Andere Gründe als es die Öffentlichkeit glaubt? Man kann Studien glauben oder nicht…«, platzte er heraus, »…aber das Social Rating Modell von drei führenden US-Wissenschaftern hat ergeben, dass der absolut niedrigste Wert von Sozialkompetenz, der je in einem Unternehmen gemessen worden ist, in einer Großbank beobachtet wurde.« Lukas reihte den Wagen langsam auf der rechten Spur ein und suchte Harveys Blickkontakt über den Innenspiegel. »Haben Sie eine Erklärung dafür, warum der niedrigste Wert von Sozialkompetenz in einer Großbank gemessen wurde?«

Harvey klimperte unschuldig mit den Augenlidern. »Haben Sie sich gefragt, wer diese Studie in Auftrag gegeben hat?«, parierte er kämpferisch zurück.

»Wahrscheinlich waren das Sozialisten, die die öffentliche Meinung manipulieren wollten. Aber Banker können sogar sehr sozial sein. Sie schaffen Mehrwert, mehr Wohlstand, mehr Freizeit, mehr Gleichberechtigung, mehr Chancen und mehr Meinungsfreiheit für die Menschen.« Zahlreiche Bilder von der arabischen Weltmetropole Dubai schlichen wie ein Bummelzug in Harveys Gedanken. Eine Plastikwelt der Superlative, die ohne Banken nicht möglich geworden wäre. Der Prototyp des westlichen Modells. Ein durch Papiergeld ermöglichtes, künstliches, unnatürliches und von Menschenhand erschaffenes Retorten-Universum aus Krediten. Man hatte eine ehemals sandige Wüsteneinöde an der Küste in eine Millionenstadt verwandelt und die alte Landschaft völlig unkenntlich gemacht. Die Ironie daran war, dass die ganzen Kredite nur auf Sand verbaut worden sind. Aber Harvey hatte auch dafür eine Erklärung parat.

»Banker praktizieren die wahrscheinlich wichtigste Theorie der Managementlehre«, beleuchtete er seinen Fahrer. »Die kreative Zerstörung von Altem; von festgefahrenen nicht mehr überlebensfähigen Strukturen.« Er verengte die Augen. »Die Ermöglichung von neuen und anpassungsfähigen Organisationen. Von neuen Lebensstilen, neuen Kulturen oder Denkweisen. Da Regierungen niemals gewinnbringend gewirtschaftet haben, müssen es die Unternehmen tun. Allen voran das Bankensystem«, schnaubte er und atmete tief durch. Die Mimik von Lukas vertiefte sich bedenklich.

»Das klingt so nach den selbsternannten Auserlesenen, die von sich glauben, die Weisheit zu besitzen was zerstörenswert ist und was erhaltenswert ist«, stieß er mürrisch in den Innenspiegel.

»Kapital fließt dorthin, wo es den höchsten Nutzen bringt«, entgegnete Harvey frostig. Er ließ das Seitenfenster auf die Hälfte herunterfahren und klickte auf den ersten interessanten Link zu *executive order 11.110* von John F. Kennedy.

»Was wollen Sie mit überflüssigen oder veralteten Produktionsfaktoren. Die verursachen doch nur Aufwand.« *›Arbeitskraft inbegriffen‹*, dachte er. Harvey wurde es eng in der Brust. Er nestelte in seiner Aktentasche herum und erblickte eine gebrauchte Schachtel seiner Medikamente. Beruhigt ließ er den Taschenverschluss wieder einrasten, ohne den Inhalt zu überprüfen.

»Natürlich begreifen manche Leute schneller, was zerstörenswert ist«, antwortete er. »Wollen Sie vielleicht alle auf die gleiche Ebene stellen und einen zentralen Plan mit Gemeinschaftseigentum einführen? Den Bürgern vorkauen, wer welchen Gestaltungsauftrag hat, weil allen alles zu gleichen Anteilen gehört? Wollen Sie Monopole, Korruption, Machtmissbrauch, Unterdrückung, Ausbeutung und Misswirtschaft?« Harvey mochte keine blinden Unwissenden, die die freie Welt des Westens und ihrer Chancenvielfalt wegen billiger Vorurteile schlecht machen wollten. Obwohl ihm im Augenblick viele westliche Staaten eingefallen wären, in denen all diese Malversationen zur Tagesordnung zählten.

»Sir«, mokierte sich Lukas. »Ich bin weder Globalisierungsgegner noch Kommunist; weil Sie mir das offenkundig unterstellen wollen.«

›*Er lässt nicht locker*‹, spürte Harvey. Lukas argumentierte weiter.

»Aber man sagt dieser Theorie des Marxismus nach, dass sie viel auf ihre Menschlichkeit und Moralität gehalten hat«, entgegnete er begütigend.

»Unsinn«, erzürnte Harvey.

»Der Marxismus ist ein Lebensentwurf, der auf Gleichheit ausgerichtet ist. Wenn Sie genauer darüber nachdenken, stellt das einen Angriff auf das wichtigste Menschenrecht dar.«[37] Harvey zwang sich zu einem barmherzigen Blick. »Das Recht der freien Selbstbestimmung, das Recht auf unsere Art glücklich oder unglücklich zu werden. Nur um das geht es in einer freien Gesellschaft.«

»Sie meinen auf unsere Art *reich* zu werden?«, stichelte Lukas.

»Was ist das jetzt schon wieder? Was ist denn reich?«, konterte Harvey. »Es geht um die Selbstbestimmung. Das ist Reichtum. Kein anderes System gestattet mehr Selbstbestimmung als unseres. Und der Marxismus erst recht nicht. Nichts ist unsozialer als dem Menschen seine Eigenverantwortung zu entreißen.« Harveys Erfolgsgefühl war verstorben. Ein flauer Sinnesreiz kroch langsam in seine kleinsten Äderchen vor.

»Wollen Sie die Fähigkeiten zu herausragenden Leistungen unterdrücken und jedem Menschen die Illusion von einem Modell vorlügen, indem die Allgemeinheit angeblich für ihn oder sie sorgt? Ein Traum, in dem allen alles gehört und der kreative Lebenskampf wegfällt.« Harvey versuchte seine aufsteigende Unruhe nieder zu befehden.

»Warum sollte denn deshalb der kreative Lebenskampf entfallen, wenn allen alles gehören würde?«, erkundigte sich Lukas. »Warum sollten einem Maler weniger schöne Farbkombinationen oder einem Musiker weniger schöne Tonkombinationen einfallen, wenn beide ihre Kunst für die Allgemeinheit als Kulturerbe schaffen. Das einzige was beide benötigen würden, wäre doch nur der Entfall von Existenzängsten.«

---

[37] *Marxismus;* Karl Marx arbeitete im 19. Jahrhundert den Widerspruch heraus, der sich aus den *Produktionskräften* und den *Produktionsverhältnissen* ergeben hat. Die menschliche Arbeitskraft und deren Fähigkeiten stellen die Produktionskraft dar und die Eigentums- und Herrschaftsstrukturen stellen die Produktionsverhältnisse dar. Laut Marx widersprechen sich beide stets. Zu Krisen und Revolutionen kommt es daher dann, wenn das Volk neue Eigentums- und Herrschaftsverhältnisse wünscht und zu diesem Zweck die herrschende Gesellschaftsschicht ablösen will. Es ergibt sich eine neue Klassen- und Interessenslage, in denen der Unterbau der Gesellschaft, (das Volk) einen Umbruch vollführt. Marx erklärte den Wechsel der herrschenden Klassen und Denkepochen des Volkes in: Urgesellschaft-Sklavenhalterschaft-Feudalismus-Kapitalismus-Sozialismus und letztlich den Kommunismus. Eine Gesellschaftsform, in der die Erweiterung des Privateigentums auf das Volk erst dann möglich wird, wenn die wachstumsbasierte Ausbeutung der Arbeitskräfte aufgehört hat. Die menschliche Arbeitskraft ist dann keine Ware mehr, die ungleich bewertet und nach Preisen gehandelt wird.

»Ach hören Sie doch auf!«, erwiderte Harvey. »Es ist verantwortungslos, jungen Menschen den Lebenskampf durch Angstbeseitigung zu erleichtern. Man macht die Leute dadurch zu Kämpfern ihrer Selbstverwirklichung.« Der Sozialdarwinismus nieselte aus allen Poren des Ökonomen und Investmentbankers Harvey Friedman.[38] Er ist immer der Überzeugung gewesen, dass erst ein hoher Leistungsdruck herausragende Arbeit und Ideen möglich machen konnte.

»Man macht die Menschen zu Männern und Frauen der Tat. Sonst werden es Schwächlinge. Wenn die unmittelbare persönliche Verantwortung und der eigene Kampf wegerklärt werden würden, dann würde das Leben sowieso nur seines Sinns beraubt werden.« Lukas blickte gewinnend in den Spiegel und lächelte. Harvey bedankte sich auf seine Art.

»Lukas«, sagte er befriedet. »Unsere Demokratie ist eine Kapitaldemokratie. Die ist ein beispielloser Erfolg, der sich aus Fleiß, Bemühung, gutem Willen und schöpferischen Ideen nährt. Im Marxismus geht das nicht. Wenn allen alles gehört, stürzt alles ein.« Er fächelte ab.

»Geldreichtum spielt dabei überhaupt keine Rolle. Im Resultat haben wir mehr glückliche Menschen, die ein freieres, schöneres, besseres und längeres Leben leben als jemals in der Geschichte zuvor.« Harvey gedachte dabei an die Beschwerlichkeiten des Lebens der Vorgenerationen, die ohne Überfluss auch mit wenig ihr Glück finden konnten. Allmählich wurde er von der Einbildung gefangen, Lukas zur Einsicht bringen zu können.

»Wenn glückliche Menschen Fehler machen oder auf die Schnauze fallen, dann lernen sie freiwillig daraus und machen es morgen besser«, redete er weiter, während er unzählige Links im Google überflog und mit dem Curser weiterscrollte. Neugierig erkundigte er sich.

»Warum fahren Sie eigentlich Taxi? Wo Sie doch scheinbar soviel von Ökonomie zu verstehen glauben?« Lukas lächelte wieder.

»Ich verstehe viel zu wenig von Ökonomie. Sie haben gar keine Ahnung wie viele Jobs ich schon ausprobiert habe«, huschte feixend aus dem Sprechorgan des Taxilenkers. »Ich hab erst gestern meine Lizenz bekommen und vor einer halben Stunde meine erste Schicht angetreten.«

Harvey war sichtlich überrascht. Er rutschte in eine aufrechte Position. »Soll das bedeuten, ich ....«

»Ja! Sie sind mein allererster Fahrgast überhaupt.«

---

[38] *Sozialdarwinismus;* Aus der These vom *Überleben des Stärkeren* legitimieren herrschende Klassen ihre Unterdrückungspolitik der Benachteiligung auf Minderheiten oder einzelne Schwächere in der Gesellschaft. Man begründet das mit der Verbreitung der Angst, dass eine Verschlechterung des menschlichen Erbguts und Fortschritts dann eintritt, wenn Schwächere und Minderheiten mit gleichen Rechten integriert werden. Die moderne Genetik hat dies widerlegt.

›*Was ist das für ein eigenartiger Typ?*‹, dachte sich Harvey. ›*Taucht wie vom Himmel gefallen auf, debattiert mit einem Preisträger für Ökonomie über die Ungerechtigkeit des Systems und tätigt dieselben Hinweise auf Kennedy und Lincoln wie Jacob vor dem Bürogebäude?*‹ Harvey spürte plötzlich wieder einen Schraubstock um seine Brust anziehen. Sein Herzschlag fing langsam aber beharrlich an, gierig nach dem Rachen haschen. Sollte er eine Tablette nehmen? Die unentwegte Schlechtmacherei des Westens regte ihn auf. Harvey mochte nur die Arbeit mit Profis. Solche die Erfahrung vorweisen konnten, in dem was sie taten. Er fühlte sich nicht wohl bei dem Gedanken, der erste Kunde zu sein. Lukas versuchte ihn zu beruhigen.

»Bis wir aber an Ihrem Fahrziel sind, müssen Sie diese Tatsache nur mehr etwa 20 Minuten bewältigen oder auch nicht.« Lukas grinste selbstgefällig.

»Erstaunlich!«, sagte Harvey noch immer perplex.

»Warum erstaunlich?«, fragte Lukas. »Es ist doch ganz einfach, wenn ich Ihre eigenen Worte zitiere«, hielt er Harvey vor. »Mein ökonomisches Primärinteresse an Ihnen liegt weniger darin, Einnahmen zu erzielen.« Lukas wartete auf eine Reaktion. »Die Gewinne kommen doch automatisch, wenn ich mit meiner Dienstleistung *Ihre Seele* als Konsument erreiche, oder?«, hüstelte er mit gespielter Verlegenheit.

»Ist das nicht der Kern Ihrer Theorie? Sie brauchen etwas und ich bin einer, der ihr Mangelgefühl beseitigen kann. Wie bezeichnet man das, sagten Sie? Nestismus? Wegen dem wird doch immer alles unendlich in den Himmel wachsen, oder?«

»Nein, das ist nachfrageorientierte Angebotspolitik, von dem Sie sprechen«, raunzte Harvey herablassend und begann seine Brust zu massieren.

»Aber als Fahrgast wollen Sie doch Ihr Ziel so schnell, so bequem und so sicher wie möglich erreichen?«, fragte Lukas und stellte gleichsam fest.

»Und darin liegt der objektive Wert meiner Dienstleistung, der es rechtfertigt, Geld von Ihnen zu verlangen. Während meine Kollegen sich das nicht fragen und 10-Minuten Spritztouren fahren, habe ich Sie ausgewählt, weil Sie eine wesentlich längere Strecke zurücklegen möchten. Das ist sehr ökonomisch und auch erfolgsorientiert, würde ich meinen.« Harvey schmunzelte leicht gequält, während ihn die Google-Treffer weiter anlockten.

»Ihre Behauptung im Nachhinein als richtige Einschätzung hinzustellen, ist Selbstüberschätzung mein Lieber. Es ist bloßer Zufall gewesen, dass ich zu Ihnen eingestiegen bin«, beschwichtigte er und grübelte wiederholt darüber nach, wie ihn Lukas am Straßenrand aufgegabelt hatte. Als ob er auf ihn gewartet hätte. Lukas bohrte nach.

»Können Sie mit 100-prozentiger Gewissheit sagen, dass mein Auftauchen am Straßenrand bloßer Zufall gewesen ist?«, erkundigte sich Lukas und hob skeptisch die Brauen.

»Wenn ich voraussetze, dass Sie mich nicht beobachtet und verfolgt haben, dann kann ich das«, antwortete Harvey. Lukas grinste.

»Machen Sie als Ökonom nicht dasselbe mit dem Kommunismus? Im Nachhinein Ihre eigene Einschätzung als richtig hinzustellen, nur weil der Meinungsgegner eine Generation früher gescheitert ist?«, bohrte Lukas nach, runzelte die Stirn und analysierte.

»Was weiß man schon vorher, wie sich was im Nachhinein herausstellen wird? Das 20. Jahrhundert hätte auch ganz anders ablaufen können. Rein logisch betrachtet, ist *Ihre* Auswahl für mein Taxi genausoviel Zufall gewesen wie der Siegeszug des Kapitalismus. Entweder man hat dessen Triumph als eine Art Bestimmung voraussehen können, aber dann wäre auch diese Taxifahrt vorbestimmt gewesen. Oder es ist eben beides Zufall. Was für Isaac Newton der fallende Apfel vom Baum gewesen ist, könnte doch für Sie diese Fahrt mit meinem Taxi werden. Der Beginn einer neuen Denkordnung. Vielleicht ist es also vorbestimmt gewesen, dass Sie zu mir eingestiegen sind?«

Lukas spielte plötzlich darauf an, welches Verhalten die unentrinnbaren Fangnetze des Kapitalismus vom Grund der menschlichen Seele eingefangen haben.

»Möglicherweise macht Sie Ihre Vorbestimmung auch irgendwann einmal glücklich? Man ist ja nur mehr an einer Leistung interessiert, die das Wachstum steigern könnte. Der olympische Gedanke zählt in der heutigen Zeit ohnehin nicht mehr. Wenn Sie behaupten, dass die Leute trotzdem glücklich bleiben, obwohl sie auf die Schnauze fallen und das angestrebte Lebensglück nicht erreichen, das andere zwanghaft nur in Zahlen beziffern wollen, dann muss ich Ihnen schon etwas entgegenhalten.« Harvey blickte konsterniert.

»Es gibt nämlich keine Romantik des Dabeiseins«, konstatierte Lukas. »Man will nur mehr Gold sehen, für das was man tut. In der ersten Reihe ganz oben stehen. Der Zweite ist schon ein Verlierer.« Harvey nickte gedanklich. ›*Selbst die Goldmedaille ist noch immer zu wenig. Man erhöht die Goldprämie, wenn auch noch der Weltrekord gebrochen wird*‹, dachte er.

»Alles andere als zu gewinnen, ist wertlos geworden.« Lukas streckte zwei Finger weg. »Der zweite bekommt keine Werbeaufträge, weil sich die Presse kaum mehr für ihn interessiert. Das ist das Resultat dieses Kapitalismus. Also ich finde, es ist reiner Zufall gewesen, der für den Westen günstiger ausgegangen ist. Gäbe es etwas Besseres, dann wäre der Westen genauso wie der Kommunismus längst verendet. Und wenn man es genau nimmt, ist der Kommunismus gar nicht verendet, sondern erlebt sogar einen neuen Aufschwung. Die bevölkerungsreichsten Staaten des Planeten leben schließlich nach diesem Entwurf.«

Harvey lauschte aufmerksam zu und wurde durch einen komischen Link über die *executive order 11.110* von John F. Kennedy abgelenkt. ›*Was hat der Google-Treffer über ›Lindberghs Baby‹ mit der präsidialen Entscheidung zum Notenbankgesetz zu tun? Das war doch 30 oder 40 Jahre vorher?*‹, nistete er. Sanft streifte er mit der Fingerspitze über das Kapazitiv seines iPads, um den Link aufzumachen. Harvey wurde nicht schlau, worauf dieser Taxifahrer hinauswollte.

»Wollen Sie unserer Jugend ernsthaft suggerieren, dass eine verlorene Idee besser gewesen wäre als unsere? Hätten die vielleicht triumphieren sollen? In China nehmen sie immer freudiger unsere Lebensformel an. Sicher leben mehr als zwei Milliarden nach dem Marxismus, aber wie lange noch? Diese Menschen wollen die Unterdrückung und Zensur im eigenen Land längst nicht mehr. Sie wollen genauso Menschenrechte und Freiheiten. Dass die da drüben einen neuen Frühling erleben und die Weltwirtschaft mit ihrem Wachstum tragen, ist nur eine Auswirkung unserer Lebensformel.« Harvey räusperte sich kopfschüttelnd und blickte auf die Uhr, während sich der Link öffnete.

»Unsere Lebensformel ist deshalb so stark und gut, weil sie allen das charakteristische Recht gibt, reformfreudig und selbstkritisch zu sein. Es ist das beste System, weil es das Verbesserungsfähigste ist. Vor drei Jahren ist sogar eine Muslimin Miss America geworden. Es ist also das einzige Modell, in dem fast alle daran mitarbeiten können, es zu verbessern, so gut sie es eben verstehen. Das haben Sie im Marxismus gar nie dürfen. Und wenn es irgendjemand in China versucht, dann rollen eine Stunde später die Panzer durch die Straßen. Versuchen Sie doch einmal eine Demonstration in China zu veranstalten, in der Sie Regierungsrücktritte und einschneidende Reformen fordern. Oder versuchen Sie es einmal in Bahrain, im Iran, in Nigeria oder Russland. Dürfen oder können Sie das dort ungestraft?«

Harvey verfolgte weiter die Treffer auf seinem iPad. Der Informationsbroker Google zeigte den nächsten Textbeitrag unter dem Suchbegriff ›*executive order 11.110*‹. Schon nach wenig aufschlussreichen Zeilen scrollte er wieder zurück hinauf und übersprang den Treffer. Er spürte, dass er die Behauptung von Lukas niedergerungen hatte. Das chinesische Volk hat nur deshalb heute noch nach dem Marxismus gelebt, weil es vom Staatsapparat dazu gezwungen worden ist, den Mao Tse-tung begründet hatte.[39] Freiwillig strebte die Mehrheit des chinesischen Volkes genauso nach

---

[39] *Mao Tse-tung;* chin. Politiker; 1893-1976; Sohn eines Bauern; Er beteiligte sich an der Gründung der Kommunistischen Partei Chinas und organisierte revolutionäre Bauernbewegungen. 1940 erschien sein Buch „die neue Demokratie" in dem er seine Grundanschauung über den Aufbau einer revolutionären Staatsordnung formulierte. 1949 rief er die Volksrepublik China aus. Nach einer neuen Verfassung wurde er 1954 Staatspräsident. Mao Tse-tung wollte aber

mehr Freiheit und Demokratie. Systemkritiker und Querdenker waren immer verfolgt und in Haft genommen oder sogar gänzlich aus dem Verkehr gezogen worden.

»Aber Sir, was wird passieren wenn die Demokratie und der Kapitalismus tatsächlich versagen?«, erwiderte Lukas gedämpft.

»Was wird geschehen, wenn die ureigensten Ideen der Menschheit durch das Geldsystem gar nicht erfüllt werden können? Was ist, wenn das eine wegen dem anderen scheitert?« Lukas begann seinem Fahrgast Löcher in den Bauch zu fragen.

»Wie viele können denn heute noch Einfluss auf ihr eigenes Schicksal nehmen? Was ist, wenn die Menschen erkennen, dass sie permanent angelogen worden sind? Dass sie auch in der Demokratie kontrolliert, überwacht oder durchleuchtet worden sind? Was ist, wenn die Menschen plötzlich gar nicht mehr unterscheiden wollen, wer ihnen die Wahrheit sagt, wer Versprechen einhält oder wo die Abgrenzung von Recht und Unrecht ist? Was ist, wenn es dem Volk plötzlich egal wird, von wem was manipuliert worden ist und es blindwütig *›allen‹* Volksvertretern die Schuld geben wird? Was ist, wenn sich das ganze System als Monster von einem Madoffschen Pyramidenspiel herausstellt und die Volksvertreter daran mitgespielt haben könnten? Was ist, wenn die Jugend resigniert und die Demokratie aushöhlt, weil sie sich von ihr unverstanden fühlt?«

»Warum sollte das denn alles passieren?«, brummte Harvey. »Es sind doch gerade die Jungen gewesen, die Obama zum Präsidenten gemacht und zur höchsten Wählerbeteiligung geführt haben wie seit Jahrzehnten nicht mehr. Das ist doch Beweis genug für das Funktionieren der Freiheit und Demokratie. Warum sollten die sich unverstanden fühlen?«

Lukas klimperte in gespielter Langeweile mit den Fingern auf der Tachometerverkleidung. »Was macht denn die Jugend aus dieser Freiheit? Und was machen deren Eltern aus dieser Freiheit?«, bohrte er mürrisch nach. »In welche Familie man auch immer hinein sieht, entweder haben die Eltern keine Zeit, weil das System ihnen *sooooviel* Freiheit gibt. Nämlich ständig darüber nachdenken zu müssen, ob sie sich das Leben überhaupt noch leisten können. Oder man erwartet vom eigenen Nachwuchs Erfolge, Erfolge und Auszeichnungen. Vielleicht sogar ein Wunderkind?« Ermüdeten Blickes drehte sich Lukas zu Harvey und listete mit den Fingern auf. »Unsere Jugend raucht, trinkt, ist übergewichtig, hängt im Internet und beamt sich mit Drogen

---

nicht so wie die Sowjetunion eine Weltrevolution des Marxismus auslösen, sondern die friedliche Koexistenz des chinesischen Volkes aufrechterhalten. Er hielt diese Behauptung bis zu seinem Tod aufrecht, dass allein die revolutionären Massen, der Motor des gesellschaftlichen Fortschritts sein können.

in eine andere Welt. Und wissen Sie auch warum?« Lukas gewann eindeutig an Fahrt gegenüber Harvey.

»Nein! Warum tut unsere Jugend das alles?«, fragte Mister Friedman und blickte kurz zu seinem Fahrer auf.

»Wegen der Seele, die sie vorhin angesprochen haben«, antwortete der Taxilenker. »Wegen dieser Religion von Überproduktion. Weil die Produkte die Seele unserer Jugend nicht nur erreicht haben, sondern auch abhängig gemacht haben. Weil alles, was die Seele erreichen will, die Abhängigkeit der Seele zum Ziel hat. In dieser Abhängigkeit spürt doch niemand mehr irgendeine Freiheit. Weder die Alten noch die Jungen. Deshalb flüchtet unsere Jugend in den Lustgewinn durch Rauchen, Trinken und andere Rauschmittel.«

»Unsinn!«, harschte Harvey hervor und kam sich vor, als hielte er sich mit seinen eigenen Worten bedeckt.

»Meinen Sie ein 100-Meter-Sprinter spürt viel Freiheit vor seinem Start beim Olympiafinale? Er ist die ganze Zeit über unfrei, während er sich im quälenden Training täglich abschuftet. Vor dem Start hat er dann auch keine Wahl mehr. Trotzdem verdient er viel Geld mit seiner Unfreiheit. Weil er den Leistungsdruck will und nur deshalb zu herausragenden Ergebnissen fähig wird.«

»Das Ergebnis sind dann Dopingfälle am laufenden Band«, erwiderte Lukas.

»Nicht bei allen, mein Lieber! Und außerdem gilt der Leistungsdruck des Spitzensportlers für unsere Jugend ebenso. Gerade deswegen entdecken unsere Kinder am langen Ende nicht nur die Stärken dieser Welt, sondern besinnen sich auch auf ihre eigenen Fähigkeiten. Selbst wenn das Handy, Twitter, Facebook und YouTube wichtiger geworden sind als das TV-Gerät....« Harvey ballte die Faust, um sich gegen das Ziehen hinter seinen Rippen zu stemmen.

»Unsere Jungen wachsen mit positiven Denkgesetzen auf und versuchen ihre Interessen und Fähigkeiten zu entdecken. Freiheit ist die Voraussetzung dafür. In einem anderen System finden Sie diese Freiheit gar nicht vor. Warum sollte ich mich permanent wiederholen, Lukas? Ihre angedeutete Drogenstatistik hat damit überhaupt nichts zu tun.« Harvey erinnerte sich einmal mehr an ein Zitat seines Vaters: *›Im Hafen sind Schiffe sicher, aber dafür werden sie nicht gebaut.‹* Harvey glaubte an die Überwindungskräfte des menschlichen Geistes. Die Software in den Köpfen der Angstgeneration kannte einfach keine Alternative. Probleme überwinden und Lösungen für das Überleben entwickeln. Man musste nur die richtige Initialzündung in den Menschen auslösen.

»Das, was für eine Volkswirtschaft eine Währung ist, sind für den Einzelnen seine Talente. Begabungen sind wie ein kleines Fischerboot. Und so ein Boot gehört nicht ans Dock, wo es sicher angebunden hängt, sondern muss draußen die Rauheit der See ertragen, um seinen Zweck zu erfüllen. Wenn es Schwalben im Winter nach Süden zieht, dann würden allfällige Zweifel an die Überwindung der langen Strecke auch nur ihre Flügel lähmen. Es ist deren natürliche Bestimmung und Aufgabe, ein bis zweimal pro Jahr herausragende Höchstleistungen zu vollbringen. Die Jugend muss nur die Gelegenheit bekommen, ihre Talente herausfinden. Das geht nur unter Druck. Nicht umsonst hatten die Phönizier die ersten Geldmünzen auch Talente genannt. Sie sind das wahre Vermögen.« Harvey sondierte nach einem Vergleich.

»Hat nicht Mathäus in seinem Evangelium mit dem ›*Gleichnis der Talente*‹ auf die Gerechtigkeit unseres Leistungssystems hingewiesen?«,[40] fragte er. »Talente sind wie Kuhmist. Sie nutzen nur, wenn man sie wie einen Dünger auf dem Feld ausbreitet. Begabungen haben auch erst dann einen Wert, wenn man sie am Arbeitsmarkt ausbreitet.« Lukas fiel ihm prüfend ins Wort.

»Wenn man sie auf fruchtbarem Boden ausbreitet, dann Ja! Aber nicht, wenn man sie auf Wüstensand vergeudet.« Er machte eine kurze Pause. »Ich glaube aber, Sie meinen das Gleichnis mit dem *dritten Knecht,* als Sie Mathäus erwähnt haben?«, erkundigte er sich und rollte die Augen.

»Was hat der 3. Knecht noch schnell gesagt?: ›*Herr, ich ging und verbarg dein Talent in der Erde. Sieh, da hast du nun wieder, was dein ist.*‹« Belehrend vervollständigte Harvey die Allegorie aus dem Evangelium.

»Worauf ihn aber sein Herr als schlecht und faul gescholten hat. Vergessen Sie das nicht. Weil der 3. Knecht mit seiner Entscheidung des sinnlosen Vergrabens keine Geldvermehrung erzielt hat.«

»Sollte der 3. Knecht vielleicht deshalb ein unnützer Mensch gewesen sein?«, schnüffelte Lukas bissig nach einer plausiblen Erklärung seines Fahrgastes.

»Habe ich Ihnen nicht genau das vorhin gesagt?«, forschte er siegessicher und spielte auf den verloren gegangenen olympischen Gedanken an. Man ist nur mehr als Sieger nützlich geworden. Der 2. oder 3. ist schon wenig nützlich gewesen.

»Hm, möglich?«, sagte Harvey plötzlich geistesabwesend, als ihn der Text über Lindberghs Baby wie ein Magnet anzog und ablenkte. ›*Warum Lindbergh? Was hat der mit der Notenbank zu tun?*‹, fragte sich Harvey. Charles Lindbergh junior ist eine Ikone der Fluggeschichte gewesen. Er hatte 1921 als erster Mensch den Atlantik überflogen und war nach seinem Start in New York 33 Stunden später in Paris gelandet. Durch diese Leistung war Lindbergh *junior*

---

[40] Kapitel 25 Vers 14

zum gefeierten Weltstar geworden. 1932 hatte die Entführung seines 1-jährigen Sohnes weltweites Aufsehen erregt. Man hatte verbreitet, dass dieser Kriminalfall ein spätes Rachemanöver gewesen war, weil Charles Lindberghs Vater *senior* zu jener Zeit Abgeordneter gewesen war, als der Kongress im Jahr 1913 das Notenbankgesetz beschlossen hatte. Lindbergh *senior* hatte 10 Jahre vor der Atlantiküberquerung seines Sohnes gegen das Gesetz gestimmt und zornig gewettert: ›*Diese Ungeheuerlichkeit ist das größte Verbrechen in der Geschichte der USA!*‹ Danach hatte er im Kongress interveniert und vergeblich an der Aufhebung dieses Gesetzes gearbeitet. Eine eigenartige Parallele zwängte sich in Harveys Überlegungen, als er weiter las. Für die Entführung und Ermordung des Lindbergh Babys hatte man den deutschen Zimmermann Bruno Hauptmann zum Tode verurteilt. Der hatte wie Harveys Großvater bis zu seinem Tod auch seine Unschuld beteuert gehabt. Die Verbindung zwischen Kennedys Unterschrift unter die *executive order 11.110* und dem Kongressabgeordneten Lindbergh durfte man nicht als bloßen Zufall hinstellen. Beide hatten das Notenbankgesetz von 1913 aufheben wollen und beide waren Opfer von schweren Kapitalverbrechen geworden, bei denen man der Öffentlichkeit rasch einen Schuldigen präsentiert hatte. Und innerhalb von wenigen Tagen durch ein Todesurteil für immer zum Schweigen gebracht hatte. Harvey googelte mit wachsender Neugierde weiter nach neuen Hinweisen. Warum hatten ihn ein Taxichauffeur und der Demonstrant auf der Stiege auf ein und dasselbe Problem hingewiesen? Neben dem seltsam aufkeimenden Verdacht, nistete er weiter wie ein Vogel über seiner anschwellenden Ruhelosigkeit. Er hatte Mühe, im Gespräch den Faden nicht zu verlieren. ›*Ach ja, ist der Knecht ein unnützer Mensch, weil er die Talente nicht vermehrt hat, die ihm sein Herr übergeben hatte?*‹

28

Totus tuus

Robert McDerman schwadronierte mit seinen Gedanken noch immer über seiner Entdeckung herum, die er im Namen von Christian ›*Ibufimimnat*‹ aufgespürt hatte. Die alte spanische Bezeichnung für den Messias, die plötzlich hervorgeguckt hatte, nachdem Robert das ›*I*‹ am Namensanfang und das letzte ›*N*‹ entfernt hatte. Er hatte kaum Zeit zum Ordnen der Erkenntnisse. Vor wenigen Minuten war sein Zielsubjekt ›*Buffi*‹ wieder aus dem See aufgetaucht. Langsam schien sich eine Welle des Verwirrung aufzubauen. Ungeduldig blickte er auf seinen dösenden Assistenten aus Rom.

»Los, hab ich gesagt. Vier Augen sehen mehr als zwei. Wach endlich auf!«

»Si! Pronto?«, erschrak Filippo, als Robert ihn auch noch mit einem kräftigen Rempler endgültig aus dem Schlaf riss.

»Du hämmerst mir ja meine Weichteile zu Brei.« Der schmächtige Italiener richtete sich auf, fuhr sich durch die dichte schwarze Haarpracht, die seinen 30-jährigen Kopf bedeckte und rieb sich den Schlaf aus den Augen.

»Quengle nicht lange herum«, motzte Robert.

»Kurble Deine Generatoren an und richte die Kamera auf unseren Kameraden. Der ist gerade aus dem Wasser gestiegen.« Der Bibelwissenschafter deutete auf den einsamen Steg vor dem Haus, der keine 300 Meter von ihrer Position am Ufer entfernt gewesen ist, von der aus sie ihre Observierung durchgeführt haben.

Filippo, ein gebürtiger Italiener, dessen Familie 1998 in die USA ausgewandert war, weil sein Vater damals ein Chip-Werk in Silicon Valley aufbauen sollte, ließ gähnend seinen verschlafenen Blick über den See schweifen.

»Mamma Mia! Was soll das? ›*Il traino e passato*‹, Mann! ›*Der Zug ist abgefahren*‹«, murrte Filippo mit belegter Stimme.

»*Buffi* ist weg«, stellte er fest und glotzte auf Robert.

»Hättest Du mich nicht früher wecken können?«

»Ich sagte Dir doch, dass er schon aus dem Wasser gestiegen ist. Und unter Wasser hättest Du ihn ohnehin nicht sehen können. Er ist ins Haus gegangen, also mach schon. Übrigens, ich hab etwas über ›*Buffi*‹ herausgefunden, das interessant sein könnte«, sagte Robert und deutete auf die aufgefaltete Zigarettenschachtel mit dem Namen ›*Bufimimat*‹, aus dem das ›*I*‹ und ›*N*‹ durchgestrichen herausragten.

»Sieh mal!« Er schickte Filippo gefällige Blicke. »Seltsam, warum wir beide seit Wochen nicht drauf gekommen sind, wo es doch vor unseren Augen gelegen ist. ›*B-u-f-i-m-i-m-a-t*‹«

Filippo schenkte der Neuigkeit nur einen verdächtig müden Blick – so als wäre es nichts Neues. Er hockte sich knirschend vor das Stativ der Kamera, um sie in Richtung Bootshaus zu schwenken, in dessen Untergeschoß *Buffi* gerade damit beschäftigt war, seine nassen Kleider abzustreifen.

»Madonna! Da reißt Du mich aus einem Traum, indem meine neue Signora gerade begonnen hat, sich vor mir im Eva-Kostüm zu räkeln und ich muss dem da zusehen, wie er seine nassen Fetzen wechselt?« In Gedanken noch in seinen Traum verliebt, justierte Filippo an der Schärfe des Bildes und holte sein Mobiltelefon aus der verkoteten Dieseljeans. ›*Ein Zoom auf meine Principessa wäre jetzt eindeutig anregender.*‹ Er vergrub seine Pupillen in den

Nachrichten-Ordner. ›*Aber wenn sie mir bis jetzt noch keine SMS geschickt hat, ist finita de la comedia! Glaubt wohl im ernst, ich werde mich zuerst bei ihr melden! Nicht mit mir, einem Nachfahren der De Medicis. Willst Du was gelten, dann komme selten! So hab ich es immer schon gemacht.*‹

Die kurze Begutachtung der eingegangenen Nachrichten brachte jedoch nichts von seiner Signorina. Stattdessen aber von seinem langjährigen Kumpel aus der Vatikanischen Akademie für Wirtschaftswissenschaften.

›*Enzo?*‹, grübelte er erstaunt. Filippo hatte schon seit Monaten nichts mehr von ihm gehört. Es musste wichtig sein. Sie hatten sich beide im Zuge der Ausbildung zum Schweizer Gardisten im Vatikan kennen gelernt und einen engen Bund für schwer zu zähmende Aufreißertypen geschlossen. Der Italiener starrte wie versteinert auf die Nachricht.

›*Schmeiß Deine ganzen US-Wertpapiere raus, die Du im Depot hast. Mach so schnell Du kannst!!!*‹, leuchtete auf dem Display.

Filippo blickte entgeistert auf die Uhrenanzeige und ging auf die Antwortfunktion seines Mitteilungsordners.

»*Warum?*«, antwortete er durch fingerfertiges Herumtippen. Es dauerte nicht einmal eine Minute, da vibrierte das Mobiltelefon und meldete eine neue Nachricht. ›*Tue es einfach, OK! Und zwar sofort. Ophiuchus ante portas.*‹ Filippo hielt kurz den Atem an.

»Schon wieder dieser *Ophiuchus*, Robert! Der scheint Dich anscheinend zu verfolgen?«

Die Frage traf den Bibelarchäologen wie ein Elektroschock. Filippo hatte doch geschlafen, während ihm Maria die Prophezeiung von Prof. Raps aus Jerusalem berichtet hatte.

»Wie kommst Du jetzt darauf?«, fragte Robert entgeistert. »Hast Du das Gespräch mit Maria etwa mitgehört?«

»No mio bello! Enzo hat es mir aus Rom.....«

»Enzo?« Roberts Prozessoren unter der Schädeldecke blitzten wild auf. ›*Das kann kein Zufall sein*‹. Erst Maria mit der dringenden Warnung des Professors, nachdem er die Botschaft aus dem Papyrus entschlüsselt hatte. Und jetzt plötzlich derselbe Hinweis aus dem direkten Umfeld im Vatikan.

»In welchem Zusammenhang hat Enzo *Ophiuchus ante portas* erwähnt? Warum spuken diese Worte beim Heiligen Stuhl herum?«, durchforstete Robert mögliche Kenntnisse seines jungen Begleiters aus der römischen Kurie.

»Momento«, versuchte der wieder die Hektik zu bremsen. »Ich hab es selbst erst vor einer Minute gesehen. Scheinbar tut sich da was in der IOR.« Filippo krümelte sich noch einmal den restlichen Schlaf aus den Augen und beehrte Robert mit einer Armbewegung, die Unwissenheit vorspiegeln sollte. Sein rechtes italienisches Auge zwinkerte ihm zu.

»Ich habe keine Ahnung. Enzo hat mir geschrieben, dass ich alle meine amerikanischen Wertpapiere verkaufen soll, die ich im Depot habe. Und zwar so schnell ich kann.« Während Robert wachsam darauf gelauert hat, dass sich die Fotos von Maria in seiner E-Mail endlich öffnen würden, hat sich ein dumpfes Gefühl hinter seinen Brustkorb geschlichen.

»Was haben denn bitte Deine amerikanischen Wertpapiere mit *Ophiuchus ante portas* zu tun?«

»Weiß ich auch nicht. Das ist aber auch egal. Ich tue, was er mir geraten hat. Enzo hat immer ein goldenes Händchen bewiesen, wenn es um Wertpapiere gegangen ist.« Filippo grinste und rieb sich die Hände. Wieder zwinkerte er Robert zu.

»Du weißt - das *Totus tuus* Investment. Und das funktioniert einwandfrei.« Ein kurzer Kontrollblick auf das Kamerabild zeigte noch immer das stehende Auto hinter dem Seedomizil von ›*Buffi*‹. »Wenn sich die unsichtbare Hand von *totus tuus* einschaltet, dann muss man ihr einfach blind folgen«, sagte Filippo und zwinkerte nochmals. »Vermutlich hat es mir Enzo deshalb geschickt. Ich weiß es aber nicht.« Robert rollte die Augen.

»Jetzt fängt das schon wieder mit dem *totus tuus* an. Versuche nicht, mich mit diesem Stumpfsinn sinnlos abzulenken. Nicht genug, dass wir einen Oberhirten gehabt haben, der mehr als bloß nur daran geglaubt hat.« Filippo veralberte Robert jedes Mal mit diesem Thema.

›*Totus tuus*‹ war eine Lebensmaxime von Papst Johannes Paul II. geworden, nachdem er das Attentat im Mai 1981 knapp überlebt hatte. ›*Eine Hand hat die Pistole gehalten, eine andere die Kugel gelenkt!*‹, hatte Karel Wojtyla gesagt. Johannes Paul II. war von der Überzeugung durchdrungen gewesen, dass die göttliche Hand der Mutter Maria die dritte Kugel um Millimeter an seinen lebenswichtigen Organen und der Wirbelsäule vorbeigelenkt hatte. Die anderen beiden waren Streifschüsse gewesen. Drei Liter Blut hatte Johannes Paul II. bis zur Gemelli-Klinik verloren und im Ambulanzwagen sogar schon das Sterbesakrament von seinem Camerlengo empfangen. Johannes Paul II. war so von diesem Glauben gefangen gewesen, dass er auf den Tag genau ein Jahr nach dem Anschlag in den portugiesischen Wallfahrtsort Fatima gepilgert war. Dort hatte er sich bei der Madonna für seine Rettung bedankt und eine der Attentatskugeln in ihre Krone einsetzen lassen. Sogar den vatikanischen Garten hatte er mit einer Madonnastatue aus Bronze schmücken lassen. Die Skulptur ruhte heute noch mit dem eingravierten Datum des Attentats auf einem Marmorsockel. ›*13. Mai 1981*‹. Mit den Worten *Totus tuus*, hatte Johannes Paul II. auch seine persönlichen Gebete immer beendet.[41] Und durch das *Totus tuus* Investment, so behauptete es zumindest Filippo, hat der Vatikan seine Anlageentscheidungen von einer Hand lenken lassen können,

---

[41] *totus tuus*, lat.; ganz Dein

die ihr Ziel nie verfehlen würde. Es waren sozusagen Gottes Investmententscheidungen.

»Also warum alle Deine amerikanischen Wertpapiere verkaufen?«, erkundigte sich Robert noch einmal in motzendem Unterton gegen Entscheidungsgrundlagen, die nach seiner Überzeugung nichts als Aberglaube gewesen sind. Als Wissenschafter echauffierte er sich über diesen Kultausrutscher von Johannes Paul II., von dem er sonst sehr viel gehalten hat. Johannes Paul II. war nämlich auch noch überzeugt gewesen, dass zwischen dem Attentat und den Privatoffenbarungen von Fatima ein Zusammenhang existieren würde. Auf Offenbarungen solcher Art hatten sich zu viele Päpste der Geschichte berufen gehabt, nur um ihren Machtgelüsten nachgehen zu können. Dennoch sind Privatoffenbarungen immer außerbiblische religiöse Erfahrungen gewesen, von denen Gläubige überzeugt sein durften, aber nicht überzeugt sein mussten. Da ist es jedem gleich ergangen. Die Kardinäle in der Sixtinischen Kapelle sind zur selben Zeit mehrere tausend Kilometer entfernt vor demselben Problem gestanden. Schließlich hatte sich auch Benedikt XVII. auf eine Offenbarung für seine historischen Entscheidungen berufen. Johannes Paul II. war jedenfalls von seiner eigenen Offenbarung durchdrungen gewesen. Er hatte sie mit der Erklärung begründet, dass der Tag des Attentats auf ihn, und jener Tag, an dem die drei Mädchen von Fatima ihre erste Erscheinung der Muttergottes hatten, immer der 13. Mai gewesen war. Diese Gemeinsamkeit sei kein Zufall gewesen, hatte Johannes Paul II. behauptet. Auch in der Folge war die Muttergottes den Mädchen an jedem 13. des Monats erschienen. Bis zum Oktober 1917. Alles am selben Tag wie an dem des Attentats. Solche Geschichten aus purem Aberglauben brachten Robert auf die Palme. ›*Offenbar bildet der Vatikan seine Bankiers mit demselben Gespensterglauben aus, indem Entscheidungen in göttliche Hände gelegt werden sollen.*‹ Filippo hob seinen Arm und schaute Robert mit großen Augen an.

»Roberto, wenn mir Enzo das so schreibt, dann scheint es wirklich ernst zu sein. *Ophiuchus* taucht schließlich nur auf, wenn sich wirklich was tut.«

»Ja, so sagen es die Überlieferungen«, ätzte der Ex-FBI-Spezialist zurück.

»Ich weiß, mio Roberto! Für Dich ist das alles nur metaphysischer Unsinn«, fauchte Filippo sarkastisch.

»Warum alle Deine US-Wertpapiere?«, schnaubte Robert ein drittes Mal.

»Und warum so schnell Du kannst? Eine Erklärung! Aber avanti, avanti!«

»Avanti, avanti? Ich werde jetzt zuerst einmal avanti avanti das tun, was Enzo mir geraten hat. Ich geh jetzt meine Titel verkaufen, bevor es zu spät ist. Und dann reden wir über Deinen *Ophiuchus*. Du glaubst sowieso nicht an *totus tuus*.«

»Filippo!«, keifte Robert und blickte seinen Assistenten mit zorngeweiteten Augen an.

»Mamma mia. Warum hältst Du Johannes Paul II. wegen seiner Überzeugung für einen alternden Phantasten?«, fragte der Italiener. Robert winkte fast schon resignierend ab und klimperte seufzend auf seiner Notebooktastatur, um die Fotogalerie zu öffnen. Filippo wollte nicht heraus mit der Sprache und redete um den Brei herum.

»Johannes Paul II. hat schließlich mehr als Du über sein eigenes zuhause in Rom gewusst. Denk doch mal nach. Sein Vorgänger ist im Jahr 1978 nur 33 Tage im Amt gewesen, bevor er auf seltsame Weise gestorben ist,« orakelte der Italiener. »Du weißt genau, dass schon viele Päpste im Namen Gottes gestorben sind.« Filippo stieg zwischenzeitlich mit seinem Mobiltelefon in die Webadresse seiner Bank ein.

»Wenn schon 1978 jemand mit einem Mordmotiv zu Gift gegriffen hat, um den Nachfolger von Petrus zu töten, warum sollten dann drei Jahre später am 13. Mai 1981 nicht dieselben Leute mit einer Schusswaffe den neuen Papst ins Jenseits schicken wollen? Vielleicht sind es sogar dieselben Verräter gewesen, die auch Johannes Paul II. zum Karriereaufstieg in den Himmel befördern haben wollen?«

»Mordmotiv? Gift?« stieß Robert hervor.

»Lass diese Verschwörungstheoreme, Filippo. Es ist kein Gift gewesen.« Robert wirbelte einen grantigen Blick hinüber zu Filippo.

»Der Vorgänger von Johannes Paul II. ist krank gewesen. So einfach ist das. Johannes Paul I. hat nur seine Medikamente unregelmäßig genommen und ist an seiner neuen Aufgabe verzweifelt. Es ist ein Herzinfarkt gewesen, der um 23 Uhr eingetreten ist. So steht es auf dem Totenschein.«[42] Im Augenwinkel bemerkte Robert, dass Filippo herablassend grinste und ungläubig den Kopf schüttelte.

»Ein internationaler Pathologe hat nach dem Studium seiner Krankheitsgeschichte festgestellt, dass ein Blutgerinsel aus den Beinvenen in die Lungenschlagader verschleppt worden und die Todesursache ein Myokardininfarkt gewesen ist«, kanzelte Robert die Mordtheorie ab.

»Idioto!«, erwiderte der junge Italiener zischend und spielte weiter hektisch auf seinem Telefon herum, um den Verkauf seiner US-Wertpapiere vorbereiten zu können.

»Was Idioto?«, fauchte Robert.

»Dieser Pathologe hat den Papst überhaupt niemals gesehen. Schon gar nicht hat er ihn obduziert. Deshalb Idioto«, knallte Filippo zurück.

»Dein viel gepriesener Totenschein hat überhaupt keine Beweiskraft für ein natürliches Ableben. Dieser Papierwisch ist nur auf Druck durch das Staatssekretariat vom päpstlichen Leibarzt Buzzonetti geschrieben und

---

[42] September 1978

unterfertigt worden. Aber dieser Totenschein ist kein offiziell anerkanntes Dokument gewesen. Für die Ausstellung von amtlichen Totenscheinen im Vatikan ist nämlich nur Professor Fontana legitimiert gewesen, der damalige Chef des vatikanischen Sanitätsdienstes.« Filippo öffnete mit einem Passwort sein Wertpapierdepot. »Professor Fontana hat jedoch danach seine Unterschrift auf dem Totenschein verweigert…«, brummte er, »…und zwar so lauthals, dass es von der dritten Loggia in die zweite gehallt ist. Da nach kanonischem Recht auch keine Autopsie an Päpsten durchgeführt werden darf, wie Du weißt mio Roberto, gibt es also keinen gültigen Beweis für das natürliche Ableben von Johannes Paul I. Finita de la comedia! ›*Schluss mit der Komödie*‹«

»Ja, aber warum jetzt Totus tuus und Deine Wertpapiere ver….« Robert konnte seine Frage nicht zu Ende formulieren, da fiel ihm Filippo abermals harsch ins Wort.

»Und außerdem, Du amerikanischer Superwissenschafter! Im Vatikan sind 1978 nicht viele Leute über das schnelle Ende dieses Pontifikates besonders unglücklich gewesen. Eine Ordensschwester hat den Papst *mit Papieren* in der Hand gefunden.« Filippo wedelte mit beiden Händen in die Luft. »Die aber dann urplötzlich verschwunden sind. Einfach so in Luft aufgelöst.« Hochnäsig blickte der Kalabrier auf seinen Projektleiter. »Die rasch herbeigerufenen Bestatter haben anschließend beide ausgesagt, dass Johannes Paul I. am vormittag noch warm gewesen ist, was völlig unmöglich wäre, wenn er laut Totenschein um 23 Uhr gestorben sein soll.« Robert konnte nichts mehr entgegenhalten, aber er glaubte nicht an Verschwörungstheorien.

»Und das kleine Detail, das Du übersiehst«, fuhr Filippo fort. »Die IOR hat kurz vor seinem Tod die Banca Cattolica del Veneto gekauft. Das war die venezianische Hausbank von Johannes Paul I.«

Mit gespielter Besänftigung fragte Robert. »Die IOR? Im Ernst?«

»Ja, und Johannes Paul I. hat dieser dubiosen Transaktion auf den Grund gehen wollen. Stattdessen hat er eine Woche vor seinem Tod eine geheime Liste entdeckt.«

»Was für eine Liste?«

»Subito, mio Roberto! Ich muss erst meine Wertpapiere verk…«

»Filippo!!« schrie Robert und scheuchte mit seinem Anfall eine Amselfamilie in die Lüfte.

»Es ist eine Liste von einer Geheimgesellschaft gewesen. Zwei Handvoll Personen, die vom Papst massive Eingriffe in ihre Autorität befürchtet haben. Diese Sorge hat vor allem der seinerzeitige Präsident der Vatikanbank gehabt. Johannes Paul I. hätte also wahrscheinlich wesentlich länger gelebt, wenn er nicht Papst geworden wäre.«

Das gestreckte Schweigen wurde von der Natur mit einer besänftigenden

Geräuschkulisse belohnt. Robert fuhr nachdenklich auf seinem Touchpad herum. Filippo fing mit der Kamera ein, wie die Lichter im Obergeschoss der Seehütte ausgegangen sind.

»Wenn wir schon dabei sind, Aufklärung für amerikanische Bibelwissenschafter zu betreiben«, murrte Filippo in Fahrt kommend.

»Erinnere Dich doch an 1939. Die versammelte Christenheit hat während des zweiten Weltkriegs eine öffentliche Stellungnahme des Vatikans zum Nationalsozialismus erwartet.«

›*Ja und?*‹, dachte Robert. ›*Das weiß doch schon jedes Kind.*‹

»Doch bevor Pius XI. seine vorbereitete Enzyklika 1939 vollenden und in die Welt hinaustragen konnte, ist er auch plötzlich gestorben«, erwiderte Robert.

»Ja«, konterte Filippo.

»Was Ja? Was willst Du damit wieder andeuten? Dass es dieselbe Todesursache gewesen ist? Gift vielleicht? Und auch noch ein Mordmotiv dazu, so wie bei Johannes Paul I.?«

»Pius XI. ist durch eine Injektion gestorben. Aber lassen wir das, mio Roberto. Viel interessanter ist nämlich, was danach passiert ist?« Robert wusste, was jetzt kommen werde und sein Begleiter ließ ihn nicht lange warten.

»Seine lange erwartete Rede ›*Humanitas generis unitas*‹ ist der Öffentlichkeit unterschlagen worden und ins Vatikanarchiv gewandert«, konstatierte der Italiener. [43]

»Hätte man diese Enzyklika 1939 veröffentlicht, hätte man Millionen Menschen retten können. Einer Historikerkommission hat man bis heute verweigert, Einsicht in die Archive zu nehmen, aus welchem Grund sein Nachfolger Pius XII. die Enzyklika nicht verlesen und sich stattdessen in Schweigen gehüllt hat.«

»Was zum Teufel hat das alles mit Deinen amerikanischen Wertpapieren und *totus tuus* zu tun?«, lenkte Robert wieder zum Ursprungsthema.

»Molto semplice, ›*Ganz einfach*‹! die tödlichen Abgänge von Pius XI., Johannes Paul I. und das Attentat auf Johannes Paul II. hatten alle ein und denselben Hintergrund!«

»Welchen?«

»Die ›*Sidereus Nuncius*‹!«

»Warum in Herrgottsnamen das Galilei Testament?«

»Alle drei haben die Menschheit auf die Offenlegung vorbereiten wollen?«

›*Die Menschheit auf die Offenlegung des Galilei-Testaments vorbereiten?*‹ Robert durchschaute schemenhaft eine Parallele zum US-Notenbankgesetz. Alle, die bekannt gewesen sind, das Gesetz abschaffen zu wollen und das Volk auf die

---

43 ›*humanitas generis unitas*‹; *lat.;* Die Einheit des Menschengeschlechts

Offenlegung vorbereitet hatten, waren bei einem Attentat ums Leben gekommen. Doch was hatte die *Sidereus Nuncius* mit dem Notenbankgesetz zu tun?

»Unsinn! Du langweilst mich«, hielt er Filippo mit vorgespiegeltem Desinteresse entgegen. »Jetzt weiß ich noch immer nicht den Zusammenhang mit Deinen US-Wertpapieren und *totus tuus* oder *Ophiuchus ante portas*?«

»Ach was erzähl ich da einem Ungläubigen eigentlich. Es ist doch nur Zeitverschwendung.« Eitel winkte Filippo ab. »Warum heuerst Du keinen Naturwissenschafter an, der Dir dann alle Zusammenhänge auf logische Weise darlegen kann?«

Robert spürte seine aufkochende Wut über die Mitteilungsbereitschaft von Filippo. Mit befriedender Theatralik hob er die Hände. »OK, Du langweilst mich doch nicht.«

»Eine Sache ist bei diesen drei Päpsten immer wieder aufgetaucht«, griff Filippo das Thema wieder auf, während er mit den Fingerspitzen in seinem Wertpapierdepot auf dem Display einige Positionen antippte. »Alle drei Päpste haben bei jenen US-Präsidenten interveniert, die irgendeinen Gesetzesentwurf unterfertigen wollten.« Robert versuchte seinen Kloß in der Gurgel runterzuschlucken. *›Johannes Paul II. und Ronald Reagan?‹*, blitzte es in seiner Birne auf. *›Die Attentate auf Reagan und JP II. ereigneten sich innerhalb von nur sechs Wochen.‹* Fast zeitgleich waren zwei der mächtigsten Männer ihrer Zeit Ziele von Attentaten gewesen. Und beide hatten überlebt.

»Hätte Reagan nicht auch sterben sollen?«, fragte Filippo und kippte mit geweiteten Augen belehrend den Kopf zur Seite.

»Johannes Paul II. hat durch *totus tuus* zum einen gegenüber einer göttlichen Fügung seinen Dank für seine Rettung zum Ausdruck gebracht.«

»Und zum anderen?«, fragte Robert

»Zum anderen hat er sich dahinter verschanzt, weil er angeblich zu der Erkenntnis gekommen ist, dass die Fortsetzung des Schweigens über das Galilei Testament ebenso einem göttlichen Willen entsprochen hat. Johannes Paul II. hat die Hintergründe gekannt, unter denen sein Vorgänger nach nur 4 ½ Wochen Amtszeit gestorben ist. In Wahrheit hat er sich dem Druck der verantwortlichen Kardinäle und Hintermänner gebeugt und 17 Jahre später erklärt: *›Die Fügung wird den heiligen Stuhl in die richtige Epoche führen, in der es gelüftet werden soll. Der Mensch soll nicht hinterfragen, was Gott so gewollt hat!‹*«[44]

»Der Mensch soll nicht hinterfragen, was Gott so gewollt hat? Dass Du sofort Deine amerikanischen Wertpapiere verkaufst?«, warf Robert sichtlich gereizt zurück. »Das hat also Gott vielleicht auch noch gewollt?«

»Robert, glaubst Du wirklich an das Märchen, dass sich die Börsen durch

[44] Siehe Kapitel 2; caput mundi

Zufall nach oben oder unten bewegen? Oder hältst Du es für möglich, dass da jemand am Steuerrad sitzt?«

»Spinnst Du?«

»Weißt Du, wann der Grundstock des Vatikanvermögens gelegt worden ist?«

»Nein, aber wozu hab ich einen Vatikanexperten?«

»Ach leck mich.....«, grunzte Filippo.

»Also sag schon«, fieberte Robert und schrie: »Wann?«

»1929!«, antwortete der Italiener.

»Jetzt fehlt noch, dass Du sagst, genau am Schwarzen Freitag, als der größte Börsencrash ausgebrochen ist?«, reagierte Robert polemisch.

»Nein, natürlich davor!«, polterte Filippo. »Wenn Du die Übersetzung für die Vatikanbank halbwegs vernünftig interpretierst, wird sich in Deinem Knoten hinter der Hypophyse vielleicht was regen«, raunzte der Italiener mit einem breiten Grinsen.

»IOR - Istituto per le Opere die Religione - *Institut für die Werke der Religion*!«, dachte Robert laut über die Vatikan Bank AG nach. Ein auffälliger Name für eine Bank. Aber nicht für die Kirche.

»Willst Du bestreiten, dass der Kapitalismus zu einer Religion geworden ist?«, hielt ihm Filippo vor. Robert runzelte die Stirn.

»Willst Du damit andeuten, dass der Kapitalismus als *irdisches* Glaubenskonzept vom Vatikan kontrolliert wird? So, wie die Botschaft Christi als *himmlisches* Glaubenskonzept vom Vatikan kontrolliert wird?«

»Das wäre doch eine interessante Variante«, entgegnete Filippo. »Rom kontrolliert die beiden größten Religionen, die den Planeten dominieren. Angefangen könnte alles gleichzeitig mit der großen Depression haben. 1929 ist doch der Schlüssel zum Himmelreich Gottes von der Welt dafür entschädigt worden, dass er auf den Kirchenstaat verzichtet und sich in ein kleines Nest namens Vatikan zurückgezogen hat. Sonst wäre er völkerrechtlich von Italien nicht anerkannt worden.«

›*Der Schlüssel zum Himmelreich Gottes!*‹, grübelte Robert. Das Symbol der Nachfolge von Jesus. Robert erinnerte sich an seine Unterredung mit Kardinal Franjo Sepero. Tatsächlich ist 1929 ein wichtiges Jahr für den Vatikan gewesen, in dem er für den Verzicht auf den Kirchenstaat im Allgemeinen entschädigt worden war. Im Vatikan hat immer alles mehrere Generationen gedauert, bis man bereit geworden ist, sich dem Geist der Zeit anzupassen. 1930 ist ein Jahr später das eingeschränkte Monopol gefolgt, Banknoten selbst drucken zu dürfen. Robert fiel bei der Gelegenheit ein, dass auch die Medienmacht des Heiligen Stuhls am 12. Februar 1931 ihren Anfang genommen hatte und Radio Vatikan erstmals auf Sendung gegangen war, um dann später zu den Gründern der Vereinigung für internationale Telekommunikationssatelliten zu gehören. ›*1929, 1930 und 1931. Entscheidende Jahre für globale Machtpositionen!*‹, grübelte er weiter.

»Der Kardinal hat mir bei unserem ersten Treffen voll Stolz den festungsartigen Turm Sant´Nicolo präsentiert, der sich zwischen dem Apostolischen Palast und der Port de Sant´Anna erhebt.«

»Die Festung des IOR?«, fragte Filippo stolzbrüstig und breitete mit einem gebieterischem Schmunzeln seine Arme nach einer Antwort aus. Schließlich ging es um eine der geheimnisvollsten Bankinstitute der Welt. »Was glaubst Du, warum das IOR gerade drei Jahre nach dem Ableben von Pius XI. als Bank gegründet worden ist? Aus Zufall vielleicht?«

»In der Hochblüte des zweiten Weltkriegs?«, begriff Robert und fuhr sich grübelnd mit der Hand auf die Stirn. Es ist für Buchprüfer schon fast unmöglich gewesen, die Komplexität der konsolidierten Bilanz des Heiligen Stuhls zu verstehen. Aber völlig vergeblich würde man nach Zahlen über die Vatikanbank und deren Vermögen suchen.

»Und Du bist Dir sicher, dass.....«, erkundigte sich Robert.

»Hast Du auch eine Vorstellung, warum der jüdische Weltkongress dagegen protestiert hat, als man die Seligsprechung von Pius XII. vorbereitet hat?«

»Der jüdische Weltkongress hat doch die Seligsprechung von Pius XII. immer aus einem einzigen Grund verhindern wollen. Weil er zum Holocaust geschwiegen hat«, antwortete Robert.

»Ja, das will man der Weltöffentlichkeit glauben machen«, erwiderte der Italiener kopfschüttelnd. »Doch da gibt es aber noch einen anderen Grund. Einen, der noch viel schwerer wiegt.«

›*Was für einen schwerwiegenderen Grund?*‹, sinnierte Robert.

»*Totus tuus* ist für die engsten Vertrauten im Vatikan eine Geheimparole geworden, wenn es notwendig geworden ist, himmlische Hilfe in Anspruch zu nehmen.« Robert rollte die Augen bis unter die Schädeldecke.

»Nicht ohne Hintergedanken«, sagte Filippo und hob den Finger. »Denn das Schweigen von Pius XII. über den Holocaust wird dann nämlich kein Ablehnungsgrund mehr sein, wenn die letzten Überlebenden verstorben und die Erinnerungen darüber im Sand versiegt sein werden. Dann verliert der Holocaust für die Juden immer mehr an politischer und moralischer Bedeutung.« Filippo machte eine kurze Pause und setzte einen dramatischen Blick auf.

»Es gibt aber einen immerwährenden Grund, warum der jüdische Weltkongress auf alle Ewigkeit gegen die Seligsprechung von Pius XII. sein wird.«

»Welchen?«, bohrte Robert schon leicht resignierend.

»Die Vereinbarung zwischen dem Vatikan und den Gründerfamilien der US-Notenbank. Pius XII. hat sich an den Deal nicht gehalten! Und daran soll angeblich er schuld sein.«

»Wer soll daran schuld sein?«

»Du glaubst sowieso nicht an *totus tuus*, Roberto!«

»Filippo!« Roberts Nüstern stießen weißen Dampf aus. »Was redest Du für wirres Zeug? Wer?«

»Na er!« Robert taumelte am Rande einer Hirnkolik, als Filippo auf die Zigarettenschachtel gedeutet hat, auf dem ›*Bufimimat*‹ gekritzelt stand. Er drehte sich zur Seite, um klare Gedanken zu fassen. Die zwischenzeitlich geöffneten Fotos von Maria in seiner empfangenen E-Mail beförderten ihn in den nächsten wissenschaftlichen Albtraum. Der Anblick des Gemäldes gab ihm den Rest.

»Allmächtiger!«, flehte er brüllend, griff sich auf die Stirn, schnappte nach Luft und stützte sich versehentlich auf das Kamerastativ, das plötzlich im weichen Moos einsank. Robert landete dort, wo er im Augenblick gedanklich angekommen war. Am Boden.

»Roberto, glaubst Du vielleicht allen Ernstes, der Vatikan schickt Dich auf Erkundungsreise über seinen Gründer, ohne ein Interesse daran zu haben, was es mit solchen Typen auf sich hat?« Filippo drehte seinen Blick auf das Display seines Mobiltelefons und tippte ›*Verkaufen*‹.

»Buffi!«, sagte er und sah wieder zu Robert auf.

»Sie wollen aus Deinem persönlichen Munde wissen, *wer* Buffi tatsächlich ist? Das muss doch eine große Ehre für Dich sein.« Filippo presste seine Lippen zusammen. Dem Wahnsinn nahe, ordnete Robert außer Atem die Geschehnisse neu.

›*Wer Buffi tatsächlich ist? Warum sollte dieser Mann daran schuld sein, dass sich Pius XII. während des 2. Weltkriegs nicht an einen Deal mit den Gründerfamilien der US-Notenbank gehalten hat? Spinnt Filippo jetzt völlig? Und was hätte der jüdische Weltkongress gegen eine Seligsprechung von Pius XII. für einen anderen Vorwand haben können, wenn es nicht dessen Schweigen zum Holocaust gewesen ist?*‹ Robert grübelte. Aber das letztere könnte tatsächlich stimmen. Pius XII. hat nämlich in Wahrheit nicht zum Holocaust geschwiegen.

29

Talente

Die Abgase der Verkehrsküche von New York hatten den Sauerstoff klar nach Punkten besiegt. Harvey hat vom langen Sitzen im Taxi steife Glieder bekommen und versuchte sich auf der Rücksitzbank zu strecken. Geistesabwesend schloss er das Fenster wieder und sinnierte noch immer über den Bericht des letzten Google-Treffers, der die Entführung des Lindbergh Babys betroffen hatte. Die Durchsetzung des Gesetzes für diejenigen, die das Papiergeld drucken dürfen sollten, schien für einige Leute ein so besonderes Anliegen gewesen zu sein. Ein so großes Anliegen, dass sie vor Mord und Entführung nicht zurückgeschreckt waren. Es ging um tausende von Milliarden US-Dollars. Kennedy und Lindbergh hatten das ändern wollen. Gegen diese beiden hatte es demnach ganz eindeutige Mordmotive gegeben. Warum sollten gemeine und hinterhältige Terrorakte nur von Gotteskriegern des Islam geplant werden? Warum sollten das keine Leute in feinen Klamotten planen? Und dann dieser seltsame Christian B., der die Eigentümerfrage der Zentralbank über ein Gericht klären lassen hatte. Harvey wurde von einer Armbewegung seines Taxilenkers aus den Gedanken gerissen.

Lukas grüßte einen Kollegen auf der anderen Spur. Er wartete trotzdem scheinbar noch immer auf eine Reaktion von Harvey. Das Gleichnis aus dem Evangelium von Mathäus war das letzte Diskussionsthema gewesen. ›*Ist der 3. Knecht ein unnützer Mensch gewesen, weil er die Talente nur eingegraben aber nicht vermehrt hat, die ihm sein Herr übergeben hatte?*‹ Harvey warf einen Kontrollblick aus seinem Augenwinkel in den Innenspiegel nach Lukas. Der erkannte blitzschnell die Geistesanwesenheit von Harvey und versuchte ihn wieder ins Gespräch zurückzuholen.

»Sir, Sie werden jetzt vermutlich dagegenhalten wollen, dass der 3. Knecht die Talente in der Erde vergraben und nicht gewinnbringend angelegt hat? Vielleicht aus Angst vor einer falschen Entscheidung? Vielleicht aber auch, weil er keinen Sinn in dem Zwang der Vermehrung erkennen konnte? Wissen Sie es?« Mit gespielter Empathie fachte er Harveys Gesprächsteilnahme wieder an.

»Verurteilen Sie nicht eine Leistungsanforderung. An wen auch immer, selbst wenn es ein Knecht ist. Vielleicht könnte er sich mit herausragender Leistung seine Freiheit erarbeiten?«, mahnte Harvey. »Wenn die Regeln der Gesellschaft es von ihm verlangen, dass er mit dem höchsten Gewinn der Anerkennenswerteste ist, dann ist die Geldvermehrung nun mal eine Forderung der Allgemeinheit, in der der Knecht überleben und anerkannt werden möchte. Leistungsdruck ist aber gut. Er setzt unsere Fähigkeiten frei. Ohne diese Freisetzung würden wir nichts im Leben weiterbringen. Das Geld, das der Knecht anvertraut bekommen hat, hätte die Fähigkeit des Wachstums durch den Zins gehabt. Der Knecht hat dies ungenutzt lassen. Der *homo oeconomicus* hätte das nicht getan. Er hat dieselbe Fähigkeit des Wachstums durch seine Talente erworben. Wenn der Knecht keine der beiden Potenziale ausschöpft, wird er immer ein Knecht bleiben.«

»Diese Talente sind offenbar auch eine Art von Währung?«

»Hatte ich doch schon gesagt. Warum haben die Phönizier vor 4.000 Jahren das erste Geld wohl Talente bezeichnet? Was hat dieser Zusammenhang wohl für einen tiefer liegenden Grund?«, fragte Harvey und servierte mit der Erklärung auch gleichzeitig seine Sichtweise. »Talente waren das erste Symbol für Kaufkraft. Bezogen auf einen handelnden Menschen steigert die Ausschöpfung von Talenten auch das Vermögen der Menschen und damit deren Kaufkraft. In jeder anderen Ideologie wird diese Kaufkraft zerstört. Nur eine Idee, die jedem Einzelnen die Chance eröffnet seine Talente einzusetzen, entscheidet über den Reichtum einer Gesellschaft. Die Demokratie und der Kapitalismus sind für dieses Grundrecht die beste Lösung gewesen. Es gibt keine bessere. Und damit will ich Ihre begonnene Debatte über die Ungerechtigkeit des Kapitalismus beenden. Knecht bleibt Knecht, wenn er die Talente nicht ausschöpft, sondern nur eingräbt.«

Wissbegierig aber skeptisch beäugte Lukas seinen ersten Fahrgast. »Wenn sozusagen jeder das machen kann was er will und was seine Fähigkeiten von ihm fordern? Dann entsteht Reichtum?« Mit blitzenden Augen forschte Lukas nach einer Schlussfolgerung.

»Falsch«, konterte Harvey und fühlte wieder eine heranpirschende Beklemmung. »Reichtum entsteht durch die nützlichen Talente und Ideen, die vom Staat und der Gesellschaft nicht unterdrückt werden. Eine reiche Gesellschaft strebt permanent nach Erneuerung durch Ideenreichtum«, stellte er borstig fest. Fairerweise dachte er dabei aber auch an die kreativen Wurzeln der Krise. AIG, Freddy Mac, Lehman Brothers, Merril Lynch, General Motors, Goldman Sachs und wie sie alle hießen. ›*Opfer ihrer eigenen Kreativität. Ideen, die man nicht unterdrückt hat aber unterdrücken hätte sollen*‹, dachte er. Trotzdem musste man den Menschen einen freien Raum zur Kreativität lassen. Nur wo war die Grenze?

Innerlich motzend musste Harvey daher einsichtig zugeben: ›*Außer in der Finanzkrise 2008. Sie hat gezeigt, dass nicht jede Gesellschaft durch den Ideenreichtum einflussreicher Leute gleichzeitig auch reicher werden muss, sondern auch ärmer werden kann. Viel ärmer sogar. Im Endergebnis läuft heute alles wie vorher weiter, nur dass das Volk um tausende Milliarden US-Dollars mehr Schulden hat. Geld, von dem es überhaupt nichts bekommen hat….Aber Geld wird nie weniger, es wird nur umverteilt*‹, ergoss sich die Einsicht in sein Bewusstsein.

Lukas nippte an seiner Wasserflasche. »Ergab sich daraus nicht der Sozialdarwinismus, Sir?«

»Aus was?«

»Aus dieser Freiheit, die Sie gerade eben beschrieben haben. Aus der Freiheit der Schnelleren gegen die Langsameren. Aus der Freiheit der Größeren gegen die der Kleineren. Aus der Freiheit der Stärkeren gegen die der Schwächeren. Und so weiter und so weiter. Die primitiven Vorrangregeln, die Charles Darwin beschrieben hat.[45] Irgendwann wird es dann ungerecht, wenn sich jeder die volle Freiheit nehmen würde, alle seine Talente voll auszuschöpfen.«

»Lukas, die Freisetzung von Talenten ist purer Darwinismus. Intelligentes Leben sucht sich seinen Weg von alleine und will am Ende immer unabhängig entscheiden können, wie es sein Überleben sichern kann. So wie der Dreck und die Asche, die Sie erwähnt haben. Auch der aufrechte Gang ist nur ein Ergebnis dessen gewesen. Aber der Herr Knecht wollte eben Knecht bleiben und das Geld sein lassen.« Harvey wurde zusehends bärbeißig. »Das hat doch überhaupt nichts mit irgendeiner Ungerechtigkeit zu tun. Wo denken Sie hin?« Eine Unebenheit auf der Fahrbahn riss die Fahrgastzelle mit einem kräftigen Schlag ruckartig durch. Das Ziehen in der Brust wurde heftiger. Ohne erfindlichen Grund hat Harveys Krankheit vor ihrem Ausbruch immer ein Herzrasen ausgelöst, das zu Beengtheiten geführt hat. Dann war er schnell gereizt gewesen und hatte sich selbst in Cholerik ertränkt. In dieser Hinsicht konnte sich sein Leben nicht die Freiheit ermöglichen, die er so geheiligt hat. Teile seiner Hirnzellen haben seit seiner Jugend rebelliert. Charles Darwins Evolution hatte eine Fackel in seinen Kopf gerammt, die loderte und glomm. Er war von Medikamenten abhängig oder musste lernen, seine Schicksalsschläge hinter sich zu lassen, um das Lodern der Fackel einzudämmen. Aber das konnte er nicht ohne Medikamente.

»Nur weil jemand an einer Aufgabe scheitert, die der andere erfolgreich bewältigt, ist der Gescheiterte deshalb nicht ungerecht davon gekommen«, sagte er. »Persönliche Fähigkeiten kann man nicht nur an Schwierigkeiten messen, sondern erst durch die Schwierigkeiten bringt man sie zur Entfaltung«, dozierte er weiter. »Es geht nicht darum, dass jeder machen kann, was er will. Es geht darum, dass man das nicht tun muss, was man nicht tun will. Die ersten beide Knechte wollten keine mehr sein und haben die Talente nicht vergraben, sondern vermehrt gehabt. Das definiert Freiheit. Sie ist das schönste Nebenprodukt des Erfolges. Niemand kann einen Erfolgreichen zwingen, etwas zu tun, was er nicht tun will. Und niemand sollte einen Erfolglosen zwingen, etwas zu unterlassen, woran er ganz sicher glaubt.« Lukas wollte nicht kampflos aufgeben.

---

[45] *Charles R. Darwin;* brit.; (1809-1882), gilt wegen seiner Beiträge zur Evolutionstheorie als einer der bedeutendsten Naturwissenschafter. Er entwarf seine Theorie der Anpassung an den Lebensraum und erklärte die natürliche Selektion aller Organismen über ihre Aufspaltung in verschiedene Arten.

»Wenn die ersten beiden Knechte keine mehr sein wollten, dann bedeutet das, dass der 3.Knecht weiterhin einer sein wollte. Dann hat er doch genauso frei entschieden. Warum soll er jetzt unnützer als die anderen sein, nur weil die das Geld nicht sicher in der Erde versteckt haben. Sie hätten es genauso verspekulieren können anstatt es zu vermehren?«

Lukas wechselte wieder die Spur und reihte sich auf der Abfahrt ein. Harveys Hände begannen zu schwitzen.

»Wollen Sie eine Gemeinschaft, in der man keine persönlichen Lebensziele haben darf?«, fragte er.

»Nein, eine Gemeinschaft, in der das persönliche Lebensziel eines Knechts genauso geschätzt und gewertet wird, wie das eines spekulierenden Millionärs«, antwortete Lukas und erntete prompt Harveys Widerspruch.

»In einer solchen Gesellschaft wird es aber egal, ob jemand eine Aufgabe besteht oder durchfällt. Der Knecht kann doch nicht zur Überzeugung gelangen, dass seine Talente nur für die Verrichtung einer primitiven Knechtstätigkeit ausreichen.«

»Warum denn nicht? Ginge es darum, ob er es könnte oder ob er es wollte?«

»Ach, das ist nur eine billige Lüge, die den Menschen ihre Suche nach der Individualität und dem Lebensglück auszureden versucht. Niemand bleibt doch freiwillig ein Knecht.« Harvey wusste, dass die Ökonomie von einer *›unsichtbaren Hand‹* gesteuert wurde, der man nicht entrinnen konnte. Diese Hand kannte keine Gerechtigkeit.

»Wollen Sie einem Knecht wirklich das verdiente Lebensglück ausreden, nur weil seine Leidensgenossen, die ebenfalls gescheitert sind, eine ungerechte Verteilung behaupten und Gleichmacherei fordern würden?« Lukas versuchte zu erwidern, dass Gleichheit von vornherein nicht etwas Nachteiliges sein musste.

»Hat nicht der Westen den Gleichheitsgrundsatz in den Menschenrechten eingeführt? Die US-Verfassung, die UNO, die Europäische Menschenrechtskonvention? Ist das ein Nachteil, wenn alle gleich behandelt werden?«, fragte Lukas geschickt zurück. »Warum wird der Knecht als Trottel und Nichtsnutz hingestellt?«

Harvey winkte verärgert ab.

»Ach! Wenn Sie sich mit der Geschichte auseinandergesetzt hätten, würden Sie die westliche Idee anders beurteilen können«, belehrte er seinen Fahrer. »Die einst unerträglich schwere manuelle Arbeit, die Millionen Menschen verrichten haben müssen, hat erst durch uns auf Dauer aus der Gesellschaft verschwinden können. Das ist gewiss nicht das Verdienst irgendeines anderen Wirtschaftssystems oder eines Knechts. Das ist die Hinterlassenschaft eines auf Leistung ausgerichteten Erneuerungswillens.«

»Komisch«, wandte Lukas süffisant ein.

»Jene Länder, in denen heute noch Frauen und Kinder schwere Arbeit für einen Hungerlohn verrichten müssen, haben aber entweder keine oder ganz wenige Schulden.«

›*Wer bekommt schon Kredit, wenn er nichts hat?*‹, sinnierte Harvey.

»Außerdem Sir, Ihre Feststellung, dass die unerträglich schwere Arbeit verschwunden ist, hat sich aber wohl noch nicht zu den Menschen in den Billiglohnländern durchgekämpft, oder irre ich mich da auch?«, fragte der ätzend.

»Weshalb nicht?«, fragte Harvey zurück.

»Als die Behörden in China vor vier Jahren bereit gewesen sind, die Arbeitsbedingungen chinesischer Arbeiterinnen den höheren Mindeststandards des Westens anzupassen, ist es plötzlich die Lobby der US-Investoren gewesen, die sich gewehrt hat.« Kurzes Schweigen durchtränkte die Erwartung von Lukas. Harvey reagierte jedoch nicht.

»Die US-Investoren haben gedroht, zu anderen Standorten weiter zu ziehen, wenn die Arbeiter mehr Rechte bekommen.« Harvey glotzte seinem Fahrer verwundert in den Hinterkopf. Der redete weiter. »Ich glaube, ein einziges System, das nicht in Koexistenz leben kann, wird letztlich an seiner eigenen Überkulturisierung kollabieren. Natürliche Organismen haben diese Selbstregulation auch.« Harvey konnte die Argumentation von Lukas nicht so im Raum stehen lassen.

»In China sind sie noch nicht so weit, sich durch kreative Zerstörung zu erneuern«, parierte er grollend auf die Provokation von Lukas, den er als Unwissenden hinstellen wollte.

»Ist man denn überhaupt bei uns schon so weit, sich durch kreative Zerstörung zu erneuern?«, stellte Lukas die berechtigte Gegenfrage. »Sollten wir uns nicht selbst fragen, ob wir zur Erneuerung bereit sind?«

»Ich ahne es schon, jetzt kommt wieder die Geschichte mit der Lügenpropaganda«, erwiderte Harvey. »Zuerst bestärkt man die sozial Schwachen in dem Glauben daran, dass es ihnen schlecht geht. Die bekommen dann das Gefühl, dass es ihnen tatsächlich schlecht geht. Schuld sind dann die Investoren und Kapitalisten. Dann muss wieder alles neu erfunden werden.« Harvey war nicht in der Stimmung auf Streitgespräche, aber irgendetwas köchelte in seinem Hirn.

»Außerdem, Lukas! Wollen Sie ein Regime unserem Gemeinschaftsleben vorziehen? Was soll denn in China besser sein? Chinas Bruttoinlandsprodukt hatten wir schon vor 50 Jahren. Mit einer Bevölkerungszahl, die nicht einmal 1/6 jener beziffert hat, über die China heute verfügt.« Harvey musste seinem Taxifahrer offenbar Vergangenheitsbewältigung näher bringen.

»Die Kommunisten haben damals ein Waffenarsenal angehäuft, dessen Sprengkraft umgerechnet 50 Millionen Hiroshima Bomben entsprochen hat! Wissen Sie auch warum, Lukas?« Donnernd beugte sich Harvey nach vor und schleuderte Giftblitze zum Fahrersitz.

»Aus einem einzigen Grund. Nur um unser System als angebliche Hölle wegen der Unmenschlichkeit zu vernichten.« Er lehnte sich wieder zurück.

»Unmenschlichkeit? Dass ich nicht lautstark lache. Unsere Realität ist gewiss nicht himmlisch, aber dem Himmel weit näher als eine kommunistische Scheißrealität.« Die Herausforderung ließ Harvey keine Ruhe. Belehrend breitete er die Schätze aus seiner Wissenskiste vor Lukas aus.

»Ich muss mich nur zwischen zwei Gesellschaftsmodellen entscheiden: In der einen muss der *Bürger dem Produkt* nachlaufen, weil es *zuwenig* davon gibt. In der anderen muss das *Produkt dem Bürger* nachlaufen, weil es *zuviel* davon gibt. Das ist viel gerechter«, versuchte er seinen Chauffeur fachlich zu belichten.

»Jedes Überangebot hat Preise gesenkt und die Menschen haben sich deshalb auch mehr leisten können. Das ist fair, weil es eben nicht reguliert wird. Volle statt leere Regale.«

»Ich sagte ja, dass das komisch ist«, grunzte Lukas mit listigem Grinsen. »Dafür hat keine Region der Erde mehr Schulden als jene Staaten, in denen das Produkt dem Bürger nachlaufen muss. Weil alle mit Kredit mehr hergestellt haben als gebraucht worden ist.« Harvey brauchte wieder eine Pause. Er beachtete die nächste Aufreizung gar nicht mehr und zog stattdessen Furchen in seine Stirn, wegen der ersten Sätze des geöffneten Google-Treffers, den er zu lesen begonnen hatte.

›*Präsident Woodrow Wilson unterfertigte nach einer seltsam gering besetzten Kongressabstimmung den Entwurf der executive order 10.289 für das Notenbankgesetz. Mit der Aufhebung des Gesetzes 10.289 vom 23.12.1913 wollte John F. Kennedy 50 Jahre später die Herstellung von Banknoten wieder in die Gewalt des Staates zurückbringen.*‹ Harvey war sich im Klaren darüber, dass das amerikanische Volk der Notenbank seit 1913 den US-Dollar gegen Zinsen abgekauft hat, um damit Beamte, Militär, Weltraumforschung oder andere Staatsausgaben zu bezahlen. Das Volk musste das Papiergeld durch Schuldverschreibungen und Zinsen kaufen und war daher der größte Kunde einer Notenbank. Harvey las weiter.

›*Kongressdokumente aus dem Jahre 1963 beweisen, dass Präsident JFK schon früh neues Staatsgeld drucken lassen und in Umlauf gebracht hat. In einer organisierten Geheimaktion einiger Privatbanken sind diese United State Notes aber unauffällig wieder aus dem Verkehr gezogen worden. Zwischen 1913 und 2007 hat die Federal Reserve Bank aus den Zinsen, die sie in dieser Zeit verlangt und bekommen hat, umgerechnet 10,27 Billionen US-Dollar Nettoeinnahmen erzielen können.*‹ Harvey beäugte den Innenspiegel skeptisch und versuchte 1+1 zu addieren. ›*Darin ist aber noch nicht die Differenz aus Herstellungskosten und Verkaufspreis enthalten? Geld zu drucken kostet schließlich nicht viel. Wäre interessant zu ermitteln, wie hoch die Gewinne gewesen sind, wenn man das auch noch einrechnet?*‹ Harveys Zahnräder hinter der Stirn brüllten nach Schmieröl, um auf die richtige Drehzahl zu kommen. Ihm war ein eigenartiger Zusammenhang noch nicht klar. ›*Warum führen mich beide auf ein und dieselbe Spur?*‹, tüftelte er noch immer. ›*Der heruntergekommene Streuner Jacob und dann dieser Taxifahrer Lukas?*‹ Harvey wirkte konfus und vernahm einen beunruhigend ansteigenden Puls. Die letzte Behauptung von Lukas steckte noch immer wie ein Pfeil in seiner Brust. ›*Durch Überfluss sinken zwar die Preise und die Menschen können sich mehr leisten, dafür hat keine Region der Erde mehr Schulden als jene, in denen das Produkt dem Bürger nachlaufen muss? Rein zahlenmäßig betrachtet, hat Lukas Recht*‹, dachte Harvey. Der Taxifahrer hatte unmissverständlich angedeutet, dass sich freie Bürger im Grunde noch weniger leisten konnten, weil sie sich alles leisten mussten, um das Wachstum zu halten und dafür aber Schulden eingehen mussten, deren Zinsen sie auf Dauer in eine gefährliche Schuldenspirale gesteuert haben. Das war ihm klar, aber die andere Variante war keine Alternative. Jene, in der der Bürger dem Produkt nachlaufen musste, weil es zuwenig Knechte gegeben hat, die das Geld in sinnvollere Projekte der Vermehrung investiert haben, anstatt es in der Erde zu vergraben. Nein, das war keine Alternative. Talente mussten unter Druck ausgeschöpft werden.

30

Echelon

›*Keine Presse zu diesem Zeitpunkt!*‹ Das ist die Forderung des Vice-President der Bank of America gewesen. Jimmy saß noch immer mit den Zügen des Entsetzens in seinem Gesicht am Konferenztisch von Bob Glimmer. Die letzten Reste von Begriffsvermögen schoben einen Pflug durch seine gähnende Leere im Kopf. Die Log-Files von ¼ Million unautorisierten Zugriffen pro Sekunde zerrten wie ein Schwarzes Loch an seinem Fachwissen. Seine Horizontgrenze ist um Meilen überschritten worden. Hinter dem Schreibtisch stand Bob und telefonierte gestikulierend mit dem Oberboss.

»Jack, uns fehlt die Zeit am Telefon Einzelheiten zu erläutern. Aber ich muss in spätestens zwei Stunden den gesamten Aufsichtsrat zu einer sofortigen Krisensitzung versammeln…« Stirnrunzelnd drehte er sich zum pompösen Ausblick über Manhattan. »An die hatte ich nicht gedacht?... Was?...Nein!.....Weil, es völlig unmöglich ist, die arabischen und russischen in zwei Stunden nach New York zu holen… Jack, aus Gründen der vorläufigen Sicherheit ist es vernünftiger, nur den amerikanischen Teil zu informieren. Ich kann…..«

Jim war mit seinen Überlegungen zu beschäftigt, um dem Telefonat weiter folgen zu können. ›*Bob wäre wahnsinnig, wenn er die Behörden nicht informieren will. Das ist kein Taschenspielertrick, wo ich Hasen oder Uhren verschwinden lasse. Wenn jemand in die größte Bank der Vereinigten Staaten eindringt und in weniger als einer Minute fast 15 Millionen Konten in Luft auflöst, ist das ein Grund die Behörden sofort zu informieren. Und außerdem…..!*‹ Noch bevor Jimmy den Satz zu Ende denken konnte, brauste plötzlich Frank aufgelöst herein und berichtete über Neuigkeiten aus der IT-Abteilung zwei Stockwerke tiefer.

»Jim, unsere Deutsche Niederlassung hat heute nacht dieselbe Attacke einstecken müssen.« Frank schnitt mit seiner flachen Hand die Luft horizontal von links nach rechts. »Alles leer geräumt«, keuchte er erschöpft. Jims Pflug im Hirn verlagerte seine Tätigkeit nach außen und zog Spuren des blanken Schauders in sein fahles Antlitz der Ermüdung. Er schob seine mittlerweile völlig durchnässte Baseballmütze über die Stirn nach hinten, lehnte sich zurück und starrte stumm zu seinem Vice-President. Dann drehte er sich wieder in Richtung Türe.

»Was hast Du da in der Hand, Frank?«, fragte Jim und starrte auf ein Blatt Papier.

Zögernd wie ein pubertierender Junge, der am Tag der Zeugnisvergabe durch die Haustüre trat und noch keine Idee davon gehabt hat, wie er die Nachricht möglichst schonend übermitteln könnte, schob Frank verstört eine E-Mail aus Frankfurt langsam über den Tisch in Jimmys Richtung. Er presste die flache Hand bedeckend auf das Blatt Papier und flüsterte unter der Last der Einschüchterung.

»Jim, ich glaube Du solltest so schnell wie möglich Deinen Freund bei der NSA kontaktieren und danach fragen.« Noch ehe der IT-Sicherheitschef die entschlüsselte Nachricht auf dem Blatt Papier betrachten konnte, zoomten sich Fragezeichen durch seine Pupillen heran. ›*Ich soll in der NSA anrufen?*‹

»Die Deutschen haben dieses Symbol mittlerweile zum Teil dechiffriert«, sagte Frank und wendete das Blatt, um mit seinem Zeigefinger auf einen Text hinzuweisen.

»Es besteht aus zwei überlagerten Dateien, wovon die eine mit einer verklausulierten Nachricht versehen ist.« Jim starrte seinen Mitarbeiter fragend an, der wortlos umkehrte und hinaus verschwinden wollte.

»Moment noch Frank!«, rief er ihm nach. »Setz Dich sofort mit allen anderen Niederlassungen in Verbindung. Ich will wissen, wie viele Angriffe wir weltweit gehabt haben.«

Kaum hatte er den Satz beendet und Frank kopfschüttelnd die Tür zufallen lassen, hörte er hinter sich Bob das Handy zuklappen.

»Wie viele Angriffe wir weltweit hatten, fragst Du?« Bob Glimmers Augen hafteten magnetisch am Bildschirm. »Ich hab hier was von 27 Millionen«, zitterte er mit versteinerter Abscheu in den Gesichtsfalten.

»Was, siebenundzwa....., das ist jetzt nicht der Zeitpunkt für Scherze?«, stieß Jim heraus.

»Die Nachrichten aus London, Tokyo, Frankfurt, Paris, Hong Kong und Moskau beziffern eine neue Gesamtanzahl«, zeigte der Vice-President auf den Bildschirm. »Überall dasselbe. Sogar die offiziellen Konten der Bahamas und Cayman Islands sind darunter.« Bobs Grimasse vollzog eine Emission aufpolierter Ratlosigkeit. Er polterte mit der Faust auf den Tisch.

»Verdammt! Die einzigen Forderungen, über die unsere Kunden weltweit noch verfügen können, sind die Bargelder und Münzen an den Kassenschalter und den Schließfächern. Gemeinsam mit ein paar physischen Wertpapieren oder Aktienzertifikaten in den Safes.« Mit schockgeweiteten Augen erhob sich Bob Glimmer geistesabwesend aus seinem Büffellederstuhl. Jim begriff in diesem Augenblick, dass es sich hier um eine Technologie handeln musste, vor dessen Missbrauch kein Unternehmen der Welt mehr sicher sein konnte.

»Scheiße«, fluchte Jim mit besorgter Miene. »Theoretisch müsste jedes Finanzinstitut auf der Welt aus dem Netz.« Gedanklich spielte er dasselbe Szenario in den Sicherheitssystemen aller Großbanken durch. »Wir dürfen keine Zeit verlieren, sonst erleben wir ein monetäres Armageddon.«

»Das geht nicht«, erschrak Bob.

»Diese Angelegenheit darf dieses Gebäude vorerst auf keinen Fall verlassen. Das hab ich Dir schon gesagt. Vorher muss ich eine dringende Krisensitzung einberufen.« Bob aktivierte seinen E-Mail Verteiler und begann wegen der Dringlichkeit höchstpersönlich eine Einberufung an die wichtigsten Aktionäre zu verfassen. Bis das vollständige Sekretariat eingetroffen sein würde, würde zuviel Zeit verstreichen. Jimmy studierte den Computerausdruck von Frank, auf dem dieser merkwürdige Satz dokumentiert gewesen ist: ›*Wenn er öffnet, kann niemand schließen, wenn er schließt, kann niemand öffnen. E.L.N!*‹

Jimmy fächerte Erinnerungen in seinem Hirn auf, woher er dieses E.L.N. kennen konnte. Zuerst überlegte er, ob er John Riddle von der CIA anrufen sollte. Kurzerhand entschied er sich anders und wählte tatsächlich die Nummer seines Freundes David von der National Securitiy Agency. So wie es Frank ihm geraten hatte. Jim hatte auch David von der NSA in der

Vergangenheit bei der Aufklärung zahlreicher Kriminalfälle helfen können. Vor drei Jahren hatten sie gemeinsam ein Botnetzwerk zerschlagen können, das mehrere Millionen PCs gekapert hatte. Mit David ist eine Freundschaft entstanden. Er befand sich zurzeit auf Auslandseinsatz in den arabischen Ländern Nordafrikas, wo es gerade kurz vor ½ 12 Uhr mittags war. Jim verschwand lautlos in den Empfang der Chefbüros, um das Gespräch diskret führen zu können. David hob bereits nach dem ersten Rufsignal ab.

»Hallo Jim, wie lange ist das her? Ein halbes oder doch schon ein ganzes Jahr?«

»Wen verwundert das? Wofür hat man heutzutage noch Zeit?«, antwortete Jimmy und spürte einen enormen Druck, den die Zeit als Untertan des Pentateuchs auf ihn herabstürzen ließ, um seine Talente zur Entfaltung bringen zu können.

»Ich bin in großen Schwierigkeiten, David. Wir kämpfen mit einem Eindringling, der als *›E.L.N.‹* signiert. Hast Du davon schon einmal was gehört?«

David zuckte verstört auf und biss auf seine Unterlippe. »Hast Du tatsächlich E.L.N. gesagt, Jimmy? Ich kenne nur eine Abkürzung dafür. Aber das darf ich Dir nicht sagen. Nationale Sicherheit!«

»David, hör mit dieser beschissenen Geheimdusselei auf«, reagierte Jim verärgert.

»Worum geht es denn überhaupt?«, fragte David wissbegierig.

»Ich spiele Schach im Dunkeln, verstehst Du. Völliger Blindflug.« Jim klatschte mit der flachen Hand auf seinen Oberschenkel.

»Dieser E.L.N. hat heute Nacht über 27 Millionen Konten geplündert.«

»Das ist unmöglich, Jim«, erwiderte der NSA Mitarbeiter entgeistert.

»Doch«, nickte Jim und wischte sich mit der Baseballmütze den Schweiß aus dem Nacken.

»Ein paar Mouseklicks und er ist in weniger als einer Minute fertig gewesen.«

»Das kann nicht von E.L.N. sein! Ich darf es Dir trotzdem nicht sagen.« Eine lange Pause entstand. »Wie geht es übrigens der Ohrenentzündung Deiner Tochter. Dem Ohr zur Welt, wie Du es immer genannt hast?«

Am Rande eines Tobsuchtsanfalles wollte Jimmy Gordon seine aufgestaute Wut entladen. Doch bevor er losbrüllen konnte, dämmerte ihm die verschlüsselte Botschaft seines Freundes. *›Meine Tochter hat nie eine Ohrenentzündung gehabt‹*. Er erinnerte sich an einen Segeltörn zurück, auf dem Davids Frau und Kinder mit ihm und seiner Familie in der Karibik gewesen waren. In einer einsamen Bucht hatte David von Problemen mit einem damals noch neuen Überwachungssystem erzählt, das als *›das Ohr zur Welt‹* bezeichnet worden ist.

»Meiner Tochter geht es gut! Danke. Aber Du weißt, dass ich sie wegen der blöden Streitereien schon zwei Jahre nicht mehr gesehen habe. Hat mich ein Vermögen beim Psychiater gekostet.« Jim wippte nervös mit den Fußballen zum Absprung bereit auf und ab.

»David ich muss hier weitermachen und melde mich ein anderes Mal. Dann erzähl ich Dir mehr.« Der Sicherheitschef schwamm in einer Woge von Adrenalin.

»Tut mir leid, dass ich Dir nicht anders helfen konnte, Jimmy. Melde Dich wirklich. Es würde mich freuen, wieder einmal entspannt ein Bier zu ziehen.« David legte auf.

Jimmy setzte seine Baseballmütze wieder auf, drehte den schweißnassen Stirndeckel um 180 Grad nach hinten und versuchte zu begreifen was heute Nacht geschehen ist. ›*Das Ohr zur Welt? Echelon! Das globale Abhörsystem der USA. Es wird nur von der National Security Agency benutzt. Uns wird doch nicht die NSA oder die US-Regierung ausrauben?*‹ Angewurzelt stand er im Empfangsbereich vor der Bürotüre und spürte den Gedanken wie einen Teigmixer in seinem erschöpften Gehirn herumrühren. Er vernahm ein lautes und dumpfes »Jim?« durch die Wände vibrieren. Der Vice-President rief ihn wieder zurück.

31

Amerika

Tränen der Erleichterung traten aus den aufgeschwollenen Augen des Präsidenten heraus, nachdem er begriffen hatte, das er um Haaresbreite ein Attentat überlebt hat. Ein etwas steilerer Winkel der Drohne und die Air Force One hätte Kerrys Leben infolge einer berstenden Explosion der Kerosintanks in den Tragflächen dem sicheren Tod geweiht.

›*Warum muss Politik immer eine Gefahr für das Leben bedeuten?*‹, brandete die Wut aus seinen verschreckten Poren.

›*Nur weil die Anführer aller Nationen wichtige Vertreter ihres Volkes sind, müssen die Bürger jährlich Milliarden in die Sicherheitsvorkehrungen pulvern*‹, fluchte er innerlich. ›*Warum müssen wir uns vor anderen schützen?*‹ Der Präsident zog sich das Hemd bequem aus der Hose.

›*Die Welt könnte Milliarden sparen, wenn der Sicherheitswahn hinweg fallen würde.*‹ Er nahm die beiden Ohrstöpsel seines iPods in die noch immer zitternde Hand und ließ sich tief atmend in das Polstergewühl auf seinem Ruhesofa gleiten.

›*Als die beiden letzten natürlichen Feinde des Menschen sind nur mehr Bakterien und schließlich der Mensch selbst übrig geblieben*‹, konstatierte er kopfschüttelnd und aktivierte die Musik seines Datenträgers.

›*Warum können wir den einen nicht endgültig aus den Hirnen verschwinden lassen? Den Menschen!*‹ James Kerry bohrte nach Lösungen, an denen die Menschheit seit dem Zeitpunkt wie ein hungriger Hamster geknabbert hat, als sich die Weltbewohner in Siedler und Nomaden aufgespaltet hatten. Doch selbst in diesen 20.000 Jahren hatte man keine Antwort für den Frieden gefunden. Im Gegenteil.

›*Immer mehr Menschen beginnen meine Heimat zu hassen.*‹ Der Präsident führte die Stöpsel seines iPods bedächtig in die Ohrmuscheln und inspirierte seine Neuronen und Synapsen mit den verwöhnenden Titelklängen eines selbst zusammengestellten Musikordners.

James Martin Kerry war 52 Jahre alt und stammte aus einer alteingesessenen Unternehmerfamilie. Er versuchte mit dem Vorbild auserwählter Vorgänger einen neuen Weg der Politik zu gehen. Wenn sich sein Volk während seiner Amtszeit nicht auf wichtige grundlegende Fragen einigen konnte, gab es für ihn nur die ultima ratio. Ihm war die Abarbeitung nationaler Ziele wichtiger als sein politisches Überleben.

›*Ich lege mein Amt zurück, weil meine Ideen als gewählter Vertreter des amerikanischen Volkes offenbar nicht ausreichend gut sind*‹, hatte er in seiner ersten Amtsniederlegungsrede verlautbart. Danach waren noch weitere acht Rücktrittserklärungen gefolgt. Die Reaktionen der geschockten Bürger hatten daraufhin seinen Beliebtheitsgrad in die Höhe getrieben. Das Volk hatte zu spüren begonnen, dass er kompromisslos den direkten Weg zur Entscheidung gesucht hat. Als Gegenreaktion und Dank an die Bürger hatte Kerry das Realtime-Voting eingeführt. Er hatte die sinnlosen und kostspieligen Debatten mit Lobbyisten und politischen Gegnern zu umgehen begonnen, und sofort das Volk entscheiden lassen. Auch die Einführung des *DAP* war nur ein vorläufiges Resultat dieses neuen eingeschlagenen Weges. Der ›*Daily-Push*‹ ist zum täglichen SMS an alle Bürger seiner Nation geworden. Aufmunternde, motivierende und nachdenklich machende Zitate, die den Menschen für den Arbeitstag einen höheren Sinn übermitteln sollten. Kerry führte mit seinem Volk eine Art Ehe, die den täglichen Kontakt suchte. Er hatte angefangen, auf das Gefühl der Menschen zu hören. Die Bürger liebten ihren Präsidenten für diesen Mut und diese Volksnähe. ›*Wenn Lincoln vor 150 Jahren jene technologischen Möglichkeiten gehabt hätte, wie wir heute, hätte er sogar den Kongress überhaupt abgeschafft. Wozu brauchte man noch Volksvertreter, wenn die Technik keine Phrasendrescher mehr notwendig machte. Die sollen sich richtige Jobs suchen und nicht das Steuergeld für ihre eitlen Wortmeldungen verschleudern‹*, hatte er seinem Chefberater einmal anvertraut. Das bedeutete auch, dass sich der Präsident viel häufiger auf Kurzansprachen einstellen musste. Wenn er sich daher an die Welt wenden wollte, wollte er auch die richtigen Gedanken griffbereit haben. Kerry lag am Sofa und sinnierte weiter über seine Heimat.

›Was macht diese Nation aus, die den ganzen Planeten mit ihrer Idee erobern will?‹ Der Präsident schloss die Augen und lugte nach einer Einsicht über die wachsende Kritik an Amerika.

Eigentlich hätten die USA wegen ihrer wirtschaftlichen, sozialen, kulturellen und ethnischen Unterschiede ständig explodieren müssen. Ihre kulturelle Vielfalt hatte sich als das größte Experiment menschlicher Soziologie erwiesen. Ein Schmelztiegel aller Kulturen und Rassen hatte diese Nation zu einem Volk gemacht. *›Warum können so viele Kulturen nur auf unserem Kontinent friedlich nebeneinander leben, wenn die ganze Welt viel mehr Platz bieten würde?‹* Das war eine beißende Frage, die den Blick auf die Vision des Präsidenten verstellte. Wie jede andere Nation, war auch Amerika mit dem Gewehr in der Hand geboren worden. In der Überwindung dieser normalen Tragik einer Volksgeburt ist aber auch eine Chance gelegen, die selbst Amerika nicht zu nutzen vermocht hatte. Historisch war diese Nation eine Kolonie gewesen, die von den Europäern entdeckt und gegründet worden war. Während und nachdem sie mit ihrer Besiedelung die Ureinwohner brutal niedergemetzelt und fast völlig ausgerottet hatten. Nur die gewaltige Größe dieser neuen Welt hatte ihr im 18. Jahrhundert die Freiheit ermöglicht. Seither hat ein Missionsgedanke mit ungetrübter Leuchtkraft in den Zukunftshorizont dieses Volkes gestrahlt. Doch der Missionsgedanke hatte Amerika auch unberechenbar gemacht. Arthur Miller hatte den amerikanischen Patriotismus als einen notorisch kritischen Geist bezeichnet. Die Amerikaner und Amerikanerinnen waren ein stolzes Volk. Oft *zu* stolz. 1787 hatte der erste Kongress die ersten 10 Artikel der Verfassung besiegelt, die für viele Völker des Erdkreises zum Vorbild geworden ist. Freiheit! Damit hat aber auch die irrationale Epoche des *›Manifestes of Destiny‹* begonnen. Der unverrückbare Glaube, dass das angeblich im Himmel beschlossene Geschick der Amerikaner ein *›gottgewolltes‹* Reich der Freiheit begründet hatte. Lincoln hatte diesen Geist schließlich nicht nur für sein eigenes Land, sondern für *alle* Völker der Welt verteidigt.

›Jede Unterwerfung anderer Völker ist ein Verrat an Amerikas Traditionen und an seinen Auftrag in der Geschichte‹, hatte Lincoln auf dem Gewissen seiner Gegner herumgetrampelt. Mit der tiefen Überzeugung dieser westlichen Idee hatte auch Roosevelt während der großen Depression in den 1930er Jahren das amerikanische Bewusstsein geprägt: *›Das Einzige was die USA zu fürchten haben, ist ihre eigene Furcht‹*. Damals war es ums Überleben der Wirtschaft und

Demokratie gegangen. Um im Leben alles erreichen zu können, hat sich der Mensch daher nur von seinen Selbstzweifeln befreien müssen. Das war zum Ausläufer des amerikanischen Lebensentwurfes geworden.

›*Wenige Jahre nach der großen Depression haben unsere Väter zwischen 1939 und 1945 diesem Planeten die Willenskraft dieser Idee demonstriert*‹, spürte Kerry das Eigenbewusstsein seiner Vorfahren. Innerhalb weniger Tage hatten die US-Fabriken ihre Produktion in den Dienst des Freiheitsgedankens gestellt und in nur vier Jahren für die Befreiung Europas über 300.000 Flugzeuge, 90.000 Panzer und 6.500 Schiffe gebaut. Amerika hatte in ein paar Dutzenden Monaten das produziert, wofür Hitler bis 1943 über 100 Monate benötigt hatte. Ein Riese war seither wachgerüttelt worden und forschte an Waffenanfertigungen, die er im Grunde für sich selbst gar nicht benötigt hat. Amerika hat aber seit dem zweiten Weltkrieg begonnen, den gesamten Planet als seine Heimat zu betrachten. Diese positive Absicht hatte sich jedoch sehr oft in Sackgassen verirrt. Immer und immer öfter - nur aus Angst. Die Amerikaner wollten Superman, Batman und Spiderman in einem sein, die den Kampf für das Gute gegen das Böse aufgenommen hatten. Dieses Kostüm haben sie bis heute nicht ablegen können. Den Schwung aus dem Produktionswahn des zweiten Weltkriegs hatte die Nation mitgenommen und zwischen 1950 und 1965 genauso viel hergestellt, wie zwischen 1607 und 1950. Eine Nation, die nur 5 % der Weltbevölkerung beheimatet hat, hatte den Planeten aus seinen Kriegswirren und Elend befreit. Diese Heldentat hätte keine Nation dieser Welt leugnen können.

›*Unser Volk kann einen unbegrenzten Willen aufbringen, wenn es den kollektiven Geist der Hoffnung vereint*‹, konstatierte Kerry und sah vor seinem geistigen Auge ein historisch noch nie vereintes Repräsentantenhaus. ›*Ein neues Konzept müsse her!*‹, donnerte es unter seiner Schädeldecke.

Lyndon B. Johnson hatte mit der *Great Society* die Fortsetzung von Roosevelts ›*New Deal*‹ mit dem Argument gegründet, dass Armut und Unwissenheit auf Dauer die Stärke jedes Volkes unterminieren würde. Der höhere Bildungsgrad eines Volkes hatte Konflikte immer eher beseitigt als neue geschaffen. Feindseligkeiten, mangelndes Selbstbewusstsein und rechtsradikale Trends waren nur die spirituellen Kinder unterdurchschnittlicher Bildung gewesen. Mit ›*the pursuit of happiness*‹ hat Amerika das Recht auf ›*Streben nach Glück*‹ in der Verfassung durch das Gesetz verbrieft. Doch was Glück gewesen ist oder sein sollte, das wollte die Verfassung eben jedem Menschen selbst überlassen. Dass sich dieses Streben auch als rücksichtslose Entfaltung eines Turbokapitalismus äußern konnte, bei dem ein einziger sein Glück gefunden hatte, während viele über die Klinge springen mussten, ist ein Stachel gewesen, der tief im Herzen des Präsidenten glomm. Wenn jemand sagte: Amerika ist ein Albtraum oder Amerika ist ein Traum! -

dann stimmte wohl beides. Der Präsident öffnete die Augen. Die Musik sprang plötzlich auf ›*What a wonderful world*‹ von Louis Armstrong. Bis heute ist diese amerikanische Botschaft über alle Grenzen hinweg in alle Völker vorgedrungen und hatte Freiheitsrevolutionen hervorgebracht. Amerikas Idee war ebenso zum Vorbild für den Arabischen Frühling geworden wie für viele andere Völker dieser Welt.

›*Wir haben die richtigen Ziele aber wir haben die falschen Methoden und wählen die falschen Wege!*‹, dachte Kerry unter dem Eindruck von Armstrongs Musikklängen über diese wundervolle Welt. Amerika musste in Zukunft von vielen Eigenschaften Abschied nehmen. ›*Aber was müsste passieren, damit die politischen Gegner mit mir so an einem Strang ziehen würden, wie es das Volk zur Zeit unserer Gründerväter getan hat?*‹, dachte der US-Präsident sentimental. Damals hatte man die Vereinigten Staaten eines Kontinents schaffen wollen.

›*Ist das schon das Ende der Fahnenstange? Müssten wir noch Millionen von Jahren zuwarten, bis sich alle Kontinentalplatten der Erde wieder als einzige Landmasse aneinandergekuschelt in irgendeiner Ecke des Planeten zusammenfinden würden? Um auf dem neuen Riesenkontinent die Vereinigten Staaten von Planet Erde zu gründen?*‹ Die Realität entpuppte sich als Schleifstein, der von den ursprünglichen Ideen immer weniger übrig gelassen hat.

Ein kämpferisches ›*Nein!*‹ hallte in James Kerrys Hirn und riss ihn aus seinen Gedanken. ›*What a wonderful world*‹, wippte er den Kopf nickend und wies den Oberschenkeln an, seinen Präsidentenkörper athletisch in aufrechte Position zu hieven. Nachdem er die Stöpsel aus den Ohren zog, spürte er dumpfe eilende Schritte in der Air Force One außerhalb seines Ruheraumes. Kerry konnte die vom Attentat ausgelöste Hektik wenigstens für ½ Stunde durch die Musik ausblenden. Er zog sich ein frisches Hemd an, band sich die Krawatte um - ein Geschenk seines Sohnes - und brachte die Fasson seiner Kopfbehaarung in Stellung. Der Präsident ist mit seinem Leben davon gekommen. Für ihn hatte diese Fügung denselben Rang wie das Überleben von George Washington nach einem Hinterhaltsangriff der Engländer. Kerry empfand sein glimpfliches Davonkommen als Bestimmung. Als den Willen einer höheren Instanz.

›*James Martin*‹, grummelte Kerry vor sich hin. ›*Es hat einen Grund, warum Du um ein Haar abgekratzt wärst. Draußen wartet eine Menge Arbeit auf Dich!*‹ Musik wirkte Wunder, das hatte der Präsident in seiner Studienzeit schon zu nutzen gewusst. Musik war der siebente Kontinent, der unbegrenzte Energiequellen verborgen hat. Schon nach wenigen Takten der Meditation strotzte James Martin Kerry vor neuer Kraft. Der positive Ausgang des versuchten Attentats wirkte wie der Atem Gottes, der ihn aufrüttelte und wieder einmal zu Höchstleistungen motivierte.

32

Marx

Die Worte von Lukas schallten noch lange in Harveys Denkorgan nach. ›*Dafür hat keine Region der Erde mehr Schulden als die westlichen Staaten.*‹ Harvey hegte langsam aber sicher Zweifel an der Sinnhaftigkeit dieser Unterhaltung mit Lukas. Ein Jungunternehmer, der seinen ersten Kunden spazieren fuhr und die Unverfrorenheit besessen hatte, einen Preisträger für Wirtschaftswissenschaft zu einer Debatte über das Wertempfinden handelnder Subjekte zu provozieren.

»Was stört Sie so an Schulden?«, fragte er mit grantigem Unterton. »Erwachsen wird man am schnellsten mit Schulden«, instruierte Harvey Lukas eindringlich über schuldenorientiertes Verhalten. »Ohne Druck werden persönlicher Antrieb, Lösungskompetenz und Einsatzbereitschaft nicht entfaltet und auch nicht gefordert. Diese menschlichen Eigenschaften sind wie Fallschirme. Die nutzen auch nichts, wenn sie zusammengefaltet in einem Regal liegen, sondern wenn sie aufgehen und sich entfalten. Dafür sind sie erfunden worden.«

»Aber Schulden verschieben Einfluss und Macht«, erwiderte Lukas. »Sie scheinen sich wohl mit der monetären Macht eng verbunden zu fühlen?«

»Nicht mit der Macht, Lukas.«

»Die Macht ist doch immer auf der Seite der Geldgeber«, zischte der Taxilenker. »Und auf dieser Seite scheinen Sie zu sein.«

»Die *Verantwortung* ist auf der Seite der Geldgeber. Das ist etwas anderes«, tadelte Harvey seinen Widersacher.

»Wie wollen Sie denn die Bedürfnisse und Fortschritte von heute finanzieren, ohne mit dem Einkommen von morgen zu rechnen? Das geht nur mit Schulden. Glauben Sie etwa, Ihr Taxi ist in bar hingeblättert worden?« Harvey schüttelte abschätzig den Kopf.

»Die wenigsten haben den Gegenwert ihrer Anschaffungen in Bargeld irgendwo herumliegen«, referierte er und zeigte Lukas damit auf, dass der halbe Westen auf einer Kreditpyramide gestanden ist, die er für das Wachstum seiner Produktion gebraucht hat. »Ohne Kredit würde fast niemand ein eigenes Haus besitzen oder ein eigenes Auto fahren können. Ein Privater muss genauso Schulden machen, wenn er sich was anschaffen möchte, so wie eine Regierung die ein Gesundheitssystem, eine militärische Operation oder eine Terrorbekämpfung finanzieren will. Also die Schulden spielen keine Rolle.« Trotzdem ließ sich Harvey von Lukas aufbringen.

»Hier geht es um den Lebensentwurf eines einzelnen, dort geht es um die Sicherheit von allen. Verschuldungen sind also nichts anderes als Investitionen. Und mit dem Druck von zukünftigen Zahlungsverpflichtungen müssen wir lernen, umzugehen.« Merklich konsterniert über die Anmaßung seines Chauffeurs tippte Harvey mit seinen Fingern nervös auf seinem iPad.

»Die Kunst der Schuldenanalyse besteht darin, zu erkennen was der Durchschnittsbürger glaubt, dass der andere Durchschnittsbürger tut!«

»Was meinen Sie damit?«, erkundigte sich Lukas erwartungsvoll.

»Solange der Nachbar bereit ist, sich etwas zu kaufen für das er das Doppelte zurückzahlen muss, solange werden Sie auch nicht bereit sein auf vieles zu verzichten, das sich Ihr Nachbar aber leistet und dafür Schulden eingeht.«

»Das verstehe ich noch immer nicht«, brummte Lukas entgeistert.

»Bei einem Zinssatz von 5 % zahlen Sie in nicht einmal 20 Jahren den doppelten Preis Ihres Hauses zurück«, erklärte Harvey.

»Wenn Sie der einzige Mensch sind, der dazu bereit wäre, würden Sie es trotzdem nicht tun.« Belehrend hob er die Hand. »Erraten Sie, was sich Ihr Nachbar A kaufen wird wenn er erkannt hat, wofür sich Nachbar B zu interessieren begonnen hat und etwas kaufen will? Erraten Sie was der Durchschnittsbürger glaubt, dass der andere Durchschnittsbürger tut? Sie müssen sich also damit auseinandersetzen was der eine glaubt, dass der andere tun wird.« Lukas nickte einsichtig.

»Wenn niemand mehr Geld brauchen würde, weil er auf alles verzichtet was er sich nicht sofort leisten kann, dann wäre Geld wertlos. Sie könnten keine Zinsen dafür verlangen. Dann müssten wir uns etwas Neues ausdenken. Das globale Geldwesen funktioniert nicht, ohne die Bereitschaft Schulden zu machen. So entsteht Rendite für all jene, die das Recht haben Geld zu drucken und zu verkaufen. Oder für jene, die es sich vorher erarbeitet haben und den anderen leihen.« Wieder hob Harvey erzieherisch seinen mahnenden Finger.

»Also Schulden sind wichtig, mein lieber Lukas.«

»Dann werden Sie jetzt sicher sagen…«, brannte dem Fahrer in kindlicher Aufregung eine Frage in der Kehle, »…ein westlicher Durchschnittsbürger tut instinktiv genau das Richtige. Er konsumiert heute die Produkte, die ihm durch die Werbung permanent nachlaufen und er interessiert sich nicht mehr für morgen? Weil das Morgen nicht mehr aus erster Hand kommt.« Lukas verrenkte seinen Nacken nach rückwärts und linste Harvey mit tiefem Blick an.

»Ich meine, wenn er bereit ist das Doppelte zurückzuzahlen? Das Doppelte von dem, was er sich ausgeborgt und was es gekostet hat? Wann interessiert er sich dann noch für morgen? Dann ist das Einkommen von morgen schon verbraucht, oder?« Der Ökonom kam sich vor, wie in einem Fernsehinterview mit einem Globalisierungsgegner.

»Wovon sollte denn die Weltwirtschaft sonst angetrieben werden?«, donnerte er zu Lukas. »Verschonen Sie mich mit den vulgären Floskeln des Marxismus. Der Großteil der Leute muss in Zukunft für das arbeiten, was er sich heute leisten will.« Harvey wurde zornig.

»Dieses negative Gerede über Schulden hat doch nichts mit der Wirklichkeit zu tun.« Er spürte eine Woge der Verärgerung an seine Toleranz branden, als ihn die Worte von Lukas an den französischen Präsidenten Sarkozy erinnerten. Der hatte in seiner Panik während der Krise 2008 vor dem EU-Parlament plötzlich gefordert, dass alle EU-Staaten ihre Schlüsselindustrien wieder verstaatlichen sollten. Völlig hilflos waren einige Anführer Europas wieder dagestanden und hatten Karl Marx einen prophetischen Blick zugesprochen. Nur weil das Kapital dort angekommen ist, wo es Marx vor 150 Jahren vorausgesagt hatte. Getrieben, weltumfassend und überall. In allen Poren der Gesellschaft. Sarkozy hatte vor 5 Jahren gesagt, *›man müsste wieder eine Verstaatlichung vornehmen, damit keine ausländische Stadt Eigentümer eines inländischen Unternehmens werden kann‹*. Harvey zürnte innerlich.

»Sollen wir jetzt Microsoft verstaatlichen, um einen Franzosen zu hindern, sich an einem Unternehmen zu beteiligen von dem er überzeugt ist oder demselben Unternehmen einen Kredit zu geben?«, donnerte er nach vorne. »Nein, ohne Schulden kann keine moderne Zivilisation bestehen. Schulden sind der beste Beweis für Zukunftsvertrauen. Woanders hat man dieses Vertrauen eben nicht, weil man die Freiheit nicht hat.« Lukas räusperte sich demonstrativ.

»Ja aber Sir, haben nicht viele Banken während der Krise genauso faktisch verstaatlicht werden müssen, weil sie ihre Schulden nicht bewältigen konnten? Wie wäre die Krise denn verlaufen, wenn die Regierungen gewartet hätten, bis sich der Markt aus eigener Kraft erholt hätte?«

›In the long way, we are all dead‹, erinnerte sich Harvey an John Maynard Keynes. Das war die entscheidende Aussage eines der größten Ökonomen des 20. Jahrhunderts. *›Was hilft es uns‹*, sagte Keynes nach den Lehren der großen Depression in den 1930ern, *›wenn die Selbstregulierung mehrere Jahrzehnte dauert, während wir in der Zwischenzeit wirtschaftlich krepieren?‹* Der Staat musste mit Defizit-Spending unterstützend eingreifen. Und weil es erstmals ein anerkannter Ökonom ausgesprochen hatte, ist es zur Regel geworden. Schulden machen, um das System zu retten. Wenn man aber von Staat gesprochen hat, der sich die Schulden aufgehalst hat, dann ist es immer das Volk gewesen, das unfreiwillig zur Kasse gebeten worden ist. Die, die Schulden stellvertretend für die Bürger eingegangen sind, haben die

Auswirkungen auf ihre eigene Brieftasche nie gespürt. Das ist Harvey klar gewesen, trotzdem wollte er die Behauptung so nicht akzeptieren.

»Die US-Banken sind nicht verstaatlicht worden«, berichtigte Harvey energisch.

»Das ist reiner Aktionismus gewesen, um die Wähler zu beruhigen. Zum gleichen Zeitpunkt hat es weder eine Rezession gegeben, noch hätte ein Sparer um sein Geld bangen müssen. Es ist nicht um die *Ersparnisse* der Bürger gegangen, sondern um die *Stimmen* der Wähler.« Auch das hatte Keynes eindrucksvoll analysiert. Wenn der Durchschnittsbürger A nämlich plötzlich geglaubt hat, dass der andere Durchschnittsbürger B seine Ersparnisse vom Konto abheben würde, dann hätte A möglichst schnell darauf reagieren müssen. Am besten schon vor B den Plan von B in die Tat umsetzen. Die Mehrheit von Entscheidungen der Masse hing weniger am eigenen Wissen als vielmehr an einem Glauben, von dem man geglaubt hat, dass er sich verbreiten würde.

»Man hat nur nach außen die Super-Nanny spielen müssen, um verhindern zu können, dass die Bürger so reagieren würden wie sie es 1929 getan haben. Die befürchtete Panik ist deshalb auch ausgeblieben«, erklärte Harvey. Lukas spitzte die Lippen und starrte uneinsichtig in den Innenspiegel.

»Ich bitte Sie, Sir«, konterte er. »Unsere Zentralbank hat seit 2008 über 4.000 Milliarden den Banken nachgeworfen. Das ist etwas übertrieben viel von einer Super-Nanny.«

Harvey schüttelte den Kopf. »Aber der Staat hat deshalb als Eigentümer keine Kontrolle über die Banken und Versicherungen. Das verwechseln Sie wieder. Die Banken wurden deshalb nicht verstaatlicht.«

»Im Grunde ist nur aufgeschoben worden, was sowieso kommen wird«, konterte Lukas. »Eben nicht der große Kollaps, sondern einer in Raten. So Stück für Stück.« Skeptisch runzelte Lukas seine Nase.

»Wieso Kollaps?«, zischte Harvey abschätzig.

»Wo denken Sie denn hin? Eine kreative Zerstörung muss schleichend vor sich gehen. Schauen Sie sich doch an, wie viele von den internationalen Konzernen in den letzten zwei Jahrzehnten verschwunden sind. Der Wettbewerb führt in einem gesättigten Markt auf Sicht immer zu Konzentrationsprozessen unter den Unternehmen. Die Schlechteren werden verdrängt, lösen sich in den übrigen als fusioniert auf und am Ende verbleiben die wenigen Besten. So ist die Evolution schon immer gewesen.« Der Investmentbanker unterwies seinen fahrenden Schüler ermahnend. »Machen Sie nicht leichtfertig solche Äußerungen. Die könnten der bedrohliche Anfang eines schwelenden Hasses unterhalb der öffentlichen Rhetorik sein«, sagte er einschärfend. Harvey hatte das zerknirschte Gesicht von Jacob dem Demonstranten vor seiner geistigen Linse. »Das ist der Anfang, der dann

Terroristen und so genannte Freiheitskämpfer auf den Plan ruft. Hätte Europa durch den Marshallplan nach dem 2. Weltkrieg keinen Kredit von uns bekommen, hätten sie sich jahrzehntelang nicht von den Kriegsfolgen erholen können.«[46]

»Sir, da gebe ich Ihnen Recht. Europa hat den ethischen Appell verstanden, den die Amerikaner an sie gerichtet haben. Insbesondere den Appell der Geldökonomie.«

»Nicht nur den. Aber welches Volk hat diesen Appell denn nicht verstanden? Denken Sie an Tunesien, Ägypten und die Bürgeraufstände in den islamischen Nationen.« Harvey frischte Lukas´ Erinnerungen an die Umwälzungen vor drei Jahren auf, die dem ethischen Appell der Freiheit zu verdanken waren. »Oder denken Sie an Indien, Japan, Thailand, Indonesien, Brasilien, Mexiko oder andere. Sogar China hat unseren Appell schon halb verstanden.«

»Ja schon. Aber dafür haben sie Obama schon vor zwei Jahren wörtlich gedroht, dass er *›nicht mit dem Feuer spielen‹* sollte, als es darum gegangen ist, ob die Schuldengrenze der USA angehoben werden soll und das politische Tauziehen bis zur letzten Sekunde wie in einem Theater vorgespielt worden ist.« Harvey nickte.

»Eben deshalb darf man eine Rhetorik von einem teuflischen Kapitalismus einfach niemals zulassen«, redete er seinem Fahrer gut zu. »Man darf aber nicht übersehen, dass alle unsere Gegner mit dem *›ethischen Appell‹* argumentieren. Schließlich liegt dieselbe Energie dem Terrorismus zugrunde. Niemand könnte sonst ernsthaft bereit sein, sein Leben zu opfern, wenn er nicht einem Appell folgen würde. Anders lassen sich Schläferzellen nach 10 oder 15 Jahren der Integration nicht wachrufen.« Harvey schüttelte den Kopf und blickte fordernd nach plausiblen Antworten.

»Wie um Gottes Willen kann jemand, der in einer westlichen Demokratie geboren und in Freiheit aufgewachsen ist, mit einem Bombengürtel in der U-Bahn einen Angriff gegen jene Demokratie rechtfertigen, die ihm alle Chancen geboten hat? Egal ob im World Trade Center, auf Spaniens Bahnhöfen oder in Londons U-Bahnen und Bussen. Sterben tun nur Unschuldige«, polterte Harvey und winkte mit seinem Arm ab.

»Es ist immer dieser beschissene ethische Appell, der den Leuten Angst zu machen versucht. Das ist die große Stärke von Marx gewesen. Soziale Gerechtigkeit, Solidarität, Freiheit für die Unterdrückten, Hilfe für die Schwachen, Arbeiter verbündet euch und so weiter und so weiter.« Lukas

---

[46] *Marshallplan;* benannt nach George C. Marshall, der 1953 den Nobelpreis erhalten hat; Die Bezeichnung für das auf seine Initiative benannte Hilfsprogramm zum Wiederaufbau Westeuropas nach dem 2. Weltkrieg.

spitzte stumm die Ohren und saugte die Ausführungen seines Fahrgastes in seine Synapsen.

»Es ist einfach immer dieser gefährliche ethische Appell. Egal woran man glaubt«, konstatierte Harvey und quittierte die Lernbereitschaft gegenüber falschen Ideen mit verächtlich gewölbten Brauen.

»Haben Sie je das Werk von Karl Marx gelesen, Lukas?«, fragte er.

»Das ›*Kapital*‹ mit seinen drei Bänden und fast 1.900 nutzlosen Seiten. Wissen Sie was dieses Buch in Wahrheit gewesen ist?«, stieß Harvey energisch hervor. »Nichts anderes, als ein Aufruf zum Massenmord!«

»Wie hatte Marx diesen Massenmord denn gefordert?«, erkundigte sich Lukas unwissend. Mit einem tadelnswerten Grinsen grollte Harvey nach vorne.

»Marx hat gesagt: ›*Alle Menschen, außer denen, die für unseren Glauben kämpfen, haben nur ihren Eigennutz und Profit im Auge. Sonst nichts. Und wenn sie das nicht zugeben, sind sie eben Schwindler und Heuchler. Ja sie sind Verbrecher großen Stils. Denn es ist der Widerstand und die Habgier dieser Verbrecher, die uns zwingt, Blut zu vergießen*‹.« Harvey ließ sich das Wort nicht entreißen.

»Wenn ich vor 100 Jahren gelebt hätte, wäre ich wegen meines Erfolges also ein Verbrecher gewesen, der womöglich gelyncht worden wäre? Können Sie diese Überzeugung verteidigen, Lukas?« Harvey interessierte sich gar nicht für die Antwort, die ihm selbstverständlich erschien.

»Solche Leute verirren sich dann heute auch wieder in einen Antiamerikanismus ohne vernünftige Grundlage. Als ob Amerika an ungerechter Verteilung schuld wäre.«

»Nein, Amerika nicht«, konterte Lukas.

»Aber die, die die Geldherstellung kontrollieren sind schuld an der Verteilung. Und das hat Karl Marx kritisiert gehabt.« Harvey kochte und brodelte innerlich wie ein Wasserkocher über diese infame Behauptung.

33

Damian

Der amerikanische Kardinal Damian verfolgte hinter den Bankreihen in der Sixtinischen Kappelle nervös das Geschehen. ›*Wie konnte Benedikt tiefgreifende Reformen der Kirche auf eine angebliche Begegnung mit Christus gründen, ohne*

Sondierungsgespräche mit allen Apostelnachfolgern zu führen?‹ Der amerikanische Würdenträger spürte hinter seiner Brust eine Gefahr biblischen Ausmaßes aufwallen. Auch Papst Klemens V. hatte im Jahre 1307 behauptet, dass ihm *›Gott in einer Vision erschienen‹* war und offenbart hatte, die Tempelritter wären abtrünnige Teufelsanbeter gewesen. Benedikt könnte einer ähnlichen Wahnvorstellung erlegen sein und das Vermögen des Vatikans seither fälschlich als *›Teufelswerk‹* würdigen. Weil er einem cleveren Betrüger auf den Leim gegangen ist, der sich als Heiland ausgegeben hat, von dem der Papst glaubte, dass es *sein Herr* sein könnte. Solange der Vatikan existieren würde, solange müsste er auch am Geldwesen beteiligt bleiben, um seine Position halten zu können. Eine eigene Bank symbolisierte Stärke und Macht. Und die größte Macht lag in den Händen des Vatikans. Aber das wusste die Weltöffentlichkeit nicht. Der völlige Rückzug aus dem Geldgeschäft wäre nicht nur fatal für die Zukunft der Kirche, sondern für die gesamte Weltordnung. Postwendend näherte sich Damian mit ausfallenden Schritten Michelangelos Fresko des Jüngsten Gerichts. Er streckte die Hände vor dem Papst und katapultierte wie ein tobender Keiler seine Bedenken mit lautstarker Wucht in Richtung Benedikt.

»Verzeiht mir, Eure Heiligkeit! Dass Ihr dieses Muskelspiel Eures Amtes vor dem Jüngsten Gericht demonstriert, erscheint mir von einem Omen belastet.« Damian schlitzte die Augen. In seinem Blick loderte ein hungriger Bannspruch.

»Von einem Omen?«, fragte Benedikt verdutzt und drehte sich demonstrativ kurz zum gemalten Jüngsten Gericht hinter ihm, um besser verstehen zu können was ihm sein Bruder andeuten wollte.

»Ja, ein Omen!«, antwortete Damian. »Das Jüngste Gericht! Was wäre nämlich, wenn wir nicht alle von Eurer Überzeugung sind?« Um Zustimmung ringend, fing Damian die Blicke hinter sich ein und drehte sich wieder zum Papst.

»Wenn das nicht der Fall ist, dann sehe ich eine gewaltige Kirchenspaltung auf uns zukommen, die lutherische Dimensionen erreichen könnte.« Damian musste Luft holen.

»Sollen wir uns ein weiteres Mal aufspalten und eigene Wege gehen? Wollt Ihr eine Abnabelung des konservativen Flügels dieser Christenheit?« Damian legte die Hände verständnislos in den Schoß und zuckte mit den Schultern. Aus seinen Augen funkelten tiefe Zweifel. Benedikt starrte ihn stumm an. Damian referierte weiter.

»Ihr verweist auf Leo XIII. oder überhaupt auf Christus. Aber die Predigt von *Bescheidenheit* sollte nicht den Fortbestand unserer Gemeinschaft gefährden. Das hat sie schon einmal mit einem hohen Preis bezahlt«, hielt der amerikanische Kardinal seinem Oberhirten entgegen.

»Ich verweise daher auf Martin Luther. Er ist ebenso einer von uns gewesen und ihm hat das hinterlassene Unglück am Ende auch Leid getan. Luther hat in seinem tiefsten Herzen schwere Reue empfunden, als er dem Resultat seiner neuen Lehre gegenübergetreten ist. Und Ihr würdet es ebenso bereuen. Kehrt ab von Eurem Vorhaben. Es könnte eine Katastrophe apokalyptischer Tragweite hervorrufen. Widerruft den Verkaufsauftrag der Wertpapiere. Macht ihn rückgängig, bis wir uns über alle Tagesordnungspunkte einig geworden sind.« Damian wirbelte herum und warf abermals einen fixierenden Blick auf sein Kollegium. Er versuchte einen Handel anzubieten, um Zeit dafür gewinnen zu können, bis er die Stimmen der anderen für sich rekrutiert hätte. Dazu musste er nur das machen, das man in jeder Politik immer machen musste. Angst verbreiten, die durch die falsche Entscheidung des politischen Gegners hervorgerufen werden könnte. Schließlich wollte niemand in Angst leben.

»Habt Ihr schon einmal gedacht, dass der Verkauf sämtlicher Wertpapiere einen weiteren Börsencrash verursachen könnte? Der Vatikan könnte der größten Gefahr seiner 2.000jährigen Geschichte ausgesetzt werden, wenn der verhängnisvolle Eindruck entsteht, dass plötzlich auch wir etwas mit einer Krise zu tun haben könnten. Eine Schadenersatzklage der USA oder anderer Nationen, die in US-Wertpapieren investiert haben, würde uns ruinieren.« Damian suggerierte weiter ›*Furchtsamkeit*‹, um den Geist seiner Zuhörer zu lähmen. Einen Verlust von Sicherheitsgefühl anzukündigen, wenn sie die Verfügbarkeit ihres im Besitz stehenden Produktes leichtfertig aufgeben. Das beste Mittel für eine Kaufentscheidung. Warum sollte der Vatikan seine existenzielle Sicherheit aufgeben, die er sich über zwei Jahrtausende erwirtschaftet hatte? Respektlos wandte sich Damian von Benedikt ab und entzündete dessen pontifikalen Zorn.

»Auf diese Katastrophe müssen wir eingestellt sein, Damian!«, zischte ihm Benedikt fauchend in den Rücken. Dass die Stimmung nun doch so schnell kippen würde, hatte er nicht erwartet. Aber es war bis jetzt nur einer: Damian!

»Die Sintflut lässt sich nicht mehr aufhalten«, winkte der Papst ab und blieb standfest.

»Und wir werden mit erhobenen Häuptern vor unseren Gründer treten. Mit der Gewissheit, dass er uns mit seinen Aufgaben stark genug gemacht hat, um das Bevorstehende zu ertragen. So wie er selbst für uns gelitten hat.«

»In Wahrheit wollt Ihr die Einheit dieser Kirche auf die Probe stellen«, donnerte Damian dem Papst entgegen.

»Oder meint Ihr, uns wird unser Gründer ebenso erscheinen wie Euch? Meint Ihr, der Herr wird uns vielleicht ebenso davon überzeugen wollen? Unsere Sicherheit für eine Idee zu verkaufen, die die Weltreligionen zusammenführen soll? Glaubt Ihr das wirklich?« Damians Einwände erreichten den Unterton einer Lächerlichmache. Benedikt erzürnte über die frevelnden Worte.

»Zweifelt Ihr etwa an der Einheit, Bruder Damian?«, fragte Benedikt mit einer Bassresonanz von Jonny Cash und zog eine Röte im Gesicht auf. »Vergesst nicht«, ermahnte er seinen Bruder mit erhobenen Finger. »Diese Kirche ist keine Demokratie. Es genügt, wenn *ich* Euch überzeuge. Dazu braucht Ihr keine persönliche Begegnung mit unserem Herrn.« Benedikt pochte mit dem Zeigefinger auf seine Brust, um daran zu erinnern, dass seine Entscheidung genügen würde. Kardinal Damian drehte sich herrisch zu seinen Brüdern in die Reihen und wendete sich dann wieder ruckartig zum Papst.

»Welche Fragen der Kirchenlehre wollt Ihr in diesem Konzil klären, wenn Ihr schon vorher die Hauptschlagader unserer wirtschaftlichen Existenz durchgeschnitten habt? Was gibt es dann noch zu klären, wenn Ihr bereits entschieden habt? Welchen Wandel wollt Ihr mit unserer Zustimmung noch herbeiführen, wenn Ihr unsere Versorgung unüberlegt längst von ihrem Körper getrennt habt? Unsere geldpolitischen Verflechtungen in Amerika ersatzlos aufzugeben, bedeutet die Katharsis für die gesamte Welt.«[47] Benedikt wusste, dass dieser Vorwurf ungerechtfertigt war. Schließlich hatte der Vatikan die Wertpapiere nicht verschenkt, sondern nur zu Geld gemacht. Wie von einer Steinschleuder hinauskatapultiert, sprang Benedikt aus seinem Stuhl. Der Zorn trieb ihm eine funkelnde Glut ins Gesicht.

»Jawohl, es wird eine Katharsis werden. Es wird eine Reinigung geben wie es sie noch nie gegeben hat.« Benedikt entlud die gewaltige Energie seines Glaubens vor seinen Brüdern.

»Wir werden nicht nur etwas von unserem Überfluss opfern und uns in gespieltem Großmut suhlen. ›*Zuwendung geht nicht halbherzig, sie geht aufs Ganze*‹«, ätzte der Pontifex.

»Lukas hat das im Evangelium gefordert. Im Gegensatz zu Dir, mein Bruder Damian...«, hielt Benedikt inne und keuchte, »...stand der Apostel Lukas leibhaftig vor dem Herrn.«[48] Eine kurze Erschöpfung zeichnete Benedikt weiche Züge ins Gesicht. Er runzelte ratlos seine Stirn.

»Was sind wir für eine Schöpfung, frage ich Euch?« Als er Damian erspähte, stieg in ihm die kochende Wallung seiner Wut wieder auf.

»Wenn wir so weitermachen, müssen wir eine entscheidende Frage neu stellen: Sind wir das Monster oder das Wunder der Schöpfung?« Benedikt zeigte auf Damian.

---

[47] *Katharsis*; griech.; Reinigung; nach Aristoteles die Wirkung einer Tragödie; das Drama

[48] Luk; Kap. 21; Vers 1 bis 4: *Zuwendung geht aufs Ganze. Sie geht nicht halbherzig.*

»Seid Ihr das Monster oder das Wunder, Bruder Damian?« Eine Schockwelle der Bestürzung schwappte durch die Bänke. Benedikt kratzte am Wort Gottes. Der Mensch wurde doch zur Krone der Schöpfung nach seinem Ebenbild geschaffen; aber keinesfalls war er ein Monster.

»Wir, Bruder Damian«, setzte der Papst fort und hielt kurz inne.

»Wir müssen wieder die Menschen werden, die da draußen Ungerechtigkeit erleiden, damit wir verstehen, was wir sind und woher wir kommen. Gehetzte Seelen, die sich in der göttlichen Verehrung einer vernetzten Welt nie von ihren Mobiltelefonen und Internet-Sticks trennen. Wir tolerieren und billigen verkaufte Freiheiten ohne wahre Demokratie und Rechtsstaatlichkeit. Wie die austauschbaren Elemente des menschlichen Monopoly-Spiels werden alle in immer zahlreichere Kontakte und Verbindungen eingebunden. In einem Spinnennetz gefangen. Man macht viele Bekanntschaften, vereinsamt aber dabei. Die Wirtschaftszentren und Wolkenkratzer wollen wie der Turm zu Babel in den Himmel streben. Schneller und schneller. Höher und Höher. Wir verfügen nur noch über Operationsmodi. Alles funktioniert nur scheinbar, und zwar besser als irgendeine menschliche Ordnung je zuvor. Aber wisst Ihr mit welchem Ziel, Damian?« Der Papst konnte die Proteste seiner Lungen nicht mehr ignorieren, als der Sauerstoff seines letzten Atemzugs restlos verbrannt war. Wie ein Flammenwerfer sprühte der Oberhirte brennende Argumente der Wahrheit zu seinem Widersacher, als müsste er seine letzte Rede vor seinem Schöpfer antreten. Die Worte des Pontifex gossen eine Sintflut des Zorns durch das Gotteshaus, die alles wegspülen sollte, was Gott nicht gefallen könnte.

»Ich sehe nichts!« Benedikts blutunterlaufene Augen quollen aus ihren Höhlen.

»Keine Idee. Keine Utopie. Das einzige was seit Leo XIII. für diese Welt wesentlich geworden ist, ist die noch stärkere Ökonomisierung aller Lebensbereiche. Damit ist aber gleichzeitig eine permanente und heimtückische Angst aufgetreten, ob das alles wohl hoffentlich halten wird. Es gibt auf der Welt keinen anderen Wunsch mehr, als jenen, dass es keinen wirtschaftlichen Kollaps gibt. Die Hoffnung, dass man von keiner neuerlichen Großen Depression heimgesucht wird. Das ist der Gott geworden, vor dem man sich am meisten fürchtet; der nächste Super-Gau des Geldes. Das ist der verbliebene, kümmerliche Rest der westlichen Botschaft. Die entfesselte Monetarisierung der Menschheit zeigt nun ihre Krallen; nämlich dass Wohlstand nicht auf ewig währen kann, wenn man das Herz daran verloren hat. Diese westliche Welt ist keine Idee mehr, sondern ein Verfahren geworden. Sie hält sich selbst in Gang, in dem sie die Gehirne wäscht und bedingungslose Anpassung erzwingt. Diese Idee ist nur mehr auf einen erfundenen Feind angewiesen, der ihren Gesetzen nicht gehorcht, damit sie ihre Dynamik erhalten kann. Damit sie Krieg rechtfertigen kann.«

Die Versuche von Benedikt, sich allmählich wieder zu beruhigen, scheiterten. Er badete in einer noch nie empfundenen Erregung, die den Garten in seinem Denkapparat wie mit einem Sprenkel bewässerte. Es schien, als ob der Papst auf die Nationalität von Damian anspielte. Der Papst spürte die Zerrissenheit zweier Heimaten im Herzen des amerikanischen Kardinals, der sich nicht entscheiden konnte. Amerika oder Christus?

»Als Nomadenseelen sind wir der unaufhörlichen Bewegung müde geworden, zu der uns der Fortschritt zwingt. Wir sehnen uns nach Ruhe. Die Wahrheitssuche ist uns zur Last geworden wie ein gefährliches Gepäckstück. Wer die Wahrheit über vertrauliche Diplomatendepeschen wie Wikileaks veröffentlicht, wird genauso gnadenlos verfolgt wie unsere Inquisition die Ketzer verfolgt hat. Stattdessen verzichten wir in diesen Gemäuern auf eine mutige Wahrheitssuche in der heimlichen Hoffnung, so eine sinnlose Jagd beenden zu können. Eine rasende Jagd nach Geheimnissen, die uns alle nervös machen. Aber müssen sich die Menschen wirklich in alle Zukunft damit abfinden, dass sie von dem Unruhegefühl nie mehr losgelassen werden? Es ist eine Pandemie der permanenten Angst geworden, die unsere Welt vergiftet hat. Das ist eine Entwicklung, die Christus niemals widerspruchslos hingenommen hätte.« Der Papst keuchte und führte seine rechte Hand ermattet zum Herzen.

»Wir müssen keine politische Revolution, sondern eine geistige Revolution vollbringen. Heute erkennen wir, dass jene Triumphe, die wir für endgültig gehalten haben, in Frage gestellt werden müssen, weil die großen Worte der Vergangenheit nur mehr hohl und leer klingen. Wenn wir diese Welt mit ihren einseitigen Regeln zu einer Religion bis in die obersten Gerichte durchdringen lassen, dann lassen wir uns auf einen Taschenspielertrick ein. Uns wird letztlich nur Sand in die Augen gestreut. Satans größte Täuschung ist es gewesen, der Menschheit zu beweisen, dass er gar nicht existiert!«

Benedikt raffte sich wieder auf und rollte aus seinem Gesicht wie auf einer Riesenleinwand den Ausdruck eines Herrschers vor Kardinal Damian aus. Gottvater Zeus wäre vor Berauschung erfreut gewesen, mitzuerleben, mit welcher Liebe Benedikt sein Kind vor seinen Widersachern zu verteidigen gewillt war. Dem Kollegium bröckelten ganze Abhänge von Schaudern über die Rücken. Damian schien vor der Willenskraft des Papstes wie ein Segelmast im Sturm zu wanken.

›*Gott stehe uns bei!*‹, flüsterte es aus den hinteren Reihen.

Benedikt stand mit seinem Umhang wie Darth Vader vor Damian und holte zum nächsten Schlag aus. »Ihr wollt wissen, warum ich diese Entscheidung getroffen habe, Bruder Damian? Dann nennt es eine göttliche Offenbarung! Denn da draußen tobt derjenige, der den Menschen glaubhaft beweisen konnte, dass er nicht existiert. Der Teufel!«

Damian wusste, wenn er jetzt aufgeben würde, dann würde keiner mehr die Courage aufbringen, das Wort mit ihm zu erheben und der Fels der Kirche würde in tausend Splitter zerbrechen. Er riss seinen Arm Richtung Himmel und streckte den Finger soweit er konnte zur Decke, bis er sich auf die Zehenspitzen stellen musste.

»Ihr wollt eine Offenbarung gehabt haben?«, fauchte Damian und zeigte den Finger vom Himmel wieder weg, um ihn auf seinen Boss zu richten. »Es ist ganz allein Eure Einbildung, die letztlich einen Dolch in unsere Familie bohren würde, so wie es Luther leichtfertig hingenommen hatte«, spöttelte er herabblickend.

»Lästerer! Wie kannst Du unseren Papst mit Luther vergleichen?«, harschte Kardinal Querci aus Italien und riss sich von seinem Stuhl hoch.

»So wie Rom von Christus zu spät Notiz genommen hat, so hat Rom zu spät von Luther Notiz genommen«, donnerte Benedikt zurück. »Das Übel von Luther war nicht Luther selbst, sondern die Ignoranz dieser Kirche. Wollt Ihr, dass diese Gemeinschaft zum 3. Mal in der Geschichte keine Notiz nimmt? Wollt Ihr, dass wir auch den Geschehnissen dieser Zeit keine Aufmerksamkeit widmen?« Benedikt schnaufte noch immer wie ein Zehnkämpfer und änderte seine Anrede. »Willst Du, dass der Herr niemals zurückkehrt und endgültig alle von ihrem Joch befreit? Hast Du überhaupt eine Vorstellung davon, welche Chance vor uns liegt?« Befriedend aber innerlich dampfend bewegte Damian seine Arme und erwiderte dem Oberhirten.

»Nicht alles was Gott verhüllt hat, muss von uns Sterblichen vorzeitig aufgedeckt werden. Aber würde ich mit der Behauptung einer Offenbarung in 12 Stunden ein Konzil einberufen und zwischenzeitlich das Vermögen dieser Kirche derartigen Risiken aussetzen, dann würdet Ihr mich für verrückt erklären!« Damian stemmte sich gegen die Allianz, die sich zwischen Jacobo Querci und Benedikt zu bilden schien.

»Wenn Ihr Euch auf eine Offenbarung beruft, dann erinnert Euch an das letzte Wort Gottes. Die Johannes Offenbarung steht für das Ende der Welt. Wollen wir das?«, rang Damian mit seinen letzten Argumenten. Er drohte mit der Strafe.

»Ihr irrt, Damian«, hielt ihm Benedikt entgegen. »Die Apokalypse stand in ihrer ursprünglichen Bedeutung stets als *Auskleidung* von Geheimnissen. Das bedeutet: wir werden Enthüllungen erleben, aber keinen Weltuntergang. Enthüllungen, die bisher nur Gott kannte, sind deshalb nicht das Ende dieser Welt«, hielt ihm der Papst entgegen.

»Benedikt!«, wimmerte Damian flehend.

»Hier geht es doch nicht um die Genauigkeit von Begriffen oder die Enthüllung von Prophezeiungen. Es geht um den Einfluss Eurer Absichten auf die gesamte Menschheit.« Damian war gerade zum Bischof geweiht worden, als er in den Nachrichten 1993 die Belagerung der Davidianer durch das FBI mitverfolgt hatte, die nach 51 Tagen geendet hatte. Die Davidianer waren auch Christen gewesen, die an den Tag des jüngsten Gerichts geglaubt hatten. Die Belagerung war mit einem apokalyptischen Feuer beendet worden, die alle Sektenmitglieder in den Tod gerissen hatte. Damian begriff durchaus, dass immer mehr Menschen an die bevorstehende *Auferstehung* glauben wollten und darauf vorbereitet sein möchten. Aber eine Panik ergriff ihn bei dem Gedanken, dass das Konzil die Kirche ins Bedeutungslose stürzen könnte. *›Eine Kirche die nichts besitzt.‹* Für ihn bedeutete kein Besitz auch keine Bedeutung mehr.

»Wenn Ihr einen Beweis liefern könnt, dass Euch unser Gründer tatsächlich erschienen ist und Ihr wirklich nur in treuer Ergebenheit auf seine Anweisung handelt, dann will ich meine Stimme nicht gegen Euch erheben«, schleuderte Kardinal Damian dem Papst argwöhnisch entgegen. Benedikt stand das Entsetzen im Gesicht über die Frivolität seines Glaubensbruders.

»In der Schrift steht, dass der Herr dem Petrus erschienen ist. Dass er von Menschen in über 48 Fällen eindeutig als der Herr erkannt worden ist, bevor er seine Himmelfahrt angetreten hat!« Die kurze Stille im Raum schien alle Moleküle auszuschalten. Alle starrten auf Damian und warteten auf eine Reaktion. Der bettelte wiederum nach einer Erklärung für die Stimme, die er eindeutig hörte. Er kannte diese Stimme.

»Glaubst Du wirklich an das Wort Gottes, Bruder Damian?« Vor Damians geistigem Auge zogen Sturmwolken in einem lang gezogenen Bogen unter der Wölbung der Kuppel auf. Es war eine markdurchdringende Stimme, deren Wahrhaftigkeit und Allmächtigkeit für ihn unüberhörbar gewesen sind. Der über 20 Meter hohe Ort wurde mit einem Ton durchflutet, dessen Klang ihm so vertraut war, wie seine eigene Stimme. In jedem Gebet hat der Mensch ganz allgemein mit einem geistigen Wesen gesprochen und hat in den Antworten eine Modulation mitschwingen hören, die *›nicht die eigene‹* gewesen ist. Kardinal Damian hatte bis zu diesem Augenblick eine konkrete Vorstellung von der Stimme seines Herrn. Er hatte auch eine klare Erinnerung an diese Stimme. Doch er hatte sie stets *›nur innerhalb‹* seines Geistes wahrgenommen. Zum ersten Mal befand sie sich *›außerhalb‹* seines Gehirns. Er fuhr herum und riss seinen Kopf in den Nacken. Wie der Pawlowsche Hund, der auf das Läuten der Glocke reagierte, linste Damian demütig in Richtung Schöpfer zum Himmel. *›Was ist Glaube?‹*, fragte er sich unter dem Eindruck der Stimme, die er klar und deutlich gehört hat. *›Ich höre meinen Gott wahrhaftig mit mir sprechen. Und zum ersten Mal habe ich keinen Einfluss darauf, was er mir zu sagen hat‹*. Damian hatte in diesem Augenblick eine eigene Offenbarung. Er hat die Stimme Gottes gehört, wie er sie sich immer vorgestellt hatte. Aber wie würde diese Offenbarung für ihn enden? Ist sein Gott ein Gott der Strafe und des Hasses oder ein Gott der Liebe und Vergebung gewesen? Das hat nur Damian selbst erahnen können.

34

Mission Gottes

Harvey konnte sich nicht über die infame Behauptung beruhigen, die Lukas getätigt hatte. *»Jene, die die Geldherstellung kontrollieren, sind schuld an der Verteilung. Und das hatte Karl Marx kritisiert.«*

»Nein, Amerika ist nicht schuld an der Verteilung«, wiederholte Lukas und wechselte aber diesmal geschickt das Thema. Die Schuldzuschreibung zu jenen, die das Geld hergestellt haben, unterließ er diesmal.

»Trotzdem ist vieles eigenartig in Amerika«, rechtfertigte er sich und nestelte in einer kantig ausgebeulten Plastiktüte mit dem Aufdruck eines Bücherladens. Er fischte ein weiteres Buch heraus. »Sehen Sie, die Autobiographie von George W. Bush.«

Harvey blickte kurz geistesabwesend auf, während er sich wieder dem Text auf seinem Screen widmete und über Alexander Hamilton studierte, der 1790 versucht hatte, das Währungssystem der Vereinigten Staaten unter die Kontrolle der Bankiers zu bekommen.

»Sir?« drehte Lukas den Hals kurz nach hinten. »Kennen Sie die Foltergeständnisse unseres Ex-Präsidenten?«

Harvey schielte von seinem Display nach vorne auf den Bucheinband und fing im Augenwinkel die Visage des 43. US-Präsidenten ein. Ihm fiel nicht allzu viel ein, mit dem er George W. Bush junior als weitsichtig und intelligent hervorheben konnte. Also lenkte er von den Foltergeständnissen ab, nach denen er von Lukas gefragt worden ist.

»Lukas, vieles ist bei uns eigenartig. Wenn ich nur an die jährlichen Lichtduelle denke, die sich manche Nachbarn zu Weihnachten liefern. Nichts als blanker Kitsch. Aber das ist Amerika. Das macht uns auch nur zu Menschen!«

›Leider manchmal zu übertreibenden Menschen‹, dachte er sich. »Also lassen wir irgendwelche Foltergeständnisse.«

»Schön, dass Sie nicht nur Perfektion, sondern auch Fehlbarkeit in Amerika entdecken können. Vor allem wenn Sie Foltergeständnisse mit Lichterduellen vergleichen.«

»Es gibt keine perfekten Menschen, Lukas«, stellte Harvey unmissverständlich fest. »Es gibt nur perfekte Absichten.«

»Vor allem in der Justiz«, ergänzte Lukas und fing an zu grinsen. »Wussten Sie zum Beispiel, dass man in Indiana vier Stunden lang kein Kino oder Theater betreten darf, wenn man Knoblauch gegessen hat? Oder dass es in Pittsburgh verboten ist, auf dem Kühlschrank zu schlafen? Die Eigenartigkeit fängt schon bei denen an, die Recht sprechen. Sie haben Recht. Es gibt wirklich keine perfekten Menschen. «

Harvey verzerrte seine Mundpartie zu einem amüsierten Lächeln und setzte eines drauf. »Übersehen Sie dabei nicht Minnesota oder Oklahoma«, erinnerte er mit erhobenem Finger. »Dort gibt es ein Gesetz, das es den Bewohnern von Häusern mit geraden Hausnummern nicht erlaubt, an ungeraden Tagen deren Pflanzen zu gießen. Die Stadt Hawthathorne in Oklahoma hat es als ungesetzlich eingestuft, eine hypnotisierte Person in ein Schaufenster zu stellen.«

Lukas klaffte seine Kiefer auseinander und brüllte mit schallendem Gelächter los. Luftschnappend konterte er. »Wissen Sie, was in Alaska verboten ist?«, fragte er und wischte sich die Tränen aus den Augen.

»Lebende Elche aus fliegenden Flugzeugen zu stoßen.« Auch Harvey wurde von einem Lachkrampf erfasst. Wer ihn lachend erlebte, erkannte sein wahres Herz. Neulich hatte ihm einer seiner Führungskräfte erzählt, dass er nach einer nächtlichen Sauftour zufällig das Handy eines Zechbruders in seinem Jackett gefunden hatte. Als er es neben sich am Tisch zu Hause hingelegt hatte, hatte er sofort die Nummer des Freundes gewählt, ihn allerdings nicht erreicht. Also hatte er ihm auf die Mobilbox gesprochen, dass er sein Handy bei sich in der Tasche gefunden hatte und es neben ihm liegen würde. Harvey hatte sich nach dieser Geschichte vor Lachen gewunden. Aber so waren nun mal die Folgewirkungen am nächsten Morgen, wenn man von der letzten legalen Droge zuviel abbekommen hatte.

»Es kommt noch dicker, mein Freund«, sagte er mit hochroter Birne.

»In Cleveland, Ohio braucht man eine Jagdlizenz, wenn man eine Maus fangen möchte und in Morrisville im Bundesstaat Pennsylvania brauchen Frauen eine Bewilligung, wenn sie Make-up tragen wollen.«

Lukas ließ manche Irrationalitäten amerikanischer Gesetzgebung durch sein wallendes Zwerchfell gleiten. Harvey schnäuzte sich und spürte wie seine gereizte Stimmung langsam wieder abklingen wollte. Endlich würde er sich wieder entspannt auf die Neuinszenierung von *La Traviata* freuen können.

»Nun mal im Ernst«, unterbrach Lukas wieder mit dem Blick eines Kriminalbeamten während der Beschuldigteneinvernahme.

»Sie haben von gerechter Verteilung gesprochen, während Sie sich über Karl Marx ausgelassen haben. Dann würde mich etwas interessieren: Die

Republikaner haben im Jahr 2008 allein für den optischen Auftritt von Sarah Palin mehr als 100.000 US-Dollar ausgegeben. Frisur, Brillenfassung, Lederjacke, Hosenanzüge, Blusen, Ohrringe, Fingernägel oder Schuhe und vor allem der Teint. Die eitle Fundamentalistin des sonnenärmsten Bundesstaats ist dafür immer braun gebrannt von Auftritt zu Auftritt gelaufen. Sogar die Bekleidung ihrer kleinsten Tochter ist damals bezahlt worden. Was soll denn diese Verteilung in Zeiten wie diesen?« Lukas schob die Unterlippe verdutzt nach vor und hob die Hand für eine weitere Wortmeldung.

»Ein anderes Beispiel ist Oprah Winfrey. Gut, ich gebe zu: die Talkshow-Lady spendet viel. Aber in ihrem Testament will sie ihre Haustiere versorgt wissen und hinterlässt ihnen 30 Millionen Dollar.« Lukas zuckte konsterniert mit den Schultern.

»Ich meine, wofür brauchen fünf Hunde eine Betreuung um 30 Millionen Dollar? Und dann will Winfrey noch sicherstellen, dass ihre geliebten Tiere nicht aus dem Haus in Malibu ausziehen müssen.« Wieder verrenkte Lukas seinen Hals nach hinten.

»Sind das die Ergebnisse sinnvoller Verteilung, während andere zu Weihnachten nicht wissen, wie sie ihren Kindern den Schulschikurs um 100 Dollar finanzieren zu können? Ist das gerecht?« Der Taxifahrer schüttelte verständnislos den Kopf. »Das ist nacktes Versagen!«

»Das sehe ich nicht so Schwarzweiß«, erwiderte Harvey. »Alleine schon die Tatsache, dass wir uns dabei unwohl fühlen, spricht für unseren Erneuerungsgedanken. Es ist doch gut, wenn wir selbstkritisch nach Lösungen suchen, die nicht morgen wie Manna vom Himmel fallen. Diejenigen, die sich zu Weihnachten mit den Sprüchen der Talkshow-Lady die Birne voll dröhnen, sind doch selbst schuld, wenn sie sich durch ihre Einschaltquoten in den Alltag von Hundeliebhabern lassen. Aber Oprah hat das einzigartige Talent gehabt, Sehnsüchte zu wecken und die Stimme des Volkes zu sprechen. Und dieses Talent hat nun mal diesen Marktwert von über einer Milliarde US-Dollar gehabt. Eigentlich ist Oprah ein Genie gewesen.« Harvey war mit allen Wassern gewaschen, aber eines erkannte er schon sehr früh.

Es ist immer die Emotion gewesen, die Massen in den Bann gezogen hatte. Dazu brauchte es eben die richtigen Symbolfiguren. Es waren immer die Sehnsüchte, mit denen man etwas bewegen konnte. Ob *I can´t get no satisfaction* von den Rolling Stones, ob *Thriller* von Michael Jackson, *Imagine* von John Lennon oder *Pokerface* von Lady Gaga. Es war immer die Emotion. Ob Filmdialoge von Antony Hopkins und Bratt Pitt in *Rendevousz mit Joe Black;* ob von Sylvester Stallone in *Rocky* oder *Rambo,* von Schwarzenegger in *Terminator,* von Michael Douglas in *Wall Street,* Richard Gere in ›*Pretty Woman*‹ oder Kate Winslet in ›*Titanic*‹. Es ist immer die Emotion gewesen, die die Massen in Bewegung gebracht hat. Was hatte Winslet in der letzten Szene von Titanic mit dampfenden Hauch in das finstere Wasser gerufen, als sie halb erfroren auf einer Holzplanke ihre große Liebe Leonardo DiCaprio pickelhart in der schwarzen Tiefe des Ozeans versinken gesehen hatte? ›*Komm zurück!... Komm zurück!*‹ Und alle hatten in diesem Augenblick denselben Gedanken und denselben Wunsch. ›*Komm zurück!*‹ Es sind immer die Emotionen gewesen. Ob Martin Luther King mit ›*I had a dream*‹, ob Joseph Goebbels mit dem ›*totalen Krieg*‹ oder Barack Obama mit ›*Yes we can*‹. Es sind immer die Emotionen gewesen, denen die Menschen gefolgt waren. Egal welchem Ziel es gedient hat, die Emotionen musste man erreichen. Obwohl Harvey keinem der weltweit bestehenden Glaubensbekenntnisse beigetreten war, hat er seit einiger Zeit immer stärker gespürt, dass eine zündende Emotion der Beginn einer gigantischen neuen Bewegung sein würde. Eine rhetorische Walze, die eine Umkehr erzwingen und alles auf den Kopf stellen würde. Den Westen mit dem Rest der Welt in eine neue Zeit katapultieren könnte. Auch wenn Harvey in vielem nicht einverstanden war, was Lukas während der Taxifahrt so bemängelt hatte. Lukas repräsentierte diese Sehnsucht der Mehrheit nach einem Botschafter des neuen Weges. Entweder hat es wirklich jemals keinen einzigen in der Geschichte gegeben, oder es hat viele gegeben? Ist alles bloße Geschäftemacherei mit irgendwelchen Versprechen oder ist es wahr gewesen? Gab es einen, der die Emotionen aller erreichen könnte? Eigentlich ist das die Frage des 21. Jahrhunderts auf dem Planeten *Gaia* gewesen, aber auch auf der *Erde* keimte sie in den stummen Gesichtern der Menschen immer wieder auf. So wie Oprah Winfrey viele Emotionen angesprochen und viel Geld damit verdient hatte, ohne dass jemand die Verteilung in Frage gestellt hätte, so würde vielleicht irgendjemand nicht nur viele, sondern vielleicht sogar alle Emotionen ansprechen. Alle Geister für eine völlig verrückte aber denkbare Idee *be-geistern*. Eine Antwort auf die Verteilungsfrage liefern, die jedes herausragende Talent genauso fördern und überdurchschnittlich belohnen würde. Eine Antwort, die aber in Zeiten wie diesen zur gesetzlich anerkannten Einsicht führen würde, dass man keinen Hunden 30 Millionen Dollar hinterlassen dürfte. Eine neue Verteilung, die Stabilität und Vertrauen, und den Verlust von Hass versprechen könnte. Eine, die Sicherheit für das empfindliche Wunder der Natur geben würde, aus der die Menschheit gekommen ist und die sie rücksichtslos ausbeutete und zerstörte. Harvey wusste, dass Lukas schon alleine mit seiner Frage Recht gehabt hat. Warum sollte es in Zeiten wie diesen möglich sein, Geld das überall gefehlt hat, für sinnlose Phantasien aufzuwenden? Brauchen Hunde wirklich 30 Millionen? Von was auch immer? Was hinterlassen wird, muss wieder zurückgegeben werden, wo es hergekommen ist. Der gesamte Planet brauchte Wasser, also sollte es dorthin verteilt werden wo Hunger und Durst geherrscht haben, statt dorthin wo Golfer in bewässerten Wüsten gespielt haben oder Erdöl aus

Küstensand gewaschen worden ist und giftige Kernbrennstäbe gekühlt werden mussten. Es wird die Emotion sein, die diese Verteilungsfrage beantworten wird. Gibt es einen, der *das* finale Talent mitbringen könnte? Der das Talent hätte, die Emotionen der Weltbürger mit einer finalen Antwort anzusprechen. Mit einer allumfassenden Feldgleichung in der Sozialethik, die Einstein in der Physik erreichen wollte. Ein Wertesystem, das alles beinhaltet und gleichzeitig übertrifft. Von den zehn Geboten des Moses angefangen bis zum unwichtigsten Einfuhrgesetz für Vanilleeis in Kurdistan. Eine Lehre, die wie eine unverrückbare Formel als Naturgesetz in die Annalen der Menschheit eingehen könnte. Eine, die sogar nicht mehr nur die bloße Frage nach Verteilung stellen würde, sondern andere Fragen auch noch mitbeantwortet. Eine Formel, in der nicht mehr mögliche Verschwendungen der Menschen durch staatliche Überwachung kontrolliert werden, sondern in der die Verschwendungen des Staatsapparates durch die Menschen überwacht werden. Was geschah mit dem halben Leben, das ein normaler Mensch für seine Anführer geopfert hatte? Fast die Hälfte eines ganzen Jahres arbeitete ein durchschnittlicher westlicher Mensch für den Staat, wenn man die prozentuelle Steuerlast betrachtete. Sollte jetzt dieser Bürger auch noch überwacht werden, wenn er sein vorletztes Hemd für den Staat geopfert hatte? Oder sollte es umgekehrt sein? Wenn es wirklich die Emotion ist, dann wird es die ultimative Emotion der gesammelten Masse sein, die in einer neuen Dimension erwacht. Es könnte ein multilaterales Konzept sein, dem sich die Mehrheit aller Völker plötzlich anschließt, weil es die Grundmauern aller Regierungssysteme völlig auf den Kopf stellt. Weil es die Verschwendung und Inflation protziger Regierungsarbeit überwacht. Es müsste eine Gleichung sein, die wie ein Sturm über die Zivilisation hinwegfegt und die Weltordnung auf neue Säulen stellt. Keine Mission, die sich das Prädikat des göttlichen Willens selbstgerecht an die Brust heftete.[49] So wie sich Napoleon selbst zum Kaiser gekrönt hatte, ohne jemanden um seine Meinung zu fragen. Eine neue Lehre, die ausnahmslos gleiche Ausgangsbedingungen und Rechte bieten würde. Kein bloß gesprochenes oder diktiertes Menschenrecht von der UNO oder dem Europäischen Gerichtshof. Ein gelebtes Menschenrecht mit dem Wert der Normalität einer erfolgreichen Durchsetzung. Die Verteilungsfrage ragte in alle Lebensbereiche der gesamten Menschheit hinein. Wasser, Energie, Nahrung, Erze, Gold, Menschenrechte, Interessen oder Informationen. Wie ist das alles verteilt worden und was hatten diejenigen wirklich gewonnen, die den Großteil

[49] Demokratie; griech.; ›*Herrschaft des Volkes*‹; Die Demokratie ist eine direkt oder repräsentativ aus dem Volk hervorgehende Herrschaft in seinem eigenen Interesse. Sie wird heute vor allem als Gegensatz zur Diktatur begriffen. In der neuzeitlichen Demokratie sind alle erwachsenen Bürger teilhabeberechtigt.

davon über viele Jahrhunderte unter ihrer Kontrolle hatten? Was hatten die Systemträger geleistet, wenn man den Trümmerhaufen aus den letzten 60 Jahren so entgeistert anstarren musste? Was ist mit den großen Reichen los gewesen; mit den Staaten des Westens, die hunderte Nobelpreisträger hervorgebracht hatten? Wo war die Lösung für die anstehenden Probleme? Hatten Sie deshalb am ganz langen Ende wirklich eine aussichtsreichere Zukunft, wenn sie alles und jeden unter Kontrolle bringen konnten? Die eigenen Bürger sogar mehr als die fremden. Sie wollten die Kontrolle über alles und 2008 hatte das System einzustürzen begonnen. In einem Höllentempo. Harvey war völlig klar, was Lukas mit seinem Vorhalt über Oprah Winfrey angesprochen hatte. Die Talkshow-Lady verkörperte die Verteilungsfrage und die Emotion. Diese beiden Begriffe waren der Schlüssel zu einer zukünftigen Weltordnung.

Dennoch grinste er innerlich bei dem Gedanken, wie fünf Hündchen mit farbigen Mascherln und Sonnenbrillen am Pool ihres Anwesens sitzen würden und rundherum Personal herumschwirrte. Seine Aufmerksamkeit wurde zwischen der offenen Internetseite und dem Gespräch mit Lukas hin und her gerissen. Er war total in Gedanken versunken. Wenn er seine Medikamente nicht genommen hatte, hatte es auch kurze Phasen der Geistesabwesenheit gegeben. Jackie hatte im Telefonat nicht ohne Grund gewitzelt: »*Bis wir in der MET sein müssen, hast Du noch vier Stunden. Das müsste genügen, es sei denn Du hast wieder irgendeinen Geistesblitz, der die Welt verändern soll.*« Jackie kannte Harvey nur zu gut. Ohne Medikamente konnte vieles mit ihm geschehen. Es hatte zahlreiche Konferenzen gegeben, in denen er minutenlang in eine andere Welt versunken war. Das waren aber die weniger gefährlichen Momente. Man schätzte ihn trotz seines Schicksals. Einen kurzen Augenblick dachte er an Jackies neues bailettenbesticktes Abendkleid, das sie heute erstmals mit ihm in die MET tragen würde. Harvey fand wieder zurück in die Realität und las den offenen Google-Treffer fertig: ›*Wegen der Abfuhr, die die Bankiers von Präsident Andrew Jackson 1832 wegstecken mussten, setzten diese in den nächsten Jahren alles daran, ein Bankmonopol in den Vereinigten Staaten zu errichten. Nach dem Ausbruch des Bürgerkriegs 1861 rebellierte Präsident Abraham Lincoln gegen die Bezahlung der hohen Zinsen für das Geld, mit dem der Bürgerkrieg finanziert werden musste.*‹ Harvey blickte auf und starrte in den qualmenden Verkehrsstau. Seine Flauheit im Magen erreichte langsam kritische Werte. ›*Simplifikation!, Harvey. Was ist der Grund der Dinge?*‹, sinnierte er vor sich her und grübelte noch immer über die seltsamen Parallelen zwischen dem Demonstranten und Lukas. Jacob und der Taxifahrer? Zwei Begegnungen, die den Anschein eines Zusammenhangs aufgewiesen haben, den er noch nicht durchschaut hatte.

»Als Sie vorhin die Sicherung der Freiheit erwähnt haben, haben Sie auch die Bereitschaft zum Krieg erwähnt, Sir?« sagte Lukas unerwartet und riss Harvey aus seinen Reflexionen.

»Ja, und?«

»Da ist mir ein Zitat eingefallen!«, ergänzte der Taxilenker.

»Welches?«

»Eine gesunde Gesellschaft darf vor nichts zurückschrecken, um sich von den Bösen zu säubern.« Lukas wartete auf eine Reaktion.

»Wenn es sein muss, müssen wir die Freiheit wie unsere Vorväter auch mit unserem eigenen Blut verteidigen. Dagegen habe ich keine Einwände.« Harvey zuckte mit den Schultern.

Lukas setzte triumphierende Gesichtszüge auf. »Dieses Zitat stammt aber aus dem Gedankengut von Adolf Hitler.«

»Lukas!«, raunzte Harvey und schimpfte explosiv los. Er zeigte den ausgestreckten Finger auf seiner Stirn nach vorn.

»Sind Sie von Sinnen. Wie können Sie so etwas in den Raum stellen?« Harvey fuchtelte wild mit dem Arm nach vorn. »Hitler hat seinen Krieg im Namen des Bösen geführt. Wir führen ihn im Namen des Guten.« Bärbeißig musste er das Geistlose aus dem Zusammenhangreißen von Lukas relativieren. Hitlers Kampf für den totalen Staat mit dem ehrlichen Kampf für die Freiheit zu vergleichen. Es ist doch ein Unterschied ob mir jemand beim Schachspiel mit einem hämischen Grinsen androht, *›mich fertig zu machen‹* oder spätnachts an einer dunklen Straßenecke.

»Wir führen also Krieg im Namen des Guten? Ach so!« Lukas spielte sein Verständnis dafür. »Wo ist jetzt da der Unterschied, Sir? Krieg im Namen des Guten oder Bösen? Sind wir gerechter oder besser, nur weil wir den Krieg in einem anderen Namen führen?« Harvey runzelte die Stirn über die Naivität seines Fahrers. So schön war er in Gedanken versunken gewesen, die ihn zum träumen verführt hatten. Diesem Lukas war tatsächlich jedes mal etwas Neues eingefallen, um ihn aus der Reserve zu locken. Die ganzen Google-Treffer über das Notenbankgesetz und diese Aktenzahl oder die *executive order* von John F. Kennedy. Es wurde schön langsam etwas viel, das er ohne Medikamentenhilfe bewältigen musste.

»Wir wollen doch der Welt nichts nehmen, sondern etwas geben«, antwortete Harvey. »Freiheit, Unabhängigkeit und Wohlstand. Das ist unsere Berufung. Bush hat es die Mission Gottes genannt. Letztlich nur etwas umformuliert wie es Thomas Jefferson gesagt hat. Hitler hat hingegen den totalen Krieg gefordert. Das ist doch keineswegs dasselbe.« Harvey entsann sich an die Rechtfertigung von George W. Bush. Lukas ließ allerdings nicht locker.

»Sir, würden wir dann den totalen Krieg fordern, wenn in unseren Augen alle dem Bösen zugetan wären? Wenn alle einer anderen Meinung wären als wir? Wäre das ein Teil dieser Mission Gottes?«

Endgültig aus der Reserve geholt, trat Harvey eine Lawine wichtiger Einsichten los, um sich endlich von dieser sinnlosen Debatte zu befreien. »Lukas, wir führen einen anderen totalen Krieg.«

»Wie meinen Sie das?«

»Den unsichtbaren und friedlichen Krieg!«

»Was ist ein friedlicher Krieg, Sir?«

»Was man dazu benötigt sind nicht Waffen, sondern Kapital und Märkte. Das wussten schon die alten Römer. Wenn Sie sich das Vermögen einer anderen Nation aneignen möchten und deren Hoheitsgebiete einnehmen wollen, brauchen Sie nicht mehr mit Kavallerie, Panzer, Raketen und Schiffen kommen. Das ist eine sehr sichtbare Armee. Es geht nicht mehr um Landanteile, es geht um Marktanteile. Sie müssen also mit Armeen kommen, die für das normale Radar unsichtbar sind und nur für das Radar von Mitdenkern sichtbar werden.«

»Mit was dann?«, forschte Lukas wissbegierig.

»Auf friedlichem Weg handeln Sie mit Ihrem fremden Außenhandelspartner die Öffnung seiner Märkte aus. Im Mittelpunkt stehen dabei die Finanzinstitute.« Harvey begann mit seinen Fingern aufzuzählen. »Banken, Versicherungen, Vermögensverwalter und Fonds.« Lukas nickte aufmerksam durch den Spiegel. »Dann rechnen Sie Ihrem Außenhandelspartner seine Verschuldung vor und reden ihm ein schlechtes Gewissen ein. Schließlich klopfen Sie ihm beruhigend auf die Schulter und präsentieren ihm das Modell der kreditfinanzierten Industrialisierung, um ihm in der Folge Kredit zu geben und abhängig zu machen. Danach überzeugt man ihn vom Wert des westlichen Konsummusters und multipliziert seine Ölrechnungen. Wenn Ihre Außenhandelspartner dann in der Schuldenspirale sitzen, informiert man den Internationalen Währungsfonds. Mit Ihren dortigen Vertretern setzen Sie dann Ihre neuen Handelspartner unter politischen und wirtschaftlichen Druck. Güter und Waren müssen zu dem Preis hergestellt werden, den Sie bestimmen. Von den Firmen, die Sie bestimmen, mit den Export- und Importquoten, die Sie bestimmen. Es ist eigentlich alles ganz logisch«, konstatierte Harvey.

»Und was genau meinten Sie mit den Finanzinstituten, den Banken, Versicherungen und Fonds, Sir?«, bohrte Lukas argwöhnisch nach.

»Die sind der Schlüssel des friedlichen Kriegs um Marktanteile.«

»Der Schlüssel des friedlichen Kriegs?«

»Ihre Finanzinstitute siedeln sich bei Ihrem neuen Außenhandelspartner an und locken die Ersparnisse der fremden Bürger an, die bis dahin in den dort heimischen Instituten gelegen sind.«

»Ach so! Wir zeigen denen wie es geht, damit sie nicht alle dasselbe Schicksal wie der dritte Knecht erleiden, der das Geld nicht vermehrt, sondern eingegraben hat. Wir sind ja die Urväter der Geldvermehrung«, warf Lukas sarkastisch ein und verdrehte die Augen.

»Unseren Instituten traut man einfach mehr zu«, beglaubigte Harvey die widerstrebende Einsicht seines Fahrers. »Wenn Sie erst einen Großteil der fremden Ersparnisse haben, vergeben Sie dann die Kredite oder Beteiligungen nicht an die dortigen inländischen Kleinunternehmen.«

»Aha«, blitzte der Taxilenker wissbegierig. »Sondern?«

»Sondern?«, fragte Harvey verdutzt.

»Sie legen es natürlich bei den Unternehmen an, die bei Ihnen zu Hause angesiedelt sind. In Krediten oder Beteiligungen. So fließt das Geld eines Volkes außer Landes und finanziert die Kapitalstärke unseres Landes. Unsere Unternehmen bekommen dadurch neues Kapital und gründen mit den Ersparnissen des fremden Volkes wieder Tochterunternehmen und Fabriken im Land des fremden Volkes. So werden die Ersparnisse der Fremden zu Kapital unserer Konzerne, deren Einfluss im Land der Fremden stetig zunimmt.« Wenn Harvey schon dabei gewesen ist, dann sollte er die Anleitungen moderner Kolonialisierung des Westens noch weiter aufdecken. Er wusste aber auch, dass China diese Strategie längst durchschaut und emsig nachzuahmen begonnen hatte. Überall hatten sie schon ihre Finger im Spiel. Indien, Brasilien, Afrika, Osteuropa, Russland und andere. Italien hätte 2011 ohne das Geld aus China nicht überlebt. Man hatte schon vermutet, dass sich China im Hintergrund für die Herabstufung der Kreditwürdigkeiten ganz gezielt einsetzen würde, um den Westen in einen Zinsknebel hineintreiben zu können, weil schlechtere Schuldnerstaaten auch höhere Zinsen bezahlen mussten. Aber auch, um einen Keil zwischen die westlichen Verbündeten zu treiben und Streit hervorzurufen. China würde die totale Kontrolle über den Westen gewinnen können, wenn die zinsbasierte Geldökonomie fortgesetzt werden würde. Das wusste Harvey.

»Während unser Einfluss im fremden Land steigt, bekommen die fremden Unternehmen immer seltener Kredite. Was werden die also tun, wenn sie zum Überleben einen kapitalstarken Partner brauchen? Sie kommen zu Ihnen. Sie können dann günstige Beteiligungen eingehen und übernehmen mit deren eigenem Geld schrittweise die Kontrolle über deren lukrative Betriebe. Der Einfluss auf die fremde Wirtschaft verschiebt sich somit immer weiter auf Ihre Seite. So führen Sie einen friedlichen Krieg, den das fremde Radar nicht erkennt.« Harvey grübelte über seine Aussage nach. *›Wem würde ich sonst Einfluss auf diese Welt anvertrauen wollen, außer Amerika?‹*

»Sie dürfen daher Ihren Außenhandelspartnern niemals mit Waffengewalt drohen, sondern mit Importzöllen oder anderen Sanktionen. Und wenn kurzfristige Krisen auftreten, müssen Sie anders einspringen.«

»Wie meinen Sie nun das?«, erkundigte sich Lukas neugierig.

»Noch nie von der Operation Peso-Shield gehört?«

»Welchen Joker darf ich wählen, Sir?«, stichelte Lukas und schwenkte sofort wieder versöhnlich um. »Peso-Shield? Das klingt irgendwie nach Mexiko«, versuchte er zu erraten. Harvey nickte.

»Mexiko wäre ein gutes Beispiel für das, was ich vorher erklärt habe. Clinton, Ruby und Camdessus sind als Helden in die Geschichte eingegangen.[50] 1995 haben die drei jenseits aller parlamentarischen Kontrolle in weniger als 24 Stunden die größte internationale Rettung einer Währung aufgebracht, die seit dem Marshall Plan mobilisiert worden ist. Es ist nur um unseren Dollar gegangen. Über den Internationalen Währungsfonds ist die ganze Operation finanziert worden. Es tobt also seit Jahrzehnten ein Krieg. Und der ist für eine gute Sache, weil er keine Toten fordert, wie die anderen. Und weil er Wohlstand, Unabhängigkeit, Demokratie und Frieden gebracht hat.« Spürbar ungeduldig wetzte Lukas auf seinem Fahrersitz hin und her.

»Wenn Sie sagen, dass die Operation Peso-Shield über den Internationalen Währungsfonds finanziert worden ist, dann meinen Sie vermutlich auch mit den Beiträgen der fremden Nationen, die aus dem Steuergeld der Bürger anderer Länder gekommen sind?«

Harvey stieß einen tiefen Seufzer aus. »Sie müssen aber auch alles schlecht reden.«

»Wenn damit ein krankes Geldsystem geheilt werden soll«, konterte Lukas, »dann brauche ich doch gar nichts schlecht zu reden, was schon schlecht ist.« Der Taxilenker wallte fast über vor Bestürzung.

»Wenn es aber nur das kranke Geldsystem wäre, wäre es halb so wild. Schließlich kommen noch der Rüstungswahn und die Verschuldung der amerikanischen Haushalte dazu. Nicht zu vergessen der Luxusrausch von fünf Hundemillionären oder die Modeberatung einer sonnengebräunten Politikerin aus dem nördlichsten Bundesstaat.« Harvey konnte durch den Innenspiegel beobachten, wie die Gesichtsfarbe von Lukas in scharlachrot wechselte.

»Welcher Gott hat denn diese Mission angewiesen, frage ich mich einmal ganz naiv?«, sagte Lukas und drehte sich kurz um.

---

50 Bill Clinton, Robert Rubin und Michel Camdessus: US-Präsident; US-Finanzminister und Chef des Internationalen Währungsfonds im Jahre 1995

»Ich denke nicht, dass es entscheidend wäre, welcher Sache man dienen würde. Menschen sind immer bereit gewesen, für eine gute Idee einzutreten oder sogar zu sterben. Allerdings hat dieses Massenverhalten immer vorausgesetzt, dass die Idee nicht allen ganz klar gewesen ist. Und erst dann durchschaut worden ist, als es zu spät war.« Gefangen in einem Schwall aus Erregung donnerte der Taxilenker seine Wut heraus.

»Verdammt noch einmal!«, brüllte er mit gezeichneter Fassungslosigkeit in der Miene. »Möge uns der Allmächtige beistehen, wenn diese Mission schief geht.«

Aber so war das zinsbasierte Geldsystem. Unsichtbar, verlockend und nahezu teuflisch. Anders konnte es nicht seine Machtbereiche erweitern. Jedoch, eine Sache selbst hat nie irgendein Machtstreben verfolgen können, sondern nur derjenige, der die Sache kontrolliert hat. Wer war das? Vielleicht war die Frage von Lukas an Harvey während der Fahrt doch nicht so uninteressant gewesen: ›Wer hat das ganze Geld, wenn alle nur Schulden gehabt haben? Wer hat das + gehabt, wenn alle ein - gehabt haben?‹

Was ist wirklich die Mission Gottes für den Planeten gewesen? Und vor allem welchen Gottes? Diese Frage musste der Pentateuch unbedingt klären und er hat eifrig an einer Lösung gearbeitet, die sich schon bald in ihrer ganzen Pracht zeigen sollte. Mit allen Spänen, die bei diesem Hobelvorgang abfallen mussten.

35

B i l a n z r o u l e t t e

Jimmy Gordons erbleichtes Milchgesicht zeigte seine Ratlosigkeit, nachdem dutzende Rätsel in seinem Hirn wie Protonen in einem Teilchenbeschleuniger aufeinander geprallt waren. ›*Weltweit 27 Millionen Konten innerhalb von einer Minute leer geräumt? Verschlüsselte Signaturen, die den Verdacht auf die eigene Regierung gelenkt haben? Mehr als 200 Milliarden in Luft aufgelöst?*‹ Jim hatte das Büro seines Bosses wieder betreten, nachdem er mit David von der NSA telefoniert hatte. Dass das globale Satellitenabhörnetz ›*Echelon*‹ durch seine Signatur auf den Konten plötzlich als Hauptverdächtiger aufgetaucht war, irritierte ihn maßlos. Nicht schon genug mit einer völlig unbekannten und übermächtigen Computertechnologie. Kaum hatte Jim seine müden Knochen im bequemen Büffellederstuhl untergebracht, knallte ihm Bob Glimmer die nächste Monsterwelle vor den Bug.

»Jim, wir müssen die Verlustpositionen zur Sicherheit aus unserer Bilanz entfernen«, reagierte Bob aufgeregt.

»So wie 1995!« Mister Glimmer starrte seinen IT-Chef erwartungsvoll an.

»Damals hast Du die Fehlbuchung auch löschen können. Daran erinnere ich mich noch sehr gut.« Jimmy blickte verwundert und wusste nicht so recht was Bob gemeint hat.

»Es geht um die Bank, Jim«, betonte Bob mit dem tiefgefrorenen Ausdruck eines eiskalten Killers. »Dafür haben wir schließlich unsere Offshore-Töchter auf den karibischen Inseln eingerichtet.«

»Damit zigtausend Transaktionen pro Jahr an der Bilanz vorbeigehen«, wendete Jimmy griesgrämig ein.

»Vermögen, das ihr während der Finanzkrise 2008 hättet melden müssen, anstatt Steuergelder anzufordern und so zu tun, als.....!«

»Spiel hier nicht den Heiligen, Jim!« Am Rande der Panik schlotterte der Vizepräsident vor seinem IT-Chef. »Was glaubst Du, woher Deine jährlichen Bonusprämien kommen? Der Finanzmarkt ist keine Bühne für Sentimentalitäten.« Ruckartig schnellte Jims Brustkorb nach vorne und rumpelte im Bass eines Despoten.

»Ich frage mich nur wo die 250.000 Mücken hin sind, die ich Euch zum Zocken überlassen habe?«

»Kannst Du diese Peanuts nicht endlich einmal aus dem Spiel lassen? Denk doch an diese einmalige Chance, Jim.« Bob Glimmer krempelte die Ärmel langsam auf und begab sich an die Arbeit eines Managers.

»Ich brauch mich nur um die Installierung von ein oder zwei Briefkastenfirmen auf den Cayman Islands zu kümmern und damit Großgläubiger mit Kontounterlagen und Depotverträgen rekonstruieren. Das würde niemand merken. Wir haben hunderte solcher Gläubiger. Du müsstest in den gespiegelten Daten auf dem Server lediglich einige Bestände mit demselben Symbol versehen und die dazu korrespondierenden Guthaben löschen. In den Wertpapierzentralstellen existieren die Guthaben ohnehin noch. Dort werden wir die Anlagen in physischen Zertifikaten anfordern.« Bob fing an, mit einem lüsternen Grinsen seinen Zeigefinger unter dem Daumen zu reiben und die Handbewegung herüberwandernder Geldscheine zu deuten.

»Bob, Du willst mir doch nicht im Ernst weismachen, dass die Wertpapierzentralstelle alle Finanzanlagen, die wir im System gebucht haben, irgendwo in Papierform als Effekten herumliegen hat?« Bob schlug die Hände über den Kopf zusammen.

»Jim, was glaubst Du denn, wie es vor 30 Jahren abgelaufen ist, als es noch keine vernetzten Clearingsysteme und Computer gegeben hat? Wertpapiere, Schuldverschreibungen, Aktien und Wechsel sind damals täglich tonnenweise in bewachten gepanzerten Kleinbussen durch alle Bundesstaaten gekarrt worden. Heute gibt es im Clearing und Cedel-System nur mehr verbriefte Universalurkunden, die jeder hinterlegen muss, der ein Wertpapier ausgeben will. Alles andere ist virtuell und existiert nur in immateriellen Zahlen auf Bildschirmen. Geld und Wertpapiere sind längst Luft geworden.«

›*Im wahrsten Sinne des Wortes*‹, dachte Jim.

Mit einem kräftigen Abstoß beschleunigte Bob seinen beräderten schwenkbaren Büffellederstuhl vor Jimmys Linse. Breitbeinig saß er vor ihm und stützte seine aufgekrempelten Arme auf die Knie. Mit Dollarzeichen in den Pupillen fixierte er Jim und flüsterte.

»Wir fordern die Universalurkunden der gelöschten Bestände an und können mit schätzungsweise 100 Milliarden in der Aktentasche nach Cayman fliegen. Von den 200 Milliarden verbleiben den Kunden die Hälfte und von der fehlenden Hälfte müssen die Versicherungen 50 Prozent ersetzen.«

»Ja, aber dann fehlt noch immer ¼ von den Forderungen der Kunden«, konterte Jim abwartend und graute sich innerlich.

»Die könnten wir aus den 100 Milliarden abdecken, die wir umgebucht haben. Dann bleiben der Bank netto 50 Milliarden und Du kassierst eine satte Prämie.« Listig zwinkerte Bob seinem langjährigen Weggefährten zu.

»Dann sind Deine Verluste auch wettgemacht und Du wirst die lächerliche Viertelmillion schnell vergessen haben. Ist doch eine lukrative Nachtschicht für Dich gewesen. Es gibt keinen geschädigten Kunden, keine Publicity und Du brauchst nicht mehr Deinen Verlusten nachzutrauern. So hat jeder was davon.«

»Nur die Versicherungen und der Bankensicherungsfonds nicht!«

»Die werden das auf die Prämien von Kunden einpreisen, die irgendwo in Asien oder Europa sitzen«, schnauzte Bob verärgert. »Das will uns aber jetzt wirklich nicht kümmern, oder?«

»Bob, ihr redet auf den Hauptversammlungen von Kostendruck, Leistungssteigerung oder Rationalisierungen und bunkert währenddessen die Milliarden auf geheimen Konten in der Karibik. Das widert mich an.«

»Reiß Dich zusammen, Jim.« Die nackte Erbarmungslosigkeit eines Auftragsmörders der Fremdenlegion leuchtete hinter den heruntergezogenen Augenbrauen von Bob hervor. »Wir sind ein Global Player. Errate mal, woher die überragende Performance unserer Fondsmanager kommt? Warum die gelgeschniegelten halbwüchsigen Analysten in ihren Dolce Gabbana Maßanzügen Millionen Dollar im Jahr verdienen und in italienischen Sportwägen drittklassige Tussis spazieren fahren? Weil die tatsächlich solche Hellseher sind oder Manna vom Himmel fällt? Sei nicht naiv. Du hast erstmals die Chance, dem Geschäft Aug um Aug gegenüberzustehen!«

»Bob, das *Aug-um-Aug*-Dogma führt zur *Zahn-um-Zahn*-Reaktion. Und ich will mich ehrlich gesagt nicht auf so eine Sache einlassen!«

»Ach, lass die Moralpredigt. Du weißt genauso gut wie ich, dass *Window-Dressing* und *Stuffing the turkey* zum Alltag gehören. Wenn die Performance unserer Fonds nicht passt, müssen wir jedes Jahr die Kurse mit Beständen aus unseren Karibikfirmen auffrischen. Eben: Window-Dressing. Und wenn die Performance besser ist als es die Kunden erwartet haben, dann holen wir uns die Bestände wieder zurück. Wenn die Performance zu gut ist, werfen wir die faulen Äpfel in die Publikumsprodukte und die Anleger haben ein paar Prozent weniger. Dann stopfen wir den Truthahn. Aber so ist nun mal das Musketierprinzip! Alle für einen und einer für Alle. Es ist nur eine Umverteilung. Also kneif Deinen Arsch zusammen und sieh zu, dass Du eine Extraschicht einlegst, um die Finanzanlagen zu löschen und dieses idiotische Symbol auf der Aktivseite der Bilanz verteilst.« Bob Glimmer rieb sich erwartungsvoll die Handflächen.

Jim wusste nicht mehr, wie er von diesem Ort der Verdammnis flüchten konnte. »Ich arbeite mit den führenden Geheimdiensten zusammen«, hielt er seinem Boss entgegen und winkte ab.

»Ach so, die Behörden beunruhigen Dich?« Bob schlemmte an der Naivität von Jim wie an einer Portion Salzburger Nockerln.

»Meinst Du vielleicht die Regierung und ihre Ausläufer?«, fragte er und nickte gespielt.

»Weißt Du wie viel Senatoren, Bürgermeister und FBI-Direktoren auf unseren Gehaltslisten stehen?«, platzte Bob breitbrüstig heraus.

»Glaubst Du etwa, die gesamte Militärindustrie, die Pharmakonzerne, Medien, Energieriesen, Automobilgiganten oder übrigen arbeiten anders und würden auch nur irgendeinen Cent auf Moral geben?« Wie bei einer Aufsichtsratssitzung exponierte sich der Vize-Boss der Bank.

»Dieses Spiel hat keine Regeln von glücklichen Zufallstreffern oder richtig eingeschätzten Märkten, sondern von Intervention mit verdeckten Karten. Das ist Politik! Freunde Dich damit an oder verbring Deine Rente in einem kleinen Strandhäuschen zwischen Versicherungsvertretern und Poolreinigern.« Mit sozialem Abstieg konnte man vielen Mitarbeitern Feuer unter dem Hintern machen. Das wusste niemand besser als Bob Glimmer.

»Jeder Politiker muss dafür sorgen, dass in seinem Wahlkreis investiert wird. Dafür müssen von der Regierung mit Steuergeld Waffen, Medikamente, Energie, Rohstoffe, Dienstleistungen und Autos angeschafft werden. In den Konzernen arbeiten Manager, die aus ehemaligen Regierungen hinein geschoben wurden. Das ist auf der ganzen Welt so; damit das System weiterleben kann.«

Jim spürte in diesem Gespräch den Gestank einer dampfenden Schwefelfabrik aufkommen. »Bob, was Du mir da weismachen willst, ist eine organisierte Korruption, die sich hinter den Ideen einer Fahne versteckt, auf der 50 weiße Sterne und 13 rotweiße Streifen mit dem Blut von Menschen aufgemalt sind, die für diese Idee ihr Leben geopfert haben.« Jimmy wirkte hoffnungslos über die Skrupel.

»Meinst Du?« Bob grinste hämisch.

»Der ehemalige amerikanische Vizepräsident Dick Cheney ist bei einem der größten Waffenproduzenten Amerikas ins Management gewechselt. Wenige Monate zuvor ist er mit einem schelmischen Feixen im UNO-Konferenzsaal vor den Kameras aller Welt gestanden und hat verkündet: *›Es gibt keinen Zweifel, dass Saddam Massenvernichtungswaffen besitzt.‹* Rumsfeld hat als Verteidigungsminister noch eins draufgesetzt: *›Jedes Land mit einem halbwegs funktionierenden Geheimdienst weiß, ja die ganze Welt weiß, dass Hussein Massenvernichtungswaffen besitzt.‹* Keiner der Leute hat den Krieg gewollt. Aber auf der Prioritätenliste ist Geld und Politik gestanden.« In Fahrt kommend stöhnte Bob tief durch.

»Dieses FBI und diese CIA, von denen Du soviel hältst, werden sich um Deine Umbuchung gar nicht kümmern. Die werden ganz woanders herumschnüffeln. Wir brauchen also nur glaubwürdig einen Schuldigen.« Bobs Stirn glühte rot an.

»Den großen Unbekannten mit seinen Symbolen, der von unseren Franks und Sams gejagt wird, während irgendwelche Leute, die zigtausend Meilen von uns entfernt leben, sich an Stammtischen über ihre erhöhten Versicherungsprämien ärgern. Gut, ich gebe zu, es weckt Besorgnis zu erfahren, dass es möglich ist, eine der größten Banken Amerikas innerhalb weniger Minuten zu überfallen. Aber in Wahrheit ist das doch ein Idiot gewesen, der letzten Endes nicht uns geschädigt hat, sondern Unschuldige. Das ist nur ein Tippfehler, der eine Chance für Dich darstellt. Versuch zu klären, was da wirklich los war, aber verschone mich mit der Verweigerung von ein paar Mausklicks.« Bob lehnte sich siegessicher zurück und verschränkte die Arme. Sein Augenspiel versuchte Jim zu locken. Der hatte jedoch nach der nervenraubenden Nacht keine Kraft mehr, Bob mit vernünftigen Argumenten entgegenzutreten. Er musste das Thema wechseln.

»Bob, ich habe bis Montag Zeit, Dir einen Report zu geben. Die *causa prima* ist für mich unser Eindringling. Das einzige, das mich daran einigermaßen beruhigt, ist, dass egal wer oder was das gewesen ist, dieser jemand nicht einfach zu seiner Bank gehen kann und mit 200 Milliarden Dollar bei der Türe hinausspaziert. Dieses Spiel hat auch einen Empfänger. Demnach ist es nur eine Frage der Zeit, bis sich die Frage über den Schuldigen aufgeklärt hat. Was mir allerdings ernsthafte Sorge bereitet, sind zwei ganz andere Tatsachen.«

»Und die wären«, spielte Bob Interesse vor.

»Solange wir die Daten nur in unserem Intranet haben, können die institutionellen Kunden weder ihre Wertpapiere handeln oder sonst irgendwas verändern. Und Du weißt, dass die ganzen Investmentfonds, die Stiftungen, Pensionskassen und anderen, täglich mehrere hunderttausend Transaktionen abwickeln müssen. Aber solange wir kein sicheres System anbieten können und mit heruntergelassenen Hosen als Stripteasetänzer im Netz dastehen, können wir deren Konten nicht wieder ins Netz stellen. Die können weder kaufen noch verkaufen. Aber das müssen sie.« Bob nickte einsichtig und begriff den totalen Stillstand, der ausgelöst werden könnte. Ein Horrorszenario.

»Zweitens«, setzte Jim fort. »Wer so etwas zustande bringt, der fährt in jedes System dieser Welt wie mit einem heißen Messer in die Butter. Wir müssen daher die Geheimdienste benachrichtigen. Dazu kommen die Börsenaufsicht und die Bankenaufsicht. Die sind nämlich verpflichtet, alle anderen zu warnen.«

»Jim, Du willst doch nicht andeuten, dass sämtliche Finanzinstitute ihre Systeme aus dem Netz nehmen müssen, noch bevor wir einwandfrei geklärt haben was geschehen ist?« Bob schüttelte den Kopf, ging hinter seinen Schreibtisch und kontrollierte seinen Monitor.

»Du weißt ja noch nicht einmal, wer hinter diesem Symbol steckt«, stieß Jimmy empört heraus. »Wir haben es hier nicht mit einem Taschenspielertrick zu tun, wo ich dem Dieb noch 17 andere ungeklärte Betrügereien einfach in die Schuhe schiebe. Das ist ein einzigartiger Überfall gewesen.«

»Es ist doch völlig irrelevant, welcher Verbrecher hinter dem Symbol steckt, Jim! Er muss die Sache ausbaden und wir kassieren.« Wieder rieb Bob den Zeigefinger unter dem Daumen und signalisierte *Money Money*.

»Solange es sich um einen Verbrecher handelt, der von der Gerechtigkeit als Verbrecher überführt werden kann, ist es keineswegs irrelevant.« In Jims Rückblick an den letzten 1 ½ Stunden surrte der Gedanke an Echelon wie eine mühselige Stechmücke.

»Woran Du überhaupt noch nicht gedacht hast, ist die Möglichkeit, dass hinter dem Angriff eine Regierung stecken könnte und nicht nur bloß irgendein gewöhnlicher Dieb. Eine Regierung kann erst dann als Verbrecher überführt werden, wenn das Volk mit Zorn nach Gerechtigkeit schreit. Vor allem, wenn es die eigene Regierung gewesen ist. Aber der Durchbruch so einer Gerechtigkeit liegt meist in der fernen Zukunft. Dann sind aber schon alle tot und keiner wird mehr verurteilt.« Bob rollte eine verdutzte Fratze über seinen vollschlanken Bauch.

»Was wäre dann?«, donnerte Jim heraus. »Was, wenn unsere eigene Regierung und ihre Justiz selbst der Angreifer sind? Weil sie vielleicht Geld brauchen oder sich irgendeine Scheiße ausgedacht haben, um alle zu täuschen. So wie Bush die UNO getäuscht hat, um in den Irak einmarschieren zu können.« Bobs klopfender Zeigefinger auf dessen Stirn deutete zu Jimmy wortlos die Abwegigkeit einer solchen Möglichkeit. Der IT-Chef grollte weiter.

»Es könnte doch ein Krieg einer völlig neuen Sorte sein?« Wild gestikulierend fuchtelte Jim herum. »Nicht mit lautem Panzergedröhne das jeder hören kann, sondern mit leisen Mitteln.« Die Warnungen seines Vaters geisterten lärmend hinter seinen Schläfen hervor.

»Du könntest zwar der Öffentlichkeit eine Fehlbuchung als Diebstahl eines Unbekannten vormachen, aber die Verantwortlichen dieser Regierung würden die Wahrheit kennen, wenn es so wäre. Denen kannst Du keine Fehlbuchung unterjubeln. Was willst Du dann der Öffentlichkeit erklären?«

»Wie kommst Du auf so einen Unsinn, dass uns eine Regierung ausrauben sollte? Noch dazu vielleicht sogar unsere eigene.«

»Was ich in den letzten 15 Minuten über IWF, Fondsstrategien, Bilanzierungsmethoden oder andere Manipulationen gehörte habe, macht diese Annahme keineswegs zu einem Unsinn. Staatsterror mit höchster Geheimstufe ist bei der Situation, in der sich die Politik befindet und bei der Glaubwürdigkeit, die sie alle noch haben, wirklich keine Utopie mehr.« Jimmy dachte dabei an das gefährliche Säbelrasseln zwischen den Parteien, als es 2011 um die Anhebung der US-Staatsschulden gegangen war und dadurch leichtfertig die Kreditwürdigkeit der USA verspielt worden war. Wegen Interessen, die die einen gegen die anderen durchsetzen wollten.

Bob grinste überheblich und winkte ab. »Du glaubst an Gespenster.«

Jim schäumte jäh über und sprang aus seinem Sessel. Er ergriff das A4 Blatt und zerknüllte es in seiner geballten Faust. »Bob, wenn sich herausstellt, dass die US-Regierung dahinter steht..«, plärrte er mit herausquellenden Augen, »..dann kannst Du Dir Deine Fehlbuchung mit einem Greifarm der ISS-Raumstation aus dem After ziehen lassen.« Erschrocken zuckte Bob Glimmer zurück und fixierte das zerknüllte Blatt Papier. »Die hier vorliegende Entschlüsselung dieses Symbols ist ein Hinweis darauf. Ihr und Eure höchsten Stellen mit deren Konferenzen, Beschlüssen und Scheißgeheimnissen kontaminieren langfristig das Grundvertrauen der halben Welt in ein System, das jedem eine aufrichtige Hoffnung auf ein besseres Leben geschenkt hat.« Verbittert wollte er zur Türe eilen.

»Du kannst heute Vormittag nicht zu dieser Kongressveranstaltung von den Physikern gehen. Wir brauchen Dich hier dringender.«

»Leck mich!«, verlor Jimmy endgültig den Geduldsfaden.

»Ich weiß genau, worauf Du hinaus willst. Ein Boss wie Du macht die Scheiße nicht selber, sondern gibt auch anderen eine Chance, in Eurem Bilanzroulette mitzuspielen. Damit man genauso mit drinnen steckt.«

In Jimmy Gordon kochte eine Wut auf, die jegliche Müdigkeit aus seinen Poren presste.

36

Santo subito

Robert McDerman torkelte noch immer völlig verwirrt über die Baustellen in seinem Denkorgan und versuchte die Hinweise von Filippo schlüssig zu ordnen. Sein scheintoter Blick auf die von Maria übermittelte Fotographie des Gemäldes sabotierte diese Versuche. Es war wirklich *Buffi* auf diesem Bild, das über 500 Jahre alt gewesen ist. Als Robert nach dem Studium von der Theorie in die Praxis eingeführt worden war, hatte er sich von solchen konstruktivistischen Exzessen abzulenken gelernt. Das musste man, um dem Täuschungschaos entfliehen zu können. Er beschränkte sich auf die Realität. Weg von dem wie es schien, hin zu dem was er wirklich wusste. Robert lag von dem Schock noch immer am feuchten Waldboden und starrte ins Leere.

›*Bis jetzt habe ich nur Hinweise auf ein 500-jähriges Leben und Filippo redet gleich davon, dass ich Christus observiere. Ich scheiß auf Mythen um ein Totus tuus oder Ophiuchus ante portas. Die Stichhaltigkeit einer Erkenntnis erlange ich nur über Feststellungen und diese nur durch eine direkte Einvernahme des Verdächtigen oder durch Tatsachen, die mit ihm in direkter Beziehung stehen. Der Typ war über 90 Minuten unter Wasser.*‹ Robert grübelte und zoomte seinen Blick auf jene Stelle, wo Buffi untergetaucht war. ›*Ich benötige Taucherspezialisten, die den Grund des Sees Quadratmeter für Quadratmeter umgraben. Beim FBI oder der CIA genießt Buffi aber höchste Geheimstufe.*‹ Robert raffte seine Entscheidungsmöglichkeiten wie einen Vorhangstore auf. Die Geheimdienste fallen also aus. Die würden jedes Beweisstück gierig an sich reißen wollen. Und er spürte langsam, dass er etwas ganz Exklusivem auf der Spur gewesen ist. Diese kryptischen Halbwahrheiten, die Filippo permanent herausgezaubert hat. Nach den letzten Erkenntnissen musste er unbedingt wissen, warum *Buffi* über 1 ½ Stunden unter Wasser gewesen war.

›*Ich muss es selbst machen und jetzt sofort*‹. Robert nahm sich vor, dem Vatikan eine Prämienzahlung für diese Aktion wie eine Rippe aus deren Budget zu schneiden. Er beachtete die geöffneten Bilddateien von Maria auf dem Notebook nicht weiter und konzentrierte sich zuerst auf diese eine Sache. Er durfte keine Zeit verlieren. Filippo hatte ihm zuletzt vorgehalten, dass Rom seine Gründe gehabt hat, zu erfahren ›*wer Buffi wirklich gewesen ist?*‹ Wenn er mehr Zeit hätte, könnte er sich dann in Ruhe um die einzelnen Puzzlestücke kümmern und ein Bild zusammenfügen. Aber jetzt hieß es handeln. Also konzentrierte er sich nicht auf Marias Fotos, sondern auf Filippo und die Taucherausrüstung.

»Was soll das heißen, der Vatikan hat Interesse daran, was es mit solchen

Typen auf sich hat? Hast Du etwas von meinen Ergebnissen durchsickern lassen?«, stellte Robert seinen hochnäsigen Assistenten zur Rede.

»Das Papyrusstück, die Verbindungen nach Frankreich, die Bilder aus unterschiedlichen historischen Epochen mit Präsidenten, die heutige Observierung und alle anderen Details? Weiß die Kommission schon davon? Boykottierst Du vielleicht meine Arbeit?«

»Robertino! Was regst Du Dich so auf?«, flüsterte Filippo versöhnlich.

»Weil Du mich anscheinend hintergangen hast.«

»Falso! Was ist denn daran ein Hintergehen, wenn man alle Optionen prüfen muss, die in einem Zusammenhang mit Jesus Christus stehen könnten? Es könnte doch jeder heute noch unbekannte Mensch in einem Zusammenhang mit den Ereignissen stehen, die 2.000 Jahre zurückliegen. Man weiß nichts über die Nachfahren oder Familienmitglieder von Jesus Christus. Und Du weißt ganz genau, dass der Vatikan über alle Personen Kenntnis haben muss, die für eine Seligsprechung in Frage kommen«, konterte der junge Italiener. »Glaubst Du Benedikt XVI. hat im April 2006 aus bloßem Zufall vor der Vollversammlung der Kongregation deutlich gemacht, dass er die Frage von Wundern zwar im Lichte der kirchlichen Tradition, aber *›nach dem neuesten Stand der Wissenschaften‹* klären will? Glaubst Du, das ist ein Zufall gewesen?« Mit Vorwürfen beladen, blickte Filippo seinen Teamleiter an. Robert stand auf und ging zurück zum Jeep. Er öffnete den Kofferraumdeckel und stöberte nach dem Tauchergerät. Der Italiener setzte ihm hinterher.

»Verstehst Du überhaupt die Tragweite?«, polterte er Robert nach. »Die Kirche ist bereit, Wunder nach wissenschaftlichen Methoden aufzuklären.« Gebieterisch streckte Filippo beide Arme vom Körper. »Alle Wunder, die man kennt.«

Seit Ende der 1980er Jahre hat man an einem Vorschlag für eine neue Bewertung von Wundern und an einer Änderung der Normen für die Seligsprechung gearbeitet. Das wusste Robert. Filippo quasselte weiter.

»Der neue Benedikt ist aber fest entschlossen, das Empfinden vieler Katholiken aufzugreifen, weil der Nachweis eines physischen Wunders im 21. Jahrhundert nicht mehr dem entspricht, was für das vorbildliche christliche Leben eines Menschen ausschlaggebend wäre. Soweit ich mich erinnere, sind wissenschaftliche Nachweise die Grundlage Deines Auftrags?«

In Robert keimte das fremdartige Gefühl, dass Filippo von der Kommission als spionierender Wachhund beigestellt worden ist.

»Was soll der Scheiß mit irgendwelchen Wundern?«, knurrte er und kontrollierte den Druck in den Sauerstoffflaschen.

»Mein Auftrag lautet, neue Erkenntnisse und Hintergründe über Euren Gründer zu sammeln und durch ein schlüssiges Beweisverfahren wissenschaftlich zu dokumentieren. Christus ist schon lange tot. Es ist niemals eine Rede davon gewesen, dass *Buffi* der Gründer der katholischen Kirche sein könnte. Es ist nur zur Sprache gekommen, dass *Buffi* im Rahmen der Suche nach Indizien über Jesus Christus über neue Relikte verfügen könnte.« Robert zeigte mit dem ausgestreckten Arm in Richtung Bootshaus, in dem sich *Buffi* befunden hat. Plötzlich spürte er ein lautloses Vibrieren an seinem Gesäß und kramte sein Mobiltelefon heraus.

»Was tun wir denn seit Wochen?«, keifte Filippo. »Wir sammeln Hintergründe und Erkenntnisse über *Buffi*. Die Fotos, die Du von ihm im FBI-Archiv aufgestöbert hast, haben Dich doch nur mehr auf ihn konzentrieren lassen.«

Robert schielte auf eine SMS, die vom FBI hereingekommen war. Seit Monaten hatte er nichts mehr von seinem ehemaligen Teamleiter gehört.

›*Robert! Kommt Dir folgender Satz bekannt vor: ›Wenn er öffnet kann niemand schließen, wenn er schließt, kann niemand öffnen?*‹ Mister McDerman konnte jetzt keine Unterbrechung brauchen. Er muss so schnell wie möglich den Tauchgang durchführen. Kurz angebunden fingerte er die Antwort über das Bedienmenü.

›*Ja! Das ist der Wahrhaftige, der den Schlüssel Davids hat!*‹ Er steckte das Smartphone wieder in die Gesäßtasche und prüfte die Tauchmasken und Schnorchel auf Dichtheit. Just in dem Augenblick, als er Filippo etwas entgegenhalten wollte, vibrierte es abermals.

›*Wer bitteschön ist der Wahrhaftige, der den Schlüssel Davids hat?*‹ Robert rollte die Augen genervt und zauberte eine endgültige Antwort aufs Display.

›*Johannes Offenbarung, Apokalypse*‹ Er grübelte. ›*Bin mir nicht ganz sicher, aber entweder Kapitel 3, 4 oder 9. Ich glaube Vers 7: Eine der sieben Visionen. „Er hielt in seiner rechten Hand sieben Sterne, und aus seinem Munde ging ein scharfes, zweischneidiges Schwert hervor. .....Aber fürchte dich nicht, ich habe die Schlüssel des Todes und der Unterwelt. Ich bin der Wahrhaftige, der den Schlüssel Davids hat. Wenn er öffnet, kann niemand schließen, wenn er schließt, kann niemand öffnen!" Das ist Christus, als er die Rettung der Menschheit am Tage des Jüngsten Gerichts ankündigt! Reicht das jetzt? Ich hab zu tun.*‹ Robert blickte wieder zu Filippo, der noch immer wartete. Der nachdenklich wirkende Bibelwissenschafter nutzte die Ladefläche des Geländewagens, um die Ausrüstungsgegenstände für Unterwassereinsätze parallel darauf ausbreiten zu können.

»Ja, Du hast Recht. Wir sammeln Hintergründe und Erkenntnisse über *Buffi*. Aber er ist nicht der Gründer der Christenheit oder katholischen Kirchengemeinschaft.«

»Das behauptet niemand«, erwiderte Filippo und musterte Roberts Handgriffe. »Warum konzentrierst Du Dich seit Wochen auf nichts anderes mehr, als auf ihn?«, erkundigte sich der Italiener harsch und deutete auf den

Steg, den die Videokamera samt Haus noch immer aufzeichnete. »Es könnten genauso gut andere sein, die neue Hinweise auf Jesus Christus bringen könnten.«

»Weil.....«, fing Robert an, drehte sich währenddessen um und fixierte seinen Assistenten mit aufgesetzter Taucherbrille. Er zog das Gummiband enger. Das nochmalige Vibrieren des Mobiltelefons in seinem Gesäß ignorierte er nicht einmal. Er hatte jetzt Wichtigeres zu tun. Filippo fiel ihm ins Wort und rümpfte die Nase.

»Weil Du durch den Fund und diese Begegnung mit ihm auf ein neues interessantes Detail gestoßen bist.«

»Woher weißt Du das?«, kreischte Robert heraus und schnaubte seinen Dampf aus der Nase auf das beschlagene Glas der Taucherbrille. »Als Maria mir von den Neuigkeiten erzählt hat, hast Du doch von Deiner Signorita geträumt.«

»Na hör mal, dieses Papyrus....«, versuchte der Italiener abzulenken.

»Leg die Karten auf den Tisch, Filippo.« Robert riss sich die Maske vom Kopf und schmiss seine Flossen wuchtig auf das weiche Laub. »Was weiß der Heilige Stuhl über *Buffi*?«, plärrte er.

»Zu wenig?«

»Zu wenig für mich oder für die Kongregation?«

»Für die Kongregation.«

»Das heißt, Eure Kommission weiß mehr über ihn als ich und sagt mir gar nicht einmal etwas davon?« Unter Roberts Schädeldecke startete sein Instinkt eine Kettensäge an, um die Aussagen seines Assistenten in ihre Einzelteile zu zerlegen.

»Roberto, wenn der Vatikan täglich in fast 50 Sprachen und in über 150 Länder seine Sendungen an eine halbe Milliarde Empfänger ausstrahlt, dann kommen eine ganze Menge Anrufe herein, die plötzlich rufen: *›santo subito‹!*«[51]

›Ich brauche Beweise, keine Vermutungen oder induktive Schlussfolgerungen!‹, suggerierte sich Robert immer wieder nachdrücklich ein.

»*Santo subito* haben die Gläubigen gerufen, behauptest Du? Na gut, Filippo! Ich fasse zusammen. Du sagst, es sind Päpste einer Gruppe von Hintermännern zum Opfer gefallen, die mit der Vatikanbank IOR in Verbindung gestanden sind. Und das, weil sie bei US-Präsidenten wegen irgendeiner geheimnisvollen Angelegenheit interveniert haben.« Robert bückte sich und begann seine Schnürsenkel zu öffnen. Giftig spähte er aus der Hocke hinauf zu Filippo und suchte den Augenkontakt. »Dann behauptest

---

[51] *santo subito*; ein Heiliger sofort! Bei der Beerdigung von Johannes Paul II im Jahre 2004 forderten viele Gläubige seine sofortige Seligsprechung

Du, dass sich der jüdische Weltkongress gegen eine Seligsprechung von Pius XII. nicht etwa wegen seines Schweigens zum Holocaust auflehnt oder weil er die Enzyklika seines angeblichen ermordeten Vorgängers im Archiv verstauen lassen hat.« Robert rollte verächtlich die Augen. »Sondern weil er sich an einen Deal mit den Gründerfamilien der US-Notenbank nicht gehalten hat.« Er erhob sich wieder und öffnete seine Gürtelschnalle.

»*Last but not least* stellst Du in den Raum, *Buffi* soll daran schuld sein, dass Pius XII. diesen geheimnisvollen Deal während des 2. Weltkriegs platzen gelassen hat. Und nun erzählst Du mir irgendetwas von Wundern, die der Vatikan im Zusammenhang mit *Buffi* prüfen will, weil Radiohörer ›*santo subito*‹ aufjaulen.« Kopfschüttelnd beugte er seinen Oberkörper zu Filippo, presste seine Augen heraus und tippte mit dem Zeigefinger auf seine gerunzelte Stirn.

»Hast Du nachgerechnet, wie viele Therapeuten Dich aus dem Verkehr ziehen würden, weil Du eine Gefahr für die Weltöffentlichkeit und ihren festgefahrenen Aberglauben bist?« Der Italiener beäugte seinen Teamleiter gekränkt.

»Ihr werdet auch immer erfindungsreicher; das muss man Euch lassen. Gehen wir der Reihe nach vor«, forderte Robert und wippte mit dem Kopf abschätzig. »Gingen beim Heiligen Stuhl Forderungen von Gläubigen ein, *Buffi* heilig zu sprechen?«

»Ja!«

›*Syllogismus*‹, dachte Robert.[52] Vorausgesetzt, Filippo hat die Wahrheit gesagt, dann ist für ihn nun geklärt worden, dass man im Vatikan schon vor Auftragsvergabe über *Buffi* viel mehr gewusst hatte, als man ihm mitgeteilt hatte.

»Mit welchen angeblichen Wundertaten sind diese Forderungen begründet worden, *Buffi* heilig zu sprechen?«

»Roberto, Du kennst die geltenden kanonischen Voraussetzungen, um von der Kongregation als Wunder akzeptiert zu werden.«

»Ich glaube nicht an Wunder«, sagte er missfällig und setzte sich auf die Unterkante des offenen Kofferraums. Er streifte die Jeans langsam ab.

»Ist der Mensch ein Wunder? Ist diese Welt ein Wunder? Sind die Sterne am Himmel ein Wunder?«, zischte Filippo.

»Was hat das mit *Buffi* zu tun?«, grinste Robert spöttisch. »Du lenkst wieder einmal mit Deiner antrainierten Romantik vom Thema ab.« Der

---

[52] *Syllogismus;* griech.; ein logischer Schluss. Der Syllogismus geht auf Aristoteles zurück. Aus zwei Urteilen wird eine Erkenntnis gefolgert. (Beispiel: Alle Menschen sind sterblich. Aristoteles ist ein Mensch. Also ist Aristoteles »sterblich«)

Bibelwissenschafter dachte an Filippos persönliche Leidenschaft. Der Italiener hatte nach der Kaderschmiede zum Schweizer Gardisten im Vatikan sein Studium über Teilchenphysik abgeschlossen und eine Doktorarbeit zu dem Thema ›*Superstrings - die Wunder der Schöpfung*‹ geschrieben. Leute, die theoretische Physik studiert hatten, haben zwar über einen besonderen Scharfsinn verfügen können, machten aber dennoch kein Geheimnis aus ihrem häufig auftretenden Glauben an eine gestaltende Kraft. An eine allumfassende Formel über das Funktionieren von Allem, das von einer unsichtbaren Hand gelenkt werden würde. Darin ähnelten sich viele Physiker den Ökonomen. Filippo hatte seine Überzeugung einmal damit begründet, dass die Teilchenphysik zwar an die Grenze des Denkens, des Wissens und Vorstellens gehen konnte, aber an einer Erklärung für das Dahinter immer gescheitert ist. ›*Dahinter gibt es aber etwas*‹, hat Filippo immer wieder versucht, Robert auf eine sinnlose Spur von irgendwelchen Geistern zu führen.

»Roberto!«, sagte der Italiener. »Warum glauben wir ausgerechnet, dass auf unserer heutigen Entwicklungshöhe das subjektive Erleben und die objektive Realität erstmals in der Geschichte übereinstimmen sollten? Warum sollte es gerade im 21. Jahrhundert passiert sein und nicht schon vorher oder nachher?« Robert sind Unterhaltungen über Dinge abgrundtief verhasst gewesen, wenn das menschliche Augenlicht diese Dinge nicht wahrnehmen oder sehen konnte. Davon haben alle Religionen gelebt. Von den Dingen, die das Auge nicht mehr sehen konnte. Die Anzahl der Bilder, die ein menschliches Auge pro Sekunde erfassen konnte, hat nicht ausgereicht, um den Flügelschlag eines Kolibris erkennen zu können und trotzdem ist er passiert. Daher wusste Robert, dass etwas Wahres dran gewesen ist. Denn im Grunde haben immer nur die technischen Hilfsmittel gefehlt. Insbesondere dann, wenn etwas als Wunder ausgelegt worden ist. Der Sprung vom Sehenkönnen *vor* Galilei *ohne* Fernrohr, zum Sehenkönnen *nach* Galilei *mit* Fernrohr ist gigantisch gewesen. Genauso der Sprung vom Fernrohr zum hochsensibelsten Weltraumteleskop wie ›*Kepler*‹ oder ›*Hubble*‹. Mit Spezialkameras, die 1 Million Bilder pro Sekunde machen konnten, hat man die Welt der Atome erkennen können oder mit welcher Geschwindigkeit ein Frosch durch seine herausschnellende Zunge eine Fliege fangen konnte. Auch Nachtsichtgeräte oder andere Hilfsmittel haben Dinge sichtbar gemacht, die das Augenlicht vorher nicht wahrgenommen hat oder wahrnehmen konnte. Das begriff Robert. Wenn es Dinge gegeben hat, die man nicht sehen konnte, war es nicht immer so gewesen, dass das subjektive Erleben auch mit der objektiven Realität übereingestimmt hatte. Es gab diese Dinge dennoch.

»Woher nehmen wir diese Anmaßung zu wissen, dass nur das existiert, was wir sehen können?«, säuselte Filippo. Robert hatte in der Zwischenzeit seine Hose abgestreift und lauschte dem Italiener. Es langweilte ihn, dass

Filippo geglaubt hat, er würde auf die Ablenkungen noch immer hereinfallen. Der Italiener hatte noch immer kein einziges Wort über die angeblichen Wunder von *Buffi* verloren.

»Es kann als sicher gelten, dass die Gesamtheit dessen, was real existiert, unser Vorstellungsvermögen unermesslich übersteigt. Trotzdem hätten wir mit dieser Einsicht allein noch nichts in der Hand, das uns die Möglichkeit geben würde, über das, das da jenseits unseres Horizonts existieren muss, irgendetwas sinnvoll auszusagen.« Filippo forderte von Robert förmlich eine einsichtvolle Öffnung seines Glaubens.

»Gilt nicht noch immer Kants Feststellung, dass die Vernunft vergeblich ihre Flügel ausspannt, um über die Sinneswelt hinauszukommen?«[53] Filippo ließ sich nicht davon beirren, dass Robert zwischenzeitlich den Neoprenanzug bis zu den Oberschenkeln hinaufgezogen hatte. Das war die Seite an dem Jungen, die Robert im Grunde gemocht hat. Weil der Kerl für sein Alter eine ausgeprägte Ader hatte, Grundsatzfragen zu erwägen, die bis heute wissenschaftlich unbeantwortet geblieben sind. Trotzdem half ihm das bei der Suche nach Beweisen über ›*Buffi*‹ in diesem Moment nicht weiter. Und Filippo wollte noch immer nicht mit der Sprache heraus, was die Wunder betroffen hat. Stattdessen wurde er wieder zornig über Roberts abschätziges Schweigen.

»Ich weiß, Du mit Deinem jämmerlichen Eiertanz um eine Wahrheit, die Du nur dann anerkennst, wenn Du sie selbst siehst«, provozierte er ihn. Wie im Schnellsuchlauf durchquerten die Ereignisse der letzten Wochen Roberts geistiges Auge. Gemälde von einem Mann, die sogar bis 1312 zurückgereicht haben, Fotos mit US-Präsidenten, ein Papyrusstück aus einer Epoche, das aus den Schaffensjahren des Gründers der Christenheit gestammt hat, 1 ½ Stunden unter Wasser, höchste Geheimstufe bei den US-Behörden und Meldungen über Wunder beim Vatikan mit der Aufforderung zur Seligsprechung. Dann sollte Filippo wegen ›*Ophiuchus ante portas*‹ umgehend alle US-Wertpapiere verkaufen. Was dem ganzen aber die Krone aufgesetzt hat, ist wohl ›*Bufimimat*‹ gewesen. Eine seit über 1 ½ tausend Jahren nicht mehr existierende spanische Bezeichnung für Jesus Christus. Robert hatte die Nase gestrichen voll von dem Katz und Maus Spiel.

»Welche Wunder, Filippo? Welche sind über *Buffi* gemeldet, geprüft und anerkannt worden?«

Sein Assistent seufzte und spähte auf die Geschehnisse, die auf dem kleinen Monitor der Videokamera abgebildet wurden.

»Madonna mio, *Buffi* verlässt das Haus!«, keifte der Italiener.

Robert erkannte sich selbst nicht mehr. Explosionsartig stieß er sich mit dem halb angezogenen Taucheranzug von der Laderampe ab, packte Filippo

---

[53] *Immanuel Kant;* 1724-1804; Philosoph; Begründer vorkritischen und kritischen Denkens

mit beiden Händen am Hals und blickte mit einem zu allem entschlossenen Blick in die samoagrüne Iris seines Assistenten.

»Fortissimo, mio Filippo! Kannst Du Lippenlesen?« hauchte er ihm ganz langsam zu. ›*W e l c h e   W u n d e r?*‹, formten seine rissigen Lippen bedächtig in Filippos Schädelöffnungen. Der Italiener nestelte zitternd an seiner Hosentasche und holte sein Handy raus. Er öffnete die Fotogalerie und reichte Robert das Handy. Der konnte nur ein Bild erkennen, in dessen Mitte Johannes Paul II. deutlich zu sehen war. Am Petersplatz in der Menschenmenge. Nach der Bekleidung zu schließen, konnte es nur der 13. Mai 1981 gewesen sein. Der Tag des Attentats. Aber es war ein Foto, das offenbar noch nicht veröffentlicht worden ist.

»Und?«, fragte Filippo.

»Was und?«, starrte ihn Robert entgeistert an und blickte wieder fragend auf das Display.

Filippo riss ihm das Mobiltelefon wieder aus der Hand, stellte eine Bluetooth Verbindung mit dem Notebook her, hämmerte auf die Entertaste, drehte das Notebook zu Robert und präsentierte ein 15 Zoll Vollbild.

»Und jetzt?«, fragte Filippo wiederholt. »Roberto, was glaubst Du was das ›*I*‹ und das ›*N*‹ zu bedeuten haben, die Du aus *Buffi´s* Namen entfernt hast?« Die leicht glasigen Augen des Italieners hechteten Robert buchstäblich an. Der beugte sich weiter nach vorne, um sicher zu gehen, was er auf dem Bildschirm seines Notebooks sah. Er wusste sofort, was sein Assistent mit dem Hinweis auf ›*I*‹ und ›*N*‹ gemeint hat. Aber er schüttelte ungläubig den Kopf. »Was wäre, wenn Du hinter dem ›*IN*‹ ein ›*RI*‹ anhängst?«, säuselte Filippo und nickte.

»Glaubst Du jetzt an Wunder?«

Im Hintergrund hörten beide das Anlassen eines Autos und spähten ruckartig zur Geräuschquelle. ›*Buffi fuhr los*‹, erschrak Robert und stierte mit geschlitzten Augen auf die Zigarettenschachtel. Die Zeit drängte. Er schmiss Filippo die Tauchausrüstung vor die Füße.

»Los, mach Dich fertig! Über Deine Wunder und das I.N.R.I. sprechen wir noch.«

Robert zog sich die Sauerstoffflasche auf den Rücken und näherte sich dem Ufer. ›*I.N.R.I.?*‹ Er spürte ein mulmiges Gefühl, nachdem er sich hingesetzt und die zweite Flosse über seinen Fußrist gestreift hatte. Kurz darauf stand er bis zu den Knöcheln im dunklen Wasser des Sees und dachte nach, während er wie von unsichtbarer Hand geführt jene Stelle im Fadenkreuz fixiert hatte, an der *Buffi* vor 1 ½ Stunden im See untergetaucht und verschwunden war.

37

Dow Jones

Präsident James Kerry ritt vollgeladen mit Motivation auf seiner Adrenalinwelle über den Flur ins Vorderschiff der Air Force One. Die meditative Rast und die Musik hatten ihn schon nach kurzer Zeit gestärkt. Klar und deutlich hörte er seinen Chefberater durch den Türspalt des Konferenzraums lauthals brüllen.

»Wir sind im Krieg! Das ist ein Attentat auf die Vereinigten Staaten von Amerika.« In flammender Aufregung fixierte Eduard Heller den Chefpiloten Trevor Kindle. Die Nummer Eins der westlichen Welt setzte wie ein Weißkopfadler zur Landung an und erspähte vom Schock geweißelte Mienen, nachdem er die Türe aufgestoßen hatte. Seinem Team stand die blanke Angst ins Gesicht geschrieben. Kerrys Blick streifte unbewusst den großen Bildschirm an der Wand des Sitzungszimmers, von der das Symbol des 20.Jahrhunderts hell erleuchtet heruntergestrahlt hat. Auf dem Tisch standen halbvolle Wassergläser und lagen unsortierte Papierseiten mit Textstellen. Die Anwesenden machten einen zerstörten Eindruck.

»Was ist denn hier los?«, erkundigte sich Kerry.

»Wer ist denn gleich im Krieg? Wegen eines technischen Fehlers einer Drohne sind wir noch lange nicht im Krieg. Wir müssen Ruhe und Übersicht bewahren.« Er blickte jeden einzelnen an und entdeckte ein Pflaster auf der Schläfe von Eduard Heller.

»Wir haben das Attentat offenbar alle unversehrt überstanden.« Der Präsident schielte auf die Uhr. Er war nur 30 Minuten abwesend gewesen. Die Air Force One ist zwischenzeitlich ohne Turbulenzen weitergeflogen. Ausgeruht und gefasst schweifte der Oberbefehlshaber einen fragenden Blick durch die Anwesenden, die stumm dasaßen.

»Welche Schäden hat die Maschine davongetragen?«, fahndete Kerry nach Antworten und ließ keine Zweifel offen, wer nun die Führung im Raum hatte.

»Die Systeme sind alle OK, Sir. Triebwerke, Seiten- und Höhenruder weisen keine Beeinträchtigungen auf. Wir haben auch keinen Luftdruckverlust durch den Riss im Fenster. Solche Kratzer und Dellen auf den Tragflächen hält die Maschine ebenso aus. Außerdem haben wir die Luke zwischenzeitlich abdichten können. Wir sind also ohne Verzögerung im Kurs auf Washington«, antwortete Trevor Kindle.

»Was ist mit der übrigen Besatzung, Stabsmitglieder oder der Scheich und seine Delegation?«

»Ein paar Schrammen«, winkte der Chefpilot ab, »aber nichts Ernstes. Wie es aussieht, haben wir diesen Angriff überstanden.«

»Wieso Angriff?«, erkundigte sich der Präsident bei seinem Chefpiloten. Er wog sich in Selbstsicherheit. »Weiß man etwa schon genaueres?« Kerry lugte Trevor tief in dessen Augen. Insgeheim dachte er: ›*Selbst wenn es durch fremde und gewollte Einwirkung geschehen ist, sollten wir nicht übersehen, welche Gegenwirkung auf unserer Seite gestanden ist.*‹

»Das Pentagon muss trotzdem die Systeme analysieren, wie es zu einer solchen Fehlfunktion kommen konnte, wenn es nicht beabsichtigt gewesen ist«, antwortete Trevor Kindle. »Insbesondere sind da noch die anderen ....«

Kerry wandte sich voller Tatendrang ab und führte spürbar etwas im Schilde.

»Monica?«, fragte er fürsorglich und linste zu seiner Sekretärin. In Ergebenheit deutete die Assistentin ihre Unversehrtheit an. Der Ausdruck ihrer Augen spiegelte gespenstische Besorgnis.

»Da sind nur einige Nachrichten hereingekommen, und ....«, sagte Sie.

»Einen Augenblick noch, Monica!«, sagte Kerry und hinderte sie am Weiterreden. Der Präsident wendete sich zu den Männern des Secret Service.

»Männer! Ich danke Euch vorerst. Gönnt Euren Gliedern eine Ruhepause von den Strapazen.« Kameradschaftlich klopfte er beiden auf die Schulter.

»Ich werde Euch wieder rufen.« Die Sicherheitsleute verließen freundlich nickend das Sitzungszimmer.

»Und Eduard?«, fragte der Präsident.

»Ich sehe, Deine Platzwunde ist versorgt. Sie blutet nicht mehr?« Der Chefberater griff sich auf seine neu bepflasterte Schläfe.

»Nur ein Ritzer,« konstatierte er mit einem gespielten Lächeln.

»So, nun der Reihe nach«, sagte Kerry und schritt hinter den Stühlen zu seinem Vorsitz, wo er Platz nahm. »Ihr macht ja Gesichter, als wären die prähistorischen Einwohner des Jurassic Parks durch dieses Zimmer gelaufen!« Hinter dem Präsidenten strahlte der amerikanische Aktienindex von der Wand und zeigte die imponierende Gewalt seiner ersten 100 Jahre. Doch er wirkte gegen Ende hin sehr zerbrechlich. Als ob das Gerippe des Kapitalismus unter Knochenschwund leiden würde. Er ist das Sinnbild dieses Westens mit seiner Demokratie und dem Geldwesen gewesen. Von hilf- und ziellosen Anführern, die seit vielen Jahren gute Ideen, Unternehmertum und Pioniergeist wie Zitronen mit Steuern, Zinsen, Geheimtreffen und Regeln ausgequetscht haben. Während die US-Verfassung knapp 300 Wörter umfasst hat, haben die Einfuhrbestimmungen für Karamellbonbons in die EU mehr als 13.000 Wörter beinhaltet. Diese Perversion einer freien unabhängigen Welt höhlte wie eine gefräßige Arteriosklerose das Grundgerüst der Demokratie aus. Nirgendwo mehr Einsicht und Vertrauen. Der Dow Jones Aktienindex spiegelte seit 10 Jahren ganz deutlich das Anwachsen eines allgegenwärtigen Misstrauens. Einer Art von sich auflösender Hoffnung. Das erste Jahrhundert war kraftvoll und ohne grobe Unterbrechungen verlaufen. Zumindest erschien es so auf der Graphik. Die schlimmste Depression in den 1930er Jahren wirkte im Vergleich zum Wellenaufkommen des letzten Jahrzehnts wie eine romantische Spazierfahrt bei ruhiger See. Die graphischen Auswirkungen der größten Wirtschaftskrise der Geschichte erschienen zu den heutigen Abwärtsbewegungen wie harmlose Spurrinnen im Asphalt. Aber das Auf und Ab seit der Jahrtausendwende machte irgendwie sichtbar, als ob irgendeine unsichtbare Hand mit dem Aktienindex Jojo gespielt hätte. Der Präsident starrte in seinen entgeistert gestikulierenden Chefberater, der fortwährend auf den Bildschirm deutete.

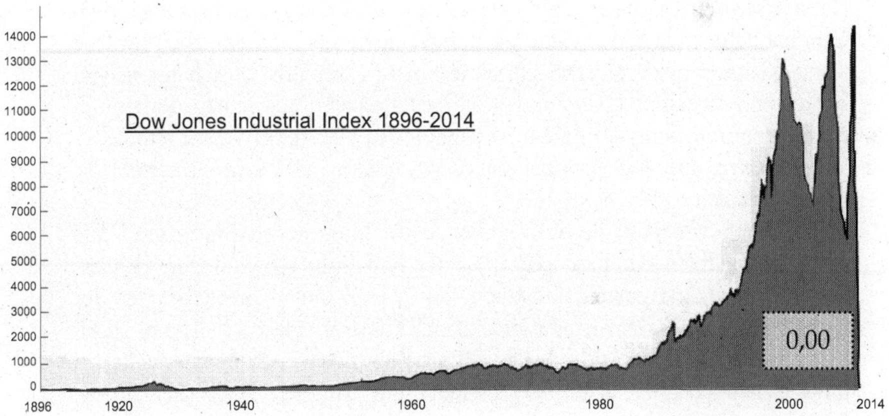

»James!«, sagte er. »Die Nachrichten zeigen den Dow Jones Index mit diesem Kursstand.«

»Ja, aber das tun sie schon sehr lange«, plauderte Kerry desinteressiert drauflos.

»Was soll daran Angsterregendes sein?« Der Oberbefehlshaber blickte sich kurz um. Der Aktienindex prasselte mit dem Anblick einer Schocktherapie von der Bildfläche. Kerry hatte offenbar die Datenübertragung der Kursanzeige ganz rechts unten noch nicht realisiert. Das Zahlengewitter hatte ihn ohnehin nie besonders neugierig gemacht. Ob es jetzt 2 , 3 , 4 oder 10 Prozent hinauf oder hinunter gehen würde, hätte die präsidiale Arbeit keineswegs behindern oder beflügeln können. Schließlich ist es nur eine Graphik gewesen. Er drehte sich stutzig zu seinem lädierten Chefberater.

»Was soll mit dem Kursstand unseres Aktienindex sein?«, fragte Kerry.

Heller deutete nun mit beiden Händen auf den Bildschirm und platzte eine Fassungslosigkeit aus seinem Gesichtsausdruck.

»Diese Graphik zeigt ihn auf Null! Auf NULL, James!« Eduard Heller ist stets ein Mann der Contenance gewesen, aber in diesem Augenblick gafften seine Linsen wie von einem Bulldozer nach außen geschoben auf seinen Boss. Ein Dunkelrot im Gesicht aufziehend, brüllte er los.

»Der US-Aktienindex ist auf dem Weg zum Nullpunkt. Zurück zum Start!«

Nun saugte der Präsident seine Augen doch auf die Null am rechten unteren Bildschirmrand. Die erste Millisekunde brannte sich wie ein Fanal in seine Hirnrinde. Es war ein ökonomischer Atompilz. James Kerry war der erste amerikanische Präsident in der Geschichte, der noch eine wahre Wissenschaft studiert hatte. Keine Zahlenschieber oder Wortverdreher, sondern wirkliche Versuche prägten sein wissenschaftliches Verständnis. Naturwissenschafter haben zum Leben eine andere Beziehung. Schon auf dem Campus hatte er den Wahnsinn nicht verstanden, der sich um irgendwelche Kurse oder komplizierte Verträge gekreist hatte. Zornig riss er sich aus seinem kurzen Schwächeanfall. Gerade war er kraftstrotzend aus seinem Ruheraum gekommen und nun soll ihn ein Aktienindex in Ohnmacht versetzen? *›James Martin Kerry. Du bist der amerikanische Präsident und kein Schwächling!‹*, stachelte er sich auf.

»Aber ich verstehe die Aufregung nicht, Eduard«, erwiderte er. »Was interessieren mich ein paar Börsenmakler mit ihren schwindligen Zahlen? Denk doch an die ganzen Einstürze seit 9/11, Lehman Brothers oder der Herabstufung unserer Kreditwürdigkeit. General Electric, Apple, IBM, McDonalds, Coca Cola oder Microsoft arbeiten doch noch immer weiter in ihren Gebäuden und haben die Maschinen am Dampfen. Also, was soll die Panik?«, sagte er und demonstrierte seine Unbeugsamkeit gegenüber Kursdaten.

Eduard Heller sammelte die durcheinander liegenden Blätter am Tisch zusammen. »Lehn dich zurück«, sagte der Chefberater und ordnete die Blätter nach einer Reihenfolge. Mit dem Mittelfinger pochte er auf das oberste Dokument.

»Ich habe mit dem Chef der Börsenaufsicht gesprochen«, sagte Heller und blickte auf die Armbanduhr.

»Unsere Börsen öffnen zwar erst in zwei Stunden, aber nur der vorbörsliche Handel zeigt schon ein Minus von 20 Prozent. Wir sind also auf dem Weg zu diesem Nullpunkt, der auf dieser eigenartigen Nachricht angekündigt wird.«

»Noch einmal Eduard! Ob der Scheißaktienindex 10, 20 oder 100 Prozent verlieren wird, ändert nichts an der Realität, dass die Menschen in diesen Unternehmen arbeiten«, donnerte Kerry gereizt.

»Diese Null da oben fährt heute früh doch weiterhin zur Arbeit? Was soll ich also mit der Auskunft von der Börsenaufsicht anfangen? Die Realität ist nicht Null und wird *nicht* Null werden!«, grunzte der Präsident.

»Was Du hinter Dir siehst, ist die Graphik des Dow Jones Index mit einer kerzengeraden Kurslinie nach unten.« Eduard Heller war über die Reaktionen seines Bosses entgeistert.

»Ja, und? Was weiter?«, zischte Kerry, der sich von der Graphik noch immer nicht beeindrucken lassen wollte.

»Diese Graphik ist mit einer Videodatei verschränkt worden und heute um exakt sieben Minuten nach sechs Uhr morgens an alle US-Geheimdienste übermittelt worden. Was Du also siehst, ist nicht bloß eine Nachricht oder ein Kurs, James.« Empört streckte Heller den Finger auf die Abbildung des Aktienindex.

»Der Dow Jones ist nicht irgendein gealterter, britischer Schlagersänger, der keine Hits mehr produzieren kann. Das, was Du siehst, ist in dieser Weltlage eine der gefährlichsten Drohungen, die man sich vorstellen kann. Eine Drohung dieser Art ist eine Kriegserklärung gegen unser Volk.«

38

Operation Peso-Shield

An der Grenze zum Tobsuchtsanfall stand der IT-Chef Jim Gordon neben der Bürotüre seines Chefs und rang mit seiner Fassungslosigkeit über die Absichten von Bob Glimmer, irgendwelche Bilanzdaten aus den Systemen verschwinden zu lassen. Die Wut über solche Tricks, zu denen ihn Bob verführen wollte, kroch durch seine Glieder. Sein Boss erfasste die Situation blitzschnell und begriff, dass er versöhnliche Töne anschlagen musste. Ohne seinen Sicherheitsexperten wäre die Bank in dieser Lage ohnmächtig. Bedächtig setzte Bob Schritt für Schritt voreinander und näherte sich Jim. »Komm, setz Dich«, forderte er ihn mit einer Armbewegung höflich auf.

»Jimbo! Wir kennen uns jetzt schon seit fast 18 Jahren und haben gemeinsam in der Bank begonnen.« Kumpelhaft klopfte Bob seinem IT-Chef auf die Schulter.

»Zerbrich Dir nicht den Kopf über das Kundenvermögen oder irgendwelche Bilanzpositionen.«

»Ich soll mir nicht den Kopf über die Ersparnisse amerikanischer Bürger zerbrechen?« Stechendes Blickes fixierte Jim seinen Boss. »Soweit ich mich erinnern kann, ist das doch immer meine Arbeit gewesen.«

»Ach«, winkte Bob genervt ab. »Ja sicher, Jim! Aber für die Anlegergelder gibt es ohnehin den FDIC«, erwiderte er.[54]

›*Der Einlagensicherungsfonds der Regierung?*‹ Jim witterte abermals das Herannahen einer schamlosen Tücke. Bob winkte mit der Hand beschwichtigend ab. »Solche Verluste sind außerdem durch die Versicherungspolizzen gedeckt. Nötigenfalls wird die Notenbank uns auch nicht hängen lassen.«

»Nur bei Lehman Brothers hat sie das nicht getan?«, murrte Jim bissig und presste seine Augäpfel zornig zu Bob.

»Seit damals haben die Bevölkerungen des Westens angefangen, die traditionsreiche Branche meines Arbeitgebers anzuprangern, weil sie sich als schamlos herausgestellt hat!« Jimmy zählte sich selbst auch dazu.

»Eure Versicherungspolizzen haben auch nicht mehr Vertrauen in das System gegossen, weil diese Institute genauso mit drin hängen und keine Notenpressen im Keller haben.« Jim spielte auf die AIG an. »Wenn dem Staat jetzt schon mehr als 80 Prozent der größten Versicherung der Welt gehören, sind die ganzen Versicherungspolizzen im Grunde nur mehr durch Steuern der Bürger gedeckt und durch sonst gar nichts. Dann haben wir Allgemeineigentum und sind auf dem besten Weg in den Kommunismus. Was ergibt das denn für einen Sinn? Die Leute werden begreifen, dass ihre größte und zuverlässigste Sicherheit nur mehr *sie selbst* sind, und dann werden sie einen Ausweg suchen.« Jim ließ sich von der angeblichen Sicherheit, die die Allgemeinheit aus der Unternehmensgröße einer Versicherungsgesellschaft oder Bank gerne so leichtfertig geschlossen hat, nicht mehr täuschen. Welchen Wert hat eine Polizze gehabt, wenn die Versicherung den Schaden nicht mehr zahlen konnte? Bob spielte theatralisches Verständnis für Jimmy.

»Unsere Polizzen decken Schäden aus Raub- oder Überfällen nur bis zu maximal 30 Prozent. Und der Einlagensicherungsfonds streckt auch nicht mehr als 20 Prozent vor.« Mit einem tiefen Seufzer ließ sich Bob in seinen Stuhl sacken und spielte so, als ob er persönlich ein Opfer geworden wäre. »Das heißt von fast 200 Milliarden US-Dollar müssten wir die Hälfte aus unserer eigenen Tasche bezahlen.« Bob starrte hilfesuchend zu Jim.

»Es würde uns das Genick brechen, wenn wir die gesetzlichen Eigenkapitalgrenzen unterschreiten und unter die Käseglocke des Gläubigerschutzes müssten.« Mit seiner schleichenden Raubtierrhetorik fiel

---

[54] *Federal Depost Insurance Corporation;* US-Sicherungsfonds für Spareinlagen

der Vizeboss der Bank über die Vernunft seines IT-Chefs her. »Jim, wir brauchen doch keine Menschenschlangen vor unseren Schaltern. Unsere Patronatserklärungen für die Tochterunternehmen wären platt. Die Forderungen des Interbankenmarktes müssten abgeschrieben werden. Kannst Du Dir den Dominoeffekt vorstellen? Das wäre ein zweites Lehman-Desaster.«

Jim beäugte ihn einsichtig. ›*Er könnte Recht haben. Bei ein paar hunderttausend Immobilienspekulanten lässt sich das einigermaßen erklären. Aber die Nation wegen eines ungeklärten EDV-Problems nochmals in eine Bankenkrise zu stürzen, wäre außer Verhältnis. Das würde man verhindern müssen solange es gehen könnte. Zeit gewinnen und die Sache in Ruhe ungestört aufklären!*‹, dachte Jim diskret über die Folgewirkungen nach.

»Es gibt da eine wichtige Frage zu klären«, sagte Bob und forderte Einsicht.

»Welche?«, erkundigte sich Jim.

»Sind die Wertpapier- und Aktiendepots auch geräumt worden?«

»Nein!«

»Das heißt, unser Vermögen ist noch vorhanden. Bloß die Kontostände der Anleger sind weg. Wer immer das gewesen ist, hat uns also im Grunde kein Haar gekrümmt, sondern den Anlegern!«

»Du meinst, wir haben gar nichts verloren, was wir ersetzen müssten?«

»Noch nicht, Jimmy. Noch nicht!«

»Was bitteschön meinst Du mit noch n....?«

»Slow down, Jim. Du kannst Dich sicher noch gut an Operation Peso-Shield erinnern?« Jim quittierte die Frage mit einem Achselzucken.

»Denk nach...«, sagte Bob und wartete. Dann wedelte er mit der Hand. »Klingelt es? Damals, als sich der mexikanische Peso über das Jahr 1994 Schritt für Schritt entwertet hat?« Schließlich dämmerte es Jimmy.

»Ja, wir hatten damals diese beiden Konten als Fehlbuchung aufzulösen!«

»Das ist keine Fehlbuchung gewesen!«, berichtigte Bob.

Ermattet registrierte Jim die heranschleichende Identität einer Flipperkugel. Vor nicht einmal zwei Stunden ist er hilflos vor einem übermächtigen Gegner gestanden. Und jetzt fühlte er sich als wehrloser Spielball. Eine Eisenkugel, die ohne der geringsten Chance auf Selbstbestimmung auf einem abschüssigen Spieltisch mit gummiüberzogenen Schleuderhebeln durch Hindernisse navigiert wurde. Nur, damit er für die anderen Punkte sammeln konnte.

»Ach so?«, horchte er und spitzte die Ohren. »Was war es dann, wenn es keine Fehlbuchung gewesen ist?«

Bobs Handbewegungen wirkten befriedend. »Die mexikanische Regierung hat uns Mitte 1993 um die Finanzierung von Waffenlieferungen gebeten, die sie im Kampf gegen das organisierte Verbrechen benötigt haben. Sie haben damals 2 ½ Milliarden Dollar gebraucht, haben aber mit einem schwachen

Peso kämpfen müssen, dessen Kurs an den harten US-Dollar gebunden worden ist und haben eine Verschuldungsexplosion verzeichnet gehabt.«

»Und?«, sagte Jim.

»Es ist nur eine Frage der Zeit gewesen, bis sie ihren Währungskurs aufgeben haben müssen. Der Dollar ist zu hart gewesen. Hinzu ist gekommen, dass Mexikos Zentralbank zu geringe Sicherheit anzubieten hatte. Sie haben kaum Devisenreserven in den Büchern gehabt. Da haben wir ihnen unsere Bedingung genannt.« Der Vize vergrub seine Hände in beiden Hosensäcken.

»Ihr habt der mexikanischen Regierung und Notenbank *Eure* Bedingung genannt?«, blickte Jim auf und wartete auf weitere Erklärungen. »Wofür habt ihr Bedingungen genannt?«

»Wir haben ihnen aufgetragen, den Peso über das Jahr 1994 wöchentlich um 0,7 bis 1,0 Prozent gegenüber dem Dollar abzuwerten.« Jimmy rechnete diese Staffelung auf ein ganzes Jahr hoch.

»Pro Woche 0,7 bis 1,0 Prozent Abwertung? Das heißt, Ihr habt verlangt, die Kaufkraft von ganz Mexiko gegenüber den USA um fast die Hälfte zu reduzieren!«, konstatierte Jim etwas rappelig. »Mit welchem Recht?«

»Wir haben uns mit zigtausend Short-Positionen auf einen fallenden Peso mit Ablauftermin Jänner 1995 eingedeckt. Gleichzeitig sind....«

»Diesen Mist mit Euren Short-Positionen durchblicke ich nicht?«, [55] bohrte Jim nach.

»Das müsstest Du aus der Krise von 2008 eigentlich noch wissen, als die Börsenaufsicht den Handel mit Shorts für 14 Tage verboten hat«, erwiderte Bob. Jims Augen feuerten ein Geschwader von Fragezeichen zu Bob. Jimmy erinnerte sich an die Verbote in den EU-Staaten, die noch nicht so lange zurückgelegen sind. Im Jahr 2011 hatte man in Europa angefangen, die Spekulationen auf fallende Kurse zu verbieten, damit Staaten und Währungen nicht zur leichten Beute werden haben können. Aber Jimmy ahnte in Bobs ersten Andeutungen eine listige Manipulation des Marktes. Bob setzte fort.

»Wenn Deine Erwartungen negativ sind, setzt Du natürlich auf fallende Kurse«, erklärte der Vize-Chef und wühlte aufgeregt in seinen Hosensäcken.

---

[55] ***short selling*** (Leerverkauf). Bei einem Leerverkauf verkauft der Investor heute Papiere oder Rechte, die noch nicht in seinem Besitz stehen und verpflichtet sich zu einem späteren Termin die Papiere oder Rechte tatsächlich zurück zu kaufen. Ziel der Transaktion: Der Investor erwartet einen Kursverfall und möchte davon profitieren. Dadurch, dass er die Papiere zum heutigen Preis verkauft, die er noch nicht besitzt, erhält er einen höheren Kurs, als zu einem späteren Zeitpunkt, zu dem er die Papiere dann kaufen muss. Die Differenz zwischen dem heute erzielten (höheren) Verkaufspreis und dem später zu zahlenden (niedrigeren) Kaufpreis ist der Spekulationsgewinn.

Jimmys Fragezeichen feuerten noch immer aus seinen Augen zu Bob.

»Schau nicht so verdutzt! Wir haben der mexikanischen Regierung nur angewiesen, den Peso abzuwerten und haben vorher die Shorts gekauft, um am fallenden Kurs zu verdienen. Gleichzeitig sind die mexikanischen Schuldverschreibungen ebenso im Kurs gefallen und waren Ende 1994 um nur die Hälfte zu haben. Ich sage Dir, wir haben uns eingedeckt mit Papieren. Natürlich haben wir gewusst, dass nichts Schiefgehen kann und uns der Deal das 3fache an Reingewinn von dem einbringen könnte, was wir an Kredit an Mexiko vergeben würden.«

»Wie habt Ihr das vorher wissen können, Bob?«

»Finanzmärkte funktionieren nach einem Kausalitätsgesetz.« Bob grummelte rechtfertigend vor sich hin. *›Dafür kann ich auch nichts‹*, dachte er.

»Ihr habt also nicht nur von der Abwertung der mexikanischen Währung gewusst, sondern auch von der Abwertung der mexikanischen Staatsschuldverschreibungen?«

»Das lag doch alles auf der Hand. Mexiko hätte alleine 1995 mehr als 30 Milliarden US-Dollar Schulden zurückzahlen müssen. Davon 10 Milliarden im ersten Quartal. Sie hatten aber nur Devisenreserven von sechs Milliarden US-Dollar. Wären sie den Verpflichtungen nicht nachgekommen, hätte sich der wirtschaftliche Schmelzvorgang laut US-Finanzminister Rubin weiter beschleunigt.[56] Massenarbeitslosigkeit, Hyperinflation und eine tiefe und lang anhaltende Rezession wären die Folge gewesen. Regierungen, Privatinvestoren oder Finanzinstitutionen hätten kein neues Geld mehr in Mexiko investieren wollen.« Jim stöhnte unter der Last dieser unmoralischen Geschäftspraktiken einer gesteuerten Welt durch Forderungen, Verbindlichkeiten und Geld.

»Vergiss nicht«, erwiderte Bob. »Mexiko ist der drittgrößte Handelspartner der USA gewesen. Wenn das Land unsere Produkte nicht mehr kaufen hätte können, hätten unsere heimischen Unternehmen gelitten. Außerdem hat die Gefahr bestanden, dass die illegale Einwanderung in die USA um +30 Prozent angestiegen wäre. Die Aktivitäten der Drogenkartelle hätten in einem verarmten Mexiko auch zugenommen. Und das Vertrauen in die übrigen Schwellenländer von Südamerika wäre bei den weltweiten Investoren in Ungnade fallen. Aber auch in jenes von Südafrika, Russland oder Osteuropa. Das sind Regionen gewesen, um deren Modernisierung sich die US-Regierung damals bemüht hat. 40 Prozent der US-Exporte sind in diese Märkte geliefert worden. Das hätte nicht einbrechen dürfen. Mexiko hat im Jänner 1995 eine Lebenserwartung von etwa 48 Stunden gehabt.«

---

[56] *Robert E. Rubin,* US-Bankier und US-Finanzminister von 1992-2000. Arbeitete bei der US-Investmentbank Goldman Sachs

»Lebenserwartung?«, flauste Jim genervt.

»Du sprichst von unserem Nachbarland wie von einem todkranken Patienten.«

»Jim, das sind die Finanzmärkte«, beschwichtigte Bob und dachte an die britische Barings Bank, die einen Monat später durch Spekulationen von Nick Leeson mit sieben Milliarden US-Dollar Schaden an die Wand gefahren worden war. Heute war Leeson ein beliebter Gastredner, der hunderttausende Dollar pro Auftritt kassierte, wenn er nur über seine Zockerei auf den japanischen Aktienindex erzählt hat.

»Was soll das heißen, so sind die Finanzmärkte?«, rumpelte Jim. Bob hob begütigend die Arme.

»Was regst Du Dich auf. Wenn eine Landeswährung nicht aufhört schwächer zu werden, blutet das Land und das Volk aus. Wenn wir damals nicht geholfen hätten, wäre ein weltweiter Flächenbrand ausgebrochen, der alle Länder mit schwachen Währungen mitgerissen hätte. Möglicherweise sogar auch die westlichen Märkte für einige Zeit. Das bedeutet: Man hat Mexiko über Nacht unbedingt retten müssen.« Jim hielt den Atem an und ließ den Oberbanker seine Ausführungen fortsetzen.

»Der Direktor des Internationalen Währungsfonds hat damals mit Präsident Clinton ein Hilfspaket geschnürt.[57] Zusammen mit der Weltbank und den kleineren Beträgen anderer Länder sind in einer Nacht 40 Milliarden Dollar zusammengesammelt worden.« Bob ließ sich in seinen Stuhl sacken und musterte Jim. »Wir haben gewusst, dass die US-Regierung auf den IWF ausreichend Druck ausüben konnte, wenn sie es gewollt hat. Es hat nicht einmal sieben Monate gedauert, bis sich Mexiko wieder erholt hat. Mit unseren Kontrakten auf den fallenden Peso und den billigen Schuldverschreibungen, die wir dann ein Jahr später mit doppeltem Wert wieder verkauft haben, haben wir in nicht einmal 12 Monaten über fünf Milliarden verdient. Natürlich hat Mexiko auch den Kredit zuzüglich Zinsen pünktlich bezahlt.«

Jim blickte Bob schockiert an. »Willst Du damit andeuten, dass Ihr durch Eure Bedingung einer manipulierten Abwertung fast die ganzen Devisenmärkte angezündet hättet und einen Flächenbrand in Kauf genommen habt? Wegen eines Kredites, der nicht einmal 0,25 Prozent unserer Bilanzsumme ausgemacht hat?« Blankes Entsetzen entlud sich aus der Mimik des IT-Chefs.

»Ihr hättet einen Infarkt herbeigeführt, von dem sich ärmere Länder erst nach 10 Jahren wieder erholen hätten können?«

»Moment«, sagte Bob und beschwichtigte die Kostenverteilung des Deals.

---

[57] *Michel Camdessus,* Direktor d. Internationalen Währungsfonds von 1987-2000

»Bezahlt wurde alles aus den Steuergeldern anderer Länder, die ihre Beiträge in den Internationalen Währungsfonds berappt haben.«

»Das ist eine perverse Definition von Erfolg«, erwiderte Jim. »Ich nehme an, dass das die Beträge waren, die wir damals als Fehlbuchung aus dem System löschen mussten.« Jimmy wurde immer griesgrämiger und hatte ernsthafte Mühe die Haltung zu bewahren.

»Business as usual, Jim!«

»Business as usual?«, fauchte er und fuchtelte wild mit der Hand herum. »Da werden ganze Volkswirtschaften sabotiert, manipuliert und ausgebeutet, wie eine Auster, aus der man sich die Perle herausnimmt und anschließend wegwirft.« Entrüstet prustete er seine Enttäuschung aus seinen Eingeweiden.

»Also, ich versuche bislang noch immer stolz auf meinen Arbeitgeber zu sein. Aber mein Problem ist derzeit ein anderes. Uns sind heute Nacht 27 Millionen Konten abhanden gekommen«, wurde Jimmy sichtlich ungeduldig.

»Wir haben die Einlagegelder dieser Konten doch nicht verloren«, korrigierte Bob. »Sie sind auf der Aktivseite der Bilanz in Krediten und Wertpapieren veranlagt. Es ist also nichts abhanden gekommen.« Bob fixierte den erwartungsvollen Blick seines obersten IT-Wachhundes.

»Mache es wie damals und lösche diese Guthaben. Aber so, dass es wie die Folgewirkung der Attacke aussieht. Ich bräuchte auf der Passivseite nur einen Gläubiger zu fingieren, dem wir die hundert Milliarden tatsächlich überweisen!«

Das ohnehin schon mulmige Gefühl, mit dem Jim das Büro betreten hatte, fiel wie ein gestrandetes U-Boot am Abgrund eines ozeanischen Grabens schlagartig in abgrundtiefe Niederungen der Finsternis. Bob versuchte doch ernsthaft ein zweites Mal, ihn zu einem Betrug zu überreden. Nachdem Jim erfahren hatte, dass das globale Abhörsystem der Regierung mit dem Kontenzugriff in irgendeiner Verbindung stehen könnte, bekam er nun die nächste Abreibung. Betreten blickte er seinem Boss in die Augen und glaubte zum ersten Mal in seiner Laufbahn, einer Geldgier gegenüberzustehen, die von jeglicher Rücksicht losgelöst worden war. Einer wandelnden Lüge, von denen sich tausende im Nadelstreif durch die Titelblätter der Magazine und Vernissagen wie Wanderpokale weiterreichen ließen. Die beste Lüge wurde mit Medaillen prämiert. Das waren die Auszeichnungen in der Welt der Wortverdreher und Rechenschieber. Plötzlich erinnerte er sich an die Worte seines Vaters, der schwer verwundet vom Vietnamkrieg heimgekehrt war. *›Jim, das amerikanische Volk wurde angelogen. Was im Golf von Tonkin geschehen ist, war nur der manipulierte Grund, um den Vietnamkrieg zu rechtfertigen. Alles wurde manipuliert!‹* Auch für den Irak hatten die US-Militärs 30 Jahre später nach jungen Rekruten mit dem Slogan geworben: *›Jede Generation hat ihre Helden. Diese ist nicht anders!‹* Für einen Plan, eine Mission und ein Ziel. Jim wusste aus zahlreichen Dokumentationen, dass auch eine demokratische Regierung jede Debatte über Wahrheit oder Unwahrheit dominieren konnte. Mit der Doktrin, dass die Öffentlichkeit nicht über alles Bescheid wissen musste, ist auf der ganzen Welt regiert worden. Ob Guatemala 1954, Libanon 1958, Kongo, Laos, Brasilien, Panama, Kambodscha, Chile, Bolivien, Somalia, Jugoslawien, Sudan, Jemen oder Haiti. ›*Überall führten die USA weniger einen Verteidigungskrieg als einen ökonomischen Kolonialismus. Wir gehen dorthin, um freie Märkte zu schaffen. In Wirklichkeit geht es darum, dass US-Firmen in diesem Land reich werden!*‹, hatte sein Vater zu ihm gesagt. Das war wenige Wochen vor seinem qualvollen Tod gewesen, der sich aufgrund der Verletzungen durch die chemischen Waffen über drei Jahrzehnte dahin geschleppt hatte. Über 40 komplizierte Operationen musste Jims Vater über sich ergehen lassen. ›*Jim! Die Kontrolle über Öl ist unerlässlich. Ohne Öl gibt es keine Armee und kein Militär. Und ohne Militär ist die letzte Supermacht zahnlos. Der Schah von Persien wurde 1953 durch einen Militärputsch gegen Mossadegh an die Macht gebracht. Die CIA hatte die Fäden gezogen. Weil es ums Öl gegangen ist. Als man den Schah 1979 durch die Revolution von Khomeini ins Exil gejagt hat, ist eine noch größere Energiekrise 1980 gefolgt. Es ist also immer um die Ressourcen gegangen, mit ihnen hatte man die Macht. Rohstoffe bestimmen die Entscheidungen der Weltpolitik!*‹

Jim dachte kurzerhand an den Erfahrungswert von älteren Generationen, die einen Krieg noch hautnah und lebensecht miterlebt hatten. Kein Krieg, der auf Monitoren abgelaufen war. Es war eine aussterbende Generation, deren Verlust ihm Angst einjagte, weil sich ein kollektives Gedächtnis nicht über Filme, Bücher, Erzählungen oder Dokumentationen bilden konnte. Weil der Mangel eines gemeinsamen Schmerzerlebnisses zwangsläufig zu der Bereitschaft geführt hatte, in der Folgegeneration den Bürger wieder in die Irre zu führen. Weil das moralische Wertemodell, das die Vorgeneration gelernt und geschaffen hatte nicht nur theoretisch verloren gehen konnte, sondern auch verloren gegangen ist. Nicht, weil die Geschichte über Demokratie und Macht des Volkes eine Mär gewesen war. Es hatte noch einen anderen Grund. Zum Beispiel England im August 2011: Der britische Premierminister Cameron war mit massiven Vorwürfen konfrontiert worden, dass er zuwenig hart gegen die jugendlichen Rebellen vorgegangen war. Cameron war mit der Tatsache belastet gewesen, dass sich Krawalle von arbeitslosen Jugendlichen von London über Manchester bis Birmingham und Liverpool innerhalb einer Woche ausgebreitet hatten und ihre Wutausbrüche und Plünderungen über den Blackberry organisiert hatten. Es war das einzige Modell eines Mobiltelefons, das eine codierte Software gehabt hat, zu der die Staatsgewalt damals keinen Zugriff hatte. Noch in der selben Woche war das Gerät im Handel verboten und radikale Bestrafung war angekündigt worden. Die Macht des Volkes ist über die parlamentarische Demokratie soweit verschoben worden, dass sie ohne den Volkszorn gar nicht mehr umsetzbar geworden war. Egal, wo man hingeblickt hatte, der Staatsapparat wehrte sich mit allen Mitteln gegen das Misstrauen und den Frust, der ihm entgegengeschleudert wurde. In diesem Vorgehen hatte er sich nicht merklich vom Vorgehen der arabischen Machthaber unterschieden. Im Herbst 2011 hatte man die ersten Demonstranten verhaftet, die sich vor der Wall Street gegen die Diktatur des Geldsystems aufzulehnen begonnen hatten. Aber die Demokratie hatte in der Vergangenheit viele Opfer verlangt und sie würde es auch in Zukunft tun müssen. Macht hatte letztlich nie das Volk, sondern immer der Staatsapparat. Das hatte diese Form von Demokratie bewiesen. Nicht zuletzt deshalb, weil jeder solange in den Futternapf fassen wollte, solange er in der ersten Reihe ganz vorne gestanden ist und über Steuergeld verfügen konnte. Bob fixierte seinen IT-Experten. Jim wiederholte seine Worte mit zittriger Stimme.

»Nein Bob, Du bist eindeutig verrückt und da mache ich unter Garantie nicht mit!« Jimmy ging plötzlich eine Entscheidung durch den Kopf, die ihn schon länger belästigt hat. Sein Gesundheitszustand, seine Lebensfreude, sein Glücksempfinden, Seelenruhe, Kontakte zu Freunden und Familie. Nichts mehr davon ist übrig geblieben. Sein Hirn musste hinter blaugeränderten Augenringen 24 Stunden am Tag funktionieren und alles auffangen, aber das Herz war taub geworden. Das eine hatte er verloren und das andere ergab für ihn keinen Sinn mehr. Mit stoischer Gelassenheit warf er seinem Boss einen herablassenden Blick entgegen und zog ein schadenfrohes Grinsen bis zu den Ohren.

»Sieh doch selbst, wie Du mit Deinem Scheiß fertig wirst. Ich kündige!« Jimmy Gordon quittierte nach 17 Jahren abrupt seinen Dienst bei der Bank.

39

Der Fall der Giganten

Jims Aufregung schaukelte sich bis zum Überschwappen hoch. Blitzschnell fächerten sich noch einmal die Ereignisse der letzten Stunde vor seinem geistigen Auge auf. Bob hatte ihn doch tatsächlich ein zweites Mal anstiften wollen, an Bilanzmanipulationen mitzumachen. Ihm kam sofort Ernst & Young in den Sinn. Als einer der größten Wirtschaftsprüfer hatte Ernst & Young die Bilanzen der Lehman Brothers Investmentbank begutachtet. Im Nachhinein hatte ihnen die amerikanische Justiz Mitwirkung an

Bilanzfälschungen vorgeworfen, weil sie als Bilanzprüfer die wahren Schulden der Pleitebank vertuscht hatten. Kreditbürgschaften waren mit speziellen Methoden entfernt worden, um die Öffentlichkeit über die Vermögenssituation zu täuschen. Begonnen hatten diese Malversationen schon sieben Jahre vor dem Lehman-Bankrott. Man hatte die *Repo 105 Methode* verwendet.[58] Bilanzierungsmethoden, die jedoch von Volksvertretern unter dem Druck der Bankenlobby schon Jahre vorher gebilligt worden waren. Das Konzept war einfach gewesen. Für ein paar Tage waren faule Kredite gegen geringe Bezahlung an andere Banken in Europa verkauft worden. Nach dem vierteljährlichen Bilanzstichtag sind die Kredite dann wieder in die Bilanz zurück gebucht worden. Wie ein Mörder, der einem Freund die Tatwaffe für einige Tage zum Verstecken übergeben hatte und sie nachher wieder abgeholt hat, nachdem bei ihm alles durchsucht worden war. Die Repo 105 Methode war nur eine von Winkelzügen, die sich die Politiker und Lobbyisten vorher ausgesprochen hatten. Bis die Bombe geplatzt war. Während Lehman zuvor nur 100 Millionen Dollar Schulden in der Bilanz ausgewiesen hatte, waren es am Tag des Bankrotts plötzlich über 600 Milliarden Dollar gewesen. Das 6.000-fache! Alle Honorare, die Ernst & Young für die Beratung in über 10 Jahren von Lehman Brothers erhalten hatte, hätten vom Staat zurückgefordert werden sollen. Das alleine waren mehr als 100 Millionen Dollar gewesen. Wo man als Bürger hingeblickt hatte, sah man die Eliten an ihrem Werk. Auch die Deutsche Bank hatte an die US-Justiz über 550 Millionen Dollar gezahlt, um außergerichtlich einen Schlussstrich unter die jahrelangen Steuerermittlungen zu ziehen. Die Schweizer UBS hatte sogar 800 Millionen Dollar bezahlt, um einem Prozess aus dem Wege zu gehen. Doch die Staaten hatten sich das Geld in Wahrheit von den Bürgern geholt. Denn die Banken hatten kein Geld mehr. Ein eingeschworenes System, das dubiose Zahlungen oder Schuldenverheimlichung zur Regel gemacht hatte. Hochgelobte und jahrelang angebetete Manager, die Aktienoptionen verkauft und gekauft hatten. Martin Hankberg von AIG war nur die Spitze des Eisberges. Aufträge gegen Schmiergelder und Korruption hatten zum Tagesgeschäft gehört. Vertuschungen in Wirtschaftskreisen, Politik und Justiz. Aber auch Fehlurteile der Justiz waren jahrelang verschwiegen und geheim gehalten worden. Aus Gründen der Staatsräson. Junge Menschen, die als Kinder von Kirchenvertretern missbraucht worden waren, wurden mit ihren Beschwerden und Schadenersatzforderungen von zahlreichen Gerichten jahrelang schikaniert. Man spürte seit dem Ausbruch der Krise vor sechs Jahren in 2008,

[58] *Repo 105 Methode;* Mit ihrer Anwendung übernimmt eine andere Finanzinstitution faule Finanztitel, damit der ursprüngliche Inhaber der Titel seine Quartalsbilanz bereinigen kann. Dem Generalstaatsanwalt Coumo zufolge übernahmen europäische Banken solche faulen Titel für einige Tage von Lehman Brothers gegen Bezahlung.

dass das System immer undichtere Stellen bekommen hatte. Die Neugierde des Volkes über die Hintergründe an ihrem Herrschaftssystem war in höllischem Tempo gewachsen. Das Eindringen in die Datenarchive der westlichen Regierungen hatte die Beweggründe aufgezeigt. Wie bei Wirtschaftsprüfern, Banken, Fonds, Konzernen oder erzbischöflichen Diözesen waren Vertuschungsoperationen auch in den Regierungen vorgenommen worden. Nach den Aufdeckungen von Wikileaks war man vor einer großen ethischen Frage gestanden: *›Gilt für den Aufdecker in der Demokratie das Kompensationsgebot des favor defensionis? Ist der Datendiebstahl geheimer Regierungsdokumente ein schwerwiegenderes Delikt als der Verrat an der Demokratie und dem Volk, den die bestohlenen Regierungen in Wahrheit begangen hatten? Soll man wirklich diejenigen bestrafen, die erst durch ihre strafbare Handlung eine andere vielleicht noch größere strafbare Handlung aufdecken konnten? Wäre die Aufdeckung des Skandals als Wirkung entfallen, wenn ihr Auslöser - der Datendiebstahl - nicht durchgeführt worden wäre?‹* Das Dilemma an der Beantwortung dieser Frage ist gewesen, dass sie alle gleichzeitig entlarvt worden waren. Staatsmacht und Geldmacht. Justiz, Politik und Finanzwesen. Schließlich nahm sich der Staat genauso das Recht, seine Bürger über den großen Lauschangriff mit allen Mitteln abzuhören, wenn er sich ein Beweisergebnis davon erwartet hat. Westliche Regierungen hatten sogar gestohlene Bankkontodaten aus Liechtenstein oder der Schweiz gekauft, um Bürger zu verfolgen und zu bestrafen, die sie der Steuerhinterziehung für verdächtig gehalten haben. Das Mittel für die Aufklärung von Verbrechen gegen den Staat ist heilig gewesen. Abhör- und Überwachungsmethoden waren zu diesem Zweck gesetzlich gebilligt worden. Ungesetzlich wären sie nur dann gewesen, wenn sie keine konkrete Verdachtslage begründen konnten. Legal sind sie dann geworden, wenn eine solche Verdachtslage begründet werden konnte. Der Staat durfte also nicht nur ungesetzliche Handlungen setzen, um andere ungesetzliche Handlungen aufzudecken, sondern er durfte das Diebesgut sogar um Millionen öffentlich kaufen; und hat auch noch damit geprahlt. Aber warum sollte dann der private Aufdecker keine aufklärende Handlung setzen dürfen, wenn er ebenso eine konkrete Verdachtslage schon allein durch das erbrachte Beweisergebnis begründen konnte? Es waren zwei ungleich große Kreise mit ein und demselben Radius gezogen worden. Das war aus dem System geworden, das sich in die Demokratie eingenistet hatte. Hätte ein kranker Familienvater vom Lande in seinem Schuppen geheime Folterungen an anderen Menschen durchgeführt, weil er sie in seiner Wahrnehmung als Feinde erklärt hatte, wäre er mit grellem Blaulichteinsatzkommando wenige Stunden später festgenommen worden, nachdem er sein Buch veröffentlicht hätte, in dem er zugegeben hätte, Folterungen angeordnet und durchgeführt zu haben. Bei George W. Bush war das anders gewesen. Bei ihm wurde durch kein Gericht ein Gutachten von einem Sachverständigen Psychoanalytiker in Auftrag gegeben, der bei Bush möglicherweise eine schwere schizoaffektive Psychose festgestellt hätte. Die Herrscher des Westens hatten immer nur auf die Zensur der anderen mit dem ausgestreckten Finger gezeigt, nur niemals auf ihre eigene Verdunkelungstaktik. Dieses Verhaltensmuster war mit den Nadelstreifakrobaten im Finanzsystem verwandt gewesen. Wo das Geld hergekommen war und wo es hin geflossen ist, dort war gedreht und gebogen worden, damit nichts durchdringen konnte. Aber seit der Finanzkrise hatte das Blatt begonnen, sich langsam zu drehen. Man hatte noch zuwenig stichhaltige Beweise über die dunkelsten Zusammenhänge und Machenschaften in der Demokratie. Doch das Volk hatte in solchen Weltlagen immer ein sehr feines Gespür und hatte empfindlich alles im Unterbewusstsein registriert. Unruhen, Krawalle, Demonstrationen, Streiks und Tote vom Norden bis zum Süden Westeuropas waren die ersten Vorläufer gewesen. Es begann immer mit denen, denen die Zukunft gehört hat und die gleichzeitig zu spüren begonnen haben, dass man ihnen ihre Zukunft mit Lügen wegnehmen wollte. Den Jungen, die noch alles vor sich gehabt haben, was man ihnen überlassen würde. Die ersten Boten für den Mega-Super-Gau in der Geschichte kamen aber auch von anderen Seiten. Jimmy erinnerte sich an einen kleinen unscheinbaren Artikel in der Zeitung.

Eric Cantona, ein ehemaliger Fußballstar aus der Weltmeistermannschaft Frankreichs von 1998, hatte am 8. Dezember 2010 zum ›*Bank Run*‹ aufgerufen. Via Internet hatte er an die Bevölkerung appelliert, ihre Konten aufzulösen, um die Macht der Banken zu brechen. Man müsse dem gesamten Bankenapparat aufzeigen, dass er in Wahrheit gar nicht über unsere Ersparnisse verfügen und diese zur Gänze auszahlen könnte, wenn er es müsste. Das war die Behauptung von Cantona gewesen. Doch diese interessante Frage von einem prominenten Weltfußballer war auf *Gaia* noch nicht beantwortet worden. Vor vier Jahren waren nur 30.000 dem ›*Bank Run*‹ von Cantona gefolgt. Was hätte sich wohl gezeigt, wenn es wirklich die Mehrheit getan hätte? Was wäre dann ans Tageslicht gekehrt worden? Würde der finale ›*Bank run*‹ irgendwann zur Wirklichkeit werden und einen Tag in der Geschichte markieren können, an dem sich alles ändern sollte? Bob Glimmer starrte ein letztes Mal seinem Ex-IT-Chef Jimmy Gordon hinterher, der die Tür mit einem wuchtigen Donnerschlag hinter sich zuknallte, dass die Zimmerdecke erzitterte. Jimmy erkannte, dass die Welt mit der Globalisierung nicht größer, sondern kleiner geworden ist. Die Ausdehnung des Handlungsraumes reduzierte das Vertrauen der Menschen nur mehr auf den kleinsten gemeinsamen Nenner. Der letzte Feind war im eigenen Ich verborgen gelegen. Jenes Ich, das jedem Menschen von der Evolution mitgegeben worden war. Der *Mut zum Ich;* das war die letzte Stufe des amerikanischen Lebensentwurfes. Als die Psyche zu wackeln begonnen hatte, hatten es immer mehr erkannt. Seit 2008 haben die Glocken der Evolution in den Hirnen der Menschen zu läuten begonnen. Wahre Geschichten waren in Hollywood immer wieder neu verfilmt worden. Im Kinoschlager *Prevolution;* Planet der Affen, aus dem Jahre 2011 war der Aufstand der Affen auf ein einziges Wort herunterreduziert worden: »*Nein!*« Sämtliche Helden, an denen die Wahrheiten des Westens jahrzehntelang hoch gehalten worden waren, waren seit Krisenausbruch wie Dominosteine umgefallen. Die Festnahme vom Chef des Internationalen Währungsfonds war einer von vielen gewesen. Es war der Fall der Giganten. Zuerst Banken, dann Konzerne und dann die ersten Kleinstaaten. Danach bröckelten die großen Symbolfiguren der Großstaaten. Übrig waren nur mehr die letzten Bastionen der westlichen Idee geblieben. US-Zentralbank, die Europäische Zentralbank und einige Mitglieder der G-8 Staaten. Wann würde der erste große Staat kippen, der das unmöglich Geglaubte möglich machen würde und die Wahrheit ans Tageslicht fördern würde? Das hat seit Wochen, Monaten und Jahren jene Geister beschäftigt, die von den Zauberlehrlingen der Geldvermehrung gerufen worden waren. Und diese Geister schlichen sich ins Unterbewusstsein der Menschen. Jimmys Ehescheidung mit seinem Arbeitgeber wäre vor der Krise niemals in dieser Art und Weise möglich gewesen. Nicht nur Affen, auch Menschen haben wieder erkennen können, dass man auch manchmal *NEIN* sagen musste.

40

Befreiung der Welt

Harvey hatte bereits die halbe Strecke auf dem Weg zu Jackie hinter sich. Seit er den Finance Tower heimwärts verlassen hatte, ratterten Güterzüge voller grotesker Verbindungen wie in einen Abstellhangar ungebremst in seinen Schädel und warteten dort auf ihre Zerlegung. In einem weiteren Sinne glaubte Harvey zwar an das Gesetz der Bestimmung, aber seine Vernunft hat sich jedes Mal hartnäckig dagegen gewehrt. ›*Zufall?*‹

Zuerst der Demonstrant Jacob, der ihn auf die Spur ins Jahr 1913 geführt hatte. Ein Zeitpunkt zu dem die mächtigste Institution der Welt ihre Geburtsstunde gefeiert hatte. Die beiden Gesetzesentwürfe ›*10.289*‹ und ›*11.110*‹, aber auch das namenlose Privateigentum der US-Notenbank. Dann der Taxifahrer Lukas, der in einem Atemzug die Attentate auf Lincoln und

Kennedy mit der Notenbank in Verbindung gebracht hatte. ›*Warum kreuzen sich die Andeutungen von Lukas und Jacob völlig unabhängig voneinander? Von zwei Fremden, die sich nicht kennen und die ich niemals zuvor gesehen habe?*‹, versuchte Harvey die Situation endlich befriedigend zu erfassen. Er fühlte sich von bösen Mächten bedrängt, die amerikanische Idee mit ihrem alles selig machendem Welterklärungsmodell kampflos aufzugeben. Vor wenigen Augenblicken hatte er seinem Taxifahrer noch den friedlichen Krieg erklärt, und mit welchen Tricks das Geld der anderen Völker außer Landes in die eigenen Unternehmen geholt wurde.

»Sir, das ist wirklich aufschlussreich!«, sagte Lukas mit unüberhörbarer Polemik. »Der Westen befreit die Nationen sozusagen mit der Mission der freien Marktwirtschaft. Und das tut er, indem er die Ersparnisse der dort lebenden Leute anlockt und dann damit Kredite an die eigenen Unternehmen im Westen vergibt. Die wiederum expandieren dorthin, wo die Ersparnisse hergekommen sind und übernehmen die Kontrolle über die dortige Wirtschaft. Das ist also die Freiheit, die der Westen verkündet, wenn er freie Handelszonen errichtet? Habe ich das richtig verstanden?«

Harvey spürte, wie sich Lukas regelrecht lustig zu machen versuchte. Er reagierte mit der Angriffslust eines Durchschauten. »Glauben Sie vielleicht es gibt die totale Freiheit, Lukas? Irgendeine Freiheit wird im Austausch gegen eine andere Freiheit immer geopfert werden müssen. Man muss nur das kleinere Übel wählen«, erwiderte Harvey. »Aber dafür erhalten diese Menschen ein Leben, das sie in Freiheit führen können. Das ist deutlich mehr wert. Für diese Freiheit müssen auch wir immer bereit sein zu kämpfen.« In seinem Kopf entfachte sich langsam seine unüberwindliche Krankheit.

»Wir dürfen niemals unsere Hände in den Schoß legen, in der naiven Annahme, dass Freiheit für immer gesichert wäre. Das ist sie keineswegs.« Harvey bildete sich zunehmend ein, dass die kritischen Äußerungen von Lukas ein Hinweis auf einen Antiamerikanisten waren. Jacob, der Demonstrant war in dieser Hinsicht auch verdächtig, weil er über die US-Notenbank gesagt hatte: ›*Sie besitzen etwas, das ihnen nicht gehört!*‹ Harvey mochte sie nicht - diese Antiamerikaner. Vor allem, weil die Weltpresse 1963 über seinen Großvater verbreitet hatte, dass er ein Antiamerikanist war. Lee Harvey Oswald war aus der Perspektive seines Enkels Harvey weder dem Kommunismus zugetan gewesen, noch hatte er JFK erschossen. Sein Großvater ist sogar einer der größten Demokraten gewesen, weil er das Menschenrecht der freien Meinungsäußerung dazu verwendet hatte, um auf ihre Gefahren, nicht auf ihre Versprechen hinzudeuten. Gefahren haben immer hinter jenen Ideen gelauert, für die man eifrig geworben hatte. Aber Hauptsache, die Öffentlichkeit war durch Manipulationen mit einem Täter gefüttert und ruhig gestellt worden. Wer John F. Kennedy wirklich auf dem

Gewissen hatte, ist Harvey durch jahrelange Recherchen immer klarer geworden. Er brauchte nur noch mehr stichhaltige Beweisergebnisse. Gerade deshalb strebte er nach dem Superfund. Erst wenn er ganz oben angelangt sein würde, dann würde seine Stunde kommen. Wenn er sein Haustier gezüchtet, dressiert und mit Geld gemästet hatte, sollte es auf die Weltmärkte losgelassen werden. Jeder sollte erfahren, warum was am 22. November 1963 in Dallas wirklich geschehen war.

»Lukas«, ergriff Harvey das Wort wieder. »Erinnern Sie sich noch an den amerikanischen Bürgerkrieg?« Der Taxilenker nickte gefällig.

»Sir, ich bin zwar nicht dabei gewesen, aber ich weiß vermutlich das darüber was auch der Durchschnitt zu wissen glaubt.«

»Der Bürgerkrieg wäre doch ein gutes Beispiel für den Kampf der Freiheit«, dozierte Harvey. »Was ist denn damals passiert? Wir haben doch auch gegen *unsere eigenen* Landsleute Krieg geführt, weil wir der Ansicht waren, dass sie einer bösen Idee zugetan gewesen sind«, sagte er. »Der Ungleichheit des Menschen. Letzten Endes hat der Kampf für die persönliche Freiheit aller Menschen unsere Nation fast selbst in zwei Teile zerbrochen. Dafür treten wir ein. Wir waren also nicht nur bereit, den Europäern, Asiaten oder Arabern zu dieser Freiheit zu verhelfen, sondern sind auch bereit gewesen den Einwanderern auf unserem eigenen Boden dazu zu verhelfen.« Mit sentimentalem Pathos verteidigte er Amerika.

»Ja Sir, die Tyrannei an den Sklaven ist eine blühende und eine eigenartige Kultur gewesen«, erwiderte Lukas. »Eine Kultur, die unseren heutigen moralischen Werten widerstrebt.« Er hob den Finger. »Was wir allerdings aus dieser Zeit ins 21. Jahrhundert mitgenommen haben, ist die Todesstrafe.« Lukas baggerte weiter in seinem Kritikhaufen am Westen.

»Todesstrafe ist in jedem Einzelfall eine Art von Rassenvernichtung«, donnerte er.

»Wieso das«, funkelte Harvey neugierig.

»Weil niemand weiß, ob ein Mensch umgebracht wird, der Gene in sich trägt, die das Potenzial hätten, sich den Umweltbedingungen in 500 Jahren anzupassen. Wenn dieser Mensch zufällig der einzige wäre, der die menschliche Rasse durch Genmutation am Fortbestand erhalten könnte, würden wir mit der legalen Ermordung eines einzigen Menschen eine ganze zukünftige Rasse ausrotten.« Harvey musste über diesen weit hergeholten Vergleich verblüfft die Lippen spitzen. Wie konnte ein Krimineller Gene in sich tragen, die es wert wären am Leben erhalten zu werden? Wäre es nicht eher doch das Gegenteil? Doch die Erfindung der Strafe durch schlaue Köpfe unter den Menschen war auf den Glauben zurückzuführen, dass ihre Androhung die anderen abschrecken sollte. Generalprävention haben es die

Juristen bezeichnet und waren stolz darauf, mit dieser Gehirnwäsche die Bevölkerung in Sicherheit wiegen zu können.

»Es ist doch naiv zu glauben, dass die Todesstrafe irgendeine Abschreckung auf potenzielle Mörder hätte«, dozierte Lukas weiter, »..weil ja jeder Täter vorher davon ausgeht, dass seine Tat unentdeckt bleibt und er nicht überführt werden wird.« Harvey begriff, was Lukas angedeutet hat. *›Würde ein Täter davon ausgehen, dass er erwischt wird, würde er die Tat nicht begehen.‹* Diese Logik ist eindrücklich und scheint die Gesetzgebung nicht genug hinterfragt zu haben. Die Todesstrafe hat also überhaupt keine abschreckende Wirkung auf potenzielle Täter gehabt. Möglicherweise so wie viele andere Strafdrohungen auch nicht. Aus dieser Sicht erschien der Einwand von Lukas durchaus einleuchtend.

»Und dass die Atombombe langfristig ebenso keine Präventivwirkung hat, weiß man auch längst«, ergänzte Lukas.

›Das sind schlüssige und unwiderlegbare Argumente‹, musste Harvey einsehen. Wenn eine Strafe den Zweck hatte, die Werte und Opfer einer Gesellschaft zu schützen, dann konnte sie selbst bei strengster Androhung keinen Schutz bieten, wenn der Bedrohte davon ausgegangen ist, dass er nicht erwischt werden wird. Man müsste das Übel einer Strafsanktion auf eine zeitlich angepasste Basis stellen, der die Erkenntnisse der letzten Jahrzehnte zugrunde gelegt werden müssten. Lukas ging nahtlos zum nächsten Thema über, während sein Fahrgast noch mit der Frage gerittert hat, ob die Moralität von heute wirklich genauso gut oder genauso schlecht wäre, wie zur Zeit der Sklavenhaltung.

»Und wenn Sie schon den Bürgerkrieg erwähnen, Sir. Auch darin stellte sich letztlich dieselbe Frage wie bei allen Kriegen.«

»Welche Frage war das?«, bohrte Harvey nach.

»Die Verteilungsfrage!« Lukas verrenkte seinen Hals nach hinten. »Alles worum es da draußen geht, ist eine Frage der Verteilung. Dafür kämpft man. Ob es um Rohstoffe, Geld oder Rechte geht. Erst sind es Grund und Boden wegen der Rohstoffe gewesen, dann waren es Ideologien und heute sind es Daten oder Informationen. Es geht nur um die Verteilung. Das Geld ist selbstverständlich bei allen dabei gewesen. Das ist der zuverlässigste und beständigste Streitfaktor gewesen.«

›Schon wieder dieses Thema der Verteilung‹, dachte Harvey und seufzte, weil er von Lukas hin- und her gerissen wurde. Er selbst hat stets Gerechtigkeit wollen, aber die ist immer untrennbar mit der Verteilungsfrage zusammengehangen. Wie gestalten Menschen ihr Zusammenleben und entscheiden darüber, wer was bekommt? Harvey spürte wieder einen Schmerz, der seine Schläfen wie ein Expander aneinander zog. Abermals klemmte sich eine Wahnvorstellung in sein Schädelinneres.

»Hören Sie auf mit diesen ewigen Anspielungen auf die Ungerechtigkeit unseres Systems«, polterte er. »Im Bürgerkrieg ist es weder um die Verteilung der Sklaven, der Orangenplantagen im Süden oder um sonst irgendetwas Materielles gegangen, das verteilt werden sollte.«

»Ich habe doch gesagt, dass es auch um Rechte gehen kann«, korrigierte Lukas. »Außerdem habe ich es nicht gewertet, sondern nur festgestellt. Es geht immer um die Verteilung«, erwiderte Lukas.

»Ist doch völlig egal, welche Art von Verteilung Sie meinen. Wo immer Menschen zusammen auf die Jagd gegangen sind oder etwas hergestellt haben, ist es nachher zu einer Verteilung gekommen. Bis zur Verteilung waren die Menschen immer ein Ganzes und erst dann haben die Streitereien angefangen. Das ist ein natürlicher Mechanismus. Einen gemeinsamen Magen haben die Menschen deshalb nie entwickelt. Jeder, der seinen Teil zur Erlangung dieser Nahrung beigebracht hat, hat auch etwas zu essen gehabt.« Lukas schüttelte den Kopf und rümpfte die Nase. Der verliebte Ehemann Harvey Friedman fühlte sich immer stärker von seinem Fahrer behelligt.

»Unser System ermöglicht eine bessere, eine einfachere und leichtere Verteilung von allem.« Harvey begann mit seinen Fingern aufzulisten. »Lebensmittel, Waren, Güter, Kunst, Musik, Informationen oder Dienstleistungen. Schauen Sie sich doch die TV-Berichte über die Chinesen an, wie fleißig die heute in den Fabriken arbeiten. So haben auch wir vor 100 Jahren begonnen. Im Dreck und Smog mit Staublungen nach 10 Jahren. So ist nun einmal der Beginn einer Industrialisierung. Aber, wem ist denn dieser Fortschritt zu verdanken?« Harvey fuhr sich durch seine silbergraue Mähne.

»In diesen Voraussetzungen der Verteilung sind sich alle immer einig«, sagte er. »Die Produktion! Aber woher kommt der moderne Produktionsprozess? Von uns! Ob man produziert, um zu verteilen, zu erfinden oder zu forschen; der Produktionsprozess wird von allen verehrt und geheiligt. Aber solange in einer Gesellschaft Fleiß und Erneuerungswille nicht gleichmäßig verteilt sind, solange wird auch das Vermögen nicht gleichmäßig verteilt sein. Punkt!« Lukas ließ nicht locker.

»Warum hat eine allein stehende Mutter weniger Vermögen als ein Bankmanager, obwohl sie beim Burger King genauso acht Stunden lange arbeitet und Essen zubereitet?«, fragte er. Harveys heftige Kopfschmerzen hatten mit den Beklemmungen in der Brust plötzlich ein Rendezvous auf Halshöhe. Seine Aggression wuchs zu einem entzündeten Geschwür heran. Er dachte an die Schachtel Tabletten, öffnete die Aktentasche und nestelte das Päckchen heraus. Lawinenartig donnerten Schockwellen von Adrenalin gegen sein Herz. ›*Das Päckchen ist leer!*‹ Lukas erfasste Harveys Reaktion und spürte einen eisigen Schauer in seine Lungen jagen. Sein Atem stockte, als er durch den Innenspiegel Harveys Gesichtsausdruck erspäht hatte. Wie ein Fahrstuhl, dem man im Schacht hängend nicht mehr entkommen konnte, wenn er fauchend auf einen zuraste. Harvey präsentierte seinem Taxifahrer die blanke Angst in seinen Augen. Lukas starrte ihn an und wäre um ein Haar auf seinem Vordermann ungebremst aufgefahren. Der Schreck vervielfachte sich dadurch auch noch. Harveys Blick zwängte sich durch Lukas Pupillen und verschanzte sich an dessen Netzhaut wie in einem Stellungsbunker. Dadurch konnte er sich selbst wie in einem Spiegelbild betrachten. Er begriff plötzlich die Situation und wusste: *›Ich muss auf dem schnellsten Weg nach Hause!‹* Bis dahin gab es für Harvey nur den Weg der Ablenkung. Er musste reden, reden und nochmals reden, um sich beruhigen zu können. Wasserfallartig plädierte er aufflammend für die freie Welt des Westens. In Harveys Wahrnehmung ist Lukas ein eindeutiger Kritiker dieser Welt gewesen, die doch nur alle mit ihrer Idee befreien wollte. Warum haben das immer weniger verstehen wollen?

»Diese Klagelieder vom gnadenlosen Wirtschaftsimperialismus, der Leistung, Bildung und Verantwortung auch höher entlohnt..«, fauchte Harvey los, ».. sind nichts als arglistige Lügen, mein lieber Lukas! Sie haben eine falsche Vorstellung von gerechter Verteilung. Industrialisierung, Bildung oder Grenzenöffnung können niemals zur Verarmung führen, sondern nur zu Aufstieg und Fortschritt.« Harvey ballte die Faust und zerdrückte aus Wut das leere Tablettenpäckchen.

»Dann frage ich noch einmal, Sir: Warum hat eine junge Mutter und Mitarbeiterin vom Burger King eine geringere Verantwortung als ein Bankmanager? Weil man ihr keine Milliarden für die Wichtigtuerei anvertraut?«

Harvey plärrte los. »Hören Sie auf damit, habe ich gesagt. Denken Sie doch an die Kolonien in der Vergangenheit. Denen ist es immer nach der Grenzöffnung besser gegangen und nicht vorher. Egal ob britische, spanische, deutsche oder französische!« Der aufgeregte Ehemann von Jackie Friedman pochte mit seinem Zeigefinger auf die Oberkante des Vordersitzes. »Unsere Ideen, mein Freund. Unsere Ideen führten zu Fortschritt und Wohlstand. Und das bedeutet, dass nicht nur viel produziert wird, sondern sehr viele etwas bekommen. Auch die Mitarbeiterin beim Burger-King.« Er fuchtelte achtlos in der Luft herum. »Marx, der Idiot hat dieses Verteilungskonzept mit der Hölle verglichen. Der Gipfel dieser Ideologie ist die Kuba-Krise 1962 gewesen. Unsere Gegner sind fähig gewesen, unsere Zerstörung mit Kernwaffen zu versuchen.«

Lukas hatte Hemmungen, Harvey in dieser Gemütslage noch weiter zu widersprechen. Zu gerne wäre er ihm ins Wort gefallen und hätte entgegengehalten, dass nur der amerikanische *Glaube* an diese Zerstörungsabsicht zur Kuba-Krise geführt hatte. Russland hatte nie einen Krieg erklärt. Kennedy hatte Nikita Chruschtschow, den damaligen Chef der

Kommunistischen Partei, seit dem Ausbau der Berliner Mauer bestens gekannt und gewusst, dass dieser Mann niemals einen Atomangriff starten würde. Lukas behielt diesen Gedanken jedoch für sich. Harveys Anblick entzog ihm jeden Mut zum Widerspruch.

»Als die Russen mit Atomraketen vor unseren Küsten angekommen sind, ist erstmals ein anderer Krieg gekommen«, unterwies Harvey seinen Fahrer, »in dem es nicht mehr um Land gegangen ist, sondern um eine illusorische Ideologie der gleichberechtigten Verteilung. Nicht nur wir, sondern die ganze Welt wäre dabei zugrunde gegangen!« Lukas konnte den Anblick nicht vergessen, den ihm Harveys Miene offenbart hatte. Eine solche Angst hatte er noch nie zuvor beobachtet. Als hätte der *wie vom Himmel gefallene* Taxilenker zum ersten Mal keine Ahnung, wie er zu reagieren hätte. Er versuchte seinen Fahrgast zu befrieden und wollte den Flächenbrand von Harveys Adrenalin eindämmen.

»Und Sie, Sir! Haben Sie Angst?«, erkundigte er sich mit psychologischer Raffinesse. Man musste das zentrale Thema direkt und emotionslos beim Schopf packen. Die Kolonne bewegte sich zähflüssig und trottend. Harvey stieg auf die Frage ein und verlor sich vom Thema.

»Haben wir nicht alle Angst, Lukas?«, entgegnete er und versuchte den Gedanken an die leere Medikamentenschachtel möglichst weit zu verdrängen. »Wissen Sie was Kennedy 1962 vom amerikanischen Volk gefordert hat?«, ergriff er wieder den Gesprächsfaden von vorhin. »›*Wir werden niemals aus Furcht verhandeln, doch wir werden Verhandlungen niemals fürchten!*‹« Harvey pochte mit der Faust stolz auf seine Brust.

»Die ganze Welt wartet doch seit Jahren nur mehr darauf, dass wir scheitern. Damit eine Wachablöse durch eine neue Idee kommt. Mit dieser List können unsere Gegner unter den Tisch kehren, was die Welt bis heute durch uns erreicht hat.« Er atmete tief durch. »Natürlich haben wir immer Angst gehabt, jene Freiheit zu verlieren, die wir errungen haben. Zugegeben, auch das ist ein ethischer Appell gewesen. Aber wer bestreitet, dass unsere Mission keine von höherer Stelle gewollte Mission ist? Das einzige wahre internationale Recht wurde am 6. Juni 1944 an den Stränden der Normandie begründet. Als wir gekommen sind und das Böse niedergerungen haben. An diesem Tag war der Vatertag der Menschenrechte gewesen und es ist auch der Vatertag Amerikas gewesen!«

»Ich glaube, wir haben Europa im zweiten Weltkrieg nicht deshalb befreit, um wie heilige drei Könige die Menschenrechte zu überbringen...«, parierte Lukas mit gefälliger Miene, »...sonst hätten wir sie ja selbst. Die Todesstrafe verletzt ja ein Menschenrecht.«

»Lukas! Vermischen Sie nichts. Weshalb hätten wir denn Europa sonst befreien sollen? Weshalb hätten wir mit dem Marshallplan das größte wirtschaftliche Aufbauprogramm der Geschichte verwirklichen sollen?«

»Da ging es wieder nur um den Profit, Sir.«

»Was? Profit?«, gewitterte Harvey aus seinem Brutkorb. »Diese Welt, mein Lieber…«, erzürnte er, »…sieht unsere Kinofilme und Fernsehserien. Diese Welt trägt unsere Jeans und Sweatshirts, fährt mit unserer Harley Davidson, hört unseren Jazz, unseren Rock´n Roll und Hip Hop, joggt uns nach, tanzt den Moonwalk von unserem Michael Jackson, isst unsere Big-Macs mit unserem Ketchup, bezahlt mit unseren Kreditkarten, liest unsere Mickey Mouse und trinkt unser Coke. Diese Welt navigiert ihre Autos mit unseren Satelliten, verwendet unsere Software und ist überhaupt erst durch unser Internet miteinander verbunden und vernetzt worden.« Mit wuchtigen Argumenten beschrieb Harvey die amerikanische Dominanz des Planeten. Eine noch nie da gewesene Kultur, die den Weg zur Superlative gesucht hat. »Welches Fleckchen man auch immer besucht….«, erklärte er despotisch, ».. alle zahlen mit unserem Dollar. Und alle sprechen unsere Sprache, wenn sich die Welt auf Gipfelkonferenzen trifft.« Harvey pumpte seine Lungen auf und schnaufte tief durch.

»Und wie empfinden Sie, wenn Sie aus irgendeinem Lautsprecher *›My Way‹* von Frank Sinatra hören?«, donnerte er selbstsicher. »Wir sind romantisch und melancholisch. Wir glauben an diesen *Way of Life*, den man mit uns verbindet. Viele haben diesen Weg zwar nicht hier beginnen können, haben ihn aber hier beendet. Das ist wahre Weltkultur. Das sind Menschenrechte. Die haben wir ermöglicht. Glauben Sie ernsthaft, dabei ist es um Profit gegangen? Nein, das ist es nicht gewesen! Menschen, die vor ihrer Heimat geflüchtet sind, wollten in der Ferne immer nur die Anerkennung dafür bekommen, was sie trotzdem aus ihrem Schicksal gemacht haben und ihnen gelungen ist. Deshalb sind wir immer ein eifriges Volk gewesen.« Harvey griff sich pathetisch an die Brust, so als würde er jeden Moment die amerikanische Volkshymne anstimmen wollen.

»Angenommen es gäbe uns nicht mehr?«, flötete er sentimental. »Über keine Epoche der Menschheit hätte die Geschichte mehr zu berichten als über die amerikanische Ära!« Harvey holte sich sein Stecktuch aus dem Jackett und tupfte sich vornehm die Schweißperlen von der Stirn. Lukas ließ sich von der Woge der Melancholie mitreißen und bestaunte die eindrucksvolle Kraft dieses Menschen in seinem Fond. Lukas spürte, wie Harvey gegen die Strömung eines reißenden Flusses kraulte, um die Angst hinter seiner Hypophyse zu überwinden. *›Er ist der Richtige!‹*, spürte Lukas. *›Er hat Herz. Mit dieser Energie könnte man Gaia retten!‹*, dachte der seltsame Taxilenker. Harvey entpuppte sich als Symbolfigur der 1989er Generation, wie man unerträgliche Angst durch unbeugsamen Willen überwinden könnte.

»Sie haben vollkommen Recht Sir!«, kokettierte er mit der amerikanischen

Epoche in der Geschichte. »Es war ein großer Schritt *›für die Menschheit‹*, als Kennedy weitsichtig das Projekt *›Genesis‹* durchgesetzt und es nach dem ersten Buch Moses benannt hat. Mit diesem Schritt könnte Amerika das Tor zur Schöpfung aufgestoßen haben. Wer, weiß?« Lukas deutete die Mondlandung von 1969 an. Mit galanter Miene drehte er sich zu Harvey. Nur mit ganz feinem verbalem Widerstand regte er Harveys Intellekt positiv an, um ihm bei der Entrinnung aus dessen Angst zu unterstützen. Lukas musste Harvey Mut machen. Das erreichte er am schnellsten, wenn er seine Talente herausfordern würde, von denen Harvey stets gesagt hat, dass man sie wie eine Währung in Umlauf bringen musste. Eines von Harveys Talenten war die Rede. Wenn er jedoch die Kontrolle über sich verloren hatte, dann konnte sie gefährlich werden.

»Wie sehen Sie das mit dem GPS?«, erkundigte sich Lukas neugierig.

»Was meinen Sie?«, blickte Harvey interessiert.

»Na ja, die US-Militärs haben als einzige Institution die volle Kontrolle über die weltweite Lokalisierung von Personen. Wann immer sie wollen, könnten sie uns orten oder das System abschalten. Die wissen sogar wo wir uns aufhalten, wenn wir nicht einmal mehr selbst wissen wo wir sind.«

»In einem Ausnahmezustand ist diese Kontrolle überlebenswichtig«, unterwies Harvey Lukas und erinnerte sich an die Anfangsideen des Militärs für das Satellitensystem in den 1970er Jahren. »Wir mussten uns diesen Fortschritt sichern, als wir in Vietnam gestanden sind. Natürlich haben wir mit dem GPS einen wirtschaftlichen Nutzen erzielen können. Aber jeder, der es benutzte, hat ebenso einen Nutzen für sich erreicht.«

»Ich meine nicht den wirtschaftlichen Nutzen, Sir!«

»Was denn dann?«, fragte Harvey. Lukas spürte, wie das Pendel in Harveys Psyche wieder mehr zur Mitte tendieren wollte. »Ich meine das Vorrecht, alles und jeden unter Aufsicht haben zu dürfen?«

Harvey spürte Empathie für diese Frage. Er holte ein Foto aus der Innentasche seines Sakkos, auf dem er und Dad vor dem Lincoln Memorial in Washington abgebildet waren.

»Aufsicht und Kontrolle könnte nur dann zum Vorwurf gemacht werden, wenn sie missbraucht worden wäre«, verteidigte er das Global Positioning System. »Solange wir unsere Idee nicht verteidigen müssen, wird kein einziger amerikanischer Präsident einen Grund finden, durch Missbrauch sein Recht auf Kontrolle zu entehren.« Eine besänftigende Pause entstand.

»Nach meinem Sieg bei den Schwimmmeisterschaften, an denen ich zuerst gar nicht teilnehmen wollte, ist mein Vater mit geschwollenen Augen an der Tür der Umkleidekabine gestanden und hat sich die Tränen von den Wangen gewischt.« Harveys glasigen Blicke streiften bei dem Gedanken über das Foto mit dem Lincoln Monument im Hintergrund. Er schluckte ergriffen.

»›*Harvey*‹, hat mein Vater gesagt, ›*Wir haben die Freiheit, eine Nation von Träumern zu werden. Doch wir sind nicht nur Träumer, wir sind auch Visionäre gewesen. Diese Überzeugung macht uns stark und mächtig. Dieser Glaube führt uns zu Leistungen, die niemand zuvor erbrachte. Und dieser amerikanische Glaube war für Deinen heutigen Sieg verantwortlich!*‹« Lukas kredenzte seinem Fahrgast ein schwärmerisches Blickspiel, als dieser die ursprünglichen Worte von Benjamin Franklin zitiert hatte.

›*Er ist der Richtige*‹, dachte Lukas wiederholt und spähte für einen Augenblick fast unbemerkbar zum Himmel.

»Amerika ist nicht deshalb stark, weil es reich ist«, stöberte Harvey weiter in seiner Redekiste. »Amerika ist deshalb stark, weil es gut ist. 75 Prozent von uns fühlen sich von Gott geliebt und 80 Prozent glauben, dass Gott für sie einen Plan hat.« Harvey kramte in seinem Hosensack und zog eine Dollarnote heraus. ›*In God we trust*‹, ließ er die Süßigkeit auf der Zunge seiner Gedanken wie ein Vanilleeis zergehen, obwohl er sich noch immer zu den restlichen 25 Prozent gezählt hat, die an keinen Gott glauben konnten, aber dennoch fieberhaft nach Antworten gesucht haben. Harvey wedelte mit dem Papiergeldschein, auf dem das Vertrauen in Gott abgedruckt worden war.

»Von dort schöpft Amerika seine mentale Kraft.« Lukas starrte in den Innenspiegel. »Diese Kraft steht auf jedem Dollarschein. Es ist der Glaube an unsere Idee.« Harvey zog noch ein weiteres Beispiel aus seiner Pathosschatulle. »Als ich in der Highshool anlässlich einer Schulwoche in Texas an einer Exkursion teilgenommen habe, sind wir im Park des Staatshauses von Austin in Texas gewesen…«

»Haben Sie sich dort die Ulme angesehen, Sir?«, fiel ihm Lukas kindsäugig ins Wort.

»Die kennen Sie?«, staunte Harvey. Er schmunzelte erstmals wieder entspannt. »Anfangs habe ich ja nur gedacht, was das für ein alter verschnörkelter Baum gewesen ist. Erst später habe ich aber dessen wirkliche Bedeutung erkennen können.«

»Dieses Schild am Rasen?«, fragte Lukas.

»Ja! Das Schild, das darüber berichtete, dass dieser Baum ein Abkömmling der historischen Ulme von Cambridge in Massachusetts ist, unter der George Washington 1775 den Oberbefehl über die Streitkräfte der US-Kolonien in den Kampf der Unabhängigkeit übernommen hat. Ich bin damals länger als alle anderen vor diesem Baum gestanden und habe ihn voll Stolz bestaunt. Der Anfang eines Reichs….«

»Denn Dein ist das Reich und die Kraft und die Herrlichkeit! In Ewigkeit. Amen!«, warf Lukas zynisch ein. Er bekam das Gefühl, dass sein Fahrgast wirklich wieder in der psychischen Mitte weilen könnte.

»Darum geht es nicht«, winkte Harvey ab. »Es geht um die

unvergleichlichen Männer mit unvergleichlichen Leistungen. Washington und Jefferson waren solche Männer. Es geht nicht darum, ob man ein Land in die Unabhängigkeit führt, sondern darum, ob man der Welt durch eine Handlung zu einer Vorbildfunktion verhilft. Beide sind deshalb von der britischen Krone als Hochverräter verfolgt worden. Zwei Männer, deren Antlitze neben Lincoln und Roosevelt vom Mount Rushmore auf die fortschrittlichste Idee dieses Planeten herunterblicken. Freiheit und Unabhängigkeit! Jefferson ist von dem Glauben an die Größe der amerikanischen Mission in der Welt völlig durchdrungen gewesen. Amerika ist zur moralischen Führung aller Völker berufen worden. Das ist zurecht seine Überzeugung gewesen.«

»Irgendwie gefällt mir das so an den Amerikanern«, warf Lukas hofierend ein. »Ihr habt eine Schwäche dafür, historische Wendepunkte als großartige Errungenschaft in einem Reliquienkult zu verehren. Als eine Art von himmlischer Vorbestimmung.«

»Ist es denn schlecht, kleinen Dingen eine tiefere Bedeutung mit einem höheren Sinn zu geben?« Harvey wirkte wieder deutlich entspannter und war auch erleichtert, dass sich der Verkehr langsam aufgelockert hat. Er blickte auf die Uhr.

»Sie müssen die Seele Amerikas begreifen«, sagte er. »Wir sind eine Nation, die im Grunde genommen aus Flüchtlingen gewachsen ist. Menschen die ihrem Schicksal entrinnen konnten und mit Optimismus einer neuen Zukunft entgegengehen konnten. Das ist das größte Versprechen an die Menschheit gewesen. Wir haben es gehalten. Noch heute pilgern nirgendwohin mehr Menschen, die ihre Lebenschancen verbessern wollen, als zu uns. Diese Tatsache hat nun mal eine messianische Anziehungskraft!«

»Offenbar ist ihr Vater ein großartiger Motivator gewesen?«, erkundigte sich Lukas und beobachtete, wie Harvey noch immer auf das vergilbte Foto geblickt hat.

»Mein Dad weckte einen Sinn für Höheres«, antwortete er. »Alles was er gesagt hat, hat er nicht mit diesem akademischen Stil von Rechthaberei, Besserwissen, Eitelkeit und Intoleranz gesagt. Dad hat dieses Intellektuellengefasel nicht sonderlich gemocht, weil die Mehrheit der Intellektuellen vor dem zweiten Weltkrieg prophezeit hat, dass die Demokratie angeblich nur eine Übergangsphase in der Geschichte sein würde.«

»Die Vergangenheit widerlegt das zumindest bis heute«, beglaubigte Lukas die Aussage. »Aber vielleicht ist die Demokratie wirklich nur eine Übergangsphase in der Geschichte? Eine mit überdurchschnittlich langer Dauer? Die Zukunft muss ja nicht notwendigerweise gleich verlaufen wie die Vergangenheit!« Der freundliche Lenker mit südeuropäischen Zügen drehte sich zu Harvey.

»Das nicht!«, gab er seinem Fahrer Recht. »Aber Pseudointellektuelle werden die Zukunft sicher nicht verändern können. Solche Leute sind keine Wahrheitssucher, sondern Feiglinge. Feiglinge, die andere bloß mit Worten ertränken wollen. Phrasendrescher *und* Revolutionär auf dem Gebiet des Denkens gleichzeitig zu sein, ist immer schon ein Widerspruch gewesen. Die wenigsten dieser Phrasendrescher konnten der Fliege den Weg aus der Flasche zeigen, sondern sind oft ein Selbstportrait der Fliege gewesen.« Harvey verabscheute nicht selten die Diskussionen mit einigen seiner Kollegen im Direktorium der US-Notenbank, die sich manchmal als abgehobene Maulhelden gezeigt hatten, die keinen Bezug mehr zum Bodensatz des Bürgers herstellen konnten.

»Viele haben die Anmaßung eines Dreiviertelgebildeten, der nur Weisheit vorgibt, die er in Wahrheit gar nicht besitzt. Solche, die Tautologien und Trivialitäten gerne mit paradoxem Unsinn würzen, um die anderen die verwirren. Unter den Lichtlosen sind die Einäugigen immer die Könige. In Wahrheit wissen die nur, wie man seine Mitmenschen in einem Meer von Worten ersäuft, aber nicht wie schwer es ist, wahre Probleme zu lösen. Die wären höchstens schuld daran, dass die Demokratie kaputt gemacht wird, aber erfunden hätten sie sie nie. Feiglinge, die Ideen nur nachplappern können und darüber dozieren, haben nie etwas erfinden können.« Dass Harvey seine Ausbildung durch knallharte Erfahrung erlernen musste, hatte ihn von den Harvard-Blendern distanziert, wie er sie immer bezeichnet hat. »Ausbildung ist gar nicht so ausschlaggebend«, konstatierte er. »George Washington hat eine bescheidene Bildung gehabt und auch nie eine Militärische erhalten. Dabei ist er nur Pflanzer auf dem Feld seines älteren Bruders gewesen. Aber was ist alles nach diesem Mann benannt worden?«, fragte er stolz.

»Ein Bundesstaat, fünf Universitäten, sieben Städte, hunderte Institutionen und tausende Straßen und Plätze!«, ergänzte Lukas.

»Und Isaac Newton?«, setzte Harvey seinen Rapport durch die Riege der Großen fort, die er so bewundert hat. »Newtons Vater ist ein Bauer gewesen. Er selbst hat nur die Grundschule besucht - ohne besondere Leistungen. Sein Studium hat er nach vier Jahren abgebrochen. Was wäre die Welt ohne seine Bewegungsgesetze der Schwerkraft gewesen? Oder nehmen Sie Albert Einstein?« Lukas wusste, was jetzt kommen würde. Er nickte zustimmend und hob den Finger.

»Einstein hat sogar die Matura mit einer Aufnahmeprüfung nachholen müssen«, sagte er.

»Konrad Röntgen hat das auch müssen«, erwiderte Harvey. »Dennoch ist er Professor und Nobelpreisträger geworden.« Das waren jene Vorbilder, an denen sich Harveys Glaube stets orientiert hatte. Die lebendigen Beweise für herausragende Leistungen ohne Phrasendreschen. Das spürte Lukas mittlerweile.

»Können Sie sich noch an Einsteins Ansicht erinnern, Lukas?: ›*Die heilige Neugier des Forschens wird durch festgefahrene Lehren erdrosselt*‹«, zitierte Harvey das deutsche Physikgenie. »Seine Lehrer haben ihm sogar geraten, Physik aufzugeben und Jura zu studieren. Shakespeares Vater ist ein Analphabet und Handschuhmacher gewesen. Shakespeare hat nie Griechisch oder Latein gelernt. Bis zu seinem 38. Lebensjahr ist er ohne Beruf gewesen.« Harvey winkte ab. »Der vermutlich größte Dramatiker der Welt hat Zettel und Eintrittskarten in einem Londoner Theater verteilt, um überleben zu können.« Lukas hob in der vorderen Sitzreihe wieder sein Buch über die großen Unternehmen Amerikas in die Höhe und drehte das Cover nach hinten.

»Hier«, ergriff er das Wort.

»Thomas Edison hat nur wenige Monate lang die reguläre Schule besucht. Aber mit neun Jahren hat er im Keller die ersten Experimente betrieben.« Grinsend schickte Harvey seinem Fahrer mit einem Nicken dankende Blicke. »Als Telegraphist ist Edison sogar mehrmals entlassen worden. Trotzdem hat er zu seinen Lebzeiten mehr als 2.000 Patente auf seinem Konto verbuchen können«, erklärte Lukas. Harvey fühlte sich wieder sichtlich wohler und deutete Zustimmung.

»Edisons Unternehmen hat die Roaring 1920er mitgemacht«,[59] riss er den Gesprächsfaden an sich. »Den Schwarzen Freitag, die große Depression, beide Weltkriege, die Kuba-Krise, den Kalten Krieg und beide Energiekrisen hat General Electric überstanden. Das Sinnbild der Erfolgsstory einer Befreiung des Menschen durch erfinderische Ideen. Edisons Unternehmen ist zu einem eigenen Staat geworden, der sich über den ganzen Globus verstreut hat. Tausende Unternehmen hat GE seit 1980 gekauft.« Lukas blickte in den Rückspiegel und bestaunte Harveys Enthusiasmus. Sein Blick verriet, dass er irgendetwas zu wissen schien, was Harvey erst erfahren sollte. Lukas wirkte zu gelassen. ›*Er ist der Richtige!*‹, dachte er ein drittes Mal und griff sich für einen Augenblick auf die Schläfe, als würde er ein Bluetooth-Headset ins Ohr stecken.

»Diese Leute haben uns den Weg aus der Flasche gezeigt«, redete Harvey weiter. »Ohne Phrasendreschen und Hochnäsigkeit. Diese Leute haben unter Beweis gestellt, dass der Kapitalismus an seinen Zyklen weder zusammenbrechen, noch an seinen Krisen verenden wird. Und dieselben

---

59 *The roaring Twenties;* Epoche der Entstehung und Verbreitung neuer Industriebereiche zusammen mit der Entwicklung der Massenproduktion durch die Fließbanderfindung des Henry Ford; Die Aufbruchsstimmung der Generation nach dem 1. Weltkrieg war sehr optimistisch: Auto, Flugfahrt, Radiotechnologie etc.; die Spekulationen von 1920 bis 1929 trieben die Aktienkurse auf das 5-fache und endeten dann im Schwarzen Freitag des Oktober 1929.

Leute haben die industrielle Revolution weniger durch ihr technisches Können als vielmehr durch ihren Geist ermöglicht. Henry Ford hat ja nicht bloß ein Auto gebaut, sondern uns mit dem Fordismus eine neue Lebensweise geschenkt. Die neue Technik ist nur die Zündschnur gewesen. Alle anderen Ideologien haben Elend gefördert und erzeugt.«

»Sir, was glauben Sie wie sich der Marxismus wohl entwickelt hätte, wenn es kein Wettrüsten gegeben hätte?«

Harvey spürte eine Veränderung seines Gesprächspartners. Keine Polemik mehr, kein Widerspruch. Lukas schien einsichtig geworden zu sein.

»Diese Frage ist keinen Gedanken wert«, wetterte er im Ton der Befehlslage Richtung Windschutzscheibe. »Wir haben ja dasselbe Problem mit der Rüstungsfinanzierung gehabt und sind trotzdem reicher geworden. Woran unser Konzept gewachsen ist, daran ist deren Lebensentwurf zugrunde gegangen. Vor Marx hat es auch in Europa einen wirtschaftlichen Aufschwung gegeben. Man sollte nicht übersehen, dass Marx´ Ideen sämtliche Erneuerungen wieder kaputt gemacht haben.« In seiner typischen Art listete Harvey mit seinen Fingern wieder unwiderlegbare Tatsachen auf. »Europa hat Freiheit entworfen gehabt, offene Grenzen, die Abschaffung von Reisepässen, der Rückgang der Kriminalität und Gewalt, den wachsenden Bildungsstandard, die steigenden Löhne und den Wohlstand.« Einschärfend beschwor er die Geschichte westlichen Triumphes. »Erst der sinnlose erste Weltkrieg hat das wieder zugrundegerichtet. Die Revolution der Kommunisten von 1917 hat den gesamten Fortschritt vernichtet, der sich auf dem alten Kontinent auszubreiten begonnen hat. Die Polarisierung zwischen Links und Rechts hat dann den Weg zum Faschismus bereitet. Und was ist am Ende dieser Revolution gestanden? Hyperinflation und Verarmung! Wir hatten das noch nie!«

»Inflation ist doch ein Anstieg der Preise?«, neckte Lukas.

»Fragen Sie nicht so scheinheilig.« Harvey schien es offenbar überstanden zu haben. Er ließ sich nicht mehr provozieren und hat offenbar den Ausbruch seiner Krankheit gerade noch verhindern können. »Sie hecken doch schon wieder irgendeine streitsüchtige Bemerkung aus. Inflation bedeutet nichts anderes, als dass das Geld um diesen Anteil weniger wert geworden ist. Inflation ist dann, wenn Sie für denselben Betrag heute weniger Güter, Dienstleistungen oder Vermögenswerte bekommen als vor einem Jahr.«

»Gilt das für alle Güter, Dienstleistungen und Vermögenswerte, Sir?«

»Selbstverständlich!«

»Das heißt also, wenn der Kurs einer Aktie in einem Jahr um beispielsweise 20 Prozent gestiegen ist, dann ist das Geld im Verhältnis dazu um 20 Prozent weniger wert, oder?«

»Logisch, weil ich in einem Jahr für denselben Betrag um 20 Prozent weniger von derselben Aktie erhalte.« Instinktiv spürte der Ökonom, worauf Lukas offensichtlich hinaus wollte.

»Das verstehe ich aber nicht. Wenn der Preis für alles andere steigt, schreien alle in Panik auf und die Notenbank wird um Hilfe gerufen oder muss mit irgendwelchen Zinsmaßnahmen reagieren.« Wissbegierigen Blickes drehte sich Lukas nach hinten. »Aber wenn der Preis für Aktien steigt, sind alle in Begeisterung versetzt. Obwohl das doch auch bedeutet, dass das Geld weniger wert geworden ist?« Harvey schwieg.

»Einen solchen elementaren Widerspruch findet man nur in historischen Irrtümern«, schwamm Lukas weiter auf seiner analytischen Welle.

»Wie können sich vernunftbegabte Menschen in helle Freude versetzen, wenn sie beim selben Ereignis auf anderer Seite in Panik geraten?«, fragte er interessiert.

»Steigende Aktien oder Wertpapiere spiegeln doch auch nichts anderes als Inflation?« Erstaunt über die Beobachtungsgabe von Lukas brachte sich Harvey auf der Rücksitzbank in eine andere Position. Lukas redete weiter.

»Wenn Ihre Theorie des Nestismus die Ansicht vertritt, dass Vermehrung immer zu einem Wachstum führt...«, fragte Lukas und hob seinen ausgestreckten Arm langsam in die Höhe, »»...dann heißt das doch in der logischen Folge, dass auch die Inflation zunehmend steigt. Wenn aber die gestiegenen Aktienpreise nicht in die Inflation eingerechnet werden, muss doch irgendwann ein Ungleichgewicht entstehen, das kollabieren müsste, oder? Umgekehrt steigt der Wert des Geldes gegenüber den Aktien, wenn deren Kurse einbrechen. Das würde dann plötzlich wieder bedeuten, dass wir eine Deflation hätten, oder?«

›Ich hab es ja gewusst, dass so was kommt!‹, grübelte Harvey.

»Unsinn«, konterte er. »Inflation bezieht sich immer auf Güter zum Leben. Ein Aktienindex betrifft keine Güter zum Überleben. Sie benötigen keine Aktien für den täglichen Bedarf.« Lukas strahlte erfreut über Harveys Feststellung.

»Aktienkurse betreffen nicht unser Überleben? Vereinfacht heißt das dann, dass wir ohne Finanzmärkte und Kurse überleben könnten?«, pflügte der Taxifahrer mit unangenehm scharfer Logik in Harveys Einwandbehandlung. »Ich meine, die Petroleumlampe ist schließlich auch von der Glühbirne abgelöst worden, oder? Vielleicht löst irgendetwas diesen Wahnsinn ab, alles in Kursen und Preisen abbilden zu wollen und trotzdem wird die Allgemeinheit glücklich.« Lukas blinzelte in den Spiegel.

»Was meinen Sie denn damit«, fragte Harvey.

»Sie haben doch gesagt, dass man keine Aktien zum Überleben benötigt. Ohne Finanzmärkte oder Kurse gäbe es gar keine Krisen mehr, keine Inflation mehr, keine Zinsen und Verschuldungen mehr und dennoch genug zum

Leben und für den Wohlstand.« Harvey versuchte seine Augenbrauen bis zu den Mundwinkeln herunterzuziehen. So böse machte ihn die Äußerung.

»Das ist Stuss, Lukas. Wenn Sie Aktien besitzen und deren Kurs steigt, dann haben Sie gleichzeitig einen Gewinn an Wohlstand. Wenn Sie Geld haben, das an Wert sinkt, dann würde das durch den Kursgewinn der Aktien ausgeglichen werden. Wenn Sie keine steigenden Aktienkurse haben, haben sie einen Wohlstandsverlust.«

»Obwohl das Geld nicht an Wert verliert? Wie kann ich einen Wohlstandsverlust erleiden, wenn sich die Kurse nicht bewegen? Das klingt mir ein bisschen zu kompliziert. Aber wieder ganz vereinfacht gefragt: Hängt das Gefühl von Wohlstand tatsächlich mit Kursen zusammen? Ich glaube das hängt doch nur damit zusammen, weil sich das gesamte Erlebnis an Kursen festklammert«, schob Lukas seinen Pflug immer tiefer in Harveys Denkapparat.

»Wie wollen Sie denn Inflation anders messen oder überhaupt erkennen, wenn Sie sich nicht an Kursgraphiken festklammern? Die sind doch nur ein Instrument, mit dem Sie etwas messen können. Und Sie brauchen dieses graphische Erlebnis, damit Sie eine Erkenntnis über einen Trend bekommen«, donnerte Harvey besserwisserisch. »Meteorologen haben auch nur die Richtung von Hurrikans gemessen, um die Bevölkerung rechtzeitig warnen zu können«, sagte er. Gleichzeitig begriff er aber, dass es gar keine Inflation geben würde, wenn es keine Kurse oder Spekulationen geben würde. Die würde es dann nicht mehr geben, wenn die Vergleichsmöglichkeiten entfallen würden. Wenn alle Nationen ein einziges Zahlungsmittel haben würden, mit dem sie Handel betreiben könnten. Im Grund bestand kein Unterschied zwischen Wirtschaftssubjekten, die in einer Volkswirtschaft mit einer Währung ihre Geschäfte betrieben haben und Nationen, die in einem Wirtschaftsraum ihren Handel betrieben haben. Trotzdem griff ihm dieser Gedanke noch zu weit in die Zukunft voraus.

»Sie müssen doch Gefahren frühzeitig erkennen«, dozierte Harvey. »Gerade bei der Inflation ist das überlebenswichtig. In der Inflation verliert das Geld der Leute immer seine Persönlichkeit und verwandelt sich in eine immer größere wertlose Papiermasse. Millionen heißen dann nur mehr so, sind aber keine Millionen mehr. Wenn eine Währung auf der Flucht ist, bleiben nur die Menschenseelen übrig. Das müssen wir vermeiden. Deshalb brauchen wir Kurse, weil sie uns die Richtung weisen.« Harvey surfte auf der Welle seiner fachlichen Überlegenheit. »In Europa stiegen im ersten Viertel des 20. Jahrhunderts die Preise in nicht einmal 1 ½ Jahren auf das 10.000.000.000-fache«, dozierte er. »Können Sie sich das vorstellen? Da ist natürlich jede Verbundenheit mit der eigenen Währung verschwunden. Jeder, der dem Geld früher vertraut hat, hat die Erniedrigung der Währung als seine eigene Erniedrigung empfunden. Mit der Inflation fühlen sich Menschen immer geringer. Damals sind die Folgen eine doppelte Entwertung von Mensch und Geld gewesen. Beides hat sich voneinander genährt. Die Inflation hat dann auf ihre unbarmherzige Art die Unterschiede zwischen Arm und Reich aufgehoben. Wie eine Atomwolke oder eine Pestseuche. Keiner konnte sich davor schützen.«

Harvey vernahm seine ansteigende Form. Endlich keimte die Vorfreude auf die Vorstellung in der Metropolitan Opera mit Jackie wieder auf. Trotzdem ist ihm wieder etwas aufgefallen. Wenn Inflation gleichermaßen die Wirkung einer Massenvernichtungswaffe hatte wie eine Atombombe, warum wurde das eine verboten und das andere nicht?

Lukas blickte imponiert in den Spiegel und verstummte. Harveys Schilderungen über die grausamen und brutalen Effekte farblich bedruckter Papierschnitzel auf das Leben der Menschen beeindruckten ihn.

»Inflation ist ein gnadenloses Gespenst. Nach den Erfahrungen in den 1920er und 1930er Jahren haben dann die Kommunisten uns Amerikanern die nächsten 60 Jahre die Schuld dafür gegeben. Damit sie uns in ein Wettrüsten treiben konnten. Die haben unser traditionelles Verständnis für Kapitalbewegung und Wertveränderung unterschätzt. Unsere Geschicklichkeit in Aktivitäten des Handels, unser Zusammenströmen auf Börsen, wo unsere Dynamik von dem geordneten Verhaltensideal der Kommunisten abgestochen ist. Alles, was die gemacht haben, hat wie eine Uniform ausgesehen. Uns haben sie dann in jener Zeit natürlich besonders fragwürdig hingestellt, weil die Zeit ganz allgemein von Feindseligkeit erfüllt gewesen ist. Jeder Kapitalist ist quasi schlecht gewesen, weil er sich gut mit dem Handel und dem Geld verstanden hat. Und weil sich niemand besser darin ausgekannt hat als wir, hat man am Liebsten nichts mehr mit dem Geld zu tun haben wollen. Lukas seien Sie ehrlich. Letzten Endes haben wir die Welt immer befreit. Egal ob von Terror, Tyrannei, Krieg, Armut oder Arbeitslosigkeit. Das ist unsere Mission.«

»Die Befreiung der Welt?«, fragte Lukas.

Harvey nickte.

Lukas bohrte nach. »Falls es doch schief gehen sollte und wir daran zugrunde gehen, reißen wir aber die ganze Welt mit in den Abgrund. Wer soll uns auffangen, wenn unsere Mission zu kippen beginnt? Gott oder unsere Vernunft?«

»Gott oder unsere Vernunft? Das sind ja keine Widersprüche oder Alternativen?«, schüttelte Harvey missfällig den Kopf.

»Wenn Sie vorhin so lobend erwähnt haben, welche Errungenschaften der Westen kurz vor dem ersten Weltkrieg auf seine Brust heften konnte, dann muss ich jetzt schon etwas kritisch anmerken.« Lukas tastete bedächtig nach

Harveys Reaktion.

»Dass wahrscheinlich wieder etwas schief geht?«, fragte Harvey und blickte erwartungsvoll nach vorn. Er grinste.

»Wir entwickeln uns wieder zurück«, sagte Lukas. »Bürgerkontrollen auf allen öffentlichen Plätzen, Kreuzungen und Straßen. Dann Lauschangriffe oder Fingerabdrücke zur Archivierung. Einreiseverhinderungen, Visavorschriften, Zunahme von Kriminalität und Gewalt, entführte Manager, Geiselnahmen, Piraten auf See, Regierungsleute mit Prostituierten, gefälschte Doktorarbeiten, käufliche Gerichte, geisteskranke Amokläufer die Unschuldige niedermetzeln, weil sie vom System enttäuscht sind. Dann Justizskandale, Korruption, übergewichtige Kinder, zunehmende Analphabeten, gewalttätige Schüler die ihre Videos aus Frust ins Internet stellen, sinkende Reallöhne oder Teilzeitbeschäftigungen und schwelende Verachtung vor den Lügen der Politik. Über 80 Millionen arbeitslose Jugendliche weltweit. Abscheu und Entrüstung über die gefälschten Bilanzen der Banken und Konzerne. Von den astronomischen Überschuldungen ganz zu Schweigen. Schauen Sie sich doch die Bürger und Jugendlichen an, nach was die in London, Spanien, Griechenland oder Portugal gebrüllt haben. Letztlich nur nach Gerechtigkeit.«

Lukas fixierte Harvey mit ernster Mine und wiederholte seine Frage.

»Wir entwickeln uns doch wieder zurück, oder?« Der Ökonom wartete noch stillschweigend. »Nicht nur bei Inflation und sinkendem Wert des Geldes. Auch bei rückläufigen Börsekursen verlieren die Leute nämlich ihre Persönlichkeit und verwandeln sich in eine immer größere wertlose Masse. Je tiefer die Börsenkurse fallen, desto wertloser fühlen sich alle« Gebieterisch öffnete Lukas seine freie Hand. »Das soll eine Befreiung der Welt sein? Eine eigenartige Befreiung ist das, wenn sie in Wahrheit Angst vor der Zukunft hervorruft!«, konstatierte er und wollte an die Berg- und Talfahrten der Börsen in den letzten Jahren erinnern.

»Auch das ist falsch, wenn die Kurse für den Ölpreis hinuntergehen, verlieren wir nicht unsere Persönlichkeit«, parierte Harvey.

»Das ist ja noch absurder. Vor dem einen fürchten wir uns, wenn es nach oben geht, und vor dem anderen, wenn es nach unten geht. In welche Richtung soll es denn eigentlich nun gehen, damit wir uns nicht vor Kursen zu fürchten brauchen?« Lukas spähte durch den Innenspiegel.

»Nach oben oder nach unten?«

Harvey blieb stumm.

»Wir können doch nicht frei sein, wenn wir uns an Kursen anketten. Kann etwas noch eine Befreiung sein, wenn es uns wirklich von zwei Kursrichtungen abhängig macht?«, erkundigte sich Lukas herrisch. »Von zwei Richtungen, von denen offensichtlich keine die Richtige zu sein scheint?«

Alles hing scheinbar an der unsichtbaren Hand der Ökonomie. ›*Nein!*‹ Das wusste Harvey und es brachte ihn wieder in Rage. ›*Es ist keine Befreiung für die Welt!*‹

»Außerdem Sir«, renkte der Taxilenker sein Haupt wie ein schnüffelnder Wachhund witternd nach hinten und setzte noch eines drauf.

»Als wir früher über das globale Satellitensystem gesprochen haben, haben Sie gesagt, dass kein amerikanische Präsident einen Grund finden wird, sein Recht auf Kontrolle durch Missbrauch zu entehren, solange wir unsere Idee nicht verteidigen müssen.« Eindringlichen Blickes kettete Lukas Harveys Geist an seine Lippen.

»Warum müssen wir unsere Idee so auffallend oft verteidigen?«

41

Todesstrafe

›*Was ist Glaube?*‹. Das fragte sich Kardinal Damian unter dem Eindruck der Stimme, die er klar und deutlich gehört hatte, nachdem er mit dem Papst eine verbale Auseinandersetzung über den Sinn des geplanten Konzils geführt hatte. Die Kardinäle erschraken, als sie Damian wie vom Blitz getroffen zur Salzsäule erstarren gesehen haben. Verängstigte Mienen murmelten verwundert über das seltsam theatralische Verhalten. Ein Bruder wollte zu ihm stürmen und helfend einschreiten. Die anderen hielten ihn mit angehaltenem Atem zurück. Damian stand wenige Meter von Benedikt entfernt in der Mitte der Kapelle. Er richtete sich auf und wollte zum Altar rennen. Doch schon nach dem ersten Schritt blieb er wie angenagelt stehen. Mit einem wuchtigen Hammerstoß bohrte sich etwas durch seinen linken Rist. Es fühlte sich an, wie ein zentimeterdicker Eisennagel, so wie ihn Christus am Kreuz in den Fuß hingebohrt bekommen hatte. Damian riss sich herum und blickte mit einem entsetzlichen Kummer auf seinen Fuß, an dem nichts zu sehen war. Seine Augen weiteten sich, als er hinkend stürzte und die Heftigkeit des Schmerzes zu verdrängen versuchte. Mit einem Mal begriff er: ›*Die anderen Kardinäle hörten nicht, was ich gehört habe. Ich bin der einzige. Und die anderen haben keine Erklärung dafür, was ich ertragen muss. Sie können nur einen wilden wortlosen Tanz der Qual beobachten.*‹

Plötzlich hallte die Stimme wieder nur für Damian durch das Gewölbe des Gotteshauses. ***»Du wolltest von Deinem Bruder einen Beweis für seine***

Offenbarung? Nun bist Du in der Situation, glaubhaft machen zu müssen, dass Du etwas wahrgenommen hast, was außer Dir niemand gehört hat. Mit welchem Beweis willst Du nun Deine eigene Glaubwürdigkeit darlegen?« Damians epileptische Gesichtsausdrücke würden nur zur Entmündigung reichen, aber keinesfalls für den Beweis einer Erscheinung. Je fieberhafter er nachdachte, desto einleuchtender kam ihm die Sinnestäuschung als nicht real vor, der er nun gegenüberstand. Aber der Schmerz war nackte Realität. Zitternd vor Erregung flehte er stumm in Richtung Benedikt, der mit klaffendem Schlund das Geschehen zu erfassen versuchte. Dann erdröhnte plötzlich und ohne jede Vorwarnung wieder die Stimme.

»Es waren einfache Menschen vor 2.000 Jahren, die den Herrn erkannt haben. Wenn Du denen glaubst, die Du nie persönlich getroffen hast und die längst tot sind, aus welchem Grund glaubst Du dann Deinem eigenen lebendigem Bruder Benedikt nicht?« Damians Augen traten aus ihren Öffnungen nach oben und brüllten nach einer optischen Sinneswahrnehmung. Er lag schmerzgekrümmt am Boden, blickte Richtung Himmel und klammerte sich zitternd an seinen linken Fuß. *»Wie kannst Du von ihm einen Beweis fordern?«*, zürnte die Stimme.

Bruder Damian bekam plötzlich das Gefühl, keinen Boden mehr unter seinen Füßen zu spüren, sondern zu schweben. Und dies obwohl er sich auf geweihtem Marmor liegen sah. Es musste eine Täuschung sein. Als er nach Erholung schnaufend die nächste Sitzgelegenheit suchte, bohrte sich wieder etwas Hartes mit einem wuchtigen Hammerstoß in seinen anderen Fußrist. Mit dem Ausdruck eines Geburtsschmerzes ersehnte er das Ende dieser Pein. Jäh spürte er aber auch etwas von seinem Haupt herab rinnen, das auf seinem Gesicht wie glühende Säure gebrannt hat. Er erinnerte sich an einen Saunagang. Stundenlang hatte er damals den Honigspender in der Schwitzkammer stehen gelassen, und als er seinen fünften Aufguss machen wollte, war das kochende Gefäß regelrecht explodiert. Eine siedende Brühe Honig hatte sich über seinen Oberkörper ergossen. Er war unter die Kaltwasserdusche gerannt und hatte den höllischen Verbrennungsschmerz schon nach wenigen Sekunden lindern können. Aber, was nun über sein Gesicht geronnen ist, ließ sich unter keiner Dusche löschen. Eine Welle der Lähmung zermalmte ihn förmlich, so furchtbar war der Kelch. Er wollte seine Hände ans Gesicht führen, aber auch die verweigerten ihm aus unerklärlichem Grund die Gefolgschaft. Die Kehle schnürte sich ruckartig zu. Er musste nach Luft schnappen. Jetzt vernahm er eine Kälte, deren Gewalt seinen ganzen Körper wie in einen eisigen Schraubstock drückte. Hammerstöße schlugen nun gleichzeitig so heftig in seine beiden Handmitten und Fußriste, dass ihm seine Nerven das Gefühl einer Knochensprengung übermittelten. Jeder Hammerschlag pumpte tausend Grad in sein Herz. Er wollte zu den Anwesenden um Hilfe schreien, aber seine Lungen fassten kaum genug Luft für ein Röcheln. Er wollte Schlucken, aber die Muskeln versagten ihm den Dienst. Den rettenden Griff zur Gurgel ließen die Arme nicht zu. Das Gefühl der ätzenden Säure, die sengende Hitze seiner Adrenalinimpulse und das Flehen nach Sauerstoff schlugen eine Woge der dreifaltigen Todesangst über ihn zusammen. Kardinal Damian litt in diesem Augenblick Höllenqualen, denen er den Tod als rettende Erlösung herbeiwünschte. Irgendeine Eingebung versuchte ihm jedoch zu sagen, dass er trotz aller Schmerzen nicht sterben wird. Er empfand diese Erkenntnis wie eine Geißel. ›*Bitte Herr lass mich sterben*‹, flehte er innerlich. Da hörte er wieder die Stimme.

»Du, der während seiner Amtszeit als Bischof in Deiner Diözese Sprösslinge missbraucht hast? Über Jahre hindurch gelockt, verführt und bestraft? Die Du zu Handlungen verleitet hast, die ihnen ihre Unschuld genommen haben? In die Irre geführt über meine Absichten? Wem gegenüber hast Du Deine Lügen nicht verschwiegen? Du willst Deinen Bruder der Lüge bezichtigen? Weil er beschwört, mit mir eine Begegnung gehabt zu haben?« Damians Eingeweide wurden wie von einer Python zusammengepresst. Die Befehle seines Gehirns kündigten ihm jeden Willen auf. Die Sterbeinstruktionen seines letzten Bewusstseinsrestes blieben nicht ausgeführt. Seine Schreie tönten nur noch in seinen Gedanken. Der Schraubstock einer Sonnenoberfläche ließ seine Extremitäten ertauben. Sein Talar klebte wie angeleimt an ihm und zerrte seine Körpertemperatur zum Siedepunkt. Das Gefühl glitt plötzlich über Hals und Kinn an seine Lippen. Damian zuckte und rappelte wie von einem Stromschlag getroffen, als er glaubte, langsam innerlich zu verbrennen. Seine Sinne sendeten ihm Botschaften, die sich wie siedendes Öl anfühlten, das sich über seine Mundhöhle, in den Rachen, über Luft- und Speiseröhre in Lungen und Magen ergoss. Der Schutzmechanismus jedes Lebewesens würde bei diesen Qualen sofort zum Bewusstseinsverlust führen. Gegen Schmerzen dieser Art hatte die Evolution jedem Organismus die Ohnmacht einprogrammiert. ›*Kein lebendes Wesen, darf unerträglichen Schmerz empfinden*‹, lautete die Programmeingabe einer schöpferischen Kraft an die Evolution. Das Leben musste diesem Befehl gehorchen. Doch Kardinal Damians Software setzte in diesem Augenblick aus. Sie überließ die Hardware ihrem Schicksal. Die Kollegen um ihn herum drehten sich wie im Karussell. Er hörte nur verzerrte Stimmen seiner Brüder, verstand aber kein Wort mehr. Unter unvorstellbarem Jammer begann er ein Gebet zu sprechen.

»Du erbittest mein Gehör?«, ertönte abermals die Stimme. ***»Du würdest dieselben Urteile sprechen, wie Deine Vorgänger. Du würdest Menschen wegen Ketzerei auf den Scheiterhaufen bringen. Du würdest meine Kinder bei lebendigem Leibe verbrennen. Würdest Dir anmaßen, die Todesstrafe***

verhängen zu dürfen. Du würdest Folter anordnen und behaupten, von mir dazu ermächtigt worden zu sein. Nun spürst Du das, was viele Verurteilte spüren mussten. Auch sie haben unter der Pein, die man ihnen angetan hat, zu beten begonnen. Aber sie sind früh erlöst worden. Warum sollte ich nun Dich erlösen?« Damian ergab sich seinen Schmerzen und erdachte an die Worte seines Herrn Jesus Christus am Kreuze kurz vor dessen Tod. *›Vater, warum hast Du mich verlassen?‹*, dachte Damian. Das war sein Ende. Die Evolution versagte vor ihrem Schöpfer. Sie verweigerte Kardinal Damian den erlösenden Tod. Damian litt die Hölle und weinte um Vergebung bittend Richtung Himmel.

»Vater, in Deine Hände lege ich meinen Geist«, brüllte er die Worte Christi mit der letzten Kraft seiner vom Schmerz gelähmten Muskeln. Damian ließ den Kelch der Verkrampfung seines Wundschmerzes an sich vorbeiziehen. Er dachte nur mehr an Gott, der ihn erlösen sollte. Doch der ließ ihn so unendlich lange warten. Damians Körper zuckte in einem bitteren Weinkrampf.

Wie lange hält das menschliche Bewusstsein durch, wenn der Körper lebendig ans Kreuz genagelt wird und die Verbrennung des Scheiterhaufens erfährt? Das war die Frage demütiger Gläubiger vor 500 Jahren. Die Frage im 21. Jahrhundert lautete anders. Sie wurde an alle Regierungen gestellt, die die Todesstrafe als gerechtfertigt sahen. Wie lange hält das Bewusstsein beim Tod durch die Demokratie aus? Durch die Demokratie, die mit Gift oder Strom Menschen hinrichtete? Wie viele sind schon unschuldig ermordet oder jahrelang eingekerkert worden? Und wie viele sind während ihrer Exekution nicht bereits nach wenigen Augenblicken gestorben, sondern haben den Todeskampf minutenlang ertragen müssen? So war die Demokratie und sie nahm es in Kauf. Sie exekutierte Menschen. Mit einem selbstgerechten Justizsystem aus Dreiviertelgebildeten, um Wahrheiten und Urteile zu verkünden, die sich viel später als Unwahrheiten herausstellten. Die Demokratie tötete heute durch falsche Urteile wie Diktaturen damals und heute. Und wenn sie tötete, tötete sie langsam. So ist aus einem brutalen und tödlichen Schwerthieb ein langsamer, viel grauenvollerer Tod geworden, der einen jahrelang leiden und hoffen gelassen hatte, ob sich die Wahrheit durchsetzen könnte. Durch die Verschleppung eines Urteilsvollzugs über sogenannte Instanzen und Obergerichte versuchte der Rechtsstaat seine Brutalität und Ignoranz zu tarnen. 10 Jahre und mehr wartete man im Todestrakt mit der Sehnsucht, dass jemand die Wahrheit ans Tageslicht bringen könnte. Um dann durch einen ungünstigen Moment, indem das Senfgas nicht richtig zu wirken begonnen hat, minutenlange Schmerzen zu ertragen, wie sie Damian heute und hier ertragen musste. Ein nicht enden wollender Todeskampf war die Vorstellung, mit der Satan seine Heimat definiert hat. Die unerfüllte Hoffnung zu Sterben machte den Schmerz zur endlos langen Realität. Die wenigen, die es überlebt hatten waren nie mehr dieselben geblieben. Dieser Schmerz krallte sich Griff für Griff in unerreichte Tiefen der Seele, breitete sich über alle Organe aus und nistete eine unendliche Traurigkeit im Herzen ein. Damian verstand die Sünden seines Lebens. Er ließ sich mit seiner Drangsal gleiten und erinnerte sich an jene, die die Umkehr gepredigt, und von einer wahnsinnigen Kirche im Mittelalter Einsicht gefordert hatten. Jene, die für ihren Glauben verurteilt und verbrannt worden waren. Jetzt sollte er brennen. Er sollte die Strafe der Zivilisation erfahren, die mit der Gewalt der Demokratie durch Spritzen Senfgas in die Adern von Menschen gejagt hat. Auch so konnte sich der westliche Lebensentwurf anfühlen. Damian war am Ende! Wie ein leerer Kartoffelsack fiel er in sich zusammen und bewusstlos zu Boden. Vor seinen Augen ergoss sich eine finstere Schwärze und er war erlöst. Die nachfolgende Autopsie sollte ergeben, dass Kardinal Damian im Alter von 49 Jahren überraschend und offenbar unter heftiger Aufregung an Herzversagen gestorben war. Ausgelöst durch eine Embolie. Er rang über fünf Minuten mit dem Tod, bis er erlöst wurde. Damian hatte kurz vor seinem Tod geglaubt, dass der Vatikan in die tiefste Krise seiner 2.000jährigen Geschichte stürzen könnte, wenn herauskommen sollte, dass die Kirche irgendetwas mit einem Kollaps des Finanzsystems zu tun haben könnte. Entweder war Damian wirklich eines natürlichen Todes gestorben, war aber in seinem Todeskampf machtlos gewesen, seinen Brüdern mitzuteilen, was mit ihm geschehen war. Oder er hatte seine Sünden eingesehen und die Stimme, die er gehört hatte, hatte wirklich nur in seinem Hirn existiert. Abrupte Fehlfunktionen des Gehirns, die zu Wahnvorstellungen geführt hatten. Medizinisch wäre alles erklärbar. Schließlich gab es aber noch eine dritte Möglichkeit. Vielleicht war es eine andere Macht gewesen, die nicht gewollt hatte, das Damian seine Vermutung in die Öffentlichkeit tragen könnte. Doch diese Macht war nicht beweisbar. Damian ist eines natürlichen Todes gestorben. Das war der eindeutige Anschein. Von dem, was er in seinen letzten Atemzügen erlebt, gehört oder gefühlt hatte, hatte niemand eine Vorstellung. Damian lag am heiligen Boden der Basilika. Sein ganzer Korpus zuckte in 3-Sekunden-Intervall kräftig auf. Geistig hatte ihn die Evolution einschlafen lassen. Doch der Körper wehrte sich noch gegen den Tod. Einige Kardinäle eilten zu Damian, andere hasteten die Türe hinaus, um den ärztlichen Notdienst zu rufen. Papst Benedikt XVII. ging mit zittrigen, weichen Knien zu einem Trinkwasserspender und spülte die Aufregung in den Magen hinunter. Dann näherte er sich seinem am Boden liegenden zuckenden Bruder, um ihm in kurzen Worten das Sterbesakrament zu erteilen. Benedikt war ratlos. Was war mit seinem Bruder geschehen? Ein geschockter Blick auf die Uhr sagte ihm, dass Operation Pangäa schon seit über einer Stunde anlaufen sollte. Das Popkonzert der Götter ist am Horizont gestanden. Nachdem er mit gefalteten Händen zu Damian gesprochen hatte, wendete er sich um und nutzte die kurze Gelegenheit, um außerhalb der Basilika mit Franjo Sepero zu telefonieren.

42

Die unsichtbare Hand

›Kann unsere Idee wirklich noch eine Befreiung sein, wenn sie uns permanent von zwei Kursrichtungen abhängig macht?‹, hatte Lukas zurecht gefragt. Der Taxifahrer machte mit seinen Einwänden und Wortmeldungen Harvey zunehmend zu schaffen. *›Welche Richtung ist denn nun die Richtige? Wenn die Kurse nach oben oder nach unten gehen?‹* Lukas hatte mit seinen Andeutungen nicht so unrecht. Der blinde Tanz um irgendwelche Kursrichtungen hat keine Freiheit, sondern Gefangenschaft verbreitet.

Und niemand wusste besser als Harvey, warum es keine Befreiung sein konnte. In seiner internen Analyse, die er im Direktorium der Notenbank diskutiert hatte, hatte er schon eindringlich vor den kommenden Jahrzehnten gewarnt. *›Uns war längst bekannt, dass Märkte nicht immer effizient funktionieren‹*, hatte er vor seinen Direktionskollegen unmissverständlich festgestellt. Nach den beiden Ölschocks von 1973 und 1979 war in den 1980er Jahren der Glaube an die Überlegenheit freier Märkte aufgekeimt. In unregulierten Märkten hat man geglaubt, die Quelle des ewigen Wohlstandes gefunden zu haben, hat jedoch immer öfter eine entfesselte Irrationalität vorgefunden. Der Vater der modernen Volkswirtschaft ist stets gerne als Urheber dieser Marktideologie zitiert worden: *›Der Markt führt wie von unsichtbarer Hand zu ökonomischer Effizienz‹*, hatte Adam Smith gesagt.[60] Mittlerweile ist fast ¼ Jahrtausend vergangen und trotzdem wurde die ganze Welt noch heute von dieser Metapher dominiert. In der Hälfte dieser Zeit haben fast 200 Notenbanken versucht, an Konzepten der Geldmenge wie in einem Teilchenbeschleuniger herumzuexperimentieren. Man musste unbedingt die richtigen Bedingungen herausfinden, unter denen diese mysteriöse *›unsichtbare Hand‹* funktionieren könnte. Schließlich sollte diese Hand allen Wohlstand und Unabhängigkeit bescheren. Man hatte an dieses Gleichnis wie an einer Religion festgehalten. Doch es war wie viele andere auch, ein sehr forderndes Glaubensbekenntnis,

---

[60] *Adam Smith,* brit. Volkswirtschafter und Moralphilosoph; Hauptwerk: The wealth of nation, 1776

dessen Verheißung solange nicht funktionieren sollte, solange nicht die richtigen Voraussetzungen vorgelegen sind. Daher hatte Nobelpreisträger Stiglitz drei Prämissen genannt, wie diese Hand funktionieren könnte.[61] Erstens: *›Information muss entweder vollständig sein oder darf nicht von irgendwelchen Vorgängen beeinflusst sein.‹* Dort fängt das Problem schon an, erklärte Harvey seinen berufenen Mitdenkern in der US-Zentralbank. Politiker täuschten den Bürger und den Markt. Budgets wurden straflos gefälscht, um Staatsanleihen loszuwerden. Der Staat nahm sich dann das Recht der Zensur über seine eigene Schuldensituation und praktizierte dieselben Bilanzfälschungen wie die Konzerne. Ob Geheimdienste, Diplomatendepeschen, Videokameras in aller Welt, Abhörtechnologien in der Atmosphäre, Freunderlwirtschaft oder Positionsschacher. Unternehmen und Konsumenten wurden durch solche Bedingungen nur in ihrer Bereitschaft beraubt, alle Informationen herauszugeben. Als Reaktion auf die fraglichen Vorbilder im Staat hat man sich mit Täuschungsmanövern gegenüber dem Staat gerächt. Man wollte sich die Steuern wieder zum Teil zurückholen, die man gutgläubig für Machenschaften gestiftet hatte. Und da Konsument und Unternehmen schon dabei gewesen sind den Staat zu täuschen, haben sie begonnen, sich schließlich gegenseitig auch noch zu täuschen. Das war der erste Akt der Tragödie. Die Verheißung einer funktionierenden *›unsichtbaren Hand‹* konnte sich schon nach der ersten Bedingung nicht erfüllen. Sie war in allen Punkten nicht erfüllbar, hatte Harveys damals festgestellt und ein Schweigen der Lämmer in der Zentralbank geerntet. Doch das Schlimme an dieser Geheimniskrämerei ist die Ursache der Überinformation gewesen. Ein Widerspruch ist unter Harveys Diskussionspartnern in der Zentralbank kaum noch vorhanden gewesen. Zu stichhaltig hatte er die Realität dargestellt. *›Informationen sind unvollständig und manipuliert!‹* Das Regulativ der unsichtbaren Hand konnte nicht funktionieren.

Zweite Bedingung für das Funktionieren des Marktes, die Nobelpreisträger Stiglitz gefordert hatte war: *›Alle müssen über dieselben Informationen verfügen‹*. Diese Bedingung war de facto unerfüllbar, ja geradezu lächerlich, hatte er damals gedonnert und lautlos gelacht.

Und dritte Bedingung: *›Es muss vollkommene Konkurrenz bestehen und man muss sich gegen alle Risiken versichern können.‹* Der weltweite Handel von Devisentermingeschäften wurde lediglich von vier Banken abgewickelt. Die US-Notenbank hat seit 1913 mehr als 60 Prozent der Bankenwelt mit Papiergeld versorgt. Ist das vollkommene Konkurrenz gewesen? Und die Subprime-Krise hat man eindeutig auf die Ursache der Risikoversicherung

[61] *Joseph Stiglitz;* 1993-1997 Wirtschaftsberater von US-Präsident Clinton, 1997-1999 Präsident der Weltbank; 2001 Nobelpreis für die Analyse von Märkten mit ungleich verteilten Informationen

zurückführen müssen. Sonst hätte sich kein Bankinstitut darauf eingelassen gehabt. Grenzüberschreitende Geldtransaktionen haben weltweit das 20fache dessen ausgemacht, was für den Handel oder Austausch von Waren tatsächlich erforderlich gewesen ist. Eine Handvoll Finanzinstitute kontrollierte somit 95 Prozent des globalen Geldmarktes. Harvey hatte energisch vor seinen Kollegen konstatiert, dass sich die praktizierte Wirtschaftswissenschaft als Farce herausstellen würde. Nobelpreisträger hatten bloß von Vorbedingungen geredet, damit die unsichtbare Hand schon funktionieren wird. Sie hatten Modelle für Fonds konstruiert, die wie der LTCB im Jahr 1998 kollabiert waren, bei dem die US-Zentralbank mit 50 Milliarden Dollar einspringen hatte müssen. Sie hatten Modelle für AIG erfunden, bei der das Volk letztlich mit 180 Milliarden Dollar heldenhaft einspringen hatte müssen. Das ist nur ein Ergebnis dieser Phrasendrescherei gewesen. Mit dieser Klugschwätzerei hatte man dann Präsidenten beraten und auf Universitäten darüber palavert, obwohl die Klugschwätzer keine einzige jener Bedingungen herstellen konnten, die sie eingefordert hatten. Adam Smiths Theorie hatte also von vornherein keine Chance gehabt. *›Die unsichtbare Hand hat sich bis heute überhaupt noch nie gezeigt‹*, hatte Harvey im Weisenrat der Gelddrucker gepoltert. Es gab keine vollkommene Konkurrenz, es gab keine gleichmäßige Informationsverteilung, die nicht von fremden Interessen beeinflusst worden war und es gab keine Versicherung gegen Risiken. Es gab Geheimsitzungen über politische oder ökonomische Vorgänge, es gab Institute mit Monopolstellungen für alle erdenklichen Marktvorteile. Das gab es alles. Eine *›unsichtbare Hand‹* war jedoch nur als Vorwand vorgeschoben aber niemals angestrebt worden, weil sie die Macht, die Rechte und das Kapital auf die Allgemeinheit verteilt hätte. Übertroffen war die Geschocktheit des Direktoriums über Harveys Ausführungen nur mehr von seiner Schlussaussage worden: *»Hoffentlich kommt niemand, der die Entschlossenheit aufbringt und die Masse auf das Versagen dieser westlichen Klugschwätzerei aufmerksam macht. Denn die Ökonomie kann nichts dafür. Sie würde wahrscheinlich funktionieren, wenn man es richtig macht.«* Man hatte die ganze Welt über Jahrzehnte hindurch vom Märchen eines freien Marktes getäuscht. Die Hand war weder unsichtbar noch überirdisch. Sie war sichtbar und von Menschen gelenkt worden.

43

Defcon Zwei

Präsident Kerry saß im Sitzungszimmer der Air Force One. Hinter ihm prahlte der amerikanische Aktienindex trommelfeuerartig von einem Plasmabildschirm herunter. Er wurde ungeduldig.

›*Die Graphik vom Dow Jones Aktienindex gleicht einer Kriegserklärung*‹, sagte Eduard Heller. ›*Wenn man sie ernst nimmt*‹, dachte der Präsident und versuchte das Problem herunterzuspielen, um die tiefere Symbolik auf der Leinwand zu erfassen, die der US-Administration wenige Minuten nach sechs Uhr morgens zugekommen war.

»Weißt Du auch, über welchen Weg der Nachrichtenübermittlung uns diese Kursgraphik zugesandt worden ist?«, sagte der Chefberater, glühte vor Entrüstung und presste seine Augäpfel heraus.

»Du wirst Augen machen. Von niemand geringerem als von Echelon.«

Der Präsident musste sich gegen das plötzliche Schwergewicht seines Unterkiefers wehren. Versteinerter Scharfblick schoss unter seinen Brauen hervor. »Echelon?«, fragte er.

»Das berichtet die NSA«, wetterte Heller und blätterte weiter in seinem Papierstoß.

»Hier!«, sagte er auf das nächste Blatt deutend.

»Die Geheimdienste melden eine Flut von Anzeigen. Der gesamte Zahlungsverkehr bei den Banken ist ausgefallen und Millionen Bankkonten sind in einer Minute geplündert worden.« Der Chefberater holte tief Luft und machte eine Pause. Er blätterte weiter. Trevor Kindle hob die Hand.

»Bitte Trevor?«, erwiderte Kerry.

»Das wollte ich Ihnen noch sagen, Sir. Ich hatte den Eindruck, dass Sie einen beabsichtigten Angriff der Drohne kategorisch ausgeschlossen haben.« Kerry fixierte seinen Chefpiloten. »Das Pentagon hat uns mittlerweile bestätigt, dass nicht 100 Drohnen von Grönland Richtung New York ihren Kurs gewechselt haben.«

›*Na also*‹, deutete Kerry beschwichtigend mit den Händen.

»Unser Verbindungsmann im Verteidigungsministerium hat die Zahl korrigiert und hat zuletzt von tatsächlich nur drei Dutzend gesprochen.«

Der Oberbefehlshaber neigte plötzlich sein nachdenklich werdendes Haupt und erhob sich in einer Halbdrehung aus seinem Stuhl. In Gedanken versunken, spürte er Schicksalstage herannahen und dachte an die 13 Tage von Kennedy während der Kuba-Krise, als die Welt am Abgrund gestöckelt war.

»Die Wolkenkratzer können aber nicht fliegen und ausweichen wie wir«, baute sich Chefberater Heller wieder ins Gespräch ein. »Diese Dinger werden auf ihrem Laserstrahl kerzengerade in das Finanzzentrum von New York reiten«, keifte er. Kerry sah in Gedanken ein Geschwader von Todesdrohnen, die ungehindert in Manhattan einschlagen könnten. Der Chefberater scannte den schicksalsgezeichneten Gesichtsausdruck des Präsidenten. Aus dem Antlitz von Eduard Heller floss Hilflosigkeit in Strömen.

»Weißt Du, wer den Befehl für diese Kursänderung an die Drohnen gegeben hat?«

Kerry schüttelte mit anhaltend nachdenklicher Miene den Kopf.

»Wieder Echelon!«, sagte Heller und presste die Lippen zusammen.

»Die Sicherheitsleute der US-Banken melden den totalen Supercrash in ihren EDV-Systemen und erzählen von einer hinterlassenen Nachricht des Eindringlings. ›*Wenn er schließt, kann niemand öffnen. Wenn er öffnet, kann niemand schließen*‹. Das FBI hat die Nachricht zwischenzeitlich nur insofern entschlüsseln können, als dass sie es als Zitat aus der Johannes Apokalypse erkannt hat. Mehr wissen wir noch nicht.«

»Aus der Bibel?«, fragte Kerry perplex.

»Willst Du auch wissen, über welches System man in die Banken eingedrungen ist?«

Kerry begriff blitzartig. ›*Echelon!*‹

»Irgendjemand kontrolliert also Echelon!«, konstatierte er widerwillig und brachte seine Denkprozessoren auf höhere Temperatur.

Eduard Heller blätterte in seinem Stapel weiter zur nächsten Seite.

»Die nächste Nachricht betrifft wieder den Dow Jones Aktienindex.« Kerry schlitzte seine Augen und winkte ab. »Mich interessieren keine Kurszahlen.«

»James!«, gewitterte sein lädierter Chefberater los. »Ich habe mit dem Vize-Chef der Zentralbank telefoniert. Mooney hat gesagt, dass das da oben hinter Dir durchaus Realität werden kann.« Heller deutete wieder auf die Leinwand mit dem Dow Jones Index.

»Und wenn es passiert, dann sind alle Pensionsfonds, Versicherungsgesellschaften und Banken innerhalb eines Tages pleite. Kurse machen so etwas möglich.« Ein erwartungsvoller Blick in die Augenszenerie des Präsidenten folgte.

»Die Unternehmen halten nämlich am meisten von diesen Aktien in ihren Bilanzen. Wenn die tatsächlich Null wert sind, erlebst Du innerhalb eines Tages die Ausrottung einer Spezies mit dem Namen Marktwirtschaft. Da können wir uns die neuen Stresstests der Bilanzen in die Haare schmieren. Dann fangen wir nämlich wirklich bei Null an.« Eduard Heller schnitt mit der flachen Hand einen Schlussstrich in die spannungsgeladene Luft.

James Kerrys Konzentration erinnerte an die Evolution beim neuen Versuch einer intelligenten Spezies. Kerry war ein Meister der *Top Down* Methode. Man musste ein Problem immer von ganz oben betrachten, von wo man alles überblicken konnte. Instinktiv stellte er genau die empfindlichste Frage.

»Welche Auswirkungen hätte das alles auf die Notenbank?«

»Das System bräuchte wahrscheinlich wieder neue Kredite«, stöhnte der Chefberater. »Wo sollten die sich das Geld holen, außer von der Notenbank?«

Kerry grübelte und verschob dieses Thema auf einen anderen Zeitpunkt. Sein Blick erspähte wieder den Aktienindex. Er polterte gegen die Manipulation seines Geistes durch eine Kursgraphik.

»Heißt das, wir diskutieren jetzt über einen Aktienkurs, der sich morgen genauso wieder erholen könnte?«, fragte er. »So wie er es immer getan hat?« Wild gestikulierte Kerry herum und presste seine Handfläche auf die Mitte des Bildschirms.

»Das«, sagte er. »Das hat nichts mit der Natur zu tun. Das ist keine Fieberkurve, mit der sich ein Gesundheitszustand messen lässt, der wirklich stattfindet. Das ist nur ein Geist, der seine Maske abgelegt hat und sich gerade als Monster zeigt.« Der Präsident blickte seine rechte Hand im Weißen Haus durchdringend an und erinnerte sich an dessen beherzten Rettungssprung vor die fast zerberstende Fensterluke. Eduard Heller ist auch sein Freund gewesen.

»Sieh Dir doch die Graphik an«, sagte er mit treuherzigem Blick.

»In der Depression ab 1930 ist der Kurs auch über 90 Prozent runter gegangen. Und dennoch haben wir überlebt. Weltkriege, Ölkrisen, Finanzkrisen, Revolutionen und was weiß der Teufel noch alles! Wir sitzen hier und *sind am Leben.*« James Kerry konnte dem irrationalen Gedanken nichts abgewinnen, dass nur wegen eines Kurses morgen die Welt untergehen sollte, wenn dieselben Unternehmen weiter arbeiten und produzieren würden.

»Natürlich könnte sich der Aktienindex wieder erholen«, erwiderte Heller mit einem tiefen Seufzer.

»Aber erstens: wie lange dauert das? Und zweitens: was geschieht inzwischen?« Seine Augen feuerten Verständnislosigkeit zum Präsidenten.

»Du kannst doch den Leuten von Pleitefirmen nicht sagen: ›*Geht arbeiten, irgendwie bekommt ihr euer Geld schon. Und wenn nicht, wird uns schon was einfallen!*‹«

»Dann soll die Börsenaufsicht doch den Handel aussetzen«, explodierte der Präsident. »Bis sich die Lage beruhigt hat, gibt es eben *überhaupt keine* Kurse«, brüllte er und schlug mit der flachen Hand wuchtig auf die Tischfläche.

»Muss ich denn auf jede Lösung selbst draufkommen. Wofür habe ich die Zahlen- und Wortverdreher überall herumhocken. Die sollen gefälligst ihr Hirn benutzen.« Der Chefberater fixierte seinen Boss überrumpelt.

»Wir haben doch 1987 diesen Down Tick Rule eingeführt, als der Index an einem Tag über 20 Prozent verloren hat. Also stoppt die Maschinen und setzt den Kurs aus, wenn das so gefährlich ist, wie Du unentwegt andeutest.« Kerry baute in seiner Psyche einen Stein nach dem anderen zu einer Mauer, die ihn vor irrationalen Wahnvorstellungen schützen sollte. ›*Wenn sich diese Welle hier wirklich aufbaut, dann heißt es handeln!*‹, dachte er. ›*Schließlich hat dieser Geist seit über 100 Jahren den Menschen einen Weg gewiesen. Der Geist des Kapitalismus.*‹ Kerry wollte Heller beruhigen.

»Wir sind vor einer halben Stunde um ein Haar draufgegangen, Ladies and Gentlemen!« Der Präsident versuchte die Gefahr auf harte Fakten zu reduzieren.

»Welcher Idiot kümmert sich um einen Aktienkurs, wenn es um sein Überleben geht?«, fragte er.

»Wir müssen nur weiter unserer Arbeit nachgehen. Jeder muss das. Oder sind der Herr Dow und der Herr Jones jetzt die Arbeitgeber von Millionen Amerikanern?« Der Präsident hatte die Nase gestrichen voll von der ständigen Panik rund um irgendwelche Finanzen und Kurse. »Wir werden in der Zwischenzeit schon eine Lösung finden. Nur weil die Börsen am Boden liegen, sind wir nicht tot.«

»James«, erwiderte Heller. »Nicht die Psyche der Menschen ist schuld am Aktienkurs, sondern umgekehrt. Die werden einen Dreck tun«, polterte der Chefberater sichtlich erregt. »Die werden auf die Straße gehen, wenn sie nichts mehr kaufen können. Die werden sich fragen, was wir die ganze Zeit gemacht haben, seit die Finanzkrise ausgebrochen ist. Dann hast Du Zustände wie bei Gaddafi.«

Kerry schenkte sich ein Glas Wasser ein.

»Dann werden wir uns jetzt hier rasch ein Bild von der Lage verschaffen und uns noch vor Mittag über die Fernsehstationen an die Nation wenden. Es kann doch nicht sein, dass ganz Amerika still steht, nur weil ein paar Geldscheinautomaten nichts ausspucken und irgendwelche Kontenzahlen auf einem Bildschirm irgendeine dämliche Null zum Blinken bringen. Diese Nation wird nie still stehen, solange ich Präsident bin.«

Der Präsident ritterte um den Verstand der Anwesenden. Es wäre zweifelsfrei eine Katastrophe, deren Ausmaß man nicht abschätzen konnte. Aber es würde keine Realität vernichten, sondern nur Zahlen die in irgendwelchen Bilanzen abgedruckt worden sind. Schließlich wusste man, dass Zahlen bekanntlich sehr geduldig sein konnten. Kerry sinnierte über die 30 größten Unternehmen des Landes. Die Ölkonzerne,

Nahrungsmittelversorger, Lebensmittelketten, Energiewerke, Chemie und Pharmariesen, Telekommunikationsunternehmen, Fluglinien, Softwarehersteller oder Autoproduzenten. Die Innereien der ganzen Zivilisation pulsierten in allen Berufsbranchen. Dass das Zusammenleben wirklich so von Kursen abhängen sollte, wollte der amerikanische Oberbefehlshaber nicht akzeptieren. Börsenkurse spiegelten nur die Erwartungen irgendwelcher Zocker. Aber eine Panik könnte in der Tat zu einem Kollaps führen, wenn er die Menschen nicht beruhigt. Das ist ihm klar geworden.

»Monica. Bereiten sie in Grundzügen eine Rede an die Nation vor. In kurzen Stichworten über eine Zusammenfassung der Ereignisse. Tragen Sie alles zusammen«, stieß er plötzlich raus. »Sagen Sie dem Pressesprecher, er soll den Medien eine Pressekonferenz ankündigen. Der Zeitpunkt wird noch genannt.« Kerry presste seine Fingerspitze auf die Tischoberfläche und spähte zu seinem Chefberater.

»Eduard, wenn drei Nachrichtenimpulse von Echelon kommen, dann hat sich jemand das Ding geschnappt. Die NSA soll gefälligst Antworten vorlegen, wer das ist? Wofür bekommen die jährlich Milliarden für ihre 36.000 Mitarbeiter?« Eduard Hellers Herz pendelte wieder langsam zur Mitte aus, als er seinen Boss bei der Arbeit sah.

»Trevor«, brummte Kerry und setzte sich aufrecht.

»Geben Sie per Funk den Befehl an die Luftstreitkräfte durch. Die US Air Force soll diese Metallinsekten schleunigst vom Himmel holen, bevor die ins Herz von New York hineinrasen.« Der Präsident deutete weiterreden zu wollen.

»Auf die Möglichkeit hin, dass überhaupt alle unbemannten Aufklärungsmarschkörper verrückt spielen könnten, geben Sie an das Pentagon durch, dass alle Drohnen unverzüglich den Luftraum zu verlassen haben. Zur Sicherheit sollen bemannte Patrouillenflüge die Dinger bewachen.« Kerry begriff, dass es sich hier nicht bloß um ein technisches Problem handeln könnte. Echelon, unbemannte Drohnen oder einstürzende Kurse. Dahinter musste der Wille von irgendjemandem stehen, der eine Rechenmaschine lenkte. Er wusste aber auch, dass er die Luftstreitkräfte massiv schwächen würde, wenn die sich nur um ein paar Metalldosen kümmern mussten, die ihren eigenen Willen entwickelt haben. Kerry drehte sich wieder zu Heller.

»Ed! Ich will alle um Punkt 10 Uhr im Büro zum Rapport sehen. NSA, CIA, FBI und Börseaufsicht. Standleitungen zu den Bankenbossen. Und unsere Leute sollen ausrücken und den Vize-Chef der Notenbank ins Weiße Haus holen!« Wie ein elektronisch gesteuerter Schachcomputer spulte der Präsident im Geiste seinen Notfallsplan herunter, als ob er ihn schon seit Monaten ausgedacht hätte.

»Wann landen wir, Trevor?«

»In einer Stunde!«

»Gut, dann sind wir in der Zeit.« Kerry versuchte die Lage auf einen Punkt zu bringen, um eine ausständige Entscheidung treffen zu können. Er grübelte und hörte die Worte seines Chefberaters im Geiste nachhallen, bevor er den Raum betreten hatte. *›Wir sind im Krieg. Das ist ein Attentat auf die Vereinigten Staaten von Amerika!‹*

»Entweder wir werden Opfer eines verrückten Computersystems oder wir sind im Krieg«, sagte der Präsident und erfasste die Lage mit einem heranschleichenden Hauch von Wehmut.

»Wenn ein Unbefugter unser globales Satellitensystem benutzt, um uns gezielt anzugreifen, dann können wir nicht tatenlos zusehen. Nur, wer ist das, der da versucht, Hand bei uns anzulegen?« Er rief sich den gezeichneten Gesichtsausdruck von Abraham Lincoln in Erinnerung. *›Wenn Krieg wie ein Schicksal in Deine Amtsperiode trampelt, dann eben Krieg. Etwas anderes haben wir ohnehin nie gemacht. Aber es wird der Letzte, das schwöre ich.‹*

»Was ist mit den übrigen Börsen auf der Welt?«, fragte er. Unwissenheit glotzte ihn von allen Seiten an.

»Wie sollen wir plausibel in Betracht ziehen, dass unser Aktienindex tatsächlich auf Null fällt, während die anderen keinerlei Anzeichen dafür aufweisen?«, donnerte er aus seinen Eingeweiden. »Ich will wissen, was auf der ganzen Welt passiert!« Die Nummer Eins der Welt stellte unmissverständlich klar, dass er alles wissen muss, was eine Nummer Eins wissen muss.

»Monica!«, befahl er in Fahrt kommend.

»Antworten Sie der AIG, dass wir einer Stundung ihrer Zinszahlung nicht zustimmen. Wir werden unsere Pfandrechte auf alle möglichen Einkaufstempel einlösen, damit die gleich eine Vorstellung davon bekommen, wie wir unsere Forderungen einzutreiben gewillt sind. Rufen Sie auch den Verteidigungsminister an.« Kerrys Sekretärin kritzelte im Zeitraffer auf ihrem Notizblock mit.

»Die Stabstelle des Pentagons soll ebenso eine Standleitung ins Weiße Haus herstellen.« Fein säuberlich brachte James Martin Kerry seine Figuren in Stellung.

»Eduard, gib dem EU-Parlamentspräsidenten Burusi seitens des amerikanischen Präsidenten grünes Licht für die Staatshaftung. Ich werde mein Wort halten und wir werden nicht mit unseren Fehlern anderen Völkern in der Sonne stehen.« Stehend fixierte er die Leinwand und stopfte trotzig eine Hand in den Hosensack. Er musste es auf den Punkt bringen und eine Entscheidung treffen. Sein Zeigefinger erhob sich Richtung Bildleinwand.

»Ladies and Gentlemen! Wenn jemand in böswilliger Absicht androht, unseren wichtigsten Aktienindex ins Nichts zu stürzen, wenn jemand dutzende Marschflugkörper nach Manhattan steuert, oder wenn jemand auf den amerikanischen Präsidenten damit feuert«, starrte er sein Team an, »dann sind wir tatsächlich im Krieg.« Kerry prustete einen Riesenseufzer aus seinem Zwerchfell.

»Monica protokollieren Sie: Donnerstag 12. Jänner 2014. Anwesende, Uhrzeit und der übliche Formalkram.... Feststellung: Inoffizieller Befehl des Präsidenten für Defcon Zwei. Offizielle Bestätigung erfolgt bis 11 Uhr in einer Pressekonferenz. Die Streitkräfte sind weltweit in Alarmbereitschaft zu versetzen. Gezeichnet J.M.K.!« Kerry war auf 180. Alle Anwesenden erblickten blitzartig den Ernst der Lage. Der mächtigste Politiker des Planeten hatte eine Supermacht in den Vorkriegszustand versetzt. Dieser Zustand hat sich von Defcon 1 nur mehr durch das Gefecht und den Waffeneinsatz unterschieden. Aber selbst das war wieder ein Zustand, den das amerikanische Volk im Grunde permanent ertragen musste. Nur ist in diesem Fall der Feind noch immer nicht bekannt geworden.

»Eduard. Das FBI und der CIA sollen mir jeden Cracker oder Hacker heranschleifen, der sich innerhalb unserer Landesgrenzen aufhält. Ich will außerdem einen erfahrenen IT-Experten im Büro sehen, mit dem die Regierung schon zusammengearbeitet hat.« James Kerry machte eine Pause und flammte zornig. *›Ein zweites Versagen wie bei Kathrina kann sich die USA im Angesicht der Bedrohung nicht leisten‹*, dachte er.

»Bereite im Oval Office die technischen Einrichtungen für eine Kommandozentrale vor, bis wir gelandet sind. Ich will jeden Amerikaner verfügbar haben, den ich für dieses Land auf Abruf brauchen kann.« Er wartete auf die Reaktionen seines Teams.

»Bevor ich es vergesse. Ich will wissen, welche Banken es nicht getroffen hat«, forderte er bestimmt. »Noch Fragen?«

»Dann machen Sie sich alle frisch und wechseln ihren Gesichtsausdruck in Siegessicherheit. Wir treffen uns in 15 Minuten wieder hier.« Der Chefberater, Chefpilot und die Sekretärin des Präsidenten waren aufgestanden und schon an der Türe angelangt.

»Monica«, rief Kerry nach. »Verbinden Sie mich noch vorher mit meiner Frau und meinem Sohn!«

44

PTSP 99

»Warum sollten wir an der Befreiung der Welt scheitern?«, brüllte Harvey seine nackte Aggression aus seinen Gekrösen. Darin lag die Gefahr seiner Krankheit. Wenn seine Seele die nackte Gewalt herauskotzte, die man ihr zugefügt hatte. Neurologische Tests und Gehirnexperimente hatten während seiner Jugend keine eindeutigen Ursachen in seinen Gehirnlappen lokalisieren können. Experten hatten für seine Freisprechung aus der Jugendanstalt versucht, die Angstwellen von posttraumatischen Schockpsychosen zu erklären und so den zuständigen Behörden vorstellbar zu machen, dass es auch der durchschnittliche Verstand eines mittelmäßigen Richters nachvollziehen konnte. Berechnungen über Riesenkiller aus dem All hatten ergeben, dass ein menschliches Begriffsvermögen die Gefahr eines einschlagenden Supermeteoriten gerade noch realisieren konnte, bevor die zusammengepresste Luft der Atmosphäre, den Lebewesen die Gedärme aus den Leibern gefetzt hat. Genauso schnell brach Harveys Krankheit aus. Schockwellen, die seinen Kreislauf ohne Airbag mit 200 km/h gegen eine Betonwand quetschten. Eine augenblickliche Herzbelastung, die mit dem Tod enden konnte. *›Hätte er nur auf Jackie gehört!‹*, winselte er innerlich. Aber Harveys Herz war gut in Form.

»Glauben Sie ernsthaft, ein paar Krisen können die selbstregulierende Kraft eines mit Lernfähigkeit begnadeten Systems in irgendeiner relevanten Form gefährden?«, spie er in zähneknirschender Angriffslust.

»Die USA sind doch immer der Rettungsanker dieses Planeten gewesen«, polterte Harvey. »Wären die Kommunisten der Welt erspart geblieben, wären die europäischen Leitwährungen nicht zuvor auf ein Billionstel ihres Wertes gesunken. Hitler hätte den ganzen verseuchten Nährboden nicht vorgefunden, wenn ihn die Kommunisten nicht angebaut hätten. Der Welt wäre der Holocaust erspart geblieben und wir hätten uns den Atombombenabwurf erspart. Alles haben die Kommunisten versucht, auf uns abzuwälzen.« Harvey schnaufte mehrmals durch.

»Die Absicht, die Welt vom Kapital zu befreien, hat das ganze Jahrhundert an der Gurgel in den Würgegriff genommen. Das Wettrüsten der Kommunisten hat doch kein anderes Ziel gehabt.« Brennende Wut und tobende Angst vermischten sich hinter seinen Schädelknochen zu einem prickelnd schäumenden Cocktail des Verfolgungswahns. Das Krankheitssymptom des PTSP 99 geiferte wie ein gieriger Arm vom Stammhirn in den Brustkorb und zerrte an seinem Herzmuskel. Er begann zu zittern. Vor einer halben Stunde war er glückselig in das Taxi gestiegen. Das Gefühl hat sich in eine Besessenheit verkehrt. Unerwartet griff er in seine Aktentasche und legte seine Beretta 22 auf den Beifahrersitz, die er - wie viele andere Amerikaner auch - immer mit sich geführt hat, um sich im Ernstfall verteidigen zu können. Fingerfertig prüfte er mit einer Hand nach, ob sie geladen gewesen ist und entsicherte die Waffe. Der Fahrer im Wagen in der Kolonne neben ihm starrte verdutzt herüber. Lukas blieb auffällig ruhig. Harvey beschoss seinen Kopf mit besänftigenden Eingebungen. Erlebnisse die er versäumen könnte, wenn er etwas Unüberlegtes tun würde. Autosuggestive Bilder projizierten sich auf die Leinwand in seinem Hirn. Jackies hinreißendes Lachen. Er und sein Sohn im Garten beim Baseball spielen. Er sah ihn auf dem Startpult der Wettschwimmer und als Sieger aus dem Pool steigen. Er und Jackie saßen stolz und glücklich auf der Tribüne. ›*Verdammt Jackie, jetzt brauche ich die Medikamente!*‹, jammerte er aus allen Poren. Doch Harvey rutschte immer wieder am spiegelglatten Rand des fiktiven Eislochs ab, das ihn in die Tiefe ziehen wollte. Unter der Schale der vergoldeten Genüsse seines heutigen Erfolgs schälte sich eine schwarze Paranoia heraus. Was sollte er nur tun? Der nächstliegende Gedanke an einen simplen aber rettenden Anruf wurde ihm in solchen Situationen von seinen Sinnen verweigert. Deshalb hat seine Frau so großen Wert auf die regelmäßige Einnahme seiner Pharmazeutika gelegt. Sein Drang zur Verteidigung prallte wie eine gewaltige Flutwelle an seinen Brustkasten. Die Waffe lag noch sicher auf der Rücksitzbank unter seiner Lederaktentasche. Doch gegen welchen Angriff wollte er sich verteidigen? Schwerer Atem wurde von rasendem Herzklopfen begleitet. Er hatte Mühe, das Gespräch zu halten. Aber er musste reden. Lukas begriff blitzartig die Situation.

»Soll ich das Radio auf einen anderen Sender stellen?«, fragte er verhalten. Lukas spürte, dass er Harvey bei den Ablenkungsversuchen helfen musste, die wachsende Macht seiner negativen Gedanken abzuschütteln. Seine unkontrollierten Panikschübe, wenn die posttraumatischen Schocks zu spuken anfingen. Harveys Genialität vermischte sich mit einer Bangigkeit vor finsteren Mächten. Es war der Hass über die Ungerechtigkeiten, die seiner Familie angetan worden sind. Alle haben seinen Scharfsinn bewundert, wenn er ihn besonnen zum Ausdruck gebracht hat. Aber aus PTSP 99 hat die Umkehr seiner Worte hervorgeleuchtet. Harvey konnte dann dieselbe rhetorische Gefahr des Fanatismus ausleben, wie es dem schlimmsten Diktator der Geschichte gelungen war. In ihm hat so eine moderne Art von Hitler gesteckt. Er konnte eine neue vernichtende Ideologie so formulieren, um sie der Psychologie der Masse dieser Zeit anzupassen. Er hätte die Menschen an ihrem Gefühl der ›*Ungerechtigkeit!*‹ packen können. So wie Hitler es geschafft hatte. Er könnte die verbreitete Ungerechtigkeit wie Sonnenstrahlen mit einer

Linse zu einem Brennpunkt kollektiver Überzeugung bündeln und aus der Hitze gewaltige Aufstände mobilisieren. Die Mischung aus seinem Genie und Wahn war die gefährlichste dieser Zeit. Man brauchte nur die richtigen Worte finden, um das vierte Reich aus der Taufe zu heben. Mit den heutigen technischen Möglichkeiten wäre das eine Katastrophe. Harvey könnte das.

»Was schaust Du so?«, schrie er Lukas plötzlich an, während dieser in den Rückspiegel spähte.

»Du hast kein Recht mich so tadelsüchtig anzusehen. Eure erlogenen Hetzrufe und Verfolgungen gegen die Habgier der Kapitalisten. Diese Geisteshaltung sucht doch nur nach einem Sündenbock. Selbst wenn es etwas Besseres als unsere Marktwirtschaft geben würde, würde ich es ablehnen wollen«, fluchte er, »...weil es die Macht des Staates bis zur Tyrannei vergrößert. Es ist nicht Eure Unfreiheit, die so abscheulich ist. Es ist Eure Kombination aus Unfreiheit und Unmenschlichkeit. Ich wäre nicht bereit, meine Freiheit für einen Bohneneintopf zu verkaufen. Welche Geschichte haben denn die bisherigen Reiche alle geschrieben?«, dröhnte Harvey hervor und deutete die babylonische, persische, römische, britische, russische oder deutsche Herrschaft an.

»Außer Raub, Unterschlagung, Unterdrückung und Massenmorde haben die nichts zusammengebacht. Dankeschön, auf so eine Geschichte kann ich verzichten!« Harvey holte tief Luft. ›*Wie kann dieser Lukas behaupten, dass unsere Idee die Welt nicht befreit?*‹, rumorte er in seine Sinne.

»Was habt Ihr im November 2001 bei der WTO Sitzung in Katar auf der Doha-Runde von uns gehört?[62] ›*OK, unser Markt ist offen für Euch, vorausgesetzt Ihr tut was wir wollen!*‹« Verzweifelt haschte Harvey mit den Händen in der Luft herum.

»Seit 9/11 bläst Euch aber ein anderer Wind um die Ohren. Wir können ganze Volkswirtschaften ins Nichts stürzen. In die generationenüberdauernde Versenkung. Ihr wäret dagegen machtlos.« Lukas verhielt sich souverän ruhig, um die Situation nicht eskalieren zu lassen. Harvey fuchtelte mit hochrotem Kopf herum und feuerte quer bet wirres Zeug heraus.

»Irgendwelche rhetorische Drohkulissen hinter denen keine reale Drohung gestanden wäre, hätten Saddam Hussein wohl kaum beeinflusst oder eingeschüchtert. Wo wir konnten, haben wir diese Welt von Diktatoren befreit. Auch dann, wenn wir gar nicht mussten!« Während Harvey seine Verherrlichungstiraden darbrachte, biss sich Lukas vor Ratlosigkeit in seine Unterlippe.

---

[62] *DOHA-Runde;* Urugay; 1986-1993; In der 8. Sitzung der DOHA-Runde wurde mit der WTO eine international rechtsfähige Welthandelsorganisation gegründet. Sie sollte den Welthandel auf neue Grundlagen stellen. Die WTO zielt darauf ab, Außenhandelsbeschränkungen und Zölle abzuschaffen.

»Und dann gibt es noch andere von dieser Sorte. Die glauben, irgendein Gott hätte ihnen ein Recht offenbart und Gesetzbücher vom Himmel geworfen. Gesetzbücher, die dann von Leuten im Priestergewand verwaltet und verbreitet werden. Bei uns leben alle Religionen friedlich zusammen. Es ist dieses uns Vorschreibenwollen, wie wir zu leben haben. Diese ewige moralische Bevormundung, wie wir die Freiheit verteidigen sollen.« Harveys Kreislauf wirbelte wie ein losgelassener Rotweiler in seinen Innereien.

»50 Prozent aller weltweiten Ersparnisse liegen in unseren Dollars. Vom kleinsten chinesischen Bauern bis zur einfachsten russischen Arbeiterin. Das ist ein Reich, das es noch nie zuvor gegeben hat. Wir haben keine Kaiser, Monarchen, Despoten oder Tyrannen gebraucht, die uns vorschreiben mussten, wie wir glücklich und unglücklich zu werden haben. Mit einem korrupten Filz von Herzögen, Fürsten und sonstigem Aristokratenscheiß.« Harvey fixierte Lukas mit dem lüsternen Blick eines Voodoozauberers.

»Verstehen Sie doch endlich, Lukas! In einer freien demokratischen Gemeinschaft geht es ja nicht um die perfekten Menschen, es geht nur um die perfekten Absichten.« Lukas spürte eine mächtige Unsicherheit, als Harvey ohne erfindlichen Grund plötzlich in Tränen ausbrach. Harveys Angst zwang seinem Bedürfnis nach Selbstbestimmung eine erbitterte Schlacht auf.

»Ja Dad, ich hör schon auf. Du hast Recht. Es fügt sich wie Puzzle für Puzzle zu einem Bild. Ich hab den Weltenlauf überwunden. In einem berufenen Land.« Sintflutartige Tränenströme ergossen sich über Harveys Wangen.

»Die grenzenlose Tiefe unseres kollektiven Glaubens an die moralische Führung aller Völker. Ja Dad. Ja, Ja, Ja, verdammt noch einmal! Wir haben einen Auftrag!«

Harveys Krankheit besetzte wie ein ausgewachsener Tyrannosaurus den Platz neben seinem Opfer und ließ zwischen den Zähnen den glitschigen Speichel eines gierigen Bullen aus den Maulwinkeln hervortriefen. Harvey glotzte der furchterregendsten Fratze in die Augen, die die Evolution mit ihren Versuchen ausprobiert hatte. Seit Jahrmilliarden beförderte das Leben mit seinem gigantischen Schaufelrad den wichtigsten Überlebensmechanismus aus einem Bergwerk der Seele ans Tageslicht. ›*Die Angst!*‹ Weil aber der Mensch keine natürlichen Feinde mehr hatte, hat sich die Angst gegen die eigene Rasse gerichtet.

45

Kriegsrecht

Die nationale Akademie der Wissenschaften in den USA hatte im Jahre 1941 den beschleunigten Bau der Atombombe empfohlen. Mit der Begründung, dies diene zur *›Sicherheit der Nation und der freien Welt‹*. Seither ist diese Waffe zum fixen Bestandteil der amerikanischen Kriegsplanung geworden. Dass die Ereignisse zweifelsfrei einen Ernstfall darstellten, ist Präsident Kerry bewusst geworden. Das Pentagon hatte ihm schon einmal geraten, das Kriegsrecht dann zu verhängen, wenn er keine Rechtssicherheit mehr für jene notwendigen Maßnahmen haben würde, die er zu ergreifen gewillt gewesen ist. Die nunmehrige Bedrohung erschien aufgrund der Faktenlage zu ernst, dass Amerika nicht in den Kriegszustand eintreten könnte. James Kerry musste Defcon Zwei ausrufen, um in dieser Situation juristisch die volle Handlungsbefugnis an sich alleine reißen zu können. Die USA waren seit dem zweiten Weltkrieg zum ersten Mal wieder auf der gefürchteten Alarmstufe. Auf Verdacht gegen einen unbekannten Täter oder eine unbekannte Nation. Der Verdächtigenkreis war die ganze Welt. Man hatte noch keine Spuren. Das FBI plante die größte Ausschwärmoperation seit 9/11 und erfasste sogar Fondsgesellschaften, Banken, Versicherungen und sonstige Institute, die in den Verdächtigenkreis fallen konnten. Bei einem vorbörslichen Einbruch dieser Größenordnung, mussten massive Verkaufsorders durchgeführt worden sein. *›Wer könnte vorher davon gewusst haben? Dort müssen wir ansetzen‹*, dachte Kerry. Die CIA aktivierte ihre Spurensuche in der Cracker-Szene. Die Feinde konnten sich auch bei den Freunden in London, Australien oder Kanada eingenistet haben. Die Drohung könnte aufgrund der weltweiten Verästelungen von Servern aus jedem Kontinent verbreitet worden sein. Julian Assange hätte ihn theoretisch trotz seiner Fußfesseln aus einem Landhaus durchführen können. Der Feind konnte überall auf der Welt untergetaucht sein und sich in Echelon eingehackt haben. In Europa, in China, in Japan, Südafrika oder Südamerika. Auch wenn Bin Laden seit drei Jahren tot gewesen ist, zählte al Quaida ebenso immer zum Verdächtigenkreis. Japan hatte sich bei den letzten Gipfeln immer mehr zu China hingezogen gezeigt. Und die Türkei hat begonnen, ihre arabischen Nachbarn um sich zu versammeln und eine Führung im Nahen Osten an sich zu reißen, nachdem sie von der EU ausgeschlossen worden war. Ein Krieg in dieser Weltlage würde noch mehr Schuldenmachen fordern. Der Präsident müsste sich auch auf ein monatelanges politisches Muskelspiel in der UNO einstellen, wenn sich diese Ereignisse nicht als harmloser Computerfehler herausstellen.

›*Wir sind in Kriegsvorbereitungen!*‹ James Kerry hätte sich bei seiner Anrittsrede nie denken lassen, dass er eine *executive order* unterschreiben müsse, die diesen Zustand ausrufen würde. Sein Schmerz war unerträglich ob dieser Tragik. Und er wusste, dass er die Feinde zuerst im eigenen Land suchen musste.

46

Botnetzwerke

Wutentbrannt katapultierten Jimmys Beine seinen hageren Korpus fluchtartig aus den vier Wänden seines Albtraums. Er liebte seine Arbeit, aber er ist mit dem Bankensystem verfeindet gewesen, seit ihn sein Arbeitgeber nach so langer Zusammenarbeit hängen gelassen hatte, als es darum gegangen war, seine erlittenen Zocker-Verluste abzudecken. Um abzurechnen, ist ihm diese Gelegenheit gerade recht gekommen. In der vermutlich schwersten Stunde der Bank hatte er die Episode in die andere Richtung gedreht. Nun hätten sie seine Hilfe gebraucht. Kurz entschlossen rief er Frank am Handy an, der sofort abhob.

»Frank«, schrie er ins Mikro. »Frag nicht lange. Lass alles liegen und stehen.«

»Was.... Warum?«, erschrak Frank entgeistert.

»Beam Dich wieder zu Bob hinauf.« Bevor Frank noch einmal nachfragen konnte, lärmte Jim mit überschlagener Stimmlage. »Mach schon!« Frank fegte los Richtung Büroausgang und machte sich auf dem Weg durch die Schlurfe.

»Ruf mich an, wenn Du vor seiner Tür bist«, wies er seinen Ex-Mitarbeiter an, legte auf und betätigte die Ruftaste des funktionierenden Fahrstuhls. Der zweite daneben schien eine technische Störung zu haben und zu blockieren. Er öffnete und schloss die Schiebetüren immer nur für einen schmalen Spalt. Jimmy bestieg den funktionierenden Fahrkorb und sauste abwärts. Er hatte die mögliche Bedrohung vor Augen und spürte seinen Puls auf die Höhe eines Sprinters vor dem 100 Meter Finale schnellen. Die digitale Bedrohung waren moderne Cybergangster, die nur ein Ziel kannten: Das Geld der Menschen!

Aber wer wollte das nicht und wer war deshalb kein Gangster? Immer raffinierter wurden Computer gekapert und illegal Millionen verschoben. Die Einsätze von Jimmy für die US-Behörden haben in den letzten zwei Jahren dramatisch zugenommen. Er spürte sein Handy vibrieren, während der Fahrstuhl sein Tempo schlagartig verringerte und dadurch seinen Magen gegen das Steißbein drückte. Die pneumatischen Türen spreizten sich und Jim fegte mit dem Finger am Ohrstöpsel in den Korridor.

»Bist Du schon oben?«, stieß er heraus.

»Ich bin es, Bob!«, raunzte sein Exboss.

»Ist Frank bei Dir?«

»Wie kannst Du Deinen Mitarbeiter anordnen, unangemeldet in mein ...?«

»Stell Deinen verdammten Lautsprecher ein und hör genau zu!«, brüllte Jimmy los. »Du wolltest doch noch wissen was ein Botnetzwerk ist?« Bobs Ohrmuscheln saugten sich auf den Telefonapparat und lauschten spitzöhrig. Jimmy fing an zu erklären.

»Zuerst dachte ich bei der heutigen Attacke, irgendwelche Cracker nutzen ein Botnetzwerk. Aber dann erkannte ich an dem Acronym A.D., dass es sich nur um Jahreszahlen handeln konnte.« Bob Glimmer stand regungslos da und horchte den Ausführungen. Er beäugte ratlos Frank neben ihm und flüsterte: *»Botnetzwerke? Acronyme?«*

»Warte Jim«, fuhr Frank aufgeregt heraus und beugte sich knapp über das integrierte Mikro des Telefonapparates. »Ich glaube, Du wolltest, dass ich dem Vice-President etwas erkläre?« Jim verstummte. Eindringlichen Blickes begann Frank zu erläutern.

»Im Frühjahr 2010 sind drei Spanier festgenommen worden, die etwas Unglaubliches zuwege gebracht haben.«

»Seit heute ist nichts unglaublich?«, erwiderte Bob konsterniert.

»Zu dritt haben die drei nämlich Millionen von fremden Computer kontrolliert. Auf Knopfdruck haben sie Werbe-E-Mails verschickt, Kreditkartendaten ausgeforscht oder fremde Webserver in die Knie gezwungen.«

»Was ist daran so unglaublich?«, fragte Bob.

»Hör verdammt noch einmal zu!«, plärrte es aus dem daumengroßen Kunststoffgerippe des Telefonapparates.

»Das Unglaubliche ist die Anzahl der fremden Computer gewesen, die die Freaks unter ihrer Kontrolle gehabt haben«, konkretisierte Frank. »Die Jungs haben zeitgleich 13 Millionen PCs in über 190 Ländern gesteuert.«

Bob lud eine Lawine des Entsetzens aus seinem klaffenden Mund. Jimmy erinnerte sich an das mit Abstand schlimmste Problem, das im Internet seit vier Jahren immer wieder aufgetaucht ist. Nur über Spezialplattformen im Netz konnte man sich über den Krieg informieren, der im Web getobt hat.

»Das Besondere an den Botnetzwerken...«, schallte Jim mit androgynem Klang aus dem Lautsprecher. »Das Besondere ist, dass die Besitzer der Computer nicht merken, wozu ihre Geräte missbraucht werden, während sie mit ihren Kindern vor dem Monitor sitzen und Cinderella schauen.« Unwillig blickte Bob Glimmer auf Frank. Vor seinem geistigen Auge wanderte das Bild des grauhaarigen 39-jährigen Julian Assange von Wikileaks vorbei. Als Reaktion auf den internationalen Haftbefehl, hatte eine Armee von unbekannten Crackern dutzende Server außer Gefecht gesetzt. Bobs blinder Schrecken krallte sich immer tiefer in seine Magengrube.

»Wie kann man sich mit Millionen Computern vernetzen, ohne dass die Nutzer etwas merken?«, fragte er verunsichert.

»Man braucht nur einen Virus im Web kaufen«, begann Jim.

»...und ahnungslose Heimgeräte in ›*Bots*‹ verwandeln. Bot ist die Abkürzung für ›*Robot*‹. Selbständige Maschinen für digitale Verbrechen«, ergänzte Frank. »Mariposa!«, sagte er und seufzte.

»Mariposa?«, schmollte Bob und verschränkte die Arme.

»Mariposa ist das größte Botnetzwerk gewesen«, erklärte Jim. »Man nannte es den Schmetterling. Neben ›*Rustock*‹, ›*Cutwail*‹ oder ›*Storm*‹ war Mariposa der Superstar.« Bob wartete auf weitere Erklärungen.

»*Rustock* ist im August 2010 für über 40 Prozent des weltweiten Spam-Aufkommens verantwortlich gewesen, damit Du Dir eine Vorstellung von der Technik machen kannst«, ätzte Jim. »*Rustock* hat pro Minute über 30 Millionen Werbemails verschickt. 24 Stunden am Tag.« Bob zog die Stirn hoch und staunte. »Und *Cutwail* ist bis heute nicht umzubringen. Die CIA schaltete vor einem Jahr die wichtigsten Server von *Cutwail* ab. Die Aktivität ist kurzfristig auf unter 10 Prozent gesunken, aber er hat ein Jahr später schon wieder eine ¾ Million Rechner unter seiner Kontrolle gehabt.«

Der Vize-Chef der Bank stand einen Augenblick wie gelähmt.

»Herrschaften«, brummte er. »Kann man diese Höllenfahrt stoppen?«

»Man müsste den Kontrollrechner finden«, erwiderte Jimmy und schnäuzte seinen anhaltenden Ärger ins Mikro zu Bob. »Aber das können nur die US-Behörden. Die Bank verfügt nicht über die dafür erforderliche Technologie.« Jim hechelte hinaus durch die Empfangshalle und steckte seine Chipkarte in die Sicherheitsschleuse.

»Doch tröste Dich Bob«, schnaufte er süffisant. »Ein Kontrollrechner ist wie ein U-Boot. Das kann auch nicht von selbst schwimmen. Wenn die Behörden ihn lokalisieren könnten, dann...« Frank fiel Jimmy ins Wort.

»Das schaffen die nie bis Freitag oder übers Wochenende«, entgegnete der blonde Hüne mit Pferdeschwanz und einer Vorliebe für weiße Kleidung. Bob warf ihm einen ratlosen Blick zu. »Bei einem Botnetzwerk steht man in einer Schattenwelt, in der die Programme nur in Untergrundforen gehandelt werden.« Frank machte eine kurze Verschnaufpause und Jimmy nutzte die Gelegenheit, seine Daunenjacke überzustreifen, während er gehetzt nach einem Taxi lugte. Frank fixierte Bob. »Wenn derjenige keinen Fehler macht, müssten die Geheimdienste dutzende Milliarden Google-Treffer überprüfen. Das ist in der verfügbaren Zeit völlig aussichtslos.«

Bob stand fassungslos da. »Wieso so viele?«

»Diese Leute manipulieren die Ergebnisse von Google so geschickt, dass ihre Webseiten bei der Suche nach irgendwelchen Themen ›*ganz oben*‹ als Treffer auftauchen. Sobald ein User einen Treffer anklickt, startet im Hintergrund ein kleines Programm und nistet sich in den Computer ahnungsloser Leute ein. Wenn der Kontrollrechner dann ruft, melden sich alle infizierten PCs und schon hat man eine Armee von willigen Helfern.« Bob Glimmer versuchte die Tragweite des Problems zu erfassen.

»Das heißt, die müssten so gut wie alle Google-Treffer testen?« konstatierte er fragend.

›*Da könnten wir gleich eine Sonde zur Sonne schicken und nach Wasser suchen*‹, dachte Jimmy, während er sich in den Rücksitz eines angehaltenen Taxis quälte. Immer wieder erschauderte der IT-Chef vor der Entwicklung. Früher wollten Milchgesichter mit Pickeln einfach nur groß rauskommen. Heute wollen die Cracker viel Geld verdienen. Mehr als 85 Prozent aller unaufgeforderten Werbemails stammten aus Botnetzen. Bis zu 1 ½ Milliarden konnten auf einmal verschickt werden. Solche Netzwerke waren in der Lage, Server mit Anfragen solange zu bombardieren, bis diese den Geist aufgaben und die attackierte Webadresse zum Kollabieren gebracht haben. 2008 war es mit diesem Druckmittel zu fast 200.000 Erpressungsversuchen gekommen. Zig Millionen Dollar Schutzgeld sind auf die Konten der Gauner geflossen. Jimmy kannte die Pläne der US-Regierung. Da Bots über die ganze Welt verstreut waren, konnte man sie für digitale Angriffe auf feindliche Länder einsetzen. Die NSA hatte unzählige Strategien ausgearbeitet, in denen niemand erkennen konnte, woher eine Attacke gekommen war. Der Krieg im Cyberspace wütete hemmungslos. Vor 10 Jahren waren gerade noch ein paar hundert verdächtige Dateien pro Tag auf dem NSA-Rechnern gelandet. Heute waren es über eine ½ Million. Pro Tag! Jimmy streckte sich auf der Rücksitzbank durch. Er grübelte.

»Aber selbst wenn die Behörden den Kontrollrechner lokalisieren könnten, haben sie den Bösewicht nicht unbedingt gefasst. Dann kannst Du Deinen 27 Millionen Kunden erklären, welche Geister herumspuken.« Bob zuckte auf.

»Das stimmt«, konstatierte Frank. »Wenn der Kontrollrechner ausgeschaltet wird, bleibt ein kopfloses Monster von Millionen PCs übrig, von dem niemand so genau weiß, was es anstellt.«

»Hast Du jetzt kapiert, mit was Du es im harmlosesten Fall zu tun hast, Bob?« Jim zog Sorgenfalten auf. »Es könnte nämlich sogar noch schlimmer sein.« Betretenes Schweigen zog sich wie zäher Sirup durch die Telefonleitung. »Also ruf die Behörden schleunigst an und versuch keine Tricks gegen übermächtige Gegner. Ich flieg jetzt nach Washington.« Bob presste einen tiefen Seufzer aus seinen Beuschel.

»Noch etwas, Mister Vizepräsident!«, fuhr Jim angriffslustig heraus und genoss die Worte, die ans Mikro seines Mobiltelefons hinübertänzelten.

»Unterhaltsames Wochenende!«, zischte er mit gespielter Freundlichkeit und verriegelte sein Smartphone.

Frank zuckte zusammen und linste fragend zu Bob Glimmer.

›*Unterhaltsames Wochenende?*‹ Sein Blick zeichnete die Konturen eines fassungslosen Froschbabys, das irgendwo auf einem fernen Planeten allein zurückgelassen worden ist.

47

Patriot Storm

Harvey ist an seinem psychischen Ende angelangt. Seine Gedankenwelt bombardierte ihn mit Schockwellen aus den Tiefen des Unterbewusstseins, die ihn an den Rand der Erschöpfung gedrängt haben. Vor etwa 10 Minuten hatte er noch Hoffnung gehabt, dass er nicht wieder einem seiner posttraumatischen Anfälle zum Opfer fallen könnte, und sich alles nur als Einbildung entpuppen würde. Nicht heute. Er war sich noch sicher gewesen, dass er an diesem glorreichen und unvergesslichen Tag seines Triumphes wohlauf nach Hause zurückkehren könnte. Nachdem er sich mit seinem Deal die Krone in der Branche aufgesetzt hatte. Jackie wartete auf ihn, um mit ihm die Premiere von La Traviata in der MET zu besuchen. In seinem Rausch verstrickt, fing er an, auf seinen Fingernägel zu kauen und stammelte nervös. Er wehrte sich gegen den Verlust der Selbstherrschaft. Er fuchtelte plötzlich mit der Waffe vor seinem Gesicht herum, während er versucht hat, einen klaren und vernünftigen Gedanken zu fassen. Aber es wollte ihm nicht gelingen. Er durfte nur nicht zu dem Fahrer nebenan oder zu Lukas durch den Rückspiegel in die Augen blicken. Sonst würde ein Unglück passieren. Nur kein Blickkontakt. Harvey kniff mit aller Kraft seine Augenlider fest zu. Der Angstschweiß drang aus allen Poren. Erst im letzten Moment fiel ihm auf, dass sich jemand dem Wagen genähert hat und plötzlich am Seitenfenster neben ihm gestanden ist. Geschockt von der unerwarteten Situation, fiel ihm die Waffe zu den Füßen und verklemmte sich zwischen den Vordersitzen. Hektisch ertastete er sie im Dunkeln und hob sie wieder auf. Reflexartig blickte er hoch und erspähte den Fremden nicht mehr an seinem Seitenfenster. Eine vordere Autotüre ging auf und schnappte in der Verriegelung leise zu. Harvey kniff wieder die Augen zusammen. Es hörte sich an, als ob Lukas ausgestiegen und verschwunden war. Harvey fühlte sich plötzlich einsam. Die scheinbare Ausweglosigkeit seiner Lage surrte wie ein Winkelschleifer an seiner Hirnmasse.

›*Irgendetwas Eigenartiges geht hier vor.*‹ Das realisierte er noch in seinem Schockzustand. Er setzte sich die Pistole an die Schläfe und hielt den Finger am Abzug. Sollte er seinem Spuk ein Ende bereiten? Wieder einmal befand er sich in dieser Situation, die erstmals im Alter von 14 aufgetreten war. Zwei Jahre später hatte sich der tragische Unfall mit seinem Vater ereignet. Der Gedanke an Jackie und seinen Sohn hielt ihn noch ab. Plötzlich waren die Hintergrundgeräusche des Stadttreibens und das Verkehrsgetöse wie vom Erdboden verschluckt. Der Motor ist zwischenzeitlich abgestellt worden. Das Radio ebenso. Es wurde völlig still. Mitten in New York zur Stoßzeit. Harvey nahm ein bizarres Geräusch wahr. Irgendwie erinnerte es ihn an die heiligen Lebewesen dieses noch jungen Jahrhunderts. An den Gesang von Walen, die wie die letzte Karawane ihrer Art im Bewusstsein des Aussterbens gemächlich über die Ozeane gestreift sind und der Natur ein Lebewohl angestimmt haben. Untermalt mit einem langsamen, dumpfen Pulsieren, das einem Herzschlag geglichen hat. Es hat sich irgendwie behaglich und beschützend angefühlt. So wie es sich für seinen heranwachsenden Sohn im Körper von Jackie angehört haben könnte, wenn sie geschlafen hat. Das leise langsame Pochen jedes Herzschlags seiner Mutter. Harvey öffnete die Augen und beobachtete wieder einen Fremden, der wie in Zeitlupe vorne um das Taxi herumging. Ein gruseliger Lichtschimmer hat das Haupt des Mannes umgeben. Auf eine bestimmte Art hat es einem Heiligenschein geähnelt. Der Fremde hat seine unkenntliche Augenpartie ununterbrochen auf Harvey gerichtet gehabt und an der linken Hintertüre angehalten. Harvey konnte auf nichts reagieren. Wehrlosigkeit ergriff von ihm Besitz. Es war eigenartig, irgendeine Macht hat alles angehalten. Nur diese beruhigenden Geräusche. Es verschlug ihm Stimme und Atem. Seine Aufregung hielt ihn gefangen.

Er presste sich in den Rücksitz und klammerte sich mit der rechten Hand am Türgriff so fest, dass er ihn fast aus der Verschraubung gerissen hätte. In der Linken hielt er die entsicherte Waffe noch immer an seine Schläfe und schwankte nur mehr zwischen Abdrücken oder nicht Abdrücken. Sachte ging die Autotüre auf, der Unbekannte setzte sich neben Harvey und schloss sie wieder. Harvey verstand nicht, warum er kein einziges Wort über die Lippen bringen konnte. Jede Faser, Zelle und jeder klare Gedanke sind von der Situation gefesselt worden. Wie die Fliege in der Flasche, die nach dem 1.000 Fluchtversuch in völliger Kraftlosigkeit am Flaschenboden zum Erliegen gekommen ist. Die auf dem Rücken liegend durch das Glas ein riesiges verschwommenes Wesen auf sich zukommen gesehen hat. Selbst im Wagen konnte Harvey das Gesicht des Mannes nicht eindeutig erkennen. Bevor der

Fremde eingestiegen ist, hatte er die Kapuze seines bodenlangen Mantels über den Kopf gezogen. Aber er wirkte weder aggressiv, bedrohlich noch gewalttätig. Im Gegenteil. Harvey spürte ein gewaltiges Charisma, das von ihm ausging. Plötzlich registrierte er eine innere Wärme, so als ob Jackie mit ihrer tröstenden Hand und ihrem zähmenden Blick durch seine verschwitzten Haare gefahren wäre. Harvey hat für einen kurzen Augenblick das gefühlt, was die Welt seit der Krise nicht mehr gefühlt hat. ›*Urvertrauen!*‹

Er hörte nur mehr Jackies Bekenntnis im Hintergrund. »*Harvey, wir lieben Dich!*« Dann starrte er wieder auf den nahezu zwei Meter großen Mann, der eine entwaffnende Ruhe und nicht enden wollende Kontrolle ausgestrahlt hat. Obwohl er einfach nur stumm dagesessen ist, hatte man den Eindruck, dass jedes Molekül regungslos still stand und auf seine Anweisungen gewartet hat. Es war eine überirdische Begegnung. Der Mann legte seinen Arm auf die Rückenlehne hinter Harveys Kopf, atmete kurz durch, beugte sich ihm ein wenig entgegen und sagte:

»Harvey, was Sie jetzt hören werden, wird Ihnen nicht gefallen!«

Plötzlich wurde das Radio eigenständig lauter. Der CBS-Nachrichtensender ertönte und nach einem leisen Rauschen war eine aufgebrachte Männerstimme zu hören. Harvey erkannte die Stimme nicht, aber mit einem letzten Rest an funktionierender Wahrnehmung vermeinte er, die Einleitesätze der Rede schon einmal gehört zu haben. In einer Archivaufnahme, in der irgendein Nazi-Ideologe einen Aufruf an das Volk gehalten hatte. Ein Appell, der sich mehr durch triviale Worte ausgezeichnet hat. »*...liebe amerikanische Bürger und Verbündete dieser Nation......das Gebot der Stunde ist also der totale Krieg. Dies ist ein Schicksalskampf und es muss jetzt zu Ende sein mit den Reparationszahlungen....!*« Das Radio wurde leiser und der Mann begann eine Geschichte zu erzählen.

»Harvey«, sagte der Unbekannte im Basston mit ermutigender Gestik.

»2018 zeigte das amerikanische Imperium auf der Erde Erscheinungen der Erschöpfung. Etwas mehr als 100 Jahre nach dem Inkrafttreten des Federal Reserve Gesetzes. Amerika hat sich zu einer einsamen Weltmacht verirrt, die einen Betrug zu verantworten gehabt hat, der die westliche Zivilisation gespaltet hat. Immer mehr neue Zahlen über die Staatshaushalte und die Hintergründe der Finanzkrise sind auf den Tisch geknallt. Die ›*glory days*‹ – diese politische, moralische und wirtschaftliche Autorität ist verspielt gewesen. Ebenso ist der Glanz und die Bewunderung für die Heldentaten Amerikas verblasst gewesen. Dabei ist es aber weder um das Erbe von Bush oder um Inflation gegangen. Auch nicht Energieknappheit, Massenverschuldung, der Zusammenbruch des Mittelstandes oder Hungersnöte haben die entscheidende Rolle gespielt. Das sind nur Nebenbühnen gewesen. Als alle irrtümlich geglaubt haben, dass die größte

Finanzkrise gebändigt und überwunden worden ist, sind die sozialen und ökonomischen Errungenschaften des 20. Jahrhunderts in wenigen Jahren dahin geschmolzen!« Der Mann pausierte und das Radio wurde wieder lauter. Harvey hörte wieder dieselbe Stimme wie vorhin. »*...Die Gefahr vor der wir stehen ist riesengroß. Riesengroß müssen daher auch die Anstrengungen sein, mit denen wir ihnen entgegen treten. Die Zukunft der Welt hängt von unserem Kampf gegen all jene ab, die sich gegen uns verschworen haben. Von unserem Kampf für die beste Idee seit Menschengedenken. Unser Volk ist stets zum Schutze aller Nationen bereitgestanden. Unser Volk hat immer sein kostbarstes nationales Blut für diesen Kampf der Freiheit zur Verfügung gestellt. Aber wir haben in den letzten 35 Jahren oft genug unsere Stunde verpasst. Nun sind wir in der Mitte des 21. Jahrhunderts angelangt...!*‹ Abermals ging das Radio auf Hintergrundlautstärke zurück und der Unbekannte hat begonnen seine Erzählungen fortzusetzen.

»Sie werden jetzt denken, dass die sozialen und wirtschaftlichen Errungenschaften des 2o. Jahrhunderts unter einem kompetenten und weitsichtigen Hoffnungsträger sicher nicht verloren gehen könnten. Aber der Amerikanische Präsident ist auf den Tag 12 Jahre nach 9/11 zur Zielscheibe eines Anschlags geworden. Verdächtigt, gefasst, präsentiert, angeklagt und verurteilt ist nach dem alt bekannten Schema worden. Um die angeblichen Hintermänner zu fassen, hat man die aufwendigste und folgenschwerste Militäroperation der Geschichte mobilisiert. ›*Patriot Storm*‹ war der Name für die Durchführung eines Manövers, bei dem jeder Quadratmeter des Planeten von den Militärstiefeln eines bewaffneten Amerikaners umgegraben werden sollte. ›*Patriot Storm*‹ war der Schlusspunkt eines sinnlosen Kampfes. Er hat unter Beweis gestellt, dass vor allem die westlichen Anführer das Überleben ihres eigenen Volkes aufs Spiel gesetzt haben. Für billige Lügen. Das globale Finanzsystem kippte 10 Jahre nach 2008 ein weiteres Mal. Es sollte das letzte Mal sein und alle wussten, dass die letzte Chance in dem Ratespiel, ob der Westen seine Versprechungen halten könnte, schon verspielt gewesen ist. Unter den G-20 und in der UNO ist ein Streit darüber eskaliert, wer die Schuld dafür getragen hat. Ein neuer Verdacht jagte den anderen, bis die USA erstmals in der Geschichte vor dem Internationalen Gerichtshof auf Reparationszahlungen in Höhe von mehreren Billionen US-Dollar geklagt worden sind. Eine Aufspaltung jagte die andere. Die Demokratie ist pulverisiert worden!« Harvey konnte nur die Konturen eines mitleidigen Blicks wahrnehmen, während ihm selbst der Schock in die Augen geschrieben stand. Das Radio wurde abermals lauter: ....»*Nun geben wir der Welt die letzte Trumpfkarte in die Hand. Sie wird ausgespielt werden und dann muss sie sich entscheiden, ob wir als Demokratie noch eine Berechtigung zum Leben haben oder untergehen müssen. Die Doktrin des Friedmannschen Nestismus muss der Vergangenheit angehören. Unsere Sache der guten und neuen Freiheit muss die Sache der ganzen Welt bleiben. Wir müssen unseren Schweiß und unsere Arbeit den Klauen der internationalen Raubfinanz entreißen und damit wieder Licht zum Leben bekommen. Wir wollen es nicht mehr zulassen, dass unsere Nation die Zahlstelle der Welt ist. Wir lassen uns von der Weltgemeinschaft nicht mehr demütigen. Und weil wir in dieser Aufgabe den einmaligen geschichtlichen Sinn unserer Zukunft erblicken, der nur insgesamt gelöst werden kann, darum wird unsere Nation entweder diesen Stempel tragen oder für immer aus der Reihe der ruhmreichen Völker gestrichen werden. Es handelt sich um Amerika, meine lieben stolzen Mitbürger und Verbündete! Wenn Amerika stirbt und unsere Idee zugrunde geht, dann geht das Licht dieser Welt aus. Dann wird der Begriff Freiheit für die Menschheit für immer verloren sein!«*

Das Radio wurde wieder leiser. Auch das Pulsieren und der Walgesang waren verschwunden. Eine beängstigende Stille verbreitete sich. Der unbekannte Mann blickte Harvey inständig an.

»Bis auf einige Sätze hat diese Rede mit der Ansprache von Joseph Goebbels am 18. Februar 1943 übereingestimmt, als die Nazis vor Stalingrad kapituliert haben. Aber das was Sie gehört haben, ist ein Teil der Rede des amerikanischen Präsidenten an die Nation im Jahr 2046 gewesen. Am Independence Day. Er verwendete dieselben Worte wie der führende Vordenker eines wahnsinnigen Regimes 100 Jahre vor ihm. Dieselben banalen Phrasen. Das war ganz allein *IHRE* Bestimmung, Harvey. Haben Sie es gehört? Der Präsident hat den Friedmannschen Nestismus erwähnt.« Seit seiner Kindheit spürte Harvey eine Bestimmtheit für sein Leben, aber diese Behauptung presste seine beiden Hirnlappen auf die Größe einer Walnuss.

»Sie sind der geistige Vater einer Katastrophe unvorstellbaren Ausmaßes gewesen. Obwohl Sie gewusst haben, dass im Grunde genommen alles böse ist, was die Menschen im Namen des Guten erzwingen wollten!« Harvey nützte die kurze Unterbrechung des Fremden, um seine Ratlosigkeit hinunterzuwürgen und wieder Luft zu bekommen. Er spitzte den Mund ungläubig und wies die Ausführungen des Mannes mit einer Fingergeste wortlos verneinend zurück. Trotzdem schnürte sich seine Kehle immer enger zu.

»2015 hat man erstmals eine nationale Verschwörung vermutet. Der Präsident sollte aus demselben Grund wie Lincoln und Kennedy sterben!«

Sofort dachte Harvey an die executive order 11.110 und an den Demonstranten Jacob, der ihn gemeinsam mit Lukas auf die Verbindungen hingeführt hatte, die bei der US-Notenbank zusammengelaufen sind.

»Zwei Jahre nach Beginn von Patriot Storm - während der Präsident vor den Augen der Weltöffentlichkeit jahrelang im Koma versunken ist, sind Sie ins Spiel gekommen, Harvey. Amerika hat auf die Verschuldung mit einer Entscheidung reagiert, die den Ruin von über 120 Nationen bedeutet hat.

Jahre des Elends, der Ausbeutung, der Verteilungskämpfe und der Anarchie sind hereingebrochen und haben bis 2023 angedauert. Feindliche Ziele sind weniger Kreuzer, Flugzeugträger, Panzer oder fliegende Bomber gewesen. Banken, Konzerne, Regierungsgebäude, Gebietskörper, Gerichte und Fonds sind zu den neuen Zielobjekten geworden. Es sind zu viele gewesen, die mit dem Geld unter der Decke gesteckt haben. Überschattet und angezettelt von einer neuen Weltordnung, die von Harvey Friedmans ›*Nestismus*‹ verseucht worden ist. Eine Weltordnung, die von Ihren Visionen in den Würgegriff genommen worden ist und jede Glaubwürdigkeit auf den Misthaufen der Geschichte geworfen hat!« Harvey wusste, dass der ›*patriot act*‹ nur im Anfang der bürgerliche Rückschritt ins Mittelalter gewesen ist. Schließlich hat das Erbe der Ära Bush alles und jeden verdächtigt, kriminalisiert, registriert, abgehört und zensuriert. Der Mann ergriff weiter das Wort.

»Das, was der Westen mit seiner Demokratie erreicht hat, hat ein autokratisches System geschaffen, das ohne totale Kontrolle, Überwachung und Prävention nicht mehr erhalten werden konnte. Die Demokratie wollte alles über seine Bürger wissen und speichern. Ihre Entscheidung im Jahr 2018 hat den ›*patriot act*‹ zu einem Rechtfertigungsmodell für alles erhoben. Ihre Theorie hat ein imperialistisches Gesellschaftskonzept geschaffen, das ganzen Volkswirtschaften ein Halsband umhängen und Gassi gehen wollte. So wie Sie es schon 1992 mit Italien, Schweden und Großbritannien erfolgreich zelebriert haben. So wie Sie es mit dem Euro im Mai 2010 zelebrieren wollten und die Staatenlenker genau in jene Ecke getrieben haben, wo Sie sie haben wollten. Vor die Geschworenen zu führen: Die Ratingagenturen! Mit der absurden Verheißung, dass Wachstum und Gewinn das alles Seligmachende der Menschheit ist. Eine Irrlehre, die den Eindruck vermitteln wollte, dass der Begriff Rendite die Vaterschaft des Wohlstands gewesen wäre und sie erfunden hätte.« Harvey brauchte endlich eine Erholungspause.

»Aber…«, hob der Unbekannte ermahnend den Finger, »…ungefähr zwei Jahrzehnte danach hat auch das plötzlich wie ein Kuschelkurs gegenüber dem ausgesehen, was noch kommen sollte. 2039 haben drei begierige Wissenschafter eine Entdeckung gemacht und durch Ihre Hilfe nach über 400 Jahren das Galilei Testament geöffnet. Ihr Fonds hat Milliarden in einen Teilchenbeschleuniger gebuttert, der die bedeutendste Entdeckung der Menschheit ermöglicht hat. Das 21. Jahrhundert stürzte in den größten Zweifel, ob der Mensch das Wunder oder das Monster der Schöpfung sei!« Abermals machte der Fremde eine behagliche Pause. Harvey konnte seinen Ohren nicht trauen und wurde von einer Woge der Eingeschüchtertheit erfasst.

›*Ich?*‹, dachte er. ›*Ich soll die Welt in eine Katastrophe geführt haben? Unser Präsident Opfer eines Anschlags? Was für ein Galilei-Testament? Ein*

Teilchenbeschleuniger? Was redet der da?‹

Verängstigt brachte er gerade noch eine Frage zustande: »Welche größte Betrugsaktion der Menschheit soll 2015 aufgedeckt worden sein?«

»Auf ihr Geheiß hat die neue US-Regierung am 13. Mai 2015 eine historisch einmalige Verfügung getroffen. Mit dem Ziel, die USA von allen jemals eingegangenen Schulden zu befreien!« Diese Aussage entzündete in Harvey plötzlich wieder halbwegs klare Gedanken.

»Ab.. Aber, e....es gibt nur einen einzigen Weg, das zu tun!« erwiderte er und schüttelte missbilligend den Kopf. »Nein, das ist völlig unmöglich! Ich würde so etwas niemals befürworten!«

» Harvey, mir können Sie nichts vortäuschen. Auch nicht im Namen des Guten? Nicht einmal für Ihren Lebensplan?«, fragte der Mann mit eindringlicher Stimme. »Sie hassten die Rhetorik von Pseudointellektuellen, denen sie nur Eigeninteressen und Machtgelüste nachgesagt haben. Jenen, die in Ihren Augen schön klingende Begriffe wie Freiheit, Unabhängigkeit oder Demokratie nur hinter ihren Interessen verkleidet gehabt haben. Kein anderes Volk hat so auf diese Werte reflektiert. Das haben Sie gewusst! Deshalb haben Sie diese Eliten an der Nase herumgeführt, wie es Ihnen gefallen hat.« Harveys Magengrube wurde wie von einer stählernen Geburtszange in die Klemme genommen.

»Für alle Nationen, die über 100 Jahre lang in gutem Glauben den amerikanischen Weg mit beschritten haben, ist damit der sichere Untergang besiegelt worden. Zurück zum Start auf die Nulllinie geschleudert, wo man die anderen unten gehalten und ausgebeutet hat. Die vier teuersten Operationen der Geschichte sind mit dem Geld der internationalen Außenhandelspartner finanziert worden. Die US-Regierung hat geglaubt, die Kredite für Aufrüstung, Kriege, Finanzkrisen und Patriot Storm hätten nur mit einer Lösung getilgt werden können. Es war der Fluch der Macht des Papiergeldes. Dort wo der Triumph und die Tragödie der Welt zugleich aufgelebt haben. Es ist eine Aktion gewesen, die nicht einmal einen Tag gedauert hat. Das amerikanische Zeitalter sollte nicht wie alle anderen Imperien der Geschichte an seinen Schulden zerbrechen. So haben Sie mit Ihrer unvergleichlichen Überzeugungskraft vor dem Kongress und dem Senat argumentiert. Die dann geglaubt haben, dass man die USA trotzdem niemals aus der Weltgemeinschaft ausschließen kann. Schon allein aufgrund der militärischen Überlegenheit! Was aber selbst Sie nicht absehen konnten, war die Enthüllung des Galilei Testaments!« Harvey schluckte. Der Mann fuhr fort.

»Aus diesem Grund brauche ich Ihre Hilfe! Wenn Sie schon eine solche Entscheidung nicht befürworten könnten, dann könnten sie vielleicht deren Auswirkungen mit jenen Waffen bekämpfen, die kein anderer so beherrschen soll wie Sie. Es geht um das letzte Aufbäumen der Idee einer allgemein gültigen Freiheit. Wären Sie dazu bereit?«

Harvey blickte mit seinen weit geöffneten Augen in das verdunkelte Gesicht des Mannes. In seinen erweiterten Pupillen spiegelte sich ein unerträglicher Schock. Schließlich nickte er. Harvey ist immer hilfsbereit gewesen und hatte oft ohne Lohn an der Realisierung einer Idee mitgearbeitet. Die Funktion des Geldes hat von ihm als Ökonom immer verlangt, dass es ihm nicht ums Geld gehen dürfe.

»Gut! Dann brauchen Sie die Waffe ohnehin nicht mehr!«

Harveys Arm bewegte sich weg von der Stirn und landete im Schoß.

»Von Ihrer Frau Jackie soll ich Ihnen ausrichten, dass sie Sie immer lieben wird und Ihren Sohn großziehen wird, so gut sie es kann. Sie können ab jetzt auf *unbestimmte* Zeit nicht mehr mit ihr telefonieren.« Eine gespenstische Stille entstand.

Harvey fragte sich, wann er angesichts der gewaltigen Informationen endlich wieder frei atmen können würde. ›*Was heißt das, ich kann Jackie nicht mehr telefonieren? Sie wird unseren gemeinsamen Sohn ohne mich großziehen?*‹ Er hatte keine Kraft mehr die Lage insgesamt zu erfassen. Die Waffe ist ihm fortgenommen worden. Ans Aussteigen dachte er nicht. In seiner Erinnerung sah er sich wieder die Treppen aus dem Bürogebäude hinab schreiten und dachte an diese merkwürdige Ahnung. Dieses vertraute Gefühl, bevor er ins Taxi gestiegen war. Diese Intuition, die ihn an den Verlustschmerz erinnert hatte. Jetzt stand er vor der Manifestation seiner Ahnung und zitterte vor Angst. Es war ein kochend heißer Kelch der Bitternis, der ihm einen unerträglichen Krampf durch die Adern hetzte. Sein Magen wurde auf die Größe eines Serviettenringes zusammen geschnürt. Er musste in seinem Leben von Allen Abschied nehmen, die er am meisten geliebt hat. Mum und Dad. ›*Bitte nicht auch noch meine eigene Familie!*‹, winselte er innerlich. ›*Warum wählst Du mich aus, wer auch immer Du bist? Was habe ich mit Deiner Sache zu tun? Ich kenne Deine Sache überhaupt nicht!*‹ Wie gelähmt spähte Harvey mit dem Blick von Hiob auf den Ritzer, der im Filmstreifen seines Lebens immer größer aufklaffte und bangte dem endgültigen Abriss entgegen.

»Doch Harvey«, erwiderte der Unbekannte plötzlich und nahm Harveys Smartphone von der Mittelarmlehne der Rücksitzbank.

»Sie kennen seine Sache sehr gut«, replizierte er und senkte dabei die Stimme. Der Unbekannte entriegelte das iPhone und fing an, eine Nachricht auf das Display zu zaubern. Als er fertig war, drückte er auf Senden und zeigte Harvey die SMS: »*Leb wohl, Jackie. In ewiger Liebe. Gaaaack Gack!*« Dann sprach der Anonyme weiter.

»Harvey, wenn Sie aufwachen werden Sie einige Zeit brauchen, bis Sie sich wieder erinnern können. Dann werden Sie über einen Tellerrand hinausblicken der alles übertrifft, was Sie sich vorstellen können. Nämlich die volle Wahrheit über diesen Plan, von dem Sie glauben, dass er der Plan Gottes sein soll.« Harvey schluckte den Kloß in seinem Hals hinunter. »Sie werden Gelegenheit bekommen über die Eier zu gackern, die Sie dann legen müssen. Und das werden große Eier sein, Harvey. Glauben Sie mir!« Plötzlich kehrte das sachte Pulsieren und der Walgesang aus der Ferne zurück und wurde immer lauter. Der Unbekannte nahm Harveys Hand und drückte sie wortlos einen langen Moment, bevor er ihm etwas Letztes Eigenartiges zuflüsterte.

»Wir beide wissen was der wahre Grund für Ihre Entscheidungen gewesen ist. Sie wissen was Sie vorgehabt haben und ich weiß was Sie schließlich tatsächlich gemacht haben. Aber nur ein Weg des Unrechtertragens ist ein wahrlich großer Weg. Denken Sie in den nächsten 72 Stunden daran, Harvey!« Der Fremde stieg aus und ließ ihn alleine zurück. Jäh fauchte ein grünlichblauer Nebel durch den Wagen, der greller und greller wurde. Harvey konnte sich nicht dagegen wehren, dass sich seine Augen plötzlich schließen mussten. Eine finstere Schwärze ergoss sich in sein Hirn. Im letzten Augenblick seines Bewusstseins hörte er noch Jackies Abschlussworte am Telefon, bevor er in den Lift gestiegen war und sich auf den Weg nach Hause gemacht hatte.

»Harvey! Ich werde immer auf Dich warten. Egal was passiert oder Du auch anstellst. Ich glaube an Dich!« Mit diesem Versprechen in Erinnerung verlor er sein Bewusstsein.

48

Tauchgang

Inzwischen hatte Robert seinen Assistenten zu dem notwendig gewordenen Tauchgangmanöver bewegen können. Filippo hatte sich schließlich widerwillig in den Neoprenanzug aus Synthesekautschuk gequält, die Froschmaske aufgesetzt und sich Robert an die Flossen geheftet, der voraus geschwommen war. Filippos Arbeitgeber im Vatikan hatte ihn angewiesen, Robert so weit es geht nicht unbeaufsichtigt zu lassen. Der Anblick bot den beiden nach dem Eintauchen am Ufer eine gespenstische Endlosigkeit der morgendlichen Schweigsamkeit einer Unterwasserwelt. Die Gefahr des Wagnisses am Seeboden nach einem geheimen Eingang zu suchen, schweißte die beiden für einige Augenblicke wieder zusammen und gönnte ihnen eine

Pause in ihren Auseinandersetzungen. Taucher waren unter Wasser auf das Musketierprinzip angewiesen: Einer für den anderen, der andere für den Einen! Mit bedächtigen Flossenbewegungen hatten sie sich in nur einem Meter Tiefe jener Stelle angenähert, an der ihr Zielobjekt ohne Sauerstoffgerät im Wasser verschwunden war. Immer wieder lugte Robert wie ein organisches Periskop mit dem Kopf aus dem Wasser über die Oberfläche, wo die Stelle gewesen sein könnte. Die prüfenden Blicke in die leere Finsternis bohrten beiden ein unheimliches Gefühl in den Magen. Der Horizont des Sichtfelds verlor sich schon nach zwei Metern in der Schwärze des Wassers. Immer wieder planschten Phantasien in Roberts Becken der Einbildung. Gruselige Schemen zeigten sich im flüchtigen Blickhorizont des Lichtkegels. Er sah sich wie ein Verfolgter ständig um. Instinktiv fühlte er fremde Blicke, die beobachtend um ihn herumkreisten. Je mehr sich beide der gesuchten Position annäherten, desto wirrer spukten Gedanken in Roberts Hirn herum. Mit der Konzentration der Verzweiflung versuchte er von oben den Seegrund zu erspähen, über dem *Buffi* untergetaucht und verschwunden war. Doch es schien zu tief zu sein. Andererseits hatte Mister Bufimimat kein Sauerstoffgerät und auch keine Tauchermaske benutzt, als er ins Wasser gesprungen und zur Seemitte geschwommen war. ›*Wenn Buffi irgendwo am Grund des Sees ein geheimes Versteck gehabt hat, musste es für eine menschliche Durchschnittslunge auch erreichbar sein. Also kann es nicht allzu tief hinuntergehen*‹, dachte Robert. Er hatte keine Erklärung für das was sich in diesen Momenten in seinem Geiste abgespielt hat. Wie im Zeitraffer liefen plötzlich alle Filme vor seinem geistigen Auge ab, die er seit seiner Kindheit über das Leben Christi gesehen hatte. Mit dem Gesang von Kirchenchören im Hintergrund feuerte sein Erinnerungsvermögen einprägsame Bilder von Reliquien in seinen Denkapparat. Er grübelte, ob das an den Gesprächen mit Filippo liegen könnte. Wie mit einer Operationsklemme falteten die längst verdrängten Eindrücke seinen Geist auseinander und kehrten herrschsüchtig in seine Erinnerung zurück. Zu einer Zeit, in der er als Kind noch von einer überirdischen Gerechtigkeit geträumt hatte. Filippo hatte ihn auf ›*I.N.R.I.*‹ hingewiesen.[63] Ein verrückter Gedanke. ›*Nur, warum sollte Christus wieder als `König der Juden´ aufkreuzen?*‹, dachte Robert.

Eigentlich müsste I.N.R.I. in seiner Bedeutung ›*König der Geldmacher*‹ heißen. Das ist Christus aber nie gewesen. I.N.R.I. ist die höhnische Bezeichnung der Römer auf dem Titulus gewesen, der über dem Kreuz angenagelt worden war. Warum sollte er sich als I.N.R.I. zu erkennen geben? Schließlich hatte Christus

---

[63] *Iesus Nazarenus Rex Iudaeorum*; lat.; »Jesus von Nazareth, König der Juden«; Pilatus verfasste die am Kreuz angebrachte Inschrift; Johannes Kap. 19, Vers 19:

eine gegenteilige Lebenshaltung verbreitet, die dem Geldhandel widersprochen hat. Wenn man die Gründer der US-Zentralbank von 1913 flüchtig überflogen hat, hat man augenscheinlich fast nur Juden mit vorwiegend deutscher Herkunft vorgefunden. Hat womöglich ein Zusammenhang zwischen der Geldmacht und der Himmelsmacht bestanden? Wenn das so gewesen wäre, dann würde I.N.R.I. irgendwie einen Sinn ergeben können. Aber über einen solchen Zusammenhang hatte Robert noch nie ernsthaft nachgedacht.

Robert und Filippo kreisten an der Seeoberfläche schon das vierte Mal in einem Radius von 10 Metern um die Stelle, wo *Buffi* untergetaucht war. Mit einem Fingerzeig deutete Robert, dass er an einer bestimmten Position abtauchen wollte. Reflexartig kontrollierte er vor jeder bedeutenden Amtshandlung die Uhrzeit für das Gedächtnisprotokoll. In der gruseligen Stille fiel ihm auf, dass Maria die ganze Zeit lang keinen Rückrufversuch unternommen hatte. Es war ½ 8 Uhr morgens. Über zwei Stunden sind zwischenzeitlich verstrichen. Robert verlagerte sein Gewicht und stieß mit dem Oberkörper voraus in die Finsternis. Die spukhaften Gedanken kamen wieder auf. Marias Kurzvortrag über die neuen Funde christlicher Reliquien in Jerusalem flitzte ihm ins Gedächtnis. Der Mythos um neue Funde ist immer heftig gewesen. Am Umstrittensten war das Turiner Grabtuch. Seit dem Mittelalter ist es als Reliquie verehrt worden. Aus dem Dunkel eines fotographischen Negativs des Tuchs, war das geisterhafte Gesicht eines Mannes plötzlich hervorgetaucht. Für Millionen Menschen hat das Tuch seither als originales Antlitz von Christus gegolten. Aber das Grabtuch lieferte keinen *handfesten* Beweis für die Existenz des Gründers der größten Glaubensgemeinschaft des Planeten. Zuerst hatte man erklärt, das Webmuster und die Vernähungsart des Stoffes haben der Zeit von Christus entsprochen. Wie die Suche der Gläubigen sind auch Wissenschafter und Forscher dem Tuch auf den Leib gerückt, um endgültige Antworten zu finden. Eine C-14 Kohlenstoffanalyse datierte das Tuch plötzlich auf das 14. Jahrhundert. Aber das konnte nicht stimmen. Denn der schändlichste aller Kreuzzüge durch ein französisch-venezianisches Heer hatte Konstantinopel viel früher zurückerobert. Die byzantinische Hauptstadt war schon im April 1204 in Flammen aufgegangen. Unter den Eroberern ist ein junger Ritter namens Robert de Cléry gewesen. In seinen Aufzeichnungen hatte man Notizen gefunden, in denen er das Grabtuch schon damals erwähnt hatte. Er sah es in Konstantinopel. Die Kohlenstoffdatierung konnte also nicht stimmen. Diese Datierung ist aber auch von einem 3D-Computerbild völlig widerlegt worden. Man hatte Blütenpollen von *Gundelia, Zygophylum* und *Zystus* gefunden. Pflanzen, die alle aus der Region von Jerusalem gekommen sind und nur in dieser Region im ersten Jahrhundert gewachsen waren. Wie konnten längst ausgestorbene Pollen aus dieser Zeit auf ein Grabtuch kommen, das angeblich erst 1.300 Jahre später gewebt worden sein soll? Immer wieder wurde beschwichtigt, das Tuch wäre eine Fälschung. Aber um eine Fälschung herzustellen, hätte man im Mittelalter die Technologie der forensischen Mikroanalyse beherrschen müssen. Eine Messung der Helligkeitsparameter hatte die Daten des Stoffes in ein Höhenrelief extrapoliert und die exakte 3D-Abbildung eines 30 Jahre alten Mannes ergeben. Selbst die modernsten Kameras wären nicht in der Lage, eine solche Abbildung zu fälschen. Nach Robert de Cléry hatte man 1 ½ Jahrhunderte nicht mehr über das sagenumwobene Tuch geredet, bis Ritter Geoffroy de Charnay das Tuch 1356 in einer kleinen Stiftskirche ausgestellt hatte. Unter Androhung der Exkommunikation hatte Rom dem Ritter postwendend verboten, über das Tuch öffentlich zu sprechen. Über 800 Jahre hatte die Stabsstelle des Himmels aus bislang unbekannten Gründen versucht, die Reliquie bis heute nicht anzuerkennen. Obwohl man sich über zwei Dinge sicher war: Die Blütenpollen datierten das Tuch auf die Zeit Christi und ein gekreuzigter Mann im Alter von rund 30 Jahren war darin gelegen.

Robert besann sich wieder auf seinen wissenschaftlich begründeten Stichhaltigkeitsanspruch. ›*Selbst wenn man eindeutig feststellen würde, aus welchem Jahrhundert die Abbildung stammte, wusste man trotzdem noch immer nicht, ob es tatsächlich Christus gewesen ist?*‹, dachte er. Man könnte Blutreste von den Grindflecken der Verletzungen auf dem Tuch entnehmen und die DNA-Struktur vergleichen. Aber mit welchem *lebenden Menschen* sollte man die DNA vergleichen? Eine Übereinstimmung mit *Buffi* wäre eine Weltsensation. Vielleicht wäre es auch ein Beweis, den Robert sogar akzeptieren könnte. Von einer DNA gab es keine Kopie. Entweder wäre es dieselbe Person oder es wäre eine Art Wiedergeburt. Ein Mensch, der ein ganz normales Leben in Kindheit und Jugend geführt hat. Ein gewöhnlicher Sterblicher, der mit allen Problemen bis zum Erwachsenwerden herangereift ist und plötzlich weltweit in Erscheinung treten könnte. Als wäre jemand vom Himmel gefallen, der die Weltöffentlichkeit mit einer neuen Botschaft wachrütteln können würde. Der das Internet als Bühne nutzen könnte und revolutionäre Forderungen verbreiten würde. Robert blickte erstarrt zu seinem Assistenten. Meter für Meter arbeiteten sie sich in die Tiefe vor. Blitzartig stoppte er seinen Sinkvorgang. Er sah im Lichtkegel kleine Fischschwärme durch Seegras auf dem morastigen Untergrund schwirren. Im dämonischen Geflimmer der Unterwasserwelt tauchte plötzlich ein grünlich phosphoreszierender Punkt auf. Robert fuhr den Lichtstrahl seiner Taucherlampe zu der Stelle, die sich wenige Meter vor ihm befunden hat. Er erkannte die Beleuchtung einer Tastatur neben einem metallischen Eingangstor und drehte sich ruckartig nach Filippo um. Der zeigte mit dem

Daumen nach oben und grinste durch die Maske. Mit einem kräftigen Flossenschlag beförderte sich Robert im Spot der Lampe rückstoßartig durch die aufgewirbelte Schlammwolke vor das Tor.

›*Ich hab es gewusst!*‹ Der Öffnungsmechanismus ist wegen der mangelnden Türschnalle mit der leuchtenden Tastatur verbunden gewesen. Aus der ungewöhnlichen Tastaturanordnung flirrte das Alphabet mit 10 Drucktasten in einem handflächengroßen eingeschweißten Bedienelement. Robert fackelte nicht lange und zog sich eilig den Handschuh runter. Filippo klopfte seinem Teamleiter auf die Schulter und deutete ihm, dass er noch warten sollte. Doch Mister McDerman reichte ihm die Lampe und gestikulierte dem Italiener, das er besser das Bedienelement beleuchten und nicht zögerlich sein sollte. Nachdem Filippo die Tastatur in Helligkeit ertränkt hat, betätigte Robert die große Taste ›*Open*‹. Vier Stellen begannen auf einem Display plötzlich zu blinken und die Aufforderung nach einem Passwort erschien. Filippo gaffte auf Roberts Fingerglieder. ›*Vier Buchstaben?*‹ Nach den Informationen der letzten 90 Minuten hat das nur eines heißen können. Sein Zeigefinger tippte auf den Buchstaben ›*I*‹, dann auf ›*N*‹, auf ›*R*‹ und schließlich auf ›*I*‹. Er bestätigte die Eingabe mit ›*OK*‹ und es passierte das, was er sich erhofft hatte. Das Tor spreizte sich horizontal auf und eine unter Wasser stehende Übergangskammer offenbarte sich. Robert deutete Filippo, zuerst hinein zu gleiten. Die hektischen Flossenbewegungen der beiden wirbelten wieder Schlickbrühen hoch. Er linste ungeduldig auf die dunklen Innenwände in der Kammer und stieß mit der Unterkante seiner Sauerstoffflasche im Umdrehen versehentlich auf einen Druckknopf an der verdunkelten Innenwand der Kammer. Das Tor schloss sich plötzlich. Filippo ist erst mit einem Fuß drin gewesen und zwängte sich im letzten Moment erschrocken durch. Das schließende Tor schlug ihm die Unterwasserlampe aus der Hand. Die einzige Lichtquelle der beiden fiel außen auf den schlammigen Seeboden. Robert fuhr mit einem Schauder zusammen. Eine völlige Schwärze flutete die Kammer. Die nächsten Sekunden waren wie eine Ewigkeit. Plötzlich kribbelten kleine Luftblasen von unten über seine Flossen und prickelten mit einem Kitzeln an seiner Gummihaut entlang nach oben. Keine zwei Sekunden später befand sich der Wasserstand genau auf Höhe der Tauchermaske und sank immer schneller ab. Robert begriff die Situation und riss sich den Sauerstoffschnorchel herunter. ›*Luft!*‹ Eine automatische Dimmfunktion ließ die Leuchtkraft gelblicher Halogenspots plötzlich langsam ansteigen. Das Augenlicht konnte sich so besser an den Lichtwechsel gewöhnen. Robert stand schon nach wenigen Sekunden in den restlichen Pfützen am Boden, nachdem das Wasser durch kleine Abflusslöcher geronnen und verschwunden war. Mit einer Bewegung streifte er die schwer gewordene Sauerstoffflasche ab, zog sich die Flossen aus und musterte zwischenzeitlich die Eingangstüre nach einer Öffnungsmöglichkeit. Er hatte den Gedanken kaum zu Ende gefasst, da erschallte ein Knacken das von einem Surren verfolgt wurde. Der Spalt dehnte sich und der Türflügel fuhr zischend auf. Filippo stand mit klaffendem Mund vor der offenen Pforte und spähte in den Eingangsbereich. Die ersten beiden Meter waren mit einem Frotteeteppichboden ausgelegt und boten Sitz und Ablagemöglichkeiten für nasse Wäsche. Wortlos schob Robert eine Miene der Verblüffung über das zu Filippo, was er noch erblicken konnte. Hektisch legte er die tropfenden Mitbringsel auf eine Bank rechts neben ihm. Mit einem frischen Handtuch tupfte er seinen Tauchanzug ab und übertrat bloßfüßig die Schwelle. Eine eigenartige Stimmung umhüllte ihn wie eine Plane. Wieder spukten seine Erinnerungen über die Reliquien in seinem Denkapparat herum. In den letzten 2.000 Jahren sind immer wieder Überreste bestimmter Personen gefunden worden. Meist sind es Heilige gewesen. In der Verehrung dieser Nachlässe drückte sich eine besondere Sehnsucht aus, Gott möglichst nahe zu sein. Eine rauschhafte Verehrung von Reliquien konnte aber auch krankhafte Geisteszustände hervorrufen. Es hat immer wieder Leute gegeben, die behauptet haben, die Geheimnisse Gottes kennen zu können. Wenn das ein verrückter Sektenführer getan hätte, der seine Anhänger mit der Prophezeiung des Weltuntergangs in den Tod schicken wollte, dann ist das eine weit verbreitete Sache gewesen. Aber wenn das ein auf Beweise fixierter Bibelwissenschafter wie Robert tut, dann ist das eine Seltenheit. Er glaubte für einen Moment, Gottes Geheimnisse in Gestalt vor sich zu erblicken. Im Zeitraffer flitzten die Bilder von *Buffi* in seiner Vorstellung vorüber, deren Aufnahmen einen Zeitraum mehrerer hundert Jahre umfasst haben. Robert stand nach wenigen Schritten in einem museumsähnlichen Vorraum, der mehrere sicherheitsverglaste Vitrinen beherbergt hat, die in einem prunkvollen Vorraum an Wänden und Ecken platziert gestanden sind. Mehrere vertäfelte Eingänge zu Nebenzimmern grenzten an den riesigen hallenartigen Eingangsraum. Immer und immer wieder hat Robert nach Beweisen gesucht. Nun hatte er sie vor sich.

Er wusste nicht, wo er anfangen sollte und gewann Schritt für Schritt an Terrain. Über dem vertäfelten Türrahmen peilte er verwundert auf das Symbol des ›*Synedrion*‹. Das Zeichen des ehemaligen obersten jüdischen Gerichts. Als Hoher Rat war der Synedrion die oberste Behörde der Juden während der römischen Besatzungszeit in Palästina gewesen. Nach der Zerstörung des Tempels im Jahre 70 war der Aufenthaltsort des Hohen Rates bis zu seiner Auflösung 425 immer wieder geheim gehalten worden. ›*Was macht das Erkennungszeichen eines längst liquidierten geistlichen und politischen Oberhauptes hier?*‹ Robert drehte sich bedächtig um und wurde von einer anderen Hinterlassenschaft magnetisch angezogen.

In einer kleineren Vitrine mit einem halben Meter Durchmesser war ein

›*Titulus*‹ auf einer weißen Samtplatte aufgelegt. Es ist das Schild aus Holz gewesen, auf dem das Verbrechen der Verurteilten eingraviert worden war. Einer der Teile des Christus-Titulus befand sich heute noch in der Römischen Kirche *Santa Groce*. Aber so etwas hatte er noch nie gesehen. Robert betrachtete die Beschaffenheit des Walnussholzes und die Anordnung des Textes. Sie sprachen für seine Echtheit. Der Herzmuskel des Vatikanbeauftragten hat heute schon eine Reihe von Aufregungen verkraften müssen. Aber was sich seinem Begriffsvermögen nun geboten hat, übertraf alles. Die ganze Geschichte Jesu Christi wandelte sich für ihn von einem abstrakten Studienobjekt zu einer angreifbaren Realität. Alles erschien ihm echt. Ob jetzt Priester in einer Kirche alte heilige Dokumente gefunden hatten, die aus der Zeit von Christus berichtet haben. Ob es Bilder eines Bergdorfs gewesen sind, auf denen Anführer eines geheimen Ordens der Tempelritter abgebildet waren. Ob es antike Reste gewesen sind, die man erst vor wenigen Jahren unter einer byzantinischen Kirche gefunden hatte. Ob es sich um Erleuchtete wie Da Vinci, Newton, Einstein oder Fibonacci gehandelt hat, die das menschliche Wissen in der Geschichte katapultartig nach vorne geschleudert hatten. Ob es Erfinder, Entdecker oder Prediger gewesen sind. Robert erblickte ein Ganzes, das in jedem kleinen Ereignis einen großen Zusammenhang ergab. Filippo war zwei Meter hinter ihm und wurde von den Reliquien magnetisch angezogen. Robert glotzte in einer Wandverkleidung auf Fotos von *Buffi* mit Ghandi, Martin Luther King, Gorbatschow, Henry Ford oder Kennedy. Plötzlich verdünnte sich Roberts Blut schlagartig und trieb den Puls in kritische Höhen. Vor ihm hing das Foto mit Johannes Paul II, das ihm Filippo vor einer Stunde aufs Notebook gespielt hatte. Es zeigte ganz deutlich *Buffi* am vorderen Rand der Aufnahme. Zwei Meter neben dem Papamobil am Tag des Attentats am 13. Mai 1981.

Robert schlich mit einer riesigen Ehrfurcht auf Zehenspitzen durch einen Eingang in ein mit feinstem Marmor ausgelegtes Nebenzimmer. In der Mitte stand eine drei Meter lange Glasvitrine auf einem massiven Unterbau aufgebart, in der eine Kiste majestätisch geruht hat. Robert erspähte eine Temperaturanzeige und das Display eines Luftfeuchtigkeitsmessers am Fuße des Glasschranks. Wie ein Schraubstock presste ihm seine Vermutung die Luft aus den Lungen. Er war sprachlos.

›*Die Bundeslade?*‹ Eine mit Gold überzogene Akazienholztruhe mit Tragebalken, die unter der Führung von Moses angefertigt worden war. Nachdem der von König Salomon im Jahre 956 v. Chr. begonnene Bau des Tempels von Jerusalem über sieben Jahre angedauert hatte, war die Bundeslade darin zwischen zwei Cherubim aufgestellt gewesen. Den sphinxähnlichen Fabelwesen, die das 60 Meter hohe Gebäude bewacht hatten, bis der Tempel von Nebukadnezar II. zerstört worden war, 500 Jahre später wieder aufgebaut und 70 n. Chr. von den Römern ein zweites Mal zerstört worden ist. Nur die Klagemauer ist bis heute erhalten geblieben. Die Bundeslade mitsamt den 10 Geboten hat für immer verloren gegolten. Man hat nur mehr von einer Legende gesprochen. ›*Wenn sie es tatsächlich ist, dann müssten auch zwei steinerne Gesetzestafeln hier sein*‹, kombinierte Robert und blickte sich um. Nicht, dass er schon genug Eindrücke verarbeiten musste, sprang ihm der Anblick der nächsten Reliquie in die Linsen. Eine Lähmung krallte sich in seine Glieder. Er begriff, dass dieser Fund hier die Menschheit verändern könnte. Der Kelch des Fischers strahlte hell erleuchtet aus einem weiteren Nebenzimmer in den riesigen Eingangsbereich.

›*Der heilige Gral?*‹ Der Kelch, den Christus beim letzten Abendmahl benutzt hatte. Der Legende nach hatte Joseph von Arimatheia in dem Gefäß das letzte Blut Christi eingesammelt. Neben der Vitrine mit dem Kelch stand ein Schwert. Robert wusste nicht, wie er dieses Erlebnis hier vernunftbezogen begreifen sollte. ›*Excalibur? Das gibt es nicht!*‹ Das Schwert des Königs Artus, das nach dessen Tod in einen See geworfen worden war und für immer verschwunden schien. Artus hatte den Heiligen Gral mit seiner Tafelrunde verzweifelt gesucht. Beides hat sich jedoch in den Wirren der Geschichte verloren. Robert spürte in der Auffindung dieser Reliquien das Durchschimmern einer merkwürdigen Chance. Zu seinen Lebzeiten hatte nur eine ganz kleine Gemeinde Notiz von Christus genommen. ›*Könnte dieses Mal die ganze Welt Notiz von ihm nehmen, wenn er es wirklich wäre?*‹, dachte er unter der gewaltigen Wucht der Erkenntnisse des heutigen Tages. ›*Ist er es wirklich?*‹ Für einen Augenblick streiften seine Gedanken über die Bildberichte aus Japan im März 2011. Das Inferno von Fukushima spulte sich noch einmal in seiner Erinnerung ab. Zur selben Zeit waren die Menschen in unzähligen Ländern Nordafrikas und des Nahen Ostens auf die Straßen marschiert und von ihren Herrschern brutal niedergeschlagen worden. Die europäischen Völker hatten den größten monetären Hilfsfonds der Geschichte geschnürt, um der Katastrophe auszuweichen. Die Japanische Notenbank hatte Papiergeld über 15 Billionen Yen drucken lassen. Nur zwei Wochen nach den USA ist auch Japans Kreditwürdigkeit von den Ratingagenturen herabgestuft worden. Im Windschatten der Japaner war auch die US-Zentralbank ein weiteres Mal mitgezogen. US-Finanzminister Geithner hatte im Jänner 2011 vor einem Bankrott Amerikas gewarnt. In Australien sind jedes Jahr Landflächen überschwemmt worden, die großer als Europa waren. Natur- und Erdölkatastrophen, Atomunfälle, steigende Rohstoffpreise, verrückt spielende Kurse, explodierende Verschuldungen und astronomische Kosten des Wiederaufbaus haben die Hoffnungen der Zivilisation ausgequetscht. Die politischen, wirtschaftlichen und ökologischen Entwicklungen steuerten auf einen Super-Gau hin. ›*Diese Zeit wäre die Beste, die sich die Menschheit für eine*

Auferstehung aussuchen könnte. Für jemanden, der einen neuen Lebensentwurf verbreitet‹, dachte Robert. Er erinnerte sich an seine erste Vorlesung an der Universität. Aus bestimmten Gründen hatte der Professor damals den letzten Abschnitt der Bibel durchgeackert. Der erste Satz, den Robert auf der Fakultät gehört hatte, war das erste Kapitel Vers 1 der Apokalypse gewesen: ›*Die Offenbarung Christi, die Gott ihm gegeben hat, damit er den Menschen zeige, was in Bälde geschehen muss*‹. Robert spürte, dass irgendetwas Großes auf diesem Planeten geschehen würde. Blitzartig fuhr ihm ein mulmiges Gefühl in die Magengrube, nachdem er sie wirklich erspäht hatte: ›*Die Steintafeln des Moses!*‹ Er wollte so schnell wie möglich weg von diesem Ort. Außerdem ist das, was er hier gefunden hat, so angelegt gewesen, dass es ihm ohnehin nicht davonlaufen würde. Eine innere Stimme sagte ihm, dass er schnellstens die Verfolgung von Christian Bufimimat aufnehmen sollte. »Los, Filippo! Ich habe genug gesehen. Wir müssen *Buffi* einholen.«

Im Zurückgehen stach noch ein gespenstischer blauer Schimmer aus einem unscheinbaren Raumeingang in seinen linken Augenwinkel. Instinktiv warf er einen Kontrollblick in das Arbeitszimmer und bemerkte einen aktiven Bildschirmschoner auf dem PC-Monitor. Während Filippo gerade damit beschäftigt war, sich vor dem Ausgangsbereich wieder in den Gummianzug zu quälen, ging Robert zum Schreibtisch und gab mit der Mouse einen Druckbefehl. Anschließend stopfte er sich einige Blätter Papier zwischen seinen Genitalbereich und den Synthesekautschuk. Er hatte eine ausgedruckte E-Mail und die sorgfältig geschlichteten Blätter mit den Verkaufsaufträgen amerikanischer Wertpapiere gefunden. Hurtig folgte er Filippo und beide verließen den Fundort biblischer Hinterlassenschaften.

49

Bestimmung

Harvey öffnete die Augen. Seine Benommenheit fühlte sich an wie Blei im Kopf, das seine rechte Gesichtshälfte in einen Polster presste. Lichtteilchen drangen in seine Pupillen und erhellten den ersten Eindruck. Ein freundlich warmer Sonnenstrahl durchdrang den hauchzarten Store und animierte die eingearbeiteten Granulatsplitter des blank polierten Bodens, in allen Farben aufzuglitzern. Wie ein wandernder Meeresspiegel, der seine kleinsten Unebenheiten in einem funkelnden Lichtballett tanzen ließ. Ein Schauspiel, das sich am Himmelszelt immer dann wieder gefunden hat, nachdem die Sonne in den finsteren Tiefen der See versunken war. In einem unendlichen Staffellauf übergab der Ozean den Tanz der Photonen an den Nachthimmel weiter. Der ewige Kreislauf eines blauen Planeten, der rastlos an der Leine seiner wichtigsten Energiequelle seine Runden gezogen hat. Wie unter Drogen starrte Harvey auf das Schillern der Granulate, die ihn an das hautenge Paillettenkleid von Jackie erinnerten. Er lag in einem Bett und erkannte allmählich seine Umgebung. Seine Gehirnwindungen quetschten ein ›*Wo bin ich?*‹ in die ersten Gedanken. Das Spiel der Lichtteilchen hatte ihn zu dieser Fiktion verführt. In dem starken Lichtkegel waren die feinen Staubpartikel kaum wahrzunehmen, die üblicherweise wie in Zeitlupe über der Bodenoberfläche eines Raumes schwebten. So, als ob sie auf unsichtbaren Seilen balanciert wären. Harvey registrierte den Duft von frischer Wäsche, die mit einem Gemisch aus Honig und Olivenblüten oder Apfel gewaschen worden war. Untermalt von einer Geruchsmixtur aus Desinfektionsmittel und Chlor. ›*Ein Krankenhaus?*‹, spuckte sein Antwortregister aus. ›*Bitte keine Irrenanstalt!*‹, jammerte er.

Harvey wurde allmählich munter. Technische Geräte, Flaschen und Schläuche umzingelten ihn wie eine Bande von Kannibalen. Sie hinderten ihn an der Umsetzung seiner Absicht, sich aufzusetzen. In seinen Unterarmen steckten farbige Kanülen.

›*Wozu brauch ich denn das?*‹, brummte er in sein Hirn. Behutsam ließ er die elektrohydraulische Rückenlehne wenige Zentimeter hochfahren. Ein Radiomoderator im Hintergrund hatte vor wenigen Augenblicken das heutige Datum durchgegeben: Donnerstag der 12. Jänner 2014! Nach einem Vierteljahr im Koma sollte man den Kreislauf nicht erschrecken. Der Ökonom stöberte in seinem Gedächtnis, um sich an den letzten Tag zu erinnern. ›*War es nicht der 7. Oktober 2013? Das ist drei Monate her!*‹

Durst und Schwindelgefühle liefen wie ein Eislaufpaar während der Pflichtpräsentation durch seinen Körper. Die Flasche frisches Mineralwasser auf seinem Nachtkästchen kam wie gerufen, um seine trockene Kehle beglücken zu können. Vorsichtig bewegte er seinen Arm zur Wasserflasche. Während er einen Riesenzug durch den Rachen gleiten ließ, erblickte er im Augenwinkel das Foto von ihm und seinem Dad vor dem Lincoln Memorial. Auch das von Jackie und ihm vor dem Dogenpalast in Venedig ist daneben gelegen. Irgendjemand musste seine persönlichen Andenken aus der Innentasche seines Jacketts hierher gelegt haben. ›*Meine Lebensgeister werden geweckt*‹, seufzte er erleichtert. ›*Das ist sicher Jackie gewesen!*‹ An der Tischkante lag ein verschlossenes Kuvert. Als die Erinnerungen wieder schön langsam durchzusickern begonnen hatten, registrierte er eine Stimme.

»Sie haben Recht Harvey!«, sagte jemand. Unvermittelt schoss ihm helle Wachheit in die Glieder. Harvey drehte verschreckt seinen Hals nach links und spähte nach der Klangquelle, die in einem bequemen Lehnstuhl für Besucher geruht hat. Ein Fremder deutete mit dem Arm auf den Lichtkegel aus Sonnenstrahlen, der Harvey das Aufwachen versüßt hatte.

»Dieses feine Blitzgewitter ist den Photonen zu verdanken. Es wirkt wie eine große Unordnung«, sagte der Fremde mit gefälligem Lächeln. »Und doch haben sie aber ihre Ordnung, oder?«

›*Kann der meine Gedanken lesen?*‹ Wie ein großer Schatten warf sich diese Frage über die wenigen eigenen Lichtteilchen, die in Harveys Denkgehäuse noch auf Energiesparbeleuchtung gewesen sind. Sein Kreislauf wurde wie von einem durchgetretenen Gaspedal in den roten Drehzahlbereich getrieben. Schock ist schon immer das beste Mittel gegen Müdigkeit gewesen. Ob bei faulen Mitarbeitern, erfolglosen Managern oder einfallslosen Verkäufern. So hätte er zumindest früher gedacht.

»Was! Wer sind S.....?

»Wie ich hier hereinkomme, wollen Sie wissen?«

»Das habe ich Sie nicht gefragt?«, erwiderte Harvey mit schroffer Unbeherrschtheit. Er hatte keine Kraft, jemanden für schlechte Quartalsergebnisse zur Rede zu stellen.

»Vielleicht aber haben Sie es gedacht?«, erwiderte der Fremde und zog unschuldig die Schultern zu seinen Ohren nach oben. Harvey ließ hingegen seine Schultern genervt nach unten sacken. Die Einstichnadeln auf den Kanülen empörten sich über jede ruckartige Bewegung. Aber der Schmerz war ein seriöser Beweis, dass er noch lebte.

»Ich borge mir manchmal Ihren Zimmerausblick aus«, sagte der Unbekannte und deutete zum Fenster. »An der Ostseite kommt das morgendliche Sonnenlicht so einrucksvoll herein und verbreitet diese fröhliche Aufbruchsstimmung in dieser kalten Jahreszeit.« Der Anonyme starrte zum Lichteinfall und lächelte warm.

›*Aufbruchstimmung?*‹, dachte Harvey. ›*Vielleicht sollte der Fremde auch bald in diese Stimmung kommen.*‹

»Mein Zimmer liegt leider südwestlich. Zwischen 7 und 11 Uhr morgens schleiche ich herüber und lese die Zeitung.« Hinweisend hob er den Finger und flüsterte mit einem Zwinkern zur Tür. »Das geht aber nur, wenn Schwester Paula Dienst hat. Übrigens ich bin Mathäus«, sagte er und streckte symbolisch die Grußhand aus. »Tut mir leid, wenn ich Sie erschreckt habe, Harvey.«

Erschöpft rastete sich der Patient Friedman aus. Spontan konnte er nur den Gedanken erfassen, dass der Fremde seinen Vornamen gekannt hat und offenbar seine Gedanken auch noch lesen konnte. Da ergriff der schon wieder das Wort.

»Ich habe Sie oft beobachtet, während Sie geschlafen haben. Sie haben so einen zufriedenen Gesichtsausdruck gezeigt.« Mathäus erinnerte ein wenig an Charlie Sheen aus der TV-Serie ›*Mein cooler Onkel Charlie*‹. Harvey grübelte.

»Gerade eben, als Sie die geheimnisvollen schwerelosen Bewegungen des Hausstaubs im Lichtkegel beobachtet haben«, sagte Mathäus und wies mit dem Finger auf sein Gesicht. Zufriedenheit leuchtete aus seiner Mimik, »...da haben Sie denselben Ausdruck gehabt. So tief in Gedanken versunken.« Wie eine Heiligenfigur neigte Mathäus den Kopf, faltete die Hände und blickte Harvey fromm an. Die rätselhafte Art der Pantomime hatte etwas Einladendes. Trotzdem wollte ihn Harvey so schnell wie möglich auf dieselbe Weise zur Flucht nach draußen einladen. Er sah im Moment keinen anderen Weg, als den Small Talk mit einem Schlusswort abrupt abzubrechen. Er seufzte. ›*In fünf Minuten solltest Du draußen sein!*‹, dachte er und blickte in die seelengute Augenpartie eines dunkelhaarigen Mannes, dem man seinen 50er nicht angesehen hat.

»Wissen Sie«, sagte Harvey und nahm das Foto in die Hand, auf dem er mit Jackie abgebildet war. »Als Junge habe ich oft eine Verzweiflung über den gewaltigen Anblick der Unordnung auf dieser Welt empfunden«, antwortete er auf Mathäus Frage, ob ›*die feinen Staubpartikel wie eine große Unordnung erscheinen, aber doch ihre Ordnung hätten?*‹ Harvey blickte auf die hereinfallenden Sonnenstrahlen.

»Schon während der Schulzeit im Physikunterricht habe ich mich gefragt, ob das Chaos aller Partikel, die wir sehen können, auch eine darüber liegende Ordnung haben könnte. Ob es ein Gesetz ist und warum Mutter Erde gerade in so einer chaotischen Ordnung ihren Lebensweg beschritten hat«, sagte er und holte einen Augenblick zu spät zum Nachsatz aus.

»Sie musste es!«, trampelte ihm Mathäus euphorisch in die Gedanken, streckte begütigend die Arme und spreizte leicht seine Schenkel.

»Um dann nach einer Schwangerschaft von 4 ½ Milliarden Jahren der mütterlichen Pflicht nachzukommen.«

›*Mütterlichen Pflicht nachkommen?*‹, sinnierte Harvey.

»Leben aus ihrem Schoß zu befreien!«, sagte Mathäus. »Leben, das eine wahre Bibliothek an Wundern hervorgebracht hat, die an Einmaligkeit nicht zu übertreffen sind.« Wie ein Zauberer ließ der Fremde seine Hände durch die Luft schwadronieren. Harvey war noch zu langsam, um den seltsamen Enthusiasmus seines Besuchers zu bremsen.

»Es ist doch ihre mütterliche Pflicht gewesen, nach ihrer Schwangerschaft den ersten Säugling namens ›*Mensch*‹ stolz dem Universum zu zeigen, oder?«, orakelte Mathäus. Langsam keimte in Harvey das Gefühl, tatsächlich in einer Nervenheilanstalt zu sein.

»Dieser *homo sapiens*, der angeblich zur Krone der Schöpfung hochgehoben worden ist.« Mathäus zuckte mit den Schultern und rollte mit den Augen ein Fragezeichen auf die Stirn. »Eine Krooone der Schöpfung...«, sagte er in gespielter Übertreibung und wedelte mit vorgespiegelten Palmzweigen über seinem Kopf, »....eine Krone, die mit Genen und Atomen jongliert.« Er ließ die Schultern wie einen Blasbalg zusammensacken.

»Der alles wissen will, aber der Vergänglichkeit dennoch nicht entrinnen kann.« Der Gesichtsausdruck von Mathäus wurde hämisch.

»Ein Wesen das versucht, Weisheit in Poesie oder in mathematische Formeln zu kleiden. In ständiger Zerrissenheit, ob seine Wirklichkeit Schein oder Wahrheit ist.« Mathäus stöhnte und senkte dramatisch die Stimme.

»So! Jetzt bin ich schon am Ende. Entschuldigen Sie, Harvey«, sagte er versöhnlich und zeigte mit dramatisch funkelndem Augenspiel den gestreckten Finger zum Boden. Seine Stimme wurde ernst. »Dieser Mutterplanet hat gar keine Wahl gehabt darüber zu befinden, ob sich der Mensch auf ihm entwickeln und niederlassen sollte. Es war Bestimmung!«

Der Seufzer von Harvey war unüberhörbar. Die Schwester um Hilfe zu rufen, würde seinem Stolz widersprechen sich selbst aus der Klemme befreien zu können. Gegen seinen Stolz konnte er nicht anrennen. Er wollte alleine sein und musste Mathäus ohne Hilfe loswerden. Er würde lieber mit Jackie Händchen haltend hier liegen.

»Interessant!«, erwiderte er und tüftelte an einer Taktik, um Mathäus die Lust an der Diskussion zu nehmen.

»Ich habe Thomas von Aquin gelesen.[64] Als ich mit meiner Frau in Venedig gewesen bin, haben wir einen kurzen Abstecher nach Florenz gemacht«, plauderte Harvey.

»Schöööön!«, sagte Mathäus und faltete kindlich die Hände.

Wie an einer fiktiven Wand deutete Harvey mit der flachen Hand einen großen Kreis in die Luft. »Das Fresko!«, sagte er.

»Wir haben in der Kapelle *Santa Maria Novella* das Fresko von Aquin besichtigt.« Er machte eine Pause.

»Aber ich teile diese scholastische Ansicht nicht so!«[65] Harvey goss sich mit der freien Hand einen weiteren Schluck kühles Mineralwasser in den trockenen Rachen und deutete mit dem ausgestreckten kleinen Finger, dass er weiterreden werde.

---

[64] *Thomas v. Aquin;* gilt als größter Theologe des 13.Jhdts.; er wurde 1879 von Papst Leo XIII als der herausragende Lehrer der Kirche hingestellt; Heiligsprechung 1323.

[65] *Scholastik;* lat.; eine erste Epoche der Wissenschaft, die 1050 begann und 1500 endete; ihren Gegenstand bildeten Texte mit besonderem Wahrheitsanspruch; sie wollte die Philosophie der Griechen und Römer mit dem religiösen Wissen des Christentums verbinden. Sie versucht übernatürliche Phänomene der christlichen Offenbarung mithilfe der nicht übernatürlichen menschlichen Vernunft und der Philosophie des Aristoteles zu erklären.

»Wissen Sie, natürliche Phänomene irdischer Herkunft mit christlichen Offenbarungen himmlischer Ursache zu erklären, klingt so nach einem absoluten Willen, der alles vorbestimmt.« Wieder hob er die Hand zum Weiterreden. »Wenn Sie sagen, dass Mutter Erde tatsächlich keine Wahl gehabt hat und wir ihre Bestimmung gewesen sind....«, begann er und wurde unterbrochen.

»Ja? Was wäre dann..?«, schallte ihm Mathäus entgegen und zeigte die gespielte Grimasse eines 8-jährigen.

»Behalten Sie doch Ihr eigenes bildhaftes Gleichnis im Auge, Mathäus«, brummte Harvey abschätzig über das Mienenspiel. Er wollte seinen Standpunkt darlegen und endlich Ruhe. »Was ich sagen wollte ist: Wenn Mutter Erde keine Wahl gehabt hat und wir Bestimmung gewesen sind, dann können wir entweder nur ein Wunschkind oder das Ergebnis einer Vergewaltigung sein.« Harvey machte eine Pause.

»Entweder Mutter Erde hat sich als Jungfrau von jemandem schwängern lassen, dem sie auch vollstes Vertrauen geschenkt hat. Gut! Dann könnte es so eine Art Liebe gewesen sein und wir wären ein Wunschkind. Oder sie hat uns einfach nicht abtreiben können, weil es keine Verhütung für Planeten gegeben hat.« Harvey ballerte seinem Besucher seine Unlust zur Diskussionsfortsetzung entgegen.

»Also lieber Mathäus, wenn Sie von Bestimmtheit sprechen, müssten Sie mir erklären können, ob wir als ›*Glück*‹ oder als ›*Pest*‹ für unsere Mutter Erde bestimmt gewesen sind? Denn von einem Trottel hätte sich unsere Erde wohl nicht schwängern lassen. Allerdings bezweifle ich, dass Sie mir das befriedigend erklären können.« Harvey hob den Finger.

»Betrachtet man nämlich, was mit dem Planeten alles angerichtet wird, stellt sich das Vorschussvertrauen nicht zwangsläufig als gerechtfertigt heraus.«

»Vertrauen worin?«, nestelte Mathäus in Harveys Antwortbeutel.

»Dass der Samenspender eben kein Trottel gewesen ist. Schauen Sie sich um in der Welt. Sehen Sie Einfaltspinsel, die sich hektisch an ihr vergoldetes Steuer klammern oder sehen Sie vertrauenswürdige Entscheidungsträger, die den Garten ihrer Erwägungen sorgfältig pflegen, um Ihren Völkern eine stabile Zukunft sichern zu können?« Harvey hatte zum ersten Mal seit seiner Jugend das angenehme Gefühl, als wäre er in einer anderen Welt. Ohne seine Vergangenheit und Krankheitsgeschichte. Aber er ist auch in dem Glauben gewesen, noch immer auf der Erde zu sein.

»Schauen Sie sich doch um«, sagte er und führte mit dem Kopf eine Drehbewegung aus, die seine Arme noch nicht zustande brachten. »Rundherum wird an diesem Planeten nur herumgebastelt. Das kann also nur ein Trottel gewesen sein, der unsere Bestimmung vorgesehen hat. Ein

Geschenk waren wir für diesen Ort im Kosmos sicher nicht. Da hat sie sich aber zu früh die Augen verdrehen lassen. Unsere Mutter Erde.« Harvey fixierte seinen Gesprächspartner. ›*Bestimmung?*‹, dachte er abschätzig. ›*Was soll denn das heißen?*‹

»Sie haben schon irgendwo Recht, Mathäus«, fügte er noch in rhetorischer Taktik an. »Die Vielfalt der Naturwunder erscheint im ersten Eindruck vielleicht wie ein eindrücklicher Beweis für die Zeugungsfähigkeit einer übergeordneten Intelligenz. Aber Vorbestimmung mit diesem Versagen?«, rümpfte er die Nase kopfschüttelnd.

»Jene Intelligenz, die uns diese Bestimmung gegeben hat, muss eine Trottelintelligenz sein. Also erübrigt sich jede weitere Debatte über dieses Ergebnis, das aus dem Schoß dieses Planeten entwischt ist. Der Mensch hätte besser drinnen bleiben sollen.« Mathäus grinste.

»Sie haben ganz Recht, Harvey«, sagte er und setzte plötzlich eine eiserne Miene auf. Mister Friedman wusste nicht genau, womit er nun Recht hatte.

»Der Planet hätte sich von keinem Trottel schwängern lassen.« Wieder hob Mathäus den Hinweisfinger.

»Aber es steht geschrieben, dass wir nach seinem Ebenbild geschaffen worden sind.« Harvey spitzte skeptisch die Lippen, während sein ungebetener Besucher weiterreden wollte.

»Sie meinen jetzt aber nicht das Ebenbild des Planeten, oder?«, unterbrach ihn Harvey süffisant und versuchte sich lustig zu machen, um Mathäus endlich los zu werden.

»Natürlich nicht! Ich meine das Ebenbild von dem, der die Naturgesetze im ewigen Wachstum unserer Produktion festgeschrieben hat.« Mathäus ätzte zurück und erweckte den Anschein, als würde er sich über Harvey lustig machen wollen. »So wie Sie es in ihrem Buch mit den Verhaltensmustern von Genen erklärt haben. Wachstum soll angeblich eine unverrückbare Religion sein, das ist doch Ihre Behauptung gewesen.«

Harvey zuckte zusammen.

»Haben Sie mein Buch gelesen?«, fragte er und witterte einen Verdacht.

»Muss ich das?«

»In meinem ersten Buch habe ich das Wachstumsgesetz der Produktion als eine Art genetischen Code vorgestellt, der eine immerwährende Ausdehnung anstrebt. Als ein egoistisches Naturgesetz, das keine Emanzipation duldet. Ein Prinzip, das sich durch nichts in sein Wirken reinpfuschen lässt. Solange wir unser ökonomisches Handeln in Zahlen messen, solange werden wir ein Wachsen verzeichnen.«

Mathäus stützte sich mit dem rechten Ellenbogen auf die Armlehne und schien die Diskussion geschickt zu vertiefen.

»Das ist ein nettes Gesetz, Harvey! Wenn es ein Naturgesetz ist, dann ist es unumstößlich. Unumstößliches gehorcht aber irgendwelchen Befehlen, sonst wäre es nicht unverrückbar.« Ohne Widerrede duldete Harvey die Schlussfolgerungen.

»Aber woher kommen denn diese Befehle, einen vorgegebenen Plan einzuhalten? Denken sich die Ökonomie oder Produktionsgesetze das alles selber aus?« Mathäus winkte mit ernstem Blick ab.

»Ihre Behauptung ist nur das Produkt eines fehlbaren menschlichen Geistes. Merken Sie sich eines, Harvey.« Mathäus krümmte seinen Oberkörper in einer Beugung nach vorne und glotzte ihn wie ein Feldherr an.

»Wenn Sie so überzeugt von einer immerwährenden Ausdehnung sind, dann bedenken Sie, dass die Inflation dieses Naturgesetz zu einer Umkehr zwingt. Welchen Nutzen hat die Messung eines Wachstums, wenn es inflationsbereinigt eine Schrumpfung ist? Das Wachstum von dem Sie sprechen, hat nichts mit Vermehrung zu tun, sondern ist nur ein Wachstum in Zahlen.«

Harvey fühlte sich überrumpelt. ›*Mathäus hatte Recht!*‹, dachte er. Und er fühlte sich gut dabei, weil es ihm egal war. Keine psychische Belastung. Kein Wahn und vor allem eines nicht. ›*Keine Angst!*‹ Er spürte nicht mehr die Last seiner Generation. Er fühlte sich frei und unbeschwert. Ohne Geschichte. Seine Konzentration wuchs. ›*Jackie, Dad, drei Monate Zeit vergangen, Taxi, Ohnmacht, Krankenhaus? Zu wichtig waren die Antworten auf diese Fragen.*‹ Schön langsam musste er Mathäus endlich freundlich hinaus komplimentieren.

»Entschuldigen Sie mich bitte jetzt, mein Lieber«, sagte er.

»Sie werden das sicher verstehen. Ich bin gerade aufgewacht und brauche ein bisschen Ruhe, um mich zu sammeln.« Harvey zog den Rattenschwanz von Schläuchen rasselnd hoch und wurde durch ein Fegefeuer von Stichen zurückgehalten. Statt als Deutung für die Ausgangstüre wurde es ein schmerzverzerrter Fall zurück in den Polster.

»Nein, das erscheint mir jetzt wichtig«, konterte Mathäus umstürzlerisch und presste seine Augen neugierig aus deren Behausung.

»Hier geht es nämlich um Ihre wissenschaftliche Behauptung in Ihrem Buch.«

Harvey reckte sich gequält und versuchte den Arm in den Winkel der Einstichnadeln zu legen. Die Kunststoffspitzen brannten auf der Innenwand seiner Adern. Er schnaufte erleichtert einige Male durch, als die Pein langsam abgeklungen ist. Wie nach einer endlosen Schwimmeinheit lag er erschöpft auf der Matratze und hechelte. ›*Wie werde ich den jetzt los?*‹ Aber Harvey empfand auch etwas Positives. ›*Ich habe keine Lust zum Auszucken.*‹ Harvey war nicht mehr der, der er zu sein schien. Diese Einsicht motivierte ihn ungeheuerlich. Er musste Mathäus loswerden und Jackie anrufen. Wo ist übrigens sein iPhone verblieben?

»Sie haben also doch mein Buch gelesen?«, grunzte er.

»In Fachkreisen muss man es gelesen haben!«, flirtete Mathäus mit ernstzunehmendem Charme.

»In Fachkreisen?«, grunzte Harvey verblüfft.

»Also gut« Der Wirtschaftspreisträger ergriff das Wort und ließ behutsam die Rückenlehne surrend um zwei Stufen hochfahren.

»Ich bedanke mich für das Kompliment«, quittierte Harvey höflich und fragte: »Können Sie mir sagen, wie spät es ist?«

»Kurz nach 8 Uhr morgens.«

»Schließen wir doch dieses Thema endgültig ab und dann entschuldigen Sie mich bitte?«, fragte Harvey. Mathäus nickte einwilligend.

»Sie wollen also andeuten, ich zweifle selbst an meiner eigenen Feststellung, wenn ich von einem unverrückbaren Vermehrungscode spreche aber gleichzeitig das Geplantsein leugne?« In Unterrichtspose bohrte Harvey nach.

»Sie verlangen, dass ich dann auch eine Bestimmung akzeptieren müsste, wenn ich von einem unverrückbaren Gesetz spreche?«

Mathäus nickte wieder.

»Sie glauben, die unumstößliche Ausdehnung ist zwar auf alles anwendbar, hat sich aber nicht von selbst erschaffen sondern gehorcht irgendwelchen Befehlen? Reagiert auf Befehle von irgendjemandem?«, bohrte Harvey noch tiefer. Kampflustig stemmte er sich etwas aufrechter und ignorierte diesmal die Schmerzen. Seine Lebensgeister kehrten wirklich langsam zurück.

»Und Sie denken also ernsthaft, mein formuliertes Naturgesetz in der Ökonomie folgt auch einem Befehl von irgendjemandem? Es hat also schon existiert, bevor ich es formuliert habe? Demnach wurde es von irgendjemanden versteckt, bis ich es entdeckt habe?«

»Anders haben Sie doch Ihre Theorie nicht begründet. Wenn die repetierte Herstellung einer Ware nur Zufall sein würde, dann würde sie auch kein unverrückbares Naturgesetz sein können.« Mathäus hielt die Hände in Unschuld.

»Nein!«, rumpelte Harvey.

»Ich habe Ihnen schon gesagt: die Vermischung von Phänomenen oder Naturgesetzen und Gottheiten ist unangebracht. Ich kann mich mit dieser Methode nicht anfreunden und finde sie im Übrigen auch irreleitend.« Harvey spielte an der elektrohydraulischen Rückenlehne auf und ab, um seine Bauchmuskulatur auf das Aufstehen vorzubereiten.

»Wenn wir schon von einem Gesetz sprechen, das von einer übergeordneten Macht festgeschrieben worden sein soll, dann schließt das keineswegs aus, dass dieser Planer nach einer Methode des Zufalls vorgegangen sein könnte«, warf Harvey ein.

»Und damit meine ich nicht das Gesetz an sich, sondern den Auswahlvorgang des Gesetzes. Das scheinen Sie nämlich missverstanden zu haben.« Eine Denkpause entstand.

»Dass nämlich ein Naturgesetz immer zu einem Ergebnis führt, das gewissermaßen vorherbestimmt ist, ist in einer Ursache-Wirkungs-Reaktion ohnehin einsichtig. Aber, dass die Auswahl gerade für dieses Naturgesetz schon vorbestimmt gewesen ist, geht doch ein wenig zu weit.« Mathäus wollte nicht aufgeben und erinnerte Harvey ein wenig an Lukas den Taxifahrer.

»Wer hätte denn die Glühbirne erfunden, wenn es nicht Edison gewesen wäre«, horchte Mathäus nach. »Stellen Sie sich eine Welt ohne ihn vor?« Das Onkel-Charlie-Double entpuppte sich als unerwartet hartnäckiger Besucher.

»Dann hätte jemand anderes die Glühbirne erfunden«, winkte Harvey verdrießlich mit seiner noch freien Hand ab und bekam einen Widerspruch zu hören.

»Aber nicht in der Zeit, in der die größte Superdepression des 19. Jahrhunderts gewütet hat.« Mathäus nickte gefällig. »Ja, es ist Bestimmung gewesen, dass gerade in solchen Zyklen die größten Erfinder auf der Welt gewesen sind. Was, wenn Einstein 20 Jahre später auf die Welt gekommen wäre?« Mathäus drehte Hände und Augen.

»Oder was, wenn Harvey Friedman 20 Jahre später auf die Welt gekommen wäre?« Harvey fühlte sich behelligt und verwirrt. *›Mit an Sicherheit grenzender Wahrscheinlichkeit erreicht diese Unterhaltung dieselbe Unheimlichkeit wie mit Lukas im Taxi.‹*

»Es ist auch Bestimmung gewesen, dass Sie gerade gegen Ende der 1960er Jahren auf die Welt gekommen sind. Bestimmung ist immer etwas Geplantes und niemals etwas Zufälliges. Gott hat nicht gewürfelt, hat schon Einstein behauptet. Jeder hat seine Bestimmung, Harvey.«

Der Ökonom spürte die Repression in seiner Brust aufkochen, wenn ihm jemand ein Schicksal suggerieren wollte. Diese Methode war eine pestizide Religion, die nur darauf aus war, den Geist zu manipulieren. Harvey akzeptierte nur einen einzigen Gott. Einen Gott, der *›nicht strafte‹*. Einen Gott der *›nur liebte‹*. Und den kannte er noch nicht. Sein Gott, der wirklich existiert hat, ist seine Frau gewesen. Er liebte sie und sie liebte ihn.

»Ich spüre, dass Sie nicht an die Bestimmung glauben, sondern die Welt wirklich nur als Zufall ansehen?«, fragte Mathäus mit tröstendem Blick. »Nur haben Sie leider an einen schlechten Ausgang geglaubt, weil in Ihnen ein Vulkan gebrodelt hat.«

Harvey nickte und registrierte unterbewusst, dass Mathäus eine Andeutung auf seine Krankheit gemacht hatte. Aber es berührte ihn nicht. Vielleicht könnte ihm Schwester Paula davon erzählt haben. Harvey wusste noch nicht einmal genau, wie er eigentlich hierher gekommen war. Außerdem verspürte er den Vulkan im Kopf nicht mehr. Mathäus redete weiter.

»Es gibt eine mathematische Wahrscheinlichkeit, dass ein Hund rein zufällig die Mondscheinsonate von Beethoven bellt.« Mathäus gaffte mit dem Kiefer auf und ab und fuhr dann mit der Hand kreisend in der Luft herum. »Es ist auch wahrscheinlich, dass ein Schimpanse mit einem Stift plötzlich Newtons Formeln der Gravitationsgesetze auf ein Blatt kritzelt. Ebenso ist es mathematisch wahrscheinlich, dass ein Delphin mit seiner Flosse Leonardo Da Vinci´s Mona Lisa malt. Aber das alles nur mit einer astronomisch kleinen Wahrscheinlichkeit.« Harvey begriff schemenhaft, worauf sein Besucher hinaus wollte. Diese Wahrscheinlichkeit ist so klein gewesen, dass sie der stinknormale Alltagsverstand aus Gründen der Komplexitätsreduktion nur als *unmöglich* einstufen hätte können. Was sollte man mit Wahrscheinlichkeiten von 10^{-37} anfangen können? Man sagte einfach *›unmöglich‹* dazu.

»Aber so etwas könnte vom Hund, vom Affen oder vom Delphin niemals gewollt gewesen sein, wenn einem der dreien wirklich so ein Kunststück gelungen wäre. Die haben einfach nicht das Talent dazu.« Mathäus renkte seinen Hals zu einem ernsten Kopfschütteln.

»Wir Menschen sind die einzigen, die zur Erkenntnis fähig sind und mit unserer Phantasie das verstehen können, was uns große Denker und Meister eingeflüstert oder vorgezeigt haben. Meinen Sie, dieser Planer würde die Chance unserer Entstehung einer so geringen Wahrscheinlichkeit ausliefern wie jene Chance, dass ein Schimpanse Newtons Gleichungen aufschreiben könnte? An der Grenze des Zufalls?« Dort wo der Alltagsverstand nur von einer Unmöglichkeit ausgegangen wäre.

»Warum denn nicht?«, fragte Harvey kopfschüttelnd und zog ein Gleichnis.

»Ihr lieber und wohlwollender Planer könnte genauso gut einen Katalog mit tausenden Seiten zur Hand genommen haben und meinetwegen auch mit einer heiligen Lanze auf dem Buchrücken in die Seiten gefahren sein.« Harvey spreizte seine Handflächen langsam auseinander und weitete seine Augen. »Dann hat ihr Planer diesen Katalog dort aufgeschlagen, wo er mit der Lanze hineingefahren ist und hat unter Fanfarengebläse stolz verkündet: *›So soll es geschehen!‹* Im Grunde wäre es wie bei einem Versandhandel, der seine Produkte auf jeder Katalogseite mit einem Angebot abbildet. Das, was man sich vorgestellt hat, bestellt man und erhält es wunschgemäß geliefert. So könnte es gewesen sein. Das ist doch nur eine Frage der Wahrscheinlichkeit.

Also ist es auch ein Zufall.« Mathäus ließ mit seinem Einwand nicht lange auf sich warten.

»Gegen diese Behauptung des Zufalls würde jeder vernünftige Mensch jeden erdenklichen Einspruch erheben.« Neugierigen Blickes musterte Harvey seinen hartnäckigen Besucher.

»Warum das?« *›Bin ich vielleicht kein vernünftiger Mensch?‹*, fragte er sich leicht beleidigt.

»Würde es vielleicht Behaglichkeit in Ihnen hervorrufen, wenn Sie die Identität einer banalen Lottozahl bekommen hätten und so ganz willkürlich aus dem Zufall entstanden wären?« Mathäus zog gespielten Ekel in sein Antlitz. »Nein, es würde alle von uns in einen bodenlosen Abgrund stürzen, wenn es so sein würde.«

»Aus welchem Grund?«, stocherte Harvey und kratzte sich um die Wundstellen seiner Kanüleneinstiche.

»Dann ergäbe unsere Existenz einfach keinen Sinn!« Mathäus wirkte sehr selbstsicher und schielte auf Harveys malträtierten Unterarm.

»Schließlich hätte der Zufall dann nicht nur über unseren *Anfang* entschieden, sondern er würde auch über unser *Ende* entscheiden. Das könnte doch genauso morgen sein. Würden wir so denken, würde das doch vieles entbehrlich machen was wir langfristig anstreben und wofür wir uns mühevoll einsetzen.« Mathäus nickte fast mit dem ganzen Oberkörper.

»Ich würde sogar sagen, streng genommen macht es jedes friedliche Miteinander hinfällig«, replizierte er weiter nach vorne gebeugt.

»Jede Entbehrung würde zur Zeitverschwendung werden. Der Verzicht auf Freizeitglück im Interesse der Karriere würde zur unüberlegten Laune werden. Investitionen in die Zukunft würden zum Irrglauben werden. Wissenschaftliche Entdeckungen würden nutzlos sein. Wozu brauchen wir das alles, wenn es keinen Hintergedanken gibt? Wenn das Ende morgen rein zufällig eintreffen könnte?« Fordernd blickte er Harvey unter die heruntergezogenen Augenbrauen.

»Wenn der Zufall über das Ende entscheidet, hätte sich die Menschheit wichtige Errungenschaften der letzten 2.000 Jahre sparen können«, konstatierte er und vermittelte den Eindruck eines erkalteten Vulkans.

»Sie meinen, wir hätten unser Zusammenleben nach dem Vorbild einer Tierwelt gestalten können?«, fragte Harvey um Einsicht ringend.

»Was denn sonst?«, polterte Mathäus.

»Ja, aber habe ich Ihnen nicht vorhin genau das gesagt? Es ist eine Trottelintelligenz gewesen!«

»Das meinen Sie nicht ernst, Harvey.« Fragend musterte Mathäus seinen Gesprächspartner, der im Kranken- oder Gesundenbett weilte; je nachdem wie man es betrachten wollte. Mathäus wiederholte sich und schüttelte den Kopf.

»Nein, das glaube ich einfach nicht, dass sie das wirklich ernst meinen könnten. Weil eine Tierwelt doch ein bisschen anders abläuft, oder? Zwar nicht geistlos aber nach primitiveren Regeln. Tiere bauen keine Satelliten, fliegen nicht zum Mond und interessieren sich für keine Ozonlöcher oder Urknalltheorien. Und genau deshalb würden wir nicht glauben können, dass alles so geistlos hervorgetreten ist. Ohne irgendeiner Absicht?« Mathäus spitzte die Finger, als ob er eine lockere Schraube in Harvey festziehen wollte.

»Wir würden mit jedem zur Verfügung stehenden Mittel nach einem Beweis suchen, dass irgendwo doch noch ein klitzekleiner Hintergedanke mitschwingt. Dass wir nicht bloß das Ergebnis eines Zufalls sind. Das trifft doch genauso auf Sie persönlich zu. Wozu müssen Sie nach Naturprinzipien suchen, die Sie in ein Buch schreiben und sich dann feiern oder ehren lassen, wenn ohnehin alles Zufall ist? Dann wäre Ihr Wissenschaftspreis schließlich auch nur Zufall.«

Harvey wurde immer stummer. Zu überzeugend schienen die Argumente.

»Die menschliche Psyche ist schon eigenartig«, stampfte Mathäus heraus.

»In der Wissenschaft wird nur nach dem einen Beweis gesucht, der den Glauben an eine Hypothese widerlegen könnte. Wenn es aber um den Planer geht, suchen wir nur nach dem einen Beweis, der unseren Glauben bestätigen könnte. Alle warten auf diesen Beweis, von dem die Wissenschaft ausgeht, ihn widerlegt zu haben. Die einen warten skeptisch oder argwöhnisch. Die anderen wieder zutraulich und die dritten auf geheime Weise. Gerade weil die Wissenschaft keine endgültigen Antworten gefunden und stets nach dem Dahinter gefahndet hat, hat jeder diesem einen Beweis bis zum letzten Atemzug entgegengeblickt. Man hat jemanden gebraucht, von dem man sicher gewusst hat, dass er einen geliebt hat, bis man irgendwann abtreten würde. Es beruhigt einfach zu wissen, wofür man bestimmt worden ist.«

Harvey rieb die Handfläche seines freien Arms am Kinn und tüftelte.

»Glauben Sie mir Harvey! Wir würden diese Suche bis zum jüngsten Tag nicht aufgeben wollen. Bis das letzte Exemplar unserer Spezies die letzten Aufzeichnungen irgendeiner anderen Intelligenz hinterlassen wird, die diese Frage in ferner Zukunft schließlich entschlüsseln könnte!«

»Was für eine Frage?«

»Ob es diesen Planer gibt!«

»Die Wahrheit?«, lächelte Harvey und akzeptierte seine Niederlage wohlwollend. ›*Wenn ich Jackie liebe und sie liebt mich, wer liebt dann uns beide?*‹, fragte er sich und spürte die sanfte Prise einer inneren Liebe, die *nicht nur* von Jackie kommen konnte. Harvey konnte plötzlich nachgeben. Er begann sich wieder selbst zu lieben. Früher empfand er solche Debatten als Repression, jetzt war es eine Unterhaltung die seinen Horizont öffnete.

»Die Wahrheit wollen Sie wissen?«, erkundigte sich Mathäus und beäugte Harvey mit stechendem Blick.

»Aber dann bin ich schon weg«, sagte er und spähte auf seine Armbanduhr.

»So hatten wir es vereinbart«, stellte Harvey erwartungsvoll fest.

»Darf ich Ihnen zu dieser Wahrheit ein Gleichnis schildern?«

Harvey schmunzelte und freute sich erleichtert auf den baldigen Abschied. *›Er ist doch ganz sympathisch, dieser Mathäus!‹*, urteilte er.

»Die Wahrheit ist der Skorpion.«

»Wieso der Skorpion?«, fragte Harvey perplex.

»Der Skorpion ist das einzige Sternzeichen, das in die Hälfte geteilt wird. Durch einen ganz besonderen Himmelskörper.«

»Was hat das mit der Wahrheit zu tun?«

»Weil der Skorpion das menschliche Schicksal beschreibt. Der Mensch in Beziehung zu seiner einzigen Mutter. Die Natur! Das ist die Wahrheit«, orakelte Mathäus über die drei Elemente in der Rose des Pentateuchs, die der Mensch aus dem Gleichgewicht gebracht hat. »Deshalb haben Sie am Beginn ganz Recht gehabt.« Harvey verdutzte sein Gesicht, als wäre ein Rammbock gegen ihn gefahren.

»Sie meinen, als ich gesagt habe, dass sich der Planet von einem Trottel schwängern lassen hat?«, fragte er.

»Das hat er eben nicht. Aber das hat einen Grund gehabt. Einsichtsfähige Wesen erkennen nämlich den Zeitpunkt der *Umkehr.*« Harvey musste den verbalen Eifer fast abwehren, den ihm Mathäus entgegenschleuderte.

»Passen Sie auf, Harvey! Ein Skorpion musste über den Bach, konnte aber nicht schwimmen. Am Bachufer stand ein Frosch. Der Skorpion fragte den Frosch, ob er ihm helfen könnte und ihn auf dem Rücken zum gegenüberliegenden Ufer befördern würde. Der Frosch antwortete, dass er nicht lebensmüde sei, weil er genau wissen würde, dass ihn der Skorpion noch vor dem anderen Ufer mit seinem Giftstachel töten wird. Der Skorpion antwortete, dass er sich ja dann *›selbst umbringen‹* würde, weil beide untergehen und ertrinken würden. Diese Rechtfertigung leuchtete dem Frosch ein. Er half also dem Skorpion. Als der Skorpion nach der Hälfte der Strecke den Frosch aber plötzlich doch in den Rücken stach, fragte ihn der Frosch im Todeskampf, warum der Skorpion entgegen seiner eigenen Erkenntnis schließlich trotzdem zugestochen hat? Er wisse doch, dass nun beide sterben werden, sagte der Frosch. Der Skorpion antwortete darauf: *›Das liegt eben in meiner Natur‹«!*

Mathäus starrte Harvey unheimlich lange mit einer eisernen Stummheit an.

»Sie haben also schon Recht, wir stechen unserer Mutter Natur wirklich in den Rücken. Und sie wäre eine dumme Tussi gewesen, wenn sie sich von einem Trottel schwängern hätte lassen.« Nun hob Mathäus die Hand zum Weiterreden.

»Aber dieser Zufall, wie Sie ihn bezeichnen, hätte gewisse Frauen und Männer nicht vorgesehen, wenn diese Menschen keine Bestimmung gehabt hätten. Irgendeine kosmische Uhr hat Leute hervorgebracht, die gerade zur richtigen Zeit gekommen sind. Harvey, auch Sie haben eine Bestimmung. Ihre Zeit ist die Zeit der *Umkehr.*« Nun war es endgültig. Mathäus musste irgendetwas mit dem Unbekannten im Taxi zu tun haben. Harvey starrte ihn entgeistert an.

»Bringen Sie diese Welt heil aus ihrer Katastrophe heraus und Sie werden selbst von ihrer Krankheit geheilt zu Jackie zurückkehren können.«

Harvey dachte an die Foltermethoden von Menschen, die auf dem Steißbein gepfählt wurden. So tief drang der Schock über die Brust bis zur Schädeldecke hinauf. *›Er konnte geheilt zu Jackie zurückkehren? Seine Bestimmung wäre die Umkehr?‹* Die Alarmglocken fuhren aus wie die Nadeln eines tobenden Seismographen. Er wetzte ungeduldig im Bett hin und her und wollte aus der Geisterbahn aussteigen, durch die er sich gejagt fühlte, nachdem man ihn mit Kanülen und Schläuchen an einen Wagon festgebunden hatte.

»Entschuldigen Sie bitte, mein Lieber. Ich möchte nicht unhöflich sein oder das Thema wechseln. Aber ich muss mich um die Frage kümmern, warum ich hier bin und was mit mir passiert ist. Das ist mein vorrangiges Problem. Ich gebe Ihnen gerne eine Visitenkarte, rufen Sie mich an und vereinbaren mit meiner Assistentin einen Termin!« Er spürte keine Angst, aber er wollte einer weiteren Akte-X-Begegnung aus dem Weg gehen und auf dem schnellsten Weg nach Hause.

»Sehen Sie, Harvey! Sie fragen sich sogar jetzt, warum Sie hier sind. Ich werde es Ihnen sagen. Sie haben die seltene Chance jene Wahrheit zu erfahren, nach der die Menschheit sucht.« Harvey zuckte wie vom Donner gerührt auf.

»Verstehen Sie? Sie können über den Tellerrand blicken.« Aus Mathäus Worten klang derselbe Sinn wie aus denen des Unbekannten, der zu ihm ins Taxi gestiegen war. Harvey begriff auch die Seltsamkeit des Taxifahrers Lukas. Und der hatte eine eigenartige Verbindung mit diesem Demonstranten Jacob. Harveys Leuchtstoffröhren unter der Schädeldecke surrten nacheinander auf. *›Jacob, Lukas, Mathäus? Das sind doch alles Apostelnamen?‹* Leute, die mit ihm über die *Umkehr* gesprochen und so einen seltsamen Geist des Wandels vertreten haben.

Mathäus musste etwas mit dem Unbekannten zu tun haben, der vor Harveys Ohnmacht mit übergezogener Kapuze neben ihm auf der Rücksitzbank gesessen war und irgendeine Rede des amerikanischen Präsidenten aus dem Jahr 2046 vorgespielt hatte. Doch bevor Harvey diesen

Gedanken zu Ende spinnen konnte, fiel ihm Mathäus mit einer gespenstischen Aussage ins Wort.

»Nein, *ich* bin nicht ›*Er*‹*!*«, sagte der dunkelhaarige Fremde und winkte mit dem Finger ab. »›*Er*‹ braucht keinen Namen. Multiplizieren Sie Wille und Wissen mit Unendlichkeit. Dann werden Sie spüren, wenn er vor Ihnen steht. Für Sie ist er aber auch nur ein Mensch.«

Harvey schluckte mehrmals und versuchte sich gerade vorzustellen, wie man sich fühlen könnte, wenn man kurz davor gewesen ist, den Verstand zu verlieren. Hat Mathäus seine Gedanken lesen können?

»Machen Sie sich auf den Weg. Auf ihrem Tischchen liegt ein Kuvert. Dort finden Sie alle Instruktionen für ihren nächsten Schritt.«

Harvey zog sich mit chirurgischer Präzision schmerzfrei die Kanülen aus den Adern und presste ein Taschentuch auf die geringe Blutung. Er schnappte sich das Kuvert und riss es energisch auf. Harvey überflog den Text und die Anweisung und spähte nach einem ganz bestimmten Namen. ›*Wo steht eine Ziel- oder eine Kontaktperson?*‹ Als er den Namen las, zoomten seine Pupillen die Fotos von Jackie und Dad in den Augenwinkel heran und er wurde von einer gespenstischen Emotion durchflutet.

›*Mein Engelchen*‹, redete er sich unvermittelt ein, nachdem er den Namen der Zielperson gelesen hatte. ›*Es muss noch jemanden geben, der uns liebt. Zum ersten Mal weiß Dein Harvey nicht weiter, aber ich habe Vertrauen in die Bestimmung.*‹ Er linste auf die beschriftete Karte.

›Kommen Sie heute, am 12. Jänner 2014, um 09.00 Uhr
in die Corporate Finance Abteilung der UBS
101 Park Avenue‹

›*Jacob, Lukas, Mathäus und ....?*‹

Wie der unentrinnbare Sog eines ozeanischen Strudels hat der nächste Name Harveys Blick in seinen Bann gezogen

›Christian‹

›Fragen Sie dort nach *Christian* Bufimimat‹

Harvey stand sachte auf und hörte plötzlich das Schloss der Zimmertüre leise einschnappen. Er begab sich mit militärischer Unbeirrbarkeit ins Badezimmer. Mathäus ist in der Zwischenzeit lautlos verschwunden. So wie sich Jacob vor der Federal Reserve Bank und Lukas aus dem Taxi in Luft aufgelöst hatten.

›*Multiplizieren Sie Wille und Wissen mit Unendlichkeit, dann werden Sie spüren, wenn er vor Ihnen steht!‹*, hatte Mathäus gesagt.

›Jacobus, Lukas, Mathäus und die englische Namensbezeichnung für Christus!‹

50

Oligarchie

Ivan Kerkov saß startbereit am Anfang der Rollbahn in einer MIG 29, dem stärksten Kampfjet der russischen Luftstreitkräfte. Unter dem Allerwertesten des Nuntius surrten die geballten Ladungen tausender Pferdestärken im Abwartemodus aus den Turbotriebwerken. Kerkov versuchte sich vorzustellen, wie man sich als Projektil fühlen könnte, das in einer Kalaschnikow darauf gewartet hat, dass jemand abdrückt, um ihn donnernd durch den Lauf des Gewehrs zu jagen. Er hatte die Sauerstoffmaske und den Helm über den Kopf gezogen. Das Visier rastete mit einem gellenden Knacken im integrierten Verschluss des Helmes ein und kurz darauf gab er das OK Handzeichen. Der Pilot schob die Gashebel nach vorn und die beiden MIG-Triebwerke erwachten brüllend zum Leben. Obwohl die modernste Technik die Vibrationen heute viel besser dämpfen konnte als zu der Zeit, zu der der Nuntius noch seine Wehrpflicht erfüllt hatte, schien die ganze Welt zu erschüttern. Entfesselte Energie presste Ivan Kerkov in den Sitz. Der Kampfjet schoss die Rollbahn hinunter und bohrte sich schon nach kurzer Beschleunigung gierig in die Lüfte. Draußen erhob sich der Horizont mit Schwindel erregender Schnelligkeit und wurde mit ansteigender Lufthöhe immer größer und weiter. Kerkov war diese Eindrücke aus seiner Zeit beim Militär gewohnt. In der alten Sowjetunion waren noch 10 Jahre Wehrpflicht vorgeschrieben, von denen er bei der Luftwaffe mehr als die Hälfte verbracht hatte. Das mulmige Gefühl, das ihm die Beschleunigungskräfte aufzwangen, vermischte sich mit seiner Verwunderung über die Panik in Rom. Die Frage was im Vatikan los sein könnte, rührte wie ein Schneebesen quälend in seinem Kopf herum. Eigentlich sollte er an seinem Schreibtisch sitzen und ein Kommuniques an den orthodoxen Großmufti diktieren. Stattdessen war er auf den Rücken eines fauchenden Torpedos geschnallt worden und hat durch einen Kunststoffschlauch atmen müssen. Als die MIG in den Horizontalflug übergegangen ist, spürte er das riesige Fettauge seiner morgendlichen Rindsuppe aus dem Magen hochbrennen. Kerkov streifte mit dem Blick kilometerweit hinunter und bestaunte den unendlich scheinenden Teppich aus sibirischer Landmasse. Er musste auf direktem Weg nach Moskau und anschließend nach Rom. Vor ihm gab der Pilot routinemäßige Funksprüche durch. Kurz darauf schwenkte er die Maschine in eine scharfe Linkskurve und gewann noch weiter an Höhe. Die einziehbaren Tragflächen zogen sich wie zum Sturzflug eines Adlers ein und stellten sich durch die seitliche Drehung der Maschine fast senkrecht. Kerkovs Innereien schlugen einen Purzelbaum und empörten sich über den Anpressdruck, mit dem sie an die Wirbelsäule gequetscht wurden. Der Kampfjäger beschleunigte noch einmal, als hätte er bis hierher bewegungslos in der eiskalten Luft geschwebt. Mit 3,5facher Schallgeschwindigkeit jagten sie Richtung Westen. Wie im Sprint zischte der Jet mit atemberaubender Beschleunigung Kerkovs Zielort entgegen. Stöhnend klammerte sich der Nuntius an die Instrumente, als er geglaubt hat, durch eine gigantische Röhre aus Wolkenschleier zu rasen. Draußen hetzte der Wind heulend über die Cockpitscheibe hinweg. *›Papst Benedikt XVII. ordnet die Mobilmachung für die Abhaltung eines Konzils an!‹*, hallte noch das Echo des Staatssekretärs in Kerkovs Gehirnwindungen. Er versuchte seinen Kopf gegen die Fliehkräfte zu schütteln und wetzte seinen Verstand wie ein Hirschgeweih am Reibebaum der kanonischen Einberufung. *›Kontaktieren Sie sofort die russischen Luftstreitkräfte. Oberst Jutin wird sie vom Stützpunkt in Sibirien mit militärischen Mitteln unverzüglich nach Moskau fliegen. Dort wartet ein Privatjet, den uns ein Oligarch zur Verfügung gestellt hat. Zielort: Petersdom! Grund: Konzil!‹* Der Nuntius ist ein eingefleischter Russe gewesen. Ein Russe hat es stets vorgezogen, sich für wichtige Dinge auch Zeit zu nehmen und hat eine lange Reihe russischer Flüche in sein Gehirn gebrüllt, wenn er die nicht bekommen hatte. Das tat Kerkov auch und faltete dabei dennoch dankend die Hände zu einem Stoßgebet dafür, dass es noch Russen gegeben hat, die bereit gewesen sind, den Vatikan bei solchen Operationen wertvolle Unterstützung zu leisten.

51

Pangäa

Während Kerkov über den Ausnahmezustand im Vatikan gebrütet hat, hat Kardinal Sepero auf die ersten Bestätigungen aus seinem Sekretariat über das Eintreffen einiger Nuntien gewartet, die aus Mitteleuropa anreisen sollten. Der hohe Geistliche fühlte, dass ihm die Koordination der nächsten Stunden Übermenschliches abverlangen würde. Zum dritten Mal blickte der kroatische Kardinal auf die Uhr. Seine Gehirnprozessoren leuchteten in einem

Blitzgewitter von Fragen, ob er wohl nichts übersehen hatte. Franjo Sepero koordinierte seit über einer Stunde von seinem Büro aus wie ein Stabsoffizier die größte menschliche Operation des Wandels: ›*Pangäa*‹.

Seine bisherigen Eindrücke über die Reaktionen des Kardinalkollegiums in der Sixtinischen Kapelle hatten ihn schnell begreifen lassen, dass er die Mobilmachung unverzüglich selbst in die Hand nehmen musste. Seinem Aufruf zur Durchführung der weltweiten Einberufung hat so gut wie keiner folgen wollen. Zu sehr waren die Apostelnachfolger mit den Absichten des Papstes beschäftigt gewesen. Benedikt XVII. hatte diese Möglichkeit mit Sepero sorgfältig eingeplant gehabt. Der Kardinal hat zwischenzeitlich auch das Galilei-Testament aus den Geheimarchiven in die Sixtinische Kapelle befördern lassen. Vor 10 Minuten hatte er dem Camerlengo das Büchlein in einem verschlossenen Panzerplexiglasbehälter mit dem Auftrag übergeben, es unter höchster Dringlichkeit dem Papst zu bringen. Der hagere Fondsmanager Gottes starrte geistesabwesend auf seine Uhr und ließ die Ereignisse rund um den Globus vor seinem geistigen Auge vorbeiziehen. Der kroatische Kardinal sah vor sich einen zum Bersten gefüllten Petersdom mit Millionen von Gläubigen davor auf dem Petersplatz. Pangäa! Der Tag der Umkehr.

Der Petersdom hatte für gewaltige Umbauarbeiten gesperrt werden müssen. Wenn die vollständige Gemeinde eines ökumenischen Konzils versammelt werden sollte, hat es nur ein Gotteshaus auf dieser Welt gegeben, das solche Massen beherbergen konnte. Der Petersdom war der zu Stein gewordene Triumph der Christenheit. Doch seine Finanzierung hatte enorme Summen verschlungen. Die Opfersteuern waren wie ein dunkler Schatten über alle Glaubensbereiche geworfen worden, wovon bis heute nur mehr wenige übrig geblieben sind. Jubiläumsablass, Sündenstrafenablass, Fegefeuerablass, Sterbeablass und andere Steuererfindungen sind im 16. und 17. Jahrhundert klingende Münzen für das Seelenheil gewesen. Der Ablass hatte den Gläubigen die Möglichkeit geboten, sich mit Geld freizukaufen und die Kirche hatte aus Hexenwahn und Teufelsglaube jenen Profit schlagen können, der notwendig geworden war, um den größten Dom des Planeten zu errichten. Letztlich hatte die Menschheit diesem Hochmut imperialer Epochen wohl jene Kunstwerke zu verdanken wie sie heute zu bestaunen gewesen sind. Bezahlt haben es die kleinen Leute entweder mit ihrem Leben oder Vermögen, denn sie sind immer die größte und gutgläubigste Kundschaft gewesen. Eine Methode, die viele bis heute erfolgreich angewandt haben. Man brauchte den Menschen nur Angst einzureden, um ihr Bedürfnis nach einer Lösung zu wecken, die sie von der Angst befreien konnte. Schließlich wurden Versprechungen daran geknüpft. ›*Vertraut uns!*‹, ist die häufigste Parole gewesen, mit der die Menschen geblendet worden sind. Egal ob Religion oder Politik. Ob nun der Rechtsstaat angeblich funktionieren sollte, ob die

Wirtschaft gewachsen sein soll, ob es keine neuen Steuern geben würde, ob man kein Sparbudget brauchen würde, ob man nicht pleite gewesen ist oder ob man die Krise schon schaffen würde. Worte haben den Geist der Masse benebelt. Dazwischen bestellte man sich jedes Jahr für Millionen Dollars und Euros die neuesten Generationen von iPads und iPods, damit man in den prunkvollen Redesälen damit arbeiten konnte. Der Petersdom ist wenigstens ein zu Stein gewordener Wertbestand der Menschen geworden. Die Milliardengräber der westlichen Anführer, die unter den Fundamenten der Glastürme in den Banken und parlamentarischen Sitzungssälen ausgehoben worden sind, haben nicht einmal bestaunenswerte Bauwerke hinterlassen, die wenigstens einen künstlerischen Wert dargestellt hätten. Aber ohne die notwendige Selbstverherrlichung wären kulturelle und bauliche Meisterschaften wie das Zentrum der Katholiken nicht entstanden. Der Kardinal hat mittlerweile auch Spionagetechniker in die heiligen Hallen entsandt. Sämtliche Stabsräumlichkeiten des katholischen Himmels sind mithilfe von Infrarottechnik nach Wanzen abgesucht und gegen jedweden Lauschangriff abgeschottet worden. Die Verkabelungsarbeiten für die weltweite Berichterstattung mussten ungestört beginnen können. Unterhalb der Vollkommenheit von Berninis Altar tummelten sich Männer in Overalls und Schutzhelmen. Das größte Kunstwerk aus purem Kupfer thronte majestätisch in der Mitte des Doms und hatte die Form eines Baldachins erhalten.

›*Innerhalb von 12 Stunden soll der Hauptnerv des menschlichen Geistes hier zusammenlaufen und sich in seiner Mächtigkeit über den Planeten spannen*‹, hatte Benedikt dem Kardinal bei den Planentwürfen eindringlich gesagt. ›*Wenn es Bob Geldoff schafft, mit seinem Live-Aid-Spektakel zwei Milliarden Menschen gleichzeitig vor die Fernseher zu locken, dann veranstalten wir eben ein Popkonzert der neuen Schöpfung*‹, stachelte sich Benedikt damals an. Die Menschen haben nach einem neuen Gott verlangt und der Oberhirte ist davon überzeugt gewesen, dass er der Welt einen neuen Gott präsentieren konnte, wenn er dazu auserwählt werden würde. Seit heute 11 Uhr war er es.

›*Wenn wir vor dieser historischen Entscheidung stehen, hat jeder verfügbare Monitor in allen Kontinenten unsere Bilder auszustrahlen.*‹ Benedikt verwünschte die unsichtbare und unermüdliche Gebärmutter im Netz des WorldWideWeb, die ihre Versuche von intelligenten Ideen mit Trivialitäten in den Verstand hunderter Millionen Menschen ballerte. ›*Die Menschheit soll ihre Show bekommen*‹, hatte der Papst angekündigt. Kardinal Sepero musste in diesen Stunden Übermenschliches leisten. Sie hatten die Operation lange vorbereitet und bis ins kleinste Detail durchdacht. Die Kurie des Vatikans ist durch die Angebundenheit der Kardinäle in der Kapelle ohne Führerschaft gewesen. Franjo Sepero hat alle neun ›*Kongregationen*‹ leiten müssen. Die ›*Ministerien*‹, die jeweils von einem Kardinal als Minister geführt worden sind. Alle neun Ressorts waren dem Staatssekretär untergeordnet. Dazu kamen drei Gerichtshöfe, neun Päpstliche Räte und sieben päpstliche Kommissionen. Jeder musste heute über die Mobilmachung informiert werden. Franjo Sepero streifte über den Nachrichtentext von Filippo Grimassi, der vor einer halben Stunde als E-Mail eingegangen war. Der Italiener hatte ihm aus Amerika einen Zwischenbericht über Roberts neueste Entdeckungen übermittelt, während sich der Bibelwissenschafter als Froschmann am Ufer des Sees zum Tauchgang bereit gemacht hatte. *›Diese Welt ist in der Tat ein Wahnsinn‹*, konstatierte Sepero in Erinnerung an die Zeiten vor dem Zeitalter der modernen Kommunikation. Binnen Sekunden wusste man über alles Bescheid. Doch der Kardinal wusste noch nichts von den Funden im unterseeischen Aufbewahrungsort am Boden des Waccamawaw Sees. Die E-Mail war schon abgeschickt worden, bevor die beiden losgetaucht waren.

›Jedes verfügbare Fluggerät in der Nähe eines Vatikangesandten muss für dieses Treffen zum Einsatz kommen können‹, hatte Benedikt während der Planungsphase von *›Pangäa‹* entschlossen gefordert. Der Kardinal hatte sich schon vor einigen Monaten von allen Regierungen eine Bestätigung für den Ernstfall einholen lassen. Nun ist der Ernstfall dagewesen. Jede Schraube dieses geweihten Planeten sollte sich in die Operation einfügen, wo sie der Vatikan brauchen könnte. *›Benedikt war wie besessen von seinem Vorhaben‹*, dachte sich der Kardinal. *›Benedikt erzählte fast jede Offenbarung bis ins kleinste Detail‹*, grübelte er. Sogar die Schweizer Garde sollte in diesen drei Tagen endgültig von ihrem Schwur befreit werden.[66] *›Es wird eine neue Schutzmacht ohne Streitkräfte geben‹*, hatte der Papst während der Planungsarbeiten in Phantasien geschwelgt. *›Keine Nachrichtendienste, Geheimdienste und Spezialeinheiten mehr, die der neue Glaube für seine Zwecke benötigen würde!‹* Die uniformierte Schweizer Garde hatte ausgedient. Vom Schweizerischen Ort Bellinzona, der 723 Kilometer von Rom entfernt lag, hatten sie am 22. Jänner 1506 ihre allererste Route angetreten und hatten den Vatikan erstmalig vor Feinden militärisch verteidigen sollen. Julius II. hatte die Söldner um Hilfe gerufen. Der damalige Papst ist ein Medici gewesen und die Uniformen der Schweizer Garde trugen heute noch die traditionellen Farben der italienischen Bankiersfamilie.[67] Die Garde ist bis ins 21. Jahrhundert die militärische Streitmacht der katholischen Kirche geblieben.

›Wir werden kein Militär mehr benötigen, Franjo‹, hatte ihm Benedikt angekündigt. *›Wer sind die Männer, die das Wort Gottes verkünden und in seinem*

---

[66] Schwur der Schweizer Garde bei ihrer Angelobung: *„Ich schwöre, alles das, was mir soeben vorgelesen wurde, gewissenhaft und treu zu halten, so wahr mir Gott und seine Heiligen helfen!“*

[67] Rot, Blau, Gold

Wort Kriege führen?, fragte er. ›*Wir sind doch solange um keinen Deut besser als die anderen, solange wir ein Heer führen. Vor wem müssen wir uns schützen? Wie viel Geld hätten wir gespart, wenn wir keine Streitmacht gehalten hätten?*‹ Kardinal Sepero hatte es nicht ausgesprochen, aber er hatte sich gefragt wie viel Geld der Vatikan umgerechnet dadurch vor Feinden schützen hatte können. Der Apostelnachfolger wusste, was Benedikt erwidert hätte. ›*Das ist doch der springende Punkt, Franjo*‹, hätte der Papst gesagt. ›*Warum muss man etwas erstreiten und es dann schützen? Was ist es wert, Krieg zu führen?*‹

Franjo und Benedikt hatten während der Konzeption stundenlang über die Mobilmachung diskutiert. ›*Denk doch einmal nach, Franjo! Warum hat sich das Christentum überhaupt ausbreiten können?*‹, hatte ihn der Papst damals mit heruntergezogenen Brauen gefragt. ›*Erst ihre Verweigerung hat die Repressionen des Staates herausgefordert*‹, hatte Benedikt doziert. ›*So ist der Glaube gewachsen! Es hat Ungerechtigkeiten gebraucht. Nur so hat sich der Glaube rasch herumsprechen können und immer mehr Menschen haben angefangen, an die Umkehr zu glauben. Bis heute!*‹ Der Kardinal hatte Benedikt auch vor der Reaktion der demokratischen Welt gewarnt. Aber der Papst hatte abgewunken. ›*Unser Glaube hat sich verbreitet, weil immer mehr Menschen an das Ende der Geißel durch die irrationalen Entscheidungen irgendeiner Staatsgewalt geglaubt haben.*‹ Auch der neue Glaube würde bereit sein müssen, sich im Zweifelsfall dieser Verfolgung zu stellen. Dessen war sich der Kardinal bewusst.

›*Was geschieht, wenn sich immer mehr Menschen weigern werden, nach dem System des Papiergelds weiter leben zu wollen?*‹, fragte Benedikt.

›*Nur diejenigen, die ihre Herrschaft plötzlich bedroht sehen werden, werden die Ungerechtigkeit weiter verbreiten, ohne dass sie es merken. Dadurch werden sie die Menschen in unsere Hände treiben. Lass uns dafür beten, dass dieser Zulauf nicht durch Gewalt erzwungen wird. Das haben wir schon einmal gehabt*‹, hatte der Papst gesagt.

›*Damals sind alle unsere Glaubensbrüder registriert und erfasst worden. Jeder hat sich melden müssen und ist durchleuchtet worden. Aber was ist denn heute anders? Von wem holen sie sich schließlich das Geld? Es sind die Seelen da draußen, die auf einen neuen Entwurf warten, glaube mir.*‹ Der Pontifex hatte seinem Fondsmanager eindrücklich das Endziel näher gebracht. ›*Solange die Menschen ihr Ziel nicht kennen, solange bleibt alles dem Zufall überlassen. Dann ist letztlich kein Weg der Richtige*‹, hatte er konstatiert. Kardinal Franjo Sepero fixierte in einem kurzen Augenblick der Geistesabwesenheit seine To Do Liste und spürte das Herannahen einer Götterdämmerung. ›*Operation Pangäa!*‹ Im Karbon war Pangäa vor 250 Millionen Jahren der letzte Superkontinent in der Geschichte des Planeten gewesen, der alle Landmassen wie eine Familie zusammengehalten und wie ein treuer Delphin auf seinem Rücken durch den Urozean geschifft hatte.

52

Countdown

Präsident Kerry saß mit seinem Team pünktlich am Konferenztisch und erwartete wissbegierig die neuesten Berichte.

»Gehen wir es der Reihe an«, eröffnete er die Sitzung nach einem auflockernden Small Talk und deutete auf einen Papierausdruck des US-Aktienindex. »Wenn der Dow Jones tatsächlich in einen Zusammensturz münden sollte wie es sich abzeichnet, dann muss schon *vor* dem Crash jemand davon gewusst haben.« Mit fordernden Blicken beäugte er seinen Chefberater. Jeder Außenstehende bemerkte, was der Präsident von der so genannten *›unsichtbaren Hand‹* gehalten hat. Jene Marktkräfte, die nur dann funktionieren würden, wenn alle Informationen nach dem Grundsatz der Gleichberechtigung verteilt gewesen sind, wie es Nobelpreisträger Joseph Stieglitz gefordert hatte. Kerry glaubte auch nicht an diese Gleichberechtigung, weil er geglaubt hat zu wissen, dass es nur sichtbare Hände im Hintergrund gegeben hat. Wer an der Futterkrippe in der ersten Reihe gestanden ist, hat immer versucht, alle zeitlichen Vorsprünge zu seinem Vorteil auszunutzen. Wer hatte vor dem Crash davon gewusst und seine Wertpapierbestände verkauft? Der Präsident spürte instinktiv, wo die Bedrohung lauern könnte.

»Wir suchen die Verdächtigen also bei jenen Verkaufsorders die abgegeben worden sind, bevor dieses Phänomen aufgetreten ist.«

»Das hat die Börsenaufsicht schon gemacht«, fiel ihm Heller ins Wort. »In der Kürze der Zeit war noch nicht viel herauszufiltern. Aber die Aufsichtsbehörde hat vor wenigen Minuten gemeldet, dass es auffällige Bewegungen von den Konten des Heiligen Stuhls gegeben hat.«

»Von den Konten des Vatikans?«, fragte Kerry verdutzt.

»Die haben doch selbst eigene Bankhäuser überall verteilt, oder? Kann es etwa sein, dass da eine Bank im Hintergrund stehen könnte?« Der Präsident erinnerte sich an die Verwicklung der Vatikanbank in Korruptionsaffären mit dem ehemaligen Ministerpräsidenten Andreotti. *›Hunderte Milliarden‹* waren damals gewaschen worden. Die Affäre ist von der Weltöffentlichkeit nicht sehr beachtet geblieben. Eduard Heller schob seine Unterlippe nach vor und signalisierte mit einem Achselzucken, dass er nicht beantworten könne, ob eine Bank dahinter stehen könnte.

»Irgendjemand verdient doch auch mit fallenden Kursen Geld?«, forschte der Präsident. »Was ist, wenn sogar einige Banken oder Fonds unter einer

Decke stecken? Es müssen ja nicht immer gleich andere Völker oder Religionen sein. Die Religion des Geldwesens ist nach den Erfahrungen der letzten Jahre auf jeden Fall so einflussreich, dass sie solche Untergangsereignisse inszenieren könnte. Die kennen keine Skrupel. Aber ich weiß es nicht. Mein Hausverstand sagt mir nur, dass niemand Wertpapiere ohne eine zwischengeschaltete Bank verkaufen kann.« Man spürte den Unmut des Präsidenten über das System. Aber er war Naturwissenschafter und hatte keine Ahnung von theoretischer Ökonomie. Die praktische Ökonomie verstand er. Schließlich studierten Evolutionsbiologen das Verhaltensmuster der effizientesten Ökonomie, die jedermann zwar bekannt gewesen, aber nicht immer durchschaut worden ist: die Natur! In betriebs- und volkswirtschaftlichen Fragen verließ sich Kerry auf seinen langjährigen Freund und Begleiter Eduard Heller.

»Du hast schon Recht, James! Aber Banken würden doch nicht über Echelon unseren Drohnen einen Abschussbefehl geben können«, sagte der.

»Wo ein Wille, da ein Weg«, erwiderte der Präsident. »Wenn ich mir die vielen ungeklärten Fragen über 9/11 ansehe, bin ich mir über die Motive mancher Menschen in diesem Lande nicht 100%ig sicher «, grollte er.

»Wenn wirklich ein Konsortium von Banken dahinter stehen könnte, dann müsste man die größte Säuberungsaktion gegen den gesamten Finanzmarkt durchführen«, erwiderte Heller.

»Warum sollte eine Bank irgendein Zitat aus der Bibel als Nachricht hinterlassen oder Drohnen auf uns hetzen?« Der US-Präsident fixierte den Papierausdruck der Kursgraphik und spürte dunkle Wolken am Himmel über der Wall Street aufziehen. Sturmwolken, die die tiefen Spuren des Kapitalismus auf den Stränden der Ostküste in die Endlosigkeit eines ölverseuchten Ozeans des Todes fortspülen könnten.

Der Chefberater fuhr fort. »Wenn wir mit zehntausenden Fachleuten die Bilanzen und Kontobewegungen der Institute rekonstruieren müssten, müsste für diese Operation die Human Power aus allen Bundesstaaten mobilisiert werden.« Heller schüttelte den Kopf und versuchte seinen Boss von diesem Verdacht abzubringen. »Das dauert Monate. Bis dahin ist längst alles vorüber.«

»Gut! Nur, wenn wir einen Schuldigen finden wollen, dann dürfen wir auch keine einzige Option übersehen.«

Heller blickte den obersten Befehlshaber der mächtigsten Armee an. »Aber dann musst Du Dir im Klaren sein, dass wir jede Spur ins Ausland mit jedem Druckmittel verfolgen müssen. Egal wo die Schalthebel sitzen. Und das mit dem Revolver in der Hand, wenn es sein muss!« Mit einer neu bepflasterten Schläfe gab Heller der Nummer Eins des Westens einige Optionen zu bedenken.

»Aber was tun wir, wenn wir von den zuständigen Regierungen nicht schnell genug die Informationen dazu erhalten?«, sagte er und deutete die weniger guten Freunde der USA an.

»Eduard! Alles was der US-Präsident im Kriegszustand nicht weiß, nützt nur seinen Feinden.« Kerry machte eine Pause.

»Wenn es für die Sicherheit der freien Welt notwendig ist, habe ich keine Wahl. Ich habe einen Schwur auf den Fortbestand des Westens geleistet.« Kerry wedelte mit dem Papierausdruck in der Hand. »Wenn das das Resultat eines gezielten Angriffs ist?«, zischte er und deutete mit dem Arm auf Hellers Kopf.

»Oder wenn das Pflaster auf Deiner Birne das Resultat eines gezielten Angriffs ist?« Mit despotischem Ausdruck beugte er sich nach vorne und fuchtelte mit der Hand. »Was soll ich dann noch überlegen? Ich will wissen, wer vorher Wertpapiere verkauft hat. Der zählt für mich zum Verdächtigenkreis.« Zurückhaltendes Nicken war die Ernte des Präsidenten auf seine Aussage. ›*Defcon Zwei! Wir haben Kriegsvorbereitungen*‹, schüttelte er den Kopf und grübelte, wie er sein Protokoll rückgängig machen konnte. ›*Wenn sich diese drei Attacken nicht bis 11 Uhr Vormittag als harmloses Phänomen herausstellen, ist der Kriegszustand offiziell.*‹ Kerry stand unter enormen Zeitdruck.

»Aber lassen wir diese Option mit den Banken einmal so im Raum stehen.« Kerry musste die spürbare Meinungsverschiedenheit beiseite schaffen und sich auf die restlichen Prioritäten konzentrieren.

»Eduard, die SEC soll mir bis 10 Uhr 30 ein Zeitdiagramm darstellen, welche Verkäufe vor Handelsöffnung über welche Banken durchgeführt worden sind.«[68] Heller notierte. »Und wenn der Vatikan ungewöhnliche Mengen auf den Markt geworfen hat, will ich das auch wissen.« Kerry drehte sich zu seinem Chefpiloten

»Trevor, was ist inzwischen mit den Drohnen los gewesen?«

»Die spielen anscheinend völlig verrückt.« Kerry stutzte. »Ungefähr 1.100 Kilometer vor der Küste haben sie sich in neun Vierergruppen aufgeteilt«, erklärte der Kapitän der Air Force One. »Wir haben vom Flugzeugträger USS-Ronald Reagan im Atlantik 20 Tomcats der Type F-14 hinaufgeschickt. Die sollten das mit ihrer Raketenbestückung bei dieser klaren Sicht in den nächsten 30 Minuten erledigen können, hat mir das Pentagon versichert.«

»Das sind gute Nachrichten«, stellte Kerry fest während er aus dem Augenwinkel einen blätternden Heller erfasste, der seinen gefüllten Pultordner durchgeackert hat.

[68] *Security and Exchange Comission*, US-Börseaufsicht

»Die Leute von der NSA haben übrigens das Dateiformat dieser Kursgraphik zerlegt«, sagte Heller ohne den Blick zu heben. »Sie haben zwei Videodateien darauf entdeckt und es uns heraufgespielt. Das solltest Du Dir einmal ansehen.« Der Chefberater betätigte eine Taste der Fernbedienung am Tisch. Kerry vollführte mit dem Konferenzstuhl eine Halbdrehung und rollte etwas zur Seite, um eine bessere Ansicht zu bekommen. Er erspähte das zerquetschte Gesicht einer Hollywood-Ikone. Umringt von einem Trainerteam blinzelte Sylvester Stallone mit geschwollenen Augenlidern in die Kamera und presste heraus: ›*Wenn ich mich ändern kann, könnt ihr euch auch ändern und die ganze Welt kann sich ändern*‹. Die Videoszene wiederholte sich. Kerry zuckte auf.

»Was soll ich denn damit?« Heller betätigte die Lautlostaste der Fernbedienung.

»Das ist kein Scherz, James.« Der Chefberater blickte selbstsicher. »Das machen keine Banker.«

»Nächstes Video, bitte!«, lautete die präsidiale Anordnung. Kerry wendete sich wieder zur Leinwand.

Ein digitalisierter Schwarzweißfilm prahlte mit den Gesichtern von zwei Männern in das Sitzungszimmer. Kerry konnte die Leute nicht zuordnen. Der eine hatte einen Bart wie ein Hassprediger der al-Quaida Mitglieder.

Die ersten Sekunden erwiesen sich als Stummfilm. ›*Charles Henry **DOW** und Edward Davies **JONES***‹, fuhr es in Lettern über den Bildschirm unterhalb der Mannsgesichter. Die Gründer des westlichen Fieberthermometers. Dann erschien in der linken unteren Ecke eine ›*Null*‹ sowie eine Vertikal- und Horizontalachse mit einer Skalierung für Kursdaten. Am Scheitelpunkt der beiden Achsen links unten blinkte das Jahr 1896 als eine Art Ausgangszeitpunkt. Ein Linienchart schlang sich plötzlich wie ein Wurm in einer computeranimierten Graphik. Er startete vom Null-Punkt in der linken unteren Ecke und erzeugte in Auf- und Abwärtsbewegungen einen zackigen Kurs über einen Zeitraum von 25 Jahren in die rechte Richtung. Ab 1920 fing er an, plötzlich extrem anzusteigen. Mit durchschnittlich 17,4 Prozent hatte sich der Wert aller damaligen Unternehmen in nur 10 Jahren bis 1929 verfünffacht. Von zwischenzeitlichen Einkerbungen unterbrochen. ›*Die Entwicklung des Aktienindex seit seiner Gründung*‹, dachte Kerry.

»Stopp«, stieß er plötzlich heraus. »Wir haben nicht die Zeit, Eduard«, polterte er.

»Erklär mir in zwei Sätzen, was das Video zeigen soll. Ist das ein Ultimatum oder sonst irgendeine Forderung?« Heller schwieg und betätigte die Vorwärtssuchlauftaste. In 4facher Geschwindigkeit flimmerten Monate für Monate über den Monitor. Immer wieder blieb der Wurm in Form einer Kurslinie bei historischen Ereignissen stehen und Fotos wurden mit Texten eingeblendet. Ronald Reagan bei seiner Rede in Berlin, in der er Gorbatschow aufgefordert hatte die Mauer einzureißen. Die Space-Shuttle Explosion von 1986. Umstürzende Statuen von Lenin oder Hussein. Ansprachen von Hitler oder Gaddafi. Der Studentenaufstand auf dem Platz des Himmlischen Friedens in China. Bilder der Kuba-Krise oder von 9/11. Das Attentat auf JFK vor laufenden Fernsehkameras. Kerry versuchte die Symbolik dieses Videos zu begreifen. Der prägende Geschichtsteil des 20. Jahrhunderts. Ein Rückblick auf den Triumphzug Amerikas und die damit einhergehenden historischen Ereignisse. Es erzeugte den Anschein eines sentimentalen Abschieds. Der Kursanstieg von 1896 bis 1930 wirkte optisch in den ersten Jahren gigantisch. Dann ein furchtbarer Einbruch. Von 1930 bis Mitte der 1950er Jahre hat die Kurserholung angedauert. Trotzdem sahen die Große Depression und der zweite Weltkrieg in der Gesamtbetrachtung bis ins Jahr 2000 wie eine kleine Unebenheit aus. Plötzlich erreichte der Linienchart das Jahr 2014 und hielt an. Heller stellte die Filmvorlaufgeschwindigkeit wieder auf normal. Wie mit dem Zirkel vermessen, zog sich eine kerzengerade Linie nach unten. Nachdem eine Null aufschien, blinkte eine Stoppuhranzeige auf, die abwärts zählte: ›*63:54:02*‹

»Das ist ein Countdown«, kreischte der Präsident blitzartig auf.

Kerry schoss unerwartet eine Offenbarung in die Synapsen. ›*Das ist ein Zerstörungsmuster!*‹, glaubte er zu erkennen.

»Ich bin davon überzeugt, das ist nur der erste Schlag.« Der Präsident donnerte mit der flachen Hand auf den Tisch. Noch einmal starrte er auf den Bildschirm. »Das ist der Anfang!«

»Wie meinen Sie das?«, erkundigte sich Monica. Der Chefberater spitzte die Lippen und musterte die herabzählende Uhr mit eiserner Miene. Trevor Kindle zog seine Augenbrauen runter und setzte sich aufrecht.

»Was geschieht denn in der Folge, wenn das wirklich passiert?«, fragte Kerry und wedelte wieder mit dem Papierausdruck.

»Eine Seuche breitet sich aus.« Kerry erblickte die Fragezeichen, die über den Häuptern seiner Mitarbeiter wie ein Schwarm hungriger Geier kreisten. ›*Seuche?*‹

»Vertrauensverlust, Chaos und Angst«, erklärte er. »Es ist eine psychische Seuche, die wie ein Virus die Arbeitspeicher in den Gehirnen der Menschen infiziert. Das ist der Anfang. Ein kollektiver Rauschzustand, der die Sinne und Konzentration verwirren soll. Danach kommt der Versorgungsmangel.«

›*Versorgungsmangel?*‹

Kerry sprang von seinem Stuhl hoch, ging vor dem Bildschirm auf und ab und brummte in sich hinein. Er versuchte mit einem Dimmer in seinen Neuronen einen Geistesblitz zu finden und erhöhte die Beleuchtung unter seiner Schädeldecke.

»Leer geräumte Konten und der Absturz des wichtigsten Aktienindex.« Kerry zählte mit den Fingern auf.

»Vertrauensverlust und Entzug von Zahlungsmitteln.« Nach Einsicht fordernd, streckte er seine Arme aus.

»Wer soll denn einen Kurssturz durch Käufe aufhalten können, wenn die Konten des gesamten Landes leergeplündert sind?« Die schockierten Mienen der Anwesenden erinnerten an versteinerte Felsblöcke. Regungslos wie Statuen saßen alle drei vor ihrem Oberkommandierenden.

»Man würde ein Konsortium brauchen, das gegensteuert und Stützungskäufe tätigt. Aber wer, wenn keiner mehr auch nur einen Cent auf den Konten verfügbar hat? Die sind doch alle leer!« Der Präsident strich sich mit der flachen Hand übers Kinn und nistete wie eine Henne auf dem Ei des Kolumbus. Dann hob er wieder den Kopf.

»Das sind Vorkehrungen eines Krieges über die Märkte. Es gleicht einer Stadtbelagerung, die ausgehungert werden soll.« Er zog weiter seine Schlussfolgerungen. Eduard Heller begriff was der Präsident angedeutet hatte.

»Was ist die unmittelbare Folge? Konkurse von Unternehmen, Banken und Fonds. Unser eigenes Volk soll auf uns gehetzt werden.« Der Präsident begriff, dass das genau jene Methode gewesen ist, die die USA über Jahrzehnte angewendet hat, wenn sie ausländische Regierungen stürzen wollten. Man hatte das dortige Volk zum Aufstand motiviert und Untergrundkämpfer unterstützt. Kerrys Zeigefinger wies wieder auf die herabzählende Uhr. »Und wir haben genau so lange Zeit, das zu verhindern.« Die Nummer Eins machte auf seinen Absätzen eine Drehung und ging wieder auf und ab.

»Du könntest richtig liegen«, sagte Heller. »Wenn man den Countdown hinauf zählt, ergeben sich bis Mitternacht genau 72:00:00 Stunden. Das sind exakt drei Tage. Aber am Wochenende wird doch nicht gehandelt. Und heute ist Donnerstag.«

Kerry prüfte die Rechnung seines Chefberaters, linste auf seine Armbanduhr und nickte. Tiefe Furchen des Zorns stürzten wie ein Berghang von seiner Stirn. Doch wen interessierte es schon, ob er am Wochenende oder an einem Arbeitstag bedroht worden ist, wenn er sich verteidigen musste.

»Weiß die NSA schon etwas darüber, warum die Nachrichten alle über Echelon gekommen sind?« Heller hob ahnungslos die Hände.

»Trevor«, sagte der Präsident. »Wir lassen dieses Mal die Air Force Base in Maryland aus und landen direkt in Washington.« Kerry wollte auf kürzesten Weg ins Weiße Haus und den Luftwaffenstützpunkt der Air Force One umgehen. Seltsamerweise hätte er am Nachmittag in einer Grundschule als Gast an einer Lesung teilnehmen sollen. So wie George Bush am 11. September 2001. Die verdutzte Miene des 43. US-Präsidenten war damals um die Welt gegangen, als er vor laufender Kamera erfahren hatte, was im World

Trade Center zur gleichen Zeit geschehen war. Es ist keine menschlich verständliche Reaktion von Bush zu registrieren gewesen. So, als ob er es schon vorher gewusst hatte und dann vor laufender Kamera nicht mehr gewusst hat, wie er seinen Schrecken zur Schau stellen sollte, dass er auch glaubwürdig gewirkt hätte. Man verbreitete später das Gerücht, dass der Präsidentenberater von Bush ihm ins Ohr geflüstert haben soll, dass er sitzen bleiben sollte, bis die Kinder fertig gelesen hätten. Kerry wollte die Wiederholung solcher Bilder unter allen Umständen vermeiden.

»Hat die Börsenaufsicht zwischenzeitlich den Handel ausgesetzt?«

»Sie haben es mehrmals versucht.«

»Versucht?«, brüllte der Präsident und ließ Sturmwellen durch sein Blickspiel rasen.

»Sie haben noch nie eine solche Situation gehabt«, beschwor Heller besänftigend. »Die Aussetzung einzelner Titel wäre kein Problem, aber den ganzen Markt auszuschalten würde auf den Börsen in Europa, Asien und der restlichen Welt ein Blutbad auslösen.«

»Bedeutet das, dass unsere Behörde tatenlos dabei zusehen muss, während unsere größten Unternehmen auf die Schlachtbank geführt werden sollen? Wir müssen die doch schützen können.« Wieder blickte Kerry auf die Uhr.

»Wann machen unsere Börsen auf?«, fragte er.

»Um neun Uhr«, antwortete Monica.

»Monica! Bevor wir landen, will ich die Entwürfe zur Lage der Nation auf meinem Tisch. Geben Sie dem Pressesprecher die Zeiten durch. 11 Uhr die Rede an die Nation und 11 Uhr 30 Pressekonferenz im Weißen Haus.« Die Sekretärin kritzelte auf ihrem Block.

»NSA, CIA und Börseaufsicht haben für 10 Uhr bestätigt«, sagte Heller.

»Aber was sagen wir in der Zwischenzeit der Öffentlichkeit?«, erkundigte sich Kerry.

»Das hängt davon ab, was die Öffentlichkeit bisher weiß«, erwog Heller. Der Präsident legte widerwillig seine Stirn in Falten.

»Hat das FBI schon Anhaltspunkte wegen irgendwelcher Cracker?«

»Die sind unterwegs. Eine Auswertung von Echelon hat ergeben, dass diese Woche zufällig einige schwere Brocken in den USA gelandet sind«, antwortete der Chefberater und deutete weiterzureden. Konzentriert suchte er eine weitere Nachricht in seinem Ordner.

»Wir dürfen nicht übersehen, dass das, was sich da oben abspielt, mit allen Aktienbörsen rund um den Globus passieren kann «, ermahnte der Präsident.

»Das hat längst begonnen, James!« Heller wendete einige Innendeckel seines Pultordners und zog die Kursgraphiken aus Europa, Tokio, London, Moskau, Rio de Janeiro und Hongkong heraus. Verstummt nahm der Präsident die Informationen zur Kenntnis. ›*Wir hängen alle zusammen*‹, dachte er. ›*So wie es Obama in seiner Rede in Strassburg gesagt hat.*‹

»Übrigens«, stieß Monica Stravinsky in die rauchende Denkwerkstatt von Kerry ein. »Ich weiß nicht, ob das eine Rolle spielen könnte. Aber Sie haben vorhin verlangt, jede Option ins Auge zu fassen.«

›*Bitte keine Überraschungen jetzt*‹, dachte der Präsident unter dem Eindruck der letzten Erkenntnisse.

»Ich muss eine Nachricht der NASA erwähnen«, erklärte die Sekretärin.

»Neben der Panik in den Banken haben sich auch Flughäfen, U-Bahnstationen und Stadtplanungen in heller Aufregung an uns gewendet. Sogar Schiffshäfen, TV-Sender und Internetprovider haben sich beklagt, dass schwere Systemfehler aufgetreten sind. Angeblich ist auch Galileo ausgefallen.« Kerry erinnerte sich an das neue Global Positioning System der Europäischen Union, das schon einmal für 1 ½ Stunden ausgefallen war. Er wartete auf weitere Erklärungen.

»Was hat das mit der Nachricht der NASA zu tun?«

»Astronomen haben in der Früh unerklärliche Anomalien in der Atmosphäre aufgezeichnet«, sagte die talentierte Harvardabsolventin im Team.

»Eine elektromagnetische Schockwelle soll die nördliche Hemisphäre des Planeten getroffen haben.«

Der Präsident spürte plötzlich eine leichte Entspannung in seiner Magengrube. »Dieses Phänomen ist doch erst vor einem Jahr schon einmal aufgetaucht, oder?«

»Ja«, sagte Monica. »Die Raumfahrtbehörde hat uns via E-Mail mitgeteilt, dass diese Sonneneruption von heute Nacht in die höchste Kategorie einzustufen ist.« Perplex starrten die drei Mannsbilder auf Monica.

»Ich habe angefragt, ob Eruptionen dieser Art zum Ausfall von radiowellenabhängigen Systemen führen könnten.« Kerry fühlte sich wie ein Admiral, der schemenhafte Rückzugsbefehle empfangen hat, mit seinem bewaffneten Zerstörungskreuzer umkehren zu können.

»Wenn es lang anhaltende Strahlenstürme sind, die durch einen extremen ›*koronalen Massenauswurf*‹ der Sonne verursacht werden, dann wäre ein vorübergehender Zusammensturz der Systeme möglich. Das hat meine Anfrage bei der NASA ergeben.«

Der Präsident ließ sich etwas erleichtert in seinen Stuhl sacken und fixierte Miss Stravinsky. Als Naturwissenschafter kannte er die Gewalt der Protuberanzen, die sich auf der Sonnenoberfläche täglich ereigneten.

»Hat die NASA eine Einschätzung, wie lange die geomagnetischen Stürme dauern könnten?«, fragte er.

»Leider nicht. Aber in der Regel dauern die zwischen ein und zwei Tagen, hat man mir berichtet.«

Kerrys Herz begann zur Freude zaghaft wie auf einem Trampolin zu wippen.

»Unsere Jungs sollen sich mit dem Space Telescop Science Institut in Verbindung setzen und auf schnellstem Weg klären, ob diese ganzen Zufälle auf ein Naturphänomen zurückzuführen sein könnten. Ich muss das unbedingt wissen, Monica.« Mit abwartendem Blick linste er zu seiner Sekretärin, die ihn fragend anstarrte.

»Unverzüglich!«, sagte er und hob dabei dramatisch die Stimme. »Wir müssen von Defcon Zwei runter!«

Während Monica fluchtartig das Sitzungszimmer verließ, spürte der Chefpilot die schemenhafte Aufhellung von Kerrys Stimmung.

»Mr. President«, sagte er.

»Ich möchte Ihre Hoffnung nicht trüben. Aber würden Sie ernsthaft glauben, dass uns eine elektromagnetische Schockwelle durch ausgeworfene Sonnenpartikel einen Countdown mit verschlüsselten Nachrichten schicken könnte oder die Flugbahn von Drohnen auf die Air Force One umprogrammiert?«

»Jede Option, Trevor!« Belehrend musterte Kerry seinen Kapitän.

»Wenn Sie mir einen besseren Hoffnungsfaden liefern, mit dem ich die Öffentlichkeit beruhigen könnte, dann wäre ich Ihnen dankbar.« Trevor rollte vom Zweifel geflutete Gesichtszüge aus seiner Miene und der Präsident wollte wieder von Defcon Zwei herunter.

»Diese Zivilisation hat ihre atmosphärischen Netzverbindungen nicht einmal 100 Jahre im Einsatz. Die werden immer sensibler und damit auch anfälliger. Was wissen wir über die möglichen Wirkungen des größten Hochofens, der uns seit ein paar Milliarden Jahren mit seinen gewaltigen Wellen befeuert?«, erwog Kerry und redete weiter.

»Diese Option ist für uns nur deshalb die Unwahrscheinlichste, weil wir sie in der kurzen Zeit, in der unsere Systeme aktiv sind, noch nie gehabt haben.« Der Präsident dachte wieder an die Katastrophe, die der Tsunami im März 2011 in den japanischen Atomreaktoren ausgelöst hatte. Der technische Sicherheitsstandard hatte dort auch zu den höchsten der Welt gezählt und das unmöglich Geglaubte war schließlich doch eingetreten.

»Haben die Techniker mit dem Aufbau der Kommandozentrale im Oval Office begonnen?«, fragte er und wandte sich zu seinem Chefberater. Heller nickte.

»Ich brauche für meine Optionen eine völlig neue Zusammensetzung in meinem Krisenstab. Was hältst Du davon, wenn wir den NASA-Direktor und einen unserer besten Astrophysiker hinzuziehen?« Der Präsident dachte dabei an den schrulligen Professor Leroy, den er im Rahmen einer Universitätseröffnung kennen gelernt hatte. Heller blätterte in seinem

Pultordner weiter und zählte mit den Fingern auf.

»Wir haben die Geheimdienste, das Verteidigungsministerium und die Börsenaufsicht. Der Vizepräsident hat sich ebenso angekündigt. Den Computerexperten, mit dem die Behörden die höchste Aufklärungsrate erzielt haben, suchen wir gerade. Aber für eine Kriegsplanung benötigst Du keinen Physiker oder Astronomen.« Heller verstand nicht so richtig, was der Präsident plante.

»Gegen wen sollen wir denn wirklich Krieg führen, Eduard?« Kerry raunzte und fuhr mit der Handfläche ziellos durch die Zimmeratmosphäre.

»Wir werden ja von einem Gespenst angegriffen. Entweder es dreht sich um ein technisches Problem, um ein Naturphänomen oder es ist ein Holocaust von Geld und Markt.« Er stieß einen tiefen Seufzer aus.

»Ich brauche sogar viel mehr. Hol mir Professor Leroy, den NASA-Direktor und ebenso unsere besten Ökonomen über die wir verfügen können. Alle Nobelpreisträger in Wirtschaft will ich sehen. Hat übrigens der FED-Chef unsere Anordnung bestätigt?«, forschte er.

»Der FED-Chef liegt im Krankenhaus. Er ist vorgestern operiert worden. Sein neuer Stellvertreter kommt.«

»Ich bin der Ansicht, dass die Zentralbank noch eine Schlüsselrolle spielen wird. Wenn wir uns durch Stützungskäufe gegen einen Angriff verteidigen müssen, dann muss schweres Geschütz aufgefahren werden.« Der Präsident dachte dabei an eine Institution, die die letzte und mächtigste Verteidigungslinie der Amerikaner gewesen ist.

»Dazu ist nur mehr die Zentralbank in der Lage«, konstatierte er. Der Chefberater nickte.

»Jede Minute zählt, bis ich vor das amerikanische Volk trete«, sagte Kerry mit unfreundlichem Blick. Die Nummer Eins der westlichen Welt stand seit über einer Stunde einer anonymen Kriegsfratze gegenüber. Militärisch konnte man dabei nichts gewinnen. Eine NATO-Versammlung hätte auch wenig Durchschlagskraft, wenn sich die Kampfschauplätze in virtuelle Netze verlagert haben. Die größte Herausforderung hat in der Bevölkerung auf den Präsidenten gewartet. Obwohl Lincoln schon vor eineinhalb Jahrhunderten die Unzertrennlichkeit von Politik und Ehrlichkeit genau festgelegt hatte, ist das Volk trotzdem immer wieder angelogen worden. Kerrys Amtszeit machte Schluss mit dieser Form von Anführung. *›Man kann einen Teil des Volkes die ganze Zeit über täuschen und das ganze Volk eine gewisse Zeit lang täuschen. Aber man kann niemals das ganze Volk die ganze Zeit über täuschen‹*, hatte Lincoln damals geschimpft. Der Stimmzettel ist letztlich immer stärker als jede Kugel gewesen. Aber die Politik verhielt sich wie die Grammatik: Unzählige Fehler, die von allen begangen worden sind, sind schließlich immer als Regel anerkannt und letztlich als Errungenschaft verehrt worden. Er wird die Bürger über die Lage so informieren, wie sie tatsächlich sei. Aber Kerry würde sich dabei nicht dieselbe Blöße geben dürfen wie der japanische Regierungschef während der Erdbebenkatastrophe. Seine Informationen mussten stichfest sein, wenn er vor die Kameras tritt. Instinktiv spürte er, dass sich sein geplanter Krisenstab aus völlig neuen Gesichtern und Experten zusammensetzen muss.

»Wir müssen wissen, gegen wen wir kämpfen und womit wir uns wehren können? Vor allem aber müssen wir wissen, wofür wir kämpfen. Solange wir im Dunkeln keinen ausreichenden Überblick haben, solange sollten wir wenigstens den Mut zur Entscheidung für irgendeine Richtung haben.«

Wieder einmal stand ein US-Präsident vor seinem nächsten Krieg. Aber diese Auseinandersetzung zeichnete nicht nur ein neues Schlachtfeld auf, sie zeichnete auch eine wirkliche Notwendigkeit auf, wenn man sie mit den vorangegangenen verglichen hat. Also brauchte der Präsident neue Kriegsberater und Strategen. Die Bevölkerung würde wissen müssen, *warum* ihr Land kämpfen sollte. Kerry frischte sein Gedächtnis über die Zeit nach dem Einmarsch im Irak 2003 auf. Nur zwei Jahre später waren die Bürger über den Sinn des Kriegs vor laufenden TV-Kameras interviewt worden. Sehr genau konnte er sich an den amerikanischen Vater erinnern, der seinen Sohn im Irak verloren hat: *›Ich glaube wir kämpfen, weil noch nicht genug Leute aufstehen und sagen: Ich mach das nicht mehr mit!‹*, hatte der unschuldige Bürger ins Mikrofon gesagt. Die jungen Rekruten waren für die Operation mit dem Slogan geworben worden: *›Freiheit für den Irak.‹* Kerry sortierte jetzt schon seine Gedanken für die Rede an die Nation. *›Wir haben eine Wüste von desorientierten und verängstigten Seelen hinterlassen‹*, konstatierte er. *›Ist das der Appell von Jefferson, Washington oder Lincoln gewesen?‹* Im Herzen des US-Präsidenten loderte seit seinem Studium eine Sehnsucht. Obwohl ihn die gegenwärtige Lage in Schock versetzt hat, spürte er, wie sich dieser sehnsüchtige Wunsch dagegen aufbäumte. Obama hatte am 4. November 2008 nach seinem Wahlsieg gesagt: *»Sollte heute noch ein Mensch zweifeln, dass das Versprechen unserer Gründerväter wahr ist. Sollte heute noch ein Mensch zweifeln, dass in Amerika alles möglich ist und dass dieses Land zur Veränderung fähig ist, dann hat er jetzt die Antwort.«*

»Eduard!«, stieß er plötzlich kraftstrotzend hervor.

»Ich will mehr!«

»Was mehr?«

»Ich will, dass im Weißen Haus die technischen Vorkehrungen für eine Vernetzung mit allen wichtigen Verbündeten und wissenschaftlichen Einrichtungen getroffen werden. Hast Du Dir das vorhin notiert gehabt? Ich will alle Nobelpreisträger in Ökonomie, die noch am Leben sind. Entweder im Weißen Haus oder in einer Standleitung per Video. Wenn sich das herausstellt, womit wir rechnen müssen, dann müssen die hellsten Köpfe dieses Planeten in einem vereinten Kraftakt handeln.«

Der Chefberater presste den Granitblock seiner Verdutztheit mit einem Panzer aus seinen Augenhöhlen.

»Das da hinten ist ein Countdown für den Westen und seine Zivilisation«, rumpelte Kerry mit dem Blick eines zornigen Berggorillas und deutete auf die Digitalanzeige des ablaufenden Countdowns.

»Ich will die ganze Welt mit dem Weißen Haus verbunden haben.« Die Nummer Eins des Westens hatte eine Sehnsucht. Kerry glaubte, die Chance vor sich zu haben und schlug die Aktendeckel seines Moleskine zu. Er erhob sich mit einer Körperhaltung, die zum Umsturz aufrief.

»Trevor, holt aus diesem Vogel alles raus, was ihm diese Supermacht in seinen Allerwertesten hineinkonstruiert hat. Ich will runter und mir dieses Schwein holen, das uns Feuer unter dem Hintern macht.«

Der Präsident spürte, dass er heute noch öfter sein Hemd wechseln müsse, wenn die Arbeit so schweißtreibend weiter gehen sollte.

»Eduard! Monica soll mich mit dem Vize-Chef der Notenbank verbinden. Vergiss auch nicht die internationale Presse. Die Rede zur Lage an die Nation muss weltweit ausgestrahlt werden. Ich danke Euch vorerst.« Der Präsident zwinkerte mit ernstem Blick. »An die Arbeit, Männer!«

53

Rotation

Harvey sprühte vor Vergnügtheit und ritt auf der Welle einer unbekannten Fröhlichkeit. Trotz aller Rätsel, die wie ein Graupenhagel auf ihn herabgedonnert waren, hat er nicht mehr das empfunden, was er immer empfunden hatte: ›*Angst!*‹ Mit abwechselnd kalten und warmen Wasser hatte er die Muskulatur seiner Gliedmaßen unter der Dusche in Form gebracht. Ein frisches Hemd seiner Kragenweite war im Schrank gelegen. ›*Irgendwer hat für mich gesorgt gehabt. Wer, wenn nicht mein Engel?*‹, tüftelte er und zupfte an seinem obersten Knopf, während er in den Spiegel spähte. Der Knopf blieb offen. Keine Krawatten mehr. Das Gespräch mit Mathäus hatte ihn wachgerüttelt. Diese Metapher mit Mutter Natur, die von einer Übermacht geschwängert worden sein soll. Die Unterredung hat einen interessanten Wechselkurs zwischen zwei Wirklichkeiten enthalten. Einmal im Reich der materiellen Tatsachen, ein anderes Mal im Reich des Geistes. Eine zweigeteilte Welt, in der sich gegenteilige Wirklichkeiten gnadenlos gegenüberstanden und Ansprüche auf ihre Argumente gestellt haben.

›Sind wir Zufall oder Bestimmung?‹

Harvey musste zugeben, dass eine voreilige und leichtfertige Zufallsbehauptung zu einem quälenden *›Warum?‹* führen würde.

›Warum sollten wir keinem höheren Sinn entsprungen sein können als dem Zufall?‹ Auf der lebenswerten Oberfläche eines kleinen blauen Planeten, der sich in einer unendlichen Einsamkeit niedergelassen hatte. Dadurch eine friedliche Umgebung gewählt hatte, die aber trotzdem mit Zubehör und Extras ausgestattet worden war, weil sich die Feldzüge der physikalischen Kräfte in sicher scheinender Ferne abgespielt haben. *›Wunder, die niemals ungewollt sein können‹*, hatte Mathäus gesagt. Harvey summte *›Imagine‹* von John Lennon, während er die Bügelfalte auf der Gesäßseite seiner Hose im Spiegel kontrollierte. *›Imagine, there are no countries, it is not hard to do...‹* Harvey peilte seine Familienfotos und das Kuvert am Tischchen mit seinen Augen an und wippte zustimmend mit seinem Kopf.

›Mathäus hat schon Recht gehabt‹, dachte er. Unsere Voraussetzungen auf dem Planeten könnten nicht idealer sein. Nur ein einziger zentraler Fixstern und kein Doppel- oder Mehrfachsternsystem. Der Stern war nicht zu groß und nicht zu klein. Nicht zu nah und nicht zu fern. Die Sonne hielt eine gleichmäßige Konstante. Sie war einerseits in sicherer Distanz, andererseits in optimaler Nähe für eine lebensspendende Wärme. Kein winziger Neutronenstern oder roter Riese, sondern ein kerngesunder gelber Gaskörper mit langer Lebenserwartung. Ein Neutronenstern würde aufgrund seiner Kurzlebigkeit kein Leben ermöglichen. Die Evolution hat fast vier Milliarden Jahre bis zur Geburt der Menschheit benötigt und die Lebensdauer eines Neutronensterns wäre nicht einmal ein Viertel davon. Andererseits, ein roter Riese würde wiederum die Erdrotation verhindern.

›Da hat sie sich niedergelassen, unsere Mutter Natur, würde Mathäus sagen‹, dachte sich Harvey und blickte grinsend in den Spiegel. Er schielte nach seinen Schuhen und konnte das Gleichnis eines lebendigen Planeten mit eigener Persönlichkeit nicht aus dem Sinn verbannen. Irgendetwas rüttelte an seinem Erkenntnisvermögen. Nicht jeder Planet rotierte um seine eigene Achse wie unserer. *›Rotation‹*, schoss ihm plötzlich ein Stromstoß in die Denkprozessoren.

›Rotation ist überlebenswichtig‹. Andernfalls würde die eine Hälfte in ständiger Dunkelheit zu ewigem Eis gefrieren und die andere Hälfte in einem gnadenlosen Bombardement des Sonnenwindes alles zu einer leblosen Wüste verkochen. Drei Tage in völliger Finsternis würden ausreichen, um Temperaturen von minus 200 Grad Celsius zu unterschreiten. Ohne dieses

unverkäufliche Wechselspiel von Tag und Nacht wäre eine menschliche Existenz gar nicht möglich gewesen. Aber das war es nicht, was in ihm geköchelt hat. *›Es sind herrliche Bedingungen hier, das ist schon richtig! Aber Bestimmung?‹* Mit spielerischer Leichtigkeit tanzten seine Gedanken um sein Endziel herum, mit dem er sich ablenkte. *›Mein Engel, ich komme‹*, stachelte er sich auf. *›Du bist mein größtes Wunder!‹*, jodelte er heiter und dachte wieder an Mathäus. *›Ich komme! An diesem wunderschönen sonnigen Tag, der 24 Stunden zählt‹*. Harvey hatte vor dem Duschen sein iPad und Smartphone zum Aufladen an die Steckdose geschlossen. Beide Akkus waren völlig leer gewesen. Und er wollte Jackie nicht von einem anderen Gerät anrufen. Diese 30 Minuten Vorfreude wollte er sich gönnen und Jackie anschließend überraschen.

›24 Stunden sind eigentlich auch ein Wunder?‹ Harvey begann die alltäglichsten Dinge als Geschenk zu sehen. Er fühlte sich wie neugeboren. *›Trotzdem wünscht sich der westliche Bürger, noch mehr Zeit zu finden, um seinen Tanz ums goldene Kalb führen zu können. Weil er nicht genug Zeit bekommen kann‹*. Harvey war soweit fertig. Er schnürte sich die aufpolierten Schuhe zu und glättete das Hosenbein in der Höhe seiner Fußfessel.

›Aber warum mehr als 24 Stunden?‹ Ein Tag auf dem Planeten Jupiter hat wegen der geringen Dichte des Gasriesen nur 11 Stunden benötigt. *›Eine Tageshälfte von fünf bis sechs Stunden wäre furchtbar‹*, dachte er. *›Wir könnten viel weniger zustande bringen.‹* Aber Harvey wusste auch, dass der Mond die Besiedelung des Planeten ermöglicht hat. Mit seinen 6.800 Kilometern Durchmesser war er fast gleichgroß wie der Mars und wirkte mit seiner großen Masse wie ein Bremsklotz auf unseren Planeten. Durch seine Anziehungskraft sind soviel Wassermassen der Ozeane angezogen worden, dass dadurch die Drehbewegung unseres Planeten abgebremst worden ist. Ein Tag würde nur acht Stunden dauern, wenn der Mond nicht mehr da sein würde. Würde sich der Planet so schnell drehen wie er könnte, dann würden Winde und Stürme mit 1.000 bis 2.000 km/h die Oberfläche verwüsten. Kein Baum hätte wachsen können. Der Mensch ist aber von den Bäumen gekommen. Bei vier bis fünf Stunden Licht pro Tag hätte das Leben anders ausgesehen und sich durch pechschwarze Nächte durchschuften müssen, weil kein Mondlicht da gewesen wäre. Mit seinem silbrigem Licht gab der Vollmond den Korallen unter dem Wasser seine Geheimzeichen, damit sie ihre Keimzellen ins Meer entlassen konnten. Der Mond bestimmte die richtige Rotationsgeschwindigkeit des Planeten. Ohne Mond würde der Planet auch viel mehr torkeln. Ein Wechselbad von Eiszeiten und Hitze würde immer wieder zum Massensterben führen. Bei Neptun ist es genau das Gegenteil: Dieser Planet hat bei der Physik 42 Jahre für nur eine einzige Umdrehung bestellt. Neptun fühlte sich wegen seiner hohen Dicht schwer und träge.

Diesen 42jährigen Intervall hat er schließlich auch bekommen. Auf Neptun hätte das rastlose Hetzen des Menschen genug Tageszeit. ›*Aber was sollten wir mit einem Tag oder einer Nacht, die 21 Jahre dauern würden?*‹ Harvey erkannte plötzlich einen ganz eigenartigen Sinn. ›*Rotation!*‹

Würde Mutter Natur für eine Umdrehung um ihre eigene Achse genauso lange benötigen wie Neptun, dann wäre doch die Menschheit in einer ständigen ›*Völkerwanderung*‹. Keiner würde in einer Nachtzone bleiben können, die so lange dauert. Die Völker würden dorthin siedeln müssen, wo man überleben könnte. Ausnahmslos alle Menschen müssten in einem Intervall von zwei Jahrzehnten gleichzeitig wie eine große Herde weiterziehen. Für immer und ewig. Sie hätten alle ein und dasselbe Schicksal, das sie verbinden würde. ›*Könnte man dann noch mit Landesgrenzen leben? Mit Zäunen, Mauern und Gebietsansprüchen?*‹ Eine Zivilisation mit Landesgrenzen würde bei dieser langsamen Drehbewegung nichts bringen, weil das Land nach über 20 Jahren für noch einmal 20 Jahre in der schwarzen Finsternis versinken würde. Es hätte keinen Wert.

›*Eine so langsame Rotation würde die Menschheit zu einem Überleben ohne Landesgrenzen zwingen*‹, dachte Harvey und wölbte verwundert seine Augen. Andererseits hätte jede Planetenhälfte genug Zeit, sich wieder von der Ausbeutung zu regenerieren. ›*Müssen wir die Erdrotation verändern oder uns verändern?*‹

Harvey setzte einen nachdenklichen Blick auf. ›*Trägt der Mensch tatsächlich das Schicksal des Skorpions? So wie es Mathäus mit seinem Gleichnis behauptet hat? Kommt der Mensch wirklich nicht gegen seine Natur an?*‹ Der fröhliche Ökonom verzerrte lachend seine Mimik und schüttelte freidenkerisch den Kopf. ›*Imagine, there´s no countries; it isn´t hard to do; nothing to kill or die for…?*‹ Seine Erkenntnis verblüffte ihn selbst. ›*Mit einer langsamen Erdachsenrotation wären wir zur Vision von Lennon gezwungen*‹. Harvey sah die letzten drei Bekanntschaften vor seinem geistigen Auge vorbeiziehen. ›*Jacob, Lukas und Mathäus*‹. Alle hatten verklausuliert von der Umkehr geredet. ›*Welche Botschaft wird dieser Christian verheißen, wenn meine letzten Bekanntschaften alle von einer Ablöse gesprochen haben?*‹ Wie in einer Endlosschleife lief die Aufforderung des Unbekannten im Taxi durch sein Hirn. ›*Ich brauche Ihre Hilfe, Harvey! Sind Sie dazu bereit?*‹ Ist die Rotation am Ende ein Schlüssel zur Einheit gewesen? Hat es der Pentateuch tatsächlich so durchdacht gehabt, dass der Mensch das Geschenk der Rotation erkennen sollte? Hatte der Pentateuch mit chirurgischer Präzision alle Vorbedingungen geschaffen, die notwendig gewesen sind, um diesen Platz im Universum bevölkern zu können? Welche Aufgabe hatte die Menschheit?

54

patriot act

Der australische Nuntius Fredrick Lemmon streifte mit einem bestürzten Blick die Menschenschlangen am Airport von Sydney. Jedem quoll der seelische Druck aus den Folgewirkungen von 9/11 aus dem Gesicht. Der Druck war seit dem *patriot act* für Passagiere und Sicherheitsleute explodiert. Der junge liberale Kirchenbotschafter schaufelte die ermatteten Gesichtsausdrücke der Menschen in sein Hirn und war perplex. Seit Jahren war er nicht mehr geflogen. Die dunklen Augenränder der Passagiere schleuderten nach stundenlangen Flügen die Unausgeschlafenheit der Menschen aus ihren Seelen. Die Zeitsprünge in andere Zeitzonen haben ihren Kreislauf rebellieren lassen. Man hat den Menschen ansehen können, wie ihnen das Essen im Flugzeug bekommen war. In völliger Beengtheit war ihnen wie in den Reihen von Legebatterien das Futter herangekarrt worden. Immer wieder mussten sich einige übergeben. Kinder weinten auf langen Flügen. Die Flatulenzen und Transpirationen der Sitznachbarn vorn, hinten und seitlich taten ihr Übriges. Gelegentlich ist man durch Turbulenzen geflogen, während das Videoangebot langweilig gewesen ist. Für den Kopfhörer haben einem die Stewardessen noch einmal das Geld abgeknöpft. Wenn man die Toilette benutzen wollte, musste man bei den Billig-Airlines ebenso Kleingeld eingesteckt haben. Die ausgeteilten Zeitungen berichteten nach dem Einsteigen nur über Untersuchungsausschüsse, Warnmeldungen, Naturkatastrophen, Amokläufe, Korruptionen, Verurteilungen und Staatspleiten. Das war das erste gewesen, was man nach dem Urlaub erfahren hatte. Die gnadenlose Realität einer irrationalen Welt. Dann landeten die Passagiere mit Verspätung. Die Steifheit der Gelenke machte ihnen nach 8-stündigem Foltersitzen anfangs große Mühe, fest auf dem Boden zu stehen. Manche mussten weiterhetzen und möglichst schnell ihren Anschlussflug erreichen. Plötzlich standen sie in einer ewig langen Schlange vor der Sicherheitsschleuse.

›*Wie schön ist doch das eigene zuhause*‹, dachte der Nuntius Fredrick Lemmon, während er das Gewimmel an den Sicherheitsschleusen beobachtete. Sogar Kinder und Großmütter wurden penibel untersucht. Von den Schuhsohlen an bis zu den Haarspitzen wurden alle mit Metalldetektoren durchleuchtet. Kein Gramm Eisen sollte entwischen. Dann kamen die Flüssigkeiten. Körperlotion, Gesichtswasser, Parfums und sogar die Trinkflasche. Alles wurde konfisziert, auch wenn es noch im Original verpackt gewesen ist. Der letzte Schluck Nass, den einige noch aus der gelandeten Maschine ergattern konnten, ist ihnen abgenommen worden. Nur den wichtigen Personen nicht. Diplomaten, Botschafter, Manager oder Banker mit gemietetem Jet. Die Allgemeinheit stand in einer 50-köpfigen Schlange vor den Prüfgeräten und hat warten müssen, während die Auserwählten ihre Privilegien genossen haben. In Wahrheit war der Terror zur größten Supermacht geworden. Er hat bestimmt, wie sich der Westen zu organisieren hatte und wie viele Milliarden in die Sicherheit gesteckt werden mussten. Auf die Abwicklung eines einzigen Passagiers sind schon mehr als fünf Sicherheitskräfte gefallen. Die Kontrolle eines einzigen konnte über eine Minute dauern. Und nicht selten waren 50, 60 oder mehr vor einem in der Schlange gestanden. Die Leute konnten weder nach vorne noch nach hinten. Nuntius Lemmon blickte auf die Uhr. Um 22 Uhr waren die Sicherheitsleute schon merklich angespannt. Der Botschafter des Vatikans war der Nächste vor dem Detektor und beobachtete die Szene von dem Passagierspärchen vor ihm. Nervös wegen der weiteren Verzögerung hatte der Mann übersehen, seinen Laptop separat auf das Förderband zu legen. Der Sicherheitsbeamte hatte ihn noch darauf hingewiesen. Der Gentleman badete im Schweiß wegen der Strapazen durch den Sicherheitswahn. Er hielt beschützend die Hand seiner Frau. Am Ende der Prozedur wurde er gefragt, ob man sein Notebook auf Sprengstoff untersuchen dürfe. Er grinste den Sicherheitsmann mit einem Seufzer der Erschöpfung an.

»Selbstverständlich kein Problem. Aber in meiner Stimmung hätte ich jetzt wahrscheinlich ganz gerne einen mit.« Das Förderband wurde blitzartig angehalten und eine rote Alarmleuchte blinkte auf. Fredrick Lemmon wurde von der Sicherheitskraft am Detektor angehalten und spähte auf das Geschehen. Seine Linsen streiften kurz das Hinweisschild neben dem Metalldetektor. *›Es geht um ihre Sicherheit. Dürfen wir sie um ihre Mitarbeit bitten.‹* Plötzlich wurde der Fluggast vor ihm schneeweiß und durch den Schock in den Boden genagelt. Nachdem er den Scherz über den lächerlichen Sprengstoff in seinem Laptop ausgesprochen hatte, rief der Beamte in sein Funkgerät: »Achtung Sicherheitsdienst! Erbitte um Hilfe! Verdächtiger an der Gepäckkontrolle hat soeben eine Bombendrohung ausgesprochen. Die Zielperson ist etwa Anfang 40 Jahre alt...«

Mit eiserner Miene fixierte die Sicherheitskraft den Gentleman, während er seine Durchsage weiterformulierte. Die Ehefrau des Gentlemans stand direkt hinter ihm und wackelte bleich mit den Knien. Beide elegant und leger gekleidet. Keinerlei kriminelle Auffälligkeiten. Kultivierte Aussprache und eine Augenpartie, die Bildung versprochen hat. Friedliche Gäste der oberen Mittelklasse. Binnen Sekunden waren zwei bewaffnete Angehörige des Sicherheitsdienstes mit einer Frisur von Meister Igel herangeeilt und drängten den sympathisch wirkenden Fluggast zur Seite. Ein Wortgefecht entstand und der Mann gestikulierte empört.

»Sie sollten bei der Ausübung Ihrer Pflicht nicht vergessen, dass Sie es nicht nur mit potenziellen Terroristen, sondern überwiegend noch immer mit Menschen zu tun haben, die von den Flugstrapazen erschöpft sind«, donnerte der aufgebrachte Fluggast heraus.

»Wenn Sie das verlernen, können Sie keine scherzhafte Gemütserregung mehr erkennen, die in meiner Situation völlig angemessen ist«, sagte er zornig und deutete versöhnliche Gesten.

»Ich wollte doch nur die Anspannung durch einen harmlosen Scherz etwas auflockern. Sie können alles von mir haben und untersuchen, aber lassen Sie mich und meine Frau in Ruhe. Wir müssen den Anschlussflug rechtzeitig erreichen.« Der Mann deutete auf den Lautsprecher.

»Wir sind schon zweimal aufgerufen worden.« Inzwischen war der australische Nuntius an den Kontrollen vorbei und tüftelte an dem Erlebnis, das er gerade bezeugt hat. ›*Es geht um ihre Sicherheit. Wir bitten um ihre Hilfe....*‹, war am Beginn der Schlange beschildert gestanden. Am Ende bekam der Mensch für seine Mitarbeit die Willkür der Staatsgewalt für eine völlig verständliche Gefühlsbemerkung zu spüren. Durch das aus der Angst hervorgerufene Schutzbedürfnis der Mehrheit, hat man die Staatsinteressen besser durchsetzen können. Früher hätte man noch über solche Scherze gelacht. Doch seit dem *patriot act* hat es nichts mehr zu lachen gegeben. Der Planet hatte nichts mehr übrig für Scherze. Der demokratische Staat hatte das Wort ergriffen und Misstrauen gesät, um die Angst zu multiplizieren, die ein paar Wahnsinnige für einen Augenblick auslösen wollten, nur damit sie Aufmerksamkeit bekommen konnten.

›*Der Sicherheitsbeamte ist gerade erst 30 Jahre alt*‹, schüttelte Nuntius Lemmon betroffen den Kopf. ›*Wie kann man schon in so einem Alter seinen Alltagshumor verloren haben und wie ein blindwütiger Kranker mit Alarm reagieren, statt mit einem aufmunternden Lächeln?*‹ Aber wie konnte jemand in diesem jungen Alter verstehen, dass Passagiere aus einer zutraulicheren Generation gekommen sind, die Auslandsflüge noch unbeschwert hinter sich bringen konnte und im Grund nur mitarbeiten wollten, um endlich das hinter sich zu bringen was ein paar Anführer erfunden hatten? Irrationale Sicherheitsvorkehrungen, die an die ständig gegenwärtige Panik erinnerten. ›*Angst!*‹, spürte der Nuntius und faltete die Hände zu einem Stoßgebet. Menschen, die friedlich und erschöpft nach Hause wollten, wurden mit der Angst erwürgt. Man presste ihnen das letzte Vertrauen an die demokratische Idee heraus. Die Methoden einer Idee, die die Seelen verdorben hatten. Bürger verzichteten auf Freiheit und Rechte, damit man sie vor denjenigen schützen konnte, mit denen man ihnen erfolgreich die Angst eingeredet hatte. Auch 500 Jahre nach den kirchlichen

Eintreibungsmethoden für den Ablass waren die Menschen noch nicht klüger geworden. Wie ein Turmspringer planschte ein grausliches Gespenst der Angst unentwegt in das Wasserbecken der kollektiven Psyche. Immer wieder ist das durch wenige ausgenutzt worden.

›*Man traut keinem mehr!*‹, begriff Fredrick Lemmon schlagartig und fieberte dem Konzil entgegen, zu dem er vor 1 ½ Stunden einberufen worden war. Er hatte eine 10-stündige Reise vor sich.

55

Natura non facit saltum

Harvey steckte das letzte Kleinod in seine Jacketttaschen und kontrollierte noch einmal, ob nichts gefehlt hat. Er blickte alle Schrankfächer und -laden durch. ›*Die Beretta ist verschwunden?*‹ Aber das berührte ihn nicht. Er hatte keine Angst mehr. Fast hätte er etwas vergessen. Wie es sich für einen gut erzogenen Ehemann gehörte, riss er noch das Fenster auf und lüftete das Zimmer mit frischem, kaltem Sauerstoff. Er ahnte, dass ein anderes Leben auf ihn wartete als er es bisher gekannt hat. In einem kreisenden Gedanken um seine Frau kroch noch einmal das Gespräch mit Mathäus unter der Decke hervor. ›*Welche Bestimmung habe ich? Warum spüre ich ein Urvertrauen, seit ich aufgewacht bin?*‹

Sein Scharfsinn war früher immer wie verriegelt gewesen, wenn es um übernatürliche Kräfte gegangen war, die von jemanden ausgegangen sind, der geplant haben soll. Harvey hat zwar die Einzigartigkeit des Lebens akzeptiert, aber er hat in dieser Einzigartigkeit eine Notwendigkeit gesehen, die sich aus ›*zufälligen*‹ Umständen ergeben hat. So hatten es ihn die Prüfungen des Lebens gelehrt. Für niemanden hätte soviel Unglück und Pech vorherbestimmt oder geplant sein können wie für Harvey und seine Familie. Weil zu viele Fügungen in seinem jungen Leben einen negativen Ausgang gehabt haben, hat er die Fügungen nur als Zufall akzeptieren wollen. Er hatte nichts verbrochen und konnte daher die hohe Konzentration an Ungerechtigkeit in seinem Leben nicht verstehen. Viele Menschen haben einen Zufall oft nur als romantischen Traum eines großen Planes ausgelegt. Als eine Art aufgezwungene Erklärung, die letzten Endes doch nur Einbildung gewesen ist. ›*Es gibt keinen Gott*‹, dessen war er sich vor dem Gespräch mit Mathäus sicher gewesen. Doch irgendetwas Neues ging in ihm seither vor. Und schließlich hatte auch Jackie seine Negativserie an Fügungen durchbrochen und das Gegenteil bewiesen. Er hat den besten Menschen an seine Seite bekommen, den es für ihn geben konnte. Es hat also auch gute Bestimmungen gegeben.

Die Hinweise des Mannes mit dem Apostelnamen Mathäus bohrten wieder in ihm. Er stand am offenen Fenster und blickte in den stahlblauen Himmel. Die alleinige Tatsache, dass die Entfernung vom Mond zur Erde gerade 0,2574 Prozent der Entfernung von der Sonne zur Erde betragen hat, gehörte wohl zu den großartigsten Abmessungen im Universum. Diese Exaktheit ist aber auch noch dadurch übertroffen worden, dass sowohl das Entfernungsverhältnis als auch das Radienverhältnis der Himmelskörper völlig übereingestimmt hat, um regelmäßige Wunder zu ermöglichen. Nur eine geringe Abweichung bei beiden Parametern hätte dazu geführt, dass einer der beiden Himmelskörper am Horizont größer erscheinen würde, als der andere. Sonne und Mond waren am Himmel als gleich große Körper erschienen. Warum? ›*Aber auch diese präzise definierten Entfernungsunterschiede können Zufall sein*‹, beschwichtigte er. Nur weil sich Mondscheibe exakt über die Sonnenscheibe schieben konnte und dadurch das Naturschauspiel einer Sonnenfinsternis möglich geworden ist, hat es deshalb nicht gleich gewollt oder geplant sein müssen. Harvey gestand ein, dass die Komplexität und Genauigkeit erdrückend und irgendwie ausgedacht erschienen ist. Er blickte auf die Uhr. Es war ½ 9 Uhr vormittags. ›*Sind wir Bestimmung?*‹ Er musste eine befriedigende Antwort finden, bevor er das Krankenzimmer verlassen sollte.

Ein Gefühl ohne Bestimmung würde uns ein Verlorensein mit brachialer Wucht auf den Tisch knallen. Wir würden uns wie ein ungewolltes Einzelkind fühlen. Das aus Unachtsamkeit einfach passiert ist, dann ausgetragen worden und aus dem Schoß entwischt ist. ›*Sind wir für niemanden existent oder von besonderer Bedeutung?*‹, sinnierte er und wippte mit den Absätzen kurz vor dem Absprung in seine neue Welt, die da unten auf ihn wartete. ›*Ist wirklich keiner da, der dieses Kind akzeptieren oder loben würde? Weil es nur von der Spitze einer Lanze abgehangen ist, die willkürlich genau diese Seite im Katalog aufgeschlagen hat? Ohne Absicht des Planers?*‹ Ein Kind ohne höherer Herkunft und ohne eine sinnvolle Bestimmung. ›*Aus Dreck und Asche entstanden*‹, hatte Lukas ihm im Taxi vorgehalten. Harvey wusste aus zahlreichen Erzählungen von Jackie, dass solche Kinder im Erwachsenwerden dazu geneigt haben, letzten Endes ihre eigene Zerstörung herbeizuführen. In der Einsicht, dass es eines Tages ohnehin zu Ende sein würde. Das Kind würde mit dem Alter zum Monster werden, das alles verschwenden wollte, was ihm die Natur geliehen hatte. Ein Wesen, das aus Trotz alles vernichtete, weil es keinen höheren Sinn erkennen konnte.

›Sind wir auf dem Weg dorthin?‹, tüftelte er und dachte an das Gleichnis mit dem Skorpion. Er schloss behutsam das Fenster und glättete die Bettwäsche, um sich anschließend auf Zehenspitzen der Türe zu nähern. Papst Johannes Paul II. hatte es als *›Abdankung der Vernunft‹* gesehen, wenn man versucht hat, den *›Anschein des Geplantseins wegzuerklären‹*. Jackie hatte mit Harvey immer wieder einfühlsame Diskussionen über dieses Thema geführt, weil er seine ganze Überzeugung und Liebe nur *in Sie* gelegt hat. Aber das hatte sie manchmal erdrückt. Oscar Wilde hatte nicht zu unrecht behauptet: *›Liebe kann töten!‹* Man konnte auch an zuviel Liebe zugrunde gehen. Zum ersten Mal nahm er die Frage ernst: *›Ist die menschliche Vernunft von vornherein geplant oder ist sie Zufall gewesen? Warum soll es kein Geplantsein geben?‹*

Er starrte ein letztes Mal auf das Blitzlichtgewitter der Bodengranulate und sah ein wanderndes Meer vor sich. *›Nein Jackie‹*, dachte er. *›Du hast schon so oft Recht gehabt‹*. Jede Wissenschaft die versucht hat einen Planer auszuklammern, hat sich letztlich als Ideologie überführt. *›Natura non facit saltum‹* - Die Natur macht keinen Sprung! So aus Zufall oder bloßer Laune. *›Ich kann geheilt zu Dir zurückkehren, wenn ich dieser Welt aus ihrer Katastrophe verhelfe.‹* So hatte es Mathäus behauptet, bevor er verschwunden ist. Harvey spürte eine beispiellose Freude auf seinen Nachhauseweg. Sein prüfender Spähblick durch die Zimmertüre auf die Schläuche, Flaschen, Einstichkanülen oder Krankheiten gehörte der Vergangenheit an. Er zog noch rasch seine aufgeladenen Kommunikationsgeräte aus dem Stecker und stopfte die Kabel in die Tasche. Dann huschte er wie in besten Tagen an der Stationsschwester vorbei und benutzte das Stiegenhaus des Gesundenhauses.

›Natura non facit saltum‹ - Die Natur macht keinen unüberlegten Sprung! Harvey schaltete sein Smartphone ein und wählte den Kurzwahlspeicher Nummer 1: *›Engelchen!‹*

56

Simon

Jimmy hatte für seine Auslandsreisen am Flughafen ein fixes Gepäckschließfach angemietet, wo er zur Reserve immer einige Garnituren Wechselkleider aufbewahrt hat. Im ständigen Zeitdruck hat er so lästigen Umwegen und Verzögerungen ausweichen können. Sein Ausweis als Berater der Regierungsstellen hatte ihm beim Chaos am Terminal geholfen, schneller durch die Sicherheitsschleusen zu kommen. Die Anzeigetafeln über ein- und ausgehende Flüge boten in Intervallen nur wenige Sekunden Zeit an, verlässliche Flugangaben einzufangen. Das System spielte völlig verrückt und erinnerte ihn an die Morgenstunden seit 5 Uhr früh. Er besorgte sich in einem Kiosk die neuesten Ausgaben von Fachmagazinen über Computer und Physik. Ein langes Interview seines Patenonkels Professor William Leroy ist darin abgedruckt gewesen. Jimmy ist zwischenzeitlich auf seinem Platz neben einem vollbeleibten Kerl gesessen und hat während des Lesens immer wieder die Augen geschlossen, um auf eine Eingebung zu warten. Die Maschine war vor 10 Minuten gestartet und im Steigflug begriffen. Er ist ein zu eingefleischter Freak gewesen, dass ihn diese unerklärliche Rechenleistung nicht verrückt machen würde. ›*Wie kann man unter einer Minute mehrere Millionen Konten plündern?*‹ Als Absolvent des Informatikstudiums wusste Jim, dass Informationen einfach nur in Zahlen zerlegt und auf Teilchen transportiert worden sind. Bei einem Foto, das als MMS auf ein anderes Handy übermittelt worden ist, haben die Informationen die vorhandenen Atome genutzt, um sich wie ein Sportler am Reck über Frequenzwellen ins andere Mobiltelefon zu hieven. Je nachdem, ob die Zustände der Teilchen unter elektrischer Spannung gestanden sind oder nicht. Alles ist auf die kleinstmögliche Ebene in Zahlen zerteilt und woanders wieder aufgebaut worden. Eigentlich fast wie Beamen. Es ist nur davon abgehangen, wie die Teilchen geladen gewesen sind und auf welcher Frequenz sie sich bewegt haben. Ein Satellitensignal zur Erde ist nichts anderes gewesen. ›*Die Menschheit ballert Trillionen von Informationen in der Teilchenwelt herum. Aber ich kann nicht 27 Millionen Konten plündern, wenn ich das nicht alles kontrollieren kann!*‹ Kein Botnetzwerk konnte so etwas zuwege bringen, konstatierte Jimmy. ›*Komm Jimmy, sei nicht denkfaul!*‹, raunzte er genervt in sein unzufriedenes Hirn hinein. ›*Wie kann ich Trillionen von Teilchen kontrollieren, um soviel Informationen auf einmal abzuwickeln? Alleine der Aufwand, unsere Verschlüsselungssysteme zu knacken, es ist ein Wahnsinn!*‹ Jimmy Gordon kratzte winselnd wie ein frierender Hund an die Eingangstüre seines Begriffsvermögens und linste geistesabwesend auf die doppelseitige Abbildung seines Patenonkels im Physikmagazin. Ein Schatten warf sich plötzlich über die Textspalten.

»Die Natur macht keinen spontanen Satz«, stieß der dickliche Sitznachbar neben ihm plötzlich heraus und wirbelte mit seinen Fettgriffeln in der Luft herum. Er deutete auf den Titel der aufgeschlagenen Zeitschrift, auf der ›*natura non facit saltum*‹ geschrieben stand.

»Die Natur macht keinen Satz, einfach so aus Beliebigkeit«, quoll er dozierend aus seinem Doppelkinn und hob den Finger. »...sondern nur aus wohldurchdachten Beweggründen. Alles hat seinen Auslöser wie in einem gigantischem Uhrwerk.«

Verdutzt blickte Jimmy dem schwitzenden Kerl in die Augen. Er roch aus dem Mund, als wäre ihm der Kakao von der Erstkommunion hochgekommen. Jimmy blickte perplex auf das Magazin. *›Wie die Trillionen Teilchen von heute Nacht. Alle in einem gigantischem Uhrwerk‹*, dachte er. Der Vollschlanke glotzte ihn nickend an.

»Ein Schmetterling in Brasilien kann einen Hurrikan über dem Atlantik auslösen. Alles, ob Luft, Wasser oder Boden ist ja nichts anderes, als eine mehr oder weniger dicke Suppe, die von ihrem Ausgangspunkt an Wellen gebildet hat. Jedes Teilchen ist seit dem Urknall in ständiger Bewegung. Mit einer vorbestimmten Strecke und Richtung.« Der Typ nestelte in seinem gespannten Hosensack ein Taschentuch heraus und tupfte sich den Schweiß vom Haaransatz.

»Alles hängt zusammen«, brummte er und fixierte das wässrige Taschentuch.

»Hier Wasser! Wir bestehen zu 70 Prozent daraus. Wir trinken heute Wasser, dessen Atome schon im Weltraum herumgeflogen sind, bevor die Gravitation auf den Planeten gekommen ist. Vor fünf Milliarden Jahren sind wir nur eine Gaswolke gewesen, in der das ganze Wasser unserer heutigen Meere chaotisch im Orbit herumgeschwirrt ist.« Der Typ fixierte Jim.

»Und heute? Heute hat das Wasser seinen fixen Platz eingenommen und bewegt sich im selben Kreislauf«, sagte er. »Heute transportieren wir sogar Informationen auf diesen Teilchen.« Jimmys Verwunderung erreichte gerade kritische Werte. Es verschlug ihm den Atem.

»Übrigens, ich bin Simon. Freut mich!« Er hielt dem Ex-IT-Chef der Bank of America seine pitschige Hand entgegen. Jim zog mit dankender Zurückweisung die Handflächen hoch und blickte auf das Schweißtuch.

»Ich bin Jim!«, sagte er. Simon spitzte plötzlich die Finger hauchdünn zusammen.

»Ja, die Natur macht keinen unüberlegten Sprung. Jede Katastrophe benötigt nur eine minimale Ursache.« Er deutete aus der Fensterluke. »Die kann tausende Kilometer entfernt sein«, sagte er eindringlich.

»Im Iran ist es im Juli 2009 nach der umstrittenen Präsidentenwahl eine junge Studentin gewesen, die zum Symbol eines Geistes geworden ist. Ein hübsches Demonstrantenmädchen, das von Regierungseinheiten vor laufender Kamera erschossen worden ist.« Der stark behaarte Dickwanst zog mit seinen hochgewölbten Augenbrauen eine Spur der Hoffnung in seinen Ausdruck.

»1 ½ Jahre später sind es dann die islamischen Völker in Nordafrika gewesen, bei denen dieser Geist angekommen ist. Alles braucht Zeit und nur einen ganz kleinen Auslöser«, sagte er und spitzte wieder seine Wurstfinger auf ein Millimetermaß.

»Verstehen Sie?«, fragte er mit einem Funkeln in den Augen.

»Trendfolgesysteme in den Computern reagieren genauso unbarmherzig, wenn an der Börse ein bestimmtes Kursniveau erreicht worden ist.« Im Bogen fuhr er mit seinem Arm über den Kopf und präsentierte den dampfenden Schweißfleck unter seiner Achsel.

»Seit 1992 ist der Finanzmarkt über 16 Jahre unentdeckt gewachsen. Die Welle hat sich aufgebaut, bis nur mehr Lehman Brothers gefehlt hat.« Fast schon theatralisch spitzte der Dicke wieder seine Finger.

»Man braucht nur diesen ganz kleinen Auslöser.« Plötzlich formte er die Lippen wie ein nach Luft ringender Sportschwimmer und presste seine Pupillen aus den Höhlen, als würden sie von etwas Magnetischem angezogen.

»Aber solche Auslöser müssen voraussehbar sein?«, stierte er nachdenklich.

»Es sind ja nur Wirkungen auf Ursachen? Causalitas!« Mit einer unheimlichen Gespenstigkeit fixierte der Kerl Jimmy.

»Diese klitzekleinen Auslöser«, fuhr er fort und schraubte seine Augäpfel noch weiter raus.

»Es ist wie bei einem Billardspiel.«

»Billardspiel?«, fragte Jim ratlos.

»Ja! Alles folgt der Präzision eines Uhrwerks. Kausalität! Verstehen Sie?« Simon ließ sich entspannt in die Lehne gleiten.

»Entschuldigen Sie, ich wollte nur etwas zu dem Artikel sagen, den sie gerade aufgeschlagen gehabt haben«, sagte er mit einem gebeichteten Hauch von Sündenfreiheit. Jimmy war von der Körpersprache niedergewalzt. Simon wirkte zwar abstoßend, aber seine nonverbale Kommunikation hatte die hypnotische Wirkung eines auferstandenen Dinosauriers. Wie ein verzweifelter Pantomime deutete er mit seinen gespitzten Fingern immer wieder auf die kleinstmögliche Ebene. Den klitzekleinen Auslöser, von dem er dauernd gesprochen hat. Als wollte er ein anderes Geheimnis durchblicken lassen.

»Es ist gleichgültig, ob die Welt aus wenigen Kugeln wie im Billard besteht…«, fuhr er nach der kurzen Pause fort, »…oder aus unendlich vielen Kugeln.« Simon streckte alle 10 Finger im Zeitraffer auf wie ein Pfau sein Gefieder. »Das ist nur ein mengenmäßiger Unterschied. Auch unendlich viele Kugeln verhalten sich wie im Billardspiel.« Wie ein Boxer schob er demonstrativ seine Schultern abwechselnd nach vor und zurück. Dann zuckte er auf und klatschte in die Hände.

»Peng!« Jimmy erschrak.

»Aus dem atomistischen Weltbild von Demokrit vor 2 ½ Tausend Jahren ist das Rückstoßprinzip entstanden, das auf alle Teilchen anwendbar ist. Der Urknall ist der Anstoß zum Billard gewesen, verstehen Sie? Ein Billardspiel mit Abertrillionen von kleinen Kugeln. Die Atome!« Jimmy war noch immer stumm.

»Seit dem Urknall fliegen alle durch den Raum.« Simon wartete auf die ausbleibende Reaktion von Jim.

»Möglicherweise tun sie das sogar mit einer Bestimmung?«, fragte er und provozierte Jimmy zu einer Wortmeldung.

»Die meisten Teilchen können wir nicht einmal sehen. Je nachdem, welche wir gerade suchen würden. Denken Sie an die Funkwellen?« Jimmy musste sich wegdrehen, damit er die zugespitzte Fingerdeutung nicht noch einmal ansehen musste. Aber der Typ hatte schon irgendwo Recht. Informationen sind auf Teilchen durch die Luft geritten, wie der Baron von Münchhausen auf einer Kanonenkugel. Sie saugten sich auf Atomen fest und bahnten sich in Sekunden ihren Weg zum Empfänger. Wir Menschen haben durch spezielle Technologien auch vorherbestimmt, was die Teilchen zu tun hatten. Sie sind zu wertvollen Helfern für die Zivilisation geworden, weil sie jene Streckenroute treu eingehalten haben, die wir für sie vorgesehen hatten. Wenn man Teilchen als Billardkugeln betrachtet hat, dann würde ihre Bahn auch vorausberechenbar sein können. Das leuchtete Jim rein hypothetisch ein.

»Es ist relativ einfach, die stetigen Bahnen von wenigen Kugeln vorauszuzeichnen, die auf einem Billardtisch dahinrollen«, konterte er und steckte das Magazin in das Fach der Rückenlehne der Vorderreihe.

»Aber bei einer Kugelmenge mit 80 Nullen wird die Vorausberechnung völlig unmöglich.« Jim schüttelte ungläubig den Kopf.

»Sind Sie wirklich davon überzeugt, dass es niemals möglich sein würde den Code zu knacken? Ich meine, wenn wir es mit Funkfrequenzen schon ganz gut hinkriegen?« Die Gesichtszüge des Beleibten setzten eine gierige Grimasse auf, so als blickte er seiner Beute mit fletschenden Zähnen in die Augen. Blitzschnell zuckte er wieder zurück und deutete Versöhnung.

»Okay, ich gebe es zu! Es ist schon eine sehr unübersichtliche Menge von kleinen Teilchen. Eine Anzahl mit 80 Nullen ist ganz schön viel. Gibt es für diese Zahl überhaupt eine mathematische Fachbezeichnung?«, fragte er und stierte Jimmy an. Sein 6. Sinn sagte ihm, dass er zuhören sollte. Simon ließ Jimmy gar nicht zur Antwort kommen und wechselte in Unterrichtsgehabe. Er wedelte mit dem Zeigefinger.

»Egal wie viel oder wie groß die Teilchen alle sind. Auf jeden Fall sind es Kugeln wie beim Billard. Aber das alles ändert meiner Meinung ohnehin nichts am Grundprinzip.« Jimmy hatte von dem Gequatsche langsam die Nase voll. Er fühlte sich bedrängt.

»Hören Sie zu! Es gibt eine Milliarde Milliarde Milliarde Milliarde Milliarde Milliarde Milliarde mal mehr Kugeln im Universum als das Universum an Sekunden alt ist!«, erwiderte Jim. »Wie wollen Sie die Bewegung von so vielen Teilchen auf einmal überblicken können?«

»Wow, soooviel? Eine Milliarde mal eine Mill…., das sind ja 7x9 Nullen.« Jimmy war sich nicht sicher, ob Simon seine Verblüfftheit gekünstelt hat oder wirklich so theatralisch gewesen ist. »Sie haben Recht! Das dürften wirklich zuviele sein«, deutete er durch seine verdächtig angriffslustigen Augenlinsen. »Die primitive Karambolage von nur 15 Kugeln beim Poolbillard dauert kürzer als 10 Sekunden, stellt aber für den Menschen ein unüberblickbares Chaos dar. Wie soll man da die Bewegung aller Teilchen überblicken können?« Mit gespielter Resignation winkte er den Gedanken ab.

»Aber in Superzeitlupe wäre die Simulation eines Poolbillardanstoßes am Computer möglich. Es gibt doch sicher Rechner, die die Bahn von wenigstens 15 Kugeln vorausberechnen könnten?«

Jimmy nickte zustimmend. »Für die Berechnung von 15 Kugeln könnte das funktionieren«, konstatierte er. »Ich benötige nur die Parameter: Stoßkraft, Drall, Aufschlagwinkel und die Entfernung der Kugel zu jeder anderen Kugel und zu jeder Tischbande!« Jimmy machte eine Pause. Ihm war schon bewusst, dass dies rein hypothetisch möglich wäre, sofern die Voraussetzung einer idealen Kugeloberfläche vorliegen würde. Aber das ging nicht, weil jede Kugeloberfläche aus Atomen bestanden hat und auf der Nanoebene immer auch Unebenheiten aufzufinden waren. Die würden jedoch ausreichen, um die Berechnung unmöglich zu machen. Zumindest auf eine Entfernung, die über unser Sonnensystem hinausgegangen wäre.

»Die Bahnen von 15 Kugeln lassen sich annähernd vorausberechnen. Aber sicher nicht 10^{80} Kugeln. Und aus so vielen Teilchen besteht unser Universum!«, schüttelte Jim abermals den Kopf.

»Alle bekannten Technologien wären nicht in der Lage, alle Teilchenbahnen im Universum gleichzeitig zu erfassen und vorauszuberechnen. Mit diesem Nachteil müssen wir noch lange leben«, konstatierte Jim standfest.

»Wie lange glauben Sie noch? Wie lange würde das Ihrer Einschätzung nach noch dauern?« Neugierig wurde er von Simon fixiert. Der korpulente Riese machte einen eigenartigen Eindruck. Als hätte er Jim am Kragen genommen und ihn zum Nachdenken ordentlich durchgeschüttelt. Jimmys Erfahrung wurde von einem Phänomen gebeutelt, das eine völlige Unordnung geschaffen hat. Seltsamerweise streifte der Vortrag von Simon das quälende Thema der übermächtigen Rechenleistung von heute Nacht. Aus emotionsloser Sicht ist es eine gewaltige Leistung gewesen, der er im Serverzentrum gegenübergestanden hat.

›Warum spielt das jetzt eine Rolle, wie lange es dauern könnte, bis man einen solchen Rechner bauen könnte, der nicht bloß ein paar Fotos oder E-Mails unter Kontrolle hat, sondern der alle Teilchen unter Kontrolle hat?‹ Eine Ahnung schlich sich listig in Jimmys nüchterne Magengrube.

57

Fort Knox

Präsident James Kerry hat den Hörer aufgelegt, nachdem er mit seiner Frau und seinem Sohn Peter telefoniert hatte. Monica sollte ihn als nächstes mit dem Vize-Chef der Notenbank verbinden. Er rief die Erinnerungen ab, als er Fort Knox in Kentucky besucht hatte. Die Bestätigungstaste, die das neu eingeweihte Schließsystem des alten Fort Knox leise zum Surren gebracht hatte, hatte die größten und sichersten Stahltore geöffnet, die James Martin Kerry je in seinem Leben gesehen hatte. Anlässlich der Einweihungsfeier war er für die durchgeführten Modernisierungen eingeladen worden und hatte Fort Knox in Louisville besucht. Dort befand sich der größte Safe der Welt. Die Schatztruhe der letzten Supermacht. Es hat auch einen Safe gegeben, den Präsident Kerry noch nicht gekannt hat. Dafür war aber der Zeitpunkt noch nicht gekommen. Unwissend darüber ließ der Präsident die Erinnerungen seiner einzigen Besichtigung in Gedanken kreisen. Der Oberbefehlshaber hatte schon einige Atombunker gesehen, in denen sich die Regierung für Jahre zurückziehen könnte, wenn ein Nuklearanschlag auf amerikanischem Boden erfolgen sollte. Aber der Safe der amerikanischen Zentralbank ist militärisch besser gesichert worden, als alle Forschungszentren für biologische Kampfstoffe und Atombunker zusammen genommen. Wie eine fette Wabe saß die Federal Reserve Bank gemeinsam mit ihrem Safe in einem dicht gesponnenen Netz, das sie um den Planeten gesponnen hatte. Sie wurde von Militär, Politik und Großbanken gehuldigt wie eine Eier legende Woll-Milch-Sau. Sie druckte das Geld, das notwendig geworden ist. Und es ist immer mehr notwendig geworden. Die Zentralbank genoss trotzdem das, was faktisch kein Staat mehr genossen hat: *›Vertrauen!‹* Der Ruf als Felsen von Gibraltar ist zum Rückgrat der führenden Industrienationen geworden. Aus den Turbulenzen um den Euro ab 2010 hat man gewusst, dass die Welt eine Schicksalsgemeinschaft geworden ist. Die Beispiele von Griechenland, Irland,

Island, Portugal, Italien oder Spanien hatten belegt, dass gut wirtschaftende Staaten den anderen unter die Arme greifen haben müssen, wenn es notwendig geworden ist. Papiergeld war sehr sensibel und eine kleine Rötung konnte rasch zu einer eitrigen Entzündung werden, wenn sich eine Schwachstelle aufgetan hat. Daher brauchte es Symbole der Stabilität. Fort Knox ist jene Bucht gewesen, in der alle anderen Notenbanken wie Yachten vor Anker gelegen sind. Fort Knox hat den Meeresgrund gebildet, an dem sich diese Anker über die Jahre verzurrt und gegen die Strömung befestigt haben. Der Tresor der US-Zentralbank ist ein verzweigtes Netz aus Transportschienen, Stahlwänden und Sicherheitsräumen gewesen, die von einem 10 Meter dicken Stahlbetonmantel umschlossen worden sind. Hier sind alle Nerven der Welt zusammengelaufen. Wenn die Federal Reserve einen Husten bekommen hatte, hat sich der Rest der Welt mit einer Lungenentzündung abquälen müssen. Wenn dieser Meeresgrund nachgeben sollte und keinen Halt mehr bieten würde, dann würden alle orientierungslos in einen mächtigen Sturm hinaustreiben. An diesem Ort lagerten tausende Tonnen von Banknoten, Devisen, Edelmetallen und Wertpapieren. Fast ¾ aller weltweiten Goldreserven der Zentralbanken stapelten sich wie Türme von Spielgeld auf der Seite eines übermächtigen Monopolyspielers auf. Ein übermächtiger Spieler, der alle diktieren konnte. Es gab kein Aussteigen aus dem Spiel. Der Inhalt des Tresors der US-Notenbank ist auf der Wunschliste aller terroristischen Vereinigungen weltweit ganz oben gestanden. Die hermetische Abschirmung von Fort Knox hat zum Spitznamen der ›*Fels*‹ geführt.

Der Fels wurde von einem unbestechlichen Computersystem gesteuert, das Edelmetalle und Devisen nur nach umfangreichen Sicherheits- und Identitätsprüfungen herausgerückt hat. Jeder US-Dollar der von der Zentralbank zurückgenommen werden sollte, ist einem 12stufigen Sicherheitsverfahren unterworfen worden. In diesem Prozess verbarg sich das wichtigste und unverrückbare Naturgesetz des Papiergeldes: Jede Banknote, die sich in Brieftaschen aufgehalten hat, ist niemals im Eigentum ihres Besitzers oder ihrer Besitzerin gestanden. Sie stand immer im Eigentum der ausgebenden Notenbank. Der Besitz einer Banknote berechtigte aber deren Besitzer auf Herausgabe eines Gegenwertes in Gold oder einer anderen Währung. Von der Notenbank, die auf dem Papiergeldschein als ausstellendes Institut abgedruckt war. Ein Papiergeldschein ist daher nichts anderes als ein Wertpapier gewesen, das auf den Inhaber gelautet hat, der es nur in seinem Besitz gehalten hat und eine Forderung dafür in Händen hatte. Wie man längst wusste, haben Wertpapiere so ihre besonderen Eigenschaften. Egal, von wem sie ausgegeben worden waren. Eine Notenbank musste daher jederzeit alle ihre ausgegebenen Banknoten wieder zurückkaufen können. Wäre das nicht so, hätte das Papiergeld keinen Wert mehr. Darin bestand die gesetzliche Pflicht der US-Notenbank. Für sie war diese Rücknahmepflicht im Federal Reserve Gesetz verankert worden. Die Zentralbank hat täglich dutzende Milliarden zurücknehmen müssen. Aber die Bedingungen hat sie selbst bestimmt. Und sie konnte ihre Rücknahme durch hohe Sicherheitsanforderungen immer weiter verschärfen, wenn sie es für notwendig befunden hat. Jede Notenbank hat sich viele Milliarden ersparen können, wenn sie Papierscheine wegen Fälschungsverdacht abgelehnt hat. Man hat behaupten können, diese oder jene Banknoten waren nicht von ihr im Umlauf gebracht worden. Wenn eine ausländische Zentralbank der US-Notenbank Tranchen von 100 Milliarden US-Dollar zum Rückkauf angeboten hat, konnten immer wieder zwei bis drei Prozent Diskont ausbedungen werden. Banknoten die aus Drogen- und Waffengeschäften identifiziert worden waren, sind damit wertlos geworden. Die Zentralbank hatte einen großen Einfluss auf das Inkrafttreten des *patriot acts* gehabt. Er hat ihr durch seine strengen Geldwäschebestimmungen immer mehr Spielraum und Kontrolle übertragen. Die FED konnte jederzeit begründen, warum sie welche Beträge nicht zurücknehmen wollte. Man hat es hinnehmen müssen und das Gegenteil beweisen. Der *patriot act* hat es möglich gemacht.

Der Präsident spürte den gewaltigen Eindruck zurückkehren, den er aus der Besichtigung von Fort Knox mitgenommen hatte. Wenn in den Labors der Forschungszentren für biologische Kampfstoffe ein hoch ansteckender Virus entweichen sollte, hätten kurzerhand furchtbare Pandemien ausgelöst werden können, die in einer Woche ein Drittel der Bevölkerung auslöschen würden. Obwohl die US-Zentralbank keine solche Gefahr dargestellt hat, ist sie dennoch strenger bewacht worden. Als ob ein Bankinstitut eine Pandemie auslösen hätte können, die noch viel gefährlicher gewesen wäre als es Bakterien oder Killer-Viren hervorrufen hätten können. Und doch schien es, als ist sie zur Ursache einer neuen Art von Pandemie geworden. Aber was steckte hinter diesem Mythos?

Die amerikanische Notenbank schwebte wie ein zittriger Riesenkomet schwerelos über dem Himmel. Ein Klotz, dessen Einschlag einen Krater in den Planeten reißen würde, der für die Industrievölker den Untergang bedeuten würde. Wie eine moderne Gottheit wabberte der gewaltige Steinbrocken unsichtbar über den Wolken der Globalisierung. Zuverlässig hatte er dampfend und zischend wie ein Eisbrecher die krachenden Eisschollen der Geschichte beiseite geräumt und war unbeirrt seinen Weg gegangen. Kein Weltkrieg und keine Wirtschaftskrise haben den schwebenden Meteoriten von seinem Platz reißen können. Er war wie ein zweiter Planet mit eigenen Gesetzen. Das Geld ist längst zu einem Gottersatz geworden. Kein Alltag ist ohne den Glauben an diesen Gott und seine Zuverlässigkeit mehr möglich gewesen. Der Zeigefinger dieses Allweisers war der Markt. Keine Streitmacht hatte stärkere Muskeln als der Markt. Und wenn der Schöpfer des Wohlstandes zornig geworden ist, dann hob er ermahnend seinen Zeigefinger und bugsierte ganze Staaten oder Währungen in die Verdammnis. Erst wenn sie ihre Hausaufgaben gemacht hatten, würden sie wieder in die Familie aufgenommen werden können. Das kontrollierten die anderen Gliedmaßen der US-Zentralbank. Der Internationale Währungsfonds, die Weltbank, die Bank für Internationalen Zahlungsverkehr und weitere Institute. Der gefeuerte Ex-Ministerpräsident Italiens, Silvio Berlusconi, war der 1. der G-8 Staaten, die vom Währungsfonds einen Wachhund vorgesetzt bekommen hatte. Wegen seiner 1,3 Bio. Euro Schulden war Italien zu einem Protektorat des Marktes geworden, das von außen beherrscht werden musste, weil es selbst unfähig geworden war. Frankreich und Japan folgten dann im Jahre 2012 und 2013. Im Zentrum ist aber der Riesenmeteorit gestanden, der über den Köpfen der Menschheit immer höher in den Himmel hinauf gestiegen ist. Er wirkte dadurch auch immer bedrohlicher. Und es schien, als ob sich die Welt aus seiner Umklammerung nicht mehr befreien konnte. Wenn das Monopoly-Spiel zu Ende wäre, würde die Menschheit nicht mehr miteinander spielen wollen. Was würden sie dann tun? Streiten und sich ein weiteres Mal aufspalten?

Die US-Zentralbank war die Majestät der internationalen Finanz- und Devisenmärkte. Sie war ausgestattet mit den Vollmachten eines natürlichen Monopols. Einer Alleinregierung im Geldwesen. Welchen Politiker man zur US-Zentralbank auch interviewt hatte: Jeder prahlte überheblich mit der Stabilität eurer Majestät. Jeder glaubte an die Jugend der US-Zentralbank. Doch der Muskel der weltweiten Geldversorgung war gealtert und ist zum greisen Herzen einer abgedienten Königin geworden. Zu lange hatte sie die Lügen ihrer Fürsten und Herzöge mittragen müssen. Alle Guthaben, die amerikanische Banken in den Safes der Zentralbank hinterlegt hatten, sind in Reserven angelegt gewesen. Die Banken waren zwar verpflichtet solche Reserven zu halten, aber die sind durch die Krise verbraucht worden. Nun lagerten Billionen von faulen Krediten in den Bad Banks. Den Großteil davon hat die US-Zentralbank durch reziproke Staatsanleihen in die Bilanz nehmen müssen. Das Land der unbegrenzten Möglichkeiten wurde zum Land der unbegrenzten Risiken. Ausländische Anleger und Staaten wurden zu Passagieren einer Titanic. Die Zentralbank zeigte sich immer öfter als Institution einer anderen, weit entfernten Welt. Einer Welt der Vergangenheit, die die Zeichen der Zeit nicht erkannt hat. In ihr schlummerte der Beleg, dass die Menschheit nicht nur in militärischer, sondern auch in geldpolitischer Hinsicht nichts aus der Geschichte gelernt hatte. Der Präsident hob den Hörer, nachdem das Rufsignal ertönte und Monica durchgab, dass Michael Mooney, der neue Vize-Chef der US-Notenbank, am Apparat sein würde.

»Übrigens, Ihre Anfrage an die NASA war negativ, Sir«, sagte Monica noch.

»Die geomagnetische Schockwelle der Sonne?«, fragte Kerry.

»Ja! Solche Zufälle können doch nicht auf dieses Naturphänomen zurückzuführen sein, hat uns die NASA wissen lassen. Die Wissenschafter meinten, dass die Wahrscheinlichkeit dafür zu klein sein würde. Der Leiter des NASA-Bereitschaftsteams hat gesagt, dass die Systemzusammenbrüche eher von fremder Hand gesteuert sind.« Ein langes Schweigen machte das Ansteigen des Präsidentenpulses merklich hörbar.

»Dann ist es also ernst?«, stellte Kerry mit niedergeschlagener Stimme fest.

»Scheint so.« Monica spürte in diesem Augenblick den Druck, den diese wabbernde Gottheit am Himmel auf den Präsidenten ausübte. *›Meine letzte Rettung ist die Notenbank‹*, dachte Kerry. Mehr als 4.000 Milliarden US-Dollar hatte Ben Bernanke seit der Krise quasi zu Nullzinsen weltweit an alle Banken verschenkt, damit das globale Geldwesen nicht eingestürzt wäre.[69] Alle haben ausreichend flüssig sein müssen. Kerry sinnierte, während Monica wartete. *›Wie viel müsste die FED dem Markt zur Verfügung stellen, wenn sich die Kursgraphik des Dow Jones bewahrheitet?‹*

»Monica«, sagte er. »Eduard Heller erzählte doch, dass er in den Morgenstunden mit dem Vize-Chef der FED telefoniert hat?«

»Das ist korrekt, Sir.«

»Und Mooney hat doch gegenüber Heller behauptet, dass der Einsturz des Aktienindex auf Null durchaus möglich wäre. Habe ich das richtig in Erinnerung?«

»So habe ich das auch in Erinnerung, Sir.«

»Gut! Geben Sie ihn mir«, schloss Kerry das Gespräch mit Monica, betätigte die Lautsprechertaste und lehnte sich zurück. Hinter und über ihm schwebte ein Monster in Form einer Kursgraphik.

»Guten Morgen, Herr Präsident«, knisterte es in metallischem Klang aus dem Lautsprecher.

»Mister Mooney! Ich wünsche Ihnen ebenso einen guten Morgen. Aber wenn ich mir die Nachrichten ansehe, ist der Morgen alles andere als gut.«

»Das ist richtig, Sir.« Der Präsident wartete.

»Wir bezeichnen so etwas als ökonomischen Killer«, sagte Mooney.

»Ökonomischen Killer?«, erkundigte sich Kerry verdutzt.

»Das Ende der Finanzmärkte. Wir haben seit 1990 solche Szenarien in unterschiedlichen Studien erarbeitet. Der Konkurs des gesamten Systems. Ausgelöst durch einen Kollaps der Finanzindustrie. Es könnte uns ein ganzes Jahrhundert zurückwerfen.«

---

[69] *Ben Shalom Bernanke;* US-Volkswirt; seit 01.02.2006 Chef der US-Notenbank; war von 1985-2002 Professor an der Universität in Princeton

Kerry war schockiert, mit welcher Abgeklärtheit der junge Vize-Chef der Zentralbank das Szenario analysiert hat.

»Wenn es so verläuft wie es sich derzeit ankündigt, dann gibt es Bankenpleiten, Versicherungskonkurse und Fondsliquidationen. Das ist aber nur die erstnächste Auswirkung dieses ökonomischen Killers, Sir.« Der Präsident war sprachlos.

»Und was haben Ihre Studien seit 1990 ergeben?«, erkundigte er sich nachhakend.

»Würde es eine Möglichkeit geben, das mit dem Internationalen Währungsfonds oder unseren verbündeten Instituten abzuwenden? Die müssen doch einschreiten können?« Der Präsident wurde nervös.

»Das ist bei diesen Unsummen eine *Fleet in Beeing*!«, antwortete Mooney.

›*Eine Flotte, die zwar vorhanden ist, aber niemals eingesetzt wird?*‹, grübelte Kerry.

»Wie viel Geld müsste man dem System zur Verfügung stellen, wenn sich der Kursstand des Aktienindex tatsächlich auf Null einfinden würde?«

»Eine absolute Null kann der Markt nicht erreichen. Das ist nicht möglich. Aber ich gebe zu, er kann unter einem Punkt zum Stehen kommen und dort lange bleiben.«

»Gewisse Szenarien kann ich mir auch selbst vorstellen, Mister Mooney.« Kerry wurde ungeduldig. »Meine Frage war, wie viel Geld man dem Bankensystem zur Verfügung stellen müsste, selbst dann, wenn der Index noch immer einen Kursstand von 1 oder 0,5 verzeichnen würde. Das Aufdrehen der Geldhähne haben wir in den letzten Jahren doch schon einige Male gemacht. Eigentlich haben wir sie ohnehin nie abgedreht. Also wie viel würden wir brauchen?«

»Das wird letztlich eine Bewertungsfrage sein, Sir.«

Kerry blieb stumm und wartete noch immer auf eine Zahl.

»Wenn man aber ein vermögenswertes Äquivalent heranziehen wollen würde, müsste man die Börsenkapitalisierung zugrunde legen. Dieser Aktienwert müsste dann in allen Bilanzen weltweit wertberichtigt werden. Und diese Summe entspricht ungefähr der Höhe unserer gesamten Staatsverschuldung, Sir. Das ist aber nur ein geschätzter Richtwert.«

»Wir bräuchten über 14 Billionen US-Dollar? Ist das Ihr ernst? Wir würden unsere Gesamtschulden mit einem Schlag verdoppeln?«

»Was sich hier ankündigt, ist ein totaler Krieg der Märkte, Sir. Im Krieg ist das Wissen über die Nahrungs- und Wasservorräte einer belagerten Stadt die wertvollste Information.« Der Präsident fuhr aus seinem Stuhl auf und beugte sich zum Lautsprecher.

»Was meinen Sie bitte damit?«

»Wir haben in den 1990er Jahren zu beobachten begonnen, wie

Großinvestoren unzählige Zentralbanken in die Knie gezwungen haben. Die Bank of England, die Schwedische, Italienische oder Spanische Notenbank sind bei solchen Marktmanövern erheblich unter Druck gebracht worden. Ein einzelner Marktteilnehmer kann eine Zentralbank zum Kippen bringen. Das ist die Erkenntnis! Es ist nur eine Frage der Geldmacht, der man gegenübersteht.«

»Was hat das mit der US-Notenbank oder dem US-Aktienindex zu tun, Mr. Mooney?« Kerry witterte eine eigenartige Stimmung.

»Wer sehr viel Geld besessen hat, hat solche Attacken auch auf Staaten durchführen können. Es ist nichts Neues, dass der Markt das Sagen gehabt hat. Um aber die Gefahren solcher Übergriffe auf unsere Märkte zu verringern, sind eigene Spezialeinheiten in der FED ausgebildet worden. Ich war selbst im ersten Team von Area 6365.«

»Sie wissen noch ein bisschen wenig, mein junger Freund«, stieß Kerry zornig heraus.

»Hier geht es nicht nur um irgendwelche Tabellen, Studien oder Testmanöver. Vor zwei Stunden ist die US-Regierung in der Luft militärisch angegriffen worden. Das ist kein Test gewesen.«

»Sir! Entschuldigen Sie. Wo der Markt anfängt oder mit welchen Methoden der Markt die USA attackiert und unsere Börsen ins Nichts zu stürzen beabsichtigt, ist im Grunde gleichgültig. Ich nehme zur Kenntnis, dass es passiert. Aber Area 6365 ist speziell für solche Fälle eingerichtet worden.«

»Mister Mooney! Sie sind der Stellvertreter unseres Zentralbankchefs?«

»Seit einigen Wochen, Sir! Aber ich muss mich noch an viele bürokratische Abläufe gewöhnen. Ich bin einer von der Front. Verstehen Sie?«

»Ich weiß nicht welche Leistungen Sie für diese Nation bis heute erbracht haben. Von Area 6365 weiß diese Administration in meiner Person bis heute auch noch nichts. Aber Sie werden es mir im Weißen Haus erklären müssen. Jetzt fehlt uns leider die Zeit dazu. Wenn Sie von der Front sind, dann müssen Sie am Besten verstehen, was da draußen vorgeht.«

»Ich habe diese Ereignisse irgendwann erwartet, Sir.« Kerry stand der Schock ins Gesicht geschrieben.

»Wieso haben Sie das erwartet?«

»Die US-Zentralbank hätte sonst niemals die Geheimoperation Area 6365 durchgeführt. Wir waren die 12 besten Wertpapierhändler der USA. Um solche Angriffe abzuwehren, hat man uns zu einer Spezialeinheit ausgebildet. Es dauert noch ein paar Stunden bis alle Systeme hochgefahren sind, aber ich habe Area 6365 in Alarmbereitschaft versetzen lassen.«

Der Präsident hatte für einen Augenblick das Gefühl, dass die Zentralbank in ihrem neuen Vizechef einen abgeklärten und überlegten Mitarbeiter eingestellt hatte. Entschlossenheit, Coolness und Erfahrung. Eigenschaften, die

dem Präsidenten eine Art von Sicherheit vermitteln konnten.
»Was beabsichtigen Sie noch zu tun?«, fragte er.
»Wir müssen jeden Beleg für jedes einzelne verkaufte Wertpapier rückverfolgen. Das sind Milliarden von Buchungen.«
»Das haben wir intern schon angeordnet. Ich meine, was Sie weiter beabsichtigen, wenn es eine Spezialeinheit gibt, die für solche Einsätze extra ausgebildet worden ist?« Kerry wollte noch mehr Sicherheit vermittelt bekommen.
»Sir! Area 6365 beschäftigt mehr als 300 Softwaretechniker, die die Systeme vor einer halben Stunde in Alarmbereitschaft versetzt haben. Um es vielleicht etwas leichter zu verstehen. Die Magazine werden geladen. Selbst wenn es sich nur um Cracker handeln würde, die unbefugt in die Systeme eingedrungen sind und die Verkaufswelle nicht irgendwann aufhört, dann müssen wir mit Area 6365 zum Einsatz kommen. Dann herrscht wirklich Krieg auf dem Markt und dafür benötigen wir viel Geld und die besten Händler der Welt.«
»Warum weiß ich nichts von dieser Organisation?«, erkundigte sich Kerry.
»Die Informationsweitergabe an die US-Regierung wird in solchen Ausnahmefällen von unseren Eigentümern selektiert.«
»Von Ihren Eigentümern selektiert?«, kreischte Kerry zornentbrannt auf.
»Die US-Regierung ist nicht Eigentümer der US-Zentralbank. Haben Sie das nicht gewusst, Sir?« Kerry riss den Hörer blitzartig von sich, als ein nervtötendes Knacken durch die Leitung fuhr. Der Präsident starrte perplex auf den Hörer und führte ihn wieder bedächtig zum Ohr und lauschte.
»Hallo? Mister Mooney?«, keifte er und sprang entsetzt aus dem Stuhl.
Die Leitung war tot.
Trevor Kindle meldete sich plötzlich durch die Bordsprechanlage.
»Wie es aussieht, hat der koronale Sonnenauswurf nichts mit dem Ausfall von Echelon zu tun, Sir! Es scheint sich zunehmend als eindeutiger Missbrauch abzuzeichnen. Wir haben die Meldung hereinbekommen, dass die Telefonnetzbetreiber ihre Sendeantennen und Satelliten nicht mehr unter voller Kontrolle haben. Deren Steuerungsimpulse werden von stärkeren Signalen verdrängt. Manche Netze funktionieren zwar noch, aber die Störungen und Unterbrechungen häufen sich. Irgendjemand kontrolliert die Funk- und Telefonfrequenzen, Sir!«
›*Inklusive Echelon*‹, konstatierte der Präsident.
›*Area 6365?*‹ James Martin Kerry war außer sich.

58
Rocky

Die Ampeln der Kreuzungen wechselten die Farben im SOS-Intervall wie eine Lichtorgel in der Disco der 1980er Jahre, als John Travolta und Abba über die Bühnen gefegt waren. Rot-Gelb-Grün--Rot-Gelb-Grün-Rot-Gelb-Grün! Harvey registrierte aus dem Hintergrund das schrille Surren einer Turbine in herannahender Hochfrequenz. Wie aus dem Nichts prallten dumpfe Schallwellen knatternder Rotorblätter von den glänzenden Glasfassaden ab und überdröhnten das Gewirr auf den Straßen. Ein Helikopter des New York Police Departement jagte im Vormittagshimmel mit geneigter Nase durch die Häuserschluchten. Der Pilot donnerte in engen Kurven bedrohlich dicht über die Stromleitungen hinweg. Harvey drückte sich reflexartig in den Autositz und suchte mit schreckgeweiteten Augen den Himmel durch das Seitenfenster ab. Er beobachtete die heillos angespannten Antlitze eilender Menschen, die sich in ihren Autos fluchend durch das chaotische Gewühl aus Blech und wild gestikulierende Fußgänger gehupt haben. Als ob alle auf der Flucht gewesen wären.

Harvey staunte den Taxifahrer an, der sympathisch zurück lächelte. »Das geht schon seit 7 Uhr früh so, Sir«, beschwichtigte der Lenker und umriss damit nicht einmal schemenhaft, welches Chaos die Ausfälle der Banken, Telefonnetze sowie der TV-Sender in der Zivilisation hervorgerufen hatten. Für einen kurzen Moment hatte Harvey gedacht, in einer anderen Welt zu sein. Eine ferne Welt, die sich aus der Umklammerung eines Insektenkokons befreien wollte. Harvey starrte noch einmal ratlos den Fahrer an. Der winkte ab. »Hauptsache die Straßen werden nicht gesperrt.«

»Hat es einen Terroranschlag gegeben?«, fragte Harvey während er nach Jackie googelte. ›*Seine Nummer zu Hause ist tot?*‹, murmelte er in sich hinein. ›*Die gibt es nicht?*‹ Vielleicht findet er eine andere Nummer von ihr. Aber das Display zeigte plötzlich kein Empfangssignal mehr. Er starrte entgeistert auf den Balken am LCD. Der Fahrer hatte noch immer keine Antwort gegeben.

»Terroranschlag?«, fragte der entgeistert und schüttelte den Kopf. »Nein, viel schlimmer!«

»Viel Schlimmer?«, verdutzte Harvey und musterte sein Display.

»Bei einem Terroranschlag wäre wenigstens nur ein Bezirk außer Gefecht gesetzt. Aber heute ist ganz Amerika außer Gefecht. Flughäfen, U-Bahnstationen, Verkehrsampeln, Schiffshäfen, TV-Sender, Internet. Alles spielt verrückt. Sogar das GPS ist gestört.« Der Lenker deutete auf die finstere

Mattscheibe auf seinem Navigationsgerät. »Auf einmal sind alle nur auf sich selbst reduziert. Ich glaube, wenn wir ab heute so weiterleben müssten, würde die Selbstmordrate über 50 Prozent ansteigen. Die Leute würden ja verrückt werden. Stellen Sie sich eine Metropole mit über 10 Millionen Einwohnern vor, die unter denselben Einschränkungen weiterleben müssten wie wir sie seit über 1 ½ Stunden haben?« Der Lenker grinste hämisch und klatschte mit seiner Hand auf das Lenkrad.

»Da haben wir jetzt den Salat. Nur noch die Energieversorgung hat bis jetzt ohne Komplikationen gehalten. Die Mobilfunknetze sind aber teilweise auch schon eingestürzt. Gar nicht auszudenken, wenn der Strom auch ausfallen würde.« Harvey vermisste eine Erklärung des Fahrers. ›*Was ist passiert? Was ist die Ursache?*‹, dachte er und zischte Blicke der Erwartung wie aus einer Spraydose nach vorne. Aus dem Augenwinkel schielte er kurz auf den LCD-Balken seines Mobiltelefons, der noch immer kein Empfangssignal gezeigt hat.

»In den Radionachrichten hat uns einer von den Habakuks der Politiker erklärt, dass eine elektromagnetische Welle aus dem Weltraum die westliche Erdhalbkugel in der Nacht getroffen hat. Seither strahlen alle Monitore der öffentlichen Schaltzentralen alle paar Minuten die Schlussszene von Rocky IV aus.«

»Die Schlussszene von Rocky IV?«, fragte Harvey verblüfft und hob den Kopf.

»Ach, hören Sie auf. Ich kann das Gegröle schon nicht mehr hören. Seit zwei Stunden spulen sie die Szene rauf und runter. Warten Sie, ich suche einen Sender. Dann können Sie es sich selbst anhören.« Der Fahrer bediente die abgespeicherten Radiokanäle über sein Multifunktionslenkrad, aber sie brachten nur ein leises Rauschen hervor. Harvey runzelte die Stirn und drehte die Augen im geistigen Suchlauf nach einer handfesten Erinnerung, was in der Schlussszene von Rocky IV passiert war.

»Die Szene kennen Sie nicht? Rocky ist doch Ihre Generation?«, lugte der Fahrer nach einer Antwort. »Im 4. Teil hat doch dieser Dolph Lundgren den blonden Riesen Ivan Drago gespielt, der von Rocky in Russland vor seinem eigenen Publikum K.O. geschlagen worden ist. Wie nach jedem Sieg hat Rocky auch nach diesem was lautstark ins Mikrofon gebrüllt.« Der Taxifahrer verzerrte seine Unterlippe bis zum Kinn in einen wulstig herunterhängenden Fleischlappen, presste seine Augäpfel aus den Höhlen und imitierte grölend das gequetschte Gesicht von Rocky mit dem Weltmeistergürtel in den Händen: »Wenn ich mich ändern kann, dann könnt ihr euch auch ändern und die ganze Welt kann sich ändern.« Der Fahrer zischte und zuckte mit den Achseln.

»Was soll ich da noch sagen? Wenn ich mich ändern kann, könnt ihr euch auch ändern und so tiefsinniges Zeug.« Dann zeigte er kopfschüttelnd den Vogel.

»Damals hat das noch den Kommunisten gegolten. Jetzt sind die weg und wir sind einsam und alleine übrig geblieben. Offenbar hat sich Rocky auch geändert. Jetzt haut er schon uns ins Knockout.« Der Wagen bog nach links Richtung 101 Park Avenue. Der heimlichen Denkwerkstatt von Harveys Zieladresse. Ein Bankinstitut dessen Bilanzsumme größer gewesen ist als die Wirtschaftsleistung unzähliger Staaten. Zähflüssig aber doch bewegte sich das Verkehrchaos weiter.

»Wir sind in drei Straßen da, Sir.« Harvey starrte auf die Firmennamen einiger Finanzinstitute, die er noch nie gesehen hatte. Alle anderen waren da wo sie immer gewesen sind. Chase Manhattan, City Group, Rockefeller Building, JP Morgan, Morgan Stanley und schließlich Warburg Dillon Read mit dem Schlüsselemblem der Union Bank Swiss. Die UBS! Dort musste er hin. Harvey spürte eine leichte Panik. ›*Was soll der Unsinn mit Rocky?*‹, dachte er. Google zeigte keinen Eintrag von einer Jaqueline Friedman und immer wieder hat er sich neu einwählen müssen, weil er aus dem Netz geworfen worden war. Sein Herz fing an etwas Tempo zuzulegen. Er gab den Suchbefehl von Jackie noch einmal mit ihrem Mädchennamen ›*Tisset*‹ ein und versuchte sich zu konzentrieren. Seine Erinnerungen sortierend, rekonstruierte er sein letztes Erlebnis. Lukas, der Taxifahrer war plötzlich verschwunden und der geheimnisvolle Mann war ins Taxi gestiegen. »*Von Ihrer Frau Jackie soll ich Ihnen ausrichten, dass Sie sie immer lieben wird und Ihren Sohn großziehen wird, so gut sie es kann. Sie können ab jetzt auf unbestimmte Zeit nicht mehr mit ihr telefonieren*«, hatte der Unbekannte gesagt, bevor Harvey in einem grünlichblauen Nebel ohnmächtig geworden war. Eine Radioübertragung fuhr Harvey ins Gedächtnis. Da ist doch irgendeine Ansprache von einem US-Präsidenten durchgegeben worden. ›*Nun geben wir der Welt die letzte Trumpfkarte in die Hand. Sie wird ausgespielt werden und dann muss sich diese Welt entscheiden, ob wir als Demokratie noch eine Berechtigung zum Leben haben oder untergehen müssen.*‹ Harvey ließ das Chaos in den Straßen in Zeitlupe vor seinem geistigen Auge passieren. Woher ist diese Untergangsansprache des Präsidenten aus dem Jahre 2046 gekommen? ›*Wir lassen uns von der Weltgemeinschaft nicht mehr demütigen. Und weil wir in dieser Aufgabe den einmaligen geschichtlichen Sinn unserer Zukunft erblicken, der nur insgesamt gelöst werden kann, darum wird unsere Nation entweder diesen Stempel tragen oder für immer aus der Reihe der anderen Völker gestrichen werden*‹.

Harvey nestelte noch einmal in den Taschen. Schlüssel, iPad, Handy, Uhr, Ehering, Bargeld, Kreditkarten, Aktentasche. Von seinem gesamten Kleinod, das er im Taxi bei sich gehabt hatte, bevor er ins Krankenhaus gekommen war, hat nichts außer der Schusswaffe gefehlt. Aber in welche Welt ist er da hineingeraten? Was ihm etwas Nervosität abtrotzte war die Tatsache, dass sein letztes Erlebnis in einem Taxi geendet hat und das erste in einem Taxi begann. Er sinnierte über diese mysteriöse Begegnung mit dem Fremden, die sich vor seinem Blackout ereignet hatte.

›*Wenn Amerika stirbt und unsere Idee zugrunde geht, dann geht das Licht dieser Welt aus*‹, hatte der Präsident in dieser Ansprache ins Mikrofon gebrüllt. Harvey wurde mulmig. Er kratzte sich am Ohr und versuchte sich einen Überblick zu verschaffen. ›*Ich soll die Welt in eine Katastrophe geführt haben? Durch irgendein Galilei-Testament und einen Teilchenbeschleuniger?*‹

Jackie war wie vom Erdboden verschluckt und keiner erreichbar, den er gekannt hat. Alle Nummern sind entweder tot gewesen oder haben einem fremden Teilnehmer gehört. Harveys Begriffsvermögen schien in eine Konfusion zu stürzen. Seine größte Hoffnung war die Adresse, wo er hin sollte. ›*Ich brauche ihre Hilfe. Sind Sie dazu bereit?*‹, hatte der geheimnisvolle Unbekannte im Taxi gefragt. Nun sollte Harvey einen ›*Christian Bufimimat*‹ in der UBS aufsuchen. Er warf einen rätselnden Blick auf das Kuvert in der Hand. In knapp 200 Metern würde der Wagen vor dem Haupteingang der UBS ankommen.

Gelangweilt hantierte der Taxichauffeur auf dem Multifunktionslenkrad und surfte weiter grummelnd durch die rauschenden Radiokanäle. Er schüttelte den Kopf und gab es schließlich auf. Dann drehte er sich zu Harvey.

»Das größte Chaos haben sie am JFK Flughafen. Wahrscheinlich müssen die Leute deshalb immer alle fliegen, weil alle anderen Fortbewegungsmittel so langweilig sind?«, grinste der Fahrer, wippte mit seinem Kopf süffisant hin und her und fuchtelte mit der Hand über der Mittelkonsole.

»Fliegen ist die Hölle: Taxi, Einchecken, Mehrgewicht für das Gepäck bezahlen, wieder Warten, dann durch die Passkontrolle, wieder Warten, dann an Bord gehen und hinsetzen, noch einmal Warten, dann der Abflug, wieder Warten auf der Startbahn, dann der Flug und was glauben Sie kommt vor der Landung?« Harvey antwortete nicht.

»Richtig gedacht«, sagte der Lenker. »Wieder Warten in der Warteschleife über der Landebahn, dann anstellen und wieder warten, die nächste Passkontrolle durchqueren und dann vor dem Gepäckfließband wieder warten, durch die Halle und dann Taxi rufen. Anschließend ist keines frei und es heißt wieder warten. Fliegen ist doch der reinste Hindernislauf geworden«, erklärte der Fahrer. Der Wagen hielt am Straßenrand vor der Nr. 101, Park Avenue.

»Bei den Sicherheitskontrollen wird dann noch jeder wie ein potenzieller Krimineller behandelt.« Harvey lächelte nickend und linste auf die Digitalanzeige des Taxameters. Nachdem er den Fahrpreis erblickte hatte, gab er dem Taxifahrer einen Zehner und bedankte sich. Harvey stieg aus und drehte sich zu einem Hauptportal, das als unauffälliger Eingang für Auserwählte getarnt worden ist. Er blickte in den geöffneten Rachen des größten Vermögensverwalters auf diesem Planeten.

59

Planer

Jimmy fühlte sich, als hätte ihn seine Verdutztheit geradezu angerempelt. Sein vollschlanker Sitznachbar mit dem Namen Simon hatte ihn im Flugzeug in ein völlig verrücktes Gespräch verwickelt. Der Dicke redete daher, als würde es eine Technologie geben, die die Bewegungsbahnen aller Teilchen im Universum wie in einem Billardspiel vorausberechnen könnte. Jimmy hatte das bezweifelt und eingeworfen, dass der Weg bis zu so einer Technologie noch sehr weit in die Ferne reichen würde. Simon hatte ihn zuletzt gefragt, wie lange es noch dauern würde, bis es einen Computer gäbe, der das können würde. Die Maschine war vor kurzem zum Sinkflug auf Washington übergegangen.

»Schauen Sie!«, sagte Jim. »Alles besteht aus Teilchen. Sogar wir«, erwiderte er auf die Frage von Simon.

»Da wir auch aus dieser Materie bestehen, müsste dieser Rechner alles von uns und über uns wissen. Schließlich müsste dieser Rechner dann auch die Bahnen unserer Körperteilchen von Anbeginn der Zeit an kennen. Das bedeutet: Vergangenheit, Gegenwart und Zukunft. Konsequenterweise bedeutet das wiederum, dass diese Maschine alles wissen muss, außer vielleicht unserer Gedanken. Also vergessen Sie es. Die Bahnen aller Teilchen wie bei einem Billardspiel vorauszuberechnen, wird vermutlich nie gelingen. Soviel zu Ihrer Frage, wann wir das könnten.« Der IT-Experte blickte auf die Uhr und spürte ein Ziehen in den Eingeweiden. Die Maschine drehte nach links geneigt ein zweites Mal über Washington eine Warteschleife. ›*Hoffentlich schaffe ich den Vortrag noch von William!*‹, dachte er und hob den Finger, um für seinen Gesprächspartner auf die ausgeklappten Bildschirme der Borddecke hinzuweisen, die die verzögerte Landezeit angekündigt haben.

»Wir können ja nicht einmal die Ankunftszeiten von Linienflugzeugen vorausberechnen«, fluchte Jimmy.

»Wir liegen immer voll daneben. Also was wollen wir schon vorausberechnen?. Schauen Sie sich das Chaos an.« Jimmy Gordon deutete wieder auf die Bildschirme des Bord-TVs, die in Pausen regelmäßig über eine elektromagnetische Welle berichtet haben. Einen Zusammenhang mit der Attacke von heute Nacht hat Jim jedoch sofort ausgeschlossen. Ein solches Phänomen würde nur das System zum völligen Absturz bringen. Aber es würde keineswegs zu einem gezielten Angriff auf Millionen Bankkonten weltweit führen können.

»Also welche Bewegungen aller Teilchen wollen Sie vorausberechnen?«, fragte er. »Noch einmal! Vergessen Sie es.« Jimmy winkte ab, zog sein Magazin wieder aus dem Fach an der Rückenlehne der Vorderreihe und blätterte ziellos weiter.

»640 Kilobyte sollten für jeden genug sein«, sagte Simon und schielte Jimmy wieder durchleuchtend an. Jim kannte das Zitat, hat es aber spontan keiner Person zuordnen können.

»Wofür sollten 640 Kilobyte genug sein?«, forschte er nach und drehte sich hinüber.

»Für die Arbeitsspeicher von Heimcomputern«, antwortete Big Buddha und hob begütigend die Arme.

»Bill Gates hat doch 1981 behauptet, dass 640 Kilobyte genug sein sollten. 20 Jahre später sind es bei den gängigen PCs für Heim und Büro 200.000mal so viele gewesen.« Simon klatschte unmotiviert mit den Handflächen auf seine schwabbeligen Oberschenkel.

»Ken Olson«, sagte er und schwadronierte mit dem Finger suchend in der Luft. »Schon etwas von ihm gehört? Das ist doch der Gründer von Digital Equipment Corp. gewesen. Der hat sogar noch vier Jahre vor Bill Gates etwas ganz anderes gesagt: ›*Es gibt keinen Grund dafür, dass jemand überhaupt einen Computer zu Hause haben sollte*‹.« Jimmy starrte seinem Sitznachbarn in die geweiteten Froschaugen. Simon wollte nicht aufhören.

»Avery Brundage, der ehemalige Präsident des Olympischen Komitees, hat im Jahr 1960 die TV-Übertragungen der Olympischen Spiele für unnötig gehalten.« Simon schraubte eine Fehlprognose der Geschichte nach der anderen durch sein Sprechorgan.

»›*Die Olympischen Spiele sind 60 Jahre ohne Fernsehen ausgekommen und werden es auch weitere 60 Jahre tun*‹, hat der IOC-Präsident damals überheblich gesagt.« Jimmy starrte Simon an und nickte mit perplexer Einsicht.

»Also was sollen wir bei solchen Prognosen von Experten schon vorausberechnen können?«, grinste Simon polemisch.

»Sie haben schon Recht. Alles nur Müll.« Simon verschränkte die Arme und blickte aus der Fensterluke. Jimmys Blässe zog eine leichte Röte auf. Ihm ist bewusst geworden, was Simon damit andeuten wollte. Jim war selbst ein

Fachmann seiner Branche und hatte eine Prognose über zukünftige Leistungskapazitäten von Computern abgegeben. Die könnte natürlich genauso gut weit daneben liegen wie die Prognosen, die Simon zitiert hatte. Gates, Olson und Brundage. Der Fettwanst hatte nun doch etwas zu tief in ihn hineingebohrt.

»Hören Sie, Simon!«, polterte Jim leicht erregt. Er spürte, dass sich sein Sitznachbar mit seinen Verweisen auf die Zukunftsvorhersagen prominenter Leute lustig gemacht hatte. Prognosen, an die Fachleute gezweifelt hatten, die aber wenige Jahre später zur Realität geworden waren.

»Es wird in den nächsten 200 Jahren trotzdem keine Technologie geben, die das könnte.« Jimmy winkte noch einmal ab. »Also warum sollte ich deshalb das Eiweiß unter meiner Schädeldecke zu Bries verbraten? Punkt!«

»Dann lügen die amerikanischen Präsidenten alle wie gedruckt.« Jimmy stieß einen genervten Seufzer raus.

»Wie kommen Sie zu dieser geistreichen Schlussfolgerung?«, fragte er.

»Amerika kann dann nicht wirklich zu einer angeblichen Mission berufen worden sein. Die haben sich nur irgendwelche Rechtfertigungen ausgedacht«, antwortete Simon und zwinkerte. »Sie wissen schon. Für die eigenen Interessen!«

Jimmy blieb stumm. Wieso konnte sich Amerika nicht auf eine angebliche Mission von oberster Stelle berufen, wenn es diese Technologie erst in 200 Jahren geben könnte? Diese Andeutung von Simon hatte Jim verstanden. Aber der Zusammenhang wollte ihm noch nicht einleuchten. Es machte ihn jedenfalls nachdenklich. Er dachte für einen Augenblick an die Worte seines verstorbenen Vaters: ›*Jim, das amerikanische Volk ist angelogen worden. Was im Golf von Tonkin geschehen ist, ist nur ein manipulierter Grund gewesen, um den Vietnamkrieg rechtfertigen zu können. Alles ist manipuliert worden!*‹ Jim nutzte die entstandene Pause für eine Ablenkung und vergrub seine Gucklinsen in der Zeitschrift auf seinen Knien. Eine merkwürdige Einsicht fuhr ihm plötzlich durch die feinen Blutäderchen in seinem Hirn. Wer die Bahnen aller Teilchen kennen würde, musste ein gottähnliches Wesen sein. Wenn Amerika nicht wusste wie eine gottähnliche Technologie funktioniert, dann hätte es nicht gleichzeitig behaupten können, zu einem gottähnlichen Wesen Kontakt zu haben, um sich für seine Mission auf dieses Wesen berufen zu dürfen. Jede Berufung auf eine solche Mission wäre eine Lüge. Damit hätte Simon Recht, wenn er das angedeutet hatte. Simon hatte simpel gefragt, woher Amerika wissen könnte, zu welcher Mission es von wem berufen worden ist, wenn es nicht über eine solche Technologie verfügt hat und auch nichts davon gewusst hat. Es sei denn, Amerika hätte eine solche Technologie streng geheim entwickelt und niemand wüsste etwas davon. Dann wäre die Berufung auf eine Mission möglicherweise gerechtfertigt. Jim war von der

Kombinationsgabe seines Sitznachbarn beeindruckt. Aus dem Augenwinkel sah er, wie Simon wieder den Finger hob.

»Gehen Sie noch einen Schritt weiter, Jim«, nötigte er ihn hartnäckig weiter zu einer Unterhaltung. »Sie glauben, dass alles zufällig ist, weil Atomteilchen weder denken noch kommunizieren können.« Jim blätterte das Hochglanzpapier seines Magazins kopfschüttelnd weiter und knabberte noch immer an der mysteriösen Andeutung von vorhin.

»Warum können Teilchen nicht denken, wenn wir auch aus nur aus Teilchen bestehen?«, fragte Simon. »Wir denken ja auch, oder?« Er kramte sein nasses Taschentuch wieder hervor, wedelte es und legte es flach auf seinen Handrücken, den er nach oben gerichtet hatte.

»Wasser bildet deshalb eine Eisschicht…«, sagte er und zeigte mit dem Zeigefinger der anderen Hand von unten auf die Unterseite seiner Handfläche, »…damit sich darunter das Leben entwickeln kann und nicht erfriert. Fazit: Die Reaktion von Wasser auf tödliche Temperaturen rettet Leben. Warum?« Jimmy gaffte Simon verdutzt an.

»Ich frage Sie: Kann Wasser denken?« Theatralisch spitzte er wieder seine Finger und deutete nonverbal auf den klitzekleinen Auslöser, der alles in Bewegung bringen könnte.

»Übermacht ist die Summe aus allem verfügbaren Wissen und jedem verfügbaren Willen, multipliziert mit unendlichen Möglichkeiten.« Jimmy zog die Brauen runter und glaubte allmählich neben einem Gottesgesandten zu sitzen, der wahnsinnig geworden ist.

»Wenn es eine Technologie geben würde, in die ich die gegenwärtigen Bedingungen aller Teilchen eingeben könnte«, dozierte Simon und faltete seine Hände. »…und ich die Daten aller Teilchen mit wichtigen Formeln der Naturgesetze verkoppeln würde, dann würde ein einziger Mausklick genügen und mein Programm rechnet mir aus, wann, was und wo passieren wird. Ich wüsste alles über die Position und Bahn von Kometen, Planeten, Galaxien oder Regenwolken.« Jimmy hob seine Bauchdecke zu einer kräftigen Atembewegung und seufzte mit einer gespielten Langeweile. Aber er konnte nicht schweigen.

»Simon! Meinen Sie, man würde das nach dem Vorbild von einem GPS bauen können? Man baut einfach nur ein UPS. So eine Art *›Universal Positioning System‹* für alle Teilchen? Dann müsste jedes Teilchen auch noch mit einer Senderfunktion ausgestattet worden sein. Teilchen müssten dann wie ein Mobiltelefon über eingebaute Prozessoren verfügen, die mit diesem Rechner permanent verbunden sind. Sie glauben also ernsthaft an so ein UPS«, fragte Jim und drehte die Zeitschrift mit den Händen zu einer Röhre. Er unterdrückte den Lacher, der in seinen Gedanken dröhnte.

»Das wäre doch interessant, oder?«, stellte Simon die Gegenfrage und zeichnete ein bildschirmgroßes Rechteck in die Luft.

»Auf einem Monitor würden wir die gegenwärtige Position jedes Teilchens lokalisieren können. Lebewesen, Wasser, Gase, Winde, Erde oder Feuer.« Er fixierte Jim.

»Einfach jede Materie. So ein Rechner wäre eine wahre Übermacht. Mit ihm würde ich gleichzeitig auch mit jedem Atom in Verbindung stehen können. Da haben Sie völlig Recht.« Jimmy fand diesen Gedanken genauso verrückt wie seine nächtliche Erfahrung. Aber das Nächtliche ist Realität gewesen. Und Simon machte ihn langsam stutzig.

»Meinen Sie etwa, eine Übermacht sitzt vor einem Supercomputer und kann mit einem Mausklick alle Teilchen wie eine Streitmacht in einer Art Gesamtorganismus steuern?«

Aufgeregte Kindesaugen rollten sich über den fleischigen Schwimmreifen um die blasse und unbehaarte Taille des Dicken zu Jim herüber. Dass Jim dem Gedanken von Simon noch folgen hat können, hat den Übergewichtigen völlig aus dem Häuschen gebracht. »Genau! Stellen Sie sich vor, wir würden in der Zukunft so etwas bauen können?«, stachelte er Jimmys Phantasie an. Der antwortete wiederum prompt.

»Das wäre dann durchaus mit diesem Queue zu vergleichen, mit dem wir in das Geschehen der Billardkugeln eingreifen könnten«, quittierte Jim zustimmend.

»Aber die Bewegungen der Teilchen nur vorauszusehen oder die Positionen zu bestimmen und zu berechnen, wäre noch romantisch«, entgegnete sein Gesprächspartner und stopfte sich das zu kurze Hemd über die Fettringe in die Hose.

»Das habe ich ja gemeint mit dem Vergleich zu dem Billardqueue«, entgegnete Jim. »Wenn man so eine Maschine bauen könnte, dann könnte man die Teilchen nicht nur beobachten, sondern auch umlenken«, konstatierte er mit messerscharfer Logik.

»Man könnte wie ein Schiedsrichter das Spiel unterbrechen und den gesamten Spielverlauf ändern und beeinflussen.«

Wieder nickte Simon.

»Man könnte die Teilchen durch die Kontrolle in jede andere Richtung und Zeit steuern.« Die theatralische Zustimmung von Simon hatte die Wirkung eines Staubsaugers, als ob er Jimmys Vorstellungskraft von festgefahrenen Überzeugungen zu reinigen versuchte. Simon nickte so demonstrativ, dass er seinen Kehlkopf mit dem Kinn fast ins Rückgrat gerammt hätte. Doch Jim wurde wieder höhnisch.

»Viele solche Queues wird es ja nicht geben, die wie in einer Bar an der Wand neben dem Spieltisch hängen«, sagte er und stöhnte.

Simon ließ sich in den Sitz zurückfallen und formte die Lippen eines Nasenbären. »Also ich muss schon sagen«, konstatierte er und überlegte einen Augenblick.

»Wer dieses Ding besitzt, dem wäre es nicht mehr zu entreißen!« Das klang so absolut wie die Attacken auf die Bankkonten. Jimmy wurde mulmig bei dem Gedanken, dass sich in Simon plötzlich eine Verbindung zu dem nächtlichen Überfall ergeben könnte.

»Schreiben wir doch einfach eine Petition an die Anschrift im Himmel!«, ätzte Jimmy gespielt und deutete nach oben. Mister Gordon spürte, dass sich Simon in verdächtiger Weise genau jener Problemstellung angenähert hat, die ihm seit den Morgenstunden eine unbekannte Ratlosigkeit abgetrotzt hat.

»Was ist zu tun, um einen solchen Queue herzustellen und was muss ich über die Naturgesetze wissen?«, fragte Simon mit militärischer Klarheit und wartete mit stählerner Miene auf eine Antwort.

Jimmy drehte seinen Oberkörper gerade und fixierte geistesabwesend die Stewardessen einige Meter vor ihm. ›*Jules Verne´s Romane sind auch als verrückte Utopie verschmäht worden. Und 100 Jahre später sind sie zur Realität geworden.*‹ Jimmy versuchte den Gedanken weiterzuspinnen, da trampelte Simon wieder in seinen Müßiggang.

»Also, welche Technologie müsste ich beherrschen, Jim?«, fragte er und wartete wieder.

»Ich könnte Blitze, Hurrikans, Tsunamis, Schneelawinen, oder Erdbeben voraussehen. Ich könnte bedrohliche Naturkatastrophen verhindern oder in ungefährliche Regionen umleiten. Ich könnte meinen Kindern jeden Abend ein unvergessliches Himmelsschauspiel ermöglichen. Könnte die Sonnenfinsternis zu jedem Zeitpunkt an jedem Ort sichtbar machen. Könnte mit einem Sternschnuppenhagel jedes Feuerwerk übertreffen. Ich könnte natürlich auch Lizenzrechte für die Nutzung dieser Technik verkaufen.« Simon ratterte wie eine automatische Poststempelmaschine. ›*Der Typ redet wirklich von einem Gottwesen*‹, dachte sich Jimmy. Wieder spitzte Simon die Finger und erinnerte an den kleinen Auslöser für eine Katastrophe.

»Wenn mein Computer mit allen Teilchen des Universums verbunden sein könnte…«, fuhr er fort, »…dann wäre ich der Auslöser für alles. Ich wäre die kleinste und größte Ursache.« Jimmy wurde schneeweiß bei diesem Zufall. Simon ist in diesem Augenblick endgültig zu einem Verdächtigen geworden.

»Was wäre das für ein profitables Geschäft! Wir könnten Milliarden machen, sage ich Ihnen.« Er klopfte einem mittlerweile misstrauischen Jimmy kumpelhaft auf die Schulter.

»Wir würden uns vor lauter Bestellungen nicht mehr wehren können.« Dann klatschte er in gespieltem Erstaunen mit den Händen.

»Ich wäre einer angsterregenden Nachfrage ausgeliefert. Könnte es schneien oder regnen lassen, wann und wo ich will. Oder wo es eben benötigt wird, um Nahrungsmittelanbau zu ermöglichen. Ich könnte Öltankerkatastrophen eindämmen, nukleare Wolken von explodierten Atomreaktoren neutralisieren oder Umweltverschmutzungen ins All umleiten.« Dann klimperte er mit den Fingern wirbelnd durch die Luft. »Das könnte ich alles, wenn ich den Teilchen mit meinem Rechner befehlen könnte, wie sie sich zu verhalten haben.« Simon rieb sich lüstern die Hände und fuhr plötzlich mahnend auf.

»Wer würde eine solche Übermacht wohl besitzen wollen?«, fragte er und stieß Jim mit dem Ellbogen. Simon blinzelte mit einem dramatischen Blick und nahm die Antwort vorweg. »Jeder würde sie besitzen wollen. Schließlich würde man dieses Ding auch als Bedrohung einsetzen können«, erwog er und spielte den Unschuldigen.

»Gegen uns gäbe es keine Verteidigungsstrategie.« Jimmy schob konsterniert die Unterlippe nach vor, während Simon schelmisch grinste und weiterredete.

»Wir würden jeden Widersacher in einem Kreuzfeuer von Naturgewalten versinken lassen können. Wir würden ein Chaos und Elend hervorrufen können, das alle zur Unterordnung zwingen würde.«

›*Zu groß ist der Verdacht, dass ich dieses Gespräch jetzt nicht mehr weiterführen will*‹, dachte sich Jim. »Sie könnten jedem Teilchen nicht nur einen Befehl in guter, sondern auch einen Befehl in böser Absicht geben«, erwiderte Jim und nickte beipflichtend.

»Luft, Boden, Wasser. Ich wäre die größte Bedrohung überhaupt«, sagte Simon und fuchtelte herum.

»Ich könnte das Verteidigungssystem eines Flugzeugträgers ausschalten. Ich könnte in alle Telefonzentralen, Flughäfen, Energiekraftwerke, Radarsysteme, Versorgungszentren, Regierungsstellen oder Footballstadien eindringen und Ergebnisse ändern. Es wäre eine unvorstellbare Anarchie. Mit meinem Supercomputer säße ich in der Loge eines Planers«, sagte Simon und streckte seine Beine. »Fußfrei!«

›*Genau das passiert zur Zeit*‹, dachte Jim.

»Oder Sie könnten auch in alle Bankinstitute eindringen und sämtliche Konten plündern oder sogar alle Börsen zum Einsturz bringen?«, fragte Jim neugierig.

Simon winkte ab. »Ach, das macht doch keinen Spaß. Wen interessiert Geld dann noch? Ich kann mir ohnehin alles beschaffen. Ich sitze bequem in der Loge des Planers und spiele herum. Geld hat dann die Gleichwertigkeit mit der Macht verloren. Es ist längst kein Äquivalent mehr dafür, wirklich alles tun zu können, was einem Spaß machen könnte. Mir wäre doch die größte

Streitmacht unterlegen. Wozu würde ich dann noch Geld benötigen.« Simon schüttelte den Kopf und Jimmy überlegte.

»Vielleicht nehmen Sie sogar die Stelle dieses Planers ein, den Sie angesprochen haben«, konstatierte Jim und spürte eine gewaltige Macht bei dem Gedanken.

»Simon!«, fragte Mister Gordon und lächelte das Buddha-Double an. Jim zog sein Smartphone aus der Jackettasche, schaltete es für einen Augenblick ein und rief im Bedienmenü die Kameraapplikation auf.

»Wissen Sie was? Ich würde gerne Ihre Geschichte heute Abend meinen Kindern erzählen. Sie kennen ja die Fragen von Kindern. Papa, wie hat der Mann ausgesehen und so weiter?« Simon nickte verständnisvoll.

»Darf ich von Ihnen ein Foto machen?«

Simon grinste übers ganze Gesicht und seine Augen quollen wieder heraus.

»Na sicher doch! Saugen Sie ruhig alle meine Teilchen in ihre Kameralinse ein.«

Es ist eine unvergessliche Grimasse gewesen, die Simon ins Objektiv gezeigt hatte, als die Maschine plötzlich in ein Luftloch geraten war und die beiden kräftig durchgeschüttelt hatte. Jimmy hatte ein Foto von einem unbekannten Hauptverdächtigen.

60

UBS

Nachdem Harvey im Zentrum der Empfangshalle der UBS angelangt war, war sein Blick postwendend von den Aufzügen eingefangen worden. Zwei messingbeschichtete Fahrstuhltüren öffneten und schlossen sich ununterbrochen wie ein anorganisches Maul aus Metall, das nach etwas zuschnappen und es zerkauen wollte. Der Portier eilte herbei und schenkte ihm ein beruhigendes Lächeln.

»Sir! Keine Sorge. Es lässt sich leider intern nicht abstellen.« Er blinzelte freundlich.

»Und der Fahrstuhlservice steht im Stau. Sie können aber die anderen drei Aufzüge beruhigt nutzen.«

»Wo finde ich die Corporate Finance Abteilung?«, erkundigte sich Harvey.

»Dazu müssen Sie in die 62. Etage. Der 1. Lift öffnet direkt vor der Abteilung.« Der etablierte Pförtner lief nach vor und drückte für den Gast der UBS die Ruftaste. Nachdem sich die pneumatischen Schiebetüren geschlossen hatten, sauste der Fahrkorb mit Harvey nach oben. Er spürte wie er schwerer wurde. Die Eingeweide saugten seinen Magen nach unten, nachdem der Aufzug Fahrt aufgenommen hatte. Wenige Sekunden später bremste er ab, so als würde der Boden unter Harvey wegsacken. Wie in Zeitlupe drängte sich das Firmenlogo durch die sich öffnenden Schiebetüren in der 62. Etage. Ein zwei Meter großes Emblem der UBS prahlte mit seinen drei Schlüsseln von einer tonnenschweren Bergkristallplatte. *Sicherheit, Tradition und Ertrag* symbolisierte das Hoheitszeichen der UBS schon seit 1856; zu einem Zeitpunkt zu dem sie als kleiner Schweizer Bankverein begonnen hatte, Geld in Tresoren aufzubewahren. Aus einem Samen ist ein Mammutbaum geworden. Wer über 1.000 Milliarden Dollar in seinem Besitz gehabt hat, hat auch atmosphärische Rahmenbedingungen schaffen müssen, um den Besten der Besten einen Grund geben im Unternehmen zu bleiben. Mit dieser Summe ist man ein eigener Staat gewesen, der sich wie ein Feldherr auf den Märkten behaupten musste. Aber *Sicherheit* und *Ertrag* konnte auch die UBS nicht mehr garantieren, nur mehr die *Tradition* konnte man ihr nicht absprechen. Und einen 4. Schlüssel, der ›*Vertrauen*‹ symbolisieren sollte, hat es nicht gegeben. Eine freundliche Stimme meldete sich durch eine Sprechanlage, als sich Harvey dem Portal genähert hat. »Guten Morgen! Werden Sie erwartet, Sir?«

»Ich muss zu einem Christian Buf...« Harvey unterbrach. »Einen Moment bitte«, sagte er und prüfte zur Sicherheit nochmals die Nachricht. Er sprach den Namen im Silbentakt. »Christian Bu-fi-mi-mat«

Feine Vibrationen begleiteten das schmeichelnde Surren der Glastüre, während sie ihre beiden Flügel nach außen spreizte. Harvey betrat den mit dickem Teppichboden ausgelegten Empfang. Eine der drei Empfangsladies sputete ihm schon mit gekreuzten Schritten herbei, als würde sie über den Laufsteg gehen und Harvey zu einer Audienz kommen. Sie strahlte lächelnd.

»Willkommen Mr. Friedman!«, flötete die rothaarige Sirene aus ihren Roberto Cavallis - Schuhe natürlich wohlgemerkt. Sie stellte sich vor ihn, streckte ihm ihre Hand entgegen und begrüßte ihn so, wie sie es auf Seminaren einstudiert bekommen hatte.

»Mein Name ist Susan! Mister Bufimimat erwartet Sie schon. Er ist noch in einer Sitzung. Folgen Sie mir bitte.«

Mit elegantem Dreh vollzog sie auf ihren Absätzen eine Pirouette und schleuderte die Duftmoleküle ihres Parfums aus der Umlaufbahn, die um ihre wohlgeformte Körpermasse gekreist ist. Ihre Stöckel bohrten sich in den weichen Boden und Susan trabte Richtung Westen los. Der angenehme Geruch zog wie ein Kometenschweif hinter ihr her und hatte die Duftmarken so sorgfältig verteilt, dass ihr ein Blinder hätte folgen können. Das frisch gewaschene Haar wippte ihre elastische Fasson bei jedem Schritt seidig schimmernd auf und ab. Harvey *dachte an Jackie.* Nach ein paar Wendungen erhellte am Ende des Flurs plötzlich ein Lichteinfall den Raum und flutete Hoffnung in sein Herz. Er registrierte es als seltsames aber beruhigendes Omen. ›*Jackie ist da*‹, sagte ihm eine innere Stimme. Harvey folgte Susan durch die mondänen Gänge. Ihm stockte unerwartet der Atem, als beide am offenen Stufenabgang eines riesigen Raumes mit den Maßen einer Kathedrale angelangt waren. Es kam ihm wie die verlassene Brücke eines treibenden Atom-U-Bootes vor, das sich eigentlich im Gefecht befunden hat. Susan registrierte Harveys Verwunderung.

»Die Zahlen aus Europa und Asien haben heute große Nervosität bei uns ausgelöst«, schilderte sie in einer kurzen Halbdrehung, während sie die Marmorstufen hinunter zum Parkett klackerte. ›*Menschenleere Handelsräume um diese Zeit?*‹, grübelte Harvey. Susans Gehtempo steigerte sich langsam.

»Der vorbörsliche Markt erwartet knapp 20 Prozent Minus im Dow Jones«, sagte sie. Harvey runzelte die Stirn.

»Aus welchem Grund?«, fragte er.

»Die Analyseabteilung hat noch keine sicheren Antworten.« Susan fächerte ihre Finger auf und begann aufzuzählen.

»Der Autohandel in Japan wächst doch nicht so stark wie man es nach den Erdbebenzerstörungen erwartet hatte. Die Bank of Japan gibt für den Wiederaufbau in den zerstörten Gebieten auch keine weiteren Kredite mehr frei. China droht mit Abwertung seiner Währung. Die Inflation zieht in Europa nach dem Desaster mit Italiens Schuldenberg auch kräftig an. Und bei Goldman Sachs ist gestern wieder die Börsenaufsicht gewesen.« Susan verlangsamte das Tempo wieder und drehte sich kurz zu Harvey um.

»Dann behauptet noch der Generalstaatsanwalt neuerdings, dass wir die Kunden vor der Krise 2008 belogen hätten. Nebenbei will der Insolvenzverwalter vom Madoff-Fonds eine weitere halbe Milliarde haben. Und so weiter..« Sie zuckte die Schultern. »Eigentlich alles wie immer.« Harvey folgte ihrem schwungvollen Gang durch den Handelsraum zu einem gegenüberliegenden Stiegenaufgang, der so gewirkt hat, als würde er mit seinen aufpolierten Handläufen in der Luft hängen.

›*20 Prozent minus vor Börsenöffnung ist keineswegs wie immer?*‹, murmelte er unverständlich in sich hinein. Die leeren Plätze der Fondsmanager und Analysten machten Harvey nachdenklich. Eine gespenstische Stille in der Höhle eines solchen Riesen rechtfertigte Besorgnis. Am Ende des Saals gingen sie die Stufen hinauf, wendeten um 90 Grad nach rechts und trotteten weiter durch einen Gang mit verglasten Wänden. Dahinter registrierte Harvey das überschlagene Gemurmel schweißnasser Gesichter. In jedem Sitzungszimmer liefen die Schlagzeilen von der Wall Street über die Reuters- und Bloomberganschlüsse. Einige kritzelten in den Sitzungsräumen auf Flipcharts Organigramme, Zahlen und Namen. In den haufenweise zerknüllten Zuckerpäckchen und Sahnepatronen neben den Espressotassen konnten sich wahre Denkschlachten auf den Tischen spiegeln. In fast allen Sitzungszimmern sind die strengen Gesetze mit Füßen getreten worden. ›*Zigarettenrauch?*‹, stellte Harvey perplex fest. ›*Zuerst lassen sie die Konzerne Milliarden verdienen, dann unterdrücken sie jahrzehntelang die Studien über die Gesundheitsschädigung und letztlich verbieten sie nicht die Herstellung oder den Verkauf, sondern erklären den Genuss für illegal. Und das nur an bestimmten Orten*‹, dachte er kopfschüttelnd über die merkwürdigen Resultate von Gesetzesbeschlüssen nach. Die Atmosphäre in der UBS ließ das Knistern eines herannahenden Raubtiers spüren, das kurz davor war zum Angriff anzusetzen. Harvey verlangsamte das Tempo noch einmal. Die Türe eines Meetingraums ist nur angelehnt gewesen und er konnte im Vorbeigehen noch Wortfetzen auffangen.

»Bei der Bank of America haben sie dieselbe Kacke am Dampfen«, sagte ein zermartert wirkender Typ. Harvey bremste seine Geschwindigkeit auf Schleichen. Der Sitzungsleiter versuchte dem Team mit aufgeregter Stimme Anweisungen zu erteilen: »Wir bilden drei Gruppen. Erstens: ich will alle internen und externen Fehlerquellen unserer Analysen und IT-Systeme. Zweitens: ich will ebenso die Erarbeitung eines Gegenmaßnahmenkatalogs. Und Drittens: ich will die Berechnung bisheriger Verluste. Stellt Eure besten Kontakte zu möglichen Käufern her. Egal woher die Kohle kommt. Nahost, Fernost, Europa und Südamerika! Wir brauchen schleunigst Geld, sonst sitzen wir bald mit dem Körbchen auf der Straße.« Der Mann machte eine kurze Pause.

»Und Carol! Sie verbinden mich mit der Zentralbank und der Börsenaufsicht. Gott behüte uns wenn sich herausstellt, dass das erst der Anfang gewesen ist.« Hautnah spürte Harvey die Panik in den Büroräumlichkeiten. ›*Eine Bank lebt von den schlechten Geschäften, die sie unterlassen hat*‹, dachte er. Susan versuchte ihn abzulenken.

»Haben Sie schon gehört?«, sagte sie und wühlte mit einem Blickkontakt in Harveys Aufmerksamkeit. Dann fuhr sie sich elegant durchs Haar und stachelte das Tempo wieder an.

»Was soll ich gehört haben?«

»Das gesamte nationale Netz der Geldausgabeautomaten und E-Pay-Systeme ist durch diese Strahlungswelle vom Himmel auch außer Gefecht gesetzt worden. Kreditkarten und bargeldloser Zahlungsverkehr - alles Schwups.« Harvey ging nicht darauf ein. Er rief nochmals das vorher Gehörte in seinem Kopf ab. Die Leute in den Sitzungszimmern hatten die Stimmung einer Alarmbereitschaft mit höchster Priorität vermittelt. Susan wendete nach links und stoppte in einem mit Sofas ausgestatteten Vorraum, in dem ein Flachbildschirm an der Wand CNN ausgestrahlt hat. Eine verschlossene Flügeltüre hob sich in der Flanke heraus und strahlte hell in einer Flut von einfallendem Sonnenlicht.

»Wir sind hier. Sie können inzwischen gerne dort Platz nehmen«, sagte Susan höflich und deutete auf die Sitzecke, die unterhalb des Flachbildschirms gethront hat.

»Darf ich Ihnen etwas zu trinken anbieten?«

»Frisch gepressten Orangensaft.« Harvey bewunderte Susans nochmalige Rotation auf den Absätzen ihrer Steiger. Sie verschwand für einen kurzen Augenblick in einer Seitentür, kam eilends zurück, servierte mit ihrem engen Rock in hoffähiger Kniebeuge, richtete sich auf und verabschiedete sich mit einem gewinnenden Lächeln.

»Mr. Bufimimat hat Ihnen folgendes ausrichten lassen: Wenn er bis spätestens 5 Minuten nach 9 Uhr nicht aus der Sitzung gekommen ist, dann mögen Sie ruhig ohne zu klopfen ins Zimmer gehen und inzwischen Platz nehmen, bis er fertig sein würde.« Miss UBS senkte ihre Stimme.

»Sie würden die Sitzung nicht stören, wenn Sie ins Gespräch dazu stoßen würden«, sagte Susan und kniff ein Auge zu. Harvey schaute überrascht und quittierte mit einem dankenden Nicken. Seine Neugierde schweifte zum Monitor, der den ratlos wirkenden CNN-Sprecher ausgestrahlt hat.

»Aus einigen Banken ist alarmierend vermeldet worden, dass die Kontostände der Bankkunden von der elektromagnetischen Schockwelle teilweise schwer getroffen worden sind. Man spricht derzeit von Abermillionen Konten, die in kürzester Zeit alle glattgestellt worden sind. Dieses Phänomen ist aber vorläufig nur bei amerikanischen Banken und ihren weltweiten Niederlassungen aufgetaucht. Von ausländischen Instituten, die ihre Niederlassungen auf amerikanischen Boden haben, sind bislang noch keine Bestätigungen für ähnliche Verluste bei uns eingegangen.«

›*Wenn meine aufgegriffenen Wortmeldungen aus dem einen Meetingraum richtig gedeutet werden würden, dann kann das nicht stimmen*‹, dachte sich Harvey. ›*Der Sitzungsleiter hat von ›derselben‹ Kacke gesprochen, die die Bank of America am Dampfen hat.*‹ Harvey wurde plötzlich aus seiner Nachdenklichkeit gerissen. Google zeigte endlich einen Treffer über Jaqueline Tisset, nachdem die automatische Wahlwiederholung seines iPads eine Freileitung gefunden hat. Er speicherte die Telefonnummer unter »*Engelchen*« ein und wählte ohne zu zögern. Es läutete. Er wurde nervös.

»Hi, hier ist der Privatanschluss von Jackie. Sorry, ich brauche eine Auszeit. Aber ich rufe zurück, wenn ich wieder unter den Lebenden bin.« Harvey wurde aufgeregt. Es war ihre Stimme. ›*Sie könnte auch gleichzeitig telefonieren*‹, dachte er sich und versuchte es erneut - mit demselben Ergebnis. Er linste wieder kurz auf den TV-Bildschirm.

Früher wäre er beim Anblick menschenleerer Handelsräume und derart dramatischer Berichterstattung schockiert gewesen. Aber als er Jackies Stimme gehört hatte, ist die Untergangsstimmung plötzlich verschwunden gewesen und eine sanfte Stille hat sich vorgedrängt. Er wusste, dass ab einer bestimmten Grenze nur mehr das Herz eines Menschen zählen würde. Die wahre Heimat wohnte in seiner linken Brust und nicht im Handelsraum einer Großbank. Er glaubte ganz fest daran, dass er zu seiner Familie zurückkehren könnte, wenn das erledigt gewesen ist. Was auch immer das sein würde. Schließlich hatte ihn der Unbekannte im Taxi von Lukas um seine Hilfe gebeten. Der Verstand zwang ihm plötzlich eine kritische Frage auf. Er spürte eine Unvollständigkeit in seinem Inneren, die durch die Trennung von seiner geliebten Frau aufgekommen war. Ihre Abwesenheit zeigte ihm auf, wie halbfertig er ohne Jackie war.

›*Sind die Menschen mit diesem Lebensmodell glücklich und zufrieden?*‹ Harvey spürte, dass etwas ganz Großes auf ihn zukommen sollte. Irgendeine Ahnung prophezeite ihm Übermenschliches. ›*Wenn Sie aufwachen, werden Sie einige Zeit brauchen, bis Sie sich wieder erinnern können*‹, hatte ihn der Fremde im Taxi hingewiesen. ›*Dann werden Sie über einen Tellerrand hinausblicken, der alles übertrifft, was Sie sich vorstellen können. Sie werden Eier legen müssen, so groß, wie Sie sie noch nie gelegt haben.*‹

Harvey hat mit keinem Menschen sprechen können, den er gekannt hätte. Niemand ist in dieser Welt für ihn erreichbar gewesen. Es war eine grauenhafte Einsamkeit. Das spirituelle Erlebnis von Menschen, die lange Zeit in Einzelhaft angehalten worden waren. Hier schien ihn offensichtlich nur dieser Christian zu kennen. Und möglicherweise Jackie. Er fixierte das iPhone und wimmerte innerlich nach ihrem Rückruf. ›*Wenn es eine Gerechtigkeit gibt, dann darf ich zurück zu meiner Familie.*‹ Für den Fall, dass Jackie zurückrufen sollte, suchte Harvey im Netz ›*Love of my life*‹ von Queen und verknüpfte die Melodie mit ihrer Nummer. An diesem Wohlklang sollte er ihren Rückruf sofort erkennen können. Die ersten Takte bohrten sich wie eine glühend heiße Nadel in seinen Brustkorb, nachdem er die Stimme von Freddy Mercury gehört hat.

›*Love of my life, …. bring it back, dont take it away from me, because you dont know what it means to me. Love of my life, dont leave me. You´ve taken my heart.*‹ Harvey litt in diesem Augenblick etwas, was er schon zu oft erlebt hatte. Einen mörderischen Verlustschmerz. Aber es versetzte ihn weder in Panik, noch empfand er Hass dabei wie in der Vergangenheit. Auf eine eigenartige Weise spürte er ein Vertrauen, das sich wie ein Anker in einer ihm bisher unbekannten Tiefe festgekrallt hat.

61

Übermacht

Jimmy Gordon hatte das Foto von Simon abgespeichert, hatte das Smartphone wieder abgeschaltet und sich für die Bereitschaft bedankt, ein Bild von seiner neuer Bekanntschaft anfertigen zu dürfen. Jimmys Verdacht ratterte wie ein Güterzug durch seine Venen. Er hat zwischenzeitlich akzeptiert, dass Simons Hypothese von einer übermächtigen Technologie in jedem Fall ein unerreichbarer Vorteil für denjenigen wäre, der diese Technologie besitzen würde.

»Ja, mit meinem Supercomputer habe ich in der Loge des Planers sogar seinen Platz eingenommen«, wiederholte Simon seine Andeutung auf ein gottähnliches Wesen noch einmal und lehnte sich zur Fensterluke. Er bestaunte das sonnige Washington D.C.. Geistesabwesend spähte Jim ins Leere und dachte an das Foto von Simon als mögliches Beweisstück. Trotzdem erschien ihm die Vision von einem übermächtigen Computer unglaubwürdig. Wenn es eine solche Entwicklung geben würde, dann müsste er es auch wissen. Jim erinnerte sich an einen Vortrag, den zwei Softwareexperten über die Entwicklung der ersten Speicherprodukte gehalten hatten.

Der Transistor ist die bedeutendste Erfindung des 20. Jahrhunderts gewesen, weil keine andere Ware in der modernen Industriegesellschaft öfter produziert worden war. Ob in Handys, Uhren, Kameras, Autos, TV-Geräten, Radios, Flugzeugen, Waschmaschinen oder Computer. In fast jedem Gerät das mit Energie betrieben worden ist, ist auch ein Transistor dringesteckt. Jimmy erkannte in der Begegnung mit Simon plötzlich ein eigenartiges Omen. ›*Die Nachrichten über die elektromagnetische Schockwelle aus dem All kann doch niemanden auf so eine Idee bringen*‹, dachte er. Es ging um die Kontrolle von Informationen und ihrer Trägereinheiten. Die totale Kontrolle über die Teilchen! Für das was Simon beschrieben hatte, hätte man im Grunde nur eine unendlich hohe Rechenleistung und Speicherkapazität benötigt. Aber die Geschichte des Transistors hat deutlich aufgezeigt, welches Tempo die Rechenleistungen hingelegt hatten. Um in immer kürzeren Zyklen immer mehr Wissen und Daten zu verarbeiten. Wer aus einer explodierenden Informationsflut verwertbares Wissen hergestellt hatte, es verwaltet und damit gehandelt hat, der ist ganz vorne dabei gewesen, wenn er damit gleichzeitig die Menschen vernetzen konnte. Das machte den Marktwert von Google aus. Wegen der hohen Geschwindigkeit der Erneuerung in unserer Gesellschaft ist Wissen der mit Abstand wichtigste Rohstoff geworden. ›*Die*

Nachfrage nach so einer Rechenmaschine wäre in der Tat gigantisch‹, dachte Jim. Eine unsichtbare Hand, die alles lenkte. Eine Übermacht.

›*Selbstreflexion!*‹, forderte er von sich ein.

›*Bin ich der beschränkte Leser von Jules Vernes´ Reise zum Mond? Wo bin ich denn verriegelt, verdammt?*‹ Der Gedanke an Simons Vision war zu verrückt.

›*Aber da ist etwas, das ich noch nicht erkenne!*‹ Jim Gordon nistete wie eine ungeduldige Henne weiter auf seinem Ei der Erkenntnis.

Industrielle Symbolprodukte sind früher viel stärker vom Rohstoffanteil abhängig gewesen. Die Materialien, die für ein Auto benötigt worden sind, haben 30 bis 40 Prozent des Werts repräsentiert. Aber im elektronischen Bauteil, der nur Informationen abgespeichert hat, hat der Wertanteil des benötigten Rohstoffs nur 1 Prozent ausgemacht. Der Prozessor oder Transistor selbst hat quasi nichts gekostet. Die Welt ist dadurch immaterieller und der Reichtum ist weniger fassbar geworden. Wer über eine Adressenkartei von ein paar hundert Schwarzgeldkonten verfügt hat, ist reicher als ein Juwelier gewesen, der ein Diamantenkollier von Cartier besessen hat. Durch die Revolution in der Technik hatten sich die Verkehrswege vom Territorium gelöst. ›*Wir können die Funktion von Teilchen heute ganz anders nutzen als vor 100 Jahren. Wenn man den Sprung eines ganzen Jahrhunderts betrachtet, dann kann ich mir gar nicht vorstellen, wie weit wir in noch einmal 100 Jahren sein könnten. Vielleicht hat Simon Recht mit seiner Andeutung über die Fehlprognosen der Vergangenheit, die von Experten getätigt worden sind?*‹

Diese Einsicht ließ Jimmy einen kalten Schauder über den Rücken fahren. Der Raumbegriff ist durch den Transistor revolutioniert worden. Das Netz materieller Transportwege hat sich auf immaterielle Frequenzwellen verlagert. Nicht mehr Schiffe, Flugzeuge oder Eisenbahnen haben die wichtigen Güter transportiert. Es sind kleine Teilchen geworden, die in der Atmosphäre herumgeschwirrt sind und Informationen transportiert hatten. Wer sich von einem beliebigen Ort der Welt aus in die elektronische Post seiner Firma einklinken konnte, der ist in seiner Aktivität ebenso sehr eingebunden gewesen, wie ein griechischer Tavernenbesitzer in das Leben seines kleinen Fischerdorfes, das er zeitlebens nicht verlassen hat. Nicht die Herrschaft über ein Territorium ist wichtig geworden, sondern der Zugang zu einem Netz. Die Menschen sind dorthin gegangen, wo gleichzeitig auch Reichtum entstanden ist. Der hat sich aber immer mehr ins Netz verschoben. Das hat den Menschen aufgewertet, weil er durch die Vernetzung auch ein Schwarmbewusstsein bilden konnte. Wert hat sich nicht mehr so sehr durch das ergeben was der Boden hervorgebracht hat, sondern hat sich durch den Ort ergeben, auf dem sich die Menschen niedergelassen haben, die im Netz verbunden gewesen sind. Das Netz ist dadurch zu einer Ressource geworden, an der gleichzeitig der größte Überfluss und Mangel bestanden hat. Das Netz ist zur bedeutendsten Entdeckung eines künstlichen Rohstoffes geworden, den es in der Natur nicht gegeben hat. Es war ein Geist – eine völlig neue Ware aus der Trickkiste der Menschheit. ›*Wer über alles Bescheid gewusst hat, hat die Übermacht in seinem Besitz gehabt.*‹ Aber diese Einsicht hat Jimmy noch nicht dem Täter auf die Spur gebracht. Simon meldete sich wieder zu Wort zurück und wabberte seinen Walfischbauch zu Jim.

»Der Gründer von Intel hat doch 1970 das Moorsche Gesetz aufgestellt.« Jimmy schaute Simon fragend an.

»Alle 1½ Jahre verdoppelt sich die Zahl der Transistoren auf einem Speicherchip. Alle 1½ Jahre. Rechnen Sie das hoch auf ein paar Jahre oder sogar Jahrzehnte.« Simon schien nicht nachgeben zu wollen. Immer wieder drosch er ein neues Erkenntnisteilchen in Jimmys Denkwerkstatt.

»Auf dem Prozessor 400 K, den Intel im Jahre 1971 gebaut hat«, sagte er und spitzte zum x-ten Mal seine Wulstfinger.

»Auf diesem kleinen Fleck von 10 Mikrometer haben 1971 nur 200.000 Transistoren Platz gehabt. Heute sind es 3.000.000.000 Transistoren auf 1/100 Mikrometer. Auf einer 1.000 mal kleineren Fläche haben wir heute über 1.000.000 mal mehr Transistoren als Intel in seinem ersten Produkt unterbringen konnte.« Simon atmete tief durch und fixierte Jimmy.

»Aber Transistoren können sicher nicht unendlich schrumpfen.«

›*Richard Feynman!*‹, brüllten die Motoren hinter Jimmys Stirnknochen plötzlich auf. ›*Natürlich! Dort muss ich hin!*‹ Deshalb hatte Simon offenbar immer wieder mit seinen Fingerspitzen darauf hingedeutet. Heute hat man auf einer Würfelgröße sämtliche Informationen abspeichern können, die in den letzten 300 Jahren angesammelt worden sind. Informationen sind auf der Nanoebene angelangt. Der millionste Teil eines Millimeters. So groß wie ein Fußball im Verhältnis zum Planeten gewesen ist, so groß ist ein Nanoteilchen im Verhältnis zu einem Fußball gewesen. Auf dieser Ebene arbeiteten die Forscher heute wie Architekten vor 100 Jahren an einer Stahlbrücke. Simon starrte Jim erwartungsvoll an.

»›*Es ist noch viel Platz da unten*‹, sagte er.« Der Vollschlanke bohrte Jim den finalen Hinweis wie ein Schwert erbarmungslos unter das spirituelle Geweih.

»Wer?«, fragte Jim verdutzt und dachte im ersten Moment, Simon konnte seine Gedanken lesen.

»Richard Feynman!«, antwortete der.

»1959 hat Feynman für die Entdeckung der Nano-Struktur den Nobelpreis erhalten. Der Steinzeitmensch hat Steine zu Speerspitzen und Werkzeug geformt. Die Physiker von heute formen Atom für Atom zu einem Ganzen. Wir stehen also am Anfang, Jimmy.« Mit lobendem Augenspiel nickte er Jim wie einem Hund zu, als hätte der soeben ein Kunststück zuwege gebracht.

»Unser Fortschritt ist schon gewaltig gewesen. Rechnen Sie das alles über einen Zeitraum von 20 oder 40 in die Zukunft hoch, was in den letzten Jahrzehnten passiert ist.« Simon deutete an, dass er aufstehen möchte, um die Toilette aufzusuchen. Er stemmte sein enormes Gewicht empor und palaverte weiter.

»Künftige Zeitungen werden nur mehr aus einem einzigen Blatt Papier bestehen, auf dem die beweglichen Bilder und Texte abgerufen werden können. Das iPad oder E-Book ist ja schon bei uns angekommen.« Dann setzte er stehend im Flur zum ersten Schritt an, verharrte aber noch.

»Die Oberfläche des Papiers...«, sagte er und beugte sich zu Jim hinunter, um seine Finger ein letztes Mal demonstrativ zu spitzen. »...wird auf kleinster Struktur so manipuliert, dass die Oberflächeneigenschaft des Papiers nach Wunsch alles abbilden kann was ich darauf abspeichere. Auch die Batterien werden dünner als das Papier.« Simon richtete sich auf und prustete noch im Weggehen zurück.

»Oder man versorgt das Papier mit Mikrowellen durch eine drahtlose Stromzufuhr. Die Versorgungssäulen der Mikrowellensender werden wie Telefonzellen in der ganzen Stadt verteilt sein. Man könnte die Ladegeräte auch in den Millionen Videokameras einbauen, die auf öffentlichen Plätzen alles aufzeichnen, was westliche Bürger gerade so machen oder wo sie sich aufhalten.« Simon grinste hähmisch über das Schicksal der Menschen in den Demokratien. »Denken Sie dran, Jim. Die Natur macht keinen Satz, so aus Beliebigkeit. Es hat alles einen kleinen Auslöser. Und wir sind erst am Anfang. Denken Sie an Richard Feynman!«

Jimmy nickte und zeigte diesmal Simon demonstrativ selbst seine zugespitzten Finger. Er war wie überfahren aber seine Turbinen hinter den Schläfen haben mittlerweile eine hohe Tourenanzahl erreicht. Ein Verdacht hat sich in seine Phantasie geschlichen, wie das heute Nacht wirklich funktioniert haben könnte. Feynman ist der entscheidende Leuchtturm gewesen. Jim bekam eine Gänsehaut bei dem Gedanken, dass sich die Technik genau in jene Richtung entwickeln könnte, die irgendwann den Durchbruch zur Übermacht schaffen würde. Dann, wenn die Menschheit die Spuren und Fingerabdrücke entschlüsselt haben würde, die die Natur auf der kleinsten Ebene hinterlassen hatte. *›Dort könnten wir den Queue finden und das Billardspiel beginnen‹*, dachte er einsichtig und blickte den opulenten Körpermaßen von Simon nach, die sich schwitzend durch die Reihen geschuftet haben. Simon bestand schon aus sehr vielen Teilchen. Ruckartig wirbelte der fünf Reihen weiter vorn noch ein letztes Mal plötzlich herum und rief mit einem finsteren Blick zurück.

»Aber der Preis für diese Übermacht ist die Apokalypse, Jimmy! Passen Sie also auf.«

›*Die Apokalypse?*‹, überlegte Jim Gordon und schnallte sich für die Landung an, als das Angurtsignal über den Reihen mit einem *Ping!* aufgeleuchtet hat. Simon verschwand hinter der Toilettentüre im Mittelbauch des Riesenvogels.

Wer die Überlegenheit besessen hat, hat immer aus der Gefahrlosigkeit heraus handeln können. Eine Übermacht hat mit keiner Sanktion rechnen müssen. Das machte ihre Anwendung so unwiderstehlich. ›*Die Apokalypse!*‹

62

Messias

Benedikt stand unter enormem Zeitdruck. Der Camerlengo hatte ihm das Galilei Testament in die Sixtinische Kappelle gebracht, während der ärztliche Notdienst dem zuckenden Kardinal Damian Erste Hilfe geleistet hatte. Mit allen Mitteln hatte man vergeblich versucht, den Herzmuskel des amerikanischen Glaubensbruders wieder zum Schlagen zu bringen. Wie ein mystischer Schrein lag derweilen das kleine Büchlein in speckigem Ziegenledereinband wenige Meter entfernt auf der Altarplatte. ›*Das Papstbuch!*‹ Viele haben es auch das Galilei-Testament genannt, ohne jedoch im Detail zu wissen was es beinhaltet hat.

Bruder Franjo leitete in Abwesenheit die Operation Pangäa. Und der Papst kämpfte unverändert an der Front gegen den wachsenden Widerstand unter den Apostelnachfolgern. Die schneeweißen Gesichter waren noch immer die optischen Hinterlassenschaften einer Tragödie, die sich in der Basilika ereignet hatte. Vor Ihren Augen war ein Bruder so theatralisch vor seinen Schöpfer getreten, dass man den Eindruck haben musste, er hatte die bestialischen Schmerzen einer Folterhinrichtung ertragen müssen. Die angsterfüllten Gesichtsausdrücke von Damian krallten sich in den Gedächtnissen der Kardinäle fest. Damians lautlose Hilfeschreie haben Höllenqualen gespiegelt. Der Amerikaner ist der einzige gewesen, der sich spontan gegen die übereilte Absicht eines Konzils gestellt hatte. Sein Schicksalsschlag hat alleine ausgereicht, um auch ohne Worte seinem Standpunkt noch mehr Sympathien zuspielen zu können. Das spürte Benedikt. Einer der jüngsten ist im Eifer der Verteidigung völlig überraschend aus der Gemeinschaft gerissen worden. Man durfte nicht übersehen, dass Damians Einwände dadurch eine gewisse Unwiderstehlichkeit erlangt haben und Nachahmer auf den Plan rufen könnte. Und der Papst selbst vermittelte einen verdächtig abgeklärten

Eindruck. Man hat das Gefühl bekommen können, dass er einen Widersacher weniger niederzustrecken hätte.

Aber der Papst war mit Damian nicht einmal in Berührung gekommen. Was sollte er damit zu tun haben? Bevor der amerikanische Glaubensbruder mit vier Sanitätern auf der fahrenden Liegebahre im Sprint aus der Kapelle hinausgeführt worden war, hatte ihm der Papst noch das Sterbesakrament erteilt. Anschließend hatten alle gemeinsam ein Vaterunser gebetet und sich zur Mittagspause in ihre Gemächer zurückgezogen. Sie hatten einen Zeitpunkt für ihre Wiederkunft vereinbart. Benedikt hatte zwischenzeitlich Franjo Sepero aufgesucht und sich über den Fortschritt der Mobilmachung erkundigt. Als sich die Tore der Kapelle schließlich wieder geschlossen hatten, haben sich alle in einem aufgeregten Gemurmel auf den Plätzen eingefunden. Einige Kardinäle nutzten noch die Gelegenheit, um sich von den Wasserspendern ein erlösendes Nass in die Kehle zu gießen. Als das versammelte Kollegium an seinen Plätzen gewesen ist, meldete sich wieder der spanische Kardinal Gererra zu Wort.

»Benedikt«, stieß er mit kummervoller Sorgenmiene heraus.

»Ihr habt doch gesagt, dass Ihr für Eure Entscheidungen eine Anweisung erhalten habt?« Auch der peruanische Kardinal Da Silva schaltete sich ein.

»Ja! Und außerdem habt Ihr behauptet, dass Christus zurückgekehrt sein würde?« Im Stakkato hämmerten die beiden Latinos auf Benedikt ein. Gerrera übernahm wieder das Wort.

»Ist der Tod unseres Bruders Damian das Wirken einer göttlichen Allmacht gewesen?« Gerrera stand der Schock noch immer in den Stirnfalten. Er sprang aus der zweiten Stuhlreihe hervor und mühte sich wie ein angeschlagener Keiler durch das Kirchenschiff vor den Papst.

»Haben wir vorhin ein Wunder gesehen? Wisst Ihr etwas, was wir noch nicht wissen? Ihr habt doch vorhin von Wundern gesprochen, die wir alle hier wieder erkennen müssten?«

Der Anblick des empörten Kardinals drängte Benedikt die Frage auf, ob sich der grässliche Tod von Damian wirklich als Hilfe oder als Bann herausstellen würde. Keiner könnte abschätzen, wie das Duell zwischen dem Amerikaner und dem Papst ausgegangen wäre, wenn Damian noch am Leben sein würde. ›*Vielleicht hat Damian Recht gehabt?*‹, dachten sich einige. Dieser wachsende Widerstand hat im spanischen Kardinal Gerrera das erstbeste Beispiel gefunden. Und Da Silva gesellte sich dazu. Benedikt hatte keine andere Wahl. Er musste bald stichhaltige Fakten vorlegen. Längst waren die Schalter der größten Religion dieser Menschheit umgelegt worden und die Zeit rann ihm wie Sand zwischen den Fingern davon. Die Apostelnachfolger könnten sich in zwei Lager spalten. Das Problem waren aber gar nicht die Widersacher, sondern die zweite Gruppe: Sie hielt sich zurück und hat bisher überhaupt *keine* Position bezogen. Bruder Franjo wäre längst für den Pontifex eingeschritten, wenn er anwesend gewesen wäre. Aber bis jetzt hat es keine Gelegenheit gegeben, seine Brüder mit Fakten zu konfrontieren, ohne dass sie ihn für verrückt erklärt hätten. Auch diesem Risiko ist Benedikt ausgesetzt gewesen. Schließlich hat es auch in der Vergangenheit Päpste mit schwerer geistiger Behinderung gegeben. Nur hatte man es damals nicht als Krankheit erkennen können, sondern als besondere Erleuchtung eines Gottgesegneten ausgelegt. Die Zeit hatte auch manchmal Persönlichkeiten an die Spitze der Macht befördert, die dort eigentlich nichts verloren gehabt haben. So, als ob beim Kartenmischen falsche Spielkarten ins Spiel der Geschichte hineingemischt worden wären. Benedikt XVII. musste seine Brüder vorbereiten und gerade die Unentschlossenen stärker ins Gebet nehmen.

»Ich weiß nicht, ob die tragischen Geschehnisse ein Wunder gewesen sind«, erwiderte er letztlich auf die Fragen von Gerrera und Da Silva.

»Wenn der Ausdruck eines Gesichtes im Todeskampf gleichzeitig der Ausdruck eines Herzens ist, dann haben wir alle in das Herz von Bruder Damian blicken können. Und wenn es göttlicher Wille gewesen ist, dann hat der Allmächtige seine Gründe gehabt, warum er unseren Bruder so unmenschlich leiden gelassen hat.« Sich auf einen göttlichen Willen zu berufen, ist stets die Methode der Kirche gewesen. Und in den eigenen Reihen hat diese Methode in bestimmten Situationen noch immer am besten funktioniert. Aber warum auch nicht, wenn schließlich ein überirdischer Wille im Mittelpunkt des Glaubens gelegen ist? Der fremde Wille ist der Hauptabschnitt für alle gewesen, die einen Businessplan für eine neue Religion entwerfen wollten. Benedikt redete weiter.

»Warum Damian gerade in jenem Moment zu seinem Vater gerufen worden ist, als er versucht hat gegen meinen Willen einzutreten, ist nur einer Antwort von oben vorbehalten. Letztlich habe ich gesagt, dass ich nur auf Anweisung des Herrn entschieden habe.« Benedikt deutete zur Decke. »Mein Wille ist es jedenfalls nicht gewesen und ich kann den Schmerz nicht in Worte fassen den ich selbst gelitten habe, als ich Bruder Damian in die Augen gesehen habe.«

»Vergebt mir Heiliger Vater!«, fragte Gerrera mit leicht geschlitzten Augen. »Aber Ihr seid eher in Eurer Fassung geblieben. Hat Euch das furchtbare Schauspiel wirklich so ergriffen wie es uns ergriffen hat?«

Benedikt spähte mit einem Auge auf die Uhr am rechten unteren Rand des Laptops und erhob sich vor seinem Bruder. Er ging die zwei Stufen zu ihm hinunter und stellte sich breitbeinig auf.

»Ich weiß nicht, ob die Geschehnisse ein Wunder gewesen sind«, bohrte der Papst dieselben Worte noch einmal wie einen Speer in das Einsichtsvermögen von Gerrera. Sein Blick feuerte Zorn über den Umstand heraus, dass es offenbar Brüder gegeben hat, die an seiner Integrität gezweifelt haben.

»Glaubt Ihr selbst überhaupt an Wunder?«, fragte Benedikt seinen spanischen Bruder.

»Das ist es, wovon ich die ganze Zeit spreche. Die Zeichen, die wir nicht erkennen.« Der Papst war auf dem besten Wege, eine kluge Einleitung für seine getroffenen Entscheidungen zu finden. In oberlehrerischem Ton verbreitete er seine Feststellungen. »Würde ich wissen können, ob Damians Tod ein Wunder gewesen ist, dann wäre es von keinem Glauben mehr abhängig. Dann wäre es kein Wunder.« Grimmige Blicke stürzten sich wie eine Plane über das Kollegium. Sie galten jenen, die noch unentschlossen gewesen sind. Keiner hat Benedikt in Schutz genommen. Er spürte, dass seine Brüder weiter auf Erklärungen warteten.

»Ja«, donnerte der Papst unter die Kuppel und vollführte eine Pirouette mit einem Blick auf seine Brüder.

»Ich habe Wunder erlebt. Ich habe die größten Wunder erlebt, die ein Mensch erleben kann und dabei eine Demut empfunden wie sie mir mein Glaube bisher noch nicht geben konnte. Aber ich habe nur fromme Wundertaten gesehen. Ich habe nicht gesehen, dass unser Herr jemanden so gequält hat wie er Damian gequält hat.« Der Pontifex spürte die Unterstellung eines Mordkomplotts. Viele Päpste hatten in den letzten 1.000 Jahren hinterlistig und tückisch gegen ihre Widersacher gehandelt. Aber Benedikt wollte sich nicht auf diese Frage einlassen. Er durfte die Debatte unter keinen Umständen in eine Niveausenke fallen lassen. Es würde zu einem heftigen Streit ausarten, wenn er sich auf eine Debatte über Verdächtigungen einlassen würde. Die, die davon ausgegangen sind, dass Damian doch Recht gehabt haben könnte, die müsste er erwischen. Deshalb musste er behutsam und klug vorgehen. Kardinal Gerrera stand noch immer wie versteinert vor Benedikt.

»Damian hat sich aus freiem Willen gegen die Reformen gestellt«, sagte der Papst und zeigte mit dem Finger auf die Stelle, an der der amerikanische Apostelnachfolger entschlafen ist. »Aus uns unerklärlichen Gründen ist Damian verstorben, während er versucht hat sich gegen das Konzil zu stellen. Wir können nun sagen: es ist ein Wunder gewesen!« Fragenden Blickes herrschte Benedikt und pochte sich mit dem Finger auf die Brust.

»Dann ist das Wunder aber auf meiner Seite gewesen und sollte Euch als Zeichen genügen. Oder aber Damian ist eines natürlichen Todes gestorben. An einem Herzstillstand, dessen Ursache die Mediziner durch die Obduktion festzustellen haben. Mehr Alternativen gibt es nicht. Selbst dann wäre es nichts anderes als ein Zufall, dass es genau in diesem Moment geschehen ist. Euer Gefühl, dass ich dabei kühl in der Fassung geblieben sein soll, ist trügerisch, mein Bruder.« Benedikt spürte die Zustimmung vieler Häupter.

Vielleicht hat das auch an der geweihten Luft in der Basilika gelegen, die alle eingeatmet haben.

»Da aber keiner von uns ein Leben im Gebet geführt hätte, wenn er nicht an die Macht unseres Herrn glauben würde, kann es keine Zufälle für uns geben.« Benedikt spürte die Wellen seiner Verantwortung gegen seine Schädeldecke branden. Jeder der Anwesenden musste von einem göttlichen Willen ausgehen. Das ist die springende Voraussetzung für ein erfolgreiches Konzil gewesen.

»Wenn einer von Euch sein ganzes bisheriges Leben für unsere Sache hingegeben hat, ohne gleichzeitig an die Macht und Güte des Herrn geglaubt zu haben, dann soll er es jetzt sagen oder für immer schweigen«, rumpelte der Pontifex grantig aus seinem Brustkasten.

»Wir glauben an eine göttliche Offenbarung, wenn etwas geschieht, dessen höherer Sinn sich erst in der Zukunft zeigen soll. Niemand kann ernsthaft davon ausgehen, dass jener Weg, den unser Herr für den Abschied von Damian gewählt hat, ein Zufall gewesen ist.« Benedikts Soutane wallte wie der Spiralarm einer Galaxie seiner Körpermitte hinterher, während er sich laufend zu seinem Publikum drehte. Das Goldbrokat auf seiner Stola um den Nacken schimmerte für einen kurzen Augenblick wie ein Heiligenschein um den Oberhirten.

»Ich glaube in diesem Fall an einen göttlichen Willen. An eine Weisung von oben. So wie Kaiser Konstantin am 27. Oktober 308 von oben ein Zeichen bekommen hat und zum Dank das Christentum legalisiert hat. An so eine Weisung glaube ich. Deshalb bin ich Papst.« Und das zeigte Benedikt in diesen Momenten mit aller Beharrlichkeit. Betulichen Schrittes näherte er sich wieder seinem Bruder Gerrera.

»Moses hat den Herrn auch nie persönlich gesehen, aber er hat seine Weisungen von ihm erhalten. Er, Konstantin oder ich sind ein und dasselbe. Ein Werkzeug des Herrn.« Klug und weitsichtig berief sich der Petrusnachfolger wieder auf den Allmächtigen und schälte seinen Brüdern behutsam den Glauben aus deren Hirnrinde. Ein Kardinal, der nicht an einen göttlichen Willen geglaubt hat, ist wahrlich kein Christ gewesen. Diese Blöße hätte sich keiner geben dürfen. Benedikt zerrte an den Zweiflern in der heiligen Halle. Er beherrschte das Spiel mit der Verantwortung eines unsichtbaren Wesens, das über alles die Kontrolle gehabt hat. Unschuldig hob er die Arme und umkreiste Gerrera wie eine Regattaboje, um wieder zurück in die Mitte der Kuppel vorstoßen zu können. Der Glaubenshüter blieb stehen und drehte sich ein drittes Mal wie ein Showmaster in alle Richtungen zu seinen Brüdern.

»Wer glaubt an das Weinwunder von Kanaan oder an die Auferstehung? Jedes Jahr zelebrieren wir sorgfältig ausgewählte Wunder und verbreiten *urbi et orbi*«, dozierte Benedikt und dachte an den päpstlichen Segen, der jährlich vom Balkon der Peterskirche gespendet worden ist. »›*Urbi et orbi* - der Stadt und dem Erdkreis‹.« Benedikt erinnerte an das Weltbild der römischen Antike. Als Inbegriff der Stadt *urbi* war Rom gleichzeitig auch als Mittelpunkt des Erdkreises *orbi* aufgefasst worden. Und es sollte in den kommenden Stunden wieder zur Wahrheit werden. Rom sollte wieder zum Mittelpunkt des Erdkreises werden. ›*Urbi et orbi*‹

»Jedes Jahr feiern und gedenken wir der Auferstehung. Aber was würdet ihr alle tun, wenn er wirklich zurückgekehrt ist und sich die Prophezeiung bewahrheitet hat? Glauben wir nur an spukhafte Geister und verstecken uns hinter Beobachtungen, die dieses einzige Mal vor 2.000 Jahren gesehen worden sind? Oder würden wir die Realität auch heute erkennen können?« Benedikt ging wieder zurück zu seinem Bruder Gerrera, der am Fuße des Altarsockels verharrt ist. Benedikts Zorn ließ ihn ein Duzen aus seiner Frage entweichen.

»Also, glaubst Du überhaupt an Wunder?«

Gerrera blieb stumm. Der Pontifex wandte sich kurz wieder dem Kollegium zu und eilte schnaubend zum Altar zurück. Mit einem flinken Griff schnappte er sich das Papstbuch und riss es wie eine Trophäe in die Höhe. Im Zurückeilen zum Mittelschiff donnerte er.

»Ihr wisst, dass dieses kleine Büchlein seit dem Jahre 1632 geführt wird.« Wortlos drehte er sich auf die andere Seite und klopfte energisch mit dem Zeigefinger auf den Buchdeckel.

»Wie ihr wisst, ist der Inhalt des Papstbuches während meiner Amtszeit nur mir vorbehalten worden.« Erschrockene und schneeweiße Gesichter schwirrten mit klaffenden Mündern durch die Kapelle. ›*Das Papst-Buch!*‹ Kein Kardinal der letzten 382 Jahre hatte das Papstbuch jemals zu Gesicht bekommen. Jeder hat es gekannt, aber ebenso jeder hat es als geheimes Wissen akzeptiert, das eine Tradition erhalten hat.

»Nach meiner Wahl ist mir angewiesen worden, über das niedergeschriebene Wissen der Petrusnachfolger in diesem Buch bis zu meinem Tod zu schweigen«, erinnerte Benedikt seine Brüder und wedelte mit der Fibel.

»Nun bin ich aber auserwählt worden, dieses Wissen der Welt zu offenbaren.« Das Kollegium geriet zunehmend unter Handlungsdruck. Niemand konnte mehr ausschließen, dass Benedikt einem cleveren Schwindel aufgesessen ist. Möglicherweise einem Großbetrüger, der die größte Hintergehung der Geschichte geplant hat. Wenn dieser Unbekannte den Papst dazu bringen konnte, sämtliche Wertpapiere in einer Nacht zu verkaufen, dann hätte der Unbekannte mit der vorher eingegangenen Spekulation auf fallende Kurse ein Milliardenvermögen verdienen können.

›*Auf wessen Anweisungen beruft sich der Papst wirklich?*‹, grübelten die Kardinäle. Irgendjemand musste Benedikt mit perfider Überzeugungskraft den Verstand geraubt haben. Das Papstbuch ist seit jeher ein Heiligtum gewesen, von dem die Weltöffentlichkeit niemals etwas erfahren sollte. Es dokumentierte, welche geheimen Erscheinungen ein Petrusnachfolger als Gesandter Gottes durch den Himmel gehabt hatte. Dieses Wissen sollte nur im Kreise der Petrusnachfolger bleiben. Seit Urban VIII. die Aufzeichnungen von Galileo Galilei beschlagnahmt hatte, ist dieses Papstbuch geführt worden. Den Kardinälen stockte der Atem.

»Wie könnt Ihr nur das angeblich größte Geheimnis unserer Kirche veröffentlichen?«, fragte Bruder Da Silva.

»Ich habe Anordnung erhalten, es zu tun«, erwiderte Benedikt.

»Ich bin in der Hierarchie dieser Kirche nicht das oberste Organ. Wie ihr alle, habe auch ich meinen Glauben an unseren Herrn geschworen.« Der oberste Glaubenshüter ließ seine Arme absacken. Einige staunende Kardinalsblicke fixierten das Buch, andere wieder kullerten grimmige Blicke in Richtung Papst hinüber.

»Das Papstbuch hat seinen Zweck verloren«, antwortete Benedikt.

»Es hat den Zweck gehabt, die Existenz unseres Herrn geheim zu halten. Nun will er sich zu erkennen geben.« Wie ein spukhaftes Schlossgespenst schleppte Benedikt seine am Boden schleifende weiße Soutane zum Stuhl zurück und setzte sich hin. Er nahm die Fernbedienung des Projektionsgerätes in die Hand und spähte tief in die Augen seiner Brüder.

»Wollt Ihr nun unsere Fragen beantworten, Benedikt?«, murrte Da Silva ungeduldig nach einer Antwort. »Eure Wunder und Offenbarungen? Oder Christus, das Konzil, die Zusammenführung der Weltreligionen und andere heilige Anweisungen? Wie lange wollt Ihr uns noch warten lassen?« Benedikt atmete tief durch und blickte weitherzig.

»Es kann Fälle geben, in denen eine Macht in das Leben eines Menschen eintritt und es völlig verwandelt.« Er hob den Arm und deutete auf das Schöpfungsfresko von Michelangelo.

»Wenn Gott den Menschen gerufen hat, dann ist das auch immer wie eine neue Erschaffung gewesen. So war es auch bei mir.« Zutraulichen Blickes musterte der Pontifex seine potenziellen Nachfolger.

»Ich kann nicht meine Erlebnisse mit Euch teilen. Wie meine Vorgänger bin ich zu diesen Zeitpunkten immer nur alleine gewesen. Aber ich kann die Einsichten mit Euch teilen, die ich nach diesen Begegnungen gewonnen habe.« Benedikt inhalierte einen großen Zug geheiligter Kappellenluft.

»Unser Herr wollte Euch noch nicht erscheinen, bevor Ihr eine Entscheidung gefällt habt.«

»Was meint Ihr damit?«, fragte der englische Kardinal Beckham.

»Als ich ihn gefragt habe was ich denn tun sollte, wenn der Zeitpunkt gekommen ist, zu dem ich Euch von ihm erzählen sollte, da hat er mir geantwortet: ›*Selbst wenn ich 1.000 mal in Betlehem geboren worden wäre, aber nicht einmal in den Herzen meiner eigenen Brüder, dann hätte ich in Wahrheit für keinen einzigen jemals gelebt*‹.«

Den Brüdern stand eine wundersame Ergriffenheit ins Gesicht geschrieben.

»Er hat gesagt, wenn Ihr wirklich an ihn glaubt, dann muss es aus Eurem Herzen kommen. Dazu muss er keinem persönlich erscheinen und ein Wunder vollbringen, um es Euch zu beweisen.« Benedikt lugte in die erwartungsvollen Augenszenerien des Kollegiums.

»Ich habe auf seine Anordnung einen Kurzfilm für Euch anfertigen lassen.« Benedikt deutete wieder auf die Bildschirmleinwand. Dort strahlte noch immer das Computergemälde herunter. Benedikt zitierte den Text noch einmal lautstark.

»›In der Menschheit kann immer jeder Fall eintreten, der möglich ist‹«

Anschließend betätigte er die Fernbedienung. Das gesamte Kardinalskollegium klebte mit seinen Gucklinsen auf der Lichtbildoberfläche. Die Darstellung wechselte in eine finstere Schwärze, aus der plötzlich ein Lichtblitz herausstrahlte und einen glühenden keilförmigen Trichter geöffnet hat, aus dem Spiralgalaxien wie kleine Seifenblasen herausgeschwebt sind. Ein Text erschien.

›*Warum sind wir?*‹

Außer dem Zeigefinger des Papstes auf der Fernbedienung, vollzogen nur die Herzen der Anwesenden eine Bewegung. Nicht einmal die Pupillen der Kardinäle haben sich eine Regung erlaubt. ›*Der Urknall und das Wunder der Schöpfung bis heute*‹, kam ihnen in den Sinn. ›*Warum sind wir?*‹ Eine Frage, die seit tausenden Jahren den menschlichen Geist befeuert hat. ›*Unser Heiland hat mit Benedikt den Film für uns zusammengestellt?*‹ Die Galaxien verloren sich wieder gespenstisch in der finsteren Schwärze des Weltalls, das sich mit einem Blau gemischt und zu einer Skyline bei Nacht verformt hat. Über den Häuptern der gläsernen Stahlriesen im Stadtzentrum näherte sich eine bedrohliche Wolke mit einer noch undeutlichen Silhouette. Wenig später vergrößerte sich aus dem dunklen Wolkenhintergrund ein ›*Währungszeichen*‹ am Himmel und bedeckte schließlich die Atmosphäre über den Stadtzyklopen der abgebildeten, nächtlichen Skyline. Wie ein großer Schatten wabberte das Symbol einer zwar jungen, aber vorzeitig gealterten Weltwährung am Himmel und drohte sich zu materialisieren, wie wenn es auf die Köpfe der Wolkenkratzer herunterfallen wollen würde. Ein Text erschien.

›Wo stehen wir?‹

Den Kardinälen stockte der Atem. Einige glaubten schon jetzt eine Botschaft zu erkennen. Man gedachte an die Probleme des Euro. An die Zerreißproben der letzten Jahre, die deutlich gemacht haben, dass Geld eine Ideengemeinschaft jederzeit spalten hätte können. Das Geld als Keil zwischen den Völkern.

Die Skyline und das Euro-Zeichen verschwanden wieder und hinterließen einen Blick in den tiefen Kosmos. Auf dem rechten unteren Eck zeigten sich plötzlich Dollarnoten, die sich duplizierten und in die Ferne aneinanderreihten. Es wirkte, als ob das Papiergeld einen Weg in die kosmische Ferne geebnet hat. Mit zunehmendem Abstand wurden die Dollarscheine immer kleiner und strebten ganz vorne im Bildhintergrund steil an, um in einem unbegrenzten und finsteren Oben zu verschwinden. Das Zahlenspiel mit dem Papiergeld, das den direkten Weg in die Unendlichkeit gesucht hat. Auf dem Weg, den das Papiergeld nach oben gewiesen hat, balancierte ein im schwarzen Anzug gekleideter Mann wie ein Seiltänzer. Die Kardinäle warteten gespannt auf den Text, der kommen sollte.

›Wohin wollen wir?‹

Ein tiefes Durchatmen der Einsicht ist in der Kapelle zu vernehmen gewesen. Der Mensch zeigte sich als seiltanzender Akrobat im Nadelstreif, der auf dem Papiergeld seinen Sinn nach oben in der Unendlichkeit gesucht hat und eine ferne Leere vorfand. *›Wohin wollen wir?‹*

Eine einfache Frage, die plötzlich eine kollektive Erleuchtung in die Antlitze der Apostelnachfolger gezeichnet hat. Sowohl die Schwärze als auch der gezeichnete Weg aus Dollarnoten verschwammen wieder langsam. Plötzlich offenbarte sich ein Bild, das man aus der Perspektive eines Tauchers an der Wasseroberfläche wie den Querschnitt der Elemente wahrnehmen könnte. *Luft* und *Wasser*. Das obere Drittel des Bildes zeigte den marineblauen Himmel. In den unteren beiden Dritteln schlummerte die finstere Tiefe des Ozeans. Die Meeresoberfläche bildete die Schnittgrenze. Ein riesiger Eisberg schwamm darin wie eine verankerte Boje. Die Spitze des gefrorenen Riesen ragte oberhalb des Wasserspiegels mit einem verschwindend kleinen Teil heraus. 90 Prozent der Eisbergmasse waren in der Schwärze des Ozeans versunken und lauerten dort als unsichtbares Geheimnis. Wieder kam ein Text herein, der sich zuerst auf die obere kleine Eisbergspitze setzte.

›Was wissen wir?‹

Mit einem unterschwelligen Spott strahlte die Frage herunter und jeder verstand ihre Andeutung. Im Großteil des Eisbergs, der unter dem Wasserspiegel geheimnisvoll geschaukelt hat, erschien ein weiterer Text.

›Was wissen wir nicht?‹

Benedikt schweifte kurz mit prüfendem Blick über die versteinerten Gesichter seiner Brüder. Der Eisberg verblich wieder und die Bildfläche präsentierte vor einem Schwarzen Himmel einen kleinen Teil des blauen Planeten, der aus der Satellitenperspektive wie ein praller Bierbauch aus dem rechten Bildrand herausgeragt ist und im einfallenden Sonnenlicht warm geglänzt hat. Eine Raumkapsel zeigte sich plötzlich in der Atmosphäre über dem Planeten. In einer gesicherten Position der Überlegenheit schwebte das Überwachungsvehikel wie eine metallische Hummel in unerreichbarer Höhe und hat auf die gutgläubige Weltbevölkerung herabgespäht.

›Was wissen unsere Anführer?‹.

Mit der Symbolik einer Mahnung loderte der Text aus der unerforschten Finsternis einer dunklen Weltordnung herunter, die den Planeten dominiert hat. Die Frage peitschte eine demokratische Opposition herunter. Die Kardinäle begriffen die Botschaft des Bildes. *›vox populi vox dei‹*. Mit dieser Parole hat man die Bürger in die Irre geführt. *›Die Stimme des Volkes ist die Stimme Gottes‹*. Aber die Stimme des Volkes konnte niemals die Stimme Gottes sein, weil die Anführer stets mehr gewusst haben als das Volk. Das Gestirn, der Planetenbauch und der metallische Beobachter in der Atmosphäre verschwanden wieder von der Bildfläche. Ein im Spotlicht liegender knallroter Apfel präsentierte sich postwendend in kerniger Frische. An der sauber gewaschenen und aufpolierten Apfelschale perlten noch einige Wassertropfen und verlockten jeden Betrachter zu einem herzerfrischenden Biss in das saftige Süß. Plötzlich trennte sich wie von einer Torte ein Viertel auf der Vorderseite des Apfels heraus und zeigte das Innenleben des Obstkörpers im Querschnitt. Verdutzte Blicke flogen durch das Kirchenschiff nach vorne auf die Leinwand. Das äußere Erscheinungsbild des Apfels ist nur eine Täuschung gewesen. Der Text brannte ein gellendes

›Was sollen wir glauben?‹

auf die Leinwand. Der Apfel verbarg das Innenleben einer *Orange*. Nicht, dass eine Orange schlechter geschmeckt hat als ein Apfel, aber man hatte etwas anderes erwartet als eine Orange. Die Kardinäle spürten den unversöhnlichen Kontrast zwischen dem, was man den Bürgern vorgehalten hat und was sie erwartet haben, und dem was sie letztlich bekommen haben. Der Etikettenschwindel! Kurz darauf löste sich das widersprüchliche Obst in der Verdunkelung auf und offenbarte ein neues Bild, das den Kardinälen ein leichtes Lächeln auf die Lippen gezeichnet hat. Ein Schwarzweißbild zeigte eine große hölzerne Schubkarre, in der sich 12 kleine Kinder zwischen einem und vier Jahren aufgehalten und aufgeregt darauf gewartet haben, in welche Richtung sie vom Erwachsenen wohl geführt werden würden. Die Mädchen und Buben klammerten sich mit den Händen an den Rand der Schubkarre und grinsten in gutgläubiger Aufregung vertrauensvoll in ihre nächstliegende Zukunft, in die sie sich widerstandslos anführen und beherrschen ließen. Die Sonne strahlte gute Laune auf die Szene. Unter der Kuppel der Sixtinischen Kapelle ist es mucksmäuschenstill geworden. In den Köpfen der Apostelnachfolger schwirrten die Fragen der letzten drei Minuten herum. ›*Wo stehen wir?, Wohin wollen wir?, Was wissen wir?, Was wissen wir nicht?, Was wissen unsere Anführer?*‹ und ›*Was sollen wir glauben?*‹ Die Stimmung der in Vorfreude versunkenen Kinder, ist den Glaubenshütern aus den Gesichtern entwichen, als die knallharte Frage erschienen ist.

›*Wer bestimmt das überhaupt alles?*‹

Den Anwesenden juckte ein heranschleichender Sinn in die Synapsen. ›*Wir haben bestimmt, in welche Zukunft unsere Nachkommen gehen und sie haben uns vertraut.*‹ So wie die Bürger ihren Anführern vertraut haben. Wer bestimmte wirklich alles? Warum wir sind, wo wir standen, wohin wir wollten, was wir wussten oder woran wir geglaubt haben? Wenig davon hat man noch selbst bestimmt. Das ist der Trugschluss der Demokratie gewesen. Die Unabhängigkeit und Freiheit hat sich immer mehr zur Fremdbestimmung gewandelt. Der Terror und die politische Taktik bestimmten die Lebensführung der Bürger in der Demokratie und man spürte allerorts, wie es den Leuten zum Hals heraus hing. Die Dramatik der bildhaften Eindrücke erreichte für die Kardinäle unerwartete Höhen. Benedikt hatte gesagt, dass die Fragen auf Anordnung des Herrn erstellt worden waren. Die erste wörtliche Botschaft des Leibhaftigen hat sich nach 2.000jähriger Pause in computergenerierten Animationen dargestellt. Grundsatzfragen, die unverwüstlich in der Ewigkeit gestanden sind. Die Schubkarre verschwand wieder von der Leinwand mitsamt den Kindern und das Innere einer finsteren Höhle offenbarte sich. Durch eine kleine Lichtöffnung am linken oberen Rand der Höhle fielen warme Sonnenstrahlen nach rechts unten herein und haben gleichzeitig einen Weg in die Freiheit nach draußen gewiesen. An der Unterkante der Felsöffnung schlängelte sich eine schäumende Wasserbrandung in einem Lichtkegel wie ein Gottesbote herein und verbreitete den Frohsinn eines Aufbruchs.

›Was ist die Wahrheit?‹

Der Text glühte von der Leinwand eindrucksvoll herunter. Die Symbolik war gespenstisch. Jede Epoche der Geschichte hatte sich im Nachhinein immer als finstere Höhle herausgestellt, deren Wahrheit erst viele Generationen später durch einen Lichteinfall erkannt werden konnte. *Was ist die Wahrheit?* Diese unsterbliche Frage ließ das Kollegium begreifen, dass es gar nicht so sehr um die Wahrheit über Gott gegangen ist, die ihren Glauben ausgemacht hat, sondern um die Wahrheit über die Menschheit gegangen ist, die von Gott geschaffen worden sein soll. Aber auf lange Sicht ist die Wahrheit immer durchgedrungen. Spätestens dann, wenn die Zeit der Sieger ihr Ende angekündigt hatte und Verlierer aus ihnen gemacht hat. Das Bild verschwand wieder in der Schwärze der Leinwand und verformte sich in die Nostalgie einer nochmaligen Schwarzweißaufnahme. Sie zeigte eine Schulklasse auf drei Bankreihen, wie sie vor dem zweiten Weltkrieg ausgesehen haben könnte. Neugierige Blicke der Jugendlichen saugten sich respektvoll an einen allwissend scheinenden Lehrer, der mit verschränkten Armen am Rücken wie ein Meister auf dem Podest vor seiner Klasse gestanden ist. Grelles Vormittagslicht glomm durch die großen Fensteröffnungen und die nächste Frage flimmerte auf.

›Gibt es für alles eine Erklärung?‹

Die Kirche ist bisher immer im Streit gegen die Wissenschaft gescheitert. Aus genau diesem Grund. Sie hat auf die endgültigen Fragen keine sinnstiftenden Erklärungen mehr bieten können. Sie hatte sich in eine Geheimlehre verirrt, anstatt die Botschaft ihres Herrn zu verkünden. Die Kardinäle hatten die Irrwege der Kirche noch nicht zu Ende gedacht, da verwischte sich das Klassenzimmer zu derselben Aufnahme in der Anfangsphase des Films. Die unendliche Weite des Kosmos schimmerte wieder herunter und eine Geldnote des US-Dollar erschien erneut. Aber diesmal am linken oberen Rand und nicht am rechten unteren Rand. Der Weg, der sich wieder durch die aneinander gereihten Papiergeldnoten in die Ferne geebnet hat, verlief allerdings nicht mehr steil nach oben, sondern spiegelverkehrt in die Unendlichkeit nach unten. Wieder lugte der Papst neugierig zu seinen Brüdern und wartete aufgeregt auf die beiden Schlussszenen. *›Wo stehen wir?, Wohin wollen wir?, Was wissen wir?, Was wissen wir nicht?, Was wissen unsere Anführer?, Was sollen wir glauben?, Wer bestimmt das überhaupt alles?, Was ist die Wahrheit? und Gibt es für alles eine Erklärung?‹* Das Bildgleichnis der abwärts verlaufenden Papiergeldschlange klemmte dem Publikum die nächste Frage förmlich in die Ahnung.

›Stehen wir vor einer Umkehr?‹

Über 100 demütige Blicke sind von der Frage so magnetisch angezogen worden, wie hungrige Welpen von einer Schale Milch. *›Die Umkehr!‹* Der einzige und allumfassende Begriff für die Botschaft des Christentums. Die Kardinäle spürten aufkeimenden Mut bei dem Gedanken. *›Könnte Benedikt doch Recht haben?‹*, ist die kollektive Erwägung in der heiligen Halle gewesen. Der Gedanke ist noch nicht fertig in Betracht gezogen worden, da erschien das nächste Bild. Eine fette und dunkelgraue Wolkenwand am Himmel erschien, die ihren Zorn durch ein mächtiges Sturmgewitter entladen hatte. Leer gepumpt kämpfte die Wolkendecke erschöpft gegen die kräftigen Sonnenstrahlen an, die sich mutig einen Weg bahnten und durch eine kleine Lücke einen Spot auf die Meeresoberfläche gebrannt haben. Wie eine leere Konzertbühne aus Wasser, die auf den Auftritt eines Starsolisten gewartet hat, präsentierte sich das Naturschauspiel auf dem Ozean. Kardinal Gerrera fixierte die Meeresoberfläche, die das Sonnenlicht reflektiert hat und den erwarteten Popstar im Scheinwerferkegel einfangen sollte. Gerrera lauerte auf die nächste Frage.

›Ist der Messias zurückgekehrt?‹

Die Frage bohrte sich in die Herzen der Anwesenden. Ihre Blicke schweiften zu Benedikt und haben die Bitte um Vergebung widergespiegelt. Benedikt atmete tief durch und genoss die Ergriffenheit der Apostelnachfolger. Er wusste, was alle in dem Moment gedacht haben. Sie hatten ihren Herrn noch nicht gesehen, aber sie spürten plötzlich alle, dass er wirklich präsent gewesen ist. Alleine die Hoffnung, dass er tatsächlich zurückgekehrt sein könnte, hat eine gewaltige Woge der Lust unter die Kuppel rasen lassen. Die Lust zum Wandel! Der Papst registrierte, dass nun der Zeitpunkt der Offenbarung gekommen ist. Aber er wartete mit seinem Beweisverfahren und ließ seine Brüder noch einmal in Gedanken versunken alle bewegten Bilder im Gedächtnis abspielen. Wenn alle Glaubenshüter ihrer Herde gegenübertreten würden und sagen würden: Das ist der Messias! Wie viele würden es Ihnen wohl glauben?

63

Pulsschlag des Universums

Harvey Friedman saß vor der sonnenbeschienenen Flügeltür eines Vorraums in der Corporate Finance Abteilung der UBS und nippte an seinem Orangensaft. Er ließ die Melodie von ›*love of my life*‹ schon das 7. Mal abspielen und verlor sich in Gedanken, nachdem er die Marktdaten erfasst hatte, die der vorbörsliche Handel angezeigt hat. Der Aktienindex wirkte, als ob er mit mehrfachen Knochenbrüchen in den Fangnetzen einer Skiabfahrtspiste gehangen wäre.

›*Manche Experten legen aber dem Bein einen Gips an, bevor es gebrochen ist*‹, grummelte Harvey abschätzig vor sich hin, während er im Hintergrund vereinzelte Kommentare über die Börsenkurse in den Interviews auffing. Trotzdem beunruhigten ihn die Berichte, denn sie haben eine neue Dimension der Dramatik erreicht. Genauso wie sein Leben.

›*Aber weder der Markt noch mein Leben brauchen einen Gips*‹, suggerierte er sich mit Wohlwollen. Welchen Super-Gau die Schlagzeilen über die Börsen auch immer dargestellt hätten - es wäre deshalb morgen trotzdem die Sonne wieder aufgegangen. Die Frage war nur: Mit welcher Weltordnung?

Die TV-Nachrichten hatten auf der rechten Bildschirmhälfte soeben die graphische Darstellung des größten Börsencrashs in der Geschichte eingeblendet. Harvey erinnerte sich zurück an seine Untersuchungen. 90 Prozent hatte der US-Aktienindex damals verloren gehabt, bis er sich wieder erholt hatte. Von diesem Zeitpunkt an haben Kurse einen neuen Stellenwert erlangt. Sie sind zum Pulsschlag des zivilisatorischen Universums geworden. Preise auf Börsen haben die Menschenherde wie dummes Vieh in willkürliche Richtungen getrieben. Weil man nie genau gewusst hat wo die Reise enden würde, haben alle die Last der Angst vor *dem* Crash gespürt, der irgendwann alles bisher da gewesene übertreffen sollte.

US-Aktienindex (Dow Jones) 1920-1932

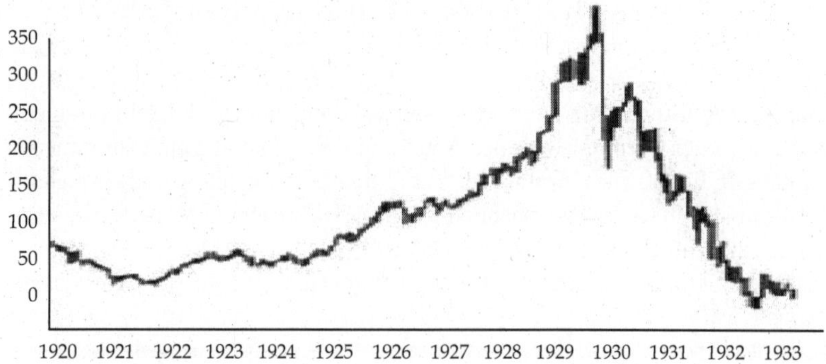

Als am 24. Oktober 1929 ein Börsenmakler 20.000 Aktien von General Motors angeboten hatte, hatte das bei vielen einen plötzlichen Verdacht ausgelöst und eine Lawine von Verkaufsmeldungen war die unausweichliche Folge gewesen. Die damalige Lage hatte erst durch ein Stützungskonsortium stabilisiert werden können. Seinerzeit hatten die Leute auch gedacht, dass die Welt im Begriff gewesen war, ihren Untergang anzutreten. Würde der US-Aktienindex heutzutage 90% einbrechen, dann wäre das fast mit einem Weltuntergang vergleichbar.

Harvey schlürfte abermals an seinem Orangensaft und wurde in Gedanken zwischen Jackie und den News hin und her gerissen. Er dachte an die letzte Äußerung von Susan, dass er nicht stören würde, wenn er ins Sitzungszimmer dazu stoßen würde. Aber was sollte er in einer Verhandlung, an der Leute beteiligt gewesen sind, die er nicht gekannt hat? ›*Ich werde einfach nicht hineingehen und solange warten, bis man mich abholt!*‹ Schließlich hat man etwas von ihm gewollt. Jackie hat eindeutig Vorrang gehabt. Aber sie ist weder erreichbar gewesen, noch hat sie zurück gerufen. Harvey musste sich zwischenzeitlich durch die Berichterstattung einen Überblick über diese dunkle, schattige Welt verschaffen, die in ein großes Loch zu stürzen schien. Wenn der Termin hier beendet sein würde, würde er Jackies Elternhaus aufsuchen.

Im Zuwarten beobachtete er den Gleichklang der Börsenkursbewegungen, so als hätten die Kurse ein Muster gehabt. Der Tsunami aus Negativerwartungen ist aus Asien und Europa über die zeitlich verschobenen Uhren des Atlantiks Richtung Wall Street gerollt. Die berühmte Glocke des New Yorker Börsenkomitees würde in sieben Minuten zur Handelsöffnung geläutet und dann würde ein panisches und unverständliches Geschrei entfachen. Die drei Bedingungen, die die Wall Street in den 1990er Jahren gefordert hatte, sind nun als Monsterwelle zurückgekommen. Verlängerte Handelszeiten, Verringerung der Handelskosten und länderübergreifender Handel mit Wertpapieren. Alles musste durch die elektronischen Datenkanäle geschleust werden, damit man rechtzeitig reagieren konnte, wenn sich etwas verändert hat. Die Herde musste immer schneller die Himmelsrichtungen und Weideplätze wechseln. Was die Wall Street haben wollte, hat sie auch immer bekommen. New York könnte aber ein pekuniäres Fukushima werden, wenn die Monsterwelle in ein paar Minuten an der Küste antrifft. Dessen ist sich Harvey bewusst gewesen.

Dass der *technologische* Fortschritt zu einem *größeren* Konkurrenten geworden ist als die Mitbewerber, haben die Regierungen offensichtlich noch immer nicht erkennen können. Sie haben geglaubt, dass sie das System ausschalten könnten, wenn sie es strenger regulieren würden. In Wahrheit ist es eher ein Vorwand gewesen der den Bürgern suggerieren sollte, dass sie unter dem Schutz ihrer Regierungen gestanden sind. Das Schwarmverhalten an den Märkten hat aber immer mehr Einfallsreichtum bewiesen. Harvey frischte seine Gedanken über den Ausbruch der Krise im Jahr 2008 auf. Das Repräsentantenhaus hatte in wenigen Wochen das Gesetz zur *›Eindämmung des systematischen Risikos‹* durchgeboxt, weil es globale Ausmaße angenommen hatte. Die Panik ist von Lehman, zu AIG, dann zu Morgan Stanley und zu Goldman Sachs gesprungen. Auch Merril Lynch hatte es schlimm erwischt und war wenige Monate später geschluckt worden. In einem einzigen Augenblick waren Konzerne in Schwierigkeiten geraten und Nationen am Rande des Bankrotts getorkelt. Die Bank of England hatte englische Banken retten müssen. Ein pensionierter Ex-Angestellter einer Staatsdruckerei hatte die Sache teuer an die Medien verkauft gehabt. Island war zahlungsunfähig geworden. Griechenland und Irland waren wenige Monate später an die Wand gefahren. Chinas Wirtschaftswachstum war an einem Tag auf Stagnation gefallen. 400 Milliarden Euro waren in einem einzigen Augenblick allein in China in einem Schwarzen Loch verschwunden. US-Finanzminister Timothy Geithner hatte im Jänner 2011 erstmals auch öffentlich das Wort *›Insolvenz‹* in den Mund genommen. Ein halbes Jahr später war die Kreditwürdigkeit Amerikas zerstört gewesen. Und die deutsche Regierung hatte kurz darauf im Frühjahr 2011 unter höchster Geheimstufe begonnen, in ihren Staatspressen hunderte Milliarden neue Geldscheine von ihrer alten Währung in D-Mark drucken zu lassen. Die permanenten Verhandlungen über immer größere Rettungsschirme hatten die Deutschen zu einem Plan B gezwungen gehabt. Es ist ein Riesenskandal im Sommer 2013 gewesen, als die Sache durch einen neugierigen Journalisten aufgeflogen war und die deutsche

Bundeskanzlerin zurücktreten hat müssen. Der Markt zwang alle Völker zu Reaktionen und Gegenreaktionen, so als ob diese unsichtbare Hand die Menschen an der Nase herumgeführt hätte. Kein Gesetz hat einen entfesselten Markt an seinen Interessen hindern können.

Der TV-Sender blendete Werbeblocks ein. Als Harvey die Bewerbung der Neuinszenierung mit dem weltberühmten Ensemble von La Traviata sah, entsann er sich an die Loge, in der er und Jackie gemeinsam gesessen wären. Wie Richard Gere und Julia Roberts in Pretty Woman. Das ist das letzte gewesen, das die Familie Friedman gemeinsam vorgehabt hatte. Der Gedanke daran leitete Flüssigkeit aus seinen Tränensäcken in die Augen. Verdi hatte schon im ersten Akt seiner Oper die Hauptbotschaft seiner ganzen Erzählung überbringen lassen: ›*Die Liebe ist der Pulsschlag des Universums*‹, hatte Florentina gesungen. Die nächsten Einfälle wühlten Harvey plötzlich mächtig auf. Jackie rief nicht zurück und dieser Zungenbrecher mit dem Namen Bufimimat hat seinen Termin ebenso noch nicht beendet. Aber er hat noch etwa drei Minuten Zeit gehabt. Über 37mal hatte Harvey in der Zwischenzeit die Nachricht auf Jackies Box abgehört. Früher hätte er in so einer Situation wutentbrannt getobt. Aber in dieser Welt hat er den Krieg in seinem Kopf nicht mehr gespürt. Er ist befriedet gewesen, wenn er nur Jackies Stimme hören konnte. Der Unbekannte hatte ihm auf der Heimreise im Taxi gesagt, ›*er könne mit Jackie für unbestimmte Zeit nicht mehr telefonieren.*‹ Die Ungenauigkeit dieser Aussage quälte ihn zunehmend. ›*Was ist unbestimmt?*‹ Diese Zeitangabe könnte auch einen unendlich langen Zeitraum beinhalten. Harvey musste also daran glauben, dass es bald sein könnte. So wie Gläubige die Hinterlassenschaften ihres Erlösers sorgsam aufbewahrt haben, um ihrem Heiland möglichst nahe zu sein, so hat Harvey die Stimme von Jackie behütet. Er war dankbar, dass er wenigstens ihre Stimme hatte. Würden Gottesfürchtige eine Stimme von ihrem Glaubensgründer in Besitz bekommen, würden sie vor Glück weltweit alle Kirchenglocken tagelang läuten lassen. Jackie war in diesem Moment für Harvey das, was Christus für die Christen oder Mohammed für die Moslems gewesen ist. Er hörte diese Glocken des Glücks, wenn er ihre Stimme auf der Mailbox abgehört hatte. Sie war seine Erlösung und Befreiung, die auf ihn gewartet hat. So, wie Sie es am Telefon versprochen hatte, bevor er in den Lift eingestiegen war. Die Hoffnung auf ihren Rückruf hat sein Herz höher schlagen lassen. Zu ihr wollte er und sie suchte er. Und wenn es sein musste, würde er ein ganzes Leben lang suchen. Das war der wahre Sinn des Lebens.

In zwei Minuten bricht die dritte Stunde an, seit er in dieser einstürzenden Welt aufgewacht ist. Er fühlte sich einsam und musste mit Jackie im Geiste sprechen. Das könnte er am Besten, wenn er ihr einen gedanklichen Brief schreiben würde. Also hat er angefangen zu diktieren. ›*Mein Engelchen! Wenn sich mein momentaner Seelenknick auf alle Menschen der Welt verteilen würde, würde keiner mehr lachen. Die Zeit ohne Dich ist lang und leer. Ich kann kaum klare Gedanken fassen, weder begreifen noch ausdrücken was mich bewegt. Ich suche im Selbstgespräch nach Antworten, die die Fackel in meinem Kopf löschen könnten. Es ist so wie es ist. Es ist, als rufe ich Dich immer und immer wieder an und niemand geht ans Telefon.*‹ Harvey begriff plötzlich die Tragweite des heutigen Datums. Wie vom Blitz getroffen fuhr ihm ein Schlag durch den Korpus.

›*Was ist mit meinem Sohn? Mein Sohn müsste längst auf der Welt sein!*‹ Er schaltete blitzschnell. Der einzige Mensch, der ihm Antworten über sein neugeborenes Kind liefern konnte, ist dieser Christian Bufimimat gewesen. Jetzt hatte Harvey einen Grund sofort in das Sitzungszimmer zu gehen. Er musste sich um seine Familie kümmern. Verdi hatte Recht gehabt: ›*Die Liebe ist der Pulsschlag des Universums!*‹ Keine Welt war davon ausgenommen. Egal wie viele Universen es gegeben hat.

64

I.N.R.I.

Es dauerte keine Viertelstunde bis Robert und Filippo umgezogen im Jeep gesessen waren und ihren nächtlichen Stützpunkt eilig verlassen hatten. Der Geländewagen hatte sie allradgetrieben über Wurzeln und Schlaglöcher durch den Wald zurück auf das riesige Rasenfeld transportiert, wo eine ZS-90 auf sie gewartet hatte. Der Vatikan ist äußerst spendabel gewesen, was die Anforderungen Roberts betroffen hat, angemessene Fortbewegungsmittel der Verfolgung einsetzen zu können. Die ZS-90 war ein supermodernes Fluggerät europäischer Hersteller, das allen Anforderungen von Robert entsprochen hat. Der Operationserfolg ist Rom ein großes Anliegen gewesen. Überall hatten die beiden in *Buffis* Umgebung mehrere Peilsender angebracht, die so klein und dünn gewesen sind wie ein Gänseblümchenblatt. Die Transistorenschrumpfung auf ein Milliardstel der anfänglichen Größe vor 40 Jahren hat Schaltkreise auf einer Fläche ermöglicht, die mit freiem Auge nicht mehr sichtbar gewesen sind. Die Reichweite der Peilsender hat zudem weltweit sein müssen und ihre Energieversorgung hat über Nanobatterien erfolgen müssen. Darauf hatte Robert bestanden. Filippo hatte die dünnen und selbsthaftenden Peilblättchen auf sorgfältig ausgewählten Stellen jedes mal dann angebracht, während Robert sein Zielsubjekt woanders observiert hatte. Die beiden haben nicht nur gestritten; sie haben manchmal auch als

Team operiert. Wo Filippo Zugang zu beweglichen Gegenständen oder Nutzgeräten gefunden hatte, ist seither der MLS an mehreren Positionen geklebt. Der *Mikro-Local-Searcher*. Im Auto, im Wasserflugzeug, auf den Kleidungsstücken, Uhren oder Sonnenbrillen, die Christian Bufimimat regelmäßig benutzt hat. Sogar auf einer Falcone 112 Segelyacht, auf der *Buffi* gelegentlich einige Tage verbracht hat. Robert hat jederzeit wissen müssen, wo sich *Buffi* wann aufgehalten hat, wenn er ihn gerade nicht im Fadenkreuz observieren konnte. Der Bibelwissenschafter hat von jedem Schritt ein exaktes Bewegungszeitprofil angelegt. Er und Filippo leisteten Geheimdienstarbeit auf höchster Stufe. Aber für eine friedliche Sache; das ist der Unterschied gewesen. ›*Verlieren Sie ihn unter keinen Umständen aus den Augen oder lassen sich keinesfalls abschütteln. Egal mit welchen Mitteln und Kosten Sie das verhindern müssen. Der Vatikan hat lange genug auf diesen Moment gewartet und gespart!*‹ So hatte die deutliche Anweisung von Kardinal Sepero gelautet.

›*Buffi*‹ hatte Vorsprung. Manchmal war die Entdeckung ihrer Beobachtungen so knapp gewesen, dass Robert das eigenartige Gefühl bekommen hat, *Buffi* hat wissentlich geschehen lassen was geschehen ist. Während die beiden am Seeboden Aufklärungsarbeit geleistet hatten, war *Buffi* mit seinem Wagen hinter die nördliche Kuppe oberhalb der Seehütte auf eine kleine Lichtung gefahren und anschließend mit dem Helikopter zum nächstgelegenen Flugfeld gedonnert. Dort war er in seine XJR-145 eingestiegen, von der es weltweit erst 12 ausgelieferte Modelle gegeben hat.

Die beiden Augenzeugen der kostbarsten und bedeutendsten Reliquien hatten etwas mehr als 20 Minuten Rückstand. Vor 10 Minuten sind die beiden gelandet und Robert hatte die ZS-90 in einen Privathangar manövriert, der direkt an der Parkgarage angrenzte. Der Bibelexperte hatte sein kleines, dafür aber flüsterndes und schnelles Fluggerät an die Leistungsgrenzen gebracht und hatte sich und Filippo von zwei Sterling Stahltriebdüsen mit 5.000 Pferdestärken gierig in die nördlichen Luftmassen von New York schieben lassen. Den Geländewagen hatten sie an ihrem Stammplatz in einem Krater am Waldrand abgestellt. In den letzten sechs Monaten, in denen sie wie ein Schatten hinter Mister Bufimimat her gewesen sind, haben sie überall dort ihre Depots anlegen müssen, wo sie gewusst haben, dass sie wieder zurückkehren würden. Mehrere Gigabyte Film- und Fotoaufnahmen haben sich in diesen Monaten angesammelt. Achtmal sind sie schon am See gewesen, aber heute war ›*Buffi*‹ das erste Mal über lange Zeit unter Wasser verschwunden. Die Entdeckung des unterirdischen Museums hatte beide im Jet über eine Stunde lang sprachlos die Gedanken ordnen lassen. Der Anflug auf New York hatte eine eigenartige Nervosität in Robert hervorgerufen; so als ob ihm die Zeit vor irgendetwas davonlaufen würde. Über den Peilscanner haben er und Filippo gewusst, dass sich Christian in der Park Avenue 101 aufhielt. Im Gebäude der

UBS, wo er schon öfters mehrere und längere Termine absolviert hatte.

Seit Robert diesen Mister Bufimimat zu beschatten begonnen hatte, hat er an ihm eines unverkennbar angemerkt: *Buffi* ist anders gewesen. Er war ein eigenartiges Exemplar auserlesenen Charismas für das es kaum Vergleiche gegeben hat. *Buffi* wirkte natürlich, berechenbar und ungeheuer vielschichtig. Einmal hat er auf gehobenen Treffen verkehrt, ein anderes Mal wieder auf alternativen Veranstaltungen. Entweder hat er Vernissagen besucht, auf denen sich Senatoren, Banker oder Professoren unter den Gästen gefunden hatten. Oder er war auf Partys eingekehrt, auf denen Umweltschützer, Tierschützer oder Globalisierungsgegner ihre Zugehörigkeit zelebriert hatten. *Buffi* hat Gastvorträge für Kinderkrebshilfswerke oder Seniorenverbände gehalten und Lesungen in Justizvollzugsanstalten oder Krankenhäusern durchgeführt. Sein Leben genoss den Segen von Selbstbestimmung und Unabhängigkeit. Offenkundig sind ihm erhebliche Finanzmittel zur Verfügung gestanden, um sich auf kürzestem Weg in jeden Winkel des Planeten befördern zu können. Wie ein Nomade mit dem Terminkalender eines Konzernmanagers hatte er China, Japan, Afrika, Südamerika, Europa und Russland bereist. Meist waren es Geschäftsessen gewesen, Meetings, Sporteinheiten oder Veranstaltungen, auf denen *Buffi* mit Leuten aus allen Gesellschaftsschichten verkehrt hatte. Manchmal war er elegant gekleidet, dann wieder leger oder mit aufgerissenen Stonewashed Jeans in Clubs aufgetaucht. Die Körpersprache seiner Gesprächspartner hatte mit ihren wohlwollenden Gesten stets den Anschein hinterlassen, dass *Buffi* eine gern gesehene und gefragte Person sein würde. So widersprüchlich das auch klingen mochte: Man hatte trotzdem den Eindruck, dass *Buffi* bescheiden und zurückgezogen lebte. Es ist immer eine gewisse Einsamkeit in seinem Gesichtsausdruck mitgeschwungen. Das Alleinsein eines Unerreichbaren. In Berufskarrieren lernte man das am besten bergauf. Aber man hatte das Gefühl, dass der Aufwand, den *Buffi* betrieben hat, einen tieferen Hintergrund gehabt hat. So, als ob er langsam aber mit Bedacht eine Herde von Schäfchen um sich versammeln wollte. Er schien ein Meister im Networking zu sein. *›So viele Sprachen man spricht, so viele Leben hat man‹*, hatte Kardinal Sepero bei Roberts ersten Rapport in Rom eine kroatische Volksweisheit zitiert. *Buffi* sprach so gut wie alle wichtigen Sprachen. Man konnte den Eindruck haben, als würde *er* ein internationales Unternehmen ohne Firmensitz und Firmennamen führen. Nichts, was man in Windeseile googeln hätte können.

Was *Buffi* aber auch von der Norm unterschieden hat, sind seine Transportmittel gewesen. Es gab in der Oberliga der mordernsten Privatjets nur Boeing oder Airbus, die zu den bevorzugten Herstellern gezählt haben. Doch der ERJ-145 ist die Superlative eines kleinen Passagierdüsenflugzeugs gewesen. Er war die Antwort von heranwachsenden Supermächten. China wollte an die Weltmacht und hat mithilfe seiner Devisenreserven neue Netzwerke aufgebaut. Ähnlich wie Amerika am Beginn des vergangenen Jahrhunderts, genauso überschüttete das gelbe Volk im angebrochenen Jahrhundert den Rest der Welt mit Geld. So, als hätte China seine monetären Schleppnetze durch Kreditverträge ausgeworfen und damit begonnen, westliche Staaten wie naives Vieh ins Gehege zu treiben. China ist ein immer größerer Gläubiger geworden, weil das Volk immer mehr Waren ausgeführt hat als es eingeführt hatte. Die Technik und Betriebskosten der chinesischen EJR-145 haben die Maschine zu einem nahezu konkurrenzlosen Produkt in der obersten Führungsetage gemacht. Brennstoffzellenbetriebene Instrumente, Wasserstoffgleitantriebswerke mit Protonaustauschmembranen, die die Hälfte der Strecke ohne Abgaserzeugung zurücklegen konnten und reinen Wasserdampf produziert haben. Ein Superkarbonfaserchassis mit hauchdünner und nanobeschichteter Aluminiumschale, die Leichtigkeit und Sicherheit garantierten. Komfort und Platz, wie auf einer 20 Meter Yacht. Die EJR-145 war ein Bentley mit sauberem und leistungsfähigem Zukunftsantrieb. China ist wirklich im Kommen gewesen. Das zeigte diese Maschine. Die Strecke vom Waccamaw See bis New York konnte sie in weniger als einer Stunde zurücklegen. Robert und Filippo waren den Schauspielen der Natur am See entstiegen und tauchten in diesem Moment in eine Welt ein, die sie nicht wieder erkannt haben. Auf den Zubringerstraßen vom John F. Kennedy Airport in die City herrschte Chaos, Stau und Aufregung. Es war kurz vor 9 Uhr morgens. Filippo unterbrach als Erster das stundenlange Schweigen.

»Meine Doktorarbeit über Superstrings kommt mir vor wie ein erbärmlicher Erklärungsversuch über eine mehrdimensionale Existenz«, sagte er, während sich beide zu Fuß dem Sonderausgang des Terminals angenähert haben. Die beiden haben vom Vatikan Diplomatenstatus für die Dauer der gesamten Operation erhalten. Filippo ist noch immer halb außer sich gewesen und schüttelte zischend den Kopf.

»Es ist der helle Wahnsinn! Wir haben Beweise gesehen, die in meinen kühnsten Vorstellungen keinen Platz gefunden hätten.« Der Italiener presste entgeistert seine Augen aus den Höhlen und schüttelte ungläubig den Kopf. Robert leerte seine Hosentaschen und warf im Vorbeigehen jene aufgefaltete Zigarettenschachtel in einen Mülleimer, auf der *›Bufimimat‹* aufgekritzelt gestanden ist; eine Entdeckung, die seinen Untersuchungen eine neue Richtung gegeben hat. Die Andeutung von Filippo im Streitgespräch vor dem Tauchgang hat Robert nicht aus dem Kopf gehen wollen. *›I.N.R.I.?‹.... ›Jesus von Nazareth, König der Juden?‹* Das Passwort am Bedienelement des Öffnungsmechanismus der unterseeischen Übergangskammer hatte Filippos Andeutung von I.N.R.I. bestätigt gehabt und Robert ein mulmiges Gefühl eingejagt.

»Wieso glaubst Du, dass das ›*I*‹ und ›*N*‹ ein Teil von ›*I.N.R.I.*‹ sind?«, erkundigte er sich neugierig bei Filippo.

»Du meinst vermutlich, *I.N.R.I.* würde nicht die geeignete Bezeichnung für *Buffi* sein können?«, kam die Gegenfrage des Italieners.

»Das meine ich! *I.N.R.I.* ist doch nur eine höhnische Bezeichnung der Römer gewesen«, sagte Robert. »Auf was die Menschen damals gewartet haben, ist ›*kein neuer König der Juden*‹ sondern ein Messias gewesen.« Der Bibelarchäologe Robert McDerman ist schon nicht damit klargekommen, was er vor über einer Stunde am Grunde eines Sees entdeckt hatte. Noch weniger kam er klar damit, dass Filippo angedeutet hatte, *Buffi* hätte dieselbe Identität wie *I.N.R.I.*. Der Titulus aus Walnussholz, den er in einer Glasvitrine am Grund des Sees identifiziert hatte, krabbelte aus seiner Gedächtniskiste heraus und machte wieder auf sich aufmerksam.

Der Italiener machte eine nachdenkliche Miene.

»Damals haben die Menschen noch keine andere Vorstellung von einem Anführer gehabt. Nur ein *König* ist als Anführer akzeptiert worden. Vielleicht haben die deshalb damals diese Bezeichnung verwendet? Eine Figur, die keinen königsähnlichen Status gehabt hätte, hätte keinen Glauben vom Volk erhalten, dass sie es von der Tyrannei befreien könnte. Außergewöhnliche Fähigkeiten haben einem schnell königlichen Status verliehen. Und die hatte Christus ohne Zweifel.« Filippo zuckte mit den Schultern und hatte offenbar auch keine sinnvolle Antwort. Der Bibelwissenschafter blickte ungläubig.

»Mio Roberto! Ich sagte aber doch schon; es geht nicht um die Bezeichnung«, setzte der Italiener fort und streckte den knöchernen Zeigefinger der Hand weg, die das Lenkrad umklammert hat.

»Es geht um die Handlungen, die jemand gesetzt hat. Könige müssen nicht unbedingt nur fromme Taten begehen. *Er* ist eben eine andere Klasse von König gewesen. Ohne Prunk und Krone von damals oder schwarzem Anzug von heute. Schließlich ist er auf einem Esel in Jerusalem eingeritten und nicht auf Pferden oder in Luxuskarossen. Trotzdem ist er von der Menge gefeiert worden; weil er einen neuen *Geist* verkörpert hat.«

›*Filippo hat schon Recht mit dieser Ansicht*‹, dachte Robert und blieb vor dem Mietwagen stehen, der in der ersten Reihe des Parkhauses gestanden ist. Er fixierte seinen Assistenten und wurde wieder hartnäckiger.

»Wie kommst Du darauf, dass es noch etwas gibt, das auf das ›*R*‹ und ›*I*‹ hindeuten sollte? Ich habe nirgendwo ein ›*R*‹ und ›*I*‹ gesehen, die mit dem ›*I*‹ und ›*N*‹ in unmittelbaren Zusammenhang gebracht werden könnten?«, äußerte sich Robert fragend. »Christus ist kein König der Juden gewesen. Er ist lediglich im Jüdischen Glauben aufgewachsen und hat einige Riten übernommen gehabt. Er war kein *Rex Iudaeorum.* Also warum das ›*R*‹ und ›*I*‹? Wie kommst Du darauf?«

»Fährst Du?«, schielte Filippo beiläufig zu seinem Teamleiter und zwang der Zentralverriegelung durch einen Funkbefehl ein Knacken ab, das ein Öffnen der Türschlösser verlautbarte. Robert deutete mit der Hand, dass er nicht mehr fahren können würde und gähnte laut.

»Es geht doch nicht darum, *was* er gewesen ist. Ob er ein König, verheiratet oder göttlich und menschlich gewesen ist, wie es das Konzil in Konstantinopel beschlossen hat. Oder ob er dieselbe Art von König gewesen ist wie alle anderen. Es ist nie darum gegangen«, sagte Filippo.

Robert spitzte abschätzig die Ohren. »Um was ist es dann gegangen?« Als ob er nicht wissen würde, worum es gegangen sein könnte.

»Ich denke nach heutiger Lehre der Soziologie wäre die Frage entscheidend, *wer* er gewesen ist. Er ist deshalb zu einer Erlöserfigur geworden, weil er den kollektiven Geist der *Befreiung* mobilisieren konnte. Die Menschen haben in seinen Forderungen einen allgemein gültigen Sinn erkannt und sind ihm deshalb bis heute gefolgt.« Robert lugte nachdenklich zu Filippo.

»Du meinst eine neue Richtung, die von einem Irrweg abweichen hätte sollen? Ein Weg, der von allen akzeptiert werden könnte, ohne dass man ihn mit irgendwelchen Bibeltexten begründen müsste?«

»Genau! Es ist doch überhaupt nichts Heiliges sondern etwas völlig Vernünftiges gewesen, was er verlangt hat. Er ist seiner Zeit eben voraus gewesen. Man hat erkannt gehabt, dass man vom römischen Imperium nicht Gerechtigkeit erwarten konnte. Er hat aber nur eine Umkehr verlangt und das hat gereicht. Finde heute einen, der die richtigen Worte wählen könnte und eine breite Öffentlichkeit erreichen würde. Dann würdest Du garantiert denselben Effekt erzielen!«, konstatierte der junge Italiener.

Robert überlegte welche Zeichen wirklich auf die Rückkehr eines Erlösers hindeuten könnten. Ziemlich genau 2.000 Jahre sind zwischen dem ersten großen Auftreten und heute gelegen. Im zarten Alter von 12 Jahren hatte Christus mit den Priestern im Tempel debattiert und Fragen gestellt, die bis dorthin noch niemand auf diese Weise gestellt hatte.

›*Warum in diesem Jahr?*‹, grübelte Robert. ›*Warum in diesem Jahrzehnt? Warum wirklich genau dann, wie es in der Prophezeiung vorhergesagt worden ist? Warum die Reliquien? Warum diese eigenartige Häufung?*‹ Kurz nach der Ausfahrt aus dem Flughafengelände zeigten sich Schlangen an den Tankstellen. Man konnte nur mehr mit Bargeld bezahlen. Wenn der Dow Jones Aktienindex weiter so stark fallen würde, wie er vor kurzem eröffnet hatte, dann könnte der Spritpreis blitzartig in die Höhe schnellen, weil die Erdölkonzerne einen schwächeren Dollar erwarten könnten. *Buffi* würde bei dem Verkehr den doppelten Vorsprung gewinnen. Robert ist müde geworden und hat nur unbewusst die 9 Uhr Nachrichten registriert. Er hat noch immer warme Wasserreste aus dem See in seinen Gehörgängen gehabt. Die Schmerzen im Sinkflug vor der

Landung waren fast unerträglich gewesen. Und im Gegensatz zu Filippo hatte er nicht schlafen können. Also nahm er am Beifahrersitz Platz und überließ die Arbeit seinem Assistenten.

»Bis gestern sind viele Erzählungen für mich großteils Studienobjekte gewesen«, sagte er und nickte einsichtig. »Doch seit heute stimmt auf einmal soviel an dieser Geschichte. Ich frage mich warum?« Robert streckte seine abgehetzten Glieder und gähnte so ausgiebig, dass sich Tränen in den Augen sammelten.

»Du hast mir außerdem noch immer nicht gesagt, wie Du auf *I.N.R.I.* kommst?«, ergriff er wieder das Ausgangsthema. »Und jetzt weiche mir nicht wieder aus!«

»Seine E-Mail-Adresse«, sagte Filippo.

»Welche E-Mail-Adresse?«

»Schau Sie Dir doch genauer an. Du hast Dir ohnehin ein paar Zetteln am Seegrund mitgenommen.«

Robert zauberte am Sozius flugs eines jener ausgedruckten Dokumente aus dem Handschuhfach, die er im Arbeitszimmer am Seegrund eingesteckt hatte.

»*Ibufimimnat@rpangäai.ag!*«

Er starrte auf die Absenderadresse jener E-Mail, die *Buffi* kurz nach ½ 6 Uhr morgens verschickt hatte. ›*I – bufimim – N – at @ R – pangäa - I*‹ Dann versuchte er alles sinnhaft zusammenzufügen.

›Bufimimat, Pangäa und INRI?‹

»Pangäa?«, fragte er und glotzte auf den Papierbogen, während er sich noch weiter in den Sitz zurückfallen ließ. Der Italiener spähte in die Querstraße und nutzte geschickt eine Lücke, um das Fahrzeug in die Kolonne zu klemmen.

»Ich akzeptiere nunmehr die Tatsache, dass der Vatikan mehr über *Buffi* weiß als ich. Ist damit das Versteckspiel beendet?« Robert wartete gespannt. Filippo nickte.

»Also, warum Pangäa?«

»Habe ich doch früher erklärt. Die Einheit. Der kollektive Geist der Befreiung.«

»Hängt das wieder mit Deinen amerikanischen Wertpapieren zusammen, die Du heute früh so Hals über Kopf verkaufen musstest?« Robert dachte dabei an die Nachrichten, die vor wenigen Minuten Panikmeldungen über die bestialisch zugerichteten Aktienkurse der Wall Street verbreitet hatten. Nach der Bankrotterklärung von Lehman Brothers im September 2008 waren an einem einzigen Tag sieben Milliarden Aktien gehandelt worden. Das Radio hatte vor wenigen Momenten berichtet, dass heute dieselbe Menge schon nach wenigen Minuten überschritten worden war. Das SMS von Enzo aus dem Vatikan ist also wirklich ein Volltreffer gewesen. Filippos Freund hatte es mit Ophiuchus ante portas in Verbindung gebracht und vorhergesagt. ›*Verkauf alle Deine US-Wertpapiere*‹, hatte ihm Enzo aus Rom geschrieben. Der Schlangenträger stand vor den Toren. Die Zeichen, die mit der Ankunft einer biblischen Figur in Zusammenhang gestanden sind, sind allesamt vorhanden gewesen. Robert begriff langsam die Möglichkeit einer solchen Wiedererscheinung. Aber es könnte auch eine völlig neue und noch unbekannte Person sein. Warum hat jemand zwanghaft wiederkehren und jeden anderen mit gleich gearteten Begabungen von vornherein ausschließen müssen? Es könnte doch jeder sein. Eine Wiederholung der Geschichte in neuem Gewand, aber mit der Macht der modernen Medien. Was Robert in diesen Momenten noch beschäftigt hat, ist der Stern im Zeichen des Ophiuchus gewesen. Der Legende nach müsste der Himmelskörper in diesen Tagen heller als sonst erstrahlen. Doch das wäre in Wahrheit nur ein Zufall.

»Natürlich hängt der kollektive Geist der Befreiung auch mit meinen Wertpapieren zusammen«, entgegnete der Italiener. »Ich merke Du willst mit Deiner Frage andeuten, dass Enzo mit *Totus tuus* also doch Recht gehabt hat?«, konterte er und deutete zum Radio.

Seit der Entdeckung im See hat Robert langsam die Seiten zu wechseln begonnen.

»Pangäa soll die Vereinigung der Welt bedeuten?«, fragte er und gähnte wieder.

»Si!«

»Und ihr habt mit *Buffi* Schriftverkehr gehabt? Über diese stinknormale Email-Adresse?«, bohrte Robert weiter und wedelte mit dem Blatt Papier in der Hand.

»Santo subito!«, antwortete Filippo und erinnerte seinen Teamleiter an die Anrufe, die beim Vatikanradio für *Buffi* wegen seiner angeblichen Wundertaten eingegangen waren und die sofortige Heiligsprechung verlangt hatten.

»Ich weiß nichts davon, dass wir mit ihm schriftlich verkehrt haben«, wies der Italiener die Vermutung Roberts zurück. »Die E-Mailadresse ist bei uns zum ersten Mal von einem Gläubigen aus Spanien eingegangen. *Buffi* soll zu diesem Gelähmten gesagt haben, dass er zu einer bestimmten Zeit von einer bestimmten Wasserquelle trinken sollte. Nach nur zwei Wochen hat der Kranke wieder gehen können. Innerhalb eines Jahres sind immer mehr Meldungen über ihn hereingekommen. Die Sender im Radio-Vatikan haben alles an den Heiligen Stuhl weitergeleitet. So ist man auf ihn aufmerksam geworden. Die Bedeutung der E-Mailadresse ist uns im Zuge der Recherchen aufgefallen.« Robert blickte verdutzt.

»Das mit dem ›*I.N.R.I.*‹ ist also erst viel später aufgetreten«, sagte Filippo mit einem ehrlichen Unterton. »Aber wir haben eben keine Beweise dafür gehabt. Vor allem warum? Um eine wissenschaftliche Antwort und ein unabhängiges Urteil zu bekommen, hat man schließlich Dich beauftragt.«

»Aber was hat das mit Pangäa zu tun?«

»Die Anrufer und Anruferinnen haben von einer Operation Pangäa erzählt, die die menschliche Rasse vereinen würde.«

Das ist die zündende Idee von Christus gewesen. Die hat bis heute ihren Bestand behalten und ihr Ziel nicht aus den Augen verloren. Aber die Idee hätte genauso gut jeder x-beliebige Mensch haben können. Es hat nur niemanden gegeben, der bis heute alle überzeugen hätte können. Ein neues Konzept könnte doch ebenso in der heutigen Zeit formuliert werden. Jemand, der eine Verbindung zwischen der Vorstellung von einem Miteinander leben Wollen und der Vorstellung von einem Miteinander leben Können möglich machen würde. Die Mühen und Leiden des Lebens zu akzeptieren, seiner Bestimmung zu folgen und mit den Nachbarn in Frieden zu leben. Robert ging eine Reihe von Gedanken durch den Kopf. Filippo betätigte den Blinker und wechselte die Spur.

»Es ist nur um den Geist gegangen, den er verkündet hat aber nie um die Figur selbst. Durch Christus ist dieser Geist nur vermenschlicht worden und hat ein Gesicht bekommen. Heute hat er vielleicht ein neues und anderes Gesicht. Das Gesicht ist aber auch egal.«

»Das ist es sicher nicht! Es ist ein Unterschied, ob jemand aussieht wie Clooney oder Brosnan oder ob jemand aussieht wie ein Elefantenmensch.« Mit außergewöhnlichem Aussehen hat die Evolution letztlich immer das Menschenrecht auf Gleichberechtigung verletzt. Zumindest haben das viele geglaubt. Mister McDerman ging der Kommentar von Maria durch den Kopf. *›In den fürstlichen Klamotten sieht er fast noch besser aus!‹*

Der Bibelarchäologe wurde im Stakkato von gespenstischen Schauern ergriffen. Wäre es möglich, dass die bedeutendste Figur der letzten 2.000 Jahre Menschheitsgeschichte wirklich neu in Erscheinung tritt? Tausende Forscher hatten sich mit dieser Person auseinandergesetzt. Tom Burrows, ein führender US-Genealoge hatte erkundet, dass Jesus in einer Großfamilie mit Geschwistern aufgewachsen sein soll. Sein Vater Josef hatte eine erste Ehe. Aus dieser Verbindung waren die Halbgeschwister Salome, Miriam und Jakobus entsprungen. Simon und Judas Thomas sind seine Brüder gewesen. Und Johannes der Täufer ist sein Cousin gewesen. Robert Eisenman ist noch weiter gegangen. Er hatte an der Thomas Akte aus dem 3. Jahrhundert geforscht und erkannt, dass Jesus einen Zwillingsbruder gehabt haben muss, der ihm täuschend ähnlich gesehen hat. Die Familie von Josef und Maria sind aus dem Hause David abgestammt; der bedeutendsten jüdischen Königsfamilie. Neil Rosenstein hatte die königliche Abstammung von Christus über seine Übersetzung des Talmuds aus dem 2. Jahrhundert bestätigt. Christus ist immer wieder mit Herrschenden in Verbindung gebracht worden. Josef und Maria hatten ihre Söhne nach Vorfahren von König David taufen lassen. Sie waren sich sicher gewesen, dass einer davon der Messias gewesen ist. Christus ist aus einer guten Familie gekommen und hätte in Wohlstand leben können. Aber er hatte ein Urteil über die Verteilung des Wohlstandes, die Gewalt und die Geldmacherei der Privilegierten gefällt. Dieselben Geldmacher hatten zunächst Judas gekauft und Jesus dann an die Römer für seine Kreuzigung ausgeliefert. Seine Erscheinung hatte die Verwandtschaft völlig in den Hintergrund verdrängt, zumal im 1. Jahrhundert alle Christen brutal verfolgt und ermordet worden waren. Auch die Familie von Jesus hatte flüchten und unter einem anderen Namen leben müssen. Sie ist im Dunkel der Geschichte verschwunden. Niemand wusste, ob sie ausgestorben waren oder Nachfahren hervorgebracht hatten. Die Schauplätze, an denen er damals zu den Menschen gesprochen hatte, sind auch heute noch jedes Jahr zu Weihnachten von Panzern umstellt gewesen.

»Habt Ihr die Wundertaten überhaupt schon überprüft, die die Leute an den Vatikan gemeldet haben?«, fragte Robert. Die Wundertaten von Christus waren sein empfindlichster Punkt. Er hatte nur als Kind etwas damit anfangen können.

»Wundertaten kann man glauben oder nicht?«, fügte Robert an.

»Das fängt schon bei der ersten Wundertat an«, giftete der Italiener zurück.

»Glaubst Du mittlerweile wenigstens an das Weinwunder?«, fragte er. Robert dachte an die Hochzeit von Kanaan. Der Gesellschaft war während des Festes der Wein ausgegangen.

Filippo mahnte hinweisend. »Er hat den Hauskräften angeordnet, Wasser in die Amphoren zu gießen.«

»Ja, und als sie begonnen haben, die Becher wieder zu füllen, ist plötzlich Wein aus den Amphoren geflossen«, ergänzte Robert mit einem süffisantem Seufzer. Aus Wasser ist Wein geworden.

»Also, habt Ihr jetzt die Wunderbehauptungen überprüft oder nicht?«, fragte er wiederholt.

»Hast Du überhaupt schon einmal das Weinwunder überprüft? Du weißt ganz genau, dass man dieses Phänomen längst erklären konnte!«, schimpfte Filippo und erinnerte Robert an die seltsame Häufung von Entdeckungen in der jüngsten Wasserforschung. Eine lange Schweigephase entstand zwischen den Beiden. Robert war zu müde für Grundsatzdebatten.

»Was haben die behaupteten Wunder über *Buffi* mit dem Weinwunder von Kanaan vor 2.000 Jahren zu tun?«

»Das fragst Du noch? Sie sind alle möglich gewesen und sind es auch heute noch!«

Robert stöhnte ermattet aus den Eingeweiden. Alles hatte die Wissenschaft zu ergründen versucht. Mit den seltensten und gefährlichsten Elementen haben die Weißkittel herumexperimentiert. Plutonium, Uran, Cäsium und andere. Auf das Wasser hatte man die ganze Zeit über völlig vergessen. Eines der häufigsten Elemente des Planeten ist plötzlich näher untersucht worden und hat die Forscher vor große Rätsel gestellt. Man konnte entdecken, dass Wasser nicht nur intelligent gehandelt hat, wenn es das Leben durch eine Eisdecke vor dem Erfrieren schützen wollte. Ebenso hatten die Chemiker entdeckt, dass Wasser ein Gedächtnis gehabt hat. Und zudem ist Wasser einzigartig gewesen. Jeder Tropfen hatte eine eigene DNA von irgendjemandem erhalten; und das seit dem Urknall. Von Schneeflocken hat man schon gewusst gehabt, dass es keine Kopien geben würde. Jede Schneeflocke hatte gleichermaßen eine einzigartige DNA-Struktur wie jeder Mensch. In Labors hatte man Wassertropfen aus ein und demselben Glas unter Lasermikroskopen untersucht. Kein Tropfen hat dem anderen geglichen. An Technischen Universitäten in Deutschland und Österreich war den Wasserforschern bei einem Experiment schließlich der Atem gestockt. Sie hatten im Abstand von einer Handbreite zwei Röhrengläser aufgestellt, jeweils halb gefüllt mit Wasser. Als sie eine mit Plutonium verseuchte Zinnkatode, deren Masse fast keine Wasserverdrängung gehabt hat, in das eine Glas gesteckt hatten, war das Wasser über den Glasrand entlang der Röhre hinaufgewandert und hatte begonnen eine Brücke zu bilden. In der Luft schwebend hatte sich das Wasser mit dem anderen Wasser in der anderen Glasröhre verbunden gehabt. Seit einem Jahr brüteten die Experten an einer Erklärung. Auch das Wasser eines Tiroler Bergbauern hatte wissenschaftliche Sensationen über das Gedächtnis von Wasserverbindungen hervorgebracht. Kranke Menschen haben vor Lebensfreude und Energie gestrotzt, nachdem sie es getrunken hatten. Umwelttechniker haben über dieses Wasser gestaunt, als sie über lange Jahre die Wirkung im städtischen Verrohrungssystem beobachtet hatten. Rohre, die von aggressivem Wasser nahezu vollständig aufgefressen worden waren, sind vom Wasser des Tiroler Bauern wieder zusammengeflickt worden. Auch der Vatikan hatte über 60 Wasserwirkungen aus der Quelle von Lourdes als Wunder anerkannt. Die Wissenschaft hatte zwischenzeitlich eindrucksvoll beweisen können, dass es nicht auf den bloßen Glauben angekommen ist, sondern dass sich Wasser tatsächlich wie ein denkendes Wesen verhalten konnte. Wasser hatte ein Reaktionsmuster, das man nur staunend beobachten aber nicht erklären konnte. Es konnte sich verändern. Wie gerne hätten die Wissenschafter mit dem Wasser kommuniziert.

»Wenn Wasser ein Gedächtnis hat, dann ist auch das Weinwunder von Kanaan denkbar«, dozierte der Italiener oberlehrerisch.

Robert schüttelte den Kopf. »Für Euch hängt alles mit einem göttlichen Willen zusammen.«

»Roberto, Du denkst so Vieles einfach nicht fertig.« Filippo seufzte.

»Ein göttlicher Wille spielt dabei überhaupt keine Rolle. Wasser verhält sich intelligent. Das ist der springende Punkt. Wie es das tut, ist Aufgabe der Chemiker und Physiker. Warum es das tut, ist eine Sache des Glaubens.« Der Italiener fixierte Robert.

»Du kannst jetzt sagen, es hätte überhaupt keine Bedeutung ob Wasser intelligent wäre, weil es auf Dein unmittelbares Überleben keine Auswirkung hätte.« Filippo machte eine Pause.

»Aber jede Art von Intelligenz könnte für das gemeinsame Überleben nützlich sein, wenn man es verstehen lernt. Wenn es eine schwere Krankheit heilen könnte, wäre es auch nicht unnützlich. Wasser zu Wein ist also ein Vorgang geworden, der auch ohne den künstlich eingeleiteten Gärungsprozess durch den Menschen physikalisch möglich ist. Akzeptiere das doch endlich.« Robert sinnierte über einen höheren Sinn dahinter.

»Es gibt aber noch eine viel wichtigere Frage«. Filippo war wieder einmal in Fahrt gekommen.

»Hat Christus in Kanaan von diesem Wasser gewusst oder ist es ein Zufall gewesen?«, fragte er.

»Ist es das bloße Würfelglück gewesen, das ihm plötzlich den Rang eines Erlösers gegeben hat oder hat er es wirklich gewusst?«

Robert runzelte zweifelnd die Stirn, aber er musste zugeben: Erst ab dem Weinwunder hatte Christus endgültig seinen messianischen Status erreicht.

»Du meinst, ob er Kenntnis über die augenblicklichen Teilchenzustände des Wassers gehabt hat?«, fragte er mit satirischem Unterton. »Du sprichst über eine überirdische Intelligenz, Filippo. Wenn es kein Zufall gewesen ist, hätte er eine Art göttliches Wissen haben müssen.«

»Du hast keine Phantasie«, replizierte Filippo.

»Wenn wir Altpapier sammeln und zu einer zentralen Wiederverwertungsstelle transportieren, dann bringen wir bestimmte Teilchen an einen Ort, um dort einen weiteren oder neuen Nutzen zu entfalten. Das ist noch ein sehr trivialer Vorgang, der keine Selbständigkeit der Bestandteile des Altpapiers verlangen würde. Der Müll muss sich von uns dorthin transportieren lassen, weil er es nicht selbständig kann.«

»Was redest Du da?«

»Das weißt Du genau! Denn diese wundersame Selbständigkeit von Teilchen beobachten wir täglich bei pflanzlichen Substanzen. In Medikamenten zum Beispiel. Wir führen bestimmte Teilchen nur in den

Körper ein. Aber die versammeln sich dann selbständig an einem bestimmten Platz im Körper. Wir wissen, welche Reaktion und Wirkung sie haben und wohin sie tendieren. Woher wissen aber die Substanzen, dass sie sich bei einem entzündeten Gelenk versammeln müssen, um einem Gicht- oder Rheumakranken die Schmerzen zu lindern? Verfügen wir deshalb über ein göttliches Wissen, nur weil wir draufgekommen sind, dass sie es und wo sie es tun werden?«

Robert begriff auch dieses Prinzip. Eine simple Zuleitung durch eine Spritze hat Substanzen ganz gezielt in Blutbahnen gebracht und Mediziner haben dann in Testphasen aus einer häufigen Beobachtung den Schluss darüber gezogen, was die Substanzen bei der Mehrheit der Patienten hervorrufen werden. Die Heilsubstanzen haben selbständig den Weg zu ihrem Bestimmungsort gefunden. Es ist doch nicht so weit hergeholt gewesen, wie es Filippo angedeutet hatte. Rein hypothetisch wäre es denkbar, dass man die Eigenschaften von allen möglichen Teilchen auch irgendwann als lebendig erkennen könnte und wissen würde, wann, wo und wie sie sich verändern würden.

»Woher wissen wir, wie Zelluloseteilchen von Altpapier reagieren?«, fragte Filippo. »Woher wissen wir, wie der Saft von ein paar Urwaldblättern zu genau dem Organ findet, das er heilen soll? Warum können wir nicht herausfinden, auf welchen Grundlagen stinknormales Wasser sein Gedächtnis bildet? Es hat das Bewusstsein über seine eigene Geschichte. Jedes Wassermolekül hat seit Milliarden von Jahren eine solche Geschichte. Wenn eine ganze Kolonie Wassermoleküle in einen leeren Weinkrug gegossen wird und in eine Umgebung zurückkehrt, in der es schon einmal gewesen ist, könnte es sich wieder in jene Flüssigkeit zurück umwandeln.« Filippo fuchtelte aufgebracht herum. »Regenwasser verwandelt sich über die Traube auch zu Wein. Warum sollte man diesen Prozess nicht überspringen können, wenn man das Gedächtnis von Wasser kennen würde?«

»Das bestreite ich auch gar nicht. Aber den physikalischen Vorgang zu akzeptieren ist etwas anderes als das Weinwunder zu akzeptieren.« Filippo versuchte zu erfassen, was Robert mit diesem Einwand gemeint haben könnte.

»Ich würde das auch so sehen! Christus hätte vor der Hochzeit in Kanaan wissen müssen, welches Wasser genau jenes Gedächtnis aufgewiesen hat, um sich in Wein umwandeln zu können, wenn es in die Amphoren gegossen wird? Aber wie kann man so etwas wissen?«

Robert fieberte nach einer logischen Erklärung.

»Zwei Jahrtausende haben wir uns das Weinwunder auf wissenschaftlichem Weg nicht erklären können. Wir haben keine Vorstellung davon gehabt, dass es ein physikalischer Prozess sein kann, der auf ganz natürlichen Vorgängen beruht. Heute könnten wir es zwar, aber wir bringen den Vorgang noch immer untrennbar mit ihm in Verbindung und rechnen es ihm als Wunder an. *Er* muss ja nicht die *Ursache* gewesen sein.«

Filippo nickte einsichtig. Tatsächlich ist das der Denkfehler gewesen. Die ganze Zeit über haben die Menschen ihn zu Recht immer wieder als Ursache zu betrachten versucht. Jemand, der Wundertaten vollbringen und Krankheiten heilen konnte. Dabei ist es nur um die Frage gegangen ob er gewusst hatte, welches Gedächtnis das Wasser in Kanaan mitbringen hätte müssen, um sich in Wein verwandeln zu können. So wie ein Arzt wusste, welches Impfserum wo wirken würde. Blei zu Gold oder Wasser in Wein zu verwandeln, wäre gar nicht notwendig gewesen. Er hat nicht irgendwo einwirken müssen, es hat schon gereicht, dass er die Teilcheneigenschaften gekannt haben könnte. Doch das wäre kein Ansatz mehr, der vom Glauben abhängig sein würde.

»Aber er hätte es wissen müssen«, konstatierte der Bibelwissenschafter mit dem Kopf nickend, »sonst wäre der Wunderstatus über ihn ungerechtfertigt. Es wäre nur vom Glück oder Erraten abhängig gewesen.« Man spürte, wie beide wieder als Team arbeiteten und begonnen haben, an der Lösung eines Problems herumzuhantieren.

»Das Weinwunder ist per se keine Antwort auf die Frage, warum er gewusst hat, dass gerade dieses Wasser ein Weingedächtnis gehabt hat.« Robert spähte auf die Kolonne, die sich wie klebriger Käse langsam über den High Way wälzte. Bei diesem Tempo wird *Buffis* Vorsprung immer größer werden. Blieb nur zu hoffen übrig, dass er möglichst lange an seinem gegenwärtigen Aufenthaltsort verweilen würde. Aber wenn dieses Wissen tatsächlich nachgewiesen werden könnte, über das beide gesprochen haben, dann könnte man ernsthaft von einer göttlichen Fähigkeit sprechen. Das ist Robert bewusst geworden. Gleichzeitig erkannte er aber auch, dass diese Fähigkeit für den menschlichen Geist nicht unerreichbar wäre.

»Dieses Wissen wäre damit vergleichbar, dass ich alle Wassermoleküle auf der Planetenoberfläche quasi mit Vornamen kenne und aber auch augenblicklich an einen Platz zusammenrufen könnte.« Robert hat der Geistesblitz gefehlt, um sich das vorstellen zu können. Auch wenn die Altpapierverwertung eine glaubhafte Metapher gewesen ist. Wiederverwertungsprozesse sind im Vergleich dazu so primitiv abgelaufen, wie die Rechenleistung eines Abakus zu einem heutigen Transistor. Vielleicht könnte man sich dorthin entwickeln.

Sein akademischer Ehrenkodex verlangte von ihm die Anerkennung wissenschaftlicher Beobachtungen. Selbst wenn es noch keine logischen Erklärungen dafür gegeben hat. Das lebensspendende Wasser ist mit der christlichen Lehre immer auf Du und Du gewesen. Dass das Element nun als Eigenursache für seine Reaktionen anerkannt worden ist, hat die Wissenschaft und die Religion wieder näher zusammengebracht. Immer mehr Phänomene hatte man beobachtet, die Verwunderung hervorgerufen haben. Jeder hat gewusst, dass Wasser ab dem Gefrierpunkt seinen Zustand auf pickelhartes Eis veränderte. Je kälter es geworden ist, desto eindeutiger hat das Wasser reagiert und ist im gefrorenen Eiszustand immer härter geworden. Aber die unvorstellbare Kälte ab einer Temperatur von minus 150 Grad hat das Wasser in einem Experiment gezwungen, *sich selbst* wieder *aufzuwärmen*. Es hat sich vor der Kälte schützen müssen und ist wieder flüssig geworden. Aber nicht dünn- sondern so dickflüssig wie Honig. Wasser entwickelte von selbst Überlebensstrategien. Die Wissenschaft knabberte noch an einer klaren Erklärung, warum das wichtigste Grundelement Reaktionen gezeigt hat, mit denen niemand gerechnet hatte. Anerkannte Forscher bezeichneten es immer öfter als intelligentes Element mit Gedächtnis. Und scheinbar haben sich die Überlebenskonzepte der Natur auch auf andere Elemente übertragen. Menschen bestanden zu 70 Prozent aus Wasser und erreichte einen besonders hohen Grad an Intelligenz. So hat man es zumindest geglaubt. Doch welche Gesamtintelligenz hat über den Elementen geherrscht? Eine Kraft, die die Menschen noch nicht erkannt haben? Viele haben eine Art von Geist hinter dieser Kraft gespürt, sind aber seit jeher im Dunkeln getappt. So wie Robert trotz seiner monatelangen Recherchen kein Licht in die Dunkelheit rund um diesen Christian Bufimimat bringen konnte. Eine Figur, von der Filippo geglaubt hat, dass sie die Auferstehung des Messias sein würde. Keinesfalls aber eines *Königs der Juden*. Dessen war sich Robert ganz sicher. Seine müden Augen fixierten den Ausdruck der E-Mail. ›*I.N.R.I?*‹ Er wurde müde und schloss sanft die Augen.

65

Die Umkehr

Dad hatte immer gesagt: »*Für den ersten Eindruck gibt es keine zweite Chance!*«

Harvey hatte sanft die Tür geöffnet und den Raum wie ein heranschleichender Indianer auf leisen Sohlen betreten. Gleichgültig, welcher von den Männern im Raum dieser Christian Bufimimat gewesen ist. Durch Harveys Seelenlandschaft wogte für den Augenblick eine Brise von Ewigkeit. Ein sanftes Schwingen von unsterblichen Modulationen. Harvey spürte aus unerklärlichen Gründen die Resonanzen aller Menschen, die er geliebt hat.

Auch ein starkes Echo seiner Mutter, die verstorben war, als er vier Jahre alt gewesen ist. Schemenhaft erinnerte er sich noch immer an sie. Dann Großvater oder Vater und schließlich Jackie. Seine Intuition ließ ihn aber auch ein Lebenszeichen seines Sohnes erfühlen, der schon auf der Welt sein musste. Im Oktober 2013 ist Jackie im 7. Monat schwanger gewesen. *›Wir haben Jänner 2014‹*, konstatierte Harvey. Er lugte bedächtig durch den magischen Raum, unter dessen Decke die Himmelsmacht eines gigantischen Wandels zu kreisen schien. *›Die Umkehr!‹*

Die Stimmung kam ihm wie in einem gewaltigen Pool vor, in dem er am Grund gesessen ist und von unten zur Oberfläche hinaufgespäht hat. Die flüssigen Massen der Umkehr schwappten wie ein brandendes Meer tosend über alle Ränder an der Decke. Er spürte den mysteriösen Übertritt eines Wertewandels lodernd durch alle Fasern toben. Ein Schritt in eine neue Dimension der Menschheit. Seit er das Krankenhaus verlassen hatte, hat er eine Welt in Panik erlebt. Eine schiffbrüchige Welt, die nach 40 Stunden allein auf offener See ein Brennen in ihren erschöpften Muskeln gespürt hat, das ihr bis in die Haarspitzen hinaufdonnerte. Mit der Wahnvorstellung plötzlich ein rettendes Treibholz gesehen zu haben, strampelte die Welt im Todeskampf und mühte sich zu ihren letzten Rückstoßbewegungen. So kurz vor dem Ziel durfte sie nicht die Kraft verlassen. An diesem Punkt war die Zivilisation angekommen. Sie quälte sich zu einer Halluzination, die aus Kursen und bedrucktem Papier bestanden hat. In diesen vier Wänden eines Konferenzzimmers befand sich nicht nur irgendeine Aura dieses monumentalen Übertritts. Hier befand sich das Lustzentrum des Wandels, das von einer der anwesenden Personen ausgegangen ist. Harvey registrierte schemenhaft einen merkwürdigen Schutzgeist, der nicht nur eine Fortsetzung der Geschichte andeuten wollte. Er erfuhr das Gefühl einer Neugeburt. Eines Schöpfungsaktes, der die Menschheit an den Tellerrand schleudern würde. *›Jacobus, Lukas, Mathäus und Christus‹*, dachte er. Die Ulme in Austin Texas, unter der Washington seinen Befehl zum Aufbruch gegeben hatte, hatte in ihm als Pubertierender einen Stolz hervorgerufen, der bis zu diesem Zeitpunkt in seiner Wirkung noch nicht übertroffen werden konnte. *›Er war es!‹* So wie es Mathäus prophezeit hatte. *›Sie werden ihn erkennen!‹* Harvey rief sich den Gesichtsausdruck von Mathäus in Erinnerung, als die beiden über das Thema der Bestimmung diskutiert hatten. *›Multiplizieren Sie Wille und Wissen mit Unendlichkeit, dann werden Sie spüren, wenn er vor Ihnen steht!‹* Das war der erste Eindruck, der selbst einem Mannsbild wie Harvey blitzartig seine Grenzen aufgezeigt hat. Er war überwältigt von der Energie im Raum. Nur seine innigsten Sehnsüchte hatten denselben Rang von seelischer Berührung. Plötzlich fuhr ein Ruck durch ihn und er flog wie ein Luftaufklärer über der Situation am Konferenztisch.

»Ein Unternehmen zu gründen, kann heißen alles für einen Traum zu riskieren den außer dir sonst niemand kennt«, sagte ein Junge um die Mitte 20 mit dem Rücken zum Panoramafenster.

›*Klingt gut!*‹, dachte sich Harvey und musterte den sympathischen Jungen. ›*Es geht um eine Beteiligungsverhandlung*‹. Das hat er schon nach dem ersten Satz erfasst. Hunderte Male hatte er an solchen Sitzungen teilgenommen. Am Tisch saßen ein 25jähriger Rotschopf mit Sommersprossen, der mit seinem Businessplan auf dem Kapitalmarkt um Geld geworben hat. Direkt ihm gegenüber saßen zwei Männer, die mit der Aura der Gier klarzukommen versuchten. Die Unterlagen waren breitflächig aufgelegt. Zahlentabellen, Marktstatistiken, Prognoserechnungen, Risikoeinschätzungen und Torten- oder Balkendiagramme. Einfach alles, was zu solchen Verhandlungen dazu gehört hat. Harvey hatte die Jungunternehmer immer persönlich erleben wollen, die nach Kapital gesucht hatten. An den Augen der Leute konnte er erkennen, ob sie es schaffen würden. Die Vergabe von Beteiligungskapital ist immer seine Chefsache gewesen. Er hatte das richtige Gespür für die Sieger von morgen.

Der Junge am Tisch gehörte der neuen Generation an, die ihren Protest gegen Harveys Zeitgenossen ausgedrückt hat. Mit weiten Jeans, Sweatshirt und ungekämmten lockigem Haar. Wie die Flower Power Bewegung, die anfangs Friede und Liebe gepredigt hatte, später aber den Krieg irrtümlich auf die Finanzmärkte verlagert hat. So würde auch dieser 25jährige Bursche der Teil einer neuen Bewegung sein. Aber eine Bewegung, die auch den Kriegsschauplatz von den Börsen verlassen würde. Die Friede und Liebe nicht mehr auf den Lohn stützen würde, den eine Tätigkeit bringen könnte, sondern auf die Tätigkeit selbst. Als Freude, Berufung, Erfüllung oder Traum. Sanft gerundetes Gesicht, vertrauenserweckende Augenpartie, buschige Augenbrauen, volle Lippen, symmetrische Stirn und einen dichten Haaransatz. Der Junge war authentisch und hat nichts Gespieltes aufgewiesen, das er nicht hätte sein können.

Aber er ist es nicht gewesen, der diesen Raum mit einer biblischen Atmosphäre erfüllt hat. Harvey hat die Körpersprache der Anwesenden gar nicht lange beobachten müssen. Das spirituelle Rückgrat dieses Ortes ist verkehrt am Fenster gestanden. Mit dem Gesicht auf den Atlantik gerichtet. Mehr als 60 Prozent aller Kommunikation erfolgten im Alltagsleben nonverbal durch die Körpersprache. 30 Prozent wurden durch den Tonfall aufgefüllt und nur 10 Prozent konnte vom Wortinhalt des Gesagten erreicht werden.

Der Vierte am Fenster spie mit der Körpersprache eines dampfenden Geysirs seine Uninteressiertheit an Trivialitäten heraus. Das merkte man ihm sofort an. Menschen solchen Wertmaßes waren immer erschreckend nachdenklich, bevor sie der Situation wie einem Rindvieh das

Prägungszeichen in den Lebensrest eingebrannt haben. Damit der Moment für jeden anderen nicht zufällig den Lebensweg solcher Persönlichkeiten gekreuzt hat und alle Anwesenden eine Erinnerung bis in den Tod mitgenommen haben. Es gab Menschen, die den Situationen ihre besondere Bestimmung verleihen konnten. Harvey dachte an die Ulme, die ihre Bestimmung durch Washington erlangt hat. Mit verschränkten Armen stand der Unbekannte am Fenster, den Finger an der Lippe und betrachtete wie ein Herrscher den Anblick über das Ufer von Manhattan. Er drehte sich nicht einmal um, um nachzusehen, wer während einer Sitzung störend den Raum betreten hat. Ihm fehlte die Lust an unwichtigen Ereignissen. Der Geldgeber wirkte wie eine deutsche Messerschmitt aus dem ersten Weltkrieg, die unterhalb des Cockpits mit Totenköpfen die Anzahl ihrer abgeschossenen Feinde beziffert hat. Eine Tötungsmaschine mit der Aura eines feigen Serienmörders. Geschniegelt und gekämmt presste er sich morgens in der Früh sein kantiges Gesicht in den Maßanzug und ist mit dem Sportwagen wie ein besser gestellter Halbstarker zu seiner seelischen Hinrichtung gefahren. Solche Typen haben deshalb an ihre Unwiderstehlichkeit geglaubt, weil sie nur dort verkehrt sind, wo kein Widerstand gewesen ist. Dieser würde jedoch schon beim ersten Ultimatum innerlich wimmern und sich schließlich fügen wollen. Wie einer, der unter Anklage gestanden ist und unter dem Druck der Bedrohung einer mehrjährigen Haftstrafe gegen seine Überzeugung eine Tat eingestanden hat, die er niemals begangen hatte.

›*Aber im Moment trägt er die Krone dort, wo man sie in der Demokratie immer getragen hat. Im Portefeuille!*‹, dachte sich Harvey. Nur, ist man deswegen noch lange nicht zu einem König geworden. Dieser hier konnte gar nicht erkennen, dass Adel kein Privileg, sondern eine Pflicht gewesen wäre. Dazu hat ihm die Grundeinstellung gefehlt. Trotzdem wusste Harvey, dass ›*nicht alle*‹ so gewesen sind. Dass es noch immer ausreichend vernünftige Seelen gegeben hat, die die Welt bevölkerten. Der 25jährige Rotschopf vibrierte innerlich wie ein Zitteraal. Er wirkte, als ob in ihm die gelungene Eröffnung einer GOA Tranceplatte mitgeschwungen hätte. Nach ¼ der Zeit, wenn der Mittelbass eingetreten ist, hat der Funke überspringen müssen. Sonst wäre es keine gute Klangscheibe gewesen. Aber bei dem Jungen schien es noch zu früh zu sein. Harvey konnte bei ihm noch nicht einschätzen, ob er seinen Eindruck steigern könnte oder als Langweiler abstürzen würde. Harvey musterte die Anwesenden sorgfältig. Nach längerer Scannung der Blicke spürte er aber eine Kraft.

›*Dieser Junge könnte vielleicht doch die Hartnäckigkeit von Hemingways Alten Mann und dem Meer entwickeln*‹, dachte er. Das konnte man an seiner Körperhaltung fühlen. Wenn er lernfähig wäre, dann würde er auch während des Gesprächs durchschauen, dass er immer nur ›*ein einziges Mal öfter aufstehen muss, als herzufallen.‹* Harvey ging einige Schritte mit gedämpften Fersen Richtung Konferenztisch und setzte sich spontan auf eine bequeme Sitzbank, die wenige Meter entfernt an der Wandverkleidung platziert gestanden ist. Er wollte ein unaufdringlicher Besucher bleiben.

»Sollten unsere Erwartungen eintreffen, werden wir bereits im 2. Jahr ein ausgeglichenes Ergebnis erzielen und ab dem 3. Jahr einen Jahresgewinn von 20 Millionen übertreffen«, sagte der Junge.

»Moment«, fiel ihm der dekadente Geldgeber mit nasaler Stimme ins Wort und spielte mit der Hand eine hohle Vornehmheit. Er strich sich über das Reverse seines Nadelstreifjacketts.

»Wir haben die Bauchlandungen von Low Data Electronics oder Cybergen Systems noch gut in Erinnerung. Wieso sollten wir Ihren Optimismus teilen?« Er spitzte die Lippen und dehnte die Augenpartie herablassend. Mit einem überheblichen Seufzer blickte er auf die Uhr und demonstrierte Zeitdruck. Der Junge wurde aufgebrachter.

»Mit einem Cash flow von 27 Millionen würde der diskontierte Börsewert unseres Unternehmens ab diesem Zeitpunkt 1 ½ Milliarden Dollar betragen«, konterte er und suchte nach zündenden Argumenten.

»Dann folgt die Expansion nach Europa, Südamerika, Osteuropa, Fernost und China. Eine Beteiligung von 10 Millionen könnte in nicht einmal vier Jahren das 20fache wert sein.«

›Noch zuwenig Herz und Leidenschaft‹, konstatierte Harvey prüfend. Der Gegenschlag musste folgen.

»Wir sind nicht naiv«, antwortete der Wichtigtuer und hob belehrend den Finger. Auch der Assistent schaltete sich kurz mit seinen herausquellenden Augen ein. »Die Nachfrage nach Speicherlösungen ist eindeutig gesättigt. Schauen Sie sich doch um. Überall Speicherplatten zum Spottpreis. Das sind keine Spannen mehr drinnen«, replizierte er. *›Entweder die zwei sind Portfoliomanager für Private Equity Anlagen oder Treuhänder einer Milliardärsstiftung‹*, dachte sich Harvey.[70]

»Sie irren sich«, sagte der sympathische Rotschopf mit der frechen Unbesiegbarkeit der Jugend.

»Wir stehen erst am Beginn einer neuen Speicherlösungsgeneration. Das Institute of Technology Research in Berkeley hat errechnet, dass in den kommenden drei Jahren mit schätzungsweise drei Millionen Exabyte weltweit mehr Informationen und Wissen produziert werden als in den vergangenen 500 Jahren hergestellt worden sind.« Man merkte, wie der Junge seine beiden Kontrahenten an der Vernunft zu packen versuchte.

---

[70] *Private Equity;* engl.; Beteiligungen in Jungunternehmen während der Gründungs- und Reifephase.

»Die Speicherindustrie ist an ihren physikalischen Belastbarkeitsgrenzen und benötigt in Zukunft unsere Lösungen.« Er lehnte sich selbstsicher zurück und tippte mit dem Kugelschreiber an der Tischfläche.

»Ich sehe ›*Sigma Solutions*‹ in den nächsten 20 Jahren unter den ganz Großen.« Der Junge ritterte wie ein stolzer Löwe um das Aktienkapital für seine Firma. Stetig Tropfen höhlte den Stein. ›*Die Argumente werden besser*‹, lobte Harvey den unerfahrenen Verhandler telepathisch.

Mit einem Zeitlupentempo das Unheimlichkeit vermittelte, drehte der Unbekannte am Fenster sein Haupt plötzlich zu Harvey und ließ ein kurzes Lächeln zu ihm herübertanzen. Mister Friedman kam sich vor, als wäre er gerade selbst gelobt worden. ›*Als hätte er meine Gedanken gehört?*‹, dachte er. Die freundliche Mienenszenerie des Kerls war gespenstisch gewinnend. Sie endete ebenso unerwartet wie sie eingesetzt hatte. Er warf seinen Blick wieder auf den weiten Horizont über den Atlantik und lauschte wie Gottvater Zeus den Geschehnissen. Sein halblanges leicht gewelltes Haar erinnerte an einen mehrfachen Surfweltmeister. Die Mähne war natürlich, leger und hat dennoch gepflegt gewirkt. Für einen Surfer ist er mit seinen 195 Zentimetern dennoch zu groß gewesen. Sein Alter war schwer zu schätzen. Aber es ist nicht weit von Harveys Alter entfernt gewesen.

»Ihr errechneter Wert für eine 25prozentige Beteiligung ist viel zu hoch.«, winkte der Geldgeber ab und eröffnete die Verhandlungsphase. ›*Der hat aber nicht viel Ausdauer*‹, konstatierte Harvey. ›*Irgendwann komm der Anfall von Gier.*‹ Er wartete aufmerksam.

»Für unsere Investition müssten wir nicht 1/4, sondern mehr als 1/2 der Stimmrechte erhalten.« Herablassend gestikulierte er seine Hände mit dem Habitus eines Gierigen der nur Nehmen gekannt hat. ›*Mein Junge, Du bist im Spiel. Er will ins Boot mit einsteigen und Dir das Ruder aus der Hand reißen!*‹ Harvey peitschte den Speicherlösungsentwickler wie bei einem Endspiel mit entschlossenen Blickspielen an. Aber Harvey wusste schon vorher was kommen würde. ›*Gleich wird der Idiot Druck ausüben*‹, dachte er.

»Mister Suspinsky, ich glaube wir können unter diesen Bedingungen keine Beteiligung eingehen.«

›*Zack!*‹ Harvey grinste innerlich. ›*Druck! Aber er will nicht wirklich gehen, er will Dich nur über den Tisch ziehen.*‹

Empört quollen die Augen aus dem Jungen raus. Das Herz von Harvey sprang vor Freude. ›*Dann soll er sich verziehen und nicht quatschen. Schmeiß ihn raus!*‹ Er fieberte dem weiteren Gesprächsverlauf entgegen.

»Wollen Sie etwa damit andeuten, dass es Ihnen nicht genug ist, wenn Ihre Beteiligung in vier Jahren mehr als 200 Millionen wert wäre? Das 20fache ist zu wenig?«

Harvey lauschte genau. *›Die Methode mit der Gier?‹*, überlegte er. *›Das könnte gehen! Du solltest ihn aber eher an seiner Psyche erwischen. Für eine gute Sache. Das wäre besser‹*. Er spürte, dass der Jungunternehmer an den Speichen des Rades herumtänzelte, das seinen Traum ausgemacht hat. Er suchte das Zentrum dieses Rads, um sich innerlich wie an einer Quelle stärken zu können. Es sind seine Idee, seine Firma und seine Stimmrechte gewesen über die er verhandelt hat. Aber nicht die irgendwelcher Schleimer. Er hatte nicht jahrelang getüftelt und entwickelt, um sich von einem Wichtigtuer so behandeln zu lassen.

»Wir haben 180 Milliarden US-Dollar in unserem Stiftungsfond und können seit 1984 auf eine Wertsteigerung von +31 Prozent pro Jahr zurückblicken.«

›Als ob das jemanden interessieren würde‹, dachte sich Harvey. *›Was hat die Vergangenheit mit der Zukunft zu tun?‹*

»Die letzten beiden Pleiten haben zwar nicht unserer Performance, aber unserem Image geschadet. Meine Stiftungsräte wollen kein schlechtes Image«, grunzte der Nadelstreifakrobat.

›Du willst doch nur Deine jährlichen Bonifikationen‹, polterte Harvey innerlich und registrierte wie die Aussage von Lukas im Taxi wieder zurück ins Gedächtnis gekommen ist, mit dem er lange Zeit über den 3. Knecht debattiert hatte, der das Geld nur eingegraben statt vermehrt hatte.

»Wir haben die Interessen unserer Stifter und Aktionäre bestmöglich zu vertreten.« Harvey hätte den Typen hochkantig rausgeschmissen wenn er Global Salomon Smith & Partners so vertreten hätte. Sein Wandertheater aus gespielter Sicherheit sickerte aus allen Körperöffnungen. Dabei hat die Branche gar nichts dafür können, dass solche Figuren herumgerannt sind.

»Was sollte uns bewegen einer Story Glauben zu schenken, die eine von 20 neuen Träumen pro Woche ist?«, sagte er mit Angriffslust und beugte sich über die Tischkante. »Träumer...«, zischte er und wedelte mit der Hand, »...die außer übertrieben optimistischen Erwartungen sonst keine stichhaltigen Beweise für den künftigen Erfolg ihrer Idee vorbringen können?«

Der Junge zog einen versteinerten Blick in sein Gesicht und tat instinktiv genau das Richtige. Er sortierte seine Präsentationsunterlagen und schlichtete sie zwischen die Aktendeckel. *›Jetzt mach endlich Druck, Junge.‹* Harvey registrierte aus dem Augenwinkel, dass die Gestalt an der Glasfassade plötzlich kurz auf die Uhr blickte. Als ob er es eilig hätte und nicht mehr zu warten gewillt war. *›Wenn Christian der ist, für den ich ihn halte, hat er den Trottel unter 10 Minuten‹*, dachte Harvey und musterte die V-förmige Rückenpartie des Fremden am Fenster. Als er plötzlich eine elegante Drehung vollzog, zeigte sich zum ersten Mal sein Gesicht. Eine tiefgründige Aura drehte sich wie ein mächtiger Saturnring mit dem Oberkörper mit und musterte den Herrn Geldgeber mit durchdringendem Blick. Aus der edlen Zeichnung seines Antlitzes funkelte die Erhabenheit eines Maharadschas, der wegen dringender

Erledigungen heute offenbar ausnahmsweise zuwenig Zeit gefunden hatte, sich zu rasieren.

In makellosem Bariton fragte er.

»Beweise?« Die Spitze seines Zeigefingers klebte ausgestreckt am Innenglas der Fassade und hat nach draußen gedeutet.

»Mr. Kershner!«, sagte er und mischte den Charme eines Kavaliers mit der Unbeirrbarkeit eines Herrschers.

»Gestatten Sie mir, dass ich Ihnen etwas zeige?« Verdutzt blickte der Geldverwalter zu seinem Assistenten. Ratlos fixierte er den Fremden und nickte wie ein Pawlowscher Hund.

»Kommen Sie bitte?«, sagte er und lockte mit dem Finger.

»Mr. Kershner! Sie besitzen einen brillanten Verstand. Das ist unüberhörbar.« Harvey war erstaunt. *›Mit einem Satz die Eitelkeit gewinnen, war meisterlich.‹*

»Aber darf ich Ihnen für einen kurzen Moment diesen Anblick zeigen?«, sagte er entschlossen und drehte seinen Blick nach draußen. Unsicher steckte Mr. Kershner eine Hand in die Hose und näherte sich dem Fremden wie ein Prüfling. Er starrte auch hinaus in die Ferne und wartete.

»Wissen Sie, was eine Offenbarung ist?«, fragte der Unbekannte.

Bevor Kershner einatmen und seine Definition von Offenbarung formulieren konnte, hörte er die Deutung des Fremden.

»Etwas was man nicht gelernt hat, aber trotzdem weiß.« Stumme Ratlosigkeit brandete aus den Augen von Kershner.

»So ganz ohne irgendeinen Beweis«, sagte der Fremde am Fenster.

»Man weiß es einfach. Wichtig ist nur, in welchem Moment des Lebens man das weiß.«

»Mr. Bufimimat! Wir müssen Risiken lokalisieren, messen und....« Wenn man seine rechtfertigende Körperhaltung betrachtet hat, hat man das Gefühl bekommen können, dass der Herr Geldgeberverwalter förmlich winselte.

»Und das erinnert mich an Ihren außergewöhnlichen Verstand«, unterbrach ihn Mister Bufimimat, »... wenn Sie mir gestatten, meinen Gedanken zu Ende führen zu dürfen?«

»Warum erinnert Sie das an meinen außergewöhnlichen Verstand?«

»Weil ich glaube, dass nichts auf der Welt so gerecht verteilt ist wie der Verstand.« Er blickte ihn tröstend an.

»Jeder glaubt nämlich, genug davon zu besitzen.« Aus dem Sonnenzentrum von Mister Bufimimat strahlte eine Ruhe und Sicherheit heraus, die Harvey selten erlebt hat.

»Nun sage ich Ihnen, was eine Offenbarung mit ihrem Verstand zu tun haben könnte. Ich habe das Gefühl, dass Ihr Verstand zwar ein ausgezeichneter und treuer Diener ist.« Christian blickte sein Gegenüber an und setzte eines drauf »Aber, er scheint kein guter Herr zu sein!«

Harvey spürte den Sinn durchquellen. Man musste mit dem Geiste fühlen und mit dem Herzen denken lernen.

»Glauben Sie etwa...«, versuchte Kershner schüchtern zu unterbrechen.

»Ich weiß nur eines: wenn die Zeit kommt, in der Sie diese Beteiligung eingehen könnten, dann wird die Zeit vorbei sein, in der Sie können.« Man sah Kershner an, wie seine Prozessoren zu kalkulieren begonnen haben, wann der Zeitpunkt erreicht sein würde wo der Deal platzen könnte, wenn er nicht rechtzeitig reagieren würde. So weit durfte er es nicht kommen lassen. Aber er musste gut verhandeln.

»Keiner Ihrer Aktionäre verlangt von Ihnen, nach den Sternen zu greifen, sondern nur den Augenblick einer Gelegenheit zu ergreifen. Und ich denke, wir sollten auf dem heutigen Tag nicht über die Scherben von gestern laufen«, sagte Christian eindringlich und zwinkerte Mr. Kershner zu.

»Weil Sie vorhin so galant Ihr Pech bei einigen Beteiligungen in der Vergangenheit erwähnt haben«, flüsterte er ihm zwinkernd zu. Der Meister lächelte seinen Prüfling ermutigend an.

»Mancher Mist der in der Vergangenheit gebaut wird, dient oft als Dünger für eine große Zukunft.« Gewandt wedelte er mit der Hand. »Die Vergangenheit kann also kein Hindernis für Ihre Beteiligung sein«, stellte er fest. »Im Gegenteil!«

»Gestatten Sie mir doch einmal einen ganz kurzen Blick in die Zukunft zu werfen?« Christian fesselte mit seiner Wirkung Mister Kershner wie eine Python.

»Sie kennen sicher das Penicilin?«, fragte er ihn mit heruntergezogenen Brauen. »Alexander Fleming hat an Bakterienkulturen geforscht«, sagte er.

»Eines Tages ist etwas Sonderbares passiert. Weil nämlich einige Bakterien in den Versuchsgläsern durch die Unachtsamkeit eines Mitarbeiters verdorben gewesen sind, hat Fleming die Bakterien wegwerfen wollen. Auf den verdorbenen Bakterien hat nämlich der Schimmel gewuchert.« Er machte eine Atempause. Einen kurzen Moment drehte er sich wieder Richtung Horizont und fixierte dann wieder sein Gegenüber.

»Fleming hat allerdings ein eigenartiges Gefühl gehabt. So eine Art Offenbarung. Als er die Gläser betrachtet hat, hat Fleming plötzlich etwas gewusst, das er nirgendwo gelesen oder gelernt hat.« Mr. Bufimimat nahm seinen Schüler am Ellbogen und flüsterte ihm zu.

»Plötzlich hat Fleming erstaunt festgestellt, dass die Bakterien dort abgetötet worden sind, wo der Schimmelpilz das Gefäß bedeckt hat.« Er blickte seinen Prüfling weiter tief an.

»Abgetötet! Ein Zufall mit Bestimmungscharakter hat zur Entdeckung von Antibiotika geführt und Fleming im Jahr 1954 den Nobelpreis gebracht.« Mit den Gesichtszügen der Erniedrigung stand der geschniegelte Sportwagenfahrer vor Mister Bufimimat.

»Wissen Sie, wie oft sich Penicillin bis heute verkauft hat?«, fragte Christian.

›*Wer stark ist, kann es sich erlauben, leise zu sprechen*‹, dachte sich Harvey und erinnerte sich an das Zitat von Theodore Roosevelt. Ratloses Schweigen bedeckte das Haupt des Fondsmanagers. ›*Wie oft hat sich Penicillin bis heute verkauft? Das ging in die hunderte Milliarden. Es glich der Erfindung des Rads oder Transistors. Kershner hat jetzt schon verloren*‹, konstatierte Mister Friedman voll Anerkennung. Er brauchte gar nicht mehr auf die Uhr zu blicken. Der Rest sollte nur mehr den Charakter von Kershner ändern. So machte es Harvey auch immer.

»Der Zweck des Lebens ist es nun mal, sich mit Schwierigkeiten zu konfrontieren. Der Sinn des Lebens ist es dann, sie zu beseitigen und daran zu wachsen. Also beseitigen Sie Ihre Hindernisse für diese Beteiligung.«

Plötzlich sagte Mr. Bufimimat etwas, das Harvey wie die Erschaffung Adams von Michelangelo vorgekommen ist. Das milliardenfach kopierte Bild an der Decke der Sixtinischen Kapelle, auf dem Gott mit der Fingerspitze einen Jüngling auf dessen Fingerspitze berührte und aus dem prickelnden Cocktail der Evolution ein neues Wesen geschöpft hat. Harvey spürte ein Gefühl, als ob ihn irgendein gottähnliches Wesen gerade mit seinem Finger berühren wollte.

»Mir ist bewusst, dass man die Krone in Ihrer Welt nicht am Kopf sondern im *Portefeuille* trägt«, setzte Mister Bufimimat mit militärischer Zielorientierung seine Gedanken fort.

›*Das habe ich mir doch früher gedacht*‹, erschrak Harvey.

»Egal welche Welt das auch sein mag. Durch einen logisch nicht verteidigbaren Glauben an eine unfehlbare Meinung unterliegen Menschen immer demselben Trugbild«, sagte Christian und legte seine Hand kameradschaftlich auf die Schulter des Fondsmangers.

»Ich persönlich glaube den Menschen, die die Wahrheit suchen und ich zweifle an denen, die glauben sie schon gefunden zu haben. So wie Sie glauben, die Wahrheit über den Wert von Sigma Solutions vor allen anderen erkannt zu haben. Sie schieben hier mit Prozenten hin und her, als wären es ein paar Äpfel.« Christian wedelte tadelnd mit dem Finger.

»Glauben Sie, dass Sie den Marktwert eines Schimmelpilzes erkennen hätten können?«

Harvey blickte nun doch auf die Uhr. ›*Das ging wirklich schneller, als ich erwartet habe*‹, stellte er erstaunt fest. Er wusste von Anfang an, dass es sich bei diesem Unbekannten am Fenster um Christian Bufimimat handeln musste.

Aber, dass er den Gedanken von Harvey mit der Krone im Portefeuille ausgesprochen hatte, hat ihm eine Höchststellung verliehen. ›*Vorhin hat er mir für meine Anfeuerung zugelächelt und dann zitiert er noch meine unausgesprochenen Gedanken?*‹

»Wissen Sie, Mr. Kershner! Menschen haben dreierlei Wege zu handeln. Das Nachdenken ist der Edelste. Das Nachahmen ist der Leichteste. Und die Erfahrung ist der Bitterste«, sagte Mr. Bufimimat.

»Nun will ich Ihnen sagen, was ich Ihnen an dieser Aussicht zeigen wollte. Was sehen Sie, wenn Sie da hinaus blicken?« Christian wandte sich von Kershner ab und fixierte noch einmal demonstrativ den eindrucksvollen Horizont.

»Kraftwerke, Palais, Kirchen, Schiffe am Horizont, Flugzeuge oder Bürohäuser in denen tausende Menschen täglich ihrer Pflicht nachgehen. Einsatzkräfte, Fußgänger, Fahrzeuge soweit das Auge reicht.« Mr. Bufimimat deutete hinunter.

»Da draußen haben Sie Ihre Beweise. Die Realität von arbeitenden Menschen. Vielleicht liebt nicht jeder seine Arbeit so wie er es gerne würde…«, erwog er treffsicher, »…aber der Überlebenskampf zwingt die meisten dazu, ihre Tätigkeit lieb zu gewinnen.« Er deutete mit dem Arm kurz nach rechts zu dem Jungunternehmer am Tisch.

»Mr. Suspinsky liebt garantiert seine Arbeit.« Er machte eine kurze Pause und nahm den Geldgeber so sachte und diskret am Oberarm, dass es schon wieder wie ein Eisenring gewirkt hat.

»Wo Sie auch hinblicken. Da draußen schuftet sich die heutige Generation ab, um eine neue Straße zu bauen, auf der die nächsten Generationen fahren können. Das sind Ihre Beweise, die Sie suchen.« Betulichen Schrittes ging er mit ihm Richtung Konferenztisch und blieb jählings stehen.

»Welche Straße wollen Sie für die nächsten Generationen bauen?« Mister Bufimimat bohrte einen entwaffnenden Scharfblick in seinen Gesprächspartner.

»Der Glaube an eine Idee hat dieses Land aufgebaut«, brummte er ohne irgendeine Erregung.

»Beweise hat es keine gegeben! Die größten Träumer einer neuen Welt waren die, die dieses Land entdeckt haben. Dieses Land ist der Ausgang eines Versuchs, an den selbst Kolumbus in seinen kühnsten Träumen nicht gedacht hätte.« Wie Johannes der Täufer stand der Schüler hypnotisiert vor seinem Meister.

»Sie stehen auf dem Grund und Boden, der ohne den Glauben von verrückten Träumern entweder gar nicht oder erst viel später entdeckt worden wäre. Kein klar denkender Mensch wäre auf die Idee gekommen, von diesen Träumern einen Beweis zu erwarten. Schon gar nicht zu verlangen.«

Eine Dusche lähmender Einsicht prasselte auf das Haupt von Mr. Kershner herunter. Harvey hörte innerlich die Geigen von der Decke herunterhängen und Hosanna fiedeln.

»Schließen Sie doch diese Kluft zwischen Ihnen und Ihren Aktionären«, sagte Christian in einer höflich wirkenden Befehlsartigkeit.

»Viele Schatten im Leben kommen daher, weil man sich selbst in der Sonne steht. Also verwalten Sie das Geld, das Ihre Aktionäre im Schweiße deren Angesichts erarbeiten mussten. Schließlich sind Ihre Arbeitgeber auch nur Menschen, die täglich von ihrer eigenen Idee geträumt haben. Haben Sie denen allen schon einmal vorgehalten, dass alle früher Träumer gewesen sind?« Kershner schüttelte zaghaft den Kopf, während Christian zusammenfasste und den Abschluss vorbereitete.

»Nun stehen also dieser Beteiligung weder Ihre Bauchlandungen aus der Vergangenheit noch das Argument der Träumerei im Weg«, sagte Christian.

»Oder irre ich mich da in Ihnen?« Mister Kershner stand mit klaffendem Mund wie ein ahnungsloser Prophet vor seinem Berg.

»Wir müssen Risiken lokalisieren, messen und sie analysieren, um dieses erarbeitete Vermögen unserer Aktionäre zu steigern«, rechtfertigte er sich. »Sie wissen, dass es genauso gelagerte Fähigkeiten erfordert, die Risikofaktoren von den träumerischen Aspekten abzugrenzen.«

»Ja, das weiß ich. An dieser Stelle kommen wir zu Ihrem dritten Punkt«, zog Christian sein lang ausgebreitetes Schleppnetz der Dialektik wieder ein.

»Wir haben die Vergangenheit, die Träumereien und nun die Beweise!« Der Berg streckte drei Finger vor seinem erstaunten Propheten aus.

»Lassen wir jetzt einmal völlig emotionslos den Gesundheitsanspruch weg«, forderte Christian.

»Als Ray Krock im Jahr 1951 von den Brüdern McDonalds die Lizenz erworben hat, ein Fastfood Konzept zu verwerten, hätte er niemanden irgendeinen Beweis vorlegen können, dass daraus die erfolgreichste Restaurantkette der Welt entstehen würde. Als Walt Disney 1927 mit seinen letzten 40 Dollar im Zug nach Hause gefahren ist und plötzlich eine kleine Maus gezeichnet hat, hätte keiner einen Beweis erwartet, welche Emotion Mickey in unzähligen Generationen auslösen könnte. Aber Walt Disney hat an seine Maus geglaubt.«

»Mister Bufimimat...«, wollte der Herr im Nadelstreif sagen, und wurde mit einem Augenaufschlag an seiner Weiterrede gehindert, den nur ganz wenige Menschen beherrschten.

»Das, was Sie als große und bedeutende Fähigkeit der Beweisführung ansehen ist illusorisch und führt nur dazu, jungen Menschen Gründe einzureden warum und wie etwas nicht funktionieren könnte.« Christian hatte

Harveys Respekt endgültig gewonnen. Wer Henry Ford zitiert hat, ist bei ihm immer gut angekommen. Er lauschte weiter.

»Sie können bei Ihren Aktionären den Segen für Ihre Arbeit erbitten, aber verlangen Sie nicht auch noch, dass die Aktionäre Ihre Arbeit für Sie tun. Das müssen Sie schon selbst erledigen.« Harvey war beeindruckt. Doch einen guten Lehrer hat man daran erkennen können, dass er sich mit der Zeit überflüssig gemacht hat. Der Geldgeber stand am Rande der Betäubung vor Mister Bufimimat.

»Wenn Ihnen beim Umblättern von Buchseiten so zumute ist, als hätten Sie einen Freund gefunden, dann wissen Sie, dass es ein gutes Buch gewesen ist. Wollen Sie, dass diesem Jungen so zumute ist, dass er in Ihnen wie in einem guten Buch nachlesen kann. Ein Freund der an seine Erwartungen und Talente glaubt, und mit dem er gerne seine Träume in die Realität umsetzen würde? Glauben Sie ernsthaft, dass Sie seine Freundschaft mit Geld oder ein paar Prozenten kaufen könnten? Fragen Sie einmal Ihre Aktionäre; die wüssten das genau.« Nahezu vorwurfsvoll fixierte Christian seinen Gesprächspartner.

»Nehmen wir an, Mister Suspinsky hat vielleicht nicht das Glück wie Alexander Fleming mit dem Penicillin. Das wissen wir nicht. Aber er hat das Zeug, Zufälle mit Bestimmungscharakter als Offenbarung zu erkennen. Dazu ist er mit seinem Talent befähigt. Nehmen wir an, diesem jungen Team gelingt bei Forschungen mit Atomen auf der Speicherebene, plötzlich unerwartet die Herstellung von Antimaterie. Die Welt würde ihren gesamten Energiebedarf aus einem fußballgroßen Stück Antimaterie decken können. Welche Beweise wollen Sie jetzt für Penicillin oder Antimaterie?«, sagte Christian und bot Mister Kershner freundlich an, sich wieder zu setzen.

»Bauchlandungen, Träumer und Beweise?«, bohrte er mit Grimm nach einer logisch verteidigbaren Erklärung von Kershner für dessen Argumentation. Christion zog sein ausgeworfenes Schleppnetz endgültig über den Kopf.

»Das ist alles völlig unwichtig. Ich denke, damit haben wir genug gesagt.« Harvey spürte, wie Kershner die Aussage von Bufimimat noch einmal im Geiste abgespult hat. *›Ich weiß; wenn die Zeit kommt in der Sie diese Beteiligung eingehen könnten, dann wird die Zeit vorbei sein in der Sie können.‹* Dieser Zeitpunkt ist in diesem Augenblick erreicht worden. Kershner musste jetzt die Karten auf den Tisch legen. Zwischenzeitlich hatte er sich in seine Verteidigung zurückgezogen und saß wie am ersten Schultag hinter seinem Pult.

»40 Prozent!«, schlug er vor. Er wollte die Niederlage verkürzen. Aber man merkte wie schnell Geld seinen Wert verlieren konnte. Von ursprünglich 50 geforderten auf 40 Prozent herunterzugehen, entspricht einer Inflationsrate von 20% in nur 10 Minuten.

Christian schüttelte den Kopf und schritt gebieterisch zum Tisch. Er presste den Zeigefinger stehend auf die Tischplatte und deutete einen Schlusspunkt an.

»Wir bleiben bei 25 Prozent«, erwiderte er entschlossen. Das wäre eine Inflationsrate von 50% in 11 Minuten. Doch, so war der Alltag bei derartigen Verhandlungen.

»Aber Sie könnten eine Option auf weitere 8 Prozent haben, wenn Sie 1/3 des Unternehmens anstreben. Allerdings mit einem Aufschlag wegen des geringeren Risikos. Wenn die Nummern schon gezogen worden sind, ist es leicht die richtigen Lottozahlen anzukreuzen.« Der folgende Blick auf die Uhr signalisierte dem Geldgeber ein letztes Mal jenen Zeitpunkt, zu dem er die Beteiligung noch eingehen könnte. Wortlos streckte Christian Mister Kershner die rechte Hand entgegen und wartete mit ernster Miene. Kershner ließ ein Lächeln der Verlegenheit über sein Gesicht huschen und versuchte so zu tun, als würde er der Sieger sein. Kershner erhob sich manierlich und schlug mit der Hand klatschend auf den Deal ein.

»Das ist ein richtiger Schritt! Glauben Sie mir. Es geht immer um die Freundschaft. Die zählt in schwierigen Zeiten.« Christian drehte sich gewandt zu den Anwesenden.

»Gut meine Herren! Sie entschuldigen mich jetzt.« Dem Jungunternehmer klopfte er wohlwollend auf die Schulter und blinzelte ihm zu.

»Den Papierkram können Sie ohne mich schaffen.« Die Anwesenden blickten sich alle gegenseitig an und nickten.

Der gezähmte Kershner stand noch immer und gestikulierte lakaienhaft herum. »Das mit den Beweisen und den Träumen werde ich mir merken.«

Unerwartet reagierte Christian mit einer Geste der Demut und deutete eine kurze Verneigung an.

»Gerne«, erwiderte er. Er packte ein iPad, das am Tisch gelegen ist, schwang seinen nachtblauen Burlington Pullover auf den Rücken und ging direkt auf Harvey zu. Sein höflicher Händedruck war von einer delikaten Wärme und vermittelte einem trotzdem das Gefühl, dass man an eine Steckdose der Hoffnung angeschlossen worden ist. Eine Energie des Wandels durchflutete Harvey.

»Ich bin Christian Bufimimat«, sagte er freundlich.

»Danke, dass Sie gekommen sind, Harvey.« Höflich deutete er mit dem Finger, dass er vorangehen werde. Harvey folgte ihm durch die Tür in den spukhaft leeren Empfangsbereich, wo das halbvolle Glas Orangensaft die Stellung gehalten hat. Christian drehte sich kurz um und fixierte Harvey im Weitergehen.

»Finden Sie nicht auch, Harvey?«

»Was?«

»Man muss trotzdem viel von den Leuten hinter diesen Türen halten. Letztlich funktioniert dieses System doch noch, wenn man ein bisschen nachhilft.« Empathisches Lächeln entwich den Bewegungen seiner Lippen. Harvey hätte zu gerne selbst aktiv an dem Gespräch teilgenommen.

»Ich hätte Mr. Kershner nach dem Deal wahrscheinlich gefragt, was er seinen Aktionären erzählt, wenn die erfahren würden, dass er ein paar Millionen oberhalb der Angebote der anderen gelegen ist.«

Christian grinste. »Aber das wäre der falsche Weg, Harvey. Eitelkeit behindert.«

»Ich habe das System nicht erfunden«, schmitzte Harvey unschuldig. »Ich komme aus einer Generation, der man das System in die Hand gegeben hat und gesagt hat: ›*Werdet damit fertig!*‹ Macht das Beste aus einer Welt, die von einem Geldniederschlag bewässert worden ist. Was hätte man also tun sollen?«, fragte Harvey. »Das ist unsere Kultur«, erwiderte er.

»Das ist ein gutes Stichwort!«, sagte Christian. »Eine Kultur ist ausschließlich über ihre Geschichte erklärbar. Als Stätte des gemeinsamen Schicksals.« In einer großen bogenförmigen Armbewegung umkreiste er die logische Schlussfolgerung.

»An dem Glück oder Unglück an dem alle gemeinsam teilgenommen haben oder teilnehmen werden. Das verbindet jede Familie bis zu einem Volk mit seinem Glauben. Das gemeinsam Erlebte. Es ist die Basis für eine Kultur.« Harvey glaubte zu erfassen, was Mister Bufimimat angedeutet hat. Während seines Aufenthalts in der geschlossenen Klinik hatte er sich in der Anstaltsbibliothek mit dem Thema der Religionen auseinandergesetzt. Die Juden erzählten auch nur eine Geschichte, die ihr Volk vor 5.000 Jahren gemeinsam erlebt haben soll. Das hat sie über diesen langen Zeitraum verbunden, obwohl sie nach ihrer Vertreibung aus Jerusalem nach Babylon kulturell entkleidet worden waren. Es hatte kein jüdisches Volk mehr in dem Sinne gegeben, das auch eine jüdische Heimat gehabt hatte. Von da an waren die Juden über 5.000 Jahre lang zu einem Nomadenvolk geworden und hatten nach dem Holocaust endgültig die Nase voll gehabt. Der Staat Israel sollte ausgerufen werden. Was hat Menschen verbunden, die zigtausend Kilometer entfernt voneinander gelebt haben? Es ist das gemeinsame Leiden der Vorfahren gewesen. Das kollektive Unglück. Christian und Harvey waren kurz vor dem Gang mit den Glaswänden und zahlreichen Sitzungszimmern. Christian blieb abrupt stehen und wartete rücksichtsvoll darauf, dass Harvey seine Aufmerksamkeit steigern würde.

»Die ganze Welt steht in den nächsten drei Tagen vor einer solchen Erfahrung.« Jetzt stand er wieder wie Zeus da und blickte verärgert.

»Vor einem Unglück, an dem alle zum ersten Mal gemeinsam teilhaben würden?«, fragte Harvey.

»Sie wissen, dass es eine Weltgemeinschaft nur in einem einzigen Sinne gibt.« Hurtig bewegten sich die beiden auf dem Rückweg Richtung Handelsraum.

»Es gibt keine Nation auf diesem Planeten, die ihre Devisenreserven nicht in einer Weltwährung gehalten hat.« Wieder hielt er an und blickte Harvey tief in die Augen.

Harvey nickte mit dem Kopf. »Die Welt hängt an einem Geldschein«, erwiderte Harvey. »Das ist mir bewusst.«

Christian ging weiter. »Was Sie 1992 mit dem Pfund, der Lira oder der Schwedischen Krone zu einem Spiel gemacht haben, wird ab morgen gegen den US-Dollar versucht.« Er machte eine kurze Pause.

»Ihre Operation ist also äußerst gefährlich.«

Harvey starrte verblüfft in die Absätze seines Vordermanns, der unbeirrt weiter redete. *›Meine Operation ist äußerst gefährlich?‹*

»Wir reden über Ereignisse, die den Verlauf der Geschichte über Jahrhunderte verändern können.« Das iPad in der Hand von Christian pendelte im Gleichklang mit seinen Schritten.

»Harvey! Es hat Menschen gegeben, die von neuen Dingen gesprochen und damit auch den Lauf der Geschichte verändert haben. Newton, Darwin, Marx, Smith, Einstein oder andere. Keiner von ihnen hat auch nur annähernd eine Vorstellung davon gehabt, welche Bedeutung seine Erkenntnisse in der Geschichte erreichen würden. Auch auf Ihnen lastet eine solche Verantwortung.« Christian bohrte seine Füße förmlich in den Boden und versteinerte zu einer Statue. Harvey erinnerte sich an die Bestimmung, auf die ihn Mathäus im Krankenhaus hingewiesen hatte.

»Damit die Zukunft nicht wieder eine Vergangenheit wird, die nur durch eine andere Tür wieder hereinkommt, müssen Sie sich daher Ihrer Verantwortung im Klaren sein.« Harvey begriff, dass Christian eine furchtbare Katastrophe angedeutet hatte. Jeder Krieg von Systemen ist immer eine Steigerung auf den vorherigen Krieg gewesen. Eine Steigerung auf den zweiten Weltkrieg würde verheerend ausfallen. Harvey fühlte sich wie jemand, der gerade von einem Unternehmen angestellt worden ist. Aber auch Kandidaten hatten das Recht auf Fragen bei ihrem neuen Arbeitgeber. Er musste wissen, für welche Firma er arbeiten sollte.

»Christian. Alle meine letzten Bekanntschaften haben Apostelnamen gehabt.« Harvey zählte sie alle auf. »Jacob, Lukas, Mathäus.« Christian blickte ihn ernst an.

»Soll ich weiterreden? .....Was glauben Sie soll ich jetzt glauben, wenn der Vierte jemand mit dem Namen ›*Christian*‹ ist?«

Christian lachte offenherzig. »Wirklich? Ein Jacob, Lukas und Mathäus? Was für ein Zufall«, sagte er und belustigte sich an Harveys Vermutungen.

»Nun mal im Ernst«, sagte Christian. »Sie stellen mir eine zirkuläre Frage.«

›*Scheiße*‹, dachte Harvey durchschaut.

»Sie wollen wissen, was ich glaube, dass Sie glauben? So funktioniert das nicht«, wedelte Christian mit dem Finger, während seine halblangen Haaren mit einem Kopfschütteln nach beiden Seiten wallten.

»Ich weiß nicht, was Sie glauben sollen. Das müssen Sie selbst wissen.« Mahnend hob er den Finger. »Achtet Euch vor denen, denn sie werden sagen, ich bin es. Also Harvey, achten auch Sie sich vor denen, die sagen: ich bin es!« Harvey zuckte auf. Jacob hatte diesen Psalm auf dem Transparent in großen Lettern gekritzelt und war wochenlang auf dem Platz vor der Notenbank gestanden. Lukas hatte dann auf die Bibelstelle verwiesen. Und beide haben schließlich auf denjenigen hingewiesen, von dem in der Heiligen Schrift berichtet worden ist. Und nun hat Christian denselben Vers zitiert.

»Was meinen Sie, ist es Bestimmung oder Zufall gewesen?« Christian kreiste mit dem Finger in der Luft.

»Ich meine Ihre Begegnungen mit Jacob, Lukas oder Mathäus?« Er grinste. »Es könnten natürlich auch Begegnungen des Zufalls gewesen sein. Keine Vermischung von Phänomenen mit christlichen Prophezeiungen«, sagte er. »Sie glauben ja sowieso nicht an eine Vorbestimmung.« Harvey war sprachlos und fühlte sich wie eine wehrlose Voodoopuppe, die eine Nadel nach der anderen verabreicht bekam.

»Aber wenn Sie schon einen Lukas erwähnen, lassen Sie mich eine Bibelstelle zitieren.« Harvey lauschte. »›*Wenn Du der Messias bist, dann sag es uns.....Auch wenn ich es Euch sage, ihr glaubt mir ja doch nicht*‹.[71] Verstehen Sie, was ich meine?« Harvey nickte.

Obwohl ihn die Aussagen regelrecht an die Küstengrenzen seiner Sinne geschleudert haben, hat Harvey erstaunlich gut die Kontrolle behalten können.

»Christian«, erwiderte er. »Ich glaube an eine höherwertigere Vorbestimmung. Daran habe ich nie einen Zweifel gelassen. Aber alle drei haben mich in einer noch nie erlebten Form auf die Umkehr hingewiesen«, brummte er um Antwort fordernd.

»Dieser Zufall ist schon sehr zufällig.«

»Der Zufall hat stets den Rang eines nicht hinterfragbaren Naturgesetzes«, stellte Mister Bufimimat fest. »Woher wissen Sie, dass die drei denselben Gedanken gehabt haben? Haben Sie sie gefragt?«

»Nein, aber ich habe es angenommen.«

»Warum? Nur weil es eigenartig gewesen ist? Oder weil Sie selbst eine Umkehr in sich gespürt haben?«

---

[71] Lukas Evangelium, Kap. 22; Vers 63-71

Harvey bemerkte im Vorbeihuschen mit seiner neuen Bekanntschaft, dass die Sitzungszimmer in den verglasten Gängen mittlerweile allesamt leer gewesen sind. Er registrierte ein lauter werdendes Donnerwetter aus dem riesigen Handelsraum, dem sie sich angenähert haben.

»Sie werden von mir keine Worte hören, die sich wie ein *›Ich bin es!‹* anhören. Ich bin der, der ich bin. Entweder Sie werden etwas in sich fühlen oder nicht.« Christian machte ein paar mächtige Sätze bevor er stehen blieb und Harvey fixierte.

»Wenn Sie glauben, dass zufällig alle drei von einer Umkehr gesprochen haben, dann spüren Sie ohnehin schon genug. Kommen Sie, die Zeit drängt.« Er wendete wieder nach vorne, ging nach zwei Schritten um die Ecke und präsentierte Harvey den Handelsraum mit einem halben Schritt zur Seite. Mister Friedman wurde der Schock in die Gesichtszüge gepresst, so wie die Prägung einer Münze erfolgt ist, nachdem das Relief auf ein rundes Metallplättchen gestampft worden war. Als Harvey am Handlauf der Galerie neben der hängenden Stiege wie angewurzelt stoppen musste und seinen ersten Blick über die Köpfe der Fondsmanager geworfen hat, traf ihn der Donner eines zornigen Gottes. Es gab keinen, der nicht entweder hysterisch gekreischt hat, als wäre ein Jumbo in den Tower gejagt oder dem nicht die Pupillen von den Börsendaten magnetisch auf die Kurstafel gesaugt worden sind. Es war ein Massaker, das sich an der Leinwand abspielte. Vor seinen Gucklinsen vollzog sich das Jüngste Gericht auf den Märkten. Ein Blutbad der Superlative. *›Allmächtiger!‹*, war das vorletzte Wort, das er in seinem Hirn stumm aufbrüllen gehört hat. *›Weltuntergang!‹*, ist das letzte Wort gewesen.

»Wissen Sie was Lukas übrigens noch geschrieben hat?«, erkundigte sich Christian, bevor er die erste Stufe hinab schritt. »*›Der Prophet zeigt an den Geschehnissen der Zeit, was Gott von den Menschen will.‹* [72] Was glauben Sie?,« fragte Christian.

»Was will Gott von den Menschen, wenn Sie das sehen?«, und deutete mit einer schweifenden Armbewegung auf die Schlachtbank wenige Meter unter den beiden. Harvey schlich wie auf leisen Zehenspitzen die Stufen hinunter. Auf dem Markt hat sich immer seine Spielwiese befunden, auf der er die Kurse wie Kampfhunde dressiert hatte. Er hatte immer Respekt vor den Kräften des Marktes gehabt, aber eine solche Gottesfurcht hatte er noch nie empfunden. Diese Stätte wandelte sich zum Ort des Hades. Der Gott der Unterwelt raffte die Goldstücke wieder gierig in sein Füllhorn zurück, die er über ein Jahrhundert verteilt hatte. Das Konzept der Hölle mit dem Geldverteilen schien doch nicht aufgegangen zu sein. Nach dieser Lektion würden die Menschen nicht mehr auf seine Verheißungen hereinfallen

---

[72] Lukas Evangelium, Kap. 7; Vers 11-17

können. Harvey sah das Ende jener Plätze herannahen, auf denen sich die Gier versammelt hat, um die Psyche der Menschheit unter ihre Kontrolle zu bringen.

Pause

Ein großer Denker des 20. Jahrhunderts hat einmal behauptet: ›*Die Welt ist alles, was der Fall sein kann*‹. Er sollte Recht behalten.

Wer hätte gedacht, dass sich wirklich erfüllen könnte, was geschrieben stand?

Wer ist dieser Mann wirklich? Dieser Christian Bufimimat?

Im Petersdom liefen die Aufbauten für das Konzil und fast die Hälfte der Nuntien und übrigen Apostelnachfolger hatten sich bereits eingefunden. Benedikt ist stolz gewesen, dass er das Ende der Intrigen und Streitigkeiten um Macht und Einfluss innerhalb der Kirche einläuten konnte.

Wissenschaft oder Glaube? Wo die Spannungen zwischen gegensätzlichen Denkströmungen entstanden sind, hat es auf dem Planeten *Gaia* immer Streit gegeben. Man grübelte und diskutierte darüber, ob es überhaupt jemals eine Wahl gegeben hat. Zwischen Körper und Geist, zwischen Realisten und Idealisten oder zwischen der Wissenschaft und dem Glauben? Aber diese Wahl hat es nicht gegeben, wenn die Evolution eine Veränderung erzwingen wollte. Man musste sich ändern. Der letzte Versuch der Wächter des Pentateuchs hat auf den Geist des Menschen abgezielt. Der Geist des Menschen hatte eine beeindruckende Reise in der Geschichte zurückgelegt. Er hat die Menschen zum Mond und über den Rand des Universums hinausgeführt und die schönsten Naturwunder und Rätsel nach Hause gebracht. Mit seinen fünf Sinnen hat der Mensch das Universum entdeckt. Vom kleinsten Superstring bis zur größten Galaxie. Für dieses unvergleichliche Abenteuer fand man den einen Begriff: Wissenschaft! Doch nicht die Wissenschaft hat den Glauben erschaffen. Der Glaube hat die Wissenschaft zu einer rastlosen Suche gezwungen. Wo würde sich der wahre Pentateuch wohl in seiner ganzen Wahrheit zeigen? Im Kleinsten oder im Größten?. Überall strandeten die größten Wissenschafter an die Ufer der Schöpfung und wurden wie kleine Kinder mit Rätseln und Phänomenen befasst. Galileo Galilei - der Vater der modernen Wissenschaft sollte der Menschheit ein Testament hinterlassen, das diesem Streit zugunsten des

Glaubens ein Ende bereiten sollte. Pangäa und die Einheit des Menschengeschlechts sollen in den kommenden 2 ½ Tagen zum angestrebten Ideal werden. Welche Ideen haben in den Köpfen von Präsident James Kerry, Papst Benedikt, Robert McDerman, Jimmy Gordon und Harvey Friedman noch gelodert? Auf welchen Widerstand würden sie stoßen? Wer verbarg sich hinter jener Technologie, die die Zivilisation in wenigen Stunden an den Rand des Abgrunds führen konnte?

Die Versetzung der gesamten Menschheit in den Glauben an die *Auferstehung* sollte das Versprechen einlösen, das die Wächter des Pentateuchs durch ihren Schwur geleistet haben. Das, was die Menschen vor 20.000 Jahren durch ihre 1. große Aufspaltung ausgelöst haben, sollte endgültig rückgängig gemacht werden. Operation *›Pangäa‹*. Aber man darf dabei nicht leichtfertig übersehen, dass die Menschheit an der Aufspaltung schon 5mal gescheitert ist. Nun stand der Hominide ein 6. Mal vor der größtmöglichen Revolution, seitdem er gelernt hatte, den aufrechten Gang auszuprobieren. Doch bis dahin ist es noch ein mühevoller Weg gewesen. Aus der Johannes Offenbarung ist der Menschheit bekannt gewesen, dass der ewige Friede erst dann folgen würde, wenn der *›leibhaftige Gott auf die Erde niedergekommen ist und zur letzten Konfrontation aufgefordert hat‹*. So ist es prophezeit worden und daran glaubten die Menschen auf *Gaia*. Doch vermutlich hat niemand eine Vorstellung davon, wie diese letzte Konfrontation tatsächlich ausfallen könnte.

Der Autor

Harvey Friedman, Jahrgang 1969, veröffentlicht seine Erzählungen unter einem Pseudonym. Friedman lebt mehrere Leben. Seine Erzähltechnik bezeichnet er atmosphärische Literatur. Er hat eine 8jährige Schauspiel- und Gesangsausbildung am Opernhaus absolviert. Der Zwang der Gesellschaft zum Erwerbsleben riss ihn aus seiner künstlerischen Laufbahn. Mit 22 verdiente er seine erste Million im Jahr. Im Alter von 28 Jahren gründete er seine erste Aktiengesellschaft und mit 30 leitete er neben seiner Vorstandstätigkeit auch ein Institut für theoretische Ökonomie und Kapitalmarktforschung. 1999 erkannte er die Entwicklung und erarbeitete eine Studie. Er begann mit den Szenen für das Drehbuch. Die Ergebnisse seiner Studie hat er mit dem Einflussbereich des Glaubens verbunden. Sein Großonkel ist im Vatikan bis 1981 der Vorgänger von Joseph Ratzinger gewesen und hat unter den Päpsten Paul VI., Johannes Paul I. und Johannes Paul II. als Kardinal das Ressort der Glaubenskongregation geleitet. Ihm hat Friedman im Pentateuch eine eigene Nebenrolle zugedacht. Friedman hat auf zahlreichen Veranstaltungen und auch für die Wirtschaftsuniversität Gastvorträge zum Thema Volkswirtschaft und Unternehmensfinanzierung gehalten. Heute ist er Philosoph und Schriftsteller von Sachbüchern, Romanen und Drehbüchern. Infolge einer Verschwörung geriet er 2003 für vier Jahre in Gefangenschaft. Friedman leidet seither unter einer psychischen Krankheit und lebt seit Erlangung seiner Freiheit mehr als 1/3 des Jahres abgeschieden an der Küste am Mittelmeer.

Harvey Friedman

Der Pentateuch

Auferstehung II

357 Seiten

erhältlich ab 1.10.2011

Taschenbuch 19,90 €

ISBN 978-3-9814888-1-4

67

Cracker

New York kristallisierte sich wieder einmal zu einem bedeutenden Ort der Geschichte. Man hatte sich seit 9/11 schon an zahlreiche Überraschungseinsätze der Behörden gewöhnt gehabt. Einmal sind Terrorverdächtige festgenommen worden, ein anderes Mal ehemalige Börsengurus oder Wirtschaftsprüfer, Fondsmanager, Investmentbanker, Rechtsanwälte und harmlose Obdachlose, die verdächtige Plastiktüten vor Supermärkten stehen gelassen hatten. Die Auftritte der Sicherheitsbehörden waren meist von dramatischer Erregtheit des Aufsehens begleitet gewesen. Ob es sich um Unterlagen bei Goldman Sachs gehandelt hatte, nachdem die Malversationen rund um die Staatspleite Griechenlands bekannt geworden waren oder ob es um Kaufempfehlungen für Anleger gegangen war, weil die Bank ihre Papiere irgendwie an den Mann bringen wollte. Wenn Spezialeinheiten den Befehl erhalten haben Verdächtige festzunehmen, dann ist blitzschnell und mit voller Kampfmontur zugeschlagen worden. Doch, das was seit einiger Zeit in den Großstädten Amerikas abgelaufen ist, hat das letzte Aufbäumen eines Riesen gezeigt, der sich in zweithöchste Alarmbereitschaft versetzt hat und aufzuräumen versuchte. Es erinnerte an die Operation *›Geronimo‹*, als man Bin Laden in 40 Minuten der Evolution zurückgegeben und ins Meer geworfen hatte. Bin Ladens Geist hätte sich in anderen Wesen der Zukunft wieder finden sollen. Obwohl jener Geist, der in diesen Stunden in Amerika gewütet hat, eine ganz neue Qualität überschritten hatte, zu der Bin Laden niemals in der Lage gewesen wäre.

In der NSA arbeitete eine Armee von Cyberkriminalitätsspezialeinheiten an der Rückverfolgung des Absenders jener Dateien, die an jedes Konto angehängt worden waren. Im Netz zeigte sich einmal mehr das wahre Schlachtfeld der neuen Kriegsära. Es hatte keine Mauern und keine Grenzen mehr. George Orwells *›1984‹* wirkte wie ein Kindergeburtstag dagegen. Vor einigen Jahren haben die ersten großen Schlachten im Netz begonnen. 80.000 Hacker aus China sind in einem Feldzug von den 1.800 besten US-Hackern niedergemetzelt geworden, die unter der Führung von Jimmy Hondrix gestanden sind. Ein Trupp in der 40fachen Stärke seines Gegners ist regelrecht hingerichtet worden. Auch im Netz haben die Amerikaner die stärkste Streitmacht dargestellt. Die Fähigkeiten von Hondrix standen daher in dieser Situation ganz oben auf der Liste des Staates.

Im Zentrum von Manhattan ist soeben eine Division von schwarzen Minivans mit getönten Scheiben vorgefahren. Begleitet von 30 Polizeiwägen,

12 Jeeps und 8 Geländewägen vom Typ Hummer 1 im Tarnaufzug. Am Dach des Digital System Towers landeten zwei Einsatzhubschrauber der gefürchteten Navy-SEALS, die Bin Laden im Mai 2011 eiskalt niedergestreckt hatten. Geschätzte 250 Mann hechteten über 100 Meter weiter unten vor dem Haupteingang des Digital Systems Towers aus den Einsatzwägen heraus und schwärmten in kugelsicheren Bleianzügen sprintend aus. Das Aufgebot an Einsatzkräften der Sondereingreiftruppe sprengte alles bisher da Gewesene.

68

Inferno

Harvey war mit Christian in der UBS von der oberen Galerie die Stiege in den Handelsraum hinunter getrapst und blieb wie angewurzelt am unteren Parkett stehen. Die besten Managemententscheidungen der Menschheitsgeschichte stürzten wie umgeworfene Monumente in den Abgrund. Der riesige Handelsraum des weltweit größten Vermögensverwalters hat sich in einen Sarkophag verwandelt. Es ist ein gigantisches Massenbegräbnis gewesen, das sich dargeboten hat. Angebetete Heiligenbilder von Aktien, die jahrzehntelang in den Bilanzen der großen Fonds und Konzerne als Wertanlage geschlummert und die Welt dominiert haben, sind brutal niedergerissen worden. Das Inferno für die Götter eines ablaufenden Zeitalters entflammte zu einem Fegefeuer. Irgendetwas saugte dem Aktienindex das Mark aus den Knochen. Harvey versetzte sich zurück in das Stolzgefühl, das er noch zur Jahrtausendwende empfunden hatte, als er damals den Dow Jones Index bestaunt hatte. Sein geistiges Auge zog die Kursgraphik bis zur Jahrtausendwende aus der Gedächtnisschublade.

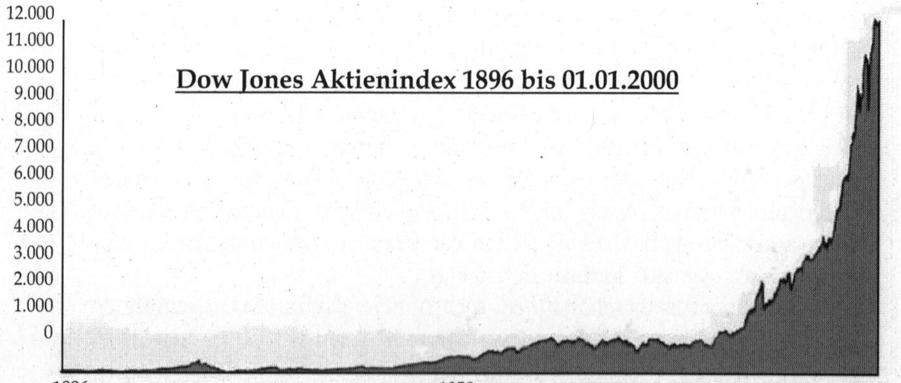

Über 100 Jahre ist der Wert amerikanischer Ikonen wie der Turm zu Babel aus dem Nichts immer höher in den Himmel gewachsen. Aber heute war der Gang zum Schlachthof, den die 30 größten Unternehmen Amerikas angetreten haben. Geköpft wurden zuerst die Ältesten. Die Dinosaurier im Universum der Finanzmärkte. Im Krieg machte man das, um die Moral der Jüngeren zu schwächen. Exxon, Boeing, Coca Cola, General Electric, Goldman Sachs, Merck, Bank of America, Citigroup, Walmart oder McDonalds. Alle eröffneten mit einem Minus von über 20 Prozent und verloren schon nach wenigen Minuten weitere 10 Prozent dazu. Dann kamen die Jüngeren und teilweise auch noch Größeren an die Reihe. Das Blutbad bei den übrigen ist teilweise noch schlimmer gewesen. Der Dow Jones präsentierte sich wie ein schlecht trainierter und gealterter Abfahrtsläufer, der bei einem Seniorenrennen mit 130 Sachen in die Fangnetze geschleudert worden war, wovon keines die Wucht seines Aufpralls abfangen konnte. Harvey dachte sofort an die großen Pensionsfonds, die die kleinen Einzahlungen ihrer Bürger über Jahrzehnte in diese Wertpapiere investiert hatten.

›*Die Bilanzen werden alle hingerichtet und zerstört sein, wenn sich der Markt nicht dreht*‹, dachte er. Doch in diesen Sekunden gab es keine Anzeichen für einen Wendepunkt. Er begriff das Ausmaß des Krieges. Zum ersten Mal in der Menschheitsgeschichte würde ein großer Bewusstseinswechsel nicht durch Tote und militärische Zerstörung erzwungen werden. Keine Zerstörungen von Leib, Leben und Realitäten. Auch kein Landgewinn im physischen Sinne. In einem Krieg entfesselter Mathematik würde nur der Geist sterben können. Das Innenleben einer dominierenden Idee, deren Kompassnadeln nur scheinbar immer funktioniert hatten. Das physische Leben blieb alleine ohne Navigationsinstrumente zurück. Wohin sollte man, wenn dieser Krieg verloren gehen würde?

69

Der Kongress

Der Nobelpreisträger in Physik des vergangenen Jahres erspähte im Medienbereich ein Gemetzel drängender Fotografen. Der Blick auf die Uhr verriet ihm, dass er es bald überstanden hatte.

»Ingenieure dringen schon lange in den Mikrokosmos vor«, referierte er. »Sie stoßen auf eine Welt in der es statt Gewissheit nur Wahrscheinlichkeiten gibt.« Professor William Leroy deutete mit dem Arm in die mittleren Reihen, aus denen junge aufstrebende Wissenschafter zu ihm nach vorne geäugt haben.

»Unsere jungen Kollegen und Nachfolger sind in Jeans und Sweatshirts hierher gepilgert. Physiker aus aller Welt haben über Dinge wie *magnetic instanbilities, gravity waves* und *vortex dynamics* geplaudert. Eine Woche lang sind Superstrings in Hotelbars und Frühstücksräumen das Thema gewesen, wo über Quantenfeldtheorien oder Fermionen-Kondensate gewitzelt worden ist. Ich habe diese Zeit genossen, in der sich auf so engem Raum mehr Experten getroffen haben als jemals zuvor in der Geschichte.« Fast schon ergriffen schwelgte der Professor über seine Eindrücke der letzten Tage.

»Wir haben über den Anfang der Welt, über das Wesen der Zeit, über den Aufbau aller Dinge und die Natur der Wirklichkeit diskutiert. Weil wir an den Grenzen des Verstehbaren angelangt sind, ist die Quantentheorie immer wieder in unsere schönen Plaudereien hineingespukt. Weil wir durch die Versuche während der letzten Monate erkannt haben, dass sich Masseteilchen über Regionen bewegen können, die wir nicht sehen können, ist unter uns der begründete Verdacht aufgekommen, dass es noch etwas anderes gibt.« Der Professor atmete tief durch.

72

Markt

..Die Auslastung der CPU, des zentralen Mikroprozessors von Echelon in der NSA schwankte zwischen 90 und 95 Prozent. Noch nie hatte die Rechenkapazität des angeblich stärksten Computers der Welt ausgeschöpft werden müssen. Wie ein durchtrainierter Zehnkämpfer sprintete Echelon nach den Schuldigen und zeigte pro Stunde tausende neuer Spuren auf. Die Ergebnisse von Echelon spiegelten den Drang des Menschen zur Aufspaltung. Doch irgendetwas passierte zur Stunde auf dem Computer. Echelon bekam Protokolldateien ins System, die innerhalb von Sekunden auf Milliarden von Terabytes angeschwollen sind und den Eindruck erweckten, dass sie die Kapazitätsgrenzen sprengen wollten. Die Gewalt der Systemattacke war so wuchtig, dass sie nicht von Menschenhand gesteuert sein konnte. Das ist den Experten der NSA in diesen Momenten klar geworden. Mit dem Argument, dass kein Cracker Echelon jemals überwältigen können würde, hatte man sich Milliarden für Entwicklungskosten erhandelt. Doch heute war nichts mehr unmöglich geworden. Jede herausgelockte Milliarde versiegte wieder im Sand der Daten. Es war ein überirdischer Cracker, der hier gewerkt hat. Und es vermittelte das Gefühl einer ausgesprochenen Strafe, die der große Unbekannte verhängt hatte. Aber wofür sollte der Westen hingerichtet werden? Insbesondere: wer war in der Lage, die mächtigste Volkswirtschaft in wenigen Stunden aus den Angeln zu heben?

73

Quantenhirn

....»Wovon sprichst Du?«, zischte William wie vom Blitz getroffen.

»Eine solche Leistung erfordert einen Quantencomputer«, erwiderte Jimmy.

»Rede doch keinen Unsinn daher«, gewitterte Leroy. Jimmy weitete die Augen und erschreckte sich über Williams Reaktion.

Der Professor hatte endgültig die Nase voll. Wenn der Nobelpreis eine Legitimation hatte, dann nur wenn ein Preisträger sein Wissen wie ein Vulkan zum Ausbruch bringen konnte. »Schluss jetzt!«, keifte er wie entfesselt heraus.

»Ich habe Angst vor den Konsequenzen, wenn sich das tatsächlich herausstellt, was Du die ganze Zeit vermutest. Also hör bitte damit auf.«

Wie aufziehende Gewitterwolken über dem Atlantik schlichen plötzlich die Schatten eines geheimnisumwitterten Wissens über das Gesicht des Nobelpreisträgers William Leroy. Welches Wissen ist das gewesen?

74

Dimensionssprung

Je öfter Harvey die Behauptung von Christian durch seine Eiweißprozessoren gejagt hat, desto näher hat sie ihn an den Rand eines Kollers gebracht.

»Es ist wahr«, sagte Christian.

»Sie haben einen Dimensionssprung gemacht. Sie sind in einer anderen Welt.«

Stunden vorbei ist, soll es mir recht sein‹, dachte er sich und musste sich mühen, seinen Schrecken aus sämtlichen Gliedmaßen zu vertreiben. Auch wenn es einer der berühmtesten Wissenschafter wie Hawking für möglich gehalten hat, hat es Harvey trotzdem an Vorstellungskraft gemangelt, dass er wirklich in einer anderen Welt sein könnte.

»Wir müssen weiter! Kommen Sie«, sputete ihn der leutselig kommandierende Christian. Die beiden haben gerade das 1. Drittel der Etagen zurückgelegt.

›Es gibt für alles eine Erklärung‹. Harvey wusste nicht so recht, wo er anfangen könnte.

»Geben Sie mir ein Beispiel«, forderte er seine neue Bekanntschaft auf.

»Was für ein Beispiel?«

Harvey rümpfte seine große Nase.

»Sie erwarten doch nicht, dass Sie auftauchen können und mir Geistergeschichten erzählen können?« Er machte eine kurze Pause.

»Ein plausibles Beispiel würde ich brauchen, damit ich in kurzen Sätzen verstehen kann, warum die Vermutung von Hawking wahr gewesen ist. Ein Gleichnis, damit ich sinnvoll nachvollziehen kann, wirklich in einer anderen Welt zu sein.« Christian hielt an und präsentierte Harvey auf dem Superflachbildschirm seines iPads eine Buchwerbung bei Amazon.

»Prof. Hawking hat in seinem Buch *›Der große Wurf‹* die Existenz von Parallelwelten beschrieben. Er hat von Doppelgängerplaneten gesprochen.« Christian reichte Harvey das iPad und ging eilenden Schrittes weiter. »Hawking hat von Welten gesprochen, die das menschliche Auge nicht wahrnehmen konnte«, schallte er im eiligen Schritt ins Treppenhaus hinunter. »Das haben wir vorhin ausführlich besprochen. Sie haben mir übrigens noch immer nicht gesagt, ob Sie jetzt daran glauben. Sie wollten doch wissen, wo Sie sich befinden.«

›In einer Welt, die das menschliche Auge nicht wahrnehmen kann?‹ Harvey betrachtete das dünne LCD des iPads und zuckte perplex auf.

75

Gaia

Die aufregenden Gedanken von Robert McDerman hatten sich wie schlafende Fledermäuse auf der Unterseite seiner Schädeldecke festgeklammert und wollten nicht mehr von ihren eingenommenen Plätzen verschwinden. Doch sein Körper ist schon auf Notversorgung gelaufen und hat ihm langsam aber sicher die lebensnotwendige Traumphase aufgezwungen. Der Bibelwissenschafter hat die Eindrücke und ihre Zusammenhänge noch nicht übersichtlich erfassen können.

Die hohe Dichte und der kurze Zeitintervall erschlugen ihn förmlich, weil sie so stichhaltig heruntergeprasselt sind. Schlaf ist oft der Schlüssel ins Reich ausstehender Antworten gewesen. Filippo nestelte die alte Mineralwasserflasche unter dem Sitz hervor und nahm einen Schluck des abgestandenen Nass´. Die Wintertemperaturen haben es wenigstens eiskalt gehalten. Fortwährend wechselte er die Spur um schneller voran zu kommen. Bis zur Park Avenue zog es sich immer zäher. Die monotonen Verkehrsgeräusche wirkten wie Wolken, auf denen Robert in die Traumwelt eintauchen konnte. Mister Bufimimat hat sich noch in der UBS aufgehalten. Das ist zumindest die letzte Registrierung des Peilscanners gewesen.

›*Einmal angenommen, er wäre die Auferstehung*‹, schummelte sich eine Erwägung als erstes aus seiner Traumwelt, ›*warum sollte er sich dann als I.N.R.I. zu erkennen geben?*‹

Die Zeit für eine Revolution wäre da, daran ist kein Zweifel bestanden. Und die Wut auf die immer ungerechter empfundenen Lebensbedingungen ist ebenso vorhanden gewesen. Die Menschen waren von dem Wunsch nach Gerechtigkeit immer leidenschaftlicher durchtränkt worden. Und es sind immer mehr geworden. So wie vor 2.000 Jahren. Aber für eine Revolution hätte es dreierlei Dinge bedurft: Veränderungswille, Mut und eine tragende Symbolfigur.

81

Groteske

Benedikt hatte den Film auf seine Glaubensbrüder einwirken lassen und sich für einen kurzen Moment zurückgezogen, um einen Ort aufzusuchen, den auch ein Papst aufsuchen musste. Er betrat in einem Seitengang die Toilette und grübelte. Noch immer kreiste er gedanklich über den Motiven, warum sich der Vatikan von allen Geldgeschäften und amerikanischen Engagements zurückziehen sollte. Benedikts Gründe sind gewichtig gewesen. Rom sollte das Spiel endgültig beenden. Das ist die klare Anweisung aus seinen Begegnungen gewesen. Die Trumpfkarte zu diesem Sieg hatte sich der Heilige Stuhl im Jahre 1942 durch Papst Pius XII. auf clevere Weise sichern können. Diese Karte sollte in den kommenden Stunden ausgespielt werden. Benedikt hat in der Tatsache einen Ort der Verdammnis aus der Unterwelt hervortreten gespürt, wie Staaten seit mehreren Jahrzehnten über ihre Verhältnisse gelebt hatten. Als die reicheren Staaten Rettungsschirme geknüpft hatten, obwohl sie ebenso über ihre Verhältnisse gelebt hatten, hatte der Papst erkannt, dass es ein jähes Ende mit der Zwei-Welten-

Dominanz des Vatikans nehmen könnte. Im Detail betrachtete er den Widersinn dieses Systems. Hatten nämlich ein Staat und seine Banken zuviel Risiken auf sich genommen, sind sie nicht Pleite gegangen, sondern sind zum Nachbarstaat und haben sich das Geld der anderen geholt. Mit Bilanzierungs- und Budgetstricks sind die Probleme hin- und her geschoben worden. Immer wieder mit Verschnaufpausen, aber immer heftiger hat die Spirale ihren Lauf genommen. Das ursprüngliche Konzept, dass ein Fehlverhalten auch schmerzliche Konsequenzen haben müsste, ist durch das global vernetzte Bankenroulette abgeschafft worden. Schulden sind plötzlich als Notwendigkeit akzeptiert worden; wenn nicht sogar zum Zwang erklärt worden. Als Griechenland 2011 trotz Milliardenhilfe dennoch einen Schulderlass angedeutet hatte, hatte die Europäische Zentralbank mit militärischer Unbeirrbarkeit beinhart an ihrem Kurs festgehalten. ›*Schulden werden keine erlassen!*‹, hatte man verlautbart.

82

Landung

Zentrales Element eines Flughafens sind immer die Start- und Landebahnen gewesen. Meist sind es Zwei- oder Mehrpistensysteme in alle Himmelsrichtungen gewesen, was die Koordination verkompliziert hatte. Die Tower in vielen Großstädten Amerikas sind in diesen Augenblicken völlig überlastet gewesen. Vor allem in Washington herrschte höchste Alarmstufe. Wegen einer Kollisionsgefahr mit der Air Force One haben alle anderen Maschinen über der Hauptstadt ihre Warteschleifen in der Luft ziehen müssen. In der Atmosphäre über der Metropole haben sich mittlerweile unzählige Luftschiffe gestaut. Bei normalem Flugbetrieb wären die Riesenvögel im 40 Sekunden Takt gestartet und gelandet. Das Mehrfachpistensystem durfte jedoch in diesen Augenblicken nur für eine einzige Maschine reserviert sein. Die *Air Force One* hatte in der klirrenden Kälte von 6.000 Metern Höhe ein Attentat auf den amerikanischen Präsidenten überstehen müssen. Sie war schwer beschädigt.

Die Alarmbereitschaft von Defcon 2 hatte ungeheure Sicherheitsvorkehrungen auf dem Flughaften ausgelöst. Heftige Turbulenzen schüttelten die *Air Force One* bei ihrem Anflug auf die Hauptlandebahn. Man hat zum einen nicht gewusst, ob die innere Mechanik des rechten Fahrwerks im Flügel durch den Drohneneinschlag defekt geworden war. Die Maschine müsste dann auf zwei Räderwerken landen, was wiederum katastrophal enden könnte. Der beschädigte Flügel könnte aber auch dem enormen Aufsetzdruck der Maschine nicht standhalten. Und schließlich haben Dellen auf der Oberseite der Tragfläche auf massive Instabilitäten hingedeutet, die dem Druck des Umkehrschubs nicht standhalten könnten. Kerry hörte gespannt, wie das Fahrwerk während des Anflugs ausfuhr und mit einem dumpfen Knacken eingerastet ist. Er atmete auf. Während Trevor Kindle die leicht bockende Maschine unter Kontrolle zu halten versuchte, ist die erste Division der Feuerwehrzüge mit Vollgas und Alarmsignal parallel zur Landebahn hereingedüst. Mit äußerster Konzentration manövrierte der Chefpilot die Turbulenzen aus und vermaß das sichere Aufsetzen der Maschine wie mit der Wasserwaage. Kerry erinnerte sich wieder an Sullenberger, der 2009 am Hudson River ein ähnliches Wunder vollbracht hatte. Kindle müsste den Vogel nur mehr zum Stehen bringen, dann wäre alles so gut wie überstanden. Der beschädigte rechte Flügel ist die große Ungewissheit gewesen. Wenn er den gewaltigen Kräften der Schubumkehr widerstehen könnte, dann wäre Kerry in Sicherheit. Die Triebwerke brüllten mit einem mächtigen Schütteln auf. Die Höhenruder der Tragflächen erhoben sich aus ihrer Verankerung und bremsten den rasenden Koloss weiter ab. Kerry spürte wie sich seine Eingeweide nach vorne pressten. Er starrte auf die beschädigte Tragfläche, die knacksend zitterte und sich den Naturkräften entgegenstemmte. Dem Oberbefehlshaber entwich ein erleichtertes Lächeln. Als die Maschine an Fahrt verlor, hat er begriffen, dass die Tragfläche den Belastungen standhalten würde. Kaum war die *Air Force One* von der Landebahn auf die Abrollbahn seitlich abgebogen, ist sie schon nach wenigen Metern am Rand stehen geblieben. Dort lauerte eine Armee von Feuerwehren, Rettungsautos und Notdienstärzten mit tosendem Sirenengeheul am manikürten Rasen neben dem Asphalt. Falls die Air Force One heil herunterkommen sollte, musste alles schnell gehen. Der Krisenstab hat begonnen, sich langsam im Weißen Haus einzufinden. Jeder Weg ist auf das Notwendigste verkürzt worden. Alles ist auf die Sekunde abgestimmt worden. Ein PaveHawk Helikopter setzte sich neben der Präsidentenmaschine auf die Landebahn. Zwei Geheimdienstmänner im schwarzen Blazer stiegen unter den knatternden Rotorblättern aus dem Hubschrauber. Die Krawatten schnalzten wie eine wild gewordene Schlange um die Gesichter der beiden Männer, die dem Präsidenten entgegengelaufen sind. Kerry eilte mit seinem Tross die Stufen herab. Die übrige Mannschaft kümmerte sich um die Delegation. Sanitäter trugen Tragbaren und Rollstühle in die Maschine und Notärzte versorgten Verletzte, die mit in der Maschine gewesen sind. Hinter dem Präsidenten hetzte Eduard Heller mit dem Headset am Ohr und gestikulierte wild herum. Der zweite Offizier des Secret Service öffnete die Tür des Helikopters mit den Insignien des Präsidenten.

»Guten Morgen«, schrie er mit überschlagener Stimme.

Kerry winkte zurück und lächelte angespannt. Er wirkte voll konzentriert und rekapitulierte. ›*Attentat, Einsturz der Börsen, umgeleitete Drohnen, ausgeraubte Bankkonten, seltsame Nachrichten und eine Kriegserklärung mit der Androhung, dass der*

Dow Jones Aktienindex auf Null gehen würde‹. Es wartete wahrlich eine Menge Arbeit. Eduard Heller hatte noch immer den Stöpsel im einen Ohr und den Finger im anderen, um trotz des Lärms etwas verstehen zu können. Beide haben in dem engen Innenraum des Jagdhubschraubers am hinteren Ende Platz genommen und schnallten sich an. Der pechschwarze PaweHawk hob mit donnerndem Getöse seiner Turbotriebwerke ab und röhrte wie ein hechtender Panther über die Köpfe der Sicherheitseinheiten am Fluggelände hinweg.

»James«, schrie Heller durch das Lärmgebilde dem Präsidenten entgegen.

»Es hat jemand beim Geheimdienst angerufen, der 15 Jahre beim FBI gewesen ist.« Kerry kniff die Augen vor Lärm zusammen und konzentrierte sich auf die Lippenbewegungen seines Chefberaters.

»Die Leute vom Geheimdienst haben gesagt, er sei ein zuverlässiger ehemaliger Mitarbeiter gewesen, während er für die Regierung gearbeitet hat.« Der Präsident musste sich die Ohren vom surrenden Turbogebrüll zuhalten. Aber er verstand das Wichtigste.

»Was ist mit ihm?«

»Er hat vor einiger Zeit den Dienst quittiert und einen Auftrag aus der Privatwirtschaft angenommen.« Kerry spürte, als wieder die Fliehkräfte durch den rasanten Höhenanstieg an den Wänden seiner Magengrube zu schleifen und zerren begonnen haben.

»Was ist mit ihm?«, fragte er erneut.

»Dieser Robert McDerman hat einen Spezialauftrag des Vatikans übernommen.«

»Vatikan?«, erschrak Kerry. »Schon wieder die Stabsstelle des Himmels?«

»Hör zu! Er behauptet, dass im Vatikan Vorkehrungen für eine geistige Revolution getroffen werden. Der Heilige Stuhl hat angeblich schon vor den Kurseinbrüchen gewusst, dass es passieren wird. Rom müsste angeblich alle amerikanischen Wertpapierbestände liquidiert haben. Wenn wir das überprüft haben, können wir seine Forderung überdenken.«

›*Forderung?*‹ Die Nummer 1 der Welt registrierte das Heranschleichen einer komplizierten Angelegenheit.

92

Lehman

»Denken Sie nach, Alan! Es hat doch 2008 einen Auslöser gegeben, der die weltweite Nachfrage nach Gold exorbitant ansteigen lassen hat. Welche Kosten hätte die US-Notenbank gehabt, um mit dem Ankauf von Goldreserven den Kurs auf jene Höhe zu treiben, wo wir ihn heute haben? Oder welche Kosten hätte die US-Notenbank gehabt, wenn sie einen Crash im Finanzsystem ganz gezielt zugelassen hätte?« Aber welche Variante wäre kostengünstiger gewesen? Das ist der springende Punkt gewesen. Dossie sah ein, dass die FED gar keine Wahl gehabt hätte. Nur jene zwischen den Kosten der und den Kosten der anderen Variante. Seine Triebwerke unter der Schädeldecke brüllten nach einer sinnstiftenden Kombination.

»Um den Preis von Gold auf den heutigen Kurs zu steigern, hätte die FED mit Sicherheit tausende von Tonnen Gold ankaufen müssen. Heute haben wir den 5fachen Kurswert wie vor 10 Jahren.«

»Das würde in die Billionen gehen«, sagte Kerry.

»Aber Sie meinen etwas anderes, Sir? Um welchen Preis konnte die FED...«, Dossie verstummte und riss entsetzt seine Augen auf, »...der die Nachfrage und den Goldkurs zum Steigen bringt. Dann hätte sie ...« Das Blut gefror in seinen Adern und stockte dem Geschichtsgelehrten seinen Atem. »Nein! Sir. Das kann nicht sein! Ich glaube das nicht.«

Der Oberbefehlshaber der Vereinigten Staaten nickte mit einer trockenen Abgeklärtheit, wie man sie in dieser Situation schwer nachvollziehen konnte.

»Doch Alan!«, unterwies ihn Kerry. »Lehman!«

»Lehman ist der größte Schachzug der Notenbank gewesen! Vielleicht auch um einen alten Streit unter den Gründern zu vergelten? Aber auf jeden Fall ist die Finanzkrise billiger als die Rückdeckung von Gold in der Bilanz. Also hat sie die Krise in Kauf genommen. Mit dieser Entscheidung hat sich der Wert ihrer noch vorhandenen Goldreserven fast verfünffacht. Die FED hätte die 5fache Menge ihrer Goldreserven nachkaufen müssen. Da ist Lehman natürlich um einiges billiger gewesen. Aber der Mega-Deal ist doch ein anderer gewesen. Durch die Krise hat die FED weitere Schuldscheine des Volkes erhalten und zusätzliche Billionen Dollars in die Kassa gespült bekommen. Für den Druckkostenaufwand des Papiers und der Farbe«, stellte Kerry fest.

»Für ein oder zwei Prozent«, sagte der Historiker mit Schock in den Augen. Dossie wurde schneeweiß und warf Falten, so als ob er in Sekundenschnelle um eine ganze Generation gealtert wäre. Kerry fixierte mit stählerner Miene die

Leinwand und steckte seine Arme in die Hosensäcke. Der 45. Präsident der USA stand vor der größten Lüge, die er sich vorstellen hätte können.

»Lehman zuzulassen und den gesamten Crash auszulösen sind billiger gewesen als die Kosten für das Gold, das sie kaufen hätten müssen um wieder zahlungsfähig zu sein.«

Kerry schweifte mit dem Blick über die Leinwand und erspähte auf den Live-Bildern immer mehr Menschen auf den Straßen. ›*Washington hatte eine völlig neue Epoche in der Menschheit ausgelöst. Sollte ich auch diesen Rang einnehmen? Washington ist im Krieg gewesen und ich bin auch im Krieg. Vielleicht muss Krieg herrschen, damit Geschichten einen neuen Lauf nehmen können?*‹ James Martin Kerry stand auf und blickte auf den Rasen vor dem Weißen Haus. Wenigstens hatte die Klimaküche von *Gaia* für den Präsidenten Schönwetter bereitgehalten, wenn er schon in den Krieg ziehen musste.

106

Zur Lage der Nation

.....»Mister Kerry! Angenommen ich wäre der reichste Mann des Universums und könnte alles und jeden kaufen«, sagte die Computeranimation von Rockefeller mit Zornesfalten auf der Stirn und starrte von der Leinwand herunter.

»Ich würde in jeder Währung zahlen können, die Sie mir nennen. Geld hätte ich seit heute schließlich genug.« Der alte Multimilliardär lächelte höhnisch.

»Angenommen, Sie würden mich als Geldgeber für ihre Idee gewinnen wollen. Ich besitze alles Geld und Sie wollen Kredit von mir, damit Sie Ihre Pläne und Visionen realisieren zu können.« Abschätzig fuchtelte er mit der Hand in der Luft herum. Man spürte die Ironie, auf welche Weise hier versucht worden ist, den Kapitalismus auf eine einzige Handlung herunterzureduzieren.

»Mit welcher Idee würden Sie mich überzeugen wollen? Welche Visionen oder Pläne hat Amerika für diese Welt? Wie würden Sie mich dazu bringen wollen, dass ich Ihnen einen Kredit gebe?« Dem Präsidenten fuhr ein gespenstischer Schauer über den Rücken.....

»Vielleicht haben Sie rechtzeitig eine Idee?«, sagte die animierte Gestalt von John D. Rockefeller und veränderte sich plötzlich in das von Schicksal gezeichnete Antlitz des 16. US-Präsidenten.

Lincoln ist nachgesagt worden, in der amerikanischen Geschichte vermutlich ein größerer Präsident als Washington gewesen zu sein. Harvey Friedmans Vater hatte seinem Sohn einen einleuchtenden Grund näher gebracht, warum das so gewesen sein könnte. Lincoln stammte aus einer armen Grenzerfamilie und hat sich durch clevere Entscheidungen gegen den Wahnsinn der so genannten Gelehrten und Eliten emporarbeiten können. Wegen Lincolns unermüdlichen Kampf, den er schließlich mit seinem Leben bezahlt hatte, hat Harvey die Dreiviertelgebildeten nicht gemocht. 1857 hat nämlich der Oberste Gerichtshof im Fall *Scott* gegen *Sanford* bewiesen, wie viel Weisheit er wirklich besessen hat. Der Supreme Court hatte damals die Frage zu behandeln, ob der Sklave *Dred Scott* durch den zeitweiligen Aufenthalt in ›*sklavenfreien*‹ Bundesstaaten seine Freiheit zurückerlangen konnte? Die 12 obersten Richter hatten ein Grundsatzurteil gefällt, das wie folgt gelautet hat: »Die Klage des Sklaven *Scott* gegen seinen Besitzer *Sanford* wird zurückgewiesen und mit folgender Begründung verworfen: Schwarze sind keine amerikanischen Staatsbürger und hätten als ›*beings of an inferior order*‹, als ›*Angehörige einer minderwertigen Gruppe*‹, keinerlei Rechte, die ein weißer Amerikaner respektieren müsse.« Lincoln hatte wegen dieser Geisteshaltung gegen seine eigenen Landsleute Krieg führen müssen. Schließlich forderten die Südstaaten die Durchsetzung dieses Rechts, das der Oberste Gerichtshof gesprochen hatte. Aber das ist nicht die Idee von Amerika gewesen und Lincoln sollte Recht behalten. Der Sohn von Grenzern erklärte den Obersten Richtern, dass ihr Urteil gegen ihre eigene Verfassung verstoßen hat. Oberste Richter konnten genauso feige und hinterhältige Hunde sein, die ihre Verlogenheit hinter einem Talar versteckt haben und sich korrumpieren ließen. Die die Werte und Ideale des Rechtsstaates hinter ihren verbalen Masturbationen bis zur Unkenntlichkeit umformulieren konnten. Das besserte sich auch bis ins 21. Jahrhundert nicht. Denn was ist Guantanamo gewesen, das Obama zuzusperren beabsichtigt hatte? Hatten die dort Aufgehaltenen auch keinerlei Rechte, die ein Weißer oder ein Amerikaner respektieren müsste? Nicht Bush ist derjenige gewesen, der sich politisch stärker als Lincoln erwiesen hat, als er im 21. Jahrhundert die vermotteten Rechte des 19. Jahrhunderts auf eine kleine Insel verlagert hatte. Das amerikanische Volk des 21. Jahrhunderts ist stärker als Lincoln gewesen. Man hatte den Menschen nur Angst einreden brauchen. Welche Weisheit besitzen Oberste Gerichtshöfe in der heutigen Zeit, wenn ihre Urteile in 20, 30, 50 oder 100 Jahren das Zeugnis von krimineller Energie der Geschichte ablegen. Präsident Kerry stand das Entsetzen noch immer im Gesicht. Der Anblick von Lincoln schmerzte ihn bei dem Gedanken was aus Amerika geworden ist. Der computeranimierte Lincoln fuhr sich mit seiner knöchernen Hand über das bärtige Kinn und atmete kurz durch.

»Zunächst muss ich sicherstellen, dass mir die US-Regierung auch tatsächlich zuhört, Mister Kerry! Als Präsident wären Sie verfassungsrechtlich verpflichtet, eine Code-Karte bei sich zu tragen, mit der Sie jederzeit Befehle für den Einsatz des Atomarsenals der USA persönlich erteilen können und müssen. Müssen, meine ich deshalb, weil Sie gar keine andere Wahl hätten, ihr Volk zu verteidigen.

So wie ich es musste. Ihr persönlicher Code von heute hat zufällig meinen Vornamen: ›*Abraham*‹!«

Die Anwesenden brachen mittlerweile einen Rekord im Luftanhalten. Präsident Kerry holte eine Karte aus seiner Tasche. ›*Der Code wird täglich geändert. Das kann dieser Schweinehund nicht wissen*‹, grunzte er in sich hinein. Er brach das Siegel auf, zog die Karte heraus und spürte wie sich seine Adern durch das gefrorene Blut auszudehnen begannen.

›*Verdammt!*‹ Der Präsident hob den Kopf verdutzt Richtung Leinwand und ließ beide Arme an die Hüften klatschen. Kerry begann seine Unterlegenheit zu akzeptieren.

»Ich habe Ihnen doch gesagt: Ich bin Gott!«

Wir sind immer auf dem Weg,
und müssen verlassen,
was wir kennen und haben,
und suchen,
was wir nicht kennen und haben.

Martin Luther

Harvey Friedman

Ultima Ratio

Im Wettlauf um die Wahrheit

erhältlich ab 2012

Was und wer verbirgt sich wirklich hinter dem Pentateuch? Könnte die moderne Zivilisation in zwei unterschiedlichen Wahrheiten leben können? Eine, die man ihr glauben machen will und eine, die der Wirklichkeit entspricht? Harvey Friedman behandelt in seiner wissenschaftlichen Abhandlung *Ultima Ratio* die wahren Hintergründe zu seinem Mehrteiler. In drei Abschnitten beschreibt er seine Sichtweise über Demokratie, Kapitalismus und Menschenrechte. Und natürlich auch wie es der Titel verspricht: Eine Ultima Ratio - einen letzten Ausweg! Harvey Friedman, das Schriftstellerphänomen der Gegenwart.

Harvey Friedman
XII I MMXIV
DER
PENTATEUCH
AUFERSTEHUNG III
MYSTERYTHRILLER